A LEOA BRANCA

Série Policial

Réquiem caribenho
Brigitte Aubert
Bellini e a esfinge
Bellini e o demônio
Tony Bellotto
Bilhete para o cemitério
O ladrão que achava que era Bogart
O ladrão que estudava Espinosa
O ladrão que pintava como Mondrian
Uma longa fila de homens mortos
Punhalada no escuro
Lawrence Block
O destino bate à sua porta
James Cain
Nó de ratos
Vendetta
Michael Dibdin
Edições perigosas
Impressões e provas
John Dunning
Máscaras
Leonardo Padura Fuentes
Jogo de sombras
Tão pura, tão boa
Frances Fyfield
Achados e perdidos
Uma janela em Copacabana
O silêncio da chuva
Vento sudoeste
Luiz Alfredo Garcia-Roza
A noite do professor
Neutralidade suspeita
Transferência mortal
Jean-Pierre Gattégno
Continental Op
Dashiell Hammett
Uma certa justiça
Morte no seminário
Pecado original
P. D. James
Domingo o rabino ficou em casa
O dia em que o rabino foi embora
Sábado o rabino passou fome
Sexta-feira o rabino acordou tarde
Harry Kemelman
Um drink antes da guerra
Dennis Lehane
Morte no Teatro La Fenice
Donna Leon
Dinheiro sujo
Também se morre assim
Ross Macdonald
É sempre noite
Léo Malet
Assassinos sem rosto
A leoa branca
Henning Mankell
O labirinto grego
Os mares do Sul
O quinteto de Buenos Aires
Manuel Vázquez Montalbán
O diabo vestia azul
Walter Mosley
Informações sobre a vítima
Joaquim Nogueira
Aranhas de ouro
Clientes demais
A confraria do medo
Cozinheiros demais
Milionários demais
Mulheres demais
Ser canalha
Serpente
Rex Stout
A noiva estava de preto
Casei-me com um morto
Cornell Woolrich

HENNING MANKELL

A LEOA BRANCA

Tradução:
BETH VIEIRA

COMPANHIA DAS LETRAS

Título original:
Den vita lejoninnan

Projeto gráfico de capa:
João Baptista da Costa Aguiar

Foto de capa:
Ricardo Hantzschel

Preparação:
Eliane de Abreu Santoro

Revisão:
Maysa Monção
Carmen S. da Costa

Dados Internacionais de Catalogação na Publicação (CIP)
(Câmara Brasileira do Livro, SP, Brasil)

Mankell, Henning, 1948-
A leoa branca / Henning Makell ; tradução Beth Vieira.
— São Paulo : Companhia das Letras, 2002.

Título original: Den vita lejoninnan.
ISBN 85-359-0240-6

1. Ficção policial e de mistério (Literatura sueca) I. Título.

02-1831 CDD-839.730872

Índice para catálogo sistemático:
1. Romances policiais : Literatura sueca 839.730872

2002

EDITORA SCHWARCZ LTDA.
Rua Bandeira Paulista, 702, cj. 32
04532-002 — São Paulo — SP
Telefone: (11) 3167-0801
Fax: (11) 3167-0814
www.companhiadasletras.com.br

PRÓLOGO

Nelson Mandela foi libertado do presídio da ilha Robben em 1990, depois de passar quase trinta anos como preso político.

A comunidade internacional aplaudiu, mas na África do Sul um número significativo de africânderes enxergou na libertação de Mandela uma verdadeira declaração de guerra, assinada e selada. O presidente De Klerk tornara-se um traidor odiado.

Na época, sob absoluto sigilo, um grupo formado por homens implacáveis que se consideravam incumbidos de uma missão divina resolveu assumir a responsabilidade pelo futuro dos africânderes. Esses homens jamais se submeteriam.

Numa reunião secreta, chegaram a uma decisão. Desencadeariam uma guerra civil que só poderia terminar de uma maneira: num banho de sangue devastador.

A MULHER DE YSTAD

1

A corretora de imóveis Louise Åkerblom saiu da Caixa Econômica de Skurup pouco depois das três horas da tarde da sexta-feira, 24 de abril. Parou uns instantes na calçada, encheu os pulmões de ar fresco e tentou resolver que rumo tomar. Sua vontade era dar o dia por encerrado e voltar para casa. Prometera a uma viúva que tinha ligado de manhã que daria uma espiada na casa que a mulher queria vender.

Tentou calcular quanto tempo iria levar. Uma hora, quem sabe; não mais que isso. E precisava comprar pão. Robert, seu marido, em geral fazia pão em casa, mas nessa semana não tinha sobrado tempo. Atravessou a praça e virou à esquerda, na rua da padaria. Uma sineta antiquada tocou quando ela abriu a porta. Era a única freguesa; mais tarde, a vendedora atrás do balcão se lembraria de que Louise Åkerblom parecia estar de bom humor e que inclusive comentara como era agradável ver a primavera finalmente chegando.

Louise comprou pão de centeio e decidiu surpreender a família com alguns mil-folhas para a sobremesa. Em seguida voltou ao banco, onde deixara o carro estacionado nos fundos. No caminho, encontrou-se com os dois jovens de Malmö a quem acabara de vender uma casa. O casal tinha ido acertar os últimos detalhes do financiamento, assinar contratos, finalizar a papelada do empréstimo. Estava feliz por eles, tão contentes por terem conseguido comprar casa própria. Ao mesmo tempo, sentia uma leve inquietação. Será que conseguiriam pagar as prestações da hipoteca e os juros? Os tempos andavam difíceis, e quase ninguém mais tinha certeza de estar com o emprego seguro. O que aconteceria se por acaso o rapaz fosse despedido? Fizera uma investigação completa das finanças deles. Ao contrário de tantos outros jovens, os dois não tinham acumulado dívidas absurdas nos cartões de crédito, e a moça parecia ser do tipo frugal. Com certeza não teriam dificuldade para cumprir as obrigações. Mas, se não conseguissem, muito em breve Louise Åkerblom veria a casa voltar ao mercado. E talvez coubesse a ela ou a Robert vendê-la de novo. Não era de todo incomum, nos tempos de hoje, que vendessem a mesma casa duas ou três vezes no decurso de uns poucos anos.

Destrancou o carro e do telefone fixo no veículo ligou para o escritório em Ystad. Robert já tinha ido para casa. Ouviu a voz do marido na secretária eletrônica informando que a imobiliária Åkerblom estaria fechada durante o fim de semana e que voltaria a abrir na segunda-feira, às oito da manhã.

De início ficou surpresa que o marido tivesse ido embora tão cedo. Mas depois se lembrou de que ele tinha uma reunião com o contador, na parte da tarde. Deixou um recado na secretária.

— Oi! Estou indo dar uma espiada num imóvel em Krageholm. Depois vou direto para casa. São três e quinze agora. Devo chegar lá pelas cinco.

Devolveu o fone ao suporte. Era possível que Robert ainda desse uma passada no escritório, depois da reunião com o contador.

Pegou a pasta de plástico que estava sobre o banco ao lado e deu uma olhada no mapa que desenhara seguindo as indicações da viúva. A casa ficava numa estradinha vicinal entre Krageholm e Vollsjö. Levaria pouco mais de uma hora para ir até lá, dar uma espiada e voltar para Ystad.

Depois hesitou. Isso bem que podia esperar, pensou. E se eu pegasse a estrada litorânea, desse uma parada e ficasse vendo o mar? Já vendi uma casa hoje; será que não basta?

Cantarolando um hino, deu a partida e deixou Skurup. Ao chegar à saída para Trelleborg, no entanto, mudou de idéia outra vez. Não teria tempo de examinar a propriedade da viúva na segunda-feira, nem na terça. Talvez ela ficasse decepcionada e procurasse outra imobiliária. Eles não tinham condições de se dar ao luxo de perder um cliente. A competição estava ficando cada vez mais acirrada. Ninguém podia deixar escapar uma boa oportunidade, a menos que fosse totalmente impossível.

Soltou um suspiro e virou na direção contrária. A estrada litorânea e o mar teriam de esperar. De tempos em tempos, dava uma olhada nas indicações. Na segunda-feira, compraria um apoio para mapas, assim não teria de ficar virando a cabeça o tempo todo para ver se estava indo na direção certa. A casa da viúva não parecia muito difícil de achar, mesmo que nunca tivesse passado pela estradinha onde ficava o imóvel. Conhecia a região como a palma da mão. Ela e Robert iriam completar dez anos no ramo imobiliário no ano seguinte.

A lembrança a tomou de surpresa. Dez anos, já. O tempo passara tão rápido, rápido demais. Durante esses dez anos, dera à luz duas filhas e trabalhara com afinco ao lado do marido para consolidar a pequena empresa. Quando começaram, os tempos eram realmente bons. Se fosse agora, jamais teriam conseguido entrar no mercado. Devia se sentir satisfeita. Deus fora bom para ela e sua família. Iria falar com Robert de novo, sugerir ao marido aumentar a contribuição para a organização Save the Children. Ele com certeza iria levantar algumas objeções — preocupava-se com dinheiro mais do que ela. Mas sem dúvida conseguiria convencê-lo. Em geral conseguia.

De repente, deu-se conta de que estava na estrada errada e brecou. De ficar pensando na família e nos últimos dez anos, não tinha reparado na primeira saída. Riu consigo mesma, abanou a cabeça e olhou em volta com todo o cuidado, antes de fazer a conversão e voltar por onde viera.

A região da Escânia é mesmo muito linda, pensou com seus botões. Linda e aberta. Entretanto cheia de segredos também. O que à primeira vista parecia de uma planura infinita de repente mudava e revelava vales profundos com casas e sítios, como se fossem ilhotas isoladas. Era sempre uma surpresa apreciar a diversidade da paisagem. Espantava-se toda vez que rodava por ali, quando ia mostrar casas a gente interessada em adquirir um imóvel.

Parou no acostamento, logo depois de Erikslund, para conferir as indicações que a viúva lhe dera. Estava indo no caminho certo. Virou à esquerda e desse ponto já dava para ver a estrada de Krageholm bem à frente. Era tudo muito lindo: as colinas ondulantes, a tira de asfalto serpenteando e cortando ao meio a floresta, a cintilação do lago por entre os bosques da esquerda. Já cruzara essa estrada inúmeras vezes, mas nunca se cansava da paisagem.

Depois de uns sete quilômetros, mais ou menos, começou a procurar pela última saída. A viúva tinha dito que era uma estrada de terra, sem cascalho mas de trânsito fácil. Diminuiu a velocidade ao localizá-la e virou à direita; segundo o mapa, veria a casa dali a um quilômetro se tanto, do lado esquerdo.

Depois de três quilômetros, a estrada de repente sumiu, e ela percebeu que errara o caminho, apesar de tudo.

Por alguns instantes sentiu-se tentada a esquecer o assunto e voltar imediatamente para casa. Mas resistiu à idéia e pegou de novo a estrada para Krageholm. Cerca de quinhentos metros mais ao norte, virou novamente à direita. Também ali não havia nenhuma casa que correspondesse à descrição feita pela viúva. Soltou um suspiro, fez a manobra e decidiu então parar e perguntar a alguém. Logo depois disso, passou por uma casa meio escondida por um pequeno arvoredo.

Freou, desligou o motor e saiu do carro. As árvores soltavam um cheiro fresco. Começou a andar na direção da casa, uma construção pintada de branco, metade de tábuas, metade de tijolos, em forma de *U*, igual a tantas outras da região da Escânia. Mas somente uma das alas continuava de pé. No meio do pátio dianteiro havia um poço, com uma bomba pintada de preto.

Ela hesitou e parou. A casa parecia totalmente deserta. Talvez o melhor fosse ir embora e torcer para que a viúva não ficasse brava.

Sempre posso bater à porta, pensou. Não custa nada.

Antes de chegar à casa, passou por um celeiro grande, pintado de vermelho. Não resistiu à tentação de dar uma espiada lá dentro, pelas portas altas, semi-abertas.

Ficou surpresa com o que viu. Havia dois carros ali. Não era lá muito versada em marcas de automóvel, mas não pôde evitar de reparar que um deles era um Mercedes tremendamente caro e o outro um igualmente valioso BMW.

Então deve haver alguém lá dentro, pensou, e continuou andando na direção da casa caiada. Alguém que não está mal de vida.

Bateu à porta, mas ninguém atendeu. Bateu de novo, mais forte dessa vez; nada ainda. Tentou espiar através de uma janela pegada à porta, mas as cortinas estavam fechadas. Bateu uma terceira vez, antes de ir ver se havia uma entrada nos fundos.

Atrás da casa, havia um pomar malcuidado. As macieiras com toda certeza não eram podadas havia vinte ou trinta anos. Debaixo de uma pereira, havia alguns móveis de jardim apodrecidos. Uma pega agitou ruidosamente as asas e levantou vôo. Louise não encontrou porta alguma e voltou para a frente da casa.

Vou bater só mais uma vez, pensou. Se ninguém atender, volto para Ystad. Ainda terei tempo de dar uma paradinha para ver o mar, antes de ter de começar a preparar o jantar.

Bateu de novo.

Ninguém veio abrir.

Ela sentiu, mais do que ouviu, que alguém se aproximara dela por trás. Virou-se de modo abrupto.

O homem estava a coisa de um metro de distância. Imóvel, olhando direto para ela. Louise viu que tinha uma cicatriz na testa.

De repente, sentiu-se desconfortável.

De onde ele surgira? Por que não ouvira nada, nenhum ruído? O pátio era de cascalho. Será que se aproximara dela pé ante pé?

Avançou um passo na direção do indivíduo e tentou falar num tom de voz natural.

— Espero não estar incomodando. Sou corretora de imóveis e estou perdida. Só estou querendo uma informação.

O homem não respondeu.

Talvez não seja sueco, pensou. Talvez não esteja me entendendo. Havia algo de estranho em seu aspecto que a fez pensar que talvez fosse estrangeiro.

Súbito, percebeu que tinha de escapar. O homem imóvel e aqueles seus olhos gelados a estavam deixando assustada.

— Não vou incomodá-lo mais. Desculpe ter entrado assim sem mais nem menos.

Começou a se afastar mas parou de repente. O homem imóvel voltara à vida. Tirara alguma coisa do bolso do paletó. De início ela não conseguiu ver o que era. Depois notou que era uma pistola.

Devagar, o homem ergueu a arma e apontou para a cabeça dela.

Deus meu, ela ainda conseguiu pensar.

Deus meu, por favor me acuda. Ele vai me matar.

Deus meu, me acuda.

Eram quinze para as quatro da tarde, 24 de abril de 1992.

2

Quando entrou no distrito policial de Ystad, na manhã de segunda-feira, 27 de abril, o inspetor-chefe Kurt Wallander espumava de raiva. Não se lembrava de ter sentido tamanho mau humor na vida. A raiva deixara rastros inclusive no rosto — um esparadrapo no lugar onde tinha se cortado fazendo a barba.

Resmungou uma resposta entredentes aos colegas que lhe disseram bom-dia. Chegando a sua sala, bateu a porta, tirou o fone do gancho, sentou-se e ficou espiando a janela.

Kurt Wallander estava com quarenta e quatro anos. Era tido como um policial eficiente, persistente e de vez em quando até astuto. Essa manhã, entretanto, só conseguia sentir raiva e uma crescente irritação. Domingo fora um daqueles dias que teria preferido esquecer por completo.

Um dos motivos era o pai, que morava sozinho numa casa situada nos arredores de Löderup. O relacionamento entre os dois sempre fora complicado. As coisas não tinham melhorado, e agora, com o passar do tempo, Kurt Wallander percebia, contrariado, que estava ficando cada vez mais parecido com ele. Tentou imaginar-se com a idade do pai, o que o inquietou ainda mais. Será que acabaria também um velho rabugento e imprevisível, capaz de subitamente fazer coisas totalmente malucas?

No domingo à tarde, fora visitá-lo como sempre. Jogaram cartas e tomaram café na varanda, sob o sol morno de primavera. Num determinado momento, como quem não quer nada e sem nenhum preâmbulo, o pai anunciara a intenção de se casar. Kurt Wallander pensou de início ter entendido mal.

— Não. Eu não vou me casar.

— Não estou falando de você. Estou falando de mim.

Kurt Wallander mal podia acreditar no que estava ouvindo.

— Você está com quase oitenta anos. Não vai se casar.

— Ainda não morri — interrompeu o pai. — E faço o que me der na telha. Acho melhor me perguntar com quem.

Kurt Wallander fez o que o pai lhe mandara.

— Será possível que não consegue adivinhar? Eu achava que a polícia era paga para tirar conclusões.

— Mas você não conhece ninguém da sua idade, conhece? Você está sempre sozinho.

— Conheço uma. Além disso, quem foi que disse que é preciso casar com alguém da mesma idade?

Súbito, Kurt Wallander percebeu que havia uma única possibilidade: Gertrud Anderson, a cinqüentona que fazia a faxina na casa e lavava os pés do pai, três vezes por semana.

— Você vai se casar com a Gertrud? Já pensou em perguntar primeiro se ela aceita? Vocês têm uma diferença de trinta anos. E como acha que vai se sentir, morando com outra pessoa? Você nunca conseguiu. Nem mesmo com a minha mãe.

— Meu humor melhorou muito, com a idade. — A resposta fora suave.

Kurt Wallander continuava não acreditando nos próprios ouvidos. O pai se casando? Mais bem-humorado na velhice? Agora que estava mais impossível do que nunca?

E aí então os dois discutiram. No fim, o pai acabou atirando a xícara de café no canteiro de tulipas e foi se trancar no barracão que usava para pintar seus quadros, sempre com o mesmo tema, repetido à exaustão: um pôr-do-sol numa paisagem outonal, com ou sem um galo silvestre em primeiro plano, dependendo do gosto da pessoa que o tivesse encomendado.

Kurt Wallander voltou para casa pisando fundo no

acelerador. Precisava pôr um ponto final nessa loucura. Como era possível que Gertrud Anderson tivesse trabalhado para o velho durante um ano inteiro sem perceber que seria impossível viver com ele?

Estacionou o carro na Mariagatan, no centro de Ystad, em frente ao prédio onde morava, e tomou a decisão de ligar imediatamente para a irmã Kristina em Estocolmo. Pediria a ela que viesse. Ninguém seria capaz de fazer o pai mudar de idéia, claro. Mas quem sabe pudessem convencer Gertrud Anderson a ter um pouco de juízo.

Não chegou a ligar para a irmã. Quando se aproximou da porta do apartamento, no último andar, percebeu que fora arrombada. Poucos minutos depois, ficou óbvio que os ladrões tinham se mandado com seu equipamento estéreo novinho em folha, todos os discos, inclusive os de vinil, com a televisão, o rádio, os relógios e a máquina fotográfica. Desabou numa poltrona e permaneceu um tempão sentado, perguntando-se o que fazer. No fim, ligou para a delegacia onde trabalhava e pediu para falar com Martinson, um dos investigadores do DIC, que ele sabia estar de plantão no domingo.

Teve de esperar uma eternidade até Martinson atender do outro lado. Wallander imaginou que o rapaz devia estar tomando café e batendo um papo com os policiais que preparavam a imensa operação de controle de tráfego que estava sendo organizada para o fim de semana seguinte.

— Martinson falando. Em que posso ajudá-lo?

— Aqui é o Wallander. Acho melhor você vir já para cá.

— Para onde? Sua sala? Achei que você estivesse de folga hoje.

— Estou em casa. Venha já.

Martinson obviamente percebeu que devia ser coisa séria. Não fez mais perguntas.

— Certo. Estou indo.

O que restava do domingo foi gasto com a perícia técnica e na redação de um relatório completo dos itens furtados. Martinson era um dos investigadores mais moços de sua equipe e às vezes podia ser um pouco descuidado e impulsivo. Mesmo assim, o inspetor gostava de trabalhar com ele, entre outras coisas porque às vezes se mostrava surpreendentemente perspicaz. Depois que foi embora junto com o técnico da polícia, Wallander fez um conserto mais do que provisório na porta.

Passou boa parte da noite acordado, imaginando que faria os ladrões comerem o pão que o diabo amassou, caso algum dia pusesse a mão nos malandros. Quando não agüentava mais se torturar com a lembrança da perda de todos os seus discos, continuou desperto, preocupado com o pai, sentindo-se ainda mais resignado com a situação toda.

Ao amanhecer, levantou-se, fez café e foi procurar os documentos do seguro da casa. Sentou-se à mesa da cozinha para examinar a papelada, cada vez mais contrariado com o jargão incompreensível da companhia seguradora. No fim, afastou os papéis para o lado e foi fazer a barba. Quando se cortou, chegou a pensar seriamente em ligar para a delegacia dizendo que estava doente, voltar para a cama e se enfiar debaixo das cobertas de novo. Mas só de se imaginar no apartamento sem poder nem sequer ouvir um CD era demais para ele.

Agora eram sete e meia da manhã e ele estava sentado à escrivaninha de seu gabinete, com a porta fechada. Com um gemido, forçou-se a se tornar novamente um policial e repôs o fone no gancho.

O aparelho tocou imediatamente. Era Ebba, a recepcionista.

— Fiquei sabendo do furto. E sinto muito. É verdade que eles levaram todos os seus discos?

— Eles me deixaram alguns 78. Estou até pensando em ouvi-los de novo hoje à noite. Isso se conseguir encontrar algum gramofone de manivela.

— Que horror.

— Fazer o quê? As coisas são assim mesmo. Você queria alguma coisa?

— Tem um homem aqui que insiste em falar com você.

— Sobre o quê?

— Sobre um desaparecimento, uma coisa assim.

Wallander deu uma olhada para a pilha de papéis e anotações sobre a mesa.

— Será que o Svedberg não pode cuidar disso?

— O Svedberg foi caçar.

— Foi o quê?

— Não sei bem que outro nome dar. Ele saiu em busca de um touro jovem que escapou de um pasto em Marsvinsholm. Parece que o tourinho está à solta na rodovia E14, fazendo a maior bagunça no trânsito.

— Puxa, e o pessoal do tráfego não podia lidar com isso? Por que envolver um dos nossos homens?

— Foi o Björk que mandou o Svedberg para lá.

— Ai, Deus.

— Então, posso mandar o homem até sua sala? O sujeito que quer registrar o desaparecimento de uma pessoa?

Wallander meneou a cabeça.

— Está bem.

A batida na porta, alguns minutos depois, foi tão discreta que Wallander não teve certeza, de início, se tinha de fato ouvido alguma coisa ou não. Mas, quando gritou para que a pessoa entrasse, a porta se abriu na hora.

Para Wallander, as primeiras impressões são sempre cruciais.

O homem que entrou em sua sala não chamaria a atenção de absolutamente ninguém. O inspetor calculou que devia ter uns trinta e cinco anos, vestia um terno marrom escuro, tinha cabelos loiros cortados rentes e usava óculos.

Wallander também notou outra coisa imediatamente.

O sujeito estava obviamente preocupado. O inspetor não fora o único a passar a noite em claro, quanto a isso não havia dúvida.

Levantou-se e estendeu a mão.

— Kurt Wallander. Inspetor Wallander.

— Eu sou Robert Åkerblom. Minha mulher desapareceu.

Wallander surpreendeu-se com a falta de rodeios da afirmação.

— Vamos começar do princípio. Por favor, sente-se. Receio que a cadeira seja um pouco velha. O braço esquerdo vive caindo. Não se preocupe com isso.

O homem se sentou.

De repente, começou a soluçar, arrasado, desesperado.

Wallander continuou de pé ao lado da escrivaninha, sem saber o que fazer. Depois decidiu aguardar.

O homem sentado na cadeira de visitas acalmou-se depois de alguns minutos. Enxugou os olhos e assoou o nariz.

— Desculpe. Mas é que alguma coisa deve ter acontecido com ela. Louise jamais teria ido embora por vontade própria.

— Aceita um café? Quem sabe um pãozinho doce ou algo parecido?

— Não, muito obrigado.

Wallander assentiu com a cabeça e tirou um bloco de anotações de uma das gavetas da escrivaninha. Costumava usar blocos normais que comprava na papelaria, com dinheiro do próprio bolso. Nunca conseguira lidar com a enxurrada de formulários impressos com que o Departamento Central de Polícia inundava as delegacias. De vez em quando lhe passava pela cabeça mandar uma carta para o jornalzinho interno, o Policial Sueco, propondo que o autor dos tais formulários recebesse respostas também impressas.

— Acho melhor começar pelos seus dados pessoais.

— Meu nome é Robert Åkerblom. Eu dirijo a Imobiliária Åkerblom junto com minha mulher.

Wallander balançou a cabeça, enquanto escrevia. Conhecia o escritório, pegado ao cine Saga.

— Temos duas filhas, uma de quatro, outra de sete anos. Moramos na Åkarvägen, número 19, numa casa geminada. Eu nasci aqui em Ystad. Minha mulher é de Ronneby.

Interrompeu o relato; do bolso interno do paletó tirou uma fotografia e colocou-a na frente de Wallander. Era a foto de uma mulher, parecida com qualquer outra mulher. Sorridente para o fotógrafo. Wallander viu que fora tirada num estúdio. Contemplou aquele rosto e decidiu que, por algum motivo, era a mulher certa para Robert Åkerblom.

— Essa fotografia foi tirada faz três meses, apenas. Ela é exatamente assim.

— E sua mulher desapareceu, é isso?

— Na sexta-feira, ela foi à Caixa Econômica em Skurup, para finalizar uma venda que havíamos fechado. Depois tinha ficado de dar uma olhada numa casa que alguém estava pensando em pôr no mercado. Eu passei a tarde com nosso contador, no escritório dele. Mas antes de ir para casa dei um pulo até o escritório. Ela tinha deixado um recado na secretária eletrônica, dizendo que estaria em casa lá pelas cinco. Disse que eram três e quinze, quando ligou. E foi a última vez que tivemos notícias dela.

Wallander franziu o cenho. Era segunda-feira. A mulher estava desaparecida havia já três dias. Três dias inteiros, com duas crianças pequenas esperando em casa.

Instintivamente, sentiu que não se tratava de um desaparecimento comum. Sabia que a grande maioria dos desaparecidos volta, mais cedo ou mais tarde, e que no fim sempre há uma explicação natural para o sumiço. Vira e mexe alguém resolve viajar durante uns poucos dias, ou até mesmo uma semana, e esquece de avisar os parentes. Por outro lado, também sabia que dificilmente uma mulher abandona os filhos. Isso o deixou preocupado.

Fez algumas anotações no bloco.

— Ainda tem o recado que ela deixou na secretária eletrônica?

— Tenho. Mas nem me ocorreu trazer o aparelho comigo até aqui.

— Não faz mal, nós resolvemos isso depois. Ficou claro de onde ela estava ligando?

— Ela usou o telefone do carro.

Wallander pousou a caneta e contemplou o homem sentado na cadeira de visitas. A ansiedade dele dava a impressão de ser absolutamente genuína.

— Pode imaginar algum motivo que teria levado sua mulher a não voltar para casa?

— Não.

— Ela não poderia estar visitando algum amigo?

— Não.

— Parentes?

— Não.

— Espero que não se importe, mas tenho de lhe fazer algumas perguntas pessoais.

— Nós nunca brigamos. Se é isso que queria me perguntar.

Wallander fez que sim.

— Era justamente isso que eu ia perguntar.

E começou tudo outra vez.

— Você diz que ela desapareceu na sexta-feira à tarde. Mas esperou três dias antes de vir falar conosco?

— Eu estava com medo.

Wallander olhou-o surpreso.

— Vir falar com a polícia seria o mesmo que admitir que alguma coisa pavorosa aconteceu. Por isso não tive coragem.

Wallander balançou a cabeça, lentamente. Sabia exatamente o que Robert Åkerblom estava querendo dizer.

— Esteve procurando por ela, claro.

Robert Åkerblom fez que sim.

— Que outras providências tomou? — perguntou o inspetor, começando a anotar de novo.

— Rezei — respondeu o homem, com toda a simplicidade.

Wallander parou de escrever.

— Rezou?

— Minha família é metodista. Ontem, o pastor Tureson reuniu toda a congregação. Rezamos para que nada de inimaginável tenha acontecido à Louise.

Wallander sentiu alguma coisa lhe roendo o estômago. Tentou esconder a inquietação do homem sentado na cadeira em frente.

Uma mulher com duas filhas pequenas, metodista, disse consigo mesmo. Ela não desapareceria assim sem mais nem menos, de livre e espontânea vontade. Não a menos que tivesse perdido o juízo. Ou sido aliciada por uma outra religião qualquer. Uma mãe com duas crianças pequenas dificilmente se embrenharia floresta adentro para dar cabo da própria vida. Essas coisas acontecem, é fato, mas só muito de vez em quando.

Wallander sabia o que estava por vir.

Ou tinha havido algum acidente, ou então Louise Åkerblom fora vítima de um crime.

— Claro que você pensou na hipótese de um acidente.

— Já liguei para todos os hospitais da região da Escânia — respondeu Robert Åkerblom. — Ela não deu entrada em nenhum deles. Além disso, qualquer hospital teria entrado em contato comigo, se tivesse acontecido alguma coisa. Louise andava sempre com a identidade na bolsa.

— Que marca de carro ela estava dirigindo?

— Um Toyota Corolla. Modelo 1990. Azul-escuro. Placa MHL 449.

Wallander anotou.

Depois voltou ao princípio, repassando metodicamente todos os detalhes daquilo que Robert Åkerblom sabia a respeito das atividades da mulher naquela tarde. Olharam vários mapas e, nesse meio tempo, o inspetor sentiu a inquietação crescer dentro dele.

Pelo amor de Deus, que não haja nenhuma mulher morta por aqui. Tudo menos isso.

Wallander descansou a caneta às quinze para as onze.

— Não há motivo para supor que sua mulher não seja encontrada sã e salva. — Esperava que seu ceticismo não estivesse muito visível. — E nem é preciso dizer que vamos tratar desse caso com a maior seriedade possível.

Robert Åkerblom estava derreado na cadeira. Wallander receava que fosse desatar no choro outra vez. De repente, sentiu uma pena enorme dele. Adoraria tê-lo consolado. Mas como poderia fazer uma coisa dessas sem demonstrar o quanto estava preocupado?

Levantou-se da cadeira.

— Eu gostaria de ouvir o recado telefônico que ela deixou. Depois vou dar um pulo até Skurup e falar com o pessoal do banco. Tem alguém para ajudá-lo com as crianças?

— Não preciso da ajuda de ninguém. Posso me virar sozinho. O que acha que aconteceu à Louise, inspetor?

— No momento, não acho absolutamente nada. Exceto que logo mais ela estará em casa.

Estou mentindo, pensou.

Não penso nada disso. Estou meramente torcendo para que seja assim.

Wallander seguiu o carro de Robert Åkerblom até o centro da cidade. Assim que tivesse escutado o recado deixado na secretária eletrônica e dado uma fuçada nas gavetas da escrivaninha dela, voltaria para a delegacia e teria uma conversa com Björk. Mesmo que houvesse procedimentos preestabelecidos muito claros para lidar com casos de desaparecimento, Wallander queria dispor de todos os recursos possíveis imediatamente. O desaparecimento de Louise Åkerblom indicava de cara que um crime fora cometido.

A Imobiliária Åkerblom ficava no local de um antigo armazém de secos e molhados. Wallander lembrava-se dele, do primeiro ano em Ystad, depois de ser transferido, ainda bem jovem, de Malmö para lá. Havia duas escrivaninhas e alguns painéis com fotografias e descrições de propriedades. Havia também uma mesa maior, com poltronas confortáveis, onde os clientes podiam examinar com vagar os detalhes dos vários imóveis em que estivessem interessados. Uma das paredes exibia alguns mapas topográficos, cobertos de alfinetes coloridos. Atrás do escritório propriamente dito ficava uma pequena cozinha.

Eles entraram por trás, mas mesmo assim Wallander reparou no aviso escrito à mão grudado na porta da frente: "Fechado".

— Qual é a sua escrivaninha?

Robert Åkerblom apontou. Wallander sentou-se na outra. Estava limpa, à exceção de uma agenda, uma foto das duas filhas do casal, algumas poucas pastas e um porta-canetas. Wallander teve a impressão de que tudo fora arrumado recentemente.

— Quem faz a limpeza?

— Temos uma faxineira que vem três vezes por semana. Se bem que em geral tiramos o pó e esvaziamos as lixeiras nós mesmos, todo dia.

Wallander fez que sim. Deu uma olhada em volta do escritório. A única coisa que lhe pareceu estranha foi um pequeno crucifixo na parede pegada à porta da cozinha.

Depois fez um sinal de cabeça na direção da secretária eletrônica.

— O recado está logo no começo. Foi o único que recebemos depois das três da tarde, na sexta.

Primeiras impressões, era nisso que Wallander estava pensando. Ouça com toda a atenção, agora.

— *Oi! Estou indo dar uma espiada num imóvel em Krageholm. Depois vou direto para casa. São três e quinze agora. Devo chegar lá pelas cinco.*

Contente, pensou Wallander. Ela parece feliz e animada. Não ameaçada, ou assustada.

— Mais uma vez. Mas antes quero ouvir a gravação que você deixou na fita. Ainda tem?

Robert balançou a cabeça, voltou a fita cassete e apertou um botão.

Bem-vindo à Imobiliária Åkerblom. No momento estamos ocupados e não podemos atender. Mas abriremos como sempre na segunda-feira, às oito horas da manhã. Se quiser deixar um recado ou enviar um fax, por favor, comece após o sinal. Obrigado por ter ligado e esperamos que entre em contato de novo.

Wallander percebeu que Robert Åkerblom não estava muito à vontade diante do microfone do aparelho. A voz soava um tanto tensa.

Depois voltou suas atenções para Louise Åkerblom e pediu ao marido que rebobinasse várias e várias vezes a fita.

O inspetor estava tentando ouvir alguma possível mensagem escondida por trás das palavras. Não fazia idéia do que poderia ser. Mas assim mesmo tentou.

Depois de ouvir a fita umas dez vezes, fez um sinal de cabeça para Robert Åkerblom, indicando que fora o suficiente.

— Vou ter de levar a fita comigo. Poderemos amplificar o som na delegacia.

Robert Åkerblom tirou a pequena fita cassete do aparelho e entregou-a a Wallander.

— Vou pedir para você fazer uma coisa para mim, enquanto espio as gavetas da escrivaninha dela. Escreva tudo o que ela fez ou pretendia fazer na última sexta-feira. Com quem ela deveria se encontrar e onde. O caminho que você acha que ela pegou. E a que horas. Eu também quero uma descrição exata de onde fica essa casa, a que ela ia examinar perto de Krageholm.

— Isso eu não saberia lhe dizer.

Wallander olhou-o surpreso.

— Foi minha mulher quem atendeu o telefonema da viúva interessada em vender a casa. Fez um mapa seguindo as indicações dadas e levou com ela. Só hoje é que ia pôr os detalhes numa pasta. Se tivéssemos ficado com o imóvel para vender, um de nós teria voltado lá para tirar uma foto.

Wallander pensou uns instantes.

— Em outras palavras, no momento Louise é a única pessoa que sabe onde fica essa casa.

Robert Åkerblom fez que sim.

— Quando acha que essa senhora que ligou vai entrar em contato de novo?

— Hoje, mas não sei a que horas. Era por isso que Louise queria ir visitar a casa na sexta.

— É muito importante que esteja aqui quando ela ligar. Diga que sua mulher deu uma examinada na casa mas que infelizmente amanheceu indisposta e não veio trabalhar. Peça outra vez informações de como chegar ao local e anote o número do telefone dela. Assim que ela entrar em contato, me avise.

Robert Åkerblom balançou a cabeça, para mostrar que tinha entendido. Sentou-se e começou a anotar os detalhes pedidos por Wallander.

O inspetor abriu todas as gavetas, uma por vez. Não encontrou nada que pudesse ser significativo. Nenhuma das gavetas parecia ter sido esvaziada recentemente. Ergueu o mata-borrão verde e encontrou uma receita de hambúrguer, rasgada de uma revista. Depois contemplou a fotografia das duas filhas.

Levantou-se e foi até a cozinha. Pendurados numa das paredes havia um calendário e um quadrinho bordado, com uma citação da Bíblia. Numa das prateleiras havia um vidro pequeno de café solúvel, fechado. Na outra, vários tipos de chá. Abriu a geladeira. Um litro de leite e um potinho de margarina.

Pensou na voz de Louise e no que ela dissera ao telefone. Tinha certeza de que o carro estava parado quando ela fez a ligação. A voz estava firme. Não estaria, se ela estivesse concentrada no trânsito ao mesmo tempo. Mais tarde, depois da amplificação do som na delegacia, ficou provado que ele estava certo. Além do mais, Louise Åkerblom devia ser uma cidadã cuidadosa, cumpridora das leis, alguém que jamais arriscaria sua vida nem a de outras pessoas usando o telefone do carro na direção.

Se as horas mencionadas por ela estiverem corretas, deve ter dado o telefonema de Skurup, pensou Wallander. Já resolveu seus assuntos bancários e está de partida para

Krageholm. Mas antes liga para o marido. Satisfeita porque tudo saiu a contento no banco. Além disso, é sexta-feira à tarde e ela terminou as tarefas do dia. O tempo está bom. Tem todos os motivos do mundo para se sentir feliz.

Wallander voltou e sentou-se uma vez mais na escrivaninha de Louise, folheando a agenda de mesa. Robert Åkerblom entregou-lhe uma folha de papel com os detalhes pedidos.

— Tenho só mais uma pergunta por enquanto. Não chega a ser uma pergunta. Mas é importante. Que tipo de pessoa é Louise?

Fez questão de usar o verbo no presente, como se nada tivesse acontecido. Lá no fundo, entretanto, Louise Åkerblom para ele era alguém que já não existia mais.

— Todos gostam dela — disse o marido, sem rodeios. — Ela tem um temperamento ótimo, ri muito, tem facilidade de falar com as pessoas. Na verdade, acha difícil fazer negócio. Tudo o que tenha a ver com dinheiro ou que envolva negociações complicadas, ela passa para mim. Emociona-se com muita facilidade. E também se aborrece. Fica perturbada com o sofrimento dos outros.

— Ela tem alguma idiossincrasia?

— Idiossincrasia?

— Todos nós temos nossas peculiaridades.

Robert Åkerblom pensou durante um bom tempo.

— Não consigo pensar em nada — acabou dizendo.

Wallander fez que sim e levantou-se. Já eram quinze para o meio-dia. Queria dar uma palavrinha com Björk antes que o chefe fosse para casa almoçar.

— Eu entro em contato ainda esta tarde. Tente não se preocupar demais. Veja se consegue se lembrar de alguma coisa que possa ter esquecido. Alguma coisa que seja importante eu saber.

— O que acha que houve com ela? — perguntou Robert Åkerblom, enquanto se despediam com um aperto de mão.

— Provavelmente nada. Com toda certeza haverá uma explicação muito natural.

Wallander alcançou Björk já de saída. O chefe de polícia parecia atormentado, como sempre. Aquele não era um cargo para se invejar, pensou o inspetor.

— Fiquei sabendo do furto. E sinto muito — falou Björk, tentando parecer compassivo. — Vamos torcer para que os jornais não tomem conhecimento disso. Não fica lá muito bem a casa de um inspetor de polícia arrombada. Já temos uma porcentagem bem alta de casos não resolvidos. A força policial sueca ocupa um dos últimos lugares na classificação das polícias internacionais.

— Para você ver como são as coisas. Precisamos conversar uns instantes.

Estavam os dois parados no corredor, do lado de fora da sala de Björk.

— Não dá para esperar até depois do almoço — acrescentou.

Com a cabeça, Björk fez que concordava, e os dois voltaram ao gabinete do chefe de polícia.

Wallander foi direto ao assunto. Contou em detalhes seu encontro com Robert Åkerblom.

— Uma mulher, mãe de duas crianças, religiosa — comentou Björk, depois que Wallander terminou seu relato. — Desaparecida desde sexta-feira. Não está me cheirando bem.

— É. Não está cheirando nada bem.

Björk lhe deu uma olhada perspicaz.

— Acha que se trata de crime?

Wallander sacudiu os ombros.

— Na verdade não sei o que achar. Só sei que esse não é um caso de simples desaparecimento. Disso eu tenho certeza. Por isso devemos mobilizar os recursos certos desde o princípio. E não adotar a tática do deixa estar para ver como é que fica.

Björk meneou a cabeça, assentindo.

— Também acho. Quem você quer trabalhando no

caso? Não se esqueça de que estamos com falta de pessoal, até Hanson voltar. Ele escolheu um momento bem ruinzinho para quebrar a perna.

— Martinson e Svedberg — respondeu o inspetor. — Por falar nisso, o Svedberg encontrou aquele touro que estava solto na E14?

— Um fazendeiro o pegou com um laço, no fim das contas — falou Björk, com ar meio sombrio. — O Svedberg torceu o tornozelo quando caiu numa valeta. Mas continua trabalhando.

Wallander levantou-se.

— Vou dar um pulo até Skurup, agora — disse ele. — Que tal nos reunirmos de novo às quatro e meia, para ver o que apuramos? Acho melhor começarmos a procurar o carro dela agora mesmo.

Pôs uma folha de papel sobre a mesa de Björk.

— Toyota Corolla — disse o chefe de polícia. — Pode deixar que eu me encarrego disso.

Wallander partiu para Skurup. Precisava de um tempo para pensar e optou pela estrada costeira.

O vento estava aumentando. Nuvens pontiagudas corriam em disparada pelo céu. Dava para ver uma balsa vinda da Polônia a caminho do porto.

Ao chegar à praia Mossby, entrou no estacionamento deserto e parou ao lado de uma barraquinha de hambúrguer fechada. Continuou dentro do carro, pensando no ano anterior, quando um bote de borracha encalhara bem ali naquela praia, com dois homens mortos dentro. Pensou em Baiba Liepa, a mulher que conhecera em Riga. Interessante que não tivesse sido capaz de esquecê-la, apesar do esforço enorme que fizera.

Um ano atrás, e continuava pensando nela o tempo todo.

Uma mulher assassinada era a última coisa que desejava no momento.

O que ele queria era paz e sossego.

Pensou no pai se casando. No furto e em todas as músicas que perdera. Era como se alguém lhe tivesse roubado uma parte importante da vida.

Pensou na filha, Linda, fazendo faculdade em Estocolmo. Tinha a sensação de que estavam se distanciando.

Era muita coisa de uma só vez.

Desceu do carro, fechou a jaqueta e caminhou até a praia. O ar estava gelado, e sentiu frio.

Repassou mentalmente o que Robert Åkerblom lhe contara e tentou diversas teorias uma vez mais. Seria possível haver uma explicação natural, apesar dos pesares? Seria possível que ela tivesse cometido suicídio? Lembrou-se da voz ao telefone. Da vivacidade daquela voz.

Pouco tempo depois, Wallander deixou a praia e seguiu para Skurup.

Não conseguia se desvencilhar da conclusão a que chegara: Louise Åkerblom estava morta.

3

Kurt Wallander de vez em quando se pegava devaneando uma coisa que, a seu ver, provavelmente também fazia parte do imaginário de muita gente: executar um assalto a banco perfeito e deixar o mundo todo pasmado. Perguntava-se quanto dinheiro haveria habitualmente guardado num banco de tamanho normal. Menos do que se imagina? Mais do que o suficiente? Não sabia exatamente como realizar a façanha, mas ainda assim vivia fantasiando a respeito.

Sorriu consigo mesmo diante da idéia. Mas o sorriso sumiu rápido, e a consciência culpada assumiu o comando.

Estava convencido de que jamais encontrariam Louise Åkerblom com vida. Não tinha prova nenhuma; não havia cena do crime, não havia vítima. No entanto sabia.

Não conseguia tirar da cabeça a foto das duas meninas.

Como explicar o que não era possível explicar, perguntou-se. Como é que Robert Åkerblom poderia continuar rezando a seu Deus no futuro, ao Deus que o deixara, a ele e às duas filhas, tão cruelmente na mão?

Kurt Wallander perambulou pela Caixa Econômica de Skurup, aguardando até que o vice-gerente, que ajudara Louise Åkerblom a completar a transação de venda na sexta-feira, voltasse do dentista. Ao chegar ao banco, quinze minutos antes, conversara com o gerente, Gustav Halldén, a quem já conhecia. Pedira a ele que mantivesse quaisquer informações em sigilo.

— Afinal, ainda não sabemos se houve algo sério ou não.

— Compreendo — disse Halldén. — Você por enquanto só acha que pode ter acontecido alguma coisa.

Wallander fez que sim. Era exatamente isso. Impossível saber com precisão absoluta por onde passam as linhas divisórias entre achar e ter certeza.

Seu encadeamento de idéias foi interrompido por alguém que lhe dirigia a palavra.

— Acredito que esteja querendo falar comigo. — Havia um homem de voz empastada atrás dele.

Wallander virou-se.

— Você é o vice-gerente Moberg?

O rapaz fez que sim. Aliás, um rapaz surpreendentemente jovem no entender do inspetor, que fazia uma idéia bem diferente da idade ideal para um vice-gerente. Mas não foi só isso que atraiu sua atenção de imediato.

Uma das bochechas do indivíduo estava bem inchada.

— Ainda estou tendo certa dificuldade para falar — cuspiu Moberg.

Wallander não entendeu.

— Acho melhor conversarmos uma outra hora. Que tal esperar passar o efeito da anestesia?

— Não. Vamos tentar assim mesmo. Estou com pressa, infelizmente. Se não estiver doendo muito para falar, claro.

Moberg sacudiu a cabeça e foi na frente, na direção de uma pequena sala de conferência nos fundos.

— Nós estávamos exatamente aqui. Você está sentado no lugar de Louise Åkerblom. O Halldén me disse que queria falar sobre ela. Ela desapareceu?

— Seu desaparecimento está registrado na polícia. Mas acredito que esteja apenas visitando algum parente e tenha esquecido de avisar em casa.

Deu para perceber pela cara inchada de Moberg que suas ressalvas tinham sido recebidas com ceticismo. É justo, pensou o inspetor. Se você está desaparecido, está desaparecido e pronto. Não se pode estar meio desaparecido.

— E o que deseja saber? — perguntou o vice-gerente, pondo água num copo e tomando tudo de uma vez só.

— O que houve na sexta-feira à tarde. Em detalhes.

Hora exata, o que ela disse, o que ela fez. Também quero saber o nome dos compradores e dos vendedores, para o caso de precisar entrar em contato depois. Já conhecia Louise Åkerblom?

— Estive com ela diversas vezes. Nosso banco fez quatro vendas de imóveis junto com a imobiliária deles.

— Conte-me sobre a sexta-feira passada.

O vice-gerente tirou a agenda do bolso interno do paletó.

— A reunião estava marcada para as duas e quinze da tarde. Louise Åkerblom chegou uns minutinhos antes. Trocamos algumas poucas palavras sobre o tempo.

— Ela lhe parecia preocupada ou tensa?

Moberg pensou uns instantes, antes de responder.

— Não. Ao contrário, parecia feliz. Eu sempre achei que ela fosse meio fechada, mas na sexta, não.

Wallander balançou a cabeça, incentivando o rapaz a prosseguir.

— Os clientes chegaram, um jovem casal chamado Nilson. E o vendedor também, representando o espólio de alguém que morreu em Sövde. Sentamos aqui nesta sala e cumprimos todas as formalidades de praxe. Não houve nada de inusitado. Todos os documentos estavam em ordem. A escritura, os papéis da hipoteca, os formulários do empréstimo, o contrato de compra e venda. Não levou muito tempo. Depois nos despedimos. Presumo que devemos ter desejado bom fim de semana uns aos outros, mas não me lembro ao certo.

— Por acaso Louise Åkerblom parecia estar com pressa?

O vice-gerente parou para pensar de novo.

— Pode ser que sim. Talvez estivesse. Não tenho muita certeza. Mas de uma coisa estou absolutamente certo.

— Do quê?

— Ela não foi direto para o carro.

Moberg apontou para a janela, que dava para o pequeno estacionamento nos fundos do banco.

— Essas vagas são para os clientes do banco. Vi quando parou ali, ao chegar. Mas ela só saiu com o carro uns quinze minutos depois de deixar o banco. Eu ainda estava aqui, ao telefone. Por isso vi tudo. Acho que ela estava com uma sacola na mão, quando entrou no carro. Além da pasta.

— Uma sacola? Que jeito tinha?

Moberg encolheu os ombros. Wallander percebeu que estava passando o efeito da anestesia.

— Que jeito tem uma sacola? Bom, acho que era de papel. Não era de plástico.

— Depois disso ela foi embora?

— Antes fez uma chamada do telefone do carro.

Para o marido, pensou Wallander. Tudo se encaixa, até o momento.

— Passava um pouco das três — continuou Moberg. — Eu tinha outra reunião às três e meia e precisava me preparar. Meu telefonema se arrastou um pouco.

— Deu para ver quando ela foi embora?

— Não, eu já tinha voltado para a minha sala.

— Quer dizer que quando a viu pela última vez ela ainda estava usando o telefone do carro?

Moberg fez que sim.

— Que carro era?

— Eu não entendo muito de carros. Mas era preto. Ou azul-escuro, talvez.

Wallander fechou o bloquinho de notas.

— Se por acaso se lembrar de mais alguma coisa, me avise imediatamente. Qualquer coisa, por menor que seja, pode ser importante.

O inspetor deixou o banco, depois de anotar os nomes e telefones dos compradores e vendedores do imóvel. Usou a entrada da frente e parou na praça.

Um saco de papel, pensou com seus botões. Está me parecendo saco de padaria. Lembrava-se de que havia uma padaria na rua paralela à estação ferroviária. Atravessou a praça e virou à esquerda.

A moça atrás do balcão trabalhara a sexta-feira toda, mas não reconheceu Louise Åkerblom pela foto que Wallander lhe mostrou.

— Mas tem outra padaria.

— Onde?

A moça explicou, e Wallander percebeu que ficava tão próxima do banco quanto aquela. Agradeceu e saiu. Em seguida foi até a padaria do outro lado da praça. Uma senhora de idade lhe perguntou o que queria, quando entrou no estabelecimento. Wallander mostrou a fotografia e explicou quem era.

— Será que é capaz de reconhecê-la? Talvez ela tenha estado aqui fazendo compras, pouco depois das três da tarde, na sexta-feira.

A mulher foi buscar os óculos para poder examinar a foto com mais cuidado.

— Aconteceu alguma coisa? — perguntou, curiosa. — Quem é ela?

— Diga-me apenas se a reconhece — falou Wallander, delicadamente.

A mulher fez que sim com a cabeça.

— Lembro-me dela. Acho que comprou alguns doces. Claro, agora me lembro direitinho. Mil-folhas. E um filão de pão.

Wallander refletiu uns instantes.

— Quantos doces?

— Quatro. Lembro-me de que ia pôr numa caixinha, mas ela falou que podia deixar no saco de papel mesmo. Parecia estar com pressa.

Wallander meneou a cabeça.

— Viu para que lado ela foi, depois que saiu?

— Não. Havia outras pessoas esperando para serem atendidas.

— Obrigado. A senhora ajudou muito.

— O que houve? — a mulher tornou a perguntar.

— Nada. Apenas rotina.

Saiu da padaria e caminhou de volta até os fundos do banco, onde Louise Åkerblom deixara o carro estacionado.

Até este ponto e nada além deste ponto, pensou. É aqui que a pista desaparece. Daqui ela iria ver um imóvel, mas ainda não sabemos onde fica a tal casa. Deixou um recado na secretária eletrônica. Estava de bom humor, levava alguns doces num saco de papel e devia chegar em casa lá pelas cinco da tarde.

Olhou o relógio. Faltavam três minutos para as três horas. Exatamente três dias depois que Louise Åkerblom parara naquele mesmo local.

Wallander foi até o carro, que estava estacionado em frente ao banco, pôs uma fita cassete, uma das poucas que haviam sobrado depois do arrombamento, e tentou resumir o que tinha até aquela altura. A voz de Placido Domingo enchia o automóvel inteiro, enquanto ele pensava sobre os quatro doces, um para cada membro da família Åkerblom. Depois perguntou-se se dariam graças antes da sobremesa também. Perguntou-se como seria acreditar num deus.

Ao mesmo tempo, ocorreu-lhe algo. Ainda tinha um tempinho para mais uma conversa, antes da reunião marcada na delegacia.

O que fora mesmo que Robert Åkerblom tinha dito? Pastor Tureson?

Wallander deu a partida e tomou o rumo de Ystad. Ao entrar na rodovia E14, estava dentro do limite máximo de velocidade. Ligou para o PBX de Ebba, na delegacia, pediu-lhe para entrar em contato com o pastor Tureson e avisá-lo de que queria falar com ele imediatamente. Pouco antes de entrar em Ystad, Ebba ligou de volta. O pastor Tureson estava na capela metodista, à disposição do inspetor.

— Até que não vai lhe fazer mal dar uma passadinha na igreja.

Wallander lembrou-se das noites que passara com Baiba Liepa numa igreja de Riga, um ano antes. Mas não comentou nada com Ebba. Mesmo que tivesse vontade, não havia tempo para pensar nisso, no momento.

O pastor Tureson era um homem idoso, alto e de constituição forte, com uma cabeleira toda branca. Wallander sentiu a força de suas mãos quando se cumprimentaram.

O interior da capela era muito simples. O inspetor não sentiu a opressão que tantas vezes o afligia ao entrar numa igreja. Sentaram-se em cadeiras de madeira, perto do altar.

— Liguei para o Robert, faz umas horas, já — disse o pastor. — Pobre homem, está transtornado. Vocês já descobriram o paradeiro de Louise?

— Ainda não.

— Não entendo o que possa ter acontecido. Louise não era do tipo de se envolver em situações perigosas.

— Às vezes não se pode evitar.

— O que quer dizer com isso?

— Existem dois tipos de situação perigosa. Uma é aquela em que a própria pessoa se mete. A outra simplesmente suga a gente. E são duas coisas bem diferentes.

O pastor Tureson ergueu as mãos para o alto, admitindo a veracidade da afirmação. Parecia genuinamente preocupado, e a simpatia para com o marido e as crianças dava a impressão de ser verdadeira.

— Fale-me sobre ela — pediu Wallander. — Como era ela? O senhor a conhecia fazia muito tempo? Que tipo de família são os Åkerblom?

O pastor encarou Wallander muito seriamente.

— O senhor faz perguntas como se estivesse tudo acabado.

— É apenas um péssimo hábito meu. — O tom era de desculpa. — Claro que eu quis dizer que gostaria que o senhor me dissesse como ela *é*.

— Sou pastor desta paróquia há cinco anos — começou o sacerdote. — Como já deve ter percebido pelo sotaque, eu nasci em Göteborg. Os Åkerblom estão na minha congregação desde que cheguei. São ambos de famílias metodistas e conheceram-se na igreja. E estão educando as filhas na verdadeira religião. Robert e Louise são boas pessoas. Trabalhadores, frugais, generosos. É difícil descrevê-los de qualquer outra maneira. Na verdade, é difícil não falar a respeito deles como um casal. Os fiéis de nossa congregação estão preocupadíssimos com o desaparecimento dela. Pude sentir isso durante as orações de ontem.

A família perfeita. Nem uma única rachadura na fachada, pensou Wallander. Eu podia falar com mil pessoas diferentes e todas elas repetiriam as mesmas coisas. Louise Åkerblom não tem nem um defeito que seja. Nenhum. A única coisa esquisita a seu respeito é que sumiu do mapa.

Algo não está batendo. Nada está batendo.

— Alguma coisa o preocupa, inspetor?

— Estava pensando nas fraquezas. Não é essa uma das características básicas de todas as religiões? A de que Deus nos ajudará a superar nossas fraquezas?

— Claro.

— Mas está me parecendo que Louise Åkerblom não tinha nenhuma fraqueza. A imagem que estou tendo dela é tão perfeita que começo a desconfiar. Será que pessoas tão completamente boas existem mesmo de fato?

— Esse é o tipo de pessoa que Louise é — reafirmou o pastor Tureson.

— Está me dizendo que ela é quase angelical?

— Não exatamente. Lembro-me de uma vez em que ela estava fazendo café para a noite social que nossa capela organiza às vezes. Ela se queimou e eu calhei de ouvi-la praguejando.

Wallander tentou voltar ao princípio e recomeçar.

— Não há a mínima possibilidade de que ela e o marido estivessem tendo problemas?

— Nenhuma.

— Algum outro homem?

— Mas é claro que não. Espero que o senhor não esteja pensando em fazer uma pergunta dessas ao marido.

— Seria possível que tivesse sentido algum tipo de dúvida religiosa?

— Considero tal hipótese algo totalmente fora de cogitação. Eu teria sabido se fosse esse o caso.

— Existe algum motivo que a pudesse ter levado ao suicídio?

— Não.

— Alguma possibilidade de que tenha perdido o juízo?

— Como perderia o juízo? Louise tem uma personalidade absolutamente estável.

— Quase todo mundo tem seus segredos — falou Wallander, depois de alguns momentos de silêncio. — Pode imaginar Louise Åkerblom tendo algum tipo de segredo que ela não poderia partilhar com ninguém, nem mesmo com o marido?

O pastor Tureson sacudiu a cabeça.

— Claro que todo mundo tem seus segredos. Em geral segredos bem torpes. Mas, mesmo assim, estou convicto de que Louise não tinha nenhum que a pudesse levar a abandonar a família e causar toda essa preocupação.

Wallander não tinha mais perguntas.

As coisas não batem, pensou de novo. Há algo nesse quadro de perfeição absoluta que simplesmente não bate.

Levantou-se e agradeceu ao pastor Tureson.

— Vou precisar conversar com outros integrantes de sua congregação. Quer dizer, se ela não aparecer.

— Ela tem que aparecer. Não existe outra possibilidade.

Eram quatro e cinco da tarde quando Wallander deixou a capela metodista. Tinha começado a chover, e ele sentiu um arrepio com o vento. Continuou sentado dentro do carro por uns instantes, imóvel, cansado. Era como se não pudesse encarar a idéia de que duas meninas pequenas estivessem sem mãe.

Às quatro e meia, reuniram-se todos na sala de Björk, na delegacia de polícia. Martinson estava escarrapachado no sofá; Svedberg encostado numa parede. Como sempre, coçava a careca, como se buscasse distraído o cabelo que perdera. Wallander sentou-se numa cadeira de espaldar reto. Björk estava debruçado sobre a escrivaninha, entretido numa conversa ao telefone. Por fim, repôs o fone no gancho e avisou Ebba para que não passasse nenhuma ligação pela meia hora seguinte. A menos que fosse Robert Åkerblom.

— Em que pé estamos? — perguntou Björk. — Por onde começamos?

— Não chegamos a parte alguma — respondeu Wallander.

— Já resumi o caso para Svedberg e Martinson — continuou Björk. — Estamos procurando pelo carro. E já pusemos em andamento toda a rotina de praxe para casos de desaparecimento que consideramos sérios.

— Não *consideramos* sérios — interrompeu o inspetor Wallander. — Eles *são* sérios. Se tivesse havido algum acidente, já teríamos sido informados. Mas não recebemos nenhum aviso. O que significa que estamos lidando com um crime. Estou convencido de que ela está morta.

Martinson começou a fazer uma pergunta, mas Wallander interrompeu e resumiu o que tinha conseguido apurar durante a tarde. Era preciso fazer os colegas entenderem a situação. Uma pessoa como Louise Åkerblom não abandonaria a família de livre e espontânea vontade.

Alguém ou alguma coisa devem tê-la forçado a não voltar para casa às cinco da tarde, como prometera ao ligar do telefone do carro.

— A coisa me parece feia, não resta dúvida — falou Björk, depois que Wallander terminou.

— Corretora de imóveis, membro de uma igreja protestante, família — disse Martinson. — E se de repente ela tiver achado tudo um pouco opressivo demais? Compra uns doces e toma o rumo de casa. Aí, de repente, vira para o lado contrário e decide ir para Copenhague.

— Temos de encontrar o carro — falou Svedberg. — Sem isso, não vamos chegar a parte alguma.

— Antes disso precisamos encontrar a casa que ela

ficou de ir ver — Wallander emendou. — Robert Åkerblom já ligou, falando nisso?

Ninguém tinha notícias.

— Se ela foi mesmo ver essa casa em algum lugar de Krageholm, a gente acha um meio de seguir as pistas até encontrá-la, ou até que as pistas acabem.

— Estamos com dois homens passando um pente-fino nas estradas em volta de Krageholm, o Peters e o Norén — falou Björk. — Nenhum Toyota Corolla foi visto por lá. É bem verdade que eles encontraram um caminhão roubado.

Wallander tirou do bolso a fita cassete da secretária eletrônica. Com muita dificuldade, acabou encontrando onde tocá-la. Pararam todos em volta da escrivaninha de Björk, escutando a voz de Louise Åkerblom.

— Precisamos analisar essa fita — disse Wallander. — Não consigo imaginar o que mais o pessoal da perícia poderia encontrar aí. Mas, assim mesmo, temos que tentar.

— Uma coisa acho que está bem clara — falou Martinson. — Quando ela deixou esse recado, não estava se sentindo ameaçada ou pressionada, não estava com medo nem preocupada, não estava desesperada nem infeliz.

— O que significa que alguma coisa deve ter acontecido — completou Wallander — entre três e cinco horas da tarde. Em algum lugar nos arredores de Skurup, Krageholm, Ystad. Há pouco mais de três dias.

— Como ela estava vestida? — indagou Björk.

Wallander de repente deu-se conta de que tinha esquecido de fazer ao marido essa pergunta tão básica. E admitiu a falha.

— Continuo achando que talvez haja uma explicação muito natural — interveio Martinson, pensativo. — É como você mesmo falou, Kurt. Ela não é do tipo de desaparecer de livre e espontânea vontade. Mas, apesar dos pesares, ataques e homicídios são muito raros por aqui. Acho que devíamos prosseguir com as investigações como de costume. Não vamos ficar histéricos.

— Eu não estou histérico. — Wallander percebeu que estava ficando bravo. — Mas sei muito bem o que eu acho, e o que eu acho é que certas conclusões falam por si mesmas.

Björk estava prestes a intervir no bate-boca quando o telefone tocou.

— Mas se eu falei que não era para sermos interrompidos.

Wallander interveio rápido e pôs a mão sobre o aparelho.

— Pode ser que seja Robert Åkerblom. Não acha melhor eu mesmo atender?

Apanhou o fone e deu o nome.

— Aqui é Robert Åkerblom. Já encontrou a Louise?

— Não. Ainda não.

— A viúva acabou de ligar. Estou com o mapa. Vou até lá dar uma espiada.

Wallander pensou uns instantes.

— Eu o levo até lá. Provavelmente é o melhor a fazer. Estou indo para aí. Pode tirar algumas cópias do mapa? Cinco bastam.

— Certo.

Ocorreu ao inspetor que as pessoas verdadeiramente religiosas em geral cumprem à risca todas as leis e respeitam sobremaneira as autoridades. No entanto ninguém poderia ter impedido Robert Åkerblom de ir sozinho procurar a mulher.

Pôs o fone no gancho com uma certa violência.

— Agora pelo menos temos um mapa. Vamos começar com dois carros. Robert Åkerblom quer ir também. Ele pode ir no meu carro.

— Será que não seria melhor enviarmos algumas radiopatrulhas? — perguntou Martinson.

— Teríamos de ir enfileirados, se fizéssemos isso — falou Wallander. — Vamos primeiro dar uma espiada no mapa e depois fazemos um plano. Aí então podemos mandar todos os recursos que temos até lá.

— Me ligue se alguma coisa acontecer — disse Björk. — Aqui ou em casa.

Wallander saiu praticamente correndo porta afora. Estava com pressa. Tinha de saber se as pistas simplesmente se dissolviam sem levar a parte alguma. Ou se Louise Åkerblom estava por lá, em algum lugar.

Pegaram o mapa que Robert Åkerblom esboçara segundo as instruções dadas pela viúva e abriram-no sobre o capô do carro de Wallander. Antes, Svedberg, com o lenço, dera uma secada na superfície, já que chovera um pouco à tarde.

— Pegamos a E14 — falou Svedberg. — Até a saída para Katlösa e o lago Kade. Depois viramos à esquerda, na direção de Knickarp, em seguida à direita, depois à esquerda de novo e aí vem uma estrada de terra.

— Esperem um pouco — disse Wallander. — Se vocês estivessem em Skurup, que estrada teriam pego?

Havia inúmeras possibilidades. Depois de trocar algumas idéias, Wallander virou-se para Robert Åkerblom.

— O que você acha?

— Acho que Louise teria pego uma estrada vicinal — disse ele sem hesitar. — Ela não gosta do tráfego intenso da E14. Acredito que tenha ido via Svaneholm e Brodda.

— Mesmo que estivesse com pressa? Mesmo tendo prometido chegar em casa às cinco?

— Mesmo assim — confirmou Robert Åkerblom.

— Vocês vão por lá — disse então o inspetor para seus dois homens, Martinson e Svedberg. — Nós vamos direto para a casa. Podemos usar o telefone do carro, se houver necessidade.

Saíram de Ystad. Wallander deixou Martinson e Svedberg irem na frente, já que tinham mais estrada para percorrer. Sentado a seu lado, Robert Åkerblom ia olhando fixo para a frente. O inspetor de vez em quando dava uma olhada para ele. O homem esfregava as mãos uma na outra, ansioso, como se não conseguisse se decidir se devia cruzá-las ou não.

Era possível sentir sua tensão. O que será que eles iriam encontrar?

O inspetor brecou quando chegaram perto da saída para o lago Kade, deixou que um caminhão o ultrapassasse e lembrou-se então do dia em que percorrera aquela mesma estrada de manhã bem cedo, dois anos antes, para investigar o espancamento e a morte de um velho agricultor e sua mulher num sítio isolado. Estremeceu com a lembrança e pensou, como tantas vezes fazia, no colega Rydberg, que morrera no ano anterior. Toda vez que se via diante de uma investigação fora do comum, sentia falta da experiência e dos conselhos do colega mais velho.

O que está havendo neste nosso país?, pensou com seus botões. Onde foram parar todos os gatunos e os trapaceiros de outrora? De onde vem toda essa violência insensata?

O mapa estava aberto sobre a caixa de câmbio.

— Será que estamos indo na direção certa? — perguntou, só para quebrar o silêncio dentro do carro.

— Estamos — respondeu Robert Åkerblom, sem tirar os olhos da estrada. — Vamos ter de pegar a esquerda logo depois do topo do próximo morro.

Entraram então em plena floresta de Krageholm. O lago estava à esquerda, reluzindo entre as árvores. Wallander reduziu a velocidade, e então começaram a procurar pela entrada onde teriam de virar.

Foi Robert Åkerblom quem viu primeiro. Wallander já tinha passado por ela. Deu ré e parou.

— Você fica aqui dentro. Eu vou dar uma olhada.

A entrada para a estradinha de terra estava praticamente coberta de mato. O inspetor pôs um joelho no chão e encontrou marcas já bem apagadas de pneus de carro. Sentia o tempo todo os olhos de Robert Åkerblom pregados em sua nuca.

Voltou para o carro e chamou Martinson e Svedberg. Os dois ainda estavam entrando em Skurup.

— Estamos no começo de uma estrada de terra. Tomem cuidado ao entrar. Não apaguem as marcas dos pneus.

— Afirmativo — disse Svedberg. — Estamos indo para aí.

Wallander entrou com o maior cuidado, evitando as marcas deixadas pelos pneus.

Dois carros, pensou consigo mesmo. Ou o mesmo automóvel entrando e saindo.

Seguiram aos trancos pelo lamaçal malconservado. Supostamente haveria ainda um quilômetro até o imóvel posto à venda. Não era à toa que a casa se chamava Solidão, conforme Wallander reparara no mapa.

Três quilômetros adiante, o caminho morria sem dar em parte alguma. Robert Åkerblom, sem compreender, fitava ora o mapa, ora Wallander.

— Erramos — falou o inspetor. — Caso contrário teríamos avistado a casa. Ela fica bem na beira da estrada. Vamos voltar.

Ao entrarem na estrada principal, avançaram lentamente mais um pouco e chegaram a outra estradinha, coisa de quinhentos metros adiante. Wallander repetiu suas investigações. Ao contrário da anterior, essa tinha várias marcas de pneus, umas em cima das outras. Além disso dava a impressão de estar mais bem cuidada, com uso mais freqüente.

No entanto não conseguiram encontrar o local certo. Avistaram as paredes de uma casa rural entre as árvores, mas continuaram em frente, já que não viram nada semelhante à descrição que tinham do imóvel. Wallander parou quatro quilômetros mais adiante.

— Tem o telefone da senhora Wallin? — perguntou. — Estou começando a desconfiar de que ela não tem muito senso de direção.

Robert Åkerblom fez que sim com a cabeça e tirou uma agenda pequena do bolso de dentro do paletó. O inspetor Wallander reparou que havia um marcador na forma de um anjo entre as páginas.

— Ligue para ela. Explique que está perdido. Peça a ela para repetir as indicações.

O telefone tocou um bocado, até a viúva atender.

No fim, o problema é que a senhora Wallin não tinha muita certeza de quantos quilômetros teriam de rodar até encontrar a entrada da estrada de terra.

— Peça a ela que dê um outro marco qualquer — disse Wallander. — Deve haver alguma coisa que possamos usar para nos orientarmos. Caso contrário, vamos ter que mandar uma viatura para trazê-la até aqui.

Wallander deixou que Robert Åkerblom falasse com a senhora Wallin sem interferir e não acionou o alto-falante.

— Um carvalho atingido por um raio. Temos que virar pouco antes de chegarmos à árvore.

Continuaram em frente e, dois quilômetros mais, avistaram o carvalho. Havia também uma entrada à direita. Wallander chamou o outro carro e explicou como chegar até lá. Em seguida investigou pela terceira vez, à procura de marcas de pneus. Espantado, constatou que não havia nada que sugerisse a passagem de qualquer veículo por aquela estrada já havia algum tempo. O que não era necessariamente significativo. As marcas poderiam ter sido apagadas pela chuva. Mesmo assim, sentiu algo muito próximo de decepção.

A casa estava localizada onde deveria estar, à beira da estrada, um quilômetro mais adiante. Pararam e saíram do carro. Começara a chover e o vento soprava em rajadas.

De repente, Robert Åkerblom saiu correndo na direção da casa, gritando o nome da mulher com uma voz estridente. Wallander ficou parado ao lado do carro. Tudo aconteceu tão rápido que foi pego de surpresa. Quando o homem desapareceu atrás da casa, o inspetor foi atrás.

Nenhum carro, pensou enquanto seguia o marido de Louise Åkerblom. Nenhum carro e nem sinal dela.

Alcançou Robert Åkerblom bem na hora em que ele estava prestes a atirar um tijolo quebrado contra a janela dos fundos. Wallander agarrou-lhe o braço.

— Isso não vai adiantar nada.

— Ela pode estar lá dentro — berrou ele.

— Você disse que ela não tinha as chaves do imóvel — contrapôs o inspetor. — Largue esse tijolo e vamos ver se alguma porta foi arrombada. Mas eu sei que sua mulher não está aí dentro.

De repente, Robert Åkerblom desmoronou feito um saco de batata vazio.

— Onde ela está? O que aconteceu com ela?

Wallander sentiu um nó na garganta. Não fazia a menor idéia do que responder.

Depois pegou no braço do homem e ajudou-o a se pôr de pé.

— Não vai adiantar nada ficar sentado aqui, se desesperando. Vamos dar uma olhada em volta.

Nenhuma porta fora arrombada. Espiaram pelas janelas sem cortinas e viram apenas aposentos vazios. Tinham acabado de concluir que não havia mais nada para ver quando Martinson e Svedberg chegaram.

— Nada — falou o inspetor, ao mesmo tempo que levava um dedo aos lábios, discretamente, para que Robert Åkerblom não visse.

Não queria que Svedberg e Martinson começassem a fazer perguntas.

Não queria precisar dizer que Louise Åkerblom provavelmente nunca chegara até a casa.

— Também não temos nada a acrescentar — disse Martinson. — Não vimos nenhum carro, nada.

Wallander espiou o relógio. Seis e dez. Virou-se para o marido e tentou sorrir.

— Acho que a coisa mais útil que você pode fazer agora é voltar para casa e para as meninas. O Svedberg vai levá-lo até lá. Nós vamos começar uma busca sistemática. Tente não se preocupar. Vamos achá-la, pode ter certeza.

— Ela está morta — falou Robert Åkerblom em voz baixa. — Ela está morta e nunca mais vai voltar.

Os três policiais permaneceram em silêncio.

— Não — Wallander falou por fim. — Não há motivo para imaginar que as coisas sejam assim tão ruins. O Svedberg vai levá-lo para casa agora. Prometo entrar em contato mais tarde.

Svedberg se foi.

— Agora podemos começar a procurar para valer — falou o inspetor, decidido. Sentia a inquietação crescendo o tempo todo dentro dele.

Sentaram-se dentro do carro. Wallander ligou para Björk e pediu para que todas as viaturas disponíveis fossem enviadas até o carvalho rachado. Ao mesmo tempo, Martinson começava o planejamento de uma operação pente-fino em todas as estradas vizinhas ao imóvel, a ser feita da maneira mais rápida e eficiente possível. Wallander também pediu a Björk para que todos tivessem mapas adequados da área.

— Nós vamos continuar procurando até escurecer — disse ainda. — E vamos começar de novo ao amanhecer, amanhã, se não encontrarmos nada hoje. Também acho uma boa idéia pedir a ajuda do exército. E fazer uma busca organizada.

— Cães — disse Martinson. — Vamos precisar de cães. Agora.

Björk prometeu ir em pessoa e assumir o comando da operação.

Martinson e Wallander trocaram um olhar.

— Resumindo tudo — falou o inspetor —, o que você acha?

— Ela nunca chegou até aqui. Ela podia estar bem perto ou a muitos quilômetros de distância. Não faço a menor idéia do que possa ter acontecido. Mas temos de achar o carro. Estamos fazendo a coisa certa, começando as buscas por aqui. Alguém deve ter visto algo. Vamos precisar bater de porta em porta, perguntando. Björk vai ter de organizar uma entrevista coletiva para informar a imprensa amanhã. É preciso deixar bem claro que estamos considerando este desaparecimento uma coisa muito séria.

— O que pode ter acontecido? — perguntou-se Wallander.

— Alguma coisa em que seria melhor nem pensarmos.

A chuva começou a batucar nas janelas e no teto do carro.

— Inferno — disse Wallander.

— Pois é. Justamente.

Pouco antes da meia-noite, os policiais exaustos e encharcados voltaram a se reunir no cascalho em frente à casa que Louise Åkerblom provavelmente nunca vira. Não acharam qualquer vestígio do carro azul-escuro e ainda menos dela. A coisa encontrada mais digna de nota foram duas carcaças de alce. E uma viatura policial quase bateu num Mercedes trafegando em alta velocidade numa das estradas de terra, quando estavam a caminho do imóvel.

Björk agradeceu a todos pelos esforços. Já tinha concordado com Wallander: os policiais esgotados deviam ser mandados para casa e avisados de que as buscas recomeçariam às seis da manhã no dia seguinte.

Wallander foi o último a ir embora, rumo a Ystad. Ligou para Robert Åkerblom, dizendo que sentia muito mas que não havia nada a relatar. Embora fosse tarde, o marido de Louise manifestou o desejo de que Wallander desse uma passada em sua casa, onde estava sozinho com as filhas.

Antes de dar a partida, telefonou para a irmã, que morava em Estocolmo. Sabia que ela não dormia cedo. Contou-lhe que o pai estava planejando se casar com a mulher que o ajudava na casa. Para seu completo espanto, ela caiu na gargalhada. Mas, para seu alívio, prometeu visitar o pai no começo de maio.

Wallander repôs o telefone na base e partiu rumo a Ystad. Uma chuva forte chicoteava o pára-brisas.

Foi até a casa de Robert Åkerblom. Era uma casa geminada, igual a milhares de outras. A luz continuava acesa no térreo.

Antes de descer do carro, reclinou-se no assento e fechou os olhos.

Ela nunca chegou lá, pensou.

O que aconteceu no caminho?

Tem alguma coisa no seu desaparecimento que não bate. E eu não estou percebendo o que é.

4

Quando o despertador na cabeceira da cama tocou eram quinze para as cinco.

Kurt Wallander gemeu e pôs o travesseiro na cara.

Eu nunca durmo o suficiente, pensou. Sentia-se meio desanimado. Por que não consigo ser um desses policiais que deixam tudo o que tem a ver com o trabalho para trás assim que entram em casa?

Continuou deitado e tornou a pensar na curta visita que fizera à casa de Robert Åkerblom na noite anterior. Fora simplesmente uma tortura ter de encarar o olhar transtornado do marido e dizer que a polícia não conseguira achar nada. Saíra de lá o mais rápido possível e sentira o estômago embrulhado na volta para casa. Depois ficara acordado até às quinze para as três, apesar do cansaço, da quase exaustão.

Temos de encontrá-la, pensou. Agora. Rápido. Viva ou morta. Simplesmente temos de encontrá-la.

Combinara com Robert Åkerblom que voltaria a entrar em contato na parte da manhã, assim que as buscas tivessem recomeçado. Além disso teria de remexer nos pertences privados de Louise Åkerblom para poder descobrir como ela era de fato. De certa forma não conseguia se livrar da idéia de que havia algo de muito estranho em seu sumiço. As circunstâncias que cercam o desaparecimento de alguém são sempre um tanto peculiares; mas nesse caso havia alguma coisa diferente de tudo que já presenciara. E queria saber o que era.

Forçou-se a sair da cama, pôs a cafeteira para funcionar e foi ligar o rádio. Xingou ao se lembrar do furto e depois concluiu que ninguém teria tempo para se preocupar com o arrombamento, diante dos últimos acontecimentos.

Tomou um banho, vestiu-se e engoliu um café. O tempo lá fora não ajudou a melhorar o humor. Chovia muito e ventava forte. Era o pior tempo possível para uma busca organizada. Durante o dia todo, campos e bosques em torno de Krageholm estariam cheios de policiais exaustos e irritadiços, de cães com rabo entre as pernas e de revoltados recrutas do regimento da região. Mas isso tudo era problema de Björk. O seu era remexer nos pertences de Louise Åkerblom.

Entrou no carro e foi até o carvalho rachado. Björk andava de lá para cá, impaciente, na beira da estrada.

— Que tempo mais horrendo. Por que sempre tem que chover quando estamos procurando alguém?

— Hum — fez Wallander. — É estranho mesmo.

— Falei com o comandante da base militar. É o tenente-coronel Hernberg. Disse que vai nos mandar dois ônibus cheios de recrutas, às sete em ponto. Mas acho que podemos ir começando. Martinson já fez todo o trabalho preliminar.

Wallander balançou a cabeça, aprovando a decisão. Martinson fazia um bom serviço, em se tratando de busca organizada.

— Pensei em convocar a imprensa para dar uma entrevista às dez horas. Ajudaria muito se pudesse estar presente, Kurt. Até lá, precisamos de uma foto dela.

O inspetor lhe deu a que levava no bolso. Björk contemplou o retrato de Louise Åkerblom.

— Bela moça. Tomara que a gente a encontre viva. Ela é assim mesmo?

— O marido acha que é.

Björk guardou a foto dentro de uma carteirinha de plástico que levava num dos bolsos da capa de chuva.

— Eu vou até a casa deles — disse Wallander. — Acho que posso ser mais útil lá.

Björk fez que sim. Mas, antes que o inspetor chegasse ao carro, ele o pegou pelo ombro.

— O que você acha? Ela está morta? Será que há algum crime por trás disso?

— Difícil pensar em outra hipótese. A menos que tenha se machucado e esteja jogada em algum canto, sofrendo dores terríveis. Mas não acho que seja esse o caso.

— As coisas não estão cheirando nada bem. Nada bem mesmo.

Wallander voltou a Ystad. O mar cor de chumbo parecia muito agitado.

Ao entrar na casa em Åkarvägen encontrou duas meninas pequenas que o fitavam com olhos muito arregalados.

— Eu disse a elas que você é policial — explicou Robert Åkerblom. — Elas sabem que a mamãe está perdida em algum lugar e que você está procurando por ela.

Wallander balançou a cabeça e tentou sorrir, apesar do nó que lhe subira à garganta.

— Eu me chamo Kurt. E vocês?

— Maria e Magdalena — responderam as meninas, uma depois da outra.

— Que nomes mais bonitos. Eu tenho uma filha que se chama Linda.

— Elas vão ficar na casa de minha irmã, hoje — falou Robert Åkerblom. — Ela deve passar daqui a pouco para pegá-las. Aceita um chá?

— Agradeço.

O inspetor pendurou o sobretudo, tirou os sapatos e entrou na cozinha. As duas meninas estavam paradas na soleira da porta, vigiando todos os seus movimentos.

Por onde começar?, perguntou-se Wallander. Será que o marido vai entender que tenho de abrir todas as gavetas e remexer em cada papel da esposa desaparecida?

As duas garotinhas foram apanhadas e Wallander terminou seu chá.

— Vamos conversar com a imprensa às dez horas. O que significa que teremos de fornecer o nome de sua mulher para o público e pedir a qualquer pessoa que porventura tenha cruzado com ela que se apresente. E isso, como você bem sabe, tem outras implicações. Não podemos mais excluir a possibilidade de que um crime tenha sido cometido.

Havia o risco de que Robert Åkerblom desmoronasse e começasse a chorar. Mas esse homem pálido, de olhos fundos, impecavelmente vestido de terno e gravata, essa manhã parecia estar no controle de suas emoções, e contrariou as previsões do inspetor.

— Temos de continuar acreditando que há uma explicação natural para isso, apesar de tudo. Mas já não podemos mais excluir nenhuma hipótese.

— Entendo. Estou ciente disso desde o começo.

Wallander empurrou a xícara de chá para o lado, agradeceu e levantou-se.

— Por acaso lembrou mais alguma coisa que nós devíamos saber?

— Não. É tudo um mistério total.

— Vamos vistoriar a casa juntos. Depois espero que entenda que precisarei remexer em todas as roupas, gavetas, em tudo o que possa nos dar algum indício sobre o desaparecimento de sua mulher.

— Ela mantém tudo muito arrumado.

Começaram pelo andar de cima e foram descendo até o porão e a garagem. Wallander reparou que Louise Åkerblom devia adorar tons pastel. Não havia em parte alguma uma cortina ou uma toalha de cor escura. A casa simplesmente destilava joie de vivre. A mobília era um misto de peças antigas e novas. Mesmo enquanto tomava seu chá, já tinha reparado na cozinha bem equipada, com vários aparelhos para facilitar o trabalho. Obviamente o dia-a-dia deles não sofria as restrições de um puritanismo excessivo.

— Tenho que dar um pulo no escritório — falou Robert Åkerblom quando eles terminaram de vistoriar a casa. — Presumo que não haja nenhum problema em deixá-lo aqui sozinho.

— Problema algum. Guardo minhas perguntas para quando voltar. Ou então dou uma ligada. De todo modo, preciso voltar para a delegacia pouco antes das dez, para a entrevista coletiva.

— Estarei de volta antes disso.

Depois que ficou sozinho, Wallander deu início a uma busca metódica pela casa. Abriu os armários e as gavetas da cozinha, examinou a geladeira e o freezer.

Uma coisa o deixou intrigado. Num armário sob a pia havia um bom estoque de bebidas alcoólicas. O que não se enquadrava direito com a imagem que tinha da família Åkerblom.

Terminada a cozinha, passou para a sala, onde não encontrou nada digno de nota. Depois foi para cima. Ignorou o quarto das meninas. Revistou primeiro o banheiro, lendo os rótulos dos frascos e anotando alguns dos medicamentos de Louise Åkerblom no bloquinho de notas. Subiu na balança do banheiro e fez uma careta ao ver quanto estava pesando. Depois entrou no quarto. Nunca se sentia muito à vontade remexendo nas roupas de uma mulher, como se estivesse sendo vigiado sem perceber. Revistou todas as sacolas e caixas de papelão nos armários. Em seguida aproximou-se da cômoda onde ela guardava as roupas íntimas. Não encontrou nada que o surpreendesse, nada que indicasse algum novo elemento. Ao terminar, sentou-se na beira da cama e olhou em volta do quarto.

Nada, pensou. Absolutamente nada.

Suspirou e avançou para o aposento seguinte, mobiliado como um escritório. Sentou-se à escrivaninha e começou a abrir as gavetas, uma por vez. Mergulhou em álbuns de fotos e maços de cartas. Não viu nem uma foto sequer em que Louise Åkerblom não estivesse sorrindo ou dando risada.

Repôs tudo nos devidos lugares, com todo o cuidado, fechou uma gaveta e tentou a seguinte. Formulários de imposto de renda e documentos de seguro, boletins escolares e escrituras, nada que lhe chamasse a atenção ou fosse estranho.

Foi somente ao abrir a última gaveta de baixo do móvel que o inspetor se surpreendeu. De início achou que não contivesse mais nada além de um maço de papel em branco. Ao apalpar o fundo, no entanto, os dedos entraram em contato com um objeto metálico. Tirou-o de lá e sentou-se, de cenho franzido.

Era um par de algemas. Não algemas de brinquedo; algemas de verdade. Feitas na Inglaterra.

Colocou-as sobre a mesa, a sua frente.

Elas não precisam necessariamente ser significativas, pensou. Mas estavam bem escondidas. E desconfio de que Robert Åkerblom as teria tirado de lá, se soubesse de sua existência.

Fechou a gaveta e colocou as algemas no bolso.

Depois desceu para o porão e a garagem. Numa prateleira presa acima de uma mesa de trabalho viu aviõezinhos extremamente bem montados com madeira balsa. Imaginou então Robert Åkerblom entretido com seu passatempo. Quem sabe um dia já não tenha sonhado em ser piloto?

O telefone começou a tocar lá em cima. Correu para atender.

Eram nove horas, a essa altura.

— Posso falar com o inspetor Wallander? — Era a voz de Martinson.

— Falando.

— Acho melhor vir para cá. Agora mesmo.

O inspetor Wallander sentiu o coração acelerar.

— Encontraram Louise?

— Não. Nem ela nem o carro. Mas tem uma casa pegando fogo aqui perto. Ou, para ser mais exato, uma casa explodiu. Pode ser que haja uma ligação.

— Estou indo.

Rabiscou um bilhete para Robert Åkerblom e deixou-o sobre a mesa da cozinha.

A caminho de Krageholm, tentou esmiuçar as implicações do que Martinson tinha dito. Uma casa explodira? Que casa?

Ultrapassou três caminhões imensos em fila. A chuva estava agora tão forte que os limpadores mal conseguiam dar conta do pára-brisa.

Pouco antes de atingir o carvalho danificado, a chuva amainou um pouco e foi possível ver uma coluna de fumaça preta subindo acima das árvores. Havia uma viatura policial à espera dele, ao lado do carvalho. Um dos policiais fez sinal para que desse a volta. Ao saírem da estrada principal, Wallander notou que o caminho era um dos que pegara erradamente no dia anterior, o que tinha várias marcas de pneu.

Havia mais alguma coisa a respeito da estradinha, mas o inspetor não conseguiu atinar com o que era, não de imediato.

Ao chegar ao local do incêndio, reconheceu a casa. Ficava à esquerda e mal dava para vê-la da estrada. Os bombeiros já estavam trabalhando. Wallander saltou do carro e foi imediatamente atingido pelo calor do fogo. Martinson vinha em sua direção.

— Tinha alguém dentro? — Wallander perguntou.

— Ninguém. Pelo menos é o que achamos. De todo modo é impossível entrar. Muito calor. A casa estava vazia havia mais de um ano, desde que o proprietário morreu. Um dos agricultores da área me forneceu os antecedentes. A pessoa que está lidando com o espólio não consegue se decidir se quer vender ou alugar.

— Vamos lá, me dê a história completa — falou o inspetor, espiando os enormes rolos de fumaça.

— Eu estava na estrada principal. Um dos grupos de busca do exército estava meio enrolado. De repente ouvi um barulhão. Parecia uma bomba explodindo. No começo achei que tinha caído um avião. Depois vi a fumaça. Devo ter levado no máximo cinco minutos para chegar até aqui. Estava tudo em chamas. Não só a casa, mas o celeiro também.

Wallander tentou raciocinar.

— Uma bomba — repetiu. — Acha que pode ter sido um vazamento de gás?

Martinson abanou a cabeça.

— Nem mesmo vinte bujões de propano conseguiriam produzir uma explosão como essa. As árvores frutíferas dos fundos estão despedaçadas. Algumas foram arrancadas pela raiz. Deve ter sido alguma coisa planejada.

— A área toda está formigando de policiais e soldados. Uma hora meio esquisita para um incêndio premeditado.

— Justamente o que eu pensei. Por isso achei que talvez haja um elo de ligação.

— Alguma idéia?

— Não. Nenhuma.

— Descubra quem é o dono da casa agora. Quem é o responsável pela propriedade. Concordo com você, isso parece ser mais do que uma simples coincidência. Cadê o Björk?

— Já foi para a delegacia se preparar para a coletiva. Sabe como ele fica nervoso toda vez que tem que enfrentar jornalistas que nunca escrevem o que ele diz. Mas está a par de tudo. O Svedberg entrou em contato com ele. Ah, e também sabe que você veio para cá.

— Vou dar uma olhada melhor em tudo depois que o fogo tiver sido controlado. Mas acho uma boa idéia destacar alguns homens para passarem um pente-fino na área.

— À procura de Louise Åkerblom?

— Do carro, em primeiro lugar.

Martinson afastou-se para falar com o agricultor. Wallander ficou onde estava, vendo as labaredas.

Se há uma conexão, qual será ela?, perguntou consigo mesmo. Uma mulher desaparece e uma casa explode. Bem debaixo do nariz do pessoal que está dando busca.

Espiou o relógio. Dez para as dez. Fez um gesto chamando um dos bombeiros.

— Quando é que vou poder começar a investigar as coisas por aqui?

— Está tudo queimando muito rápido — disse o bombeiro. — Mas lá pelo final da tarde já deve dar para você se aproximar da casa.

— Ótimo. Parece que foi uma explosão e tanto.

— Isto aqui não começou com um fósforo, com certeza. Não me surpreenderia se me dissessem que havia cem quilos de dinamite lá dentro.

Wallander voltou para Ystad. Ligou para Ebba na recepção e pediu-lhe para avisar Björk de que estava a caminho.

De repente lembrou-se do que tinha esquecido. Na tarde do dia anterior, os policiais de uma das viaturas que compareceram ao local relataram um quase acidente com um Mercedes que trafegava em alta velocidade pela área. Tinha certeza praticamente absoluta de que a estrada mencionada era a mesma que levava à casa incendiada.

Coincidências demais, pensou. Precisamos encontrar algo que faça as coisas começarem a se encaixar. E rápido.

Björk andava de um lado para o outro todo inquieto, na área de recepção da delegacia, quando Wallander chegou.

— Nunca vou me acostumar a lidar com a imprensa. E isso desse incêndio, o que vem a ser? O Svedberg me falou de uma casa. Mas se expressou de um jeito meio estranho, cá entre nós. Disse que a casa e o celeiro tinham explodido. O que ele quis dizer com isso? De que casa ele estava falando?

— O relato de Svedberg provavelmente está correto. Mas acho muito difícil que tenha qualquer coisa a ver com o que vai ser dito à imprensa sobre o desaparecimento de Louise Åkerblom, de modo que eu sugiro que a gente converse sobre isso depois. Até lá o pessoal no local talvez já tenha mais alguma informação para dar.

Björk concordou meneando a cabeça.

— Vamos manter as coisas simples. Um resumo e uma referência direta ao desaparecimento, depois a gente entrega as fotos e faz um apelo ao público em geral.

Você lida com as perguntas sobre como andam as investigações.

— As investigações na verdade não estão andando para lado nenhum. Se ao menos conseguíssemos encontrar o carro. Mas por enquanto não temos nada.

— Acho melhor inventar alguma coisa. Policial que diz para o repórter que não tem nada vira carta marcada. Não se esqueça disso.

O encontro com a imprensa durou pouco mais de meia hora. Além dos jornais locais e da rádio da cidade, compareceram também enviados do *Expressen* e do *Idag*. Mas ninguém dos jornais de Estocolmo. Eles não vão aparecer enquanto ela não for encontrada, pensou Wallander. Presumindo-se que esteja morta.

Björk começou anunciando que uma mulher desaparecera em circunstâncias que a polícia considerava sérias. Descreveu a desaparecida e o carro, depois distribuiu as fotos. Em seguida convidou os presentes a fazerem perguntas, fez um gesto de cabeça na direção de Wallander e sentou-se. O inspetor subiu no pequeno tablado e esperou.

— O que o senhor imagina que tenha acontecido com ela, inspetor? — perguntou o repórter da estação de rádio.

Wallander nunca o vira antes. A impressão que dava é que a estação vivia trocando de funcionários.

— Não imaginamos coisa alguma. Mas as circunstâncias sugerem que é preciso levar o desaparecimento de Louise Åkerblom a sério.

— Fale para nós dessas circunstâncias — sugeriu o repórter.

Wallander então começou.

— É preciso deixar bem claro que, de uma forma ou de outra, a maioria das pessoas que desaparecem no país acaba sempre reaparecendo mais tarde. De cada três casos, dois têm uma explicação perfeitamente natural. Uma das mais comuns é o esquecimento. Muito de vez em quando, surgem sinais que sugerem que talvez haja uma outra explicação qualquer. E então tratamos o desaparecimento com a maior seriedade.

Björk ergueu a mão.

— O que não significa dizer, claro, que a polícia não leve todos os casos de pessoas desaparecidas com a maior seriedade.

Ai, Deus, pensou Wallander.

O enviado do *Expressen*, um rapaz novo ainda, de barba ruiva, ergueu a mão e falou:

— Será que o senhor poderia ser um pouco mais específico? A polícia não exclui a possibilidade de que tenha havido um crime. Por quê? Também acho que não ficou claro onde ela desapareceu e quem foi a última pessoa a vê-la.

Com a cabeça, Wallander assentiu. O jornalista tinha razão. Björk fora muito vago em vários pontos importantes.

— Ela saiu da Caixa Econômica de Skurup pouco depois das três da tarde da última sexta-feira — informou ele. — Um funcionário do banco viu quando ela deu a partida no carro e saiu, por volta das três e quinze. Não há dúvida quanto à hora. Ninguém mais a viu depois. Além disso, temos certeza quase absoluta de que ela pegou um de dois caminhos possíveis. Ou foi pela E14 na direção de Ystad, ou então pode ter passado por Slimminge e Rögla, na direção do distrito de Krageholm. Como vocês já sabem, Louise Åkerblom é corretora de imóveis. Talvez estivesse indo ver uma casa que foi posta à venda. Ou podia estar indo direto para casa. Não sabemos o que ela decidiu fazer.

— Que casa? — perguntou um dos repórteres da imprensa local.

— Não posso responder a essa pergunta por motivos relacionados à investigação.

A reunião com os jornalistas foi morrendo por conta própria. O repórter da estação de rádio entrevistou Björk. Wallander conversou no corredor com um dos representantes do jornal de Ystad. Quando se viu sozinho, serviu-se de uma xícara de café, foi para sua sala e ligou para o local do incêndio. Conseguiu falar com Svedberg e ficou sabendo que Martinson já tinha destacado um grupo para se concentrar apenas na área em volta da casa incendiada.

— Nunca vi um incêndio como este aqui — disse Svedberg. — Não vai sobrar nem uma viga sequer depois que estiver tudo acabado.

— À tarde eu passo aí. Agora vou voltar à casa de Robert Åkerblom. Telefone para lá, se surgir alguma novidade.

— Pode deixar. E a imprensa, falou alguma coisa?

— Nada que valha a pena comentar. — Wallander repôs o fone no gancho.

Nesse exato instante, Björk bateu à porta.

— As coisas até que foram bem, muito bem mesmo. Nenhum golpe sujo, apenas perguntas razoáveis. Agora é torcer para que escrevam o que nós queremos que escrevam.

— Vamos ter de destacar mais gente para atender às ligações amanhã — disse Wallander, sem se dar ao trabalho de tecer avaliações sobre o encontro com a imprensa. — Uma mulher devota, mãe de dois filhos pequenos, desaparecendo assim sem mais nem menos, receio que vai ter um monte de gente que não sabe coisa alguma telefonando para cá. Para oferecer suas bênçãos e orações à polícia. Sem falar naqueles que talvez tenham de fato alguma coisa de útil para nos dizer.

— Isso se não a encontrarmos no decurso do dia.

— Não acredito nisso. E nem você.

Em seguida contou a história do extraordinário incêndio. A explosão. Björk escutou com fisionomia preocupada.

— O que significa isso tudo?

Wallander abriu os braços.

— Não faço a menor idéia. Mas estou indo ver Robert Åkerblom de novo. Para descobrir o que mais ele tem a dizer.

Björk parou na porta.

— Vamos fazer uma reunião para trocar informações às cinco da tarde, em minha sala.

Bem na hora em que estava para sair do gabinete, Wallander lembrou-se de que tinha esquecido de pedir a Svedberg que lhe fizesse um favor. Ligou para o local do incêndio outra vez.

— Está lembrado de que uma viatura da polícia quase bateu num Mercedes, ontem à noite?

— Tenho uma vaga lembrança.

— Descubra tudo o que puder sobre o incidente. Tenho uma forte suspeita de que aquele Mercedes está de alguma forma envolvido no incêndio. Só não tenho certeza se tem alguma coisa que ver com Louise Åkerblom.

— Afirmativo. Mais alguma coisa?

— Temos uma reunião marcada para as cinco.

Quinze minutos mais tarde, estava de novo na cozinha de Robert Åkerblom. Sentou-se na mesma cadeira que ocupara algumas horas antes e tomou outra xícara de chá.

— Às vezes somos chamados para alguma emergência. Houve um grande incêndio. Mas já foi controlado.

— Compreendo — disse Robert Åkerblom educadamente. — Estou certo de que não deve ser nada fácil ser policial.

Wallander observou o homem sentado a sua frente. Ao mesmo tempo, sentia o volume das algemas no bolso da calça. Não tinha a menor vontade de fazer o interrogatório que estava prestes a iniciar.

— Tenho algumas perguntas. Podemos tanto conversar aqui como em qualquer outro lugar.

— Claro. Faça quantas perguntas quiser.

O inspetor reparou que ficara irritado com o tom gentil mas de inegável censura na voz de Robert Åkerblom.

— Não sei ao certo como fazer a primeira pergunta — começou. — Sua mulher tem algum problema de saúde?

O homem olhou-o surpreso.

— Não. Aonde está querendo chegar?

— Apenas me ocorreu que ela pode ter descoberto que tinha algum problema sério de saúde. Ela esteve no médico recentemente?

— Não. E, se estivesse doente, teria me dito.

— Existem certas doenças sérias sobre as quais as pessoas às vezes hesitam falar. Ou, pelo menos, precisam de alguns dias para pôr a cabeça e as emoções no lugar. Muitas vezes, é o doente que tem de consolar a pessoa que recebe a notícia da doença.

Robert Åkerblom pensou alguns momentos, antes de responder.

— Tenho certeza de que não é esse o caso.

Wallander balançou a cabeça e continuou.

— Ela tinha algum problema com álcool?

O rosto de Robert Åkerblom se contraiu.

— Como pode perguntar uma coisa dessas? — falou, após alguns instantes de silêncio. — Não tocamos em álcool, nenhum dos dois.

— Mesmo assim o armário sob a pia está cheio de garrafas de bebidas alcoólicas.

— Não temos nada contra as pessoas que bebem. Dentro de certos limites, claro. Nós às vezes recebemos visitas. Mesmo uma imobiliária pequena como a nossa precisa receber clientes, uma vez ou outra.

De novo, Wallander balançou a cabeça. Não tinha motivos para questionar a resposta. Tirou as algemas do bolso e colocou-as sobre a mesa. O tempo todo de olho nas possíveis reações de Robert Åkerblom.

Foi exatamente como previra. Incompreensão total.

— Vai me prender?

— Não. Mas encontrei estas algemas na última gaveta do lado esquerdo da escrivaninha, debaixo de um maço de papel em branco, no escritório de vocês, lá em cima.

— Algemas — repetiu Robert Åkerblom. — Eu nunca tinha visto isso antes.

— Como é muito difícil imaginar que uma das duas meninas tenha posto isto lá dentro, só nos resta presumir que tenha sido sua mulher.

— Não estou entendendo.

De repente, Wallander teve certeza de que o homem sentado a sua frente mentia. Uma mudança quase imperceptível na voz, uma repentina insegurança no olhar. Mas o suficiente para que Wallander registrasse.

— Seria possível que uma outra pessoa qualquer tivesse guardado isso lá?

— Eu não sei. As únicas visitas que recebemos são da igreja. Fora os clientes. E ninguém vai lá em cima.

— Ninguém?

— Nossos pais. Alguns poucos parentes. Os amigos das meninas.

— Já é um bocado de gente.

— Não estou entendendo — repetiu o homem.

Talvez você não esteja entendendo como foi capaz de se esquecer de tirá-las de circulação, pensou Wallander. Mas, por enquanto, a pergunta é: o que significam elas?

Pela primeira vez, Wallander perguntou-se se era possível que Robert Åkerblom tivesse matado a própria mulher. Mas descartou logo essa idéia. As algemas e a mentira não eram suficientes para apagar tudo o que o inspetor já estabelecera como fato.

— Tem certeza de que não sabe como explicar estas algemas? — perguntou de novo o inspetor. — Talvez eu devesse salientar que não é uma violação da lei possuir um par de algemas em casa. Não é preciso uma licença especial. Por outro lado, claro, não se pode manter alguém algemado sem mais nem menos.

— Acha que não estou lhe dizendo a verdade?

— Eu não acho nada. Só quero saber por que estas algemas estavam escondidas numa gaveta, só isso.

— Já lhe disse que não sei como é que elas vieram parar dentro de casa.

Wallander balançou mais uma vez a cabeça. Não achava necessário pressioná-lo mais. Não por enquanto, pelo menos. Mas tinha certeza de que o homem estava mentindo. Seria possível que por trás desse casamento houvesse uma vida sexual pervertida e possivelmente dramática? Seria possível que isso, por sua vez, explicasse o desaparecimento de Louise Åkerblom?

Empurrou a xícara de chá para o lado, indicando que a conversa terminara. Enfiou as algemas de novo no bolso, embrulhadas num lenço. Uma análise técnica talvez pudesse revelar alguma coisa sobre a maneira como eram usadas.

— Isso é tudo por enquanto — falou, levantando-se. — Entro em contato assim que tiver alguma coisa a relatar. Acho melhor se preparar para um pouco de comoção esta noite, quando os vespertinos saírem e a estação de rádio transmitir a notícia. Vamos torcer para que tudo isso nos ajude, claro.

Robert Åkerblom fez que sim com a cabeça, mas não disse palavra.

Apertaram-se as mãos e Wallander entrou no carro. O tempo estava mudando. Chuviscava apenas, e o vento diminuíra bastante. Foi até o café Fridolf, tomar café e comer uns sanduíches. Era meio-dia e meia quando pegou outra vez no volante e partiu rumo ao local do incêndio. Estacionou, saltou as barreiras e viu que tanto a casa quanto o celeiro já tinham virado um monte de ruínas fumegantes. Ainda era cedo demais para que os peritos da polícia pudessem começar a investigação. O inspetor aproximou-se mais do foco do incêndio e trocou algumas palavras com o chefe dos bombeiros, Peter Edler, a quem conhecia bem.

— Estamos empapando tudo de água. Não tem muito mais o que fazer. Foi premeditado?

— Não faço a menor idéia. Por acaso sabe do Svedberg ou do Martinson?

— Acho que deram uma saída para comer alguma coisa. Foram para Rydsgård. E o tenente-coronel Hernberg levou seus recrutas de volta para o quartel. Estavam ensopados, mas vão voltar.

Wallander fez que sim e deixou o chefe dos bombeiros.

Havia um policial com um cão parado a poucos metros de onde estava. O homem comia um sanduíche, e o cachorro arranhava o cascalho molhado, coberto de fuligem, com uma das patas.

De repente, o cão se pôs a uivar. Impaciente, o policial puxou a guia da coleira algumas vezes, depois curvou-se para ver o que o cão estava desenterrando.

Em seguida o inspetor o viu recuar e derrubar o sanduíche.

Impossível não ficar curioso. Aproximou-se.

— O que foi que ele achou?

O policial virou-se para encarar Wallander. Estava branco feito cera, todo trêmulo.

Wallander deu mais uns dois passos e curvou-se.

Jogado na lama, diante dele, havia um dedo.

Um dedo negro. Não um polegar, nem um mindinho. Mas era um dedo humano.

Wallander sentiu ânsia de vômito.

Mandou que o policial entrasse em contato com Svedberg e Martinson imediatamente.

— Mande os dois virem para cá já. Mesmo que estejam no meio do almoço. Tem um saco plástico vazio no banco traseiro do meu carro. Vá pegá-lo.

O policial obedeceu.

O que estaria havendo?, pensou Wallander. Um dedo negro. O dedo de um negro. Cortado. Em pleno sul da Suécia.

Quando o policial voltou com o saco plástico, Wallander fez uma cobertura provisória para proteger o dedo da chuva. O boato já se espalhara e vários bombeiros se juntaram em volta do achado.

— Temos que começar a procurar por restos de corpos entre as cinzas — falou Wallander para o chefe da equipe de bombeiros. — Sabe Deus o que andou acontecendo por aqui.

— Um dedo — disse Peter Edler, sem poder acreditar.

Vinte minutos depois, Svedberg e Martinson chegaram e foram correndo até o local onde estava o dedo. E ficaram ali olhando, sem compreender.

Nenhum dos dois tinha qualquer coisa para dizer.

No fim, foi Wallander quem rompeu o silêncio.

— Pelo menos de uma coisa nós temos certeza. Este não é um dos dedos de Louise Åkerblom.

5

Eles se reuniram às cinco da tarde numa das salas de conferência do distrito. Wallander não se lembrava de ter participado de reunião mais silenciosa.

Bem no centro da mesa, em cima de um plástico, estava o dedo negro.

Era evidente que Björk pusera a cadeira de forma a não enxergá-lo.

Todos os demais não tiravam o olho daquilo. Ninguém dizia nada.

Depois de uns tempos, chegou uma ambulância e removeu o resto decepado. Assim que o dedo se foi, Svedberg saiu para pegar café para todos, e Björk começou a reunião.

— Pela primeira vez na vida, não sei o que dizer — foi seu lance de abertura. — Será que alguém aqui tem uma explicação plausível?

Ninguém reagiu. Era uma pergunta sem sentido.

— Wallander — disse Björk, tentando uma outra abordagem —, será que poderia nos fazer um resumo do que temos até o momento?

— Não vai ser fácil, mas vou tentar. Os colegas talvez possam preencher as lacunas.

Abriu o bloquinho de notas e folheou-o.

— Louise Åkerblom está desaparecida há pouco mais de quatro dias. Para ser mais exato, há noventa e oito horas. Desde então, não foi mais vista, até onde se sabe. Enquanto estávamos procurando pela desaparecida, e pelo carro, claro, uma casa explodiu justamente onde acreditávamos que ela pudesse ser encontrada. Agora sabemos que o dono da casa já morreu e que o imóvel estava desocupado. O representante do espólio é um advogado que mora em Värnamo. Ele não tem a menor idéia do que possa ter acontecido. A casa está vazia há mais de um ano. Os herdeiros ainda não decidiram o que fazer e não sabem se vendem ou se mantêm a propriedade na família e alugam. Cogita-se da possibilidade de que alguns herdeiros adquiram a parte que cabe aos demais. O nome do advogado é Holmgren, e pedimos a nossos colegas em Värnamo para discutir a questão com ele. Queremos no mínimo uma lista com os nomes e endereços de todos os interessados.

Wallander tomou um gole de café, antes de continuar.

— O fogo começou às nove horas da manhã. Os primeiros indícios sugerem que houve uso de algum explosivo poderoso, dotado de um *timer*. Não existe absolutamente nenhum motivo que nos leve a crer que o incêndio tenha sido provocado por causas naturais. Holmgren tem certeza absoluta de que não havia nem um único bujão de gás na casa. A fiação foi toda refeita ano passado, no imóvel todo. Enquanto os bombeiros combatiam o fogo, um dos cães da polícia farejou um dedo humano a coisa de vinte e cinco metros das chamas. É um dedo indicador ou médio da mão esquerda. O mais provável é que tenha pertencido a alguém do sexo masculino. A um homem negro. O pessoal da perícia passou um pente-fino pelo local onde se originou o incêndio e adjacências, pelo menos na parte acessível, mas eles não encontraram mais nada. Fizemos uma busca organizada em toda a região e não descobrimos nada. Nenhum sinal do carro, nenhum sinal de Louise Åkerblom. Uma casa explodiu e nós achamos um dedo que pertence a um homem negro. É o que temos.

Björk fez uma careta.

— O que disse o pessoal do hospital? — perguntou ele.

— Maria Lestadius esteve aqui — adiantou Svedberg. — Ela disse que devíamos mandar o dedo direto para o laboratório de criminalística. Ela diz que não tem competência para ler dedos.

Björk retorceu-se todo na cadeira.

— Como é que é? Ler dedos?

— Foi o que ela me disse. — Svedberg parecia conformado. Era uma particularidade muito conhecida de Björk. Agarrar-se a minúcias sem a menor importância.

Björk batucava sobre a mesa quase sem perceber.

— Isto tudo é pavoroso — falou. — Indo direto ao ponto, nós não temos nada de nada. 'Nem o marido, Robert Åkerblom, conseguiu fornecer alguma pista?

Foi nesse momento que Wallander tomou a decisão de não mencionar as algemas, pelo menos por enquanto. Temia que aquele objeto pudesse levá-los para direções com pouquíssima ou nenhuma significação imediata. Além do mais, não estava convencido de que tivessem qualquer relação direta com o desaparecimento da mulher.

— Nada. Desconfio de que os Åkerblom são a família mais feliz de toda a Suécia.

— O que acha da hipótese de que ela tenha extrapolado todos os limites, do ponto de vista religioso? — A pergunta veio de Björk. — A gente vive lendo reportagens sobre essas seitas malucas.

— Não se pode dizer que os metodistas sejam exatamente uma "seita maluca" — falou Wallander. — Eles constituem uma de nossas igrejas protestantes mais antigas. Devo admitir, no entanto, que não sei direito o que pregam.

— Vamos ter de investigar esse assunto. O que vocês acham que devemos fazer daqui para a frente?

— Torcer para que o dia de amanhã nos traga algo — disse Martinson. — Talvez haja algum telefonema.

— Já destaquei um pessoal para cuidar dos telefones — continuou Björk. — Mais alguma coisa que deveríamos estar fazendo?

— O problema é o seguinte. — Era a vez de Wallander. — Não temos de onde partir. Tudo o que temos é um dedo. O que significa que, em algum lugar, existe um negro com um dedo a menos na mão esquerda. O que por sua vez significa que ele vai precisar da ajuda de um médico ou de um hospital. Se ainda não procurou ninguém, vai acabar procurando. Não podemos excluir também a possibilidade de que procure a polícia. Ninguém corta os próprios dedos fora. Bom, normalmente não. Em outras palavras, alguém o submeteu à tortura. Desnecessário dizer que talvez ele já tenha deixado o país.

— Impressões digitais — interveio Svedberg. — Não faço a menor idéia de quantos africanos existam no país, legal ou ilegalmente, mas existe uma possibilidade de conseguirmos encontrar em nossos arquivos um registro das impressões. Podemos mandar um pedido para a Interpol também. Pelo que sei, nesses últimos anos muitos países africanos têm feito grandes progressos no arquivamento de fichas criminais. Saiu um artigo sobre isso na revista *Policial Sueco*, há um ou dois meses. Concordo com o Kurt. Mesmo que no momento seja impossível ver qualquer conexão entre Louise Åkerblom e esse dedo, temos de presumir que talvez haja um elo.

— Será que devemos passar essa informação aos jornais? — Björk perguntou, mais para si mesmo. — Polícia procura pelo dono de um dedo. É, pelo menos vai dar uma manchete ou duas.

— Por que não? — falou Wallander. — Não temos nada a perder.

— Vou pensar. Por enquanto acho melhor aguardarmos. Mas concordo que devemos alertar todos os hospitais do país. Presumo que os médicos tenham o dever de informar a polícia, quando existe a suspeita de que o ferimento tenha sido causado por ação criminosa.

— E também de manter a confidencialidade — disse Svedberg. — Mas claro que devemos alertar os hospitais. Os centros de saúde também. Alguém aqui sabe quantos médicos na ativa existem no país?

Ninguém sabia.

— Peça a Ebba para descobrir — falou Wallander.

A secretária levou dez minutos para entrar em contato com a Associação Médica Sueca.

— Existem pouco mais de vinte e cinco mil médicos na Suécia — informou Wallander, depois que Ebba ligou para a sala de conferência.

Todos ficaram boquiabertos.

Vinte e cinco mil médicos.

— E onde estão todos eles, quando a gente precisa de um? — falou Martinson.

Björk começava a ficar impaciente.

— Essa conversa não vai dar em nada. E todos nós temos um bocado de coisas a fazer. Amanhã voltamos a nos reunir, às oito horas.

— Eu cuido dos hospitais — falou Martinson.

Tinham acabado de juntar os papéis e estavam se levantando quando o telefone tocou. Martinson e Wallander já tinham saído para o corredor quando Björk os chamou.

— Temos uma pista! — disse ele, de rosto afogueado. — O pessoal acredita ter achado o carro. Era o Norén ao telefone. Um agricultor apareceu no local do incêndio e perguntou se a polícia estaria interessada em ver uma coisa que ele tinha achado numa lagoa das redondezas. No caminho para Sjöbo, parece que foi isso que ele disse. Norén foi até lá e viu uma antena de rádio saindo da lama. O agricultor, que se chama Antonson, tem certeza de que o carro não estava ali uma semana atrás.

— Certo, vamos já para lá — falou Wallander. — Precisamos tirar esse carro do lago esta noite. Não podemos esperar até amanhã. Temos de providenciar holofotes e um guindaste.

— Espero que não haja ninguém dentro do carro — disse Svedberg.

— É justamente isso que nós vamos descobrir.

A lagoa era de difícil acesso, perto de um bosque ao norte de Krageholm, no caminho para Sjöbo. A polícia levou três horas para obter os holofotes e levar um guindaste até lá, e já eram nove e meia da noite quando conseguiram amarrar o cabo no carro. Em seguida Wallander fez o favor de escorregar e mergulhar quase até a cintura na água. Tomou emprestado um blusão que Norén tinha sobressalente no carro. Mas mal reparou que estava molhado e começando a sentir frio. Toda sua atenção se concentrava no carro.

Sentia-se ao mesmo tempo tenso e desconfortável. Esperava que fosse o carro certo. Mas temia que Louise Åkerblom estivesse dentro dele.

— De um modo ou de outro, uma coisa é certa — falou Svedberg. — Não se trata de nenhum acidente. O carro foi empurrado para dentro da água para não ser visto. Possivelmente no meio da noite. Quem fez isso não conseguiu enxergar a antena para fora.

Wallander fez que sim com a cabeça. Svedberg tinha razão.

Aos poucos o cabo se retesou. O guindaste móvel firmou-se nas escoras e começou a puxar.

A traseira apareceu lentamente.

Wallander olhou para Svedberg, que era especialista em carros.

— É o carro dela?

— Espere mais um pouco. Ainda não dá para ter certeza.

E nesse momento o cabo afrouxou. O carro voltou a mergulhar na lama.

Tiveram de recomeçar.

Meia hora depois, o guindaste voltou a puxar.

Wallander olhava de Svedberg para o carro — que surgia lento da água — e de volta para o colega.

De repente, Svedberg fez que sim com a cabeça.

— É o próprio. É um Toyota Corolla. Não resta a menor dúvida.

Wallander pôs um dos holofotes em cima. Já dava para ver que era azul-escuro.

Muito devagar, o automóvel foi saindo da lagoa, até

que o guindaste parou. Svedberg trocou um olhar com Wallander. Aproximaram-se e deram uma espiada no interior, um de cada lado.

O carro estava vazio.

Wallander abriu o porta-malas.

Nada.

— Não tem nada aqui dentro — o inspetor informou a Björk.

— Ela ainda pode estar no lago — disse Svedberg.

Wallander concordou com um aceno de cabeça. A lagoa tinha uns cem metros de circunferência, mas a antena ficara bem visível, de modo que não devia ser muito funda.

— Precisamos de mergulhadores. Agora, imediatamente.

— Mas não vai dar para enxergar nada, está muito escuro — falou Björk. — Acho melhor esperarmos até amanhã de manhã.

— Ninguém precisa enxergar. Basta percorrer o fundo do lago. Duas pessoas arrastando os ganchos de busca. Não quero esperar até amanhã.

Björk cedeu. Foi até uma das viaturas e chamou pelo rádio.

Nesse meio tempo, Svedberg, que abrira a porta do motorista, olhava lá dentro, com o auxílio de uma lanterna. Cuidadosamente, desprendeu o telefone encharcado.

— Em geral o último número chamado fica registrado. Ela pode ter falado com mais alguém depois da ligação para o escritório.

— Bem pensado, Svedberg — disse Wallander.

Enquanto aguardavam os mergulhadores, fizeram uma vistoria preliminar no carro. Wallander encontrou um saco de papel, no banco traseiro, com doces desfeitos.

Tudo se encaixa até o momento, pensou. Mas o que terá havido? Na estrada? Com quem foi que você se encontrou, Louise Åkerblom? Era algum encontro marcado?

Ou foi por acaso? Alguém que queria encontrá-la, sem que você soubesse?

— Não achei nenhuma bolsa — disse Svedberg. — Nem pasta. Nada no porta-luvas, exceto o manual de instruções e manutenção, documentos do seguro e um exemplar do Novo Testamento.

— Procure por um mapa feito à mão.

Svedberg não encontrou.

Wallander deu a volta no carro, bem devagar. Não havia nenhuma batida. Louise Åkerblom não sofrera nenhum acidente.

Sentaram-se numa das viaturas, tomando café de uma garrafa térmica. Parara de chover e o céu estava praticamente limpo.

— Será que ela está aí no lago? — perguntou Svedberg.

— Não faço idéia. Pode ser que sim.

Os dois jovens mergulhadores chegaram numa viatura do corpo de bombeiros. Wallander e Svedberg cumprimentaram a ambos com um aperto de mão; já se conheciam.

— O que estamos procurando? — perguntou um deles.

— Um corpo talvez — respondeu Wallander. — Ou uma pasta, quem sabe uma bolsa. Ou talvez até alguma coisa que não sabemos o que seja.

Os mergulhadores fizeram os preparativos, depois entraram na água suja, estagnada, segurando uma corda com ganchos de busca entre eles.

Os policiais observavam em silêncio.

Martinson apareceu logo depois que os mergulhadores tinham terminado a primeira varredura.

— É o carro dela, pelo que vejo — falou.

— Ela pode estar na lagoa — disse Wallander.

Os mergulhadores foram conscienciosos. De vez em quando um ou outro parava e dava um puxão no gancho de busca. Na margem, já havia diversos objetos se acumulando. Um trenó quebrado, partes de uma debulhadora, alguns galhos podres, uma bota de borracha.

Passava da meia-noite. E nem sinal de Louise Åkerblom.

— Não tem mais nada aí dentro — disse um dos mergulhadores. — Mas podemos tentar de novo amanhã, se vocês acham que vale a pena.

— Não será preciso — falou Wallander. — Ela não está aí dentro.

Trocaram algumas palavras breves, depois foi cada qual para casa.

Wallander tomou uma cerveja e comeu dois pãezinhos ao chegar. Estava tão exausto que nem conseguia raciocinar direito. Não se deu ao trabalho de tirar a roupa; deitou-se e puxou um cobertor por cima.

Às sete e meia da manhã da quarta-feira, 29 de abril, Wallander estava de volta à delegacia.

Tivera uma idéia no caminho. Procurou o número do telefone do pastor Tureson. Foi ele mesmo quem atendeu. Wallander pediu desculpas por ligar tão cedo, depois perguntou se poderiam se encontrar mais tarde.

— Alguma coisa em especial? — perguntou Tureson.

— Não. Só que me passaram algumas dúvidas pela cabeça. Gostaria de lhe fazer umas perguntas. Nunca se sabe o que pode ser importante.

— Ouvi o noticiário no rádio. E li os jornais. Alguma novidade?

— Ela continua desaparecida. Por motivos técnicos, não posso adiantar muita coisa sobre como as investigações estão avançando.

— Compreendo. Desculpe ter perguntado. É que estou muito preocupado com o desaparecimento de Louise, naturalmente.

Combinaram de se ver às onze horas, na capela metodista.

Wallander pôs o fone no gancho e foi até a sala de Björk. Svedberg já estava lá, bocejando, e Martinson falava ao telefone. Björk tamborilava os dedos com impaciência no tampo da mesa. Martinson desligou com uma careta.

— As informações começaram a chegar. Mas por enquanto não houve nada de muito interessante, parece. Alguém ligou para dizer que tem certeza absoluta de ter visto Louise Åkerblom no aeroporto de Las Palmas na quinta-feira passada. Vale dizer, um dia antes de ela ter desaparecido.

— Vamos começar a reunião — cortou Björk.

O chefe de polícia obviamente dormira muito mal. Parecia cansado e irritado.

— Vamos prosseguir de onde paramos ontem à noite — falou Wallander. — O carro ainda terá de ser meticulosamente inspecionado. Com as pistas telefônicas, vamos lidando à medida que forem chegando. Pretendo voltar ao local do incêndio de novo, para ver o que a perícia descobriu até o momento. O dedo está a caminho do laboratório. A pergunta agora é: devemos informar a imprensa ou não?

— Vamos soltar a informação — disse Björk, sem hesitar. — Martinson pode me ajudar a redigir um comunicado. Desconfio que vai haver furor, assim que o pessoal receber a notícia.

— Acho melhor o Svedberg se encarregar disso — falou Martinson. — Eu tenho de entrar em contato com vinte e cinco mil médicos suecos. Mais uma lista interminável de centros de saúde e prontos-socorros. Isso vai levar tempo.

— Certo. Eu vou falar com o advogado em Värnamo. A gente se reúne de novo esta tarde, a menos que aconteça alguma coisa.

Wallander foi pegar o carro. Parecia que o dia ia ser bom, na região da Escânia. Parou e encheu os pulmões de ar fresco. Pela primeira vez no ano, tinha a nítida sensação de que a primavera estava a caminho.

* * *

Quando chegou à casa incendiada, duas surpresas o aguardavam.

Os peritos da polícia tinham feito um bom trabalho, mais cedo. Wallander foi recebido por Sven Nyberg, novato na força policial de Ystad. Tinha sido da polícia de Malmö, mas não hesitara um segundo em se mudar para Ystad quando apareceu uma vaga. Wallander ainda não tivera ocasião de trabalhar com ele, mas a reputação que o precedera levava a crer que se tratava de um investigador habilidoso e versado em perícia. O inspetor também acabou descobrindo por conta própria que Sven Nyberg era um tanto brusco e de trato difícil.

— Acho que você deve ver umas coisinhas — falou Nyberg.

Andaram até um pequeno abrigo contra a chuva que fora erguido sobre quatro estacas.

Havia alguns pedaços retorcidos de metal jogados sobre um plástico.

— Uma bomba?

— Não. Por enquanto ainda não encontramos o menor vestígio de bomba. Mas isto é no mínimo interessante. Você está olhando para alguns pedaços de um sofisticado transmissor de rádio.

Wallander olhou-o sem compreender.

— Um aparelho receptor e transmissor. Não sei dizer de que tipo ou de que marca, mas decididamente é um aparelho para radioamadores. Não deixa de ser um tanto estranho encontrar algo assim dentro de uma casa deserta. Sobretudo de uma casa que foi explodida.

Wallander concordou.

— Você tem razão. Quero saber mais a respeito disso.

Nyberg apanhou outro pedaço de metal de cima do plástico.

— E isto aqui é no mínimo tão interessante quanto. Está vendo o que é?

Wallander achava que se parecia a uma coronha de pistola.

— Uma arma.

Nyberg fez que sim.

— Uma pistola. É muito provável que estivesse com o pente carregado, quando a casa explodiu. A pistola foi despedaçada quando o pente também explodiu, ou por causa do fogo ou devido às ondas de pressão. Também suspeito de que se trate de um modelo bastante incomum. A coronha é maior, como pode ver. Certamente não é nem uma Luger nem uma Beretta.

— Então é o quê?

— Ainda é cedo para dizer. Mas lhe digo assim que descobrirmos.

Nyberg encheu o cachimbo e acendeu-o.

— O que você está achando disso tudo?

Wallander abanou a cabeça.

— Acho que nunca estive tão confuso — respondeu com sinceridade. — Não consigo encontrar nenhuma ligação. Tudo o que sei é que estou procurando por uma mulher desaparecida e a todo momento surgem as coisas mais estranhas. Um dedo decepado, partes de um potente transmissor de rádio, uma arma incomum. Será que eu devia usar justamente essas características inusitadas como ponto de partida? Coisas com as quais nunca me defrontei antes, em toda minha experiência na polícia?

— Paciência. Mais cedo ou mais tarde, vamos encontrar os elos de ligação, não tenha dúvida.

Nyberg voltou para a montagem meticulosa de seu quebra-cabeças. Wallander ficou por ali mais um tempo, tentando uma vez mais resumir tudo a contento. No fim, desistiu.

Entrou no carro e ligou para a delegacia.

— Recebemos muitos telefonemas com pistas? — perguntou a Ebba.

— O telefone não pára de tocar. Svedberg me disse agorinha mesmo que algumas das pessoas que estão oferecendo informações parecem confiáveis e interessantes. É tudo que sei.

Wallander lhe deu o número do telefone da capela metodista e tomou a decisão de revistar mais uma vez, com todo o cuidado, a escrivaninha de Louise Åkerblom no escritório, depois de conversar com o pastor. Estava se sentindo culpado por não ter aprofundado a primeira busca que fizera.

Voltou para Ystad. Como tinha tempo de sobra antes do encontro com Tureson, estacionou na praça e entrou numa loja de aparelhos de som. Sem perder muito tempo pensando a respeito, assinou os papéis e comprou um novo estéreo a prazo. Depois foi até sua casa na Mariagatan e instalou-o. Comprou também um CD da *Turandot*, de Puccini. Colocou o disco, recostou-se no sofá e tentou pensar em Baiba Liepa. Mas, no lugar dela, o rosto de Louise Åkerblom lhe enchia a cabeça toda.

Acordou assustado e olhou o relógio. Xingou ao se dar conta de que já devia estar na capela havia dez minutos.

O pastor Tureson o aguardava numa sala nos fundos da igreja, uma espécie de almoxarifado e escritório combinados. Nas paredes havia várias tapeçarias com citações da Bíblia. No parapeito da janela, uma cafeteira.

— Desculpe pelo atraso.

— Sei muito bem que vocês da polícia têm um bocado de coisas para fazer.

Wallander sentou-se numa cadeira e tirou o bloquinho de notas do bolso. Tureson ofereceu-lhe uma xícara de café, mas ele recusou.

— Estou tentando construir uma imagem de como é Louise Åkerblom de fato. Tudo o que encontrei até o momento parece indicar uma coisa apenas: Louise Åkerblom era uma mulher totalmente em paz consigo mesma e que jamais teria voluntariamente abandonado marido e filhas.

— Essa é a Louise Åkerblom que todos nós conhecemos.

— Ao mesmo tempo, isso me deixa desconfiado.

— Desconfiado?

O pastor parecia espantado.

— Simplesmente não consigo acreditar que existam indivíduos assim tão perfeitos — explicou então o inspetor. — Todos têm seus segredos. A questão é: quais são os de Louise Åkerblom? Uma coisa é certa: ela não sumiu por livre e espontânea vontade só porque não agüentava mais ter tanta sorte.

— O senhor obteria as mesmas respostas de todos os membros de nossa igreja, inspetor.

Mais tarde, Wallander não conseguiria de jeito nenhum dizer exatamente o que fora; mas alguma coisa na resposta do pastor Tureson o fizera endireitar-se na cadeira e prestar atenção. Era como se o pastor estivesse defendendo a boa imagem de Louise Åkerblom, mesmo que isso não estivesse sendo questionado, pelo menos não a fundo. Ou haveria alguma outra coisa sendo defendida ali?

Wallander mudou rapidamente de posição e fez uma pergunta que lhe parecera menos importante antes.

— Conte-me a respeito de sua congregação. Por que motivo uma pessoa opta por se tornar metodista?

— Nossa fé e nossa interpretação da Bíblia são as corretas — foi a resposta de Tureson.

— Justificadamente?

— Em minha opinião e na de minha congregação, sim. Desnecessário dizer que os seguidores de outras religiões discordam. É natural.

— Existe alguém em sua congregação que não goste de Louise Åkerblom? — Logo depois de fazer a pergunta, Wallander teve a impressão de que o homem a sua frente hesitara uma fração de segundo a mais do que o devido para responder.

— Não acredito.

Lá vamos nós de novo, pensou o inspetor. Alguma

coisa fugidia, alguma coisa que não é totalmente direta na resposta.

— Por que não consigo acreditar no senhor?

— Mas deveria, inspetor. Eu conheço minha congregação.

De repente, Wallander sentiu-se muito cansado. Percebeu que precisaria fazer as perguntas de um jeito bem diferente, se quisesse arrancar alguma coisa do pastor. Teria de atacar de frente, com tudo.

— Eu sei que Louise Åkerblom tem inimigos em sua congregação. Não me pergunte como eu sei disso. Mas gostaria de ouvir sua opinião.

Tureson olhou-o intensamente por alguns instantes, antes de responder.

— Inimigos não. Quase liguei para o senhor ontem à noite, na verdade. Mas acabei não ligando. Quer dizer, todo mundo espera que Louise regresse para nós. Que tudo no fim tenha uma explicação perfeitamente natural. Mesmo assim, cada vez fico mais preocupado. Isso eu admito.

O pastor voltou a sua cadeira.

— Também tenho uma série de responsabilidades para com todos os outros membros de minha igreja. Não quero colocar ninguém na berlinda, fazer acusações que mais tarde se mostrarão totalmente infundadas.

— Nossa conversa não é um interrogatório oficial. Tudo o que me disser ficará entre nós apenas. Não estou tomando notas.

— Não sei como começar.

— Diga o que sabe. Em geral é o modo mais simples.

— Dois anos atrás, nossa igreja recebeu um novo fiel — começou o pastor Tureson. — Era engenheiro de uma das balsas que fazem a travessia até a Polônia e começou a freqüentar nossos cultos. Era um homem divorciado, de trinta e cinco anos, simpático e atencioso. Não demorou para que todos os outros fiéis passassem a admirá-lo. Cerca de um ano atrás, Louise Åkerblom pediu para falar comigo. Insistiu muito para que eu não dissesse uma palavra de nossa conversa ao marido. Sentamo-nos aqui nesta sala e ela me contou que o novo membro de nossa congregação começara a aborrecê-la com declarações de amor. Mandava cartas, ia atrás dela na rua, ligava para sua casa. Ela tentou dissuadi-lo o mais delicadamente que pôde, mas ele insistia, e a situação estava se tornando intolerável. Louise me pediu para ter uma conversa com ele. Fiz o que me pediu e, de repente, ele virou uma pessoa totalmente diferente. Esbravejou, disse que Louise o deixara na mão e que sabia que eu estava exercendo uma má influência sobre ela. Chegou mesmo a declarar que ela estava apaixonada por ele e que queria deixar o marido. Era um absurdo total. Parou de freqüentar nossa igreja, largou o emprego na balsa e achamos que tivesse sumido para sempre. Eu simplesmente disse a todos que tinha se mudado da cidade e que era tímido demais para se despedir. Para Louise, foi um grande alívio, claro. Mas aí, cerca de três meses atrás, começou tudo de novo. Uma tarde Louise o viu parado na rua, na frente de sua casa. Foi um choque tremendo para ela, claro. O sujeito começou a aborrecê-la de novo com declarações de amor. Tenho de admitir, inspetor Wallander, que chegamos até a pensar em chamar a polícia. Agora, claro, me culpo por não tê-lo feito. Pode ser que tudo não passe de coincidência, lógico. Mas a cada dia que passa fico mais assustado.

Até que enfim, pensou Wallander. Agora tenho alguma coisa palpável em mãos. Mesmo que não entenda qual é a ligação com essa história de dedos negros, aparelhos de rádio que vão pelos ares e pistolas raras. Agora tenho alguma coisa palpável em mãos.

— Como se chama o homem?

— Stig Gustafson.

— Alguma idéia de onde ele mora?

— Não. Mas tenho o número da inscrição dele na seguridade social. Ele consertou o aquecimento central da igreja uma vez e nós lhe pagamos o serviço.

Tureson foi até a escrivaninha e folheou um arquivo.

— 570503-0470.

Wallander fechou o bloquinho de notas.

— Fez bem de ter me contado a respeito. Eu teria descoberto mais cedo ou mais tarde, de todo modo. Sendo assim, economizamos tempo.

— Ela está morta, não está? — Tureson deixou escapar de repente.

— Não sei. Para ser absolutamente honesto com o senhor, eu simplesmente não sei qual é a resposta a essa pergunta.

Wallander apertou a mão do pastor e saiu da igreja. Era meio-dia e quinze.

Agora, pensou, finalmente tenho por onde começar.

Foi quase correndo até o carro e seguiu direto para o distrito. Caminhou veloz até sua sala, com a intenção de convocar os colegas para uma reunião. Bem na hora em que ia se sentar à mesa, o telefone tocou. Era Nyberg, ainda revirando as cinzas.

— Encontrou alguma coisa nova?

— Não. Mas acabei de me dar conta da marca da pistola. A da coronha que nós encontramos.

— Estou anotando. — Wallander puxou o bloquinho.

— Eu tinha razão quando falei que não era um modelo muito comum. Duvido que existam muitas iguais no país.

— Tanto melhor. É mais fácil rastrear quem usou.

— É uma Astra Constable nove milímetros. Vi uma igual numa feira de armas em Frankfurt, já faz um tempo. Tenho boa memória para armas.

— E onde é fabricada?

— O estranho é justamente isso. Até onde eu sei, ela só é fabricada legalmente num país.

— Qual?

— África do Sul.

Wallander largou a caneta.

— África do Sul?

— Exato.

— E por quê?

— Eu não saberia lhe dizer por que uma arma fica popular num país mas não em outro. É assim e pronto.

— Caramba. África do Sul?

— Não há como negar que isso fornece um elo com o dedo que encontramos.

— O que uma pistola sul-africana está fazendo no país?

— Isso cabe a você descobrir.

— Certo. Bom que você tenha me ligado assim que se lembrou. Conversamos mais sobre isso depois.

— Achei que você gostaria de saber. — Nyberg desligou.

Wallander levantou-se e foi até a janela.

Alguns minutos depois, tomou uma decisão.

A prioridade da polícia de Ystad seria encontrar Louise Åkerblom e investigar Stig Gustafson. Tudo o mais teria de esperar no banco de reserva por uns tempos.

Não fomos muito longe ainda, pensou o inspetor. Não fomos muito longe, cento e dezessete horas depois do desaparecimento de Louise Åkerblom.

Apanhou o telefone.

De repente, não se sentia mais nem um pouco cansado.

6

Peter Hanson era um ladrão.

Não que fosse propriamente um meliante de sucesso, mas no geral conseguia dar cabo a contento das incumbências que lhe atribuía o patrão e cliente, um receptador de Malmö chamado Morell.

Mas nesse dia, manhã da véspera de Valpúrgis, 30 de abril, Morell estava com a cotação baixa. Peter Hanson fizera planos para tirar folga no feriado, como todo mundo, quem sabe espairecer um pouco em Copenhague. Tarde da noite do dia anterior, entretanto, Morell ligara para dizer que tinha um servicinho urgente.

— Quero que você me arranje umas bombas d'água. Do tipo antigo. Daquelas que a gente vê em tudo quanto é casinha de interior.

— Mas será que não dá para esperar até depois do feriado? — Hanson protestou. Já estava dormindo quando Morell ligou e não gostava de ser acordado.

— Não, não dá. Tem um cara que mora na Espanha que está voltando depois de amanhã. E quer levar essas bombas no carro com ele. O cara vende esses troços para os suecos que moram lá. É uma gente muito sentimental, que paga uma bela grana para ter uma bomba velha feita na Suécia na frente da *hacienda* espanhola.

— Ei, como é que eu vou conseguir quatro bombas de água? Esqueceu que amanhã é feriado? Toda casa de campo das redondezas vai estar ocupada amanhã.

— Isso é problema seu. Saia bem cedo que você consegue.

Depois partiu para a ameaça.

— Do contrário, serei forçado a rever minha papelada e calcular quanto é que seu irmão ainda me deve.

Peter Hanson bateu o telefone. Sabia que Morell tomaria isso como um sim. E como já estava acordado mesmo e tão cedo não ia conseguir pegar no sono de novo, vestiu-se e foi de carro até a cidade. Ele morava em Rosengård. Entrou num bar e pediu uma cerveja.

Peter Hanson tinha um irmão chamado Jan-Olof, que era a grande encrenca de sua vida. Gostava de jogar nos cavalos, freqüentava as pistas de trote de Jägersro, de Tote e, sempre que possível, as de todos os outros hipódromos que existiam no país. Apostava muito e apostava mal. Perdeu mais do que podia e acabou nas mãos de Morell. Como não tinha garantias para oferecer, Peter Hanson foi forçado a entrar como fiança de carne e osso.

Inicialmente, Morell era apenas um simples receptador de mercadorias roubadas. Mas com o tempo foi percebendo que, a exemplo de qualquer outro negócio, seria preciso pensar no futuro. Ou se especializava e concentrava tudo num único ramo ou diversificava suas atividades. Optou por diversificar.

Embora tivesse uma grande rede de fregueses sempre prontos a lhe dar informações precisas sobre as mercadorias encomendadas, decidira entrar para o ramo da agiotagem. Dessa forma, raciocinava, poderia aumentar consideravelmente seu capital de giro.

Morell acabara de completar cinqüenta anos. Depois de vinte dedicados a negócios escusos, mudara de curso e, a partir do final da década de 70, construíra um bem-sucedido império por todo o sul da Suécia. Tinha coisa de trinta ladrões e motoristas em sua folha secreta de pagamentos, e toda semana seu armazém no porto livre de Malmö recebia cargas inteiras de produtos roubados que saíam de lá direto para as mãos de importadores estrangeiros. Morell colecionava estéreos, televisões e celulares de Småland. Caravanas de carros furtados chegavam de Halland e eram transferidos para compradores aflitos, inicialmente da Polônia e, depois, da antiga Alemanha Oriental. Ele inclusive já divisava o surgimento de um importante mercado a ser explorado nos Estados bálticos e até mesmo entregara um punhado de carros de luxo na Checoslováquia. Peter Hanson era uma das engrenagens menos importantes da organização. Morell ainda não tinha certeza se o rapaz era bom de fato e só o chamava para serviços ocasionais. Quatro bombas de água eram o ideal para ele.

E era por isso que Peter Hanson estava sentado em seu carro, xingando, na manhã da véspera de Valpúrgis. Morell arruinara seu feriado. E ainda por cima o serviço podia ser complicado. Havia muita gente passeando, tinha medo de não conseguir trabalhar sossegado.

Natural de Hörby, Peter Hanson conhecia a região da Escânia como a palma da mão. Não havia uma estradinha, por menor que fosse, naquela parte do país, por onde já não tivesse passado, e sua memória era boa. Vinha trabalhando com Morell havia quatro anos, desde os dezenove. Às vezes se pegava pensando em todas as coisas que já tinha enfiado dentro de sua velha perua enferrujada. Uma vez pegara dois touros. Encomendas de porcos eram muito comuns no Natal. Até lápides já tinha arranjado, embora não soubesse que tipo de mente doentia encomendaria uma coisa dessas. Carregara portas da frente enquanto o dono dormia no andar de cima e desmantelara uma torre de igreja com o auxílio de um operador de guindaste especialmente contratado para o serviço. Bombas d'água não tinham nada de extraordinário. O dia é que era infeliz.

Decidiu começar pela região a leste do aeroporto de Sturup. Baniu da cabeça qualquer outra área. Todas as casas de campo estariam ocupadas.

Para conseguir alguma coisa, teria de se concentrar na região entre Sturup, Hörby e Ystad. Havia um bocado de casas vazias por ali e, com sorte, talvez conseguisse trabalhar em paz.

Um pouco adiante de Krageholm, numa pequena estrada de terra que atravessava os bosques em curvas sinuosas e acabava desembocando na estrada principal para Sövde, encontrou a primeira bomba. A casa era praticamente uma ruína e ficava bem escondida da vista. A bomba estava enferrujada mas intacta. Começou a soltá-la da base de madeira com um pé-de-cabra, mas a madeira estava podre. Largou o pé-de-cabra e começou a puxar a bomba para soltá-la das tábuas que cobriam o poço. Pegou-se pensando que talvez acabasse sendo moleza encontrar as quatro bombas pedidas por Morell. Três outras casas desertas e estaria de volta a Malmö no começo da tarde. Eram só oito e dez da manhã. Talvez ainda desse para dar um pulo a Copenhague à noite.

E então conseguiu soltar a bomba enferrujada.

O resultado foi que as tábuas que cobriam o poço esfarelaram e caíram.

Ele espiou lá para baixo.

Havia alguma coisa enfiada no escuro. Alguma coisa amarelo-claro.

Horrorizado, percebeu que era uma cabeça humana de cabelos loiros.

Havia uma mulher lá dentro.

Um cadáver dobrado sobre si mesmo, retorcido, deformado.

Soltou a bomba e correu. Entrou no carro e saiu a uma velocidade insana, afastando-se da casa deserta o mais rápido possível. Depois de alguns quilômetros, pouco antes de chegar a Sövde, brecou, abriu a porta e vomitou.

Depois tentou pensar. Sabia que não fora imaginação. Tinha uma mulher no fundo do poço.

Uma mulher jogada dentro de um poço só pode ter sido assassinada.

Depois ocorreu-lhe que deixara as impressões digitais na bomba de água que arrancara.

E ele era fichado.

Morell, pensou Peter Hanson, totalmente confuso. Morell é o cara para resolver isso tudo.

Atravessou Sövde extremamente depressa, depois dobrou à esquerda na direção sul, rumo a Ystad. Voltaria a Malmö e deixaria que Morell cuidasse do assunto. O cara que estava voltando para a Espanha teria de partir sem as bombas.

Pouco antes de pegar a saída que desemboca no depósito de lixo de Ystad, a viagem chegou ao fim. Peter Hanson derrapou tentando acender um cigarro com as mãos trêmulas e não conseguiu endireitar por completo o veículo. A perua bateu numa cerca, arrebentou uma fileira de caixas postais e parou. Ele estava usando cinto de segurança, o que o impediu de voar pelo vidro do pára-brisa. Mesmo assim, a batida o deixou atordoado, e ele continuou sentado, em estado de choque.

Um homem que aparava a grama do jardim viu o que aconteceu. Primeiro correu até a estrada para se certificar de que ninguém ficara seriamente ferido, depois correu para casa, ligou para a polícia, em seguida voltou até o carro e se plantou ali do lado, para que o homem atrás do volante não fugisse. Só pode estar bêbado, pensou. De que outra maneira perderia o controle da direção num trecho reto de estrada?

Quinze minutos depois, chegava uma viatura de Ystad ao local. Peters e Norén, dois dos policiais mais experientes do distrito, tinham recebido o chamado. Logo depois de verificar que não havia ninguém ferido, Peters encarregou-se de sinalizar o trânsito no local do acidente enquanto Norén, sentado no banco traseiro da viatura, ao lado de Peter Hanson, tentava entender o que acontecera. Ele o fez soprar no bafômetro, mas o resultado foi negativo. O sujeito parecia confuso e pouco interessado em explicar como o acidente ocorrera. Norén estava começando a pensar que fosse mentalmente perturbado. Falava coisas desconexas a respeito de bombas de água, um receptador em Malmö e uma casa vazia com um poço.

— Tem uma mulher no poço.

— Sei, sei. Uma mulher num poço?

— Ela está morta.

De repente Norén começou a sentir-se inquieto. O que esse sujeito estava tentando dizer? Que encontrara uma mulher morta dentro de um poço numa casa deserta?

Mandou que continuasse dentro da viatura. Depois foi até Peters, que tentava manter o trânsito fluindo gesticulando com os motoristas curiosos que diminuíam a velocidade e ameaçavam parar para olhar.

— O cara diz que encontrou uma mulher morta dentro de um poço. Loira.

Peters baixou os braços.

— Louise Åkerblom?

— Sei lá. Não sei nem se é verdade.

— Ligue para o Wallander. Já.

O clima entre os investigadores da delegacia policial de Ystad na manhã da véspera de Valpúrgis era de expectativa. Já estavam todos reunidos na sala de conferência às oito horas, e Björk foi rápido. Num dia como esse, havia outras coisas em que pensar, além de uma mulher desaparecida. Por tradição, era um dos feriados mais animados do ano e havia muita coisa a fazer para enfrentar a folia e as contravenções que fatalmente ocorreriam noite adentro.

A reunião toda fora voltada para Stig Gustafson. Wallander botara seus homens atrás do paradeiro do antigo engenheiro naval durante toda a quinta-feira. Quando relatou a conversa que tivera com o pastor Tureson, todos pensaram que estivessem prestes a resolver o caso. Também perceberam que o dedo decepado e a casa que explodira teriam de esperar. Martinson chegara inclusive a aventar a hipótese de que tudo não passasse de pura coincidência no fim das contas. Que simplesmente não havia ligação nenhuma entre os dois incidentes.

— Isso já aconteceu antes. Uma vez fomos dar uma

batida numa destilaria ilegal e encontramos uma caverna de Aladim numa casa da vizinhança, quando paramos para perguntar o caminho.

Mas na manhã da sexta-feira ainda não tinham conseguido encontrar o endereço de Stig Gustafson.

— Temos de resolver isso hoje — disse Wallander. — Talvez a gente não o encontre. Mas, se conseguirmos o endereço, podemos verificar se ele saiu de casa às pressas ou não.

Nesse exato momento, o telefone tocou. Björk agarrou o fone, ouviu uns instantes, depois entregou-o a Wallander.

— É o Norén. Está cuidando de um acidente de trânsito nos arredores da cidade.

— Ele podia ter chamado um outro qualquer — resmungou Wallander, irritado.

Mesmo assim atendeu e escutou o que Norén tinha a dizer. Martinson e Svedberg estavam bem familiarizados com as reações do inspetor, não tinham a menor dificuldade em captar mudanças mínimas de humor e viram na hora que o chamado era importante.

Wallander repôs o fone no gancho devagar e olhou para os colegas.

— Norén está no cruzamento com a estrada que vai dar no depósito de lixo. Houve um pequeno acidente com um carro. Eles estão com um cara que diz ter encontrado uma mulher morta enfiada dentro de um poço.

Todos aguardaram ansiosamente o que Wallander diria em seguida.

— Se entendi direito, esse poço fica a menos de cinco quilômetros do imóvel que Louise Åkerblom estava indo ver. E ainda mais perto da lagoa onde encontramos o carro.

Houve um momento de silêncio. Depois todos se levantaram ao mesmo tempo.

— Quer que eu convoque todas as viaturas já? — perguntou Björk.

— Não. Precisamos confirmar isso antes. Segundo o Norén, não é para ninguém ficar muito entusiasmado. Ele acha que o sujeito está meio confuso.

— Eu também ficaria — disse Svedberg. — Se tivesse encontrado uma mulher morta dentro de um poço e depois derrapado na estrada.

— Justamente o que eu estava pensando — falou Wallander.

Saíram de Ystad em viaturas da polícia. Wallander levava Svedberg consigo, enquanto Martinson ia num outro carro. Quando atingiram a saída norte, Wallander ligou a sirene. Svedberg olhou-o espantado.

— Mas quase não tem trânsito.

— Não importa.

Pararam no cruzamento que ia dar no depósito de lixo, puseram o acinzentado Peter Hanson no banco de trás e seguiram suas indicações.

— Não fui eu — ele repetia sem parar.

— Não foi você o quê? — perguntou Wallander.

— Eu só ia roubar uma bomba.

Wallander e Svedberg se entreolharam.

— O Morell me ligou ontem à noite e encomendou quatro bombas d'água. Mas não fui eu que matei a mulher.

Wallander não estava entendendo muita coisa. Mas de repente Svedberg sacou e explicou.

— Acho que entendi. Tem um receptador muito conhecido em Malmö chamado Morell. É um sujeito bem notório porque nossos colegas de lá nunca conseguiram pegá-lo de jeito.

— Bombas d'água? — Wallander estava desconfiado.

— São consideradas antigüidades — falou Svedberg.

Pararam no pátio, diante da casa abandonada. Wallander ainda teve tempo de notar que o dia prometia ser bem bonito. Não havia uma única nuvem no céu, nem um sopro de vento, e devia estar fazendo uns quinze graus, embora fossem apenas nove da manhã.

Parou uns momentos, contemplando o poço e a bomba arrancada, caída de lado. Depois respirou fundo, aproximou-se e olhou lá dentro.

Martinson e Svedberg aguardavam mais atrás, junto com Peter Hanson.

Wallander viu na mesma hora que era Louise Åkerblom.

Até na morte havia um sorriso fixo em seu rosto.

De repente, sentiu-se muito mal. Virou-se rapidamente e pôs-se de cócoras no chão.

Martinson e Svedberg aproximaram-se também. E ambos recuaram violentamente no mesmo instante.

— Puxa — fez Martinson.

Wallander engoliu em seco e forçou-se a respirar fundo. Pensou nas filhas de Louise Åkerblom. E em Robert Åkerblom. Perguntou-se como poderiam continuar acreditando num Deus bom e todo-poderoso depois de a mãe e mulher ter sido assassinada e jogada num poço.

Levantou-se e voltou até a beira do poço.

— É ela. Não há dúvida.

Martinson correu até a viatura, chamou Björk e pediu uma equipe completa de emergência. Eles precisariam dos bombeiros para tirar o corpo de Louise Åkerblom de lá de dentro. Wallander sentou-se com Peter Hanson na varanda dilapidada e ouviu a história que ele tinha para contar. De vez em quando fazia perguntas e balançava a cabeça enquanto Peter Hanson respondia. Sabia que o rapaz estava dizendo a verdade. No fundo, a polícia tinha bons motivos para agradecer a ele por ter saído essa manhã com o intuito de roubar bombas d'água. Se não fosse ele, talvez tivessem demorado uma eternidade até encontrá-la.

— Tome nota dos detalhes pessoais dele — recomendou a Svedberg, quando terminou o interrogatório. — Depois pode soltá-lo. Mas veja se esse Morell confirma a versão dele.

Svedberg fez que sim.

— Quem é o promotor de plantão? — Wallander perguntou.

— Acho que o Björk disse que era Per Åkeson.

— Entre em contato com ele. Diga que nós a encontramos. E que foi homicídio. Entrego um relatório ainda esta tarde.

— E o que fazemos a respeito de Stig Gustafson?

— Você vai ter que continuar procurando sozinho o paradeiro dele. Quero o Martinson aqui quando ela for tirada e fizermos os primeiros exames.

— Acho ótimo perder essa parte.

Svedberg foi embora numa das viaturas.

Wallander respirou fundo mais algumas vezes antes de se aproximar do poço novamente.

Não queria estar sozinho na hora de informar a Robert Åkerblom onde sua mulher fora achada.

Levaram duas horas para tirar o corpo de Louise Åkerblom do poço. Quem fez o trabalho foi a mesma dupla de jovens bombeiros que trabalhara no lago dois dias antes, quando o carro foi encontrado. Puxaram-na de lá de dentro usando uma cadeirinha de resgate e puseram o cadáver na barraca que fora montada ao lado do poço, para as primeiras investigações. Enquanto eles içavam o corpo, ficou óbvio para Wallander a maneira como ela morrera. Fora baleada na testa. Uma vez mais, ficou abalado ao perceber que nada nesse caso era claro e direto. Ainda não tinha visto a cara de Stig Gustafson, se é que fora ele o autor do crime. Mas será que a teria baleado de frente? Tinha alguma coisa ali que não batia.

Perguntou a Martinson quais eram suas primeiras reações.

— Uma bala direto na testa. Isso não me faz pensar em paixão descontrolada e amor não correspondido. Isso está mais para uma execução a sangue-frio.

— Exatamente o que eu estava pensando.

Os bombeiros retiraram a água do poço. Depois desceram de novo e, quando voltaram a subir, traziam consigo a bolsa de Louise Åkerblom, a pasta e um pé de sapato. O outro ainda estava com ela. A água fora bombeada para dentro de uma piscina de plástico montada às pressas. Martinson não encontrou mais nada de interesse, depois de filtrada a água.

Os bombeiros desceram uma última vez ao fundo do poço. Iluminaram tudo com lanternas potentes, mas não encontraram nada, exceto um esqueleto de gato.

A médica estava pálida ao sair da barraca.

— É terrível — disse ela, dirigindo-se a Wallander.

— É. Mas pelo menos agora sabemos o mais importante, que ela foi baleada. Quero que os patologistas de Malmö descubram duas coisas para mim o mais rápido possível: primeiro a bala, depois se há qualquer ferimento que indique que ela foi espancada ou mantida prisioneira. Qualquer coisa que consigam descobrir. E, claro, se houve estupro.

— A bala ainda está dentro do crânio. Não vi nenhum orifício de saída.

— Mais uma coisa. Quero que os pulsos e tornozelos sejam examinados. Quero saber se existe algum sinal de que ela tenha sido algemada.

— Algemada?

— Isso mesmo. Algemada.

Björk mantivera distância enquanto os bombeiros trabalhavam para tirar o corpo do poço. Assim que o cadáver foi posto numa maca e levado pela ambulância, ele puxou Wallander de lado.

— Precisamos contar para o marido.

Nós, pensou Wallander. O que você quer dizer é que eu terei de contar.

— Vou levar o pastor Tureson comigo.

— Tente descobrir também quanto tempo vai demorar para ele informar os parentes próximos. Receio que não vamos conseguir manter esse assunto fora dos noticiários por muito tempo. Além disso, realmente não consigo entender como é que você pôde deixar aquele ladrão ir embora assim sem mais nem menos. Ele pode ir direto para um tablóide vespertino qualquer e ganhar um bom dinheiro contando a história toda.

Wallander ficou irritado com o tom ranzinza de Björk. Por outro lado, tinha de admitir que havia um risco real de que ele fizesse justamente isso.

— É. Foi burrice. Falha minha.

— Mas não foi o Svedberg que soltou o homem?

— É. Foi. Mas a responsabilidade continua sendo minha.

— Por favor, não fique bravo por eu estar lhe dizendo isso.

Wallander encolheu os ombros.

— Estou bravo com quem fez isso com Louise Åkerblom. E com as filhas dela. E com o marido.

Isolaram o perímetro da casa e continuaram as investigações. Wallander entrou no carro e ligou para o pastor Tureson. Ele atendeu quase que imediatamente. Wallander explicou-lhe o que tinha acontecido. O pastor ficou em silêncio um bom tempo antes de responder. Prometeu esperar por Wallander na porta da igreja.

— Será que ele agüenta? — perguntou Wallander.

— Ele tem fé em Deus.

Veremos, pensou Wallander, veremos. Veremos se isso basta.

Mas não disse nada.

O pastor Tureson estava parado na calçada, de cabeça baixa.

Wallander por sua vez estava com certa dificuldade em pôr as idéias em ordem, enquanto rumava para a cidade. Não havia nada mais difícil para ele do que ter de dizer a algum parente que alguém da família morrera repentinamente. No fundo não fazia a menor diferença a morte ter sido por acidente, suicídio ou crime violento. Por mais que tentasse se expressar com cuidado e consideração, as palavras eram sempre cruéis, a personificação da crueldade. Já lhe ocorrera pensar que era o mensageiro por excelência da tragédia. Lembrou-se do que Rydberg, seu amigo e colega, lhe dissera alguns meses antes de morrer. *Nunca haverá uma maneira adequada para um policial dizer a alguém que houve uma morte súbita na família. Por isso nós mesmos temos de ir. Não podemos delegar essa tarefa. É provável que sejamos mais maleáveis que os outros — vimos bem mais daquilo que ninguém deveria ver.*

A caminho da cidade, também pressentira claramente que alguma coisa estava muito errada, de que havia algo absolutamente incompreensível; a investigação toda estava equivocada e não era possível que não surgisse uma explicação qualquer logo mais. Perguntaria a Martinson e Svedberg se eles sentiam a mesma coisa. Haveria algum elo ligando o dedo negro decepado ao desaparecimento e à morte de Louise Åkerblom? Ou seria apenas uma combinação de coincidências imprevisíveis?

Passou-lhe pela cabeça que havia ainda uma terceira possibilidade: a de que alguém tivesse criado intencionalmente essa confusão toda.

Mas não parava de se perguntar por que razão a morte dela fora tão repentina. O único motivo que tinham conseguido descobrir até o momento era amor não correspondido. Mas existe uma enorme distância entre infelicidade no amor e uma acusação de homicídio. Sem falar que a coisa fora realizada tão friamente que o carro estava num lugar e o corpo noutro.

Talvez ainda não tenhamos encontrado nenhuma pista digna de ser seguida, pensou. O que vamos fazer, se descobrirmos que Stig Gustafson não teve nada a ver com isso?

Lembrou-se das algemas. Do sorriso constante de Louise Åkerblom. Da família feliz que não existia mais.

Mas o que exatamente havia desvanecido? A imagem? Ou a realidade?

O pastor Tureson entrou no carro. Tinha os olhos cheios de lágrimas. No mesmo instante Wallander sentiu um nó na garganta.

— Ela está morta, é isso — falou ele. — Nós a encontramos perto de uma casa abandonada, nos arredores de Ystad. Não posso lhe dizer mais nada no momento.

— Como foi que ela morreu?

Wallander pensou uns instantes antes de responder.

— Foi baleada.

— Tenho só mais uma pergunta. Além de querer saber quem pode ter executado um ato de tamanha insanidade. Ela sofreu muito antes de morrer?

— Ainda não sei. Mas, mesmo que soubesse, eu diria ao marido que a morte foi rápida e portanto indolor.

Pararam na frente da casa. A caminho da igreja metodista, Wallander passara pela delegacia e pegara o próprio carro. Não queria aparecer numa viatura policial.

Robert Åkerblom abriu a porta segundos depois de tocarem a campainha. Ele nos viu, pensou Wallander. Assim que um carro pára na rua, ele corre até a janela mais próxima.

Foram levados para a sala. Wallander procurou ouvir algum ruído. As duas meninas não deviam estar em casa.

— Sinto ter de lhe informar que sua mulher está morta — começou Wallander. — Nós a encontramos numa casa abandonada, nos arredores da cidade. Ela foi assassinada.

Robert Åkerblom olhava-o fixamente, o rosto impassível. Parecia estar esperando mais alguma coisa.

— Eu sinto muitíssimo pelo que aconteceu. Mas o melhor que posso fazer é contar exatamente a verdade. Receio que terei de lhe pedir para fazer o reconhecimento do corpo. Mas isso pode esperar. Não precisa ser hoje. Também não temos objeção caso o pastor Tureson queira substituí-lo.

O homem continuava a observá-lo fixamente.

— Suas filhas estão em casa? — Wallander perguntou com cautela. — Isso deve estar sendo terrível para elas.

Virou-se então para o pastor Tureson, em busca de apoio.

— Nós faremos tudo o que pudermos para ajudar — disse o pastor.

— Obrigado por me avisar — falou Robert Åkerblom de repente. — Toda essa incerteza foi muito difícil de agüentar.

— Eu realmente sinto muito que as coisas tenham acabado desse jeito. Todos nós que trabalhávamos no caso estávamos torcendo para que houvesse uma explicação natural.

— Quem foi? — perguntou Robert Åkerblom.

— Ainda não sabemos. Mas não vamos descansar enquanto não descobrirmos.

— Vocês nunca vão descobrir.

Wallander olhou-o sem entender direito.

— Por que diz isso?

— Ninguém tinha motivos para querer matar Louise. Sendo assim, como é que vocês vão descobrir o culpado?

Wallander não sabia o que responder. Robert Åkerblom pusera o dedo bem em cima da ferida.

Alguns minutos depois, levantou-se. O pastor Tureson acompanhou-o até o hall de entrada.

— Vocês têm umas poucas horas para entrar em contato e avisar todos os parentes e amigos. Liguem para mim, se não conseguirem localizá-los. Não podemos manter o segredo por muito tempo.

— Entendo — falou o pastor.

Depois baixou a voz.

— Stig Gustafson?

— Continuamos procurando. Mas não sabemos se foi ele.

— Tem alguma outra pista?

— Pode ser. Mas receio que não possa adiantar nada sobre isso.

— Por razões técnicas?

— Exato.

Wallander percebeu que o pastor tinha mais uma pergunta.

— Vá em frente.

Tureson baixou tanto a voz que Wallander mal conseguiu escutar o que ele dizia.

— Estupro?

— Ainda não sabemos. Mas, claro, não está descartado.

O inspetor sentiu uma estranha mistura de fome e desconforto ao deixar a casa dos Åkerblom. Parou na avenida Österleden e forçou-se a comer um hambúrguer. Não se lembrava de quando fora a última vez que comera. Em seguida voltou direto para a delegacia. Ao chegar, foi recebido por Svedberg, que o informou que Björk se vira forçado a improvisar uma entrevista coletiva à imprensa. Como sabia que Wallander estava ocupado informando o marido da morte de Louise Åkerblom e não queria incomodá-lo, pedira a ajuda de Martinson.

— Será que é capaz de adivinhar como foi que a notícia vazou? — perguntou Svedberg.

— Sou. Peter Hanson?

— Errou! Tente de novo!

— Um de nós?

— Não dessa vez. Foi o Morell. O sujeito logo viu que havia uma boa oportunidade de arrancar algum dinheiro dos jornais vespertinos, caso passasse a informação. Não resta dúvida de que o cara é um grande filho da mãe. Pelo menos o pessoal de Malmö agora tem alguma coisa para ferrar com ele. Mandar alguém roubar quatro bombas d'água é crime.

— Tudo o que ele vai pegar é uma condicional.

Foram até a cantina e serviram-se de uma caneca de café.

— Como foi que o marido recebeu a notícia?

— Não sei dizer ao certo. A sensação deve ser mais ou menos a de ter tido metade da vida arrancada fora. Ninguém pode imaginar o que seja, a menos que também tenha passado por uma experiência semelhante. Eu não consigo. Tudo o que sei dizer no momento é que precisamos nos reunir tão logo a coletiva tenha acabado. Estarei na minha sala até lá, redigindo um resumo.

— Pensei talvez em tentar fazer um apanhado das informações que recebemos até agora. Alguém talvez tenha visto Louise Åkerblom na sexta-feira com um homem que pode ser Stig Gustafson.

— Faça isso. E reúna tudo o que souber sobre o sujeito.

A entrevista coletiva à imprensa arrastou-se por um longo tempo, finalmente terminando uma hora e meia depois. A essa altura, Wallander já tinha tentado redigir um resumo sob diversos títulos e elaborado um plano para a fase seguinte das investigações.

Björk e Martinson estavam completamente exaustos quando chegaram à sala de conferência.

— Agora sei como você se sente, Kurt — disse Martinson, desabando numa poltrona. — A única coisa que eles não perguntaram foi de que cor era a calcinha dela.

Wallander reagiu na hora.

— Comentário desnecessário.

Martinson abriu os braços, em sinal de desculpa.

— Vou tentar fazer um resumo — prosseguiu o inspetor. — Sabemos como tudo começou, de modo que vou pular esse pedaço. Bom, o fato é que encontramos Louise Åkerblom. Ela foi assassinada, baleada na testa. Tenho a impressão de que foi atingida à queima-roupa. Mas só teremos certeza disso mais tarde. Não sabemos se foi submetida a agressões sexuais. Assim como também não sabemos se foi seviciada ou mantida presa. Tampouco sabemos onde foi morta. Nem quando. Mas temos certeza de que estava morta quando foi jogada no poço. Também encontramos o carro. É fundamental ter um relatório preliminar do hospital o mais rápido possível. Para sabermos inclusive se houve estupro. Aí então poderemos começar a investigar criminosos conhecidos que possam ter feito isso.

O inspetor tomou um gole de café antes de continuar.

— Quanto ao motivo do crime, por enquanto só temos uma pista para seguir. O engenheiro Stig Gustafson, que andou perseguindo e perturbando a vida da vítima com declarações infrutíferas de amor. Ainda não o encontramos. Svedberg, você sabe mais a respeito desse assunto. E também pode nos dar um resumo das informações que recebemos por telefone até agora. Há outros aspectos que complicam a investigação deste crime, como o dedo decepado e a casa que explodiu. As coisas ficaram ainda mais difíceis depois que Nyberg encontrou, entre as cinzas, os restos de um transmissor de rádio bastante moderno e a coronha de uma pistola que é usada sobretudo na África do Sul, se entendi direito. Sob certos aspectos, o dedo e a pistola estão interligados. Não que isso nos ajude muito. O que ainda não sabemos é se há uma ligação entre um caso e outro.

Wallander tinha terminado e estava olhando para Svedberg, que não parava de remexer numa pilha de papéis.

— Vou começar pelas informações recebidas. Estou pensando em escrever um livro um dia desses, chamado *Pessoas que querem ajudar a polícia.* Vou ficar rico. Como sempre, tivemos pragas, bênçãos, confissões, sonhos, alucinações e uma ou outra informação procedente. Até onde deu para perceber, porém, só existe uma de interesse imediato. O caseiro de Rydsgård tem certeza de ter visto Louise Åkerblom passando de carro na estrada, na sexta-feira à tarde. A hora coincide mais ou menos. O que significa que agora sabemos que caminho ela fez. Fora isso, não há nada de muito interessante. Bem verdade que, como todos nós sabemos, as melhores informações vêm um ou dois dias depois. Em geral são de pessoas sensatas que hesitam muito antes de ligar. Quanto a Stig Gustafson, não conseguimos descobrir para onde se mudou. Mas consta que tem uma parente solteira que mora em Malmö. Infelizmente não sabemos qual é o primeiro nome dela. A lista telefônica de Malmö tem centenas de Gustafson, claro. Pilhas e mais pilhas deles. A solução é pegar a lista toda e dividir entre nós. É tudo o que eu tenho.

Wallander ficou em silêncio uns momentos. Björk fitava-o com certa expectativa.

— Vamos concentrar nossos esforços — falou ele por fim. — Temos de encontrar Stig Gustafson, essa é nossa prioridade. Se a única pista que temos é essa parente em Malmö, é essa que nós vamos seguir. Qualquer pessoa nesta delegacia que seja capaz de pegar num telefone terá de ajudar. Vou fazer o mesmo, assim que tiver falado com o hospital.

Depois virou-se para Björk.

— Acho melhor trabalharmos até mais tarde. É essencial.

Björk fez que sim com a cabeça.

— Claro, claro. Eu estarei em casa, se houver algo importante.

Svedberg começou a organizar a caça à parente do engenheiro naval que morava em Malmö, e Wallander voltou para sua sala. Antes de ligar para o hospital, telefonou para o pai. Demorou um bom tempo até que atendesse. Devia estar no estúdio, pintando. Percebeu na hora que o pai estava de mau humor.

— Oi, sou eu — disse o inspetor.

— Eu quem?

— Você sabe perfeitamente quem.

— Esqueci como é o som da sua voz.

Wallander cerrou os dentes e resistiu à tentação de bater o fone.

— Estou ocupado. Acabei de encontrar uma mulher

morta dentro de um poço. Uma mulher que foi assassinada. Não vou poder ir vê-lo hoje à noite. Espero que entenda.

Para seu espanto, o pai de repente assumiu um tom mais amistoso.

— Dá para perceber que não vai poder mesmo. Que desagradável.

— De fato. Só queria lhe desejar uma boa noite. Vou tentar dar uma passada amanhã.

— Só se estiver com tempo. Não posso continuar conversando agora.

— Por que não?

— Estou esperando visita.

Wallander deu-se conta de que o pai desligara. E que ele ficara plantado na cadeira com o fone na mão.

Visita. Quer dizer então que Gertrud Anderson vai vê-lo mesmo quando não está trabalhando?

Balançou a cabeça e continuou balançando por muito tempo.

Preciso achar um tempo para ir visitá-lo, pensou. Seria um desastre completo se ele se casasse com ela.

Levantou-se e foi até a sala de Svedberg. Pegou uma lista de nomes e números de telefone, voltou para sua sala e discou o primeiro. Ao mesmo tempo, lembrou-se de que, em algum momento durante a tarde, teria de entrar em contato com o promotor de plantão.

Quatro horas e eles ainda não tinham descoberto o paradeiro da parente de Stig Gustafson.

Às quatro e meia ligou para a casa de Per Åkeson. Relatou o que acontecera até o momento e anunciou que dali em diante iriam se concentrar em descobrir por onde andava Stig Gustafson. O promotor não fez objeções. Só pediu a Wallander que o informasse caso houvesse algum novo desdobramento.

Às quinze para as cinco, o inspetor pegou sua terceira lista de nomes com Svedberg. Nada ainda. Grunhiu ao se lembrar de que era véspera de Valpúrgis. Quase todo mundo estava fora. Todos viajando.

Ninguém atendeu nos dois primeiros números. O terceiro era de uma senhora idosa que não tinha muita certeza se havia alguém chamado Stig na família.

Wallander abriu a janela e sentiu a aproximação de uma dor de cabeça. Depois voltou ao telefone e discou o quarto número. Deixou que tocasse um bom tempo e já ia desligar quando alguém atendeu. Dava para perceber que era uma moça do outro lado. Explicou quem era e o que queria saber.

— Claro — disse a jovem, que se chamava Monica. — Eu tenho um meio-irmão que se chama Stig. Ele é engenheiro naval. Aconteceu alguma coisa com ele?

Wallander sentiu toda sua exaustão e contrariedade se dissolverem como que por encanto.

— Não. Mas gostaríamos de falar com ele o mais rápido possível. Sabe onde ele mora?

— Claro que sei. Em Lomma. Mas não está em casa.

— Onde ele está?

— Foi para Las Palmas. Mas volta amanhã. O vôo dele deve descer em Copenhague às dez horas da manhã. Acho que ele viajou num pacote da Spies.

— Excelente. Ficaria muito grato se pudesse me fornecer o endereço e o número do telefone dele.

Ela passou as informações todas; o inspetor se desculpou pelo incômodo e desligou. Depois correu até a sala de Svedberg, apanhando Martinson no caminho. Ninguém sabia onde estava Björk.

— Vamos nós mesmos para Malmö — falou Wallander. — Nossos colegas de lá podem ajudar. Podem fazer a conferência dos passaportes de todos que desembarcarem das balsas. Björk terá de providenciar isso.

— Ela falou quanto tempo ele esteve fora? — perguntou Martinson. — Se ele tirou uma semana de férias, isso significa que saiu no sábado passado.

Os três se entreolharam. O significado do comentário de Martinson era óbvio.

— Acho que agora vocês deviam ir para casa — falou o inspetor. — Pelo menos alguém tem que ter uma boa noite de sono antes de amanhã. A gente se encontra aqui às oito. Depois seguimos para Malmö.

Martinson e Svedberg foram para casa. Wallander falou com Björk, que prometeu ligar para seu colega em Malmö e solicitar os serviços.

Às seis e quinze, ligou para o hospital. A médica só pôde dar respostas muito vagas.

— Não há nenhum ferimento visível no corpo. Nenhum hematoma ou qualquer fratura. Superficialmente, não me parece que tenha sido estuprada. Mas terei que examinar isso melhor. Não vi marca nenhuma nos pulsos ou tornozelos.

— Muito bem. Obrigado. Volto a ligar amanhã.

Em seguida saiu da delegacia.

Foi até Kåseberga e sentou-se por uns instantes no topo do penhasco, vendo o mar.

Pouco depois das nove, estava em casa.

7

De madrugada, um pouco antes de acordar, Kurt Wallander teve um sonho.

Descobriu que uma de suas mãos era preta.

Não que estivesse usando uma luva preta. A pele é que fora escurecendo até a mão ficar igual à de um africano.

No sonho, suas reações oscilaram entre o horror e a satisfação. Rydberg, o antigo colega morto havia quase dois anos, olhara com ar de censura para aquela mão. E perguntara por que só uma era preta.

— Alguma coisa vai ter que acontecer amanhã também — Wallander respondera.

Já acordado, ficou pensando no sonho, intrigado com o que tinha dito a Rydberg. O que significava, de fato, aquela resposta?

Depois levantou-se e espiou pela janela. Esse ano o primeiro de maio amanhecera sem uma nuvem no céu. Apesar do sol, ventava muito. Eram seis horas.

Dormira só duas horas, mas não se sentia cansado. Hoje ficariam sabendo se Stig Gustafson possuía ou não um álibi para a tarde da sexta-feira da semana anterior, data em que com quase toda a certeza Louise Åkerblom fora assassinada.

Se conseguirmos solucionar esse crime ainda hoje, as coisas terão sido surpreendentemente simples, pensou. Nos primeiros dias, não tínhamos nem uma pista sequer. Depois tudo começou a acontecer muito rápido. A investigação de um crime muito raramente segue os ritmos do cotidiano. Tem vida própria, uma energia só sua. Os relógios de uma investigação criminal distorcem o tempo, fazem os ponteiros pararem ou girarem mais rápido. Ninguém pode saber de antemão.

Reuniram-se às oito horas na sala de conferência, e o inspetor pôs a bola em campo.

— Não temos a menor necessidade de interferir no que a polícia dinamarquesa está fazendo. Se o que a meia-irmã disse é verdade, Stig Gustafson vai descer de um vôo da Scanair em Copenhague hoje às dez horas. Confira isso, por favor, Svedberg. Aí então ele terá três maneiras possíveis de chegar a Malmö. Pela balsa que atraca em Limhamn, pelo hidrofólio ou pelo *hovercraft* da SAS. Vamos ficar de olho nos três.

— Um antigo engenheiro naval provavelmente vai preferir a balsa grande — falou Martinson.

— Mas também pode estar farto de barcos — objetou Wallander. — Vamos destacar dois homens para cada local. Ele deve ser abordado com firmeza e informado dos motivos da detenção. Convém adotarmos também uma certa dose de cautela. Vamos trazê-lo para cá. Eu me encarrego do interrogatório.

— Dois homens me parece muito pouco — interveio Björk. — Será que não é melhor ter no mínimo uma viatura por perto?

Wallander aceitou a sugestão.

— Já falei com o pessoal de Malmö — Björk continuou. — Vamos ter toda a ajuda necessária. Vocês mesmos terão de decidir que sinal o pessoal da imigração deve dar quando ele aparecer.

Wallander olhou o relógio.

— Se não tiverem mais nada a acrescentar, acho melhor irmos andando. Quero chegar com tempo a Malmö.

— O vôo pode estar atrasado, pode nem ter saído ainda — disse Svedberg. — Espere até eu conferir.

Quinze minutos depois, o policial informou que o avião

vindo de Las Palmas era esperado em Kastrup às nove e vinte.

— Já decolaram. E estão com vento a favor.

Foram imediatamente para Malmö, conversaram com os colegas de lá e dividiram as funções. Wallander optou por ficar no terminal do *hovercraft*, junto com um novato chamado Engman, que mal saíra dos cueiros. Engman estava no lugar de um policial chamado Näslund, com quem trabalhara muitos anos, nascido na ilha de Gotland. Näslund estava louco para voltar à terra natal e, assim que abriu uma vaga na força de Visby, não hesitou nem um segundo em se candidatar. O inspetor às vezes sentia falta do amigo, sobretudo de seu eterno bom humor. Martinson e um colega estavam cuidando do terminal de Limhamn, e Svedberg vigiava os hidrofólios. Mantinham contato por *walkie-talkies*. Às nove e meia, a operação estava toda montada. Wallander providenciou para que os colegas do terminal levassem um café para ele e o estagiário.

— Esse é meu primeiro assassino — disse o rapaz.

— Não sabemos se ele é quem estamos procurando. Neste país, um homem é inocente até prova em contrário. Nunca se esqueça disso.

Mas nem ele próprio gostou do tom de censura da voz. Achou que talvez fosse melhor compensar a crítica com alguma palavra simpática. Mas não conseguiu imaginar nenhuma.

Às dez e meia, Svedberg e o colega fizeram uma detenção bem pouco dramática no terminal de hidrofólios. Stig Gustafson era um homem baixinho, magro, careca e, depois das férias, queimado de sol.

Svedberg explicou-lhe que era suspeito de ter cometido homicídio, algemou-o e anunciou que estava sendo levado para Ystad.

— Não sei do que vocês estão falando. Por que eu

tenho que ser algemado? Por que estão me levando para Ystad? E quem vocês estão achando que eu matei?

Svedberg reparou que o sujeito parecia genuinamente surpreso. De repente ocorreu-lhe que o engenheiro naval Gustafson podia ser inocente.

Dez para o meio-dia, Wallander estava sentado diante de Gustafson, na sala de interrogatório do distrito policial de Ystad. Àquela altura, já informara o promotor, Per Åkeson, da detenção.

Começou perguntando se Stig Gustafson gostaria de tomar um café.

— Não. Eu quero ir para casa. Quero saber por que estou aqui.

— E eu quero ter uma conversinha com você. As respostas que eu obtiver decidirão se você pode ou não ir para casa.

Principiou do começo. Anotou todos os detalhes pessoais de Gustafson, que seu segundo nome era Emil e que havia nascido em Landskrona. O sujeito estava obviamente nervoso, e o inspetor reparou que suava na cabeça. Mas isso não significava necessariamente alguma culpa. Fobia de polícia é tão real quanto fobia de cobra.

Depois foi que o interrogatório de verdade começou. Wallander foi direto ao ponto, curioso de ver que tipo de reação ele exibiria.

— Você está aqui para responder a perguntas referentes a um homicídio brutal. O homicídio de Louise Åkerblom.

O inspetor viu o engenheiro enrijecer todo. Será que não contava com a descoberta tão rápida do corpo? Ou estaria verdadeiramente surpreso?

— Louise Åkerblom desapareceu na última sexta-feira. O corpo foi encontrado há alguns dias. Foi provavelmente assassinada durante o entardecer da sexta-feira. O que tem a me dizer sobre isso?

— É a Louise Åkerblom que eu conheço?

Obviamente ele agora estava bastante assustado.

— É. A mesma mulher que você conheceu na igreja.

— Ela foi assassinada?

— Foi.

— Que coisa horrível!

Imediatamente, Wallander teve uma sensação incômoda no estômago. Sabia que havia alguma coisa estranha ali, algo que não se encaixava. O espanto e o choque de Stig Gustafson davam a impressão de ser absolutamente genuínos. Claro que, como o inspetor já tivera ocasião de constatar várias vezes, havia quem perpetrasse os crimes mais horrendos que se possa imaginar sem perder a capacidade de parecer inocente.

Apesar disso, sentia-se inquieto.

Por acaso a polícia andara seguindo uma pista fria desde o começo?

— Quero saber o que estava fazendo na última sexta-feira. Comece me contando o que fez aquela tarde.

A resposta que obteve o surpreendeu.

— Eu estava com a polícia.

— Com a polícia?

— Exato. Com a polícia de Malmö. Eu ia para Las Palmas no dia seguinte. E de repente me dei conta de que estava com o passaporte vencido. Fui à delegacia de Malmö tirar um passaporte novo. O posto já estava fechado, quando cheguei, mas eles foram muito simpáticos e me atenderam. Consegui meu passaporte às quatro horas da tarde.

No fundo, desse momento em diante Wallander ficou convencido de que Stig Gustafson estava fora da jogada. Mesmo assim, não se sentia inclinado a deixá-lo ir. Havia uma necessidade premente dentro dele de resolver esse homicídio o mais rápido possível. De qualquer maneira, seria negligência permitir que o interrogatório fosse governado por sentimentos e impressões.

— Parei o carro na estação central — acrescentou Gustafson. — Em seguida entrei no bar para tomar uma cerveja.

— Tem alguém que possa provar que você esteve

nesse bar pouco depois das quatro da tarde da última sexta-feira?

Stig Gustafson pensou por uns momentos.

— Não sei — acabou respondendo. — Eu estava sozinho. Talvez um dos garçons se lembre de mim. É muito raro eu ir lá. Não sou exatamente um freguês regular.

— Quanto tempo ficou?

— Uma hora, talvez. Não mais que isso.

— Até por volta das cinco e meia?

— Acho que sim. Eu queria dar uma passada na loja de bebidas antes que fechasse.

— Qual?

— A que fica atrás da loja de departamentos NK. Não sei o nome da rua.

— E passou?

— Só comprei umas cervejas.

— Alguém pode provar que você esteve lá?

Stig Gustafson sacudiu a cabeça.

— O homem que me atendeu tinha barba ruiva. Mas talvez eu ainda tenha a nota da registradora. Tem a data nessas notas, não tem?

— Continue — disse Wallander, fazendo que sim com a cabeça.

— Depois fui pegar o carro. Eu ia comprar uma mala na loja de descontos B&W, lá para os lados de Jägersro.

— Tem alguém nessa loja que possa reconhecê-lo?

— Não comprei a mala. Eram muito caras. Achei que daria para me virar com a velha. Foi uma decepção.

— O que fez em seguida?

— Comi um hambúrguer no McDonald's da loja. Mas o pessoal que atende é todo jovem. Acho que não vão se lembrar de coisa nenhuma.

— Em geral, pessoas jovens têm ótima memória — falou Wallander, lembrando-se de uma caixa de banco que fora extremamente útil durante uma investigação, alguns anos antes.

— Acabo de me lembrar de uma coisa — falou Stig

Gustafson de repente. — Uma coisa que aconteceu quando eu estava no bar.

— Vamos lá.

— Fui até o banheiro. Fiquei lá conversando com um sujeito, alguns minutos. Ele estava se queixando de que não havia toalhas de papel para enxugar as mãos. Estava meio embriagado. Não muito. Disse que se chamava Forsgård e que tinha uma loja de jardinagem em Höör.

Wallander anotou.

— Vamos averiguar isso. Voltando ao McDonald's de Jägersro, isso teria sido por volta das seis e meia, correto?

— Muito provavelmente.

— O que fez depois disso?

— Fui até a casa do Nisse jogar cartas.

— Quem é Nisse?

— Um velho carpinteiro que trabalhou comigo na marinha durante muitos anos. O nome completo é Nisse Strömgren. Mora na Föreningsgatan. Jogamos carta de vez em quando. Um jogo que aprendemos no Oriente Médio. Muito complicado. Mas divertido, depois que se aprende. Você tem que colecionar os valetes.

— Quanto tempo ficou lá?

— Devia ser por volta da meia-noite quando cheguei em casa. Um pouco tarde, já que eu precisava levantar cedo no dia seguinte. O ônibus ia sair da estação central às seis da manhã. O ônibus até Kastrup, quero dizer.

Wallander balançou a cabeça. Stig Gustafson tinha um álibi, pensou. Caso esteja dizendo a verdade. E caso Louise Åkerblom tenha sido assassinada realmente na sexta-feira passada.

No momento, não havia nenhuma base sólida para detê-lo. O promotor jamais concordaria.

Não foi ele, pensou o inspetor. Se eu pressioná-lo e começar a perguntar por que importunava Louise Åkerblom não vamos chegar a parte alguma.

Levantou-se.

— Espere um pouco — falou, saindo da sala.

Reuniram-se todos na sala de conferência e ouviram com fisionomias sombrias o que Wallander tinha a dizer.

— Vamos averiguar tudo o que ele disse. Mas, para ser absolutamente franco, não estou mais achando que seja o nosso homem. Estamos num beco sem saída.

— Kurt, eu acho que você está pondo o carro na frente dos bois — objetou Björk. — Não sabemos nem mesmo se ela foi morta na sexta-feira à tarde. Stig Gustafson poderia perfeitamente ter ido de carro de Lomma até Krageholm depois de jogar cartas com o amigo.

— Não me parece lá muito provável. O que poderia ter mantido Louise Åkerblom na rua até essa hora da noite? Não se esqueçam de que ela deixou um recado na secretária eletrônica dizendo que estaria em casa às cinco. Temos de acreditar nisso. O que quer que tenha acontecido foi antes das cinco horas.

Ninguém disse nada.

Wallander olhou em volta.

— Preciso falar com o promotor. Se ninguém tem nada a dizer, vou deixar Stig Gustafson ir embora.

Ninguém levantou objeções.

Wallander foi até a outra ala do distrito policial, onde os promotores públicos tinham suas salas. Per Åkeson abriu ele mesmo a porta do gabinete e Wallander fez seu relatório. Toda vez que visitava as instalações do promotor, ficava espantado com a bagunça reinante. Papéis empilhados desordenadamente em cima de mesas e cadeiras; a lixeira sempre transbordando. Mas Per Åkeson era um promotor habilidoso. Além disso, ninguém jamais o acusara de ter perdido um único documento importante.

— Não podemos mantê-lo detido — falou quando Wallander terminou. — Presumo que vocês possam conferir o álibi dele rapidamente?

— Claro. Mas, cá entre nós, não creio que tenha sido ele.

— Tem alguma outra pista?

— É tudo muito vago. Cogitamos inclusive a possibilidade de que tenha contratado alguém para matá-la. Faremos uma averiguação completa esta tarde, antes de irmos adiante. Mas não temos mais nenhum outro suspeito. O jeito vai ser prosseguir no escuro, por enquanto. Eu o mantenho informado.

Per Åkeson balançou a cabeça e olhou fixo para Wallander, de cenho franzido.

— Quantas horas você anda dormindo ultimamente? Ou, melhor dizendo, quantas horas você não anda dormindo? Já se olhou no espelho? Está com uma cara horrível!

— Isso não é nada, comparado ao que estou sentindo por dentro. — Wallander pôs-se de pé.

Atravessou de novo o corredor comprido, abriu a porta da sala de interrogatório e entrou.

— Vamos providenciar um transporte para levá-lo até Lomma. Mas esteja certo de que voltaremos a entrar em contato.

— Estou livre?

— Você sempre esteve. Ser interrogado não significa que esteja sendo acusado.

— Não fui eu que a matei. Não consigo imaginar como podem ter pensado uma coisa dessas.

— É mesmo? Mesmo depois de persegui-la e importuná-la várias vezes?

Wallander reparou que houve um certo desconforto da parte de Stig Gustafson.

Só para ele saber que sabemos, pensou.

Acompanhou-o até a recepção e providenciou para que fosse levado para casa.

Não vou vê-lo de novo, pensou. Podemos apagá-lo das investigações.

Logo depois do almoço, voltaram a se reunir na sala de conferência. Wallander fora até sua casa e comera alguns sanduíches na cozinha.

— Onde foram parar todos os ladrões honestos de

antigamente? — perguntou Martinson com um suspiro. — Este caso parece ter saído de um romance. Tudo o que temos é uma mulher morta, pertencente a uma seita protestante, jogada num poço. E um dedo negro decepado.

— Concordo com você — disse Wallander. — Mas não podemos nos livrar daquele dedo, por mais que a gente queira.

— Tem pontas soltas demais voando para tudo quanto é lado, fora de controle — falou Svedberg, coçando a careca com irritação. — Precisamos juntar tudo o que temos. E vai ter de ser agora. Caso contrário, nunca chegaremos a parte alguma.

Não escapou a Wallander que as palavras de Svedberg continham uma crítica indireta à forma como ele, o inspetor, conduzia o caso. Mas era preciso convir, mesmo nesse momento, que havia motivos. Era sempre um tanto temerário concentrar-se cedo demais numa única linha de investigação. A imagem das pontas soltas usada por Svedberg para descrever a situação refletia com a maior nitidez a confusão que sentia.

— Você tem razão. Mas vamos ver até onde chegamos. Louise Åkerblom foi assassinada. Não sabemos onde exatamente e nem quem foi o autor. Mas temos uma idéia geral do quando. Não muito longe de onde nós a encontramos, uma casa que estava vazia explodiu. Nas ruínas do incêndio, Nyberg encontrou restos de um moderno transmissor de rádio e de uma coronha calcinada de pistola. A pistola é de fabricação sul-africana. Além disso, encontramos um dedo decepado no pátio em frente à casa. Aí alguém tenta esconder o carro de Louise Åkerblom numa lagoa. Por pura coincidência, nós o encontramos bem rápido. O mesmo se aplica ao corpo. Também sabemos que ela levou uma bala no meio da testa, e o conjunto de evidências aponta para uma espécie de execução. Liguei para o hospital, antes da reunião. Não há sinais de violação sexual. Ela foi apenas baleada.

— Precisamos esmiuçar isso tudo — disse Martinson.

— Temos de achar mais provas. Do dedo, do transmissor de rádio, da pistola. Aquele advogado em Värnamo que estava cuidando da casa deve ser procurado imediatamente. Obviamente havia alguém lá dentro.

— Decidimos quem faz o que antes de encerrar a reunião — disse Wallander. — Agora, só mais duas coisas que eu gostaria de apresentar.

— Manda ver — disse Björk.

— Quem poderia ter algum interesse em matar Louise Åkerblom? Um estuprador teria sido uma possibilidade. Mas ela não foi violentada, segundo o exame preliminar do corpo. Não existem sinais de que tenha sido espancada ou mantida prisioneira. Ela não tem inimigos. Isso tudo me faz pensar que talvez tenha havido um engano. Que ela morreu no lugar de uma outra pessoa. A segunda possibilidade é que ela tenha presenciado alguma coisa que não devia ter visto ou ouvido.

— E é aí que a casa talvez se encaixe — falou Martinson. — Não era muito longe do imóvel que ela ia ver. Não resta a menor dúvida de que estava acontecendo alguma coisa lá. Ela pode ter testemunhado algo e por isso foi baleada. Peters e Norén foram até a propriedade que ela deveria ter examinado. A que pertence à viúva chamada Wallin. Ambos disseram que seria muito fácil se perder na região.

Wallander balançou a cabeça.

— Continue — falou.

— Não tenho muito mais a acrescentar. Por um motivo ou outro, um dedo é cortado fora. A menos que isso tenha ocorrido quando a casa explodiu. Mas não está parecendo que tenha sido isso. Uma explosão como aquela faz picadinho de qualquer um. O dedo estava inteiro, quer dizer, tirando-se o fato de ter sido cortado.

— Eu não entendo muito de África do Sul — interveio Svedberg. — Fora o fato de que é um país racista onde há muita violência. A Suécia não mantém relações diplomáticas com a África do Sul. Nós nem sequer jogamos tênis com eles, ou fazemos negócios com o país. Pelo menos não oficialmente. O que eu não consigo entender, por mais que me esforce, é como alguma coisa sul-africana vem parar aqui na Suécia. É de imaginar que este seria o último lugar do mundo para uma coisa do gênero.

— Talvez seja justamente por isso — resmungou Martinson.

Wallander foi direto no comentário de Martinson.

— Como assim?

— Não sei. Só acho que temos de começar a pensar de uma maneira totalmente diferente, se quisermos solucionar esse caso.

— Concordo inteiramente — falou Björk, interrompendo o diálogo. — Quero um relatório por escrito de cada um de vocês até amanhã. Vamos ver se um pouco de contemplação silenciosa nos leva mais adiante.

Repartiram as tarefas. Wallander ficou encarregado de falar com o advogado de Värnamo, tarefa originalmente de Björk, que agora iria se concentrar na redação de um relatório preliminar sobre o dedo, baseado nos resultados da perícia.

Wallander discou o número do escritório do advogado e pediu para falar com o doutor Holmgren sobre um assunto urgente. Houve uma espera tão longa antes que o homem atendesse que Wallander ficou meio irritado.

— É sobre o imóvel do qual está cuidando nos arredores de Krageholm. O que pegou fogo.

— Completamente inexplicável. Mas já fui verificar se o seguro feito pelo falecido proprietário cobre o sinistro. Por acaso a polícia tem alguma explicação para o que houve?

— Não. Mas estamos trabalhando no caso. Preciso lhe fazer algumas perguntas por telefone.

— Espero que não leve muito tempo. Estou ocupadíssimo.

— Se não puder responder às perguntas por telefone, a polícia de Värnamo terá que interrogá-lo na delegacia. — Wallander não se incomodou com o fato de estar sendo um tanto ríspido.

Houve uma pausa antes da resposta.

— Muito bem. Pode perguntar. Estou ouvindo.

— Continuamos aguardando um fax com os nomes e endereços de todos os herdeiros do imóvel.

— Pode ficar sossegado que será enviado.

— Quem é o responsável direto pela propriedade?

— Sou eu. Mas não entendi direito o que significa essa pergunta.

— Uma casa precisa de cuidados, de vez em quando. Telhas que têm de ser substituídas, ratos que precisam ser mantidos afastados. Faz essas coisas também?

— Um dos herdeiros mora em Vollsjö. Em geral é ele que cuida da casa. Chama-se Alfred Hanson.

Wallander anotou o endereço e o número do telefone.

— Quer dizer que o imóvel está vazio faz um ano?

— Mais de um ano. Houve uma certa discordância sobre se devia ser vendido ou não.

— Em outras palavras, não tinha ninguém morando lá?

— Claro que não.

— Tem certeza disso?

— Não entendo aonde está querendo chegar. A casa estava toda fechada com tapumes. Alfred Hanson me liga a intervalos regulares para me dizer que está tudo em ordem.

— Quando foi que ele ligou pela última vez?

— E como é que espera que eu me lembre de uma coisa dessas?

— Isso eu não sei. Só sei que gostaria de uma resposta a minha pergunta.

— Em algum momento, perto do ano-novo, acho. Mas não posso jurar. Por que isso é tão importante assim?

— Tudo é importante por enquanto. Mas obrigado pela informação.

Wallander desligou, abriu a lista telefônica e conferiu o endereço de Alfred Hanson. Depois levantou-se, passou a mão no paletó e deixou o escritório.

— Estou indo para Vollsjö — falou ao passar pela porta da sala de Martinson. — Tem alguma coisa estranha nessa casa que explodiu.

— Para mim tem alguma coisa estranha em tudo. Acabei de falar com o Nyberg, por sinal. Ele acha que o transmissor de rádio pode perfeitamente ter sido fabricado na Rússia.

— Na Rússia?

— Foi o que ele falou. Não pergunte para mim.

— Mais um país — resmungou o inspetor. — Suécia, África do Sul, Rússia. Onde é que isso tudo vai dar?

Coisa de meia hora depois, parava diante da casa onde Alfred Hanson supostamente morava. Era uma casa relativamente moderna, muito diferente das construções locais. Alguns pastores alemães latiram furiosamente quando Wallander desceu do carro. Eram quatro e meia da tarde e estava faminto.

Um homem aparentando uns quarenta anos abriu a porta e parou, só de meias, nos degraus da frente. O cabelo era um ninho de ratos e, ao chegar perto, Wallander sentiu cheiro de bebida.

— Alfred Hanson?

O homem fez que sim.

— Sou do departamento de polícia de Ystad.

— Ô inferno! — exclamou o indivíduo, antes mesmo que Wallander tivesse dado o nome.

— Como disse?

— Quem delatou? Foi aquele bosta do Bengtson?

Wallander pensou rápido, antes de abrir a boca.

— Não posso comentar sobre isso. A polícia protege todos seus informantes.

— Só pode ter sido o Bengtson. Estou sendo preso?

— Podemos conversar a respeito.

O sujeito levou Wallander até a cozinha. No mesmo instante o inspetor sentiu um tênue mas inconfundível cheiro de óleo fúsel. Entendeu na hora. Alfred Hanson tinha um alambique clandestino e achava que ia ser preso.

Estava esborrachado numa cadeira da cozinha, coçando a cabeça.

— Mas que azar — suspirou o sujeito.

— Depois a gente conversa sobre essa sua fabriqueta. Antes quero fazer umas perguntas sobre uma outra coisa.

— O quê?

— Sobre o imóvel que pegou fogo.

— Não sei nada sobre isso.

Wallander reparou que Alfred Hanson ficara preocupado na hora.

— Não sabe nada sobre o quê?

O homem, com os dedos trêmulos, acendeu um cigarro todo amassado.

— Na verdade meu trabalho é pintura com pistola. Mas essa coisa de começar a trabalhar às sete da manhã todo dia não é comigo. Não agüento. De modo que achei que podia muito bem alugar aquele velho barraco, se alguém estivesse interessado. Quer dizer, eu por mim queria é vender aquilo. Mas a família está fazendo um escarcéu danado.

— E quem se interessou?

— Um cara de Estocolmo. Estava rodando pela região, procurando alguma coisa que fosse adequada. Aí achou essa casa e gostou do lugar. Ainda não entendi direito como foi que ele descobriu que eu era um dos donos.

— Qual era o nome dele?

— Disse que se chamava Nordström. Mas não caí nessa.

— Por quê?

— Falava bem o sueco, mas tinha sotaque estrangeiro. E estrangeiro não se chama Nordström.

— Mas estava interessado em alugar a casa?

— Estava. E pagava bem. Eu ia receber dez mil coroas por mês. Não se torce o nariz para um arranjo desses. Eu não ia tirar pedaço de ninguém com isso, pensei. Só receber uma recompensa em troca de cuidar da casa. Não precisava ninguém ficar sabendo, nem os herdeiros nem o Holmgren.

— Por quanto tempo ele disse que alugaria a casa?

— Ele apareceu no início de abril. Disse que queria ficar até o final de maio.

— Disse para que seria usado o imóvel?

— Para um pessoal que queria ficar sossegado e pintar um pouco.

— Pintar?

Wallander lembrou-se do pai.

— Uns artistas, coisa assim. E me pagou em dinheiro vivo. Claro que eu ia aceitar, não sou bobo.

— Quando foi que o viu de novo?

— Nunca mais.

— Nunca mais?

— Foi meio que uma condição que nem precisou ser mencionada. Que eu devia ficar longe e não meter o bedelho. Foi o que eu fiz. Ele recebeu as chaves e pronto.

— Está com as chaves de volta?

— Não. Ele ia me mandar pelo correio.

— E você não tem nenhum endereço?

— Não.

— Saberia descrevê-lo?

— Era enorme. Muito gordo mesmo.

— Mais alguma coisa?

— Caramba! Como é que a gente vai descrever um cara gordo? Era calvo, carão vermelho e gordo. E, quando digo gordo, é gordo mesmo! Um tonel.

Wallander balançou a cabeça.

— Sobrou algum dinheiro do que ele lhe pagou? — perguntou, pensando na possibilidade de impressões digitais.

— Nem um centavo. Foi por isso que comecei a destilar de novo.

— Se parar com isso hoje mesmo, não o levo comigo para Ystad.

Alfred Hanson mal podia acreditar nos próprios ouvidos.

— Falo sério. Mas volto para conferir, para ver se parou mesmo. E terá de jogar fora tudo o que já ficou pronto.

O homem continuava sentado, boquiaberto, à mesa da cozinha, quando Wallander partiu.

Negligência no cumprimento do dever, pensou. Mas no momento estou meio sem tempo para lidar com alambiques clandestinos.

Tomou o caminho de volta a Ystad. Sem saber muito bem por quê, virou no estacionamento pegado ao lago Krageholm. Saltou do carro e caminhou até a beira da água.

Havia alguma coisa a respeito dessa investigação, a respeito da morte de Louise Åkerblom, que o deixava assustado. Como se a coisa mal tivesse começado.

Estou com medo, pensou. É como se aquele dedo negro estivesse apontando direto para mim. Estou no meio de algo que não consigo compreender.

Sentou-se então numa pedra úmida mesmo. De repente, a depressão e o cansaço ameaçaram dominá-lo por completo.

Fitou o lago, pensando que havia uma semelhança fundamental entre esse caso em que estava enterrado até o pescoço e os sentimentos que levava no coração. O controle que tinha de si mesmo era quase tão pouco quanto as chances de resolver o crime. Com um suspiro que até ele considerou patético, concluiu que estava tão perdido no que dizia respeito à própria vida quanto estava no que se referia à procura do assassino de Louise Åkerblom.

— Para onde eu me viro agora? — perguntou em voz alta a si mesmo. — Não quero ter nada a ver com assassinos impiedosos sem o mínimo respeito pela vida. Não quero me envolver num tipo de violência que não serei capaz de compreender enquanto viver. Talvez a próxima geração de policiais neste país tenha outra experiência e outra visão do trabalho. Mas para mim é muito tarde. Nunca serei diferente do que sou agora. Um policial até que razoável num distrito policial sueco de porte médio.

Levantou-se e viu uma pega alçando vôo do topo de uma árvore.

No fim, todas as perguntas ficam sem resposta, pensou. Dedico a vida a tentar capturar e depois trancafiar gente culpada de vários delitos. Às vezes dou sorte, muitas vezes não. Mas, quando me for, um dia desses qualquer, terei fracassado na maior de todas as investigações. A vida continuará sendo um mistério insolúvel.

Quero ver minha filha, pensou. Sinto tanto a falta dela, às vezes, que chega a doer. Tenho de apanhar um negro sem um dedo, sobretudo se tiver sido ele o assassino de Louise Åkerblom. Tenho uma pergunta para ele que precisa de resposta: por que você a matou?

Preciso manter Stig Gustafson sob vigilância, não posso deixá-lo escapar do cerco muito cedo, mesmo que eu esteja convencido de sua inocência.

Voltou para o carro.

O medo e a repugnância não o largaram. O dedo continuava apontado.

O HOMEM DO TRANSKEI

8

Mal dava para ver o homem acocorado atrás da sucata. Ele não movia nem um músculo, e o rosto preto se confundia com a carroceria escura.

Escolhera o esconderijo com muito cuidado. Esperara desde o começo da tarde e agora o sol começava a afundar por trás dos contornos empoeirados daquele gueto suburbano que era Soweto. A terra vermelha ressequida reluzia sob o sol poente. Era 8 de abril de 1992.

Viajara um bocado para chegar a tempo ao local do encontro. O homem branco que o procurara tinha dito que precisaria partir logo cedo. Por questões de segurança, preferiram não lhe dar a hora exata em que o apanhariam. Tudo o que sabia é que seria logo depois do pôr-do-sol.

Fazia apenas vinte e seis horas que o sujeito dizendo se chamar Stewart parara em frente a sua casa, em Ntibane. Quando ouviu a batida na porta, primeiro pensou que fossem policiais de Umtata. Era raro passar um mês sem receber uma visita deles. Assim que acontecia um assalto a banco ou alguma morte, algum investigador da divisão de homicídios de Umtata aparecia para ter uma conversinha. Às vezes a polícia o levava para ser interrogado na cidade, mas em geral aceitava o álibi oferecido, mesmo que fosse apenas a alegação de que passara o dia enchendo a cara num bar qualquer da região.

Quando saiu do barraco de zinco que era sua casa, não reconheceu o homem parado em pleno sol, dizendo ser Stewart.

Victor Mabasha sabia que era mentira. Aquele homem podia se chamar qualquer coisa, menos Stewart. Embora falasse inglês, o sotaque era africâner. E bôer nenhum se chama Stewart.

O sujeito apareceu à tarde. Victor Mabasha estava dormindo quando bateram. Não fez o menor esforço para se levantar mais rápido da cama, vestir uma calça e abrir a porta. Começara a se acostumar à idéia de que ninguém mais o procurava para algo que fosse importante. Em geral era alguém a quem devia algum dinheiro. Ou alguém tolo o bastante para pensar que podia tomar dinheiro emprestado dele. A menos que fosse a polícia. Mas a polícia não batia à porta. Esmurrava. Ou arrombava.

O homem que dizia se chamar Stewart devia ter uns cinqüenta anos. Vestia um terno de caimento horrível e suava por todos os poros. Seu carro estava parado debaixo de um baobá, do outro lado da rua. Victor reparou que as placas eram do Transvaal. Passou-lhe pela cabeça de relance que o sujeito fizera uma viagem longa, do Transvaal até a província do Transkei, só para falar com ele.

O sujeito não pediu para entrar. Limitou-se a entregar um envelope e dizer que alguém o queria ver a respeito de um negócio importante, nos arredores de Soweto, no dia seguinte.

— Tudo o que precisa saber está nessa carta.

Um grupinho de crianças seminuas brincava bem na frente do barraco com uma calota amassada. Victor gritou para que se fossem dali. Elas sumiram na hora.

— Quem? — Victor perguntou.

Não confiava em nenhum branco. Mas desconfiava ainda mais de brancos que mentiam tão mal quanto aquele sujeito e que pioravam as coisas achando que ele se satisfaria com um envelope.

— Isso eu não posso dizer.

— Tem sempre alguém querendo me ver. A questão é: será que eu quero ver esse alguém?

— Está tudo no envelope — Stewart repetiu.

Victor estendeu a mão e pegou o envelope grosso de papel pardo. Deu para perceber de imediato que havia uma bolada ali dentro. Algo que era ao mesmo tempo um conforto e uma preocupação. Precisava de dinheiro. Mas não sabia por que estava sendo pago. E isso o deixava inquieto. Não tinha a menor vontade de se envolver numa coisa sobre a qual nada sabia.

Stewart enxugou a cara e a careca com um lenço ensopado.

— Tem um mapa. O local do encontro está marcado. Fica perto de Soweto. Ainda se lembra de como é lá, não se lembra?

— Tudo muda. Eu conheço a Soweto de oito anos atrás, mas não faço a menor idéia de como esteja hoje.

— Não é em Soweto propriamente. O local onde você vai ser apanhado fica numa via de acesso à estrada que vai para Joanesburgo. Por ali, está tudo igual. Terá de sair bem cedo amanhã, se quiser chegar a tempo.

— Quem está querendo me ver? — Victor perguntou de novo.

— Ele prefere não dar o nome. Vai encontrá-lo amanhã.

Victor sacudiu a cabeça devagar e devolveu o envelope.

— Quero um nome — repetiu. — Se não tiver um nome, não vou chegar lá a tempo. Aliás eu nem vou.

O homem hesitou. Victor o olhava fixamente. Depois de uma pausa razoável, o sujeito se deu conta de que ele não estava brincando. Espiou em volta. A criançada tinha se afastado. Estavam os dois a coisa de cinqüenta metros dos vizinhos mais próximos, moradores de um barraco de zinco tão decadente quanto o de Victor. Havia uma mulher socando milho em meio à poeira, bem na frente de casa. Umas poucas cabras procuravam alguma coisa para roer na terra vermelha esturricada.

— Jan Kleyn. — A voz saiu muito baixa. — Jan Kleyn quer ver você. Esqueça que algum dia eu lhe disse isso. Mas tem que chegar a tempo.

Depois virou nos calcanhares e voltou para o carro. Victor continuou parado, espiando o automóvel desaparecer numa nuvem de pó. O cara dirigia depressa demais. Era uma atitude típica dos brancos. Todos se sentiam inseguros e expostos sempre que se pegavam num distrito negro, pensou Victor. Para esse tal de Stewart, estar ali era o mesmo que estar em território inimigo. E era mesmo.

Victor sorriu à idéia.

Homens brancos eram homens assustados.

Depois perguntou-se como é que Jan Kleyn podia se rebaixar a ponto de usar um mensageiro desses.

Ou talvez fosse mais uma mentira dele. E se não tivesse sido Jan Kleyn que o mandara chamar? E se fosse um outro qualquer?

Os moleques que brincavam com a calota estavam de volta. Victor entrou no barraco, acendeu um lampião a querosene, sentou-se na cama mambembe e, devagar, abriu o envelope.

Por força do hábito, abriu-o de baixo para cima. Remetentes de carta-bomba quase sempre põem o detonador na parte de cima do envelope. Poucas pessoas com razões para esperar uma bomba pelo correio abrem suas cartas do jeito normal.

O envelope continha um mapa, cuidadosamente desenhado à mão com nanquim preto. Uma cruz vermelha marcava o lugar do encontro. Victor visualizou perfeitamente o lugar. Impossível errar. Além do mapa, havia um maço de notas vermelhas de cinqüenta rands dentro do envelope. Não precisou nem contar para saber que ali havia cinco mil rands.

Pôs o envelope no chão de terra batida e estirou-se na cama. O cobertor cheirava a mofo. Um mosquito invisível zumbia em volta de seu rosto. Virou a cabeça e contemplou o lampião a querosene.

Jan Kleyn, pensou. Jan Kleyn quer me ver. Faz dois anos, desde a última vez. E na época ele disse que nunca mais iria querer nada comigo. Mas agora deseja me ver. Por quê?

Sentou-se na cama e espiou o relógio de pulso. Se

quisesse estar em Soweto no dia seguinte, teria de tomar o ônibus em Umtata ainda aquela noite. Stewart estava enganado. Não podia esperar até o dia seguinte. Eram quase novecentos quilômetros até Joanesburgo.

Não havia decisão a tomar. Como aceitara o dinheiro, teria de ir. Não tinha a menor vontade de ficar devendo cinco mil rands a Jan Kleyn. Seria a mesma coisa que assinar a própria sentença de morte. Conhecia Jan Kleyn o suficiente para saber que ninguém conseguiria lhe passar a perna.

Apanhou uma maleta enfiada debaixo da cama. Não sabia quanto tempo ficaria fora, nem o que Jan Kleyn queria que fizesse, de modo que pôs algumas camisas, cuecas e um par de sapatos resistentes na maleta. Se o serviço fosse longo, precisaria comprar as roupas necessárias. Em seguida, desatarraxou as costas da cabeceira da cama. Era ali que guardava seus dois punhais, protegidos com banha e embrulhados em plástico. Limpou a gordura e tirou a camisa. De um prego no teto pegou o cinturão feito sob medida para as facas e afivelou-o em volta da cintura, reparando satisfeito que continuava usando o mesmo furo de antes. Embora tivesse passado vários meses bebendo cerveja, até que o dinheiro acabasse, não tinha engordado nada. Continuava em boa forma, mesmo que fosse completar trinta e um anos em breve.

Pôs as duas facas na bainha, depois de conferir o fio com a ponta dos dedos. Bastava pressionar minimamente para tirar sangue. Depois disso retirou uma outra parte do estrado para pegar a pistola: também essa estava tratada com gordura, gordura de coco, e embrulhada em plástico. Sentou-se na cama e limpou a arma meticulosamente. Era uma Parabellum nove milímetros. Carregou o pente com munição especial, só encontrada no estabelecimento de um negociante de armas não licenciado em Ravenmore. Embrulhou dois pentes sobressalentes dentro de uma das camisas que levava na mala. Colocou o coldre e enfiou dentro a pistola. Agora estava pronto para se encontrar com Jan Kleyn.

Pouco depois, deixou o barraco. Trancou-o com o cadeado enferrujado e tomou o caminho do ponto de ônibus, alguns quilômetros adiante, na estrada para Umtata.

Apertou os olhos e espiou o sol avermelhado que se punha rapidamente sobre Soweto, lembrando-se da última vez em que estivera ali, oito anos antes. Um negociante local lhe dera quinhentos rands para matar um rival. Como sempre, tomara todas as precauções possíveis e elaborara um plano detalhado. Mas saíra tudo errado logo de cara. Uma viatura da polícia calhou de passar pelo local bem na hora e ele fugira de lá o mais rápido possível. Nunca mais voltara.

O ocaso africano é curto. De repente, estava envolto pela escuridão. A distância, ouvia o rugido do trânsito na rodovia que ia para a Cidade do Cabo e, na outra direção, a Port Elizabeth. Uma sirene de polícia uivou ao longe e ocorreu-lhe então que Jan Kleyn devia ter um motivo muito especial para entrar em contato justamente com ele. Tem muito assassino solto por aí, pronto para matar qualquer pessoa por mil rands. Mas Jan Kleyn lhe dera cinco mil rands adiantado e obviamente não era só por ele ser tido como o melhor e o mais impassível dos assassinos profissionais de toda a África do Sul.

Seus pensamentos foram interrompidos pelo ruído de um carro vindo da rodovia. Logo depois, viu faróis se aproximando. Recuou ainda mais para o meio das sombras e tirou a pistola. Destravou a arma com um floreio.

O carro parou onde a estrada terminava. Os faróis iluminaram o mato poeirento e a carcaça do carro. Victor Mabasha esperava nas sombras. Inquieto.

Um homem saltou do automóvel. Victor viu na hora que aquele não era Jan Kleyn. De todo modo não esperava que fosse. Jan Kleyn nunca aparecia em pessoa — mandava buscar aquele com quem queria conversar.

Victor esgueirou-se com muita cautela em volta da carroceria abandonada e em círculos foi se aproximando por trás do indivíduo. O carro tinha parado exatamente onde achava que iria parar, e ele praticara movimentos de flanco até ter certeza de que poderia executá-los sem fazer barulho.

Surpreendeu-o pelas costas e encostou-lhe a pistola na cabeça. O homem levou um susto.

— Cadê o Jan Kleyn?

O outro virou a cabeça com todo o cuidado.

— Vou levar você até ele.

Victor Mabasha percebeu que o cara estava com medo.

— E onde ele está, exatamente?

— Numa fazenda perto de Pretória. Em Hammanskraal.

Imediatamente percebeu que não era nenhuma armação. Já tinha tratado de negócios com Jan Kleyn uma vez em Hammanskraal. Guardou a pistola de volta no coldre.

— Então acho melhor irmos andando. São cem quilômetros até lá.

Sentou-se no banco de trás. O homem atrás do volante manteve-se calado. As luzes de Joanesburgo surgiram a distância, quando passaram ao largo da zona norte da cidade.

Toda vez que se pegava nas vizinhanças de Joanesburgo, Victor Mabasha sentia-se invadido pelo mesmo ódio desenfreado de sempre. Como se houvesse um animal selvagem vivendo o tempo todo atrás dele que aparecia sem ser anunciado para lembrá-lo de coisas que preferia esquecer.

Crescera em Joanesburgo. O pai era mineiro e raramente parava em casa. Durante muitos anos trabalhara nas minas de diamante de Kimberley e, mais tarde, nas minas a nordeste de Joanesburgo, em Verwoerdburg. Aos trinta e dois anos, os pulmões não agüentaram mais. Victor Mabasha lembrava-se ainda do ruído pavoroso de chocalho que o pai fazia para tentar respirar, isso no último ano de vida, e da expressão de terror que tinha no olhar. Durante esse tempo, a mãe tentara sustentar os nove filhos e manter a casa. Moravam numa favela e Victor lembrava-se da infância como uma longa, arrastada e aparentemente interminável humilhação. Rebelara-se contra tudo aquilo logo cedo, mas seus protestos foram confusos e equivocados. Juntara-se a uma gangue de ladrões jovens, fora preso e espancado por policiais brancos numa cela de prisão. Isso só fez aumentar a amargura e, quando saiu, foi direto para a rua e para uma vida de crimes. Ao contrário de muitos camaradas, começou a abrir um caminho só seu para sobreviver às humilhações. Em vez de se unir ao movimento de conscientização negra que se formava lentamente, foi na direção oposta. Ainda que a opressão branca tivesse arruinado sua vida, decidiu que a única forma de sobreviver seria manter uma boa relação com os brancos. Começou cometendo pequenos furtos para receptadores brancos, em troca de proteção. Aí um dia, logo depois de completar vinte anos, prometeram-lhe mil e duzentos rands para matar um político negro que insultara um branco dono de uma loja. Victor não hesitou um segundo. Essa foi a prova definitiva de que estava do lado dos brancos. Dali em diante sua vingança era ver o quão pouco os brancos entendiam do profundo desprezo que tinha por eles. Achavam que não passava de um mero cafre que conhecia exatamente o lugar de todo preto na África do Sul. Mas ele odiava os brancos e era por esse motivo que servia de moleque de recados para eles.

Às vezes lia nos jornais que um antigo camarada fora enforcado ou recebera uma longa pena de prisão. Até podia se apiedar do fulano, mas em momento algum duvidava da opção que fizera para sobreviver e quem sabe até começar a construir uma vida fora das favelas.

Aos vinte e dois anos, ficou conhecendo Jan Kleyn.

Embora tivessem a mesma idade, Kleyn o tratou com desprezo e superioridade.

Jan Kleyn era um fanático. Victor Mabasha sabia que odiava os negros e que os considerava todos como animais que tinham de ser controlados pelos brancos. Ainda bem jovem, filiara-se ao Movimento de Resistência Africânder, de linha fascista, e em poucos anos chegara à posição de liderança. Mas não era político; trabalhava nos bastidores, beneficiando-se do cargo que ocupava no BOSS, o serviço secreto sul-africano. Seu grande trunfo era ser implacável. No que lhe dizia respeito, não havia a menor diferença entre matar um negro e um rato.

Victor Mabasha odiava e ao mesmo tempo admirava Jan Kleyn. A plena convicção que Kleyn tinha de que os africânderes eram um povo eleito e sua impiedade absoluta, combinadas a um desprezo total pela morte, impressionavam Victor. O homem parecia estar sempre no controle completo de seus pensamentos e suas emoções. Victor Mabasha tentou em vão descobrir alguma fraqueza em Jan Kleyn. Impossível.

Já matara duas vezes sob as ordens dele. Com sucesso dera cabo das tarefas. Jan Kleyn ficara satisfeito. Mas, embora nessa época mantivessem contato regular, o homem nem uma única vez apertara sua mão.

As luzes de Joanesburgo foram aos poucos ficando para trás. O trânsito na rodovia para Pretória diminuíra bastante. Victor Mabasha reclinou-se no assento e fechou os olhos. Logo mais descobriria o que levara Jan Kleyn a reverter sua decisão de nunca mais se encontrarem. Mesmo contra a vontade, sentia a ansiedade aumentar. Jan Kleyn jamais teria mandado chamá-lo se não fosse uma questão de grande importância.

A casa ficava em cima de um morro, a cerca de dez quilômetros de Hammanskraal. A propriedade era toda cercada, e pastores alemães rondavam soltos pelo terreno, impedindo a entrada de quem não tivesse autorização expressa.

Essa noite, havia dois homens sentados numa sala cheia de troféus de caça esperando por Victor Mabasha. As cortinas tinham sido corridas, e os criados, dispensados. Os dois estavam cada um numa ponta de uma mesa coberta por um feltro verde. Bebiam uísque e conversavam em voz baixa, como se pudesse haver alguém escutando, apesar de todas as precauções.

Um deles era Jan Kleyn. Um homem extraordinariamente magro, como se estivesse se recuperando de uma doença grave; de rosto anguloso, lembrava um pássaro à espreita da presa. Tinha olhos acinzentados, cabelos loiros e ralos, e usava um terno escuro, camisa branca e gravata. Quando falava, a voz era roufenha, e seu jeito de se expressar permanecia contido, quase lento.

O outro era o oposto. Franz Malan era alto e gordo. De barrigão pendurado por cima do cós da calça, o rosto vermelho manchado, suando copiosamente. Na aparência, formavam uma dupla desparelhada à espera de que Victor Mabasha chegasse, nessa noite de abril de 1992.

Jan Kleyn espiou o relógio.

— Mais meia hora e ele estará aqui.

— Assim espero.

Jan Kleyn deu um tranco para trás na cadeira, como se alguém de repente tivesse lhe apontado uma arma.

— Alguma vez me enganei? — Continuava falando em voz baixa. Mas o tom de ameaça era inconfundível.

Franz Malan olhou-o pensativo.

— Não por enquanto. Foi só uma idéia.

— Você anda tendo idéias erradas. Está desperdiçando tempo com preocupações desnecessárias. Tudo sairá segundo o planejado.

— Espero que sim. Meus superiores poriam minha cabeça a prêmio, se algo saísse errado.

Jan Kleyn sorriu para ele.

— E eu me mataria. Mas não tenho a menor intenção de morrer. Depois que tivermos recuperado tudo o que perdemos nos últimos anos, eu saio de cena. Mas não antes disso.

Jan Kleyn tivera uma carreira espantosa. O ódio implacável que sentia contra todos os que desejavam acabar com a política de apartheid da África do Sul era bem conhecido, ou notório, dependendo do ponto de vista. Muitos diziam que não passava do louco-mor do Movimento de Resistência Africânder. Mas os mais chegados sabiam que Jan Kleyn era um indivíduo frio e calculista, cuja crueldade jamais o levara a tomar atitudes precipitadas. Falando de si mesmo, dizia-se um "cirurgião político", cuja tarefa era retirar os tumores que ameaçavam constantemente o corpo saudável da África do Sul africânder. Pouca gente sabia que era um dos funcionários mais eficientes do BOSS, a agência de segurança do Estado.

Franz Malan trabalhava havia mais de dez anos no serviço de inteligência do exército sul-africano, uma entidade separada do BOSS. Antes disso fora oficial da ativa e liderara operações sigilosas no sul da Rodésia e em Moçambique. Depois de um ataque cardíaco, aos quarenta e quatro anos, sua carreira militar terminara. Mas, com as opiniões e habilidades que tinha, fora imediatamente remanejado para o serviço secreto. Tinha atribuições variadas, desde a colocação de bombas em veículos de adversários do apartheid até a organização de ataques terroristas contra reuniões do Congresso Nacional Africano e seus integrantes. Além disso também era membro do Movimento de Resistência Africânder. Mas, assim como Jan Kleyn, trabalhava nos bastidores. Juntos, tinham elaborado um plano que começaria a ser posto em prática naquela mesma noite, com a chegada de Victor Mabasha. Durante muitos dias e noites tinham discutido o que precisava ser feito. Por fim, haviam chegado a um acordo. E expuseram suas conclusões à sociedade secreta que jamais viria a ter qualquer outro nome a não ser o de Comitê.

E foi o Comitê que lhes deu a missão que estavam em vias de executar.

Tudo começou quando Nelson Mandela foi libertado da cela de prisão que ocupara na ilha Robben por quase trinta anos. Para Jan Kleyn, Franz Malan e outros bôeres da extrema direita, sua libertação equivalia a uma declaração de guerra. O presidente De Klerk traíra seu povo, os brancos da África do Sul. O sistema de apartheid corria o risco de desabar, a menos que se tomasse uma medida drástica. Alguns bôeres em posição de comando, entre os quais Jan Kleyn e Franz Malan, perceberam que as eleições livres prometidas levariam inevitavelmente a um governo de maioria negra. O que significava catástrofe total, o fim do direito do povo eleito de governar a África do Sul como bem quisesse. Então eles debateram o problema, estudaram vários tipos de ação, até que acabaram se decidindo sobre o que era preciso fazer.

A decisão fora tomada quatro meses antes. Durante reunião naquela mesma casa no alto do morro, de propriedade do exército sul-africano, usada para conferências e encontros em que a privacidade fosse fundamental. Oficialmente, o BOSS e os militares não tinham qualquer ligação com nenhuma sociedade secreta. Formalmente, seu dever de lealdade era para com o governo em exercício e com a constituição. Mas a realidade vinha a ser bem diferente. No auge das atividades da Broederbond, a sociedade secreta africânder, Jan Kleyn e Franz Malan mantiveram contatos com um amplo segmento da sociedade sul-africana. A operação que haviam planejado em nome do Comitê e que estavam agora prontos para pôr em ação contava com o apoio do alto comando do exército, com o apoio do movimento Inkatha, adversário do CNA, e com o apoio também de empresários e banqueiros influentes.

Os dois homens estavam sentados na mesma sala de agora, em volta da mesa coberta de feltro verde, quando de repente Jan Kleyn disse:

— Quem é a pessoa mais importante do país no momento?

Franz Malan não levou muito tempo para descobrir a quem Jan Kleyn se referia.

— Experimente pensar o seguinte, Franz. Experimente imaginar que ele morra. Não de causas naturais. Isso apenas o transformaria num mártir. Não, imagine que ele seja assassinado.

— Haveria uma insurreição nos distritos negros numa escala muito além de tudo aquilo que imaginamos até agora. Greves gerais, caos. O resto do mundo nos isolaria ainda mais.

— Pense mais adiante. Suponhamos que pudesse ficar provado que ele foi assassinado por um negro.

— Isso aumentaria mais ainda a confusão. O Inkatha e o CNA avançariam um para cima do outro numa verdadeira guerra. Nós podíamos sentar e ficar olhando de braços cruzados enquanto eles se estraçalhavam com machetes, machados e lanças.

— Exato. Mas pense um pouco além. Imagine que o assassino fosse integrante do CNA.

— O movimento ruiria em caos absoluto. Os herdeiros se degolariam.

Jan Kleyn movia a cabeça entusiasmado.

— Exato. Vá mais além ainda!

Franz Malan ponderou uns instantes, antes de responder.

— No fim, não resta dúvida de que os negros se voltariam contra os brancos. A essas alturas o movimento político negro estaria à beira do colapso e da anarquia total, e nós então seríamos forçados a botar a polícia e o exército nas ruas. O resultado seria uma rápida guerra civil. Com um pouco de planejamento cuidadoso, seríamos capazes de eliminar todos os negros de alguma importância do país. Gostando ou não, a comunidade internacional seria forçada a aceitar que foram os negros que começaram a guerra.

Jan Kleyn aprovara com um gesto de cabeça.

Franz Malan olhava atentamente para o homem a sua frente.

— Está falando sério quando diz isso?

Jan Kleyn fizera ar de espanto.

— Sério?

— Que nós devíamos matá-lo?

— Claro que estou falando sério. O homem será liquidado antes do próximo verão. Estou pensando em chamar a operação de Salto do Spriengboek.

— Por quê?

— As coisas precisam de um nome. Alguma vez já matou um antílope na vida? Quando você atinge o lugar certo, o animal dá um salto antes de morrer. É esse o pulo que eu vou oferecer ao maior inimigo que temos.

Continuaram reunidos até o amanhecer. Franz Malan só podia admirar a meticulosidade com que Jan Kleyn pensara nos mínimos detalhes da operação. O plano era ousado mas não continha riscos desnecessários. Quando foram até a varanda, na alvorada, para esticar as pernas, Franz Malan manifestara sua última objeção.

— Seu plano é excelente. Só consigo vislumbrar um único tropeço possível. Você está confiante na atuação desse Victor Mabasha. Está se esquecendo de que ele é da tribo zulu. E eles são um tanto parecidos com os bôeres, sob certos aspectos. A lealdade final de todos é para consigo mesmo e para com os ancestrais que veneram. O que significa dizer que você está colocando uma fé tremenda num negro. Você sabe muito bem que eles jamais serão capazes da mesma lealdade que nós. Presumivelmente você tem razão. Ele vai se tornar um homem rico. Mais rico do que jamais pôde imaginar ser. Mas, assim mesmo, o plano significa que estamos dependendo de um negro.

— Pois eu lhe dou minha resposta agora mesmo. Eu não confio em absolutamente ninguém. Não de forma total, pelo menos. Confio em você. Mas estou ciente de que todos temos um ponto fraco em alguma parte. Substituo essa falta de confiança com doses extras de cautela. E isso se aplica a Victor Mabasha também.

— A única pessoa em quem você confia é em você mesmo.

— Exato. Você jamais encontrará meu ponto fraco. Claro que Victor Mabasha ficará sob vigilância constante. E vou fazer questão de que saiba disso. Ele será treinado por um dos maiores especialistas em assassinato do mundo. Se nos desapontar, sabe que pode contar com uma morte lenta e tão dolorosa que seria muito melhor não ter nascido. Victor Mabasha conhece o significado da palavra tortura. Entende perfeitamente o que nós esperamos dele.

Poucas horas depois, separaram-se e seguiram cada qual sua direção.

Quatro meses depois o plano estava firmemente estabelecido entre um grupo de conspiradores que haviam feito um voto solene de silêncio.

O plano estava sendo posto em prática.

Quando o carro parou diante da casa no morro, Franz Malan amarrou os cães. Victor Mabasha, que tinha terror de pastor alemão, continuou dentro do carro até ter certeza de que não seria atacado. Jan Kleyn estava na varanda para recebê-lo. O homem negro não resistiu à tentação de estender-lhe a mão. Mas Jan Kleyn ignorou-a e perguntou como tinha sido a viagem.

— Quando se passa a noite inteira sentado dentro de um ônibus, dá tempo para pensar num monte de perguntas.

— Ótimo. Você terá todas as respostas de que precisa.

— Quem decide essa parte? O que eu preciso e o que eu não preciso saber?

Antes que Jan Kleyn pudesse responder, Franz Malan surgiu das sombras. Tampouco ele estendeu a mão.

— Vamos entrar — disse Jan Kleyn. — Temos muita coisa para conversar e o tempo é curto.

— Eu me chamo Franz. Ponha as mãos sobre a cabeça.

Victor não protestou. Era uma das regras que não vêm escritas em lugar nenhum; você abandona as armas antes de começar uma negociação. Franz Malan pegou a pistola e depois examinou as facas.

— Foram feitas por um armeiro africano — disse Victor Mabasha. — Excelentes tanto para combate corpo a corpo quanto para arremessar.

Entraram e sentaram-se em volta da mesa coberta com feltro verde. O motorista foi para a cozinha fazer um café.

Victor Mabasha esperou. Torcia para que os dois brancos não notassem o quanto estava tenso.

— Um milhão de rands — disse Jan Kleyn. — Vamos começar do fim, só desta vez. Quero que tenha bem nítido na cabeça o tempo todo quanto estamos lhe oferecendo pelo trabalho que queremos que faça.

— Um milhão pode ser bastante ou muito pouco — retrucou Victor Mabasha. — Depende das circunstâncias. E quem é esse "nós"?

— Guarde suas perguntas para depois. Você me conhece, sabe que pode confiar em mim. E pode considerar o Franz aí sentado a sua frente como uma extensão do meu braço. Pode confiar nele tanto quanto pode confiar em mim.

Victor Mabasha assentiu com a cabeça. Ele entendera. O jogo tinha começado. Todos garantiam a todos sua imensa confiabilidade. Na verdade, ninguém confiava em ninguém exceto em si mesmo.

— Pensamos em lhe pedir para fazer um servicinho para nós — repetiu Jan Kleyn, fazendo com que a frase soasse aos ouvidos de Victor Mabasha como um pedido de um copo d'água. — Quem é esse "nós" não vem ao caso no momento, não no que lhe diz respeito.

— Um milhão de rands — falou Victor Mabasha. — Vamos admitir que seja muita grana. Presumo que esteja querendo que eu mate alguém. Mas um milhão é dinheiro demais para um serviço desses. Então temos de admitir que não é o suficiente. Qual dos dois?

— E como é que um milhão de rands pode ser pouco? — perguntou Franz Malan irritado.

Jan Kleyn fez um gesto de censura.

— Digamos apenas que é um bom dinheiro para um serviço importante mas rápido.

— Você quer que eu mate alguém — repetiu Victor Mabasha.

Jan Kleyn olhou-o por um bom tempo antes de responder. Victor Mabasha de repente teve a impressão de que um vento muito frio estava soprando pelo aposento.

— Justamente — disse Jan Kleyn devagar. — Nós queremos que mate alguém.

— Quem?

— Saberá quando for o momento oportuno.

Victor Mabasha sentiu-se subitamente desconfortável. Esse devia ser o primeiro passo, o óbvio: fornecer a ele a parte mais importante da informação. Contra quem ele iria mirar sua arma.

— Este é um serviço muito especial — continuou Jan Kleyn. — Vai envolver viagens, talvez um mês de treinos, ensaios e extrema cautela. Digamos apenas que seja um homem que nós queremos ver eliminado. Um homem importante. .

— Um sul-africano?

Jan Kleyn hesitou alguns momentos antes de responder à pergunta de Victor Mabasha.

— É. Um sul-africano.

Victor Mabasha tentou decifrar quem poderia ser. Mas havia muita coisa que ele desconhecia. E quem era o gordo suarento sentado sem abrir a boca, todo encolhido nas sombras, do outro lado da mesa? Tinha uma sensação muito vaga de que já conhecia o homem. Já tinha visto a cara dele. Mas em que situação? Numa foto de jornal, talvez? Virou e revirou a memória, mas não conseguiu se lembrar de nada.

O motorista pôs algumas xícaras e pires sobre a mesa e colocou o bule de café bem no meio do pano verde. Ninguém disse uma palavra até que ele tivesse saído da sala e fechado a porta.

— Dentro de uns dez dias, mais ou menos, queremos que saia da África do Sul — falou Jan Kleyn. — Você vai voltar direto para Ntibane. E dizer a todos os conhecidos que resolveu ir para Botsuana, trabalhar com um tio que tem uma loja de ferragens em Gaborone. Vai receber uma carta enviada de Botsuana, oferecendo-lhe um emprego. Mostre essa carta para as pessoas o máximo que puder. No dia 15 de abril, daqui a uma semana, vai tomar o ônibus para Joanesburgo. Será apanhado no terminal rodoviário e passará a noite num apartamento, onde nós nos encontraremos para eu lhe dar as instruções finais. No dia seguinte, irá para a Europa e dali para São Petersburgo. Terá um passaporte do Zimbábue e um novo nome. Pode escolher você mesmo. Quando chegar a São Petersburgo, haverá alguém esperando no aeroporto. Vocês vão tomar o trem para a Finlândia e dali seguirão de barco para a Suécia. Você vai ficar na Suécia algumas semanas e lá receberá treinamento especial. Numa data ainda a ser fixada, voltará para a África do Sul. Uma vez aqui, eu assumo a responsabilidade pela fase final. Estará tudo terminado lá pelo final de junho, no máximo. Poderá receber seu dinheiro em qualquer lugar do mundo. E receberá cem mil rands adiantado, assim que concordar em executar o servicinho que nós lhe reservamos.

Jan Kleyn olhava intensa e silenciosamente para ele. Victor Mabasha se perguntava se por acaso teria ouvido direito. São Petersburgo? Finlândia? Suécia? Tentou visualizar mentalmente o mapa da Europa mas não conseguiu.

— Só tenho uma pergunta a fazer — falou depois de alguns momentos. — O que vem a ser isso tudo?

— Uma demonstração de que somos cautelosos e meticulosos — respondeu Jan Kleyn. — Você devia apreciar nosso esforço, já que é uma garantia de sua própria segurança.

— Sei cuidar de mim mesmo. — O tom de Victor Mabasha foi de desdém. — Mas vamos começar do começo. Quem é que vai me receber em São Petersburgo?

— Como você talvez já saiba, a União Soviética tem passado por mudanças muito grandes, nesses últimos anos. Mudanças com as quais estamos todos muito contentes. Por outro lado, houve muita gente eficiente que acabou ficando sem emprego. Inclusive oficiais da polícia secreta de lá, a KGB. Gente que vive nos sondando a respeito da possibilidade de aplicar aqui suas habilidades e experiência. Em muitos casos, não há limite ao que estão dispostos a fazer para obter um visto de residência neste país.

— Eu não vou trabalhar com a KGB. Eu não trabalho com ninguém. Nunca. Faço o que for preciso, mas faço sozinho.

— No que tem toda razão. E vai trabalhar sozinho. Mas também vai receber algumas dicas muito úteis de nossos amigos que irão recebê-lo em São Petersburgo. Eles são bons no que fazem.

— Por que Suécia?

Jan Kleyn tomou um gole de café.

— Boa pergunta. E que surge naturalmente. Em primeiro lugar, trata-se de uma ação diversionária. Mesmo que ninguém faça a menor idéia do que está acontecendo aqui no país, a menos que esteja envolvido com o plano, é sempre uma boa idéia erguer algumas cortinas de fumaça. A Suécia é um paiseco neutro e insignificante que sempre se mostrou agressivamente contrário ao nosso sistema social. Jamais passaria pela cabeça de alguém imaginar que o cordeiro está escondido na toca do lobo. Em segundo lugar, nossos amigos em São Petersburgo têm ótimos contatos na Suécia. É muito fácil entrar no país porque os controles nas fronteiras são muito superficiais, isso quando há controle. Muitos de nossos amigos russos já se estabeleceram por lá, com nomes e papéis falsos. Terceiro, temos alguns amigos confiáveis que podem nos arrumar acomodações adequadas no país. Mas, mais importante que tudo, talvez, é que você se mantenha bem longe da África do Sul. Tem gente demais interessada em descobrir o que um sujeito como eu anda aprontando. O plano pode ser descoberto.

Victor Mabasha sacudiu a cabeça.

— Tenho de saber quem é que eu vou matar.

— Quando chegar a hora devida. Não antes. Deixe-me terminar lembrando-o de uma conversa que tivemos faz quase oito anos. Na época você me disse que é possível matar quem quer que seja, desde que se planeje tudo muito bem. Em suma, ninguém está a salvo. E agora estou esperando sua resposta.

Foi nesse momento que Victor Mabasha deu-se conta de quem é que teria de matar.

E isso o deixou zonzo. Mas tudo se encaixava. O ódio irracional que Jan Kleyn tinha dos negros, a liberalização crescente da África do Sul.

Um homem importante. Eles queriam que matasse o presidente De Klerk.

Sua primeira reação foi dizer não. Seria arriscado demais. Como poderia passar por todos os guarda-costas que o rodeavam dia e noite? E como escapar, depois do atentado? Para matar o presidente, só sendo um assassino disposto a morrer num ataque suicida.

Ao mesmo tempo, não podia negar que continuava acreditando no que dissera a Jan Kleyn oito anos antes. Ninguém nesse mundo estava imune a um assassino habilidoso.

E um milhão de rands. Espantoso. Não podia recusar.

— Trezentos mil adiantado. E quero tudo num banco de Londres até depois de amanhã no máximo. Quero o direito de me recusar a prosseguir com o plano final se considerá-lo arriscado demais. Nesse caso, vocês teriam o direito de exigir que eu executasse um plano alternativo. Só assim eu aceito.

Jan Kleyn sorriu.

— Excelente. Sabia que aceitaria.

— Quero que meu passaporte saia em nome de Ben Travis.

— Claro. Um bom nome. Fácil de lembrar.

Havia uma pasta de plástico no chão, ao lado de sua cadeira. Jan Kleyn tirou de lá de dentro uma carta com selo de Botsuana e entregou-a a Victor Mabasha.

— Tem um ônibus de Umtata para Joanesburgo que sai às seis da manhã, no dia 15 de abril. É esse ônibus que queremos que pegue.

Jan Kleyn e o sujeito que dizia se chamar Franz puseram-se de pé.

— Vamos levá-lo de volta de carro — avisou Jan Kleyn. — Como não temos muito tempo, acho melhor ir hoje mesmo. Pode dormir no banco traseiro.

Victor Mabasha assentiu com a cabeça. Estava com pressa de chegar em casa. Uma semana não era muito tempo para resolver tudo o que era necessário. Como por exemplo descobrir quem era de fato esse Franz.

Agora sua própria segurança estava em jogo. Era preciso concentração máxima.

Separaram-se na varanda. Dessa vez, Victor Mabasha não estendeu a mão. Suas armas foram devolvidas e ele entrou no carro.

Presidente De Klerk, pensou. Ninguém pode escapar. Nem mesmo você.

Jan Kleyn e Franz Malan continuaram na varanda, espiando os faróis irem sumindo.

— Acho que você tem razão — falou Franz Malan. — Acho que ele vai fazer.

— Claro que vai. Por que acha que escolhi o melhor?

Franz Malan fitou pensativo as estrelas.

— Acha que ele percebeu quem é o alvo?

— Acho que está pensando que é o De Klerk. Seria a pessoa mais óbvia.

Franz Malan desviou-se das estrelas e fixou o olhar em Jan Kleyn.

— E era justamente isso que queria que ele pensasse, não era?

— Lógico. Nunca faço nada por acaso. E agora acho melhor cada qual seguir seu rumo. Tenho uma reunião importante amanhã em Bloemfontein.

No dia 17 de abril, Victor Mabasha viajou para Londres com o nome de Ben Travis. Até essa data, já sabia quem era Franz Malan. O que contribuiu ainda mais para convencê-lo de que o alvo era o presidente. Na mala, levava alguns livros sobre De Klerk. Era preciso saber o máximo possível sobre ele.

No dia seguinte, viajou para São Petersburgo. Lá, foi recebido por um homem chamado Konovalenko.

Dois dias depois, a balsa atracou nas docas de Estocolmo. Depois de uma longa viagem de carro para o sul do país, chegou tarde da noite a uma remota casinha no campo. O homem que dirigia o carro falava um inglês excelente, ainda que com sotaque russo.

No dia 20 de abril, Victor Mabasha acordou ao amanhecer. Saiu até o quintal para aliviar a bexiga. Uma camada imóvel de neblina cobria toda a paisagem. Estremeceu no ar gelado.

Suécia, pensou. Você está dando as boas-vindas a Ben Travis com névoa, frio e silêncio.

9

O ministro das Relações Exteriores Pik Botha foi o primeiro a ver a cobra.

Era quase meia-noite, e o gabinete quase todo, tendo desejado boa-noite, já estava nos respectivos chalés. Os únicos ainda em volta do fogo eram o presidente De Klerk, o ministro Pik Botha e o ministro do Interior Vlok mais seu secretário particular, além de um punhado de seguranças escolhidos a dedo pelo presidente. Todos eles oficiais sob juramento especial de lealdade e sigilo feito perante De Klerk em pessoa. Um pouco adiante, quase invisíveis na pouca luz lançada pela fogueira, alguns criados negros agitavam-se na escuridão.

Era uma mamba verde, difícil de enxergar, imóvel nas fímbrias das sombras vacilantes. O ministro das Relações Exteriores provavelmente nem teria se dado conta de sua presença se não tivesse inclinado o corpo para coçar o tornozelo. Levou um susto quando avistou a cobra, mas não moveu nem um músculo. Aprendera bem cedo na vida que uma cobra só vê e ataca objetos em movimento.

— Tem uma cobra venenosa a dois metros do meu pé — falou em voz baixa.

O presidente De Klerk estava absorto nos próprios pensamentos. Ajustara a espreguiçadeira de modo a poder se estirar quase na horizontal. Como de hábito, sentara-se a uma certa distância dos colegas. Percebera já fazia um certo tempo que seus ministros nunca aproximavam demais as cadeiras durante as reuniões em volta da fogueira, em sinal de respeito. O que lhe convinha sobremaneira. De Klerk era um homem que sentia uma necessidade premente de estar só.

As palavras de Pik Botha penetraram lentamente em seu cérebro, intrometendo-se no raciocínio que estava desenvolvendo. Virou-se para o rosto iluminado pelas chamas incertas.

— Falou comigo?

— Tem uma cobra venenosa perto do meu pé — repetiu Pik Botha. — Acho que nunca vi uma mamba tão grande assim.

O presidente sentou-se ereto na espreguiçadeira. Odiava cobras. Sentia um medo quase patológico de insetos e de animais rastejantes em geral. No palácio, os criados sabiam que tinham de vasculhar meticulosamente cada fresta todo santo dia, em busca de aranhas, besouros ou quaisquer outros bichos. A mesma coisa valia para aqueles que limpavam o gabinete e os carros presidenciais.

Devagar, espichou o pescoço e localizou a cobra. Sentiu-se mal na hora.

— Matem esse bicho — falou.

O ministro do Interior adormecera na espreguiçadeira, e seu secretário particular ouvia música com fones de ouvido. Um dos guarda-costas tirou lentamente a faca da cinta e acertou a cobra com precisão infalível. A cabeça da mamba separou-se. O guarda-costas catou o corpo ainda se debatendo e jogou-o no fogo. Horrorizado, De Klerk viu que a cabeça largada no chão abria e fechava a boca, exibindo as presas. Sentiu-se ainda pior e foi tomado de uma tontura súbita, como se estivesse prestes a desmaiar. Recostou-se mais que depressa na cadeira e fechou os olhos.

Uma cobra morta, pensou. Mas o corpo continua a se contorcer e quem não soubesse disso pensaria que ainda está viva. Exatamente como são as coisas aqui, em meu país, minha África do Sul. Resta ainda muita coisa dos velhos tempos, coisas que acreditávamos mortas e enterradas, mas que continuam vivas. Não estamos apenas lutando a favor e contra os vivos, estamos também em luta contra os que insistem em voltar à vida para nos assombrar.

A cada quatro meses, o presidente levava seus ministros e uns poucos secretários escolhidos para acampar em Ons Hoop, já quase na fronteira com Botsuana. Em geral ficavam alguns dias e tudo era feito às claras. Oficialmente, o ministério reunia-se fora das vistas públicas para examinar questões importantes de naturezas diversas. De Klerk introduzira essa rotina logo após tomar posse como chefe de Estado. Agora estava completando quase quatro anos de governo e sabia que algumas das decisões mais importantes de seu mandato tinham sido tomadas na atmosfera informal de Ons Hoop, em volta da fogueira. O acampamento fora construído com dinheiro público, mas não tivera nenhuma dificuldade para justificar sua existência. A impressão é que ele e seus assistentes pensavam de modo mais liberal e talvez até mais ousado quando sentados em volta do fogo, sob um céu estrelado, aspirando os aromas da velha África. De Klerk às vezes achava que era o antigo sangue bôer vindo à tona. Homens livres, eternamente ligados à natureza, que jamais conseguiram se acostumar por completo à era moderna, às salas com ar-condicionado e aos carros blindados à prova de balas. Ali em Ons Hoop, podiam descortinar as montanhas no horizonte, ver as planícies intermináveis e, muito importante também, saborear um *braai* bem-feito. Podiam conduzir seus debates sem precisar se sentir perseguidos pelo tempo, e De Klerk achava que isso tinha produzido resultados.

Pik Botha contemplou a cobra sendo consumida pelo fogo. Depois virou a cabeça e viu o presidente de olhos fechados. Sabia que isso significava que ele queria ficar só. Sacudiu o ministro do Interior delicadamente pelo ombro. Vlok acordou assustado. Depois que os dois se levantaram, o secretário rapidamente desligou o gravador e recolheu alguns papéis que tinham ficado sob a cadeira.

O ministro Botha demorou-se ainda um pouco, depois de os outros terem se afastado, escoltados por um criado com uma lanterna. Às vezes acontecia de o presidente querer trocar umas poucas palavras com ele em sigilo.

— Acho que também vou me recolher.

De Klerk abriu os olhos e fitou-o. Nessa noite em especial, não tinha nada para conversar com seu ministro.

— Vá. Precisamos tentar dormir o máximo que conseguirmos.

Pik Botha fez que sim, desejou boa-noite ao presidente e deixou-o só.

Em geral De Klerk continuava ao pé do fogo mais um tempo, pensando nas discussões travadas durante o dia. Quando se reuniam em Ons Hoop, era para discutir estratégias políticas amplas, não questões rotineiras de governo. À luz da fogueira, falavam apenas sobre o futuro da África do Sul, nunca sobre outros assuntos. Ali haviam elaborado a estratégia para que o país pudesse mudar sem que os brancos perdessem muita influência.

Mas naquela noite, 27 de abril de 1992, ele aguardava a chegada de um homem com quem queria se reunir a sós, sem que nem mesmo seu ministro das Relações Exteriores — o colega de governo em quem mais confiava — soubesse. Fez um sinal de cabeça para um dos guarda-costas, que desapareceu imediatamente. Quando voltou, alguns minutos depois, vinha acompanhado de um homem na casa dos quarenta anos, vestido com um terno simples de brim cáqui. O homem cumprimentou-o e aproximou uma das espreguiçadeiras. Ao mesmo tempo, De Klerk indicou com um gesto que os guarda-costas deveriam se afastar. Queria-os por perto, mas não tão perto que pudessem escutar a conversa que teria.

Havia quatro pessoas em quem o presidente tinha plena confiança. Em primeiro lugar, na mulher. Depois em seu ministro das Relações Exteriores, Pik Botha. E havia outros dois. Um deles acabara de sentar na cadeira ao lado. Seu nome era Pieter van Heerden e trabalhava para o serviço secreto sul-africano, o BOSS. Mas, ainda mais importante que seu trabalho em prol da segurança da república, era o fato de desempenhar papel de informante e mensageiro especial da presidência, levando a De Klerk notícias sobre o estado da nação. De Pieter van Heerden, o presidente recebia relatórios regulares sobre as prioridades de momento para o alto comando militar, a polícia, os outros partidos políticos e as organizações internas do BOSS. Caso houvesse um golpe militar sendo planejado, ou uma conspiração em andamento, Van Heerden saberia e informaria o presidente na hora. Na ausência de Van Heerden, De Klerk ficaria sem um ponteiro para lhe indicar quais forças trabalhavam contra ele. Na vida privada e no trabalho como funcionário do serviço de inteligência, Van Heerden fazia papel de crítico severo do presidente. Atuava com perícia, sempre com muito equilíbrio, sem exagerar. Ninguém jamais suspeitaria de que sua verdadeira função era ser o mensageiro pessoal do presidente.

Por seu lado, De Klerk sabia que ao convocar a assistência de Van Heerden estava restringindo a confiança que tinha no próprio gabinete. Mas não via outro modo de garantir para si mesmo as informações que considerava essenciais para executar as grandes mudanças que evitariam uma catástrofe nacional na África do Sul.

Algo que em grande medida estava ligado à quarta pessoa em quem De Klerk depositava inteira confiança.

Nelson Mandela.

O líder do CNA, o homem que ficara preso durante vinte e sete anos na ilha Robben, no litoral da Cidade do Cabo, o homem que fora condenado à prisão perpétua no início dos anos 60 por supostos mas jamais provados atos de sabotagem.

O presidente não alimentava grandes ilusões. Sabia que as únicas duas pessoas que poderiam juntas impedir uma guerra civil e o inevitável banho de sangue subseqüente seriam ele próprio e Nelson Mandela. Muitas haviam sido as noites em que vagara insone pelos salões do palácio presidencial, espiando as luzes de Pretória e pensando em como o futuro da África do Sul dependia do acerto que ele e Nelson Mandela porventura conseguissem fazer.

Com ele, o presidente podia falar abertamente. Sabia que o sentimento era mútuo. Como seres humanos, eram muito diferentes em personalidade e temperamento. Nelson Mandela era um homem de tendências filosóficas em busca da verdade, que usava essas suas qualidades para obter a firmeza e a praticidade que também lhe eram características. Ao presidente De Klerk faltava a dimensão filosófica. Partia direto para a solução prática diante de todo e qualquer problema que surgisse. Para ele, o futuro da república dependia da possibilidade de mudar as realidades políticas e das constantes opções entre o que era possível alcançar e o que não era. Mas entre esses dois homens com qualificações e experiências tão diversas havia uma confiança que só poderia ser destruída com uma traição escancarada. O que significava que nunca precisavam disfarçar as diferenças de opinião, nunca precisavam recorrer a retóricas desnecessárias quando conversavam entre si. Mas também significava que estavam lutando em duas frentes diferentes. A população branca estava dividida, e De Klerk era plenamente consciente de que tudo ruiria por terra se não conseguisse fazer progressos paulatinos por meio de soluções conciliatórias que pudessem ser aceitas pela maioria da população branca. Jamais seria capaz de atingir os bastiões ultraconservadores. Assim como nunca conseguiria convencer os integrantes racistas das altas patentes do exército e da força policial. Mas era forçado a tomar providências para que não se tornassem poderosos demais.

O presidente sabia que Nelson Mandela tinha problemas semelhantes. Os negros também estavam divididos. Sobretudo entre o movimento Inkatha, dominado pelos zulus, e o Congresso Nacional Africano. O que significava que poderiam se unir numa compreensão das dificuldades mútuas, sem que ao mesmo tempo precisassem negar que a desunião existia.

Van Heerden era uma garantia de que obteria as informações necessárias. Afinal, se era preciso ficar perto dos amigos, era preciso estar ainda mais perto dos inimigos e de suas idéias.

Em geral encontravam-se uma vez por semana no gabinete de De Klerk, quase sempre no final da tarde de sábado. Mas, nessa ocasião, Van Heerden solicitara um encontro urgente. De início o presidente não se sentira inclinado a deixá-lo ir até o acampamento. Seria difícil ter um encontro com ele sem que os demais integrantes do governo descobrissem. Van Heerden fora inusitadamente insistente. O encontro não poderia ser adiado até a volta a Pretória. Nessa altura, De Klerk cedeu. Sabia que Van Heerden era homem de sangue-frio, bem disciplinado, que jamais reagiria por impulso; percebeu que devia ter alguma coisa extremamente importante para informar ao presidente da república.

— Estamos sozinhos, agora — disse De Klerk. — Pik achou uma cobra venenosa bem no pé dele, agora há pouco. Por alguns momentos me perguntei se ela não estaria com um transmissor de rádio escondido no corpo.

Van Heerden sorriu.

— Ainda não começamos a empregar cobras venenosas como informantes. Talvez ainda aconteça, um dia desses. Sabe-se lá.

De Klerk olhou-o com curiosidade. O que seria tão importante que não pudesse esperar?

Van Heerden umedeceu os lábios antes de começar a falar.

— Uma conspiração para matá-lo está no momento em fase de planejamento intensivo. Não resta a menor sombra de dúvida de que se trata de uma ameaça séria, mesmo no estágio em que está. Para o senhor, para as estratégias de governo em geral e, no longo prazo, para todo o país.

Depois das palavras iniciais, fez uma pausa. Estava acostumado a receber uma enxurrada de perguntas do presidente. Mas, nessa ocasião, De Klerk não disse nada. Simplesmente continuou de olhos pregados nele.

— Ainda não tenho muitos dados sobre os detalhes do complô. Mas estou ciente das linhas mestras, e são bem sérias. Os conspiradores têm ligações com o alto comando militar e com círculos ultraconservadores, notadamente com o Movimento de Resistência Africânder. Mas não podemos nos esquecer de que muitos conservadores, na verdade a maioria deles, não integram nenhuma organização política. Além disso, existem sinais de que especialistas estrangeiros em terrorismo, sobretudo da KGB, estão envolvidos.

— A KGB não existe mais — interrompeu De Klerk. — Pelo menos não na forma que nós a conhecíamos.

— Mas existem muitos oficiais da KGB desempregados. Como já lhe disse antes, senhor presidente, nós recebemos um monte de propostas hoje em dia, vindas de antigos funcionários do serviço de inteligência soviético, oferecendo seus serviços para ocasiões futuras.

De Klerk balançou a cabeça.

— Qualquer conspiração sempre tem um núcleo ativo — falou ele, depois de alguns momentos. — Uma pessoa ou mais, mas em geral sempre muito poucas, que ficam em segundo plano, ou em terceiro, mas que dão as cartas. Quem são elas?

— Eu não sei. E isso me preocupa. Tem um sujeito no serviço militar de inteligência chamado Franz Malan. É quase certo que esteja envolvido. Foi descuidado o bastante para guardar parte do material referente a essa conspiração em arquivos de computador, sem bloqueá-los. Reparei nisso quando pedi a um colega de confiança que realizasse uma checagem de rotina.

Se ao menos as pessoas se dessem conta, pensou De Klerk. A que ponto chegamos. Funcionários do serviço secreto fazendo espionagem mútua, invadindo os arquivos de computador uns dos outros, todos em constante suspeita de deslealdade política.

— Por que só eu? Por que não Mandela também?

— Ainda é cedo para dizer isso. Mas claro que não é nem um pouco difícil de imaginar quais seriam os efeitos de um assassinato bem-sucedido contra o senhor nas atuais circunstâncias.

De Klerk ergueu a mão. Van Heerden não precisava elaborar mais. O presidente visualizava a catástrofe resultante muito claramente.

— Tem mais um detalhe que me preocupa bastante — falou ainda Van Heerden. — Naturalmente vivemos de olho numa série de assassinos conhecidos, tanto negros quanto brancos. Gente disposta a matar qualquer pessoa se o dinheiro for bom. Creio que não estaria errado se dissesse que nossas medidas de precaução contra possíveis ataques a políticos são bastante eficientes. Ontem, recebi um relatório da polícia de segurança de Umtata dizendo que um certo Victor Mabasha fez uma curta visita a Joanesburgo alguns dias atrás. Quando voltou a Ntibane, tinha muito dinheiro consigo.

De Klerk fez uma careta.

— Isso me soa um tanto aleatório.

— Eu não afirmaria isso com tanta certeza. Se eu estivesse planejando matar o presidente deste país, provavelmente escolheria Victor Mabasha para fazê-lo.

De Klerk ergueu as sobrancelhas.

— E se fosse para assassinar Nelson Mandela?

— Também.

— Um matador negro de aluguel.

— Ele é muito bom no que faz.

De Klerk levantou-se da espreguiçadeira e atiçou o fogo, que já estava morrendo. Não tinha mais forças para ouvir de que material era feito um bom assassino de aluguel. Pôs alguns galhos secos na fogueira e alongou as costas. A cabeça careca reluzia sob a luz do fogo, que aumentara de novo. Olhou para o céu e contemplou o Cruzeiro do Sul. Sentia-se muito cansado. Mesmo assim, tentou assimilar o que Van Heerden dissera. Sabia que uma conspiração era mais que plausível. Já se imaginara várias vezes sendo morto por um assassino enviado por bôeres furiosos que o acusavam de ter vendido e entregue o país aos negros. Claro que também se perguntava o que aconteceria se Mandela morresse, de causas naturais ou não. Nelson Mandela estava velho. Mesmo que tivesse um organismo forte, passara quase trinta anos preso.

De Klerk voltou para a cadeira.

— Naturalmente, terá de se concentrar em desmantelar essa conspiração. Use os métodos que julgar necessário. Dinheiro não será problema algum. Entre em contato comigo a qualquer hora do dia ou da noite se alguma coisa significativa acontecer. Por enquanto, é preciso tomar duas medidas, ou ao menos levá-las em consideração. Uma é perfeitamente óbvia, claro: minha guarda terá de ser reforçada o mais discretamente possível. Quanto à outra, não tenho tanta certeza assim.

Van Heerden já desconfiava do que estaria passando pela cabeça do presidente. Mas esperou até que falasse.

— Devo dizer a ele ou não? Como será que ele vai reagir? Ou será que devo aguardar um pouco, até sabermos mais sobre o assunto?

Van Heerden sabia que o presidente não estava pedindo sua opinião. As perguntas eram dirigidas a si mesmo. As respostas também viriam dele.

— Vou pensar no assunto. Nós vivemos no país mais bonito do mundo. Mas existem monstros espreitando nas sombras. Às vezes me dá vontade de poder ler o futuro. Bem que eu gostaria. Mas, para ser sincero, não sei se teria coragem.

A reunião estava terminada. Van Heerden desapareceu na penumbra.

De Klerk continuou espiando o fogo. De fato, estava cansado demais para tomar uma decisão. Informar Mandela a respeito da conspiração ou esperar?

Permaneceu sentado ao pé do fogo, vendo as chamas morrerem aos poucos.

Por fim, tomou uma decisão.

Por enquanto, não diria nada ao amigo.

10

Victor Mabasha tentara em vão descartar o acontecido como tendo sido um sonho mau. A mulher parada na frente da casa nunca existira. Konovalenko, o homem que fora forçado a odiar, não matara ninguém. Tudo não passava de um sonho envenenado que sua *songoma*, seu espírito, lhe enfiara na cabeça para deixá-lo inseguro e, possivelmente, incapaz de executar a incumbência. Era a maldição que tinha de carregar por ser um sul-africano negro, estava plenamente consciente disso. Sem saber quem era, ou o que lhe era permitido ser. Um homem que ora chafurdava na violência mais cruel, ora não conseguia entender como um ser humano podia matar outro ser humano. Percebeu que os espíritos tinham soltado os cães cantores. Todos de olho nele, mantendo-o sob vigilância perene; eram seus guardiães por excelência, tão mais vastamente atentos do que Jan Kleyn jamais conseguiria ser...

Tinha dado tudo errado logo do princípio. Instintivamente, sentira ojeriza pelo homem que fora encontrá-lo no aeroporto de São Petersburgo; não confiava nele. Havia alguma coisa de demoníaco no indivíduo.

Para piorar ainda mais as coisas, Anatoli Konovalenko era claramente racista. Em diversos momentos, Victor esteve muito perto de estrangulá-lo. Sabia o que o sujeito estava pensando: que ele não passava de um cafre, de um ser inferior.

Mas não fez nada. Controlou-se. Tinha uma tarefa a realizar e essa era sua prioridade. A violência da própria reação o surpreendeu. Estivera rodeado de racismo a vida toda. A seu modo, aprendera a conviver com isso. Então por que reagir assim a Konovalenko? Será que não admitia ser considerado inferior por um branco que não tivesse nascido na África do Sul?

A viagem de Joanesburgo a Londres e de lá a São Petersburgo transcorrera sem percalços. Permanecera a noite toda acordado no vôo noturno até a Inglaterra, olhando para o escuro. De vez em quando pensava ter visto algum fogo queimando lá embaixo, na escuridão distante. Mas sabia que era só imaginação. Não era a primeira vez que saía da África do Sul. Certa vez liquidara um representante do CNA em Lusaka e em outra estivera na então Rodésia do Sul, para participar de uma tentativa de assassinato contra o líder revolucionário Joshua Nkomo. A única vez em que falhara. E era dessa época a decisão de no futuro só trabalhar sozinho.

Yebo, yebo. Nunca mais se subordinaria a ninguém. Assim que estivesse pronto para regressar à África do Sul, pronto para sair dessa terra congelada da Escandinávia, Anatoli Konovalenko não seria mais que um detalhe insignificante do sonho mau com que sua *songoma* o envenenara. Konovalenko era uma baforada sem importância de fumaça que seria expelida de seu corpo. O espírito sagrado escondido nos uivos dos cães cantores o espantaria. Sua memória envenenada nunca mais precisaria se preocupar com o russo arrogante de gastos dentes cinzentos.

Konovalenko era baixo mas forte. Mal batia no ombro de Victor Mabasha. (Mas não havia nada errado com sua cabeça, algo que percebera de cara.) Não que isso fosse uma surpresa, claro. Jan Kleyn nunca se contentaria com algo menos que o melhor disponível no mercado.

Por outro lado, Victor jamais poderia ter imaginado a brutalidade insana desse homem. Claro que sabia que um ex-oficial de alta patente da KGB, cuja especialidade era liquidar elementos infiltrados e desertores, teria poucos escrúpulos em matar pessoas. Mas no entender de Victor, brutalidade desnecessária era sinal de amadorismo. Liquidar alguém devia ser um ato executado *mningi checha*, rapidamente e sem sofrimento desnecessário para a vítima.

Partiram de São Petersburgo no dia seguinte a sua chegada. Fazia tamanho frio na travessia de balsa até a Suécia que fora obrigado a passar a viagem toda dentro da cabina, embrulhado em cobertores. Antes de chegarem a Estocolmo, Konovalenko entregou o novo passaporte e dera algumas instruções. Para seu imenso espanto, descobriu que passara a ser um cidadão sueco chamado Shalid.

— Antes você foi um exilado apátrida da Eritréia. Veio para a Suécia no final dos anos 60 e ganhou cidadania em 1978.

— Mas eu não deveria falar ao menos umas poucas palavras de sueco, depois de mais de vinte anos no país?

— Basta que saiba dizer obrigado, *tack*. Ninguém vai lhe perguntar nada.

Konovalenko estava certo.

Para seu grande espanto, o jovem funcionário sueco que fazia o controle de fronteira contentara-se em dar uma olhada casual no passaporte falso, antes de devolvê-lo. Como era possível entrar em um país e sair dele com tamanha facilidade? Começou então a compreender por que os preparativos finais para o serviço estavam sendo feitos tão longe da África do Sul.

Mesmo que não confiasse no homem que seria seu instrutor — pior, decididamente não fosse com a cara dele —, não podia se furtar de ficar impressionado com a organização invisível que parecia cobrir tudo que acontecia à volta dele. Havia um carro à espera dos dois nas docas de Estocolmo. As chaves estavam sobre o pneu esquerdo traseiro. Como Konovalenko não soubesse sair de Estocolmo, um outro carro mostrou-lhes o caminho até a autopista sul, depois sumiu. A impressão de Victor era que o mundo estava sendo regido por organizações secretas e pessoas iguais a sua *songoma*. O mundo era moldado e mudado num submundo. Pessoas como Jan Kleyn eram meros mensageiros. Exatamente onde se enquadrava nessa organização secreta, ele não fazia idéia. Não tinha nem mesmo certeza se queria saber.

Os dois viajaram pelo interior da Suécia. De vez em quando, Victor percebia trechos de neve em meio às coníferas. Konovalenko não dirigia especialmente depressa e tampouco falava muito. O que vinha a calhar para Victor, cansado depois de tanto viajar. A todo instante adormecia no banco traseiro e imediatamente seu espírito começava a conversar. Os cães uivavam na escuridão de seus sonhos e, quando abria os olhos, não tinha nunca certeza de onde estava. Chovia sem parar. Tudo parecia limpo e arrumado. Quando pararam para comer, Victor teve a sensação de que nada jamais poderia dar errado naquele país.

Mas havia alguma coisa faltando. Victor tentou em vão descobrir o que era. Os campos por onde passava o deixavam cheio de um anseio nostálgico.

A viagem durou o dia todo.

— Para onde estamos indo? — perguntou Victor depois de três horas rodando de carro.

Konovalenko esperou vários minutos para responder.

— Estamos indo para o sul. Você verá quando chegarmos lá.

O sonho maligno de sua *songoma* ainda estava por vir. A mulher ainda não entrara no quintal da casa e seu crânio ainda não fora estraçalhado pela bala saída da pistola de Konovalenko. Victor Mabasha não contemplava mais nada além do serviço que Jan Kleyn estava lhe pagando para executar. Parte da tarefa era escutar o que Konovalenko tinha para dizer. Segundo a imaginação de Victor Mabasha, os espíritos, tanto os bons quanto os maus, tinham ficado para trás na África do Sul, nas cavernas montanhosas perto de Ntibane. Os espíritos nunca saíam do país, nunca cruzavam fronteiras.

Chegaram à casa remota pouco depois das oito da noite. Já em São Petersburgo, Victor reparara, surpreso, que o entardecer e a noite não eram iguais aos da África. Tudo claro quando deveria estar escuro. O poente não caía sobre a terra com o punho pesado da noite; vinha descendo aos poucos, como uma folha flutuando numa lufada invisível de ar.

Levaram algumas sacolas para dentro da casa e instalaram-se cada qual num quarto. Victor percebeu que todos os aposentos estavam confortavelmente aquecidos. Também isso devia ser obra do perfeccionismo daquela discreta organização. Com certeza presumiram que um negro morreria de frio numa região polar como aquela. E um homem com frio, assim como um homem com fome ou com sede, não é capaz de fazer nem de aprender nada.

Os tetos eram baixos. Victor mal cabia sob as vigas expostas do forro. Vagou pela casa e reparou no cheiro estranho da mobília, dos tapetes e da cera. Mas o cheiro do qual sentia mais falta era o de uma fogueira.

A África estava muito longe. Ocorreu-lhe que isso talvez fosse proposital, fazer com que sentisse a distância. Era ali que o plano seria testado e aperfeiçoado. Nada deveria interferir; nada deveria despertar dúvidas sobre o que viria depois.

Konovalenko tirou refeições congeladas de um grande freezer. Victor deu-se conta de que seria bom conferir depois quantas porções havia ali dentro; aí então teria uma idéia de quanto tempo esperava-se que ficasse na casa.

Depois o russo abriu as malas e pegou uma garrafa de vodca russa. Ofereceu um copo a Victor, quando se sentaram à mesa para jantar, mas o africano recusou; sempre reduzia o consumo de bebida quando estava se preparando para um trabalho; apenas uma cerveja por dia, duas no máximo. Mas Konovalenko bebia para valer e ficou nitidamente embriagado já na primeira noite. O que dava a Victor uma vantagem óbvia. Se fosse preciso, poderia explorar esse seu pendor por bebidas alcoólicas.

A vodca soltou a língua do russo. Começou falando sobre o paraíso perdido, sobre a KGB durante os anos 60 e 70, quando ela exercia controle indiscutível sobre todo o império soviético; político nenhum sabia ao certo se havia ou não uma ficha completa de seus mais bem guardados segredos nos arquivos da instituição. Victor achava que a KGB talvez tivesse substituído a *songoma* no império russo, onde cidadão nenhum tinha permissão para acreditar em espíritos sagrados, a não ser muito secretamente. Parecia-lhe que uma sociedade que tentava afugentar os deuses estava fadada ao fracasso. Os nkosis sabem disso, em minha terra natal, e por isso nossos deuses não foram ameaçados pelo apartheid. Eles vivem em liberdade total e nunca foram submetidos às leis de salvo-conduto; sempre puderam se deslocar de um lado a outro sem humilhações. Se nossos espíritos sagrados tivessem sido trancafiados, presos em ilhas remotas, e nossos cães cantores escorraçados para o deserto de Kalahari, não haveria mais um branco na África do Sul, nem um único homem, mulher ou criança. Todos eles, africânderes bem como ingleses, teriam sido aniquilados há muito tempo e seus esqueletos infelizes enterrados na terra vermelha. Nos velhos tempos, quando seus ancestrais ainda lutavam abertamente contra os intrusos brancos, os guerreiros zulus costumavam serrar o maxilar inferior do inimigo tombado. Um impi voltando de uma batalha vitoriosa levaria consigo esses ossos, como troféus, para enfeitar a entrada dos templos dos chefes tribais. Agora eram os deuses que estavam na linha de frente contra os brancos, e eles jamais se submeteriam à derrota.

Durante a primeira noite naquela casa estranha, Victor Mabasha dormiu um sono sem sonhos. Livrou-se dos persistentes efeitos da longa viagem e quando acordou de madrugada sentiu-se descansado e com as forças restauradas. Em algum lugar da casa, Konovalenko roncava alto. Victor se levantou, pôs a roupa e vasculhou a casa inteira. Não sabia o que estava procurando. Entretanto Jan Kleyn era uma presença: o olho vigilante sempre alerta, em toda parte.

No sótão, que surpreendentemente cheirava a milho, ainda que muito de leve — um cheiro que o fazia pensar em sorgo —, descobriu um sofisticado transmissor de rádio. Não era nenhum especialista em aparelhos eletrônicos complicados, mas não tinha a menor dúvida de que aquilo era capaz de estabelecer comunicação com a África do Sul, transmitir e receber mensagens. Continuou a busca e no fim encontrou o que estava procurando — sob a forma de uma porta trancada numa das laterais da casa. Por trás daquela porta estava o motivo de ter feito tão longa viagem.

Saiu da casa e urinou no quintal. Tinha a impressão de que sua urina nunca estivera tão amarela. Deve ser a comida, pensou. Essa estranha comida sem tempero. A longa viagem. E os espíritos lutando em meus sonhos. Aonde quer que eu vá, levo a África comigo.

Havia uma neblina imóvel cobrindo toda a redondeza. Deu a volta na casa e topou com um pomar abandonado, onde reconheceu apenas umas poucas árvores. Tudo muito silencioso. Parecia-lhe que podia estar em qualquer outro lugar — até mesmo, quem sabe, em Natal, numa manhã de junho.

Com frio, voltou para dentro da casa. Konovalenko tinha acordado. Fazia café na cozinha, vestido com um abrigo vermelho de ginástica. Quando se virou, Victor viu que o blusão tinha KGB bordado nas costas.

O trabalho começou depois do café da manhã. Konovalenko destrancou a porta do aposento secreto. Estava vazio, exceto por uma mesa e uma lâmpada muito forte no teto. No meio da mesa havia um rifle e uma pistola. Victor percebeu na mesma hora que eram de marcas com as quais não tinha a menor familiaridade. A primeira impressão foi a de que o rifle era desajeitado.

— Este é um de nossos melhores produtos — falou Konovalenko. — Muito eficiente, mas não exatamente elegante. O ponto de partida foi uma Remington 375 HH muito comum. Mas nossos técnicos na KGB foram refinando a arma até que ela chegou à perfeição. Pode acertar no que quiser até a oitocentos metros de distância. As únicas coisas capazes de competir com a mira a laser estão nos almoxarifados do exército norte-americano e são um dos segredos mais bem guardados deles. Infelizmente, nunca pudemos usar esta obra-prima em nossos serviços. Em outras palavras, você terá a honra de apresentá-la ao mundo.

Victor Mabasha aproximou-se da mesa e examinou o rifle.

— Pegue. Daqui para a frente, você e ele serão inseparáveis.

Surpreendeu-se ao ver como era leve. Mas, quando a levou ao ombro, a sensação foi de equilíbrio e estabilidade.

— Que tipo de munição? — perguntou.

— Superplástico. Uma variação especialmente preparada do clássico protótipo Spitzer. A bala viaja rápido por longas distâncias. A versão com ponta é melhor para superar a resistência do ar.

Victor Mabasha tornou a pôr o rifle sobre a mesa e apanhou a pistola. Era uma Glock Compact nove milímetros. Já lera um bocado de coisas sobre essa arma em revistas, mas nunca tinha segurado uma.

— Acho que munição-padrão serve para essa — falou Konovalenko. — Não precisamos exagerar as coisas.

— Vou ter de me acostumar com o rifle. Isso vai levar um tempo, se o alvo vai estar a quase um quilômetro de distância. Mas onde é que vamos encontrar um lugar para treinar com esse alcance de mira? Que seja sossegado o suficiente?

— Bem aqui. Esta casa foi escolhida a dedo.

— Por quem?

— Por aqueles a quem coube a tarefa.

Victor percebeu que perguntas sem relação direta com aquilo que o russo dizia o deixavam irritado.

— Não existem vizinhos por perto. E o vento sopra o tempo todo. Ninguém vai ouvir nada. Vamos voltar para a sala e trocar umas idéias. Antes de começarmos a trabalhar, quero repassar a situação com você.

Sentaram-se um diante do outro, em duas poltronas de couro, velhas e gastas.

— É tudo muito simples — principiou o russo. — Em primeiro lugar, e mais importante de tudo, esta tarefa será a mais difícil de sua carreira. Não só porque existe uma complicação técnica, que é a distância, como também, e sobretudo, porque o fracasso não é uma opção. Você terá uma única oportunidade. Em segundo lugar, porque o plano final será decidido com pouquíssima antecedência. Você não terá muito tempo para se organizar. Não haverá tempo para hesitação ou alternativas. Você não foi escolhido só porque é tido como habilidoso e impassível. Você também foi escolhido porque trabalha melhor sozinho. E, neste caso, estará mais sozinho do que nunca. Ninguém poderá ajudá-lo, ninguém irá tomar conhecimento de sua presença, ninguém irá apoiá-lo. Terceiro, há uma dimensão psicológica neste trabalho que não deve ser subestimada em momento algum. Você não saberá quem é a vítima até o último instante. Precisará ter muito sangue-frio. Você já sabe que a pessoa a ser liquidada é extremamente importante. O que significa que deve estar dedicando um bocado de tempo à tentativa de adivinhar quem é ela. Mas não vai saber até estar praticamente com o dedo no gatilho.

Victor Mabasha estava irritado com o tom professoral de Konovalenko. Sentiu uma vontade momentânea de lhe dizer que já sabia quem era a vítima. Mas não falou nada.

— Posso lhe adiantar que tínhamos sua ficha nos arquivos da KGB. — O russo sorriu. — Se não me falha a memória, você constava como um lobo solitário de grande utilidade. Infelizmente não podemos mais conferir se é fato ou não, porque todos os arquivos ou foram destruídos ou estão num completo caos.

Konovalenko calou-se, como se estivesse absorto em lembranças do arrogante serviço secreto que não existia mais. Mas o silêncio não durou muito.

— Não temos muito tempo. Mas isso não precisa ser um fator negativo, necessariamente. Você será forçado a se concentrar. Vamos dividir os trabalhos do dia entre exercícios práticos com o rifle e exercícios psicológicos, e vamos também repassar todas as possíveis hipóteses que possam ocorrer no dia do atentado. Falando nisso, presumo que não esteja acostumado a dirigir. Terá de sair de carro todos os dias, durante algumas horas, para praticar.

— Eles dirigem na mão direita aqui. Na África do Sul nós dirigimos na esquerda.

— Precisamente. Isso deverá afiar seus reflexos. Alguma pergunta?

— Um monte. Mas sei que só vou obter respostas para poucas.

— É.

— Como foi que Jan Kleyn entrou em contato com você? Ele odeia comunistas. E se você era da KGB, era comunista. Talvez até continue sendo, vai saber.

— Você não morde a mão que lhe dá comida. Integrar um serviço de inteligência é uma questão de lealdade para com as mãos que calham de estar unidas ao braço do poder. Claro que deviam existir alguns comunistas ideologicamente convictos dentro da KGB. Mas a imensa maioria era gente profissional que fazia o que tinha de fazer.

— Isso não explica sua ligação com Jan Kleyn.

— Quando você perde o emprego de uma hora para outra, tem de começar logo a procurar outro. A menos que prefira meter uma bala na cabeça. A África do Sul sempre me pareceu, a mim e a muitos colegas, um país bem organizado e disciplinado. Mesmo com toda a incerteza que existe por lá agora. Simplesmente ofereci meus serviços por meio dos canais já abertos entre nossas respectivas agências de inteligência. Claro que eu tinha as qualificações que interessavam a Jan Kleyn. Fizemos um trato. Concordei em tomar conta de você durante alguns dias. Por um determinado preço.

— Quanto?

— Não se trata de dinheiro. Mas com isso terei a possibilidade de emigrar para a África do Sul, além de certas garantias quanto à possibilidade de trabalho no futuro.

Eles agora estão importando assassinos, pensou Victor Mabasha. Claro que não deixa de ser uma medida inteligente, do ponto de vista de Jan Kleyn. Eu próprio talvez tivesse feito o mesmo.

— Mais alguma pergunta?

— Depois. Acho melhor voltarmos a esse assunto uma outra hora.

Konovalenko saltou da poltrona de couro com uma rapidez surpreendente.

— A névoa se dissipou. O vento aumentou. Sugiro que você comece a se familiarizar com o rifle.

Victor Mabasha iria se lembrar dos dias que se seguiram naquela casa isolada onde o vento não parava de uivar nem um instante sequer, como uma prolongada espera de uma catástrofe que fatalmente ocorreria. Quando aconteceu, não foi como esperava. Tudo terminou em absoluto caos e, mesmo enquanto escapulia, ainda não tinha entendido o ocorrido.

Aparentemente, os dias estavam transcorrendo de acordo com os planos. Victor Mabasha dominou rapidamente o uso do rifle. Fazia seus exercícios num campo atrás da casa e praticava de bruços, de pé e sentado. Havia um banco de areia no extremo oposto do campo, sobre o qual Konovalenko pusera vários alvos. Victor Mabasha atirou em bolas de futebol, silhuetas de papelão, uma mala velha, um aparelho de rádio, panelas, bandejas de café e outros objetos cujos nomes nem sabia. Toda vez que puxava o gatilho, recebia um relatório do resultado por meio de um *walkie-talkie* e fazia ajustes quase imperceptíveis na mira. Aos poucos, o rifle começou a obedecer a seus comandos.

Os dias eram divididos em três partes, separadas por refeições preparadas por Konovalenko. Victor percebeu que o russo sabia exatamente o que estava fazendo e que era muito bom em transmitir seus conhecimentos. Jan Kleyn escolhera o homem certo.

A sensação de uma catástrofe iminente veio de uma direção completamente diferente.

Veio da atitude de Konovalenko para com ele, o assassino negro de aluguel. Durante o máximo que lhe foi possível, Victor Mabasha tentou não dar bola para o tom debochado que Konovalenko punha em tudo que dizia, mas já não estava conseguindo se controlar. No fim do dia, quando o mestre russo exagerava na vodca, seu desprezo vinha à tona. Mas não havia jamais qualquer insinuação racista direta que desse a Victor um motivo para reagir. E isso só piorava as coisas. Sabia que não conseguiria se segurar muito mais tempo.

Se as coisas continuassem nesse pé, seria forçado a matá-lo, mesmo que com isso tornasse impossível a situação toda.

Sentados nas poltronas de couro para as sessões de psicologia, foi percebendo que o russo presumia que ele não fizesse a menor idéia das reações humanas mais básicas. Como forma de aliviar o ódio crescente, Victor decidiu desempenhar o papel que lhe fora designado. Fingia-se de burro, fazia os comentários os mais irrelevantes possíveis e reparava o quão deliciado Konovalenko ficava ao ver confirmados todos os seus preconceitos.

À noite, os cães uivavam em seus ouvidos. Às vezes acordava e imaginava Konovalenko debruçado sobre ele, com uma arma na mão. Mas nunca havia ninguém no quarto, e Victor continuava desperto até o amanhecer.

A única folga que tinha eram as voltas diárias de carro. Havia dois carros no anexo da casa, um dos quais, um Mercedes, destinado a ele. Konovalenko usava o outro para viagens cujos objetivos jamais mencionava.

Victor Mabasha rodou por estradas vicinais, descobriu o caminho para uma cidade chamada Ystad e explorou algumas rodovias ao longo da costa. Essa viagens ajudaram-no a se segurar. Uma noite levantou da cama e contou as porções de comida congelada no freezer: eles passariam mais uma semana naquele bangalô isolado.

Preciso me controlar, pensou. Jan Kleyn está contando comigo para fazer seja lá o que for que tenho de fazer em troca de um milhão de rands.

Presumia que Konovalenko estivesse em contato constante com a África do Sul e que as transmissões fossem realizadas enquanto estava fora, rodando de carro. Também tinha certeza de que o russo só mandaria bons relatórios a Jan Kleyn.

Mas a sensação de catástrofe iminente não ia embora. Cada hora que passava o levava mais perto de uma explosão, mais próximo do momento em que sua natureza exigiria que matasse Konovalenko. Sabia que seria forçado a fazê-lo para não ofender seus antepassados e não perder o respeito por si próprio.

Mas nada aconteceu como esperava.

Estavam sentados nas poltronas de couro lá pelas quatro da tarde, Konovalenko falando sobre os problemas e as oportunidades associados a um assassinato levado a cabo de vários tipos de telhados.

De repente, o homem enrijeceu. Ao mesmo tempo, Victor Mabasha escutou o ruído que provocara essa reação. Um carro se aproximara e parara.

Os dois ficaram imóveis, à escuta. Uma porta de carro se abriu e depois fechou.

Konovalenko, que não largava nunca a pistola, uma Luger simples, enfiou a arma no bolso da calça do abrigo, levantou-se depressa e destravou a porta.

— Afaste-se para não ser visto da janela — falou.

Victor Mabasha obedeceu. Agachou-se diante da lareira, fora do campo de visão da janela. Konovalenko abriu com o maior cuidado a porta que dava para o pomar abandonado, fechou-a atrás de si e desapareceu.

O africano não sabia quanto tempo já fazia que estava agachado ao lado da lareira.

Mas continuava lá quando ouviu o tiro de pistola, um ruído como o de uma chibatada.

Endireitou-se com cautela, espiou pela janela e viu Konovalenko debruçado sobre alguma coisa na frente da casa. Saiu.

Havia uma mulher deitada de costas sobre o cascalho úmido. Konovalenko dera um tiro à queima-roupa na cabeça dela.

— Quem é? — Victor Mabasha indagou.

— Como é que eu vou saber? Mas estava sozinha no carro.

— O que ela queria?

Konovalenko encolheu os ombros e respondeu enquanto fechava, com o pé, os olhos da morta. A lama da sola de seu sapato ficou grudada no rosto dela.

— Queria uma informação. Obviamente pegou a estrada errada.

Victor Mabasha nunca chegou a uma conclusão se foram os grumos de lama do sapato de Konovalenko no rosto da mulher ou o fato de ela ter sido assassinada só por ter pedido uma informação que o fez decidir finalmente que teria de matar o russo.

Agora havia um motivo a mais: a brutalidade feroz do homem.

Matar uma mulher por ter perguntado o caminho era algo que jamais seria capaz de fazer. Tampouco seria capaz de fechar os olhos de um morto com o pé.

— Você é louco.

Konovalenko ergueu a sobrancelha, surpreso.

— O que mais eu podia ter feito?

— Podia ter dito que não sabia onde fica a estrada que ela estava procurando.

Konovalenko guardou a pistola no bolso.

— Você ainda não entendeu. Nós não existimos. Vamos sumir em poucos dias e tudo tem que ficar como se jamais tivéssemos passado por aqui.

— Ela só queria uma informação — repetiu Victor Mabasha, sentindo que começava a suar de emoção. — É preciso haver um motivo para matar um ser humano.

— Volte lá para dentro. Eu cuido disso.

Viu da janela que Konovalenko dera ré no carro da mulher e pusera o cadáver no porta-malas, antes de sair.

Estava de volta menos de uma hora depois. Voltou caminhando, pela trilha, e não havia nem sinal do carro.

— Onde está ela?

— Enterrada.

— E o carro?

— Enterrado também.

— Você não levou muito tempo.

Konovalenko pôs o bule de café sobre o fogão. Depois virou-se para Victor Mabasha com um sorriso.

— Mais uma coisa para você aprender. Por mais bem organizado que seja, o inesperado sempre pode acontecer. E é justamente por isso que é necessário um planejamento detalhado das coisas. Se você for bem organizado, pode improvisar. Caso contrário, o inesperado simplesmente causa caos e confusão.

Konovalenko voltou-se para o bule de café.

Eu vou matá-lo, pensou Victor Mabasha. Quando tudo isso estiver terminado, quando estivermos prestes a seguir cada qual seu caminho, eu vou matá-lo. Agora não há como voltar atrás.

Essa noite, não conseguiu dormir. Ouvia os roncos de Konovalenko através da parede. Jan Kleyn compreenderá, pensou.

Ele é como eu. Gosta de serviço limpo e bem planejado. Detesta brutalidade, odeia violência sem sentido.

Fazendo com que eu liquide o presidente De Klerk, o que ele quer é pôr um fim a toda essa matança inútil na África do Sul de hoje.

Um monstro feito Konovalenko não deve jamais receber asilo em nosso país. Um monstro não pode jamais receber permissão de entrar no paraíso terreno.

Três dias depois, Konovalenko anunciou que estavam prontos para seguir viagem.

— Já lhe ensinei tudo o que posso. E você já domina o rifle. Sabe como terá de pensar quando for informado da identidade de quem vai estar sob sua mira. Sabe como terá de pensar quando estiver planejando os detalhes finais do assassinato. É hora de voltar para seu país.

— Tem uma coisa que está me preocupando. Como é que eu vou entrar com o rifle na África do Sul?

— Vocês dois não vão viajar juntos, claro — falou Konovalenko, sem se incomodar em disfarçar o desdém diante do que lhe parecia uma pergunta totalmente idiota. — Vamos usar um outro método de transporte. Você não precisa saber qual.

— Tenho mais uma pergunta. A pistola. Eu não pratiquei nem uma vez com ela. Não dei um único tiro.

— Não precisa. Ela é para você. Caso falhe. É uma arma que não pode jamais ser rastreada.

Errado, pensou Victor Mabasha. Eu jamais vou apontar essa arma para a minha própria cabeça.

Vou usá-la em você.

Nessa mesma noite, Konovalenko tomou um porre como Victor Mabasha nunca vira. Sentado a sua frente, com olhos injetados de sangue, o russo o olhava fixamente.

No que será que está pensando, Victor Mabasha perguntava a si mesmo. Será que esse homem já experimentou alguma vez o amor? Se eu fosse mulher, como seria dividir uma cama com ele?

O pensamento o deixou desconfortável. Lembrou-se da mulher morta diante da casa.

— Você tem várias falhas — falou Konovalenko, interrompendo sua linha de pensamentos —, mas a maior delas é ser sentimental.

— Sentimental?

Sabia o que a palavra significava. Só não tinha muita certeza do significado que Konovalenko estava dando a ela.

— Não gostou de eu ter baleado aquela mulher. Nos últimos dias tem andado distraído e atirado muito mal. Vou ressaltar essa sua fraqueza em meu relatório final a Jan Kleyn. Estou preocupado.

— Fico bem mais preocupado em pensar que alguém possa ser tão perverso quanto você.

De repente, não havia mais como retroceder. Sabia que teria de dizer a Konovalenko o que estava pensando.

— Você é mais burro do que eu pensava. Suponho que os pretos sejam mesmo assim.

Victor Mabasha deixou que essas palavras penetrassem em sua consciência. Depois levantou-se devagar.

— Eu vou matar você.

Konovalenko sacudiu a cabeça com um sorriso nos lábios.

— Não vai não.

Victor Mabasha tirou a pistola e mirou no russo.

— Não devia ter matado aquela mulher. Você degradou a mim e a você.

Percebeu que Konovalenko estava assustado.

— Você não é louco. Não pode me matar.

— Não tem nada em que eu seja melhor do que naquilo que precisa ser feito. Levante-se. Devagar. Ponha as mãos para cima. Vire-se.

Konovalenko obedeceu.

Victor Mabasha teve tempo suficiente apenas para registrar que havia algo errado, antes que o russo se jogasse para o lado com uma velocidade impressionante. Puxou o gatilho mas a bala pegou na estante.

De onde surgiu a faca, não tinha a menor idéia. Mas Konovalenko estava com ela na mão quando se atirou sobre ele. O peso combinado dos dois fez a mesa desmoronar. Victor Mabasha era forte, mas Konovalenko também. Ele via a faca se aproximar cada vez mais do rosto. Só quando conseguiu chutar as costas do outro é que ele afrouxou. Deixara cair a arma. Esmurrou-o mas não houve a menor reação. Pouco antes de conseguir se soltar, sentiu uma picada forte na mão esquerda. O braço todo ficou insensível. Mas ainda assim deu um jeito de agarrar a garrafa meio vazia de vodca, virar-se e esmigalhá-la na cabeça do russo. Konovalenko desabou e não levantou mais.

Ao mesmo tempo, Victor Mabasha se deu conta de que o indicador da mão esquerda fora decepado e estava pendurado na mão apenas por um pedacinho de pele.

Saiu cambaleando da casa. Estava certo de que arrebentara o crânio de Konovalenko. Olhou o sangue que jorrava da mão. Cerrou os dentes e arrancou o pedaço de pele. O dedo caiu sobre o cascalho. Entrou de novo na casa, enrolou um pano de prato em volta da mão sangrando, jogou algumas roupas na mala e depois procurou a pistola. Fechou a porta, ligou o Mercedes, acelerou e saiu à toda. Estava dirigindo depressa demais para uma estrada estreita de terra. A certa altura, quase bateu num carro que ia em sentido contrário. Depois encontrou uma saída para uma estrada mais larga e forçou-se a ir mais devagar.

Meu dedo, pensou. É para você, *songoma*. Agora me leve de volta para casa. Jan Kleyn entenderá. Ele é um nkosi esperto. Sabe que pode confiar em mim. Hei de fazer o que ele quer que eu faça. Mesmo que não use um rifle com alcance de oitocentos metros. Hei de fazer o que ele quer que eu faça e receberei um milhão de rands em troca. Mas preciso de sua ajuda agora, *songoma*. Foi por isso que sacrifiquei meu dedo.

Konovalenko estava imóvel numa das poltronas de couro. A cabeça latejava. Se a garrafa de vodca tivesse atingido a cabeça na frente, e não do lado, estaria morto. Mas continuava vivo. De vez em quando levava um lenço cheio de cubos de gelo até uma das têmporas. Forçava-se a pensar com clareza, apesar da dor. Não era a primeira vez que se via numa crise.

Em cerca de uma hora já pesara as alternativas todas e sabia o que iria fazer. Olhou o relógio. Costumava se comunicar com a África do Sul duas vezes ao dia e entrava em contato direto com Jan Kleyn. Faltavam vinte minutos para a próxima transmissão. Foi até a cozinha e tornou a encher o lenço de gelo.

Vinte minutos depois, estava no sótão contactando a África do Sul. Jan Kleyn levou alguns minutos para responder. Não usavam nenhum nome, ao conversarem.

Konovalenko relatou o acontecido. *A gaiola se abriu e o pássaro sumiu. Não conseguiu aprender a cantar.*

De início Jan Kleyn não atinou com o sentido da mensagem. Mas, assim que formou uma imagem bem clara da situação, reagiu de modo inequívoco. *O pássaro tem de ser apanhado. Será enviado um outro para substituí-lo. Mais informação sobre isso depois. Por enquanto, tudo volta à estaca zero.*

Terminada a conversa, Konovalenko sentiu-se profundamente satisfeito. Jan Kleyn compreendera que Konovalenko fizera o que era esperado dele.

— Experimente-o — tinha lhe dito Jan Kleyn durante o encontro em Nairobi em que planejaram o futuro de Victor Mabasha. — Teste sua resistência, procure fraquezas. Precisamos saber se ele realmente agüenta. Tem coisa demais em jogo para que qualquer detalhe seja deixado ao acaso. Se não estiver à altura, terá de ser substituído.

Victor Mabasha não estava à altura, pensou Konovalenko. Na hora do vamos ver, por trás da fachada dura não havia nada além de um africano confuso e sentimental.

Agora seria tarefa sua encontrá-lo e matá-lo. Depois treinaria o novo candidato de Jan Kleyn.

Estava ciente de que sua tarefa seguinte não seria assim tão fácil. Victor Mabasha estava ferido e agiria de modo irracional. Mas Konovalenko não tinha a menor dúvida de que conseguiria. Sua persistência era lendária, na época da KGB. Ele era um homem que nunca desistia.

Konovalenko deitou-se e dormiu algumas horas.

Assim que amanheceu, fez a mala e levou-a para o BMW.

Antes de trancar a porta da frente, acertou o *timer* do detonador para explodir a casa inteira. Programou para dali a três horas. Quando explodisse, já estaria bem longe.

Partiu pouco depois das seis. Estaria em Estocolmo lá pelo final da tarde.

Havia duas viaturas policiais na entrada para a E14. Durante uns poucos instantes, sentiu receio de que Victor Mabasha tivesse revelado a existência deles. Mas ninguém nos carros reagiu quando passou.

Jan Kleyn ligou para Franz Malan logo depois das sete horas da manhã da terça-feira.

— Precisamos nos ver — disse sem rodeios. — O Comitê terá de se reunir o quanto antes.

— Aconteceu alguma coisa?

— Aconteceu. O primeiro pássaro não servia para o serviço. Vamos ter de arrumar outro.

11

O apartamento ficava num conjunto de prédios em Hallunda.

Quando estacionou na frente do edifício, na terça-feira, 29 de abril, já era bem tarde da noite. Viajara sem pressa da região da Escânia até Estocolmo. Konovalenko gostava de correr, e tinha um BMW possante à disposição, mas foi precavido e permaneceu dentro dos limites permitidos. Nos arredores de Jönköping tivera a oportunidade de ver vários motoristas sendo parados pela polícia. Fora ultrapassado por alguns daqueles carros e presumira que tivessem sido flagrados por um radar de controle de velocidade.

Konovalenko não punha muita fé na polícia sueca. O motivo básico da desconfiança talvez viesse do desprezo que sentia pela sociedade aberta e democrática do país. Na verdade não se tratava apenas de desprezo pela democracia; havia um ódio profundo. A democracia o espoliara de uma grande parte do melhor que a vida podia lhe oferecer. Mesmo que a tal democracia ainda fosse demorar muito a chegar — e talvez jamais viesse ser uma realidade —, resolvera cair fora de Leningrado antes que a antiga sociedade fechada da União Soviética entrasse em derrocada. A gota d'água fora o golpe do outono de 1991, quando oficiais de alta patente e membros da velha escola do Politburo tentaram restaurar a antiga hierarquia. Assim que ficou óbvio para todos que quisessem ver que o plano tinha fracassado, começara a elaborar uma rota de fuga. Nunca seria capaz de viver numa democracia, tivesse a forma que tivesse. A farda que vestira desde o momento em que entrara para a KGB como recruta, com uns vinte anos, era já uma segunda pele. E não poderia simplesmente desvencilhar-se dela. O que sobraria, se o fizesse?

Konovalenko não era o único a pensar dessa forma. Nos últimos anos do velho regime, no período em que a KGB fora submetida a reformas profundas e o muro de Berlim viera abaixo, ele e os colegas costumavam discutir longamente o futuro. Uma das regras implícitas da entidade era a de que alguém fatalmente teria de arcar com a responsabilidade quando a sociedade totalitária começasse a ruir. Um número excessivo de cidadãos fora submetido ao tratamento da KGB; havia muitos parentes loucos para obter vingança em nome de seus mortos e desaparecidos. Konovalenko não tinha o menor desejo de ser arrastado aos tribunais e tratado da mesma maneira como seus ex-colegas da Stasi tinham sido na nova Alemanha. Pendurara um mapa-múndi na parede de sua sala e estudara-o durante horas a fio. Acabara tendo de engolir o fato de que não fora talhado para a vida no final do século XX. Achava difícil imaginar a existência sob uma das ditaduras brutais mas instáveis da América do Sul. Tampouco confiava nos líderes autônomos que continuavam no poder em alguns Estados africanos. Por outro lado, pensara seriamente em construir seu futuro em algum país árabe fundamentalista. Sob certos aspectos, era totalmente indiferente à religião islâmica, sob outros tinha horror a ela. Mas sabia que os governos desses países controlavam forças policiais, tanto regulares quanto secretas, de amplo alcance. No fim, porém, rejeitara também essa alternativa. Achava que jamais seria capaz de lidar com uma mudança cultural tão grande, independentemente de qual Estado islâmico escolhesse. Além disso, não queria se afastar de sua vodca.

Contemplara a possibilidade de oferecer seus serviços a uma companhia internacional de segurança. Mas faltava-lhe a confiança necessária — tratava-se de um mundo com o qual não estava familiarizado.

No fim, havia um único lugar possível. A África do Sul. Leu tudo que lhe caiu nas mãos sobre o país, o que não foi muito. Mas, graças à autoridade de que os oficiais da KGB ainda gozavam, conseguiu descobrir e desvendar uma série de sujeiras políticas. O que leu confirmou sua impressão de que a África do Sul seria um lugar adequado para construir um futuro. Sentia-se atraído pela discriminação racial; a força policial, tanto a secreta quanto a regular, pareciam bem organizadas e exerciam influência considerável no país.

Não gostava dos que não eram brancos — sobretudo dos negros. A seu ver eram seres inferiores, imprevisíveis, em geral criminosos. Se essa opinião era preconceituosa ou não, não se importava nem um pouco. Simplesmente decidira que assim eram as coisas. Mas gostava muito da perspectiva de ter empregados e jardineiros.

Anatoli Konovalenko era casado mas planejara sua vida futura sem levar em conta a presença de Mira. Cansara-se dela, com o correr dos anos. Provavelmente a mulher estava igualmente farta dele. Nunca se dera ao trabalho de perguntar. Tudo o que restara aos dois era a rotina, sem substância, sem emoção. Compensava entregando-se a casos freqüentes com as mulheres que conhecia no exercício de suas funções.

As duas filhas já estavam vivendo suas próprias vidas independentes. Não precisava se preocupar com elas.

Quando o império soviético começou a ruir ao seu redor, pensou que talvez pudesse sumir do mapa. Anatoli Konovalenko deixaria de existir. Mudaria de identidade e talvez também de aparência. A mulher teria de se virar com a aposentadoria que passaria a receber assim que fosse declarado morto.

A exemplo de quase todos os colegas, com o tempo organizara uma série de saídas de emergência que poderiam ser usadas para escapulir de uma situação crítica, caso fosse preciso. Acumulara uma reserva de moeda estrangeira e tinha à disposição uma variedade de identidades em passaportes e outros documentos. Também possuía uma rede poderosa de contatos em posições estrategicamente importantes na Aeroflot, na alfândega e no departamento de imigração. Qualquer um que pertencesse à *nomenklatura* era tido como membro de uma sociedade secreta. Estavam ali para se ajudar mutuamente e, como grupo, eram uma garantia de que o modo de vida ao qual estavam acostumados não lhes desabaria sob os pés. Pelo menos era o que pensavam, até que o inimaginável colapso aconteceu de fato.

Lá pelo final, pouco antes de fugir, tudo acontecera muito depressa. Entrara em contato com Jan Kleyn, que era oficial de ligação entre a KGB e o serviço de inteligência sul-africano. Encontraram-se durante uma visita de Konovalenko à filial da KGB em Nairobi — sua primeira viagem ao continente africano, na verdade. Jan Kleyn deixara muito claro que os serviços de Konovalenko poderiam vir a ser úteis para ele e seu país. Enchera-lhe a cabeça de visões de imigração e de um futuro confortável.

Mas isso levaria tempo. Konovalenko precisava de um porto intermediário, depois de sair da União Soviética. Decidiu-se pela Suécia. Vários colegas já haviam recomendado o país. Além do alto padrão de vida, era fácil cruzar as fronteiras e mais fácil ainda ficar longe dos olhares públicos — ser completa e totalmente anônimo, se fosse esse seu desejo. Havia também uma crescente colônia russa, boa parte formada por criminosos organizados em gangues já em operação. Em geral esses são os primeiros ratos que abandonam o navio avariado. Konovalenko sabia que poderia tirar partido deles. A KGB sempre tivera relações excelentes com as classes criminosas russas. Agora poderiam se ajudar até no exílio.

Saltou do carro e reparou que mesmo o rosto de um país tido como modelo para o mundo não estava livre de manchas. O sombrio conjunto habitacional o fez pensar em Leningrado e Berlim. Era como se a decadência futura já estivesse embutida nas fachadas. No entanto sabia que Vladimir Rykoff e a mulher, Tania, tinham feito a coisa certa ao se acomodarem em Hallunda. Podiam viver ali no anonimato que desejavam.

Que eu desejo, pensou, corrigindo-se.

Ao desembarcar na Suécia pela primeira vez, usara Rykoff para ajudá-lo a se instalar rapidamente. Rykoff morava em Estocolmo desde o começo dos anos 80. Baleara um coronel da KGB por engano em Kiev e fugira do país. Como tinha pele escura e cara de árabe, viajara como iraniano e conseguira quase que prontamente a condição de refugiado, ainda que não falasse uma palavra de persa. Assim que recebeu cidadania sueca, reverteu ao nome verdadeiro, Rykoff. Só era iraniano quando lidava com as autoridades suecas. Para poder financiar a si e à mulher, também supostamente iraniana, executara alguns assaltos a um banco muito simples, enquanto ainda viviam no acampamento de refugiados próximo a Flen. O que naturalmente resultara numa quantia razoável de capital para começar a vida. Também lhe ocorrera que poderia ganhar algum dinheiro montando um serviço de recepção para outros imigrantes russos que entravam na Suécia, de forma mais ou menos legal, em número cada vez maior. Sua muito pouco ortodoxa agência de viagem logo se tornou conhecida e havia épocas em que o número de pessoas excedia e muito sua capacidade de acomodá-las. Tinha vários representantes das autoridades suecas em sua folha de pagamentos, inclusive, às vezes, gente do serviço de imigração, e tudo isso ajudava a dar à agência a reputação de eficiente e organizada. De vez em quando irritava-se com a dificuldade que era subornar os funcionários públicos suecos. Mas em geral acabava conseguindo, percorrendo os corredores certos. Rykoff também estabelecera o apreciadíssimo costume de oferecer a todos os recém-chegados um jantar genuinamente russo em seu apartamento de Hallunda.

Konovalenko não levara muito tempo para entender que, por trás daquele exterior forte, Rykoff tinha um caráter fraco, fácil de levar. Depois da cantada em Tania, que por sinal não relutara nem um pouco, o marido passou a comer na sua mão. E ele então organizou a vida de modo a deixar para o outro todo o trabalho de pesquisa de campo, todo o serviço chato e rotineiro.

Quando Jan Kleyn o procurou e ofereceu-lhe o serviço para tomar conta de um assassino de aluguel africano que iria matar alguém muito importante na África do Sul, foi Rykoff que providenciou toda a infra-estrutura prática. Foi Rykoff que alugou a casa na região da Escânia, que providenciou os carros e levou os suprimentos de comida. Foi ele que lidou com os falsificadores e com a questão da arma que Konovalenko trouxera de São Petersburgo.

E Konovalenko sabia que Rykoff tinha uma outra virtude.

Não hesitava em matar, se necessário.

Trancou o carro, pegou a mala e tomou o elevador até o quinto andar. Tinha uma chave, mas tocou a campainha. O sinal era muito simples, uma espécie de versão codificada da "Internacional".

Tania abriu a porta. Olhou-o espantada ao perceber que não havia nem sinal de Victor Mabasha.

— Já voltou? Que fim levou o africano?

— O Vladimir está em casa? — perguntou Konovalenko, sem se dar ao trabalho de responder.

Entregou a ela a mala e entrou. O apartamento tinha quatro quartos e estava mobiliado com dispendiosas poltronas de couro, uma mesa de mármore e a última palavra em equipamento de vídeo e de som. Tudo de péssimo gosto. Konovalenko não gostava de morar ali. Mas no momento, porém, não havia alternativa.

Vladimir surgiu do quarto vestido com um robe de seda. Ao contrário de Tania, tão esbelta, Vladimir Rykoff parecia ter recebido uma ordem para engordar — uma ordem que não se fazia de rogado para obedecer.

Tania preparou uma refeição simples e pôs uma garrafa de vodca sobre a mesa. Konovalenko contou-lhes tanto quanto achou que precisavam saber. Mas não disse nada sobre a mulher que fora forçado a matar.

O mais importante na história é que Victor Mabasha sofrera uma pane nervosa. Estava à solta em algum lugar da Suécia e tinha de ser liquidado imediatamente.

— Por que você não fez isso lá mesmo onde estava? — perguntou Vladimir.

— Houve certas dificuldades.

Nem Vladimir nem Tania fizeram mais perguntas.

Na estrada para Estocolmo, Konovalenko pensara melhor em tudo o que tinha acontecido e no que precisava acontecer dali para a frente. E concluíra que Victor Mabasha tinha uma única possibilidade de deixar o país.

Precisava encontrar Konovalenko. Os passaportes e as passagens estavam com ele; e o dinheiro, também.

O mais provável é que o africano fosse dar um jeito qualquer de chegar a Estocolmo. Talvez até já estivesse na cidade. E Konovalenko e Rykoff estariam prontos para recebê-lo.

Tomou algumas doses de vodca. Mas teve o cuidado de não se embriagar. Mesmo que isso fosse o que mais desejasse no momento, tinha um serviço importante para fazer primeiro.

Precisava ligar para Jan Kleyn em Pretória, para o número de telefone que só tinha permissão de usar em casos de extrema necessidade.

— Agora vocês vão lá para o quarto. Fechem a porta e liguem o rádio. Preciso dar um telefonema e não quero ser perturbado.

Sabia que tanto um quanto outro ficariam escutando, se tivessem a oportunidade, e isso ele não queria de jeito nenhum. Precisava informar Jan Kleyn a respeito da mulher que fora forçado a matar.

Isso lhe daria o motivo perfeito para sugerir que a pane de Victor Mabasha fora na verdade algo de positivo. Graças a ele, Konovalenko, a fraqueza do africano viera à tona antes que fosse tarde demais; deixaria isso bem claro.

Ter matado a mulher talvez lhe trouxesse outro benefício também. Jan Kleyn perceberia, caso ainda não tivesse notado, que Konovalenko era absolutamente impiedoso.

Quando se encontraram em Nairobi, Jan Kleyn tinha lhe dito que era desse tipo de pessoa que a África do Sul mais precisava no momento.

Brancos com desdém absoluto pela morte.

Konovalenko discou o número que sabia de cor desde que o recebera na África. Passara os muitos anos de serviço para a KGB tentando afiar concentração e memória, e para tanto costumava decorar números de telefone.

Teve de discar a fileira de números quatro vezes antes que fossem recebidos pelo satélite sobre o equador e enviados de volta para a Terra.

Alguém atendeu em Pretória.

Konovalenko reconheceu de imediato a voz lenta e rouca.

Explicou mais uma vez o que tinha acontecido. Como de hábito, falava em código. Victor Mabasha era o *empresário*. Tinha se preparado muito bem, no trajeto até Estocolmo; Jan Kleyn não o interrompeu nem uma vez com perguntas ou pedidos de maiores explicações.

Quando Konovalenko terminou de falar, houve um silêncio.

Ele esperou.

— Nós vamos lhe mandar um novo empresário — Jan Kleyn falou finalmente. — O outro precisa ser despedido imediatamente, claro. Entraremos em contato assim que soubermos um pouco mais sobre quem será o sucessor.

A conversa terminou.

Konovalenko repôs o fone no gancho sabendo que tudo saíra do jeito como esperava. Jan Kleyn interpretara os eventos como ele queria, como uma forma de evitar um resultado desastroso para o planejado assassinato.

O russo não resistiu ao impulso de ir até a porta do quarto para escutar. Estava tudo em silêncio, exceto pelo rádio.

Sentou-se de novo à mesa e se serviu de mais uma dose de vodca. Agora podia se dar ao luxo de ficar bêbado. E, como precisasse ficar sozinho, deixou que a porta do quarto continuasse fechada.

Cogitou em levar Tania para o quarto que ele ocupava no apartamento. Tudo a seu tempo.

No dia seguinte de manhã, levantou-se silencioso para não perturbar Tania. Rykoff já estava de pé, sentado na cozinha tomando uma xícara de café. Konovalenko pegou um café também e sentou-se diante do outro.

— Victor Mabasha tem que morrer. Mais cedo ou mais tarde ele virá para Estocolmo. Desconfio de que até já esteja aqui. Cortei fora um dos dedos dele, antes que sumisse. O que significa que estará com uma atadura ou uma luva na mão esquerda. Provavelmente vai ficar rondando os clubes onde os africanos geralmente se reúnem. Ele não tem opção, se quiser me achar. De modo que você pode começar hoje mesmo a espalhar o boato de que a cabeça de Victor Mabasha está a prêmio. Cem mil coroas para qualquer pessoa que consiga eliminá-lo. Vá falar com todos os seus contatos, todos os criminosos russos que você conhece. Não mencione meu nome. Diga apenas que o cara que está pagando é gente fina.

— É uma bela grana.

— Essa parte você deixa comigo. Faça apenas o que eu mandei. Aliás, nada impede que você ganhe esse dinheiro. Ou eu, pensando bem.

Konovalenko não teria nenhuma objeção em encostar uma pistola ele próprio na cabeça de Victor Mabasha. Mas sabia que era altamente improvável. Um golpe de sorte desses não acontece todo dia.

— Hoje à noite podemos visitar alguns clubes — acrescentou. — Até lá, todo mundo que tem motivos para estar a par do assunto já deverá estar sabendo da recompensa. Eu diria que você tem um bocado de coisas para fazer.

Com a cabeça, Vladimir assentiu e se levantou. Apesar da gordura, Konovalenko sabia que o colega era tremendamente eficiente quando a situação apertava.

Meia hora depois, Vladimir saiu. Konovalenko parou na janela e viu quando ele entrou num Volvo que lhe pareceu ser um modelo ainda mais recente do que o que vira anteriormente.

Ele vai acabar estourando de tanto comer, pensou Konovalenko. Sua grande satisfação na vida é comprar carros novos. Vai morrer sem ter experimentado o imenso prazer de exceder os próprios limites. Não existe diferença quase nenhuma entre ele e uma vaca ruminante.

Mas Konovalenko também tinha um serviço importante para fazer, esse dia.

Precisava levantar cem mil coroas. Sabia que isso teria de ser feito com um roubo. O único problema era que banco escolher.

Entrou no quarto e sentiu um impulso momentâneo de voltar para debaixo das cobertas e acordar Tania. Mas resistiu e vestiu-se em silêncio, rapidamente.

Pouco antes das dez, deixou o apartamento em Hallunda.

O ar estava gelado e chovia.

Por alguns instantes, perguntou-se por onde andaria Victor Mabasha.

Às duas e quinze da tarde da quarta-feira, 29 de abril, Anatoli Konovalenko assaltou a filial do Banco Comercial da Akalla. O roubo levou dois minutos. Saiu correndo do banco, situado numa esquina, entrou no carro e escapuliu.

Achava que tinha pego no mínimo duas vezes mais do que a quantia necessária para a recompensa. Mesmo que não fosse isso tudo, pretendia pelo menos sair para jantar com Tania em algum bom restaurante assim que Victor Mabasha estivesse fora da jogada.

A rua por onde ia fez uma curva acentuada para a direita, na aproximação da Ulvsundavägen. De repente, meteu o pé no breque. Havia dois carros de polícia na frente, bloqueando o caminho. Como é que eles tinham tido tempo de montar uma barreira? Fazia dez minutos, se tanto, que saíra do banco e o alarme disparara. E como é que poderiam saber que escolheria essa rota de fuga?

Em seguida agiu.

Deu ré e ouviu os pneus guinchando. Ao fazer a volta, derrubou um latão de lixo na calçada e deixou o pára-choque traseiro numa árvore. Agora não fazia mais sentido dirigir devagar. Só importava escapar.

Ouviu as sirenes uivando atrás dele. Xingou em voz alta e perguntou-se uma vez mais o que poderia ter acontecido. Praguejou também contra o fato de não conhecer o bairro situado ao norte de Sundbyberg. Na verdade, as rotas de fuga que tinha à disposição teriam todas desembocado numa grande avenida que levava ao centro da cidade. Mas agora não fazia idéia de onde estava e não sabia qual seria o melhor caminho.

Em pouco tempo viu-se em plena zona industrial, preso numa rua de mão única. A polícia continuava atrás dele, se bem que ele tinha conseguido aumentar a distância passando dois faróis vermelhos. Resolveu então saltar, o saco plástico com o dinheiro numa das mãos, a pistola na outra. Quando a primeira viatura brecou com um guincho de pneus, ele mirou e arrebentou o pára-brisa. Não tinha a menor idéia se acertara alguém ou não, mas obtivera a vantagem de que precisava. Os policiais não o perseguiriam mais até chegar o reforço.

Pulou mais que depressa uma cerca e entrou num terreno que tanto podia ser um depósito de entulho quanto uma obra em andamento. Mas estava com sorte. Um carro com um jovem casal parara do outro lado. Estavam em busca de algum lugar solitário onde pudessem ficar à vontade. Konovalenko não hesitou. Aproximou-se do veículo por trás e enfiou a pistola pela janela, de encontro à cabeça do homem.

— Fique quieto e faça exatamente o que eu mandar — disse em seu sueco precário. — Saia do carro. Deixe as chaves no contato.

O casal parecia completamente atordoado. Konovalenko não tinha tempo a perder. Abriu a porta de um tranco, arrastou o motorista para fora, saltou para trás do volante e olhou para a moça sentada a seu lado.

— Agora quem dirige sou eu. Você tem exatamente um segundo para decidir se vem comigo ou não.

Ela berrou e atirou-se para fora do carro. Konovalenko partiu. Agora não estava mais com pressa. As sirenes vinham de todas as direções, mas seus perseguidores não tinham como saber que ele já estava com um novo carro.

Será que matei alguém? Vou saber hoje à noite, quando ligar a televisão.

Deixou o carro na estação de metrô de Duvbo e pegou o trem de volta a Hallunda. Nem Tania nem Vladimir estavam em casa quando tocou a campainha. Abriu a porta com sua própria chave, pôs o saco plástico sobre a mesa de jantar e pegou a garrafa de vodca. Uns bons goles o acalmaram. As coisas tinham dado certo. Se tivesse ferido ou mesmo matado um policial, isso com certeza aumentaria as tensões por toda a cidade. Mas não via como esse incidente poderia pôr um ponto final ou mesmo adiar a execução de Victor Mabasha.

Conferiu o dinheiro; obtivera um total de cento e sessenta e duas mil coroas.

Às seis horas, ligou a televisão para assistir ao primeiro noticiário da noite. Apenas Tania tinha voltado, e estava na cozinha, fazendo o jantar.

O jornal começou com a notícia que Konovalenko estava esperando. Para sua surpresa, descobriu que o tiro de pistola disparado com a única intenção de estraçalhar o pára-brisa acabara sendo um tiro de mestre. A bala atingira um dos policiais da viatura, bem onde o nariz se junta com a testa, bem no meio dos olhos. Ele morrera na hora.

Depois veio a foto do policial que Konovalenko matara: Klas Tengblad, vinte e seis anos de idade, casado, com dois filhos pequenos.

A polícia não tinha nenhuma pista, sabia apenas que o assassino estava sozinho e que fora o autor do assalto à filial da Akalla do Banco Comercial cometido alguns minutos antes.

Konovalenko fez uma careta e foi desligar a televisão. Nesse momento, reparou em Tania, parada na soleira da porta, olhando para ele.

— Policial bom é policial morto — Konovalenko falou, apertando o botão de desligar. — O que tem para o jantar? Estou faminto.

Vladimir chegou e se sentou à mesa no momento em que Tania e Konovalenko estavam terminando de comer.

— Um assalto a banco — falou Vladimir. — E um policial morto. Um assassino solitário falando um mal sueco. A cidade não vai estar exatamente despoliciada esta noite.

— Coisas da vida — respondeu Konovalenko. — Conseguiu espalhar o boato sobre o prêmio?

— Não tem um único bandido no submundo que não vá saber, até a meia-noite, que tem cem mil coroas dando sopa.

Tania lhe deu um prato de comida.

— Era mesmo necessário matar um policial justamente hoje?

— O que o leva a pensar que fui eu que o matei?

Vladimir encolheu os ombros.

— Um tiro de mestre. Um assalto para levantar o dinheiro do prêmio para quem matar Victor Mabasha. Sotaque estrangeiro. Está com todo o jeito de ter sido você.

— Engana-se se pensa que o tiro foi para acertar. Foi pura sorte. Ou azar. Depende da perspectiva. Mas, por uma questão de segurança, acho melhor você sair sozinho hoje. Ou então leve a Tania com você.

— Tem alguns clubes na zona sul onde os africanos em geral se concentram — disse Vladimir. — Acho que vou começar por ali.

Às oito e meia, Tania e Vladimir voltaram para a cidade. Konovalenko tomou um banho e depois se instalou na frente da televisão. Todos os noticiários traziam extensas reportagens sobre o policial morto. Mas não havia pistas boas o bastante.

Claro que não, pensou Konovalenko. Eu não deixo rastros.

Tinha adormecido na poltrona e foi acordado pelo telefone. Apenas um toque. Depois outros sete. Na segunda vez, Konovalenko atendeu. Sabia que era Vladimir usando o código que tinham estabelecido. O barulho ao fundo sugeria que estava numa discoteca.

— Está me ouvindo? — berrou Vladimir.

— Estou.

— Eu não consigo nem ouvir o que estou dizendo. Mas tenho novidades.

— Por acaso alguém viu Victor Mabasha pela cidade? — Konovalenko sabia que esse devia ser o motivo de ele ter ligado.

— Melhor ainda. Ele está bem aqui.

Konovalenko respirou fundo.

— Ele viu você?

— Não. Mas está alerta.

— Tem alguém com ele?

— Está sozinho.

Konovalenko pensou uns instantes. Eram onze e vinte da noite. Qual seria a melhor coisa a fazer?

— Me dê o endereço. Estou indo para aí. Espere por mim do lado de fora, com um mapa do clube. Principalmente com a localização das saídas de emergência.

— Pode deixar.

Konovalenko conferiu a pistola e enfiou um pente

sobressalente no bolso. Depois foi até seu quarto e abriu um baú de plástico encostado numa parede. Tirou de lá de dentro três bombas de gás lacrimogêneo e duas máscaras, que pôs no mesmo saco plástico usado para guardar o dinheiro do assalto ao banco.

Depois penteou o cabelo com todo o cuidado, diante do espelho do banheiro. Fazia parte do ritual seguido toda vez que estava saindo para um serviço importante.

Às onze e quarenta e cinco deixou o apartamento em Hallunda e tomou um táxi até a cidade. Pediu para ser levado até Östermalmstorg. Saltou ali, pegou outro táxi e rumou para a zona sul.

A discoteca ficava no número 45 da rua. Konovalenko disse ao motorista para deixá-lo no número 60. Saltou e começou a voltar lentamente por onde viera.

De repente, Vladimir surgiu das sombras.

— Ele ainda está lá dentro. A Tania foi embora.

Konovalenko fez que sim com a cabeça.

— Então vamos lá pegá-lo.

Pediu então a Vladimir que descrevesse as instalações.

— Ele está onde, exatamente? — perguntou, depois de visualizar o clube.

— No bar.

Konovalenko balançou a cabeça.

Minutos depois, puseram as máscaras contra gás e empunharam as armas.

Vladimir abriu a porta de chofre e jogou os dois porteiros atordoados para o lado.

Em seguida Konovalenko atirou o gás lacrimogêneo.

12

Devolva-me a noite, songoma. *Como vou sobreviver a essas noites cheias de luz que não me deixam encontrar esconderijo? Por que me mandou para esta terra estranha onde a escuridão foi roubada do povo? Eu lhe dou meu dedo,* songoma. *Sacrifico uma parte do corpo para que me dê a escuridão de volta. Mas você me abandona. Estou completamente só. Tão só quanto o antílope que não consegue mais fugir do guepardo.*

Victor Mabasha fugiu como se estivesse em transe, mergulhado num sonho fluido. A alma parecia estar viajando invisível e por conta própria em alguma parte ali perto dele. Era como se pudesse sentir o bafo da própria respiração soprando na nuca. Dentro do Mercedes, cujos bancos de couro o faziam lembrar do cheiro distante de pele curtida de antílope, não havia nada além do corpo e, acima de tudo, da mão latejante. O dedo se fora, mas ainda assim continuava ali, feito uma dor sem abrigo numa terra estranha.

Bem desde o início da fuga desembestada, tentara controlar os pensamentos, agir com sensatez. Sou um zulu, repetia sem parar consigo mesmo, como se fosse um mantra. Pertenço à raça dos guerreiros vitoriosos, sou um dos Filhos do Céu. Meus antepassados estavam sempre à frente quando os impis atacavam. Nós derrotamos os brancos muito antes que eles escorraçassem os africanos para os confins do sertão onde acabaram morrendo todos. Nós os derrotamos antes que proclamassem sua a terra que era nossa. Nós os derrotamos aos pés de Isandlwana e serramos seus maxilares para enfeitar o *kraaler* de nossos reis. Sou um zulu, meu dedo foi decepado. Mas posso agüentar a dor e tenho nove dedos sobrando, tantas quantas são as vidas do chacal.

Quando não conseguiu suportar mais, virou em direção à floresta e pegou a primeira estrada de terra que apareceu. Parou à beira de um lago cintilante. A água era tão negra que de início pensou que fosse óleo. Sentou-se numa pedra perto da margem, desenrolou o pano manchado de sangue e obrigou-se a examinar a mão. Continuava sangrando. Parecia uma coisa desconhecida. A dor estava mais no cérebro do que no lugar onde antes havia o dedo.

Como era possível que Konovalenko fosse mais rápido que ele? Sua hesitação momentânea o derrotara. Além do mais a fuga fora mal planejada. Comportara-se como uma criança atordoada. Suas ações eram indignas dele e de Jan Kleyn. Devia ter ficado lá mesmo, revistado toda a bagagem de Konovalenko, procurado pelo dinheiro e pelas passagens. Mas só conseguira pensar em agarrar umas roupas e a pistola. Não era capaz nem de lembrar qual caminho seguira. Não havia a menor possibilidade de voltar. Nunca mais encontraria aquela casa de novo.

Fraqueza, pensou. Jamais consegui superá-la, mesmo depois de abrir mão de todas as antigas lealdades, de todos os princípios que me nortearam a infância. Minha *songoma* me sobrecarregou de fraqueza, como um castigo. Ela ouviu os espíritos e deixou que os cães cantassem minha canção, a canção da fraqueza que jamais serei capaz de superar.

O sol não parecia descansar nunca naquela terra estranha; lá estava ele de novo subindo no horizonte. Uma ave de rapina decolou do topo de uma árvore e cruzou o lago espelhado batendo as asas.

Antes de mais nada, precisava dormir. Umas poucas horas, não mais que isso. Sabia que não precisava dormir muito. Depois, o cérebro estaria apto para recomeçar a ajudá-lo.

Numa época que lhe parecia tão distante quanto o passado remoto e apagado de seus ancestrais, o pai, Okumana, o homem que fazia as melhores pontas de lança de toda a redondeza, lhe explicara que existe sempre uma forma de a pessoa sair de uma enrascada, contanto que esteja viva. A morte é o esconderijo derradeiro. Um refúgio seguro até que não haja nenhuma outra maneira de evitar uma ameaça aparentemente insuperável. Sempre há rotas alternativas de fuga que não ficam imediatamente óbvias, e é por esse motivo que os humanos, ao contrário dos animais, têm um cérebro. Para poder olhar para dentro, não para fora. Para dentro, para os lugares secretos onde os espíritos dos antepassados aguardam a hora de nos servir de guia pelo resto de nossas vidas.

Quem sou eu? Um ser humano que perde sua identidade não é mais um ser humano. É um animal. Foi isso que aconteceu comigo. Comecei a matar gente porque eu próprio já estava morto. Quando menino, via os avisos, os malditos avisos dizendo aos negros onde podiam entrar e o que era de uso exclusivo dos brancos, e desde então comecei a diminuir. Uma criança tem de crescer, de ficar cada vez maior; mas no meu país uma criança negra aprende a ficar cada vez menor. Vi meus pais sucumbirem à própria invisibilidade, ao próprio rancor acumulado. Eu era um filho obediente e aprendi a ser mais um ninguém entre ninguéns. O apartheid foi meu verdadeiro pai. Aprendi o que ser humano nenhum deveria precisar aprender. Aprendi a viver com a falsidade, com o desprezo, com uma mentira que foi elevada à categoria de única verdade. Uma mentira sustentada por policiais e por leis, mas acima de tudo pela torrente de água branca, pelo fluxo de palavras sobre as diferenças naturais entre brancos e negros, sobre a superioridade da civilização branca. Essa superioridade me transformou num assassino, *songoma*. Acredito inclusive que essa tenha sido a conseqüência máxima de ter aprendido a ir diminuindo cada vez mais quando criança. Sim, porque o que tem sido o apartheid, essa falsa superioridade branca, se não um saque sistemático de nossas almas? Quando nosso desespero explodiu em destruição furiosa, os brancos não conseguiram enxergá-lo, assim como não enxergaram o ódio, tão infinitamente maior. Todas essas coisas que estamos carregando dentro de nós há tanto tempo. É dentro de mim mesmo que vejo pensamentos e sentimentos sendo partidos ao meio como se por uma espada. Posso me virar sem um dos dedos. Mas como posso viver sem saber quem eu sou?

Voltou a si assustado e percebeu que quase adormecera. Nas fronteiras do sono, meio sonhando, pensamentos que esquecera havia tanto tempo voltaram a rondar sua mente.

Permaneceu na pedra à beira do lago durante muito tempo.

As lembranças descobriram um caminho próprio até ele. Não houve necessidade de convocá-las.

Verão de 1967. Acabara de completar seis anos de idade quando descobriu que tinha um talento que o distinguia das outras crianças que moravam na favela empoeirada dos arredores de Joanesburgo e com quem costumava brincar. Tinham feito uma bola de papel e barbante e de repente deu-se conta de que possuía muito mais habilidade com ela do que os amigos. Fazia milagres com a bola; ela o seguia feito um cão obediente. Essa descoberta levou-o a ter seu primeiro grande sonho, que acabaria esmagado sem dó nem piedade pelo sagrado regime do apartheid. Ele seria o melhor jogador de rúgbi da África do Sul.

Isso lhe trouxe alegrias indizíveis. Achava que os espíritos de seus ancestrais tinham sido bons com ele. Encheu uma garrafa com a água de uma torneira e sacrificou-a à terra vermelha.

Um dia, naquele verão, um negociante de bebidas, um branco, parou o carro perto da cancha de terra onde Victor e os amigos jogavam com a bola feita de papel e barbante. O homem atrás do volante ficou um tempão vendo o menino jogar, aquele menino negro dono de um controle fenomenal sobre a bola.

A certa altura, a bola rolou até o carro. Victor aproximou-se todo ansioso, curvou-se diante do homem e apanhou a bola.

— Se ao menos você tivesse nascido branco. Nunca vi alguém dominar a bola como você. Pena que seja preto.

Observou um avião desenhando um rastro branco no céu.

Não me lembro da dor, pensou. Mas ela deve ter existido, mesmo na época. Ou será possível que não tenha tido reação nenhuma porque já aos seis anos estava profundamente arraigada em mim a noção de que a injustiça é o estado natural das coisas? Uma década mais tarde, aos dezesseis anos, tudo mudara.

Junho de 1976. Soweto. Mais de quinze mil alunos estavam reunidos diante da Escola Secundária de Orlando West. Ele não pertencia ao lugar, na verdade. Morava nas ruas, levava a vida obscura mas cada vez mais habilidosa, cada vez mais impiedosa de um larápio. Na época ainda só roubava dos negros. Mas a atenção já estava voltada para as zonas em que moravam os brancos e onde seria possível executar grandes roubos. Mesmo assim deixou-se levar pela onda e participou com os jovens dos protestos contra a decisão de que no futuro todas as aulas seriam dadas na odiada língua dos bôeres. Ainda se lembrava da menina de punhos cerrados berrando ao presidente que não estava ali: "Vorster! Primeiro você fala zulu, depois nós falamos africâner!". Ele estava agitado. O drama da situação, com a polícia atacando e espancando as pessoas ao acaso com seus *sjamboks*, não o afetou até ele próprio apanhar. Participara do apedrejamento e sua habilidade com a bola continuava intacta. Quase todas as pedras acertaram o alvo; viu a hora em que o policial agarrou sua bochecha, sangue jorrando por entre os dedos, e lembrou então do homem no carro, das palavras ditas quando se curvou na terra rubra para apanhar a bola de papel. E aí o pegaram, as chicotadas cortando fundo a carne, a dor penetrando até as profundezas da alma. Lembrava-se sobretudo de um policial, um homem de cara vermelha cheirando a bebida azedada. De repente notara uma centelha de medo no olho dele. Naquele momento, percebera que era mais forte que o outro e dali em diante o terror do homem branco passou a enchê-lo de infinito desprezo.

Foi despertado de seus devaneios por um movimento na outra margem do lago. Era um barco a remo que vinha se aproximando devagar. Havia um homem remando, com movimentos preguiçosos. O som dos remos chegava até seus ouvidos, apesar da distância.

Levantou-se da pedra, cambaleou num súbito ataque de tontura e percebeu que teria de procurar um médico. Sempre tivera o sangue fino e, quando começava a sangrar, a hemorragia durava um tempão. Além disso, precisava tomar alguma coisa. Sentou-se no carro, deu a partida e viu que tinha gasolina para mais uma hora de viagem, no máximo.

Quando saiu na estrada principal, continuou na mesma direção de antes.

Levou quarenta e cinco minutos para chegar a uma pequena cidade chamada Älmhult. Tentou imaginar como se pronuncia esse nome. Parou num posto. Konovalenko lhe dera dinheiro para comprar gasolina. Tinha duas notas de cem coroas no bolso e sabia como operar uma bomba automática. A mão ferida atrapalhava, e ele estava chamando a atenção.

Um senhor idoso ofereceu-se para ajudar. Victor Mabasha não entendeu o que ele disse, mas balançou a cabeça e tentou sorrir. Usou uma das notas de cem e viu que dava para pouco mais de três litros. Mas precisava comer e, acima de tudo, matar a sede. Depois de resmungar um obrigado ao homem que o ajudara, levou o carro até o estacionamento em frente à loja do posto. Comprou pão e duas garrafas grandes de Coca-Cola. O que o deixou com quarenta coroas no bolso. Havia um mapa entre as diversas ofertas promocionais expostas no balcão, e ele tentou em vão encontrar Älmhult.

Voltou para o carro e deu uma mordida grande no pão. Esvaziou uma garrafa de Coca antes de matar a sede. Tentou se decidir sobre o próximo passo. Onde encontrar um médico ou um hospital? De todo modo, não tinha dinheiro para pagar. Ninguém aceitaria tratá-lo.

Sabia o que isso significava. Teria de cometer um furto. A pistola no porta-luvas era sua única saída.

Deixou a cidadezinha para trás e continuou dirigindo pela floresta interminável.

Espero não precisar matar ninguém, pensou. Não quero matar ninguém até ter executado minha missão, que é matar De Klerk.

A primeira vez que matei um ser humano, *songoma*, eu não estava sozinho. Até hoje não consegui esquecer, mesmo que tenha dificuldade em me lembrar de outras pessoas que matei depois. Foi numa manhã de janeiro de 1981, no cemitério de Duduza. Recordo-me bem das pedras rachadas dos túmulos, *songoma*, e lembro ter pensado que estava andando em cima do telhado da casa dos mortos. Íamos enterrar um velho parente, aquela manhã;

acho que era um primo de meu pai. Havia outros enterros acontecendo na mesma hora. De repente, começou um tumulto: uma procissão fúnebre se desfazendo. Vi uma moça correr entre as tumbas, correr feito um animal sendo caçado. Ela *estava* sendo caçada. Alguém gritou que era uma informante, uma moça negra que trabalhava para a polícia. Foi apanhada, aos berros; seu desespero era maior do que qualquer coisa que eu já vira até então. Assim mesmo foi esfaqueada, espancada, e ficou caída entre os túmulos, ainda viva. Depois nós começamos a juntar gravetos e chumaços de mato seco que tirávamos de entre os túmulos. Digo "nós" porque de repente me envolvi no que estava acontecendo. Uma mulher negra passando informação para a polícia — que direito tinha ela de viver? Ela implorou pela vida, mas seu corpo foi coberto de gravetos e mato, e nós a queimamos viva ali mesmo. Ela tentou em vão se libertar das chamas, mas nós a mantivemos ali até que seu rosto escureceu. Ela foi o primeiro ser humano que eu matei, *songoma*, e nunca mais esqueci, porque ao matá-la matei a mim mesmo. A segregação racial triunfara. Eu tinha me transformado num animal, *songoma*. Não havia como retroceder.

A mão começou a doer de novo. Victor Mabasha tentou mantê-la absolutamente imóvel para ver se a dor diminuía. O sol continuava muito alto no céu e ele nem se dera ao trabalho de olhar o relógio. Ainda tinha muito tempo para continuar sentado no carro, tendo seus pensamentos por companhia.

Não faço a menor idéia de onde estou, pensou. Sei que na Suécia. Mas isso é tudo. Talvez o mundo seja de fato assim. Sem um aqui ou ali. Apenas um agora.

Aos poucos, o estranho e quase imperceptível poente foi baixando.

Carregou a pistola e enfiou-a na cinta.

Não tinha mais as facas. Mas tudo bem, porque estava decidido a não matar ninguém se fosse possível evitar.

Espiou o indicador de combustível. Logo mais teria de encher o tanque. Precisava resolver o problema de grana — sempre, era o que ele esperava, sem precisar matar ninguém.

Alguns quilômetros adiante topou com uma pequena loja ainda aberta àquelas horas. Parou, desligou o motor e esperou até que todos os clientes tivessem ido embora. Destravou a arma, saiu do carro e entrou rapidamente na loja. Havia um senhor idoso atrás do balcão. Victor apontou para a caixa registradora com a pistola. O homem tentou dizer alguma coisa, mas Victor disparou um tiro para o alto e apontou de novo. Com mãos trêmulas, o homem abriu a gaveta do caixa. Victor inclinou-se para a frente, transferiu a arma para a mão machucada e agarrou todo o dinheiro que viu. Depois deu meia-volta e saiu correndo da loja.

Não viu o homem desabar desmaiado atrás do balcão. Ao cair, batera em cheio com a cabeça no chão de concreto. Depois, chegariam à conclusão de que fora derrubado pelo assaltante.

O velho atrás do balcão estava morto. O coração não suportara o choque repentino.

Ao sair da loja, o pano enrolado na mão ficou preso na porta. Não havia tempo para soltá-lo com cuidado, de modo que cerrou os dentes para agüentar a dor e livrou a mão com um puxão.

Nesse instante, reparou numa menina parada do lado de fora, olhando para ele. Devia ter uns treze anos, de olhos esbugalhados. E boquiaberta diante da mão ensangüentada.

Ele tirou a pistola e apontou para ela. Mas não teve coragem. Baixou a mão, correu para o carro e saiu em disparada.

Sabia que teria a polícia atrás dele, agora. Eles começariam a procurar por um negro com a mão mutilada. A menina que ele não matara iria falar. Teria no máximo mais quatro horas antes de ser obrigado a trocar de carro.

Parou num posto automático e encheu o tanque. Vira uma placa indicando Estocolmo um pouco antes e dessa vez tivera o cuidado de memorizar o caminho.

De repente, sentiu-se exausto. Em algum momento, teria de parar e dormir.

Torcia para encontrar um outro lago plácido de águas negras.

Encontrou um na grande planície, logo ao sul de Linköping. Já tinha trocado de carro, a essa altura. Perto de Huskvarna, entrara num motel, arrombara a porta de um outro Mercedes e fizera uma ligação direta. Continuou dirigindo até não ter mais forças. Pouco antes de Linköping, pegou uma estrada vicinal, depois virou numa estradinha ainda menor e acabou dando num grande lago. Acabara de bater meia-noite. Enrolou-se no banco traseiro e dormiu.

Acordou assustado pouco antes das cinco.

Fora do carro, ouviu um pássaro cantando de um jeito que nunca tinha escutado na vida.

Depois continuou viagem, sempre no rumo norte.

Pouco antes das onze da manhã, estava entrando em Estocolmo.

Era quarta-feira, 29 de abril de 1992, um dia antes da véspera de Valpúrgis.

13

Os três mascarados apareceram bem na hora em que a sobremesa estava sendo servida.

Em dois minutos, dispararam trezentos tiros de armas automáticas e desapareceram num carro que esperava do lado de fora.

Depois, houve alguns momentos de silêncio. Em seguida vieram os gritos dos feridos e dos que estavam em estado de choque.

O atentado ocorreu durante a reunião anual do respeitável clube de enófilos de Durban. O comitê organizador do jantar refletira um bocado sobre a questão da segurança antes de se decidir pela realização do banquete no restaurante do campo de golfe de Pinetown, não muito distante de Durban. Até então, Pinetown escapara da violência que vinha se tornando cada vez mais corriqueira e generalizada na província de Natal. Além do mais, o gerente do restaurante prometera reforçar a vigilância naquela noite.

Mas os guardas foram derrubados antes que pudessem dar o alarme. A cerca em volta do local fora cortada com ferramentas apropriadas. E os atacantes tinham conseguido inclusive esganar um pastor alemão.

Havia cinqüenta pessoas no restaurante, quando os três homens invadiram o local de arma em punho. Todos os integrantes do clube de degustação de vinho eram brancos. Havia cinco garçons negros, quatro homens e uma mulher. Os cozinheiros e ajudantes negros fugiram pela porta de trás, junto com o chefe português de cozinha, assim que o tiroteio começou.

Quando tudo terminou, nove pessoas jaziam mortas entre as mesas e cadeiras reviradas, pratos quebrados e castiçais derrubados. Havia dezessete feridos em maior ou menor grau de seriedade e todos os demais estavam em estado de choque, inclusive uma senhora idosa que mais tarde morreria de ataque cardíaco.

Mais de duzentas garrafas de vinho haviam sido estilhaçadas. A polícia que compareceu ao local depois do massacre teve grande dificuldade para distinguir o que era sangue do que era vinho tinto.

O inspetor-chefe Samuel de Beer do departamento de homicídios de Durban foi o primeiro a chegar ao restaurante. Levava consigo o inspetor Harry Sibande, que era negro. Embora De Beer não fizesse o menor esforço para disfarçar seu preconceito racial, Harry Sibande aprendera a tolerar o desprezo do colega. Entre várias outras coisas por ter percebido, havia um bom tempo já, que era um policial infinitamente melhor do que o outro algum dia conseguiria ser.

Examinaram os estragos e supervisionaram a transferência dos feridos para a fileira de ambulâncias que partiam rumo a vários hospitais de Durban.

As testemunhas tremendamente abaladas com quem puderam conversar não tinham grande coisa a acrescentar. Eram três homens, todos três mascarados. Mas as mãos eram negras.

De Beer tinha plena consciência de que fora um dos atentados mais sérios do ano na região, dos vários executados pelas facções negras armadas. Naquela noite, 30 de abril de 1992, a guerra civil entre negros e brancos na província de Natal dera mais um passo em direção à realidade.

Ligou imediatamente para o serviço secreto em Pretória, que prometeu enviar ajuda na manhã seguinte sem falta. A unidade especial do exército encarregada de investigar assassinatos políticos e ações terroristas destacaria alguém com experiência para trabalhar com ele.

O presidente De Klerk foi informado do incidente

pouco antes da meia-noite. Seu ministro das Relações Exteriores, Pik Botha, ligou para o palácio presidencial, usando a linha privada direta.

O ministro das Relações Exteriores não pôde deixar de notar a irritação do presidente com o telefonema.

— Tem gente inocente sendo assassinada todos os dias. O que há de tão especial sobre esse incidente?

— A escala — respondeu o ministro. — Foi tudo muito grande, muito cruel, muito brutal. Vai haver uma reação violenta do partido, a menos que o senhor faça uma declaração muito firme amanhã de manhã. Tenho certeza de que a liderança do CNA, o próprio Mandela, eu suponho, vai condenar o ocorrido. Acho conveniente a presidência se pronunciar também.

Pik Botha era um dos poucos homens a quem De Klerk dava ouvidos. Em geral o presidente agia quando recebia algum conselho de seu ministro das Relações Exteriores.

— Farei o que me sugere. Redija alguma coisa até amanhã. E providencie para que eu receba antes das sete.

Um pouco depois houve outra conversa telefônica entre Joanesburgo e Pretória envolvendo o ocorrido em Pinetown. O coronel Franz Malan do serviço secreto especial do exército recebeu uma ligação do colega Jan Kleyn, integrante do serviço de inteligência sul-africano, o BOSS. Ambos tinham sido informados do que ocorrera horas antes no restaurante de Pinetown. Ambos reagiram com espanto e horror. Desempenharam seu papel como veteranos que eram. Tanto Jan Kleyn quanto Franz Malan estavam presentes no dia em que o massacre fora planejado. Ele fazia parte de uma estratégia para aumentar o nível de insegurança por todo o país. Ao final de tudo, último elo de uma cadeia de ataques e assassinatos cada vez mais freqüentes e sérios, estava a execução pela qual Victor Mabasha seria responsável.

Jan Kleyn, no entanto, ligara para falar de uma questão totalmente diferente com Franz Malan. Um pouco antes, nesse mesmo dia, descobrira que alguém tinha invadido seus arquivos privados no computador. Depois de algumas horas ponderando sobre o assunto e eliminando os suspeitos, chegara à conclusão de quem o estava mantendo sob vigilância cerrada. E também concluíra que a invasão dos arquivos representava uma grande ameaça à operação crucial que estavam planejando.

Nunca usavam nomes quando falavam ao telefone. Reconheciam a voz um do outro. Se a ligação estivesse ruim, tinham um código especial para se identificar.

— Temos de nos reunir — falou Jan Kleyn. — Sabe aonde eu vou amanhã?

— Sei.

— Então faça o mesmo.

Franz Malan fora informado de que um capitão chamado Breytenbach iria representar sua unidade secreta na investigação do massacre. Mas sabia também que bastaria ligar para Breytenbach para substituí-lo nessa tarefa. Malan tinha licença especial para alterar qualquer coisa que julgasse aconselhável, sem necessidade de consultar seus superiores.

— Estarei lá.

Foi o fim da conversa. Franz Malan ligou para o capitão Breytenbach e anunciou que iria ele mesmo a Durban no dia seguinte. Depois ficou intrigado com o que poderia estar incomodando Jan Kleyn. Suspeitava que tivesse alguma coisa a ver com a operação principal. Só esperava que os planos não tivessem ido por água abaixo.

Às quatro da manhã do dia 1º de maio, Jan Kleyn deixou Pretória. Contornou Joanesburgo e logo mais já estava na rodovia E3, a caminho de Durban. Esperava chegar por volta das oito.

Jan Kleyn gostava de dirigir. Se quisesse, poderia ter ido de helicóptero. Mas a viagem terminaria muito rápido. Sozinho no carro, com a paisagem em disparada, teria tempo de refletir.

Pisou no acelerador, pensando que os problemas na Suécia logo estariam resolvidos. Já havia alguns dias que vinha se perguntando se Konovalenko seria assim tão habilidoso e impassível quanto presumira que fosse. Teria cometido um erro ao contratá-lo? Decidiu que não. Konovalenko faria o que fosse preciso. Victor Mabasha logo seria liquidado. Na verdade, podia ser que até já tivesse sido. Um homem chamado Sikosi Tsiki, o número dois da lista original, tomaria seu lugar, e Konovalenko lhe daria o mesmo treinamento que Victor Mabasha recebera.

A única coisa que ainda parecia muito estranha aos olhos de Jan Kleyn era o incidente que provocara a pane em Victor Mabasha. Como era possível que um sujeito daqueles reagisse tão violentamente por causa da morte de uma insignificante sueca? Haveria um ponto fraco de sentimentalismo nele, no fim das contas? E, se havia, ainda bem que fora descoberto a tempo. Se não, o que não poderia ter acontecido quando Victor Mabasha estivesse com a vítima na mira?

Depois de um tempo desvencilhou-se de Victor Mabasha e voltou seus pensamentos para a vigilância a que estivera sujeito sem saber. Não havia nenhum detalhe em seus arquivos informatizados, nenhum nome, nenhum lugar, nada. Mas sabia perfeitamente que um agente secreto habilidoso seria capaz de tirar algumas conclusões assim mesmo, sobretudo a de que havia um assassinato político inusitado e crucial sendo planejado.

Parecia a Jan Kleyn que no fundo tivera muita sorte. Descobrira a invasão de seu computador a tempo e seria capaz de tomar providências.

O coronel Franz Malan embarcou no helicóptero que o aguardava no aeroporto militar próximo a Joanesburgo. Eram sete e quinze; esperava chegar a Durban lá pelas oito. Fez um sinal de assentimento para os pilotos, afivelou o cinto de segurança e contemplou a paisagem enquanto decolavam. Estava cansado. Intrigado com o que poderia estar preocupando Jan Kleyn, só conseguira pegar no sono ao amanhecer.

Olhava pensativo para o distrito negro que sobrevoavam. Via a decadência, os barracos, a fumaça das fogueiras.

De que jeito eles vão conseguir nos derrotar?, pensou. Basta sermos teimosos e mostrar que estamos falando sério. Isso vai custar muito sangue, até mesmo o sangue dos brancos, como aconteceu em Pinetown ontem à noite. Mas a continuidade do regime branco na África do Sul não virá de graça. Requer sacrifícios.

Recostou-se no banco, fechou os olhos e tentou dormir.

Logo mais descobriria o que estava incomodando Jan Kleyn.

Chegaram ao restaurante cercado por cordões de isolamento com dez minutos de diferença um do outro. Passaram pouco mais de uma hora no salão ensangüentado junto com os investigadores locais, liderados pelo inspetor Samuel de Beer. Ficou bem claro, tanto para Jan Kleyn quanto para Franz Malan, que o bando tinha feito um bom trabalho. Verdade que esperavam um número de mortos mais alto do que nove, mas isso era de somenos importância. O massacre dos inocentes enófilos tivera o efeito esperado. Tomados de fúria cega, alguns brancos já bradavam pedidos de vingança. Jan Kleyn ouvira pelo rádio do carro o pronunciamento que Nelson Mandela e o presidente De Klerk tinham feito, condenando o incidente, independentemente um do outro. De Klerk chegou inclusive a ameaçar os perpetradores com vingança violenta.

— Existe alguma pista de quem possa ter executado esse ultraje vergonhoso? — perguntou Jan Kleyn.

— Ainda não — respondeu Samuel de Beer. — Não

encontramos nem mesmo alguém que tenha visto o carro em que fugiram.

— A melhor coisa a fazer agora, de imediato, é oferecer uma recompensa a quem tiver informações — falou Franz Malan. — Vou pedir pessoalmente ao ministro da Defesa que proponha isso na próxima reunião do gabinete.

Enquanto conversavam, lá fora, na rua fechada por barricadas, era grande o tumulto entre os brancos que tinham se reunido para protestar. Muitos brandiam armas de fogo e, ao verem o ajuntamento, os negros mudavam de direção e seguiam outro caminho. As portas do restaurante abriram-se de repente, e uma mulher branca, de uns trinta anos, invadiu o local. Estava agitadíssima, à beira da histeria. Ao ver o inspetor Sibande, o único negro no recinto, tirou uma pistola e disparou um tiro na direção dele. Harry Sibande conseguiu jogar-se no chão e se esconder atrás de uma mesa revirada. Mas a mulher continuou avançando direto para cima dele, disparando a pistola que segurava rigidamente com as duas mãos. E gritando o tempo todo em africâner que iria vingar o irmão, morto na noite anterior. Não descansaria enquanto todos os cafres não tivessem sido varridos do mapa.

Samuel de Beer agarrou-a e tirou-lhe a arma das mãos. Depois levou-a para uma viatura parada do lado de fora. Harry Sibande levantou-se de trás da mesa. Estava trêmulo. Uma das balas passara pelo tampo da mesa e rasgara a manga da farda.

Jan Kleyn e Franz Malan tinham observado o incidente. Tudo acontecera muito rápido, mas ambos pensaram a mesma coisa. A reação da mulher branca era exatamente o que o massacre da noite anterior pretendia provocar. Só que numa escala muito maior. O ódio deveria engolfar o país inteiro numa única onda monstruosa.

De Beer regressou, enxugando suor e sangue do rosto.

— Impossível não simpatizar com ela.

Harry Sibande não fez comentários.

Jan Kleyn e Franz Malan prometeram enviar todo o

auxílio de que Samuel de Beer precisasse. Concluíram a conversa oferecendo garantias mútuas de que a afronta terrorista seria solucionada rapidamente. Depois deixaram o restaurante juntos, no carro de Jan Kleyn, e partiram de Pinetown. Seguiram na direção norte, pela N2, e viraram rumo ao mar, seguindo a indicação da placa que dizia Umhlanga Rocks. Jan Kleyn parou num restaurante pequeno especializado em frutos do mar. Ali ficariam tranqüilos. Pediram lagostim e tomaram água mineral. Franz Malan tirou o paletó e pendurou-o.

— Segundo minhas informações, o inspetor De Beer é espantosamente incompetente como investigador. O colega cafre é tido como muito mais inteligente. E persistente também.

— Também ouvi a mesma coisa. Mas a investigação vai ficar girando em círculos que não vão dar em nada até que todos os parentes dos mortos tenham esquecido do assunto.

Jan Kleyn pousou a faca sobre a mesa e limpou a boca com o guardanapo, antes de continuar.

— A morte nunca é uma coisa agradável. Ninguém provoca um banho de sangue a menos que seja realmente necessário. E no geral não há nenhum vencedor. Perdem todos. Assim como não há vitoriosos sem sacrifícios. Desconfio que sou, basicamente, um darwinista muito primitivo. Sobrevivência dos mais aptos. Quando uma casa está pegando fogo, ninguém pergunta onde o fogo começou antes de tentar apagá-lo.

— O que acontecerá com os três homens? Não me lembro de ter tomado conhecimento do que ficou decidido.

— Vamos dar uma voltinha quando terminarmos de comer. — Jan Kleyn estava sorrindo.

Franz Malan sabia que isso seria o mais próximo de uma resposta que conseguiria arrancar por enquanto. Conhecia bem o colega; seria perda de tempo fazer mais perguntas. Além do mais, descobriria em breve.

Ao ser servido o café, Jan Kleyn começou a explicar o porquê do encontro entre os dois.

— Como você bem sabe, quem trabalha secretamente para esse ou aquele serviço de inteligência vive segundo diversas regras e presunções subentendidas. Uma delas é que temos de estar sempre de olho em todos os que nos rodeiam. A confiança que depositamos nos colegas é limitada. Todos nós tomamos providências para manter nossa segurança pessoal. Pelo menos para garantir que ninguém irá invadir nosso próprio território. Minamos o campo à volta toda, e fazemos isso porque todo mundo faz igual. Assim chegamos a um equilíbrio e cada qual segue adiante com sua tarefa. Infelizmente, descobri que alguém vem demonstrando enorme interesse em meus arquivos. Alguém recebeu a incumbência de me vigiar. Uma incumbência que deve ter vindo lá de cima.

Franz Malan empalideceu.

— E os planos foram expostos?

Jan Kleyn fitou-o com um olhar gelado.

— Desnecessário dizer que não sou tão descuidado assim. Nada em meus arquivos seria capaz de revelar ou expor o que nos propusemos a fazer e o que estamos em vias de executar. Não há nomes, não há nada. Por outro lado, não se pode descartar a possibilidade de que uma pessoa suficientemente inteligente seja capaz de tirar conclusões que apontem na direção correta. O que torna tudo muito sério.

— Vai ser muito difícil descobrir quem foi.

— Nem um pouco. Eu já sei quem foi.

Franz Malan olhou-o espantado.

— Comecei a abrir caminho voltando no tempo. Em geral é uma maneira excelente para se obter resultados. Perguntei a mim mesmo de onde poderia ter partido a ordem de me vigiar. Não foi difícil descobrir que só existem duas pessoas que podem estar seriamente interessadas em saber o que estou tramando. O presidente e o ministro das Relações Exteriores.

Franz Malan abriu a boca para intervir.

— Deixe-me continuar. Se você parar um instante para pensar, verá que é muito óbvio. Existe um grande receio de conspirações no país, e com razão. De Klerk tem todos os motivos para temer algumas das idéias que circulam em certos setores do alto comando militar. Assim como também não pode estar seguro da lealdade do pessoal encarregado do serviço de inteligência nacional. Há muita incerteza na África do Sul, atualmente. Nem tudo pode ser calculado ou tido como certo. O que significa que não há limite para a quantidade de informação que precisa ser coligida. Existe uma única pessoa no gabinete em quem o presidente pode ter confiança absoluta, e essa pessoa é o ministro Pik Botha. Tendo chegado a esse ponto de minha análise, tudo o que me restava fazer era rever a lista de possíveis candidatos a mensageiro secreto do presidente. Por motivos que não preciso explicitar aqui, logo tudo se resumiu numa única possibilidade: Pieter van Heerden.

Franz Malan sabia de quem se tratava. Tivera ocasião de se encontrar com ele várias vezes.

— Pieter van Heerden — repetiu Jan Kleyn. — Ele tem sido o menino de recados do presidente. Ele tem estado aos pés do presidente e revelado nossos pensamentos mais íntimos.

— Considero Van Heerden um homem muito inteligente.

Jan Kleyn concordou com um gesto de cabeça.

— Sem dúvida. E também muito perigoso. Um inimigo que merece nosso respeito. Infelizmente, anda meio adoentado.

Franz Malan ergueu a sobrancelha.

— Adoentado?

— Algumas dificuldades se resolvem por si só. Calhei de ficar sabendo que ele vai ser internado num hospital particular de Joanesburgo na semana que vem, para uma pequena cirurgia. Tem problemas na próstata.

Jan Kleyn tomou um gole do café.

— Ele não sairá mais do hospital. Vou cuidar de tudo pessoalmente. Afinal de contas, era no meu pé que ele estava pegando. Foram meus arquivos que ele invadiu.

Permaneceram em silêncio enquanto um garçom negro tirava a mesa.

— Vou resolver esse problema eu mesmo — falou Jan Kleyn, assim que ficaram sozinhos de novo. — Mas queria lhe contar a respeito por um motivo, e apenas um. Você tem de tomar o máximo de cuidado. Com toda certeza tem alguém espionando suas coisas também.

— É bom saber. Vou conferir meus procedimentos de segurança.

O garçom retornou com a conta, e Jan Kleyn pagou.

— Vamos dar uma volta. Você tinha uma pergunta a fazer.

Caminharam ao longo de uma trilha, rumo ao precipício rochoso que dava nome à praia.

— Sikosi Tsiki parte para a Suécia na quarta-feira — informou Jan Kleyn.

— Acha que ele é o melhor?

— Era o número dois da nossa lista. Tenho plena confiança nele.

— E o tal do Victor Mabasha?

— Presumivelmente morto a essa altura. Estou esperando que Konovalenko entre em contato hoje à noite ou no máximo amanhã.

— Ouvimos uns boatos vindos da Cidade do Cabo de que haverá um grande comício na cidade no dia 12 de junho. Estou investigando para ver se pode ser a oportunidade certa para nós.

Jan Kleyn parou de andar.

— Claro. Pode ser uma ocasião excelente.

— Vou mantê-lo informado.

Jan Kleyn estava bem na beirada do precipício, de frente para o mar.

Franz Malan deu uma espiada.

Lá embaixo havia uma carroceria de automóvel, toda arrebentada.

— Evidentemente, o carro ainda não foi localizado — falou Jan Kleyn. — Quando o descobrirem, encontrarão três homens mortos. Negros com cerca de vinte e cinco anos. Alguém atirou neles e depois jogou o carro no precipício.

Jan Kleyn apontou para um estacionamento logo atrás de onde estavam.

— A combinação é que receberiam o dinheiro ali. Mas não foi bem isso que aconteceu, não é mesmo?

Deram meia-volta e retornaram ao restaurante.

Franz Malan não se deu ao trabalho de perguntar quem executara os três responsáveis pelo massacre em Pinetown. Havia certas coisas que preferia não saber.

Pouco depois da uma da tarde, Jan Kleyn deixou Franz Malan num acampamento do exército próximo a Durban. Trocaram um aperto de mão e separaram-se rapidamente.

Jan Kleyn evitou a auto-estrada na volta para Pretória. Preferiu pegar as rodovias com menos trânsito que cortavam a província de Natal. Não estava com pressa e sentia necessidade de avaliar em que pé estavam as coisas. Havia muito em jogo, para ele próprio, para seus companheiros de conspiração e mais ainda para os cidadãos brancos da África do Sul.

Também lhe ocorreu que estava passando pela terra de Nelson Mandela. Era ali que tinha nascido, era ali que tinha crescido. Presumivelmente, era para lá que seria levado o corpo.

Jan Kleyn às vezes se assustava com sua falta de sentimentos. Sabia ser o que muitas vezes se classifica de fanático. Mas não conhecia nenhuma outra vida que preferisse viver.

Havia basicamente só duas coisas que o incomodavam. Uma eram os pesadelos que tinha de vez em quando. Neles, via-se preso num mundo povoado exclusivamente por negros. Não podia mais falar. O que lhe saía da boca eram palavras transformadas em ruídos animais. Eram risadas de hiena.

A outra era o fato de ninguém saber quanto tempo lhe fora destinado.

Não que desejasse viver para sempre. Mas queria viver o bastante para ver os brancos sul-africanos assegurarem seu domínio.

Depois então poderia morrer. Mas não antes.

Parou para jantar num pequeno restaurante em Witbank.

A essa altura, já tinha revisto os planos uma vez mais, com todas as suas possibilidades e todos os seus riscos. Sentia-se calmo. Tudo sairia conforme o planejado. Talvez a sugestão de Franz Malan para o dia 12 de junho na Cidade do Cabo fosse uma boa idéia.

Pouco antes das nove da noite, estava entrando em seu casarão, nos arredores de Pretória.

O porteiro negro da noite abriu os portões.

A última coisa em que pensou antes de pegar no sono foi em Victor Mabasha.

Já estava meio difícil lembrar que cara ele tinha.

14

Pieter van Heerden estava deprimido.

Para ele, sentimentos de inquietude e de medo, um medo insidioso, não eram novidade. Momentos de emoção e perigo faziam parte do cargo no serviço de inteligência nacional. Mas confinado num quarto da clínica Brenthurst, à espera de ser operado, parecia ter menos defesas contra o desassossego.

A clínica Brenthurst era um hospital particular situado em Hillbrow, na zona norte de Joanesburgo. Poderia ter optado por uma alternativa mais cara, mas a Brenthurst daria conta do recado. Era famosa por seu alto padrão cirúrgico; os médicos eram tidos como bons, e o nível de cuidados, impecável. Verdade que os quartos não tinham nenhum luxo. Aliás o prédio todo andava meio caído. Van Heerden estava bem de vida, sem ser rico. Mas não gostava de ostentação. Quando saía de férias, evitava se hospedar em hotéis de luxo, que só serviam para fazê-lo sentir-se cercado por aquele tipo tão especial de vazio muito caro aos brancos sul-africanos. Era por isso que não queria ser operado num dos hospitais que tratavam apenas dos cidadãos mais bem postos do país.

Van Heerden estava num quarto do segundo andar. Ouviu alguém dando risada no corredor. Pouco depois, era o carrinho com o chá que passava com estardalhaço. Espiou pela janela. Havia um pombo solitário pousado no telhado de uma casa. Por trás, o céu adquirira aquele tom azul-escuro de que tanto gostava. O rápido poente africano logo daria lugar à noite. Sua inquietação aumentou com a chegada da escuridão.

Era segunda-feira, dia 4 de maio. No dia seguinte, às oito da manhã, o doutor Plitt e o doutor Berkowitsch fariam uma cirurgia simples que resolveria, pelo menos era o que esperava, os problemas urinários que andava tendo. Não estava preocupado com a operação. Os médicos lhe haviam assegurado de que não era uma cirurgia perigosa. Não tinha motivos para duvidar deles. Alguns dias depois, receberia alta e em uma semana já teria esquecido completamente o assunto.

Era outra coisa que o incomodava. Em parte relacionada com sua doença. Estava com trinta e seis anos, mas sofria de uma enfermidade em geral restrita a homens com mais de sessenta. Perguntava-se se por acaso já não teria queimado todas as fichas. Seria possível que tivesse envelhecido tão prematura e dramaticamente? Trabalhar para o BOSS sem dúvida era exaustivo — disso ele já sabia havia muito tempo. Ser o mensageiro secreto especial do presidente era mais um elemento a contribuir para a pressão com a qual se via obrigado a viver o tempo todo. Mas mantinha-se em boa forma física. Não fumava e muito raramente bebia.

O motivo de seu desconforto — e sem dúvida também a causa indireta de sua doença — era a sensação cada vez mais forte de que não havia absolutamente nada que pudesse fazer para melhorar o estado em que se encontrava o país.

Pieter van Heerden era um africânder. Crescera em Kimberley e fora cercado desde pequeno por todas as tradições dos bôeres. Seus vizinhos eram bôeres, os colegas de escola eram bôeres e os professores também. O pai trabalhava para a De Beers, empresa controlada por bôeres, a maior produtora de diamantes da África do Sul e conseqüentemente do mundo. A mãe assumira o papel tradicional da dona-de-casa bôer, subserviente ao marido e voltada à criação dos filhos, a ensiná-los a ter uma visão fundamentalmente religiosa da ordem das coisas. Ela dedicara todo seu tempo e toda sua energia a Pieter e seus quatro irmãos. Até os vinte anos, já então no segundo ano na Universidade Stellenbosch, perto da Cidade do Cabo, nunca questionara a vida que levava. O simples fato de ter conseguido convencer o pai a deixá-lo freqüentar aquela universidade tida como radical fora seu primeiro grande triunfo na conquista da independência. Como não se considerasse dono de nenhum talento especial e não nutrisse qualquer ambição fantástica para o futuro, tinha em mente uma carreira no funcionalismo público. Não se sentia inclinado a seguir os passos paternos, dedicar a vida à mineração e à produção de diamantes. Estudou Direito e percebeu que dava para o negócio, ainda que não fosse brilhante.

A grande virada veio quando um colega o convenceu a visitar um distrito negro nas vizinhanças da Cidade do Cabo. Em reconhecimento ao fato de que os tempos bem ou mal estavam mudando, alguns estudantes, movidos pela curiosidade, resolveram visitar alguns distritos negros. O radicalismo atribuído aos liberais da Universidade Stellenbosch até então não passava de palavras. Mas a situação estava se alterando e se alterando de maneira dramática. Pela primeira vez na vida, os brancos estavam sendo forçados a enxergar as coisas com os próprios olhos.

Foi uma experiência chocante para Van Heerden. De repente, tomava consciência das circunstâncias miseráveis e humilhantes em que os negros viviam. O contraste entre os bairros ajardinados e verdes onde os brancos moravam e as favelas poeirentas dos negros era de partir o coração. Impossível que estivessem todos vivendo num mesmo país. Essa visita ao distrito negro deixou-o mergulhado num turbilhão de emoções. Começou a ficar cada vez mais introvertido e a afastar-se dos colegas. Tempos depois, olhando em retrospecto, foi como se tivesse descoberto uma falsificação bem-feita. Só que aquilo não era uma tela na parede com uma assinatura falsa. A vida que vivera até ali fora toda ela uma mentira. Mesmo as memórias de infância passaram a lhe parecer distorcidas e enganosas. Tivera uma babá negra em criança. Uma das lembranças mais antigas e gostosas que tinha era a de ser erguido por aqueles braços fortes e apertado de encontro ao peito. Agora percebia que ela devia odiá-lo. O que significava que não eram só os brancos que viviam num mundo falso. Valia o mesmo para os negros que, para poder sobreviver, eram forçados a disfarçar o ódio que sentiam contra a infinita injustiça a que estavam constantemente sujeitos. E isso num país que sempre lhes pertencera mas que lhes fora roubado. Todos os alicerces sobre os quais sua vida havia sido construída, com direitos dados por Deus, pela natureza e pela tradição, não passavam de areia movediça. Sua concepção de mundo, que jamais pusera em dúvida, estava escorada numa vergonhosa injustiça. E ele descobriu tudo isso no distrito negro de Langa, situado tão longe da branquíssima Cidade do Cabo quanto os arquitetos do apartheid consideraram apropriado.

A experiência afetou-o muito mais profundamente do que a qualquer dos colegas. Quando tentou discuti-la, percebeu que, o que para ele fora um grande trauma, para os outros tinha sido mais como uma experiência sentimental. Enquanto ele achava estar vendo uma catástrofe apocalíptica na iminência de explodir, os amigos falavam em organizar uma coleta de roupas usadas.

Prestou os exames finais sem ter se reconciliado ainda com o que vira. Num dado momento, ao voltar de férias para Kimberley, vira o pai ter um acesso de raiva ao saber de sua visita ao distrito negro. Começou a se dar conta de que suas idéias eram parecidas cosigo mesmo — cada vez mais desterradas.

Depois da formatura, recebeu uma proposta para ocupar um cargo no Departamento de Justiça em Pretória. Aceitou sem hesitar. Um ano depois, já conseguira provar seu valor. Um dia alguém chegou e lhe perguntou se gostaria de entrar para o serviço secreto. Àquela altura, já tinha aprendido a viver com seu trauma, já que não fora capaz de encontrar uma forma de resolvê-lo. A duplicidade refletia-se na personalidade. Podia desempenhar o papel do africânder de direita convicto, fazendo e dizendo o que era esperado; mas, lá no fundo, a sensação de catástrofe iminente era cada vez mais forte. Um dia a ilusão ruiria por terra, e os negros iriam à forra, sem dó nem piedade. Não havia ninguém com quem pudesse conversar e passou a levar uma existência cada vez mais solitária.

Mas logo percebeu que seu trabalho no BOSS tinha muitas vantagens. Entre elas estava a de poder divisar o panorama geral do processo político, do qual o público tinha apenas uma idéia vaga ou incompleta.

Quando Frederick de Klerk tornou-se presidente e declarou publicamente que Nelson Mandela seria libertado e que o Congresso Nacional Africano receberia permissão para começar a atuar no cenário político, pareceu-lhe que talvez ainda houvesse uma possibilidade de evitar a catástrofe. A vergonha pelo que ocorrera antes nunca seria apagada; entretanto, talvez houvesse um futuro para a África do Sul, no fim das contas.

Pieter van Heerden passou imediatamente a adorar De Klerk. Entendia aqueles que o chamavam de traidor, mas não partilhava da mesma opinião. Para ele, era um salvador. Quando o escolheram para servir de contato, foi tomado por um sentimento muito semelhante a orgulho. E não demorou para que surgisse um sentimento de confiança mútua entre os dois. Pela primeira vez na vida, Van Heerden teve a sensação de estar fazendo algo de significativo. Ao passar informações que às vezes não estavam destinadas aos ouvidos do presidente, ajudava as forças que queriam criar uma nova África do Sul, livre da opressão racial.

Pensava a respeito disso, deitado na cama da clínica Brenthurst. Somente quando a África do Sul estivesse transformada, com Nelson Mandela eleito presidente, o primeiro presidente negro do país, esse desconforto que nunca o largava desapareceria.

A porta se abriu e entrou uma enfermeira negra. Seu nome era Marta.

— O doutor Plitt acabou de ligar. Estará aqui dentro de meia hora para lhe fazer uma punção lombar.

Van Heerden olhou-a surpreso.

— Punção lombar? Agora?

— Também achei estranho. Mas ele foi muito claro. Mandou que eu lhe dissesse para deitar do lado esquerdo imediatamente. É melhor fazer o que ele disse. A operação será amanhã de manhã. O doutor Plitt sabe o que está fazendo.

Van Heerden concordou, meneando a cabeça. Tinha plena confiança no jovem médico. Mesmo assim, não pôde evitar de pensar que era uma hora muito esquisita para uma punção lombar.

Marta ajudou-o a deitar-se conforme fora sugerido.

— O doutor Plitt disse que era para o senhor ficar absolutamente imóvel. Não deve se mexer de jeito nenhum.

— Sou um paciente muito bem-comportado. Faço o que os médicos me mandam. Em geral também faço o que vocês me mandam fazer, não faço?

— É, o senhor não dá trabalho nenhum para nós. A gente se vê amanhã, depois da operação. Esta noite estou de folga.

A enfermeira saiu, e Van Heerden pensou na viagem de ônibus de uma hora ou mais que ela teria pela frente. Não sabia onde a moça morava, mas presumia que fosse em Soweto.

Estava quase pegando no sono quando ouviu a porta se abrir. Não havia luz no quarto; apenas a lâmpada da cabeceira continuava acesa. Mas deu para ver o reflexo do médico no vidro da janela, quando ele entrou.

— Boa noite — disse Van Heerden, sem se mexer.

— Boa noite, Pieter van Heerden — ouviu a voz responder.

Não era a voz do doutor Plitt. Mas ele a reconheceu. Levou apenas alguns segundos para entender quem era que estava atrás dele. Virou-se feito um raio.

Jan Kleyn sabia que os médicos da clínica Brenthurst

raramente visitavam os pacientes vestidos com jaleco branco. Conhecia bem os meandros da rotina do hospital. Não lhe fora nem um pouco difícil criar uma situação em que pôde se fingir de médico. Os cirurgiões viviam trocando de plantão. E para fazer essa troca não precisavam nem trabalhar no mesmo hospital. Além do mais, não era incomum que visitassem seus pacientes em horas estranhas. Sobretudo logo antes ou depois de uma cirurgia. Uma vez conhecido o horário em que era feita a troca da equipe de enfermagem, o plano foi bem simples. Estacionou o carro na frente do hospital, caminhou até a área da recepção e mostrou aos guardas um crachá de uma empresa de transportes muito usada por hospitais e laboratórios.

— Vim buscar uma amostra urgente de sangue. De um paciente na ala dois.

— Sabe o caminho? — perguntou o guarda.

— Já estive lá — respondeu Jan Kleyn, apertando o botão do elevador.

Isso era absolutamente verdadeiro, aliás. Ele estivera no hospital no dia anterior, levando uma cesta de frutas. Fingiu estar visitando um paciente na ala dois. Sabia direitinho como chegar lá.

O corredor estava vazio, e ele foi direto ao quarto de Van Heerden. No fim do corredor, uma enfermeira lia atentamente a ficha médica dos pacientes. Jan Kleyn moveu-se em silêncio e abriu a porta com cuidado.

Quando Van Heerden se virou aterrorizado, Kleyn já estava com a pistola na mão direita, adaptada com um silenciador.

Na esquerda, levava uma pele de chacal.

Às vezes, Jan Kleyn gostava de marcar presença com algum elemento macabro. No caso, a pele de chacal atuaria ainda como pista falsa, confundindo os detetives que iriam investigar o crime. Era inevitável que a morte de um agente do serviço de inteligência, baleado num hospital, causasse certa agitação no departamento de homicídios de Joanesburgo. A polícia tentaria estabelecer um elo entre o crime e o trabalho que Pieter van Heerden vinha fazendo. A ligação do morto com o presidente De Klerk tornaria ainda mais imperativa a descoberta do autor do crime. Portanto Jan Kleyn decidira botar a polícia numa pista que certamente não levaria a parte alguma. Os criminosos negros às vezes se divertiam introduzindo elementos ritualistas nos delitos cometidos. Sobretudo em casos de assalto seguido de violência. Não se contentavam em espalhar sangue pelas paredes. Muitas vezes deixavam uma espécie de símbolo ao lado da vítima. Um galho partido ou pedras dispostas num determinado desenho. Ou então uma pele de animal.

E foi por isso que Jan Kleyn teve a idéia do chacal. A seu ver, era esse o papel que Van Heerden vinha desempenhando: explorava as habilidades de terceiros, as informações de terceiros, e passava essas informações adiante de uma forma inaceitável.

Observou a expressão aterrorizada do outro.

— A cirurgia foi cancelada. — Como sempre, a voz de Jan Kleyn saiu roufenha.

Dito isso, jogou a pele de chacal sobre o rosto de Van Heerden e disparou três vezes direto contra a cabeça. Uma mancha começou a se espalhar pelo travesseiro. Kleyn pôs a pistola no bolso e abriu uma gaveta na mesa-de-cabeceira. Pegou a carteira do morto e saiu do quarto. Conseguiu sair com a mesma facilidade com que entrara, e sem ser notado. Mais tarde, os guardas não seriam capazes de fornecer qualquer descrição clara do homem que roubara e matara Van Heerden.

Roubo seguido de violência foi como a polícia classificou o caso, que foi finalmente arquivado sem solução. Mas o presidente De Klerk não ficou convencido. Para ele, a morte de Van Heerden fora seu último aviso. Não havia a menor sombra de dúvida a respeito. A conspiração era fato.

E a pessoa por trás dela não estava brincando.

OVELHAS NA CERRAÇÃO

15

Kurt Wallander estava disposto a transferir as responsabilidades do inquérito a um dos colegas na segunda-feira, 4 de maio. Não por achar que a falta de progressos no caso de Louise Åkerblom pudesse refletir de modo desfavorável sobre sua reputação como policial. O problema era outro, muito diferente. Uma sensação crescente, incessante. Pura e simplesmente não estava mais conseguindo se empenhar.

No sábado e domingo, a investigação empacou de vez. Com o feriado de 1º de maio, quase todo mundo estaria fora, viajando ou se divertindo. Seria quase impossível obter resposta da perícia técnica em Estocolmo. A caçada ao desconhecido que matara um jovem policial na capital, no entanto, continuava a todo vapor.

Em Ystad, as investigações em torno da morte de Louise Åkerblom envolveram-se num manto de silêncio. Björk fora acometido por uma súbita e grave crise de cólica hepática na sexta-feira à noite e estava internado no hospital. Wallander visitou-o no sábado logo cedo, para receber instruções.

Ao voltar do hospital, sentou-se com Martinson e Svedberg na sala de conferência do distrito.

— O país está parado. Hoje e amanhã. Os resultados das várias perícias que estamos aguardando não vão chegar antes de segunda-feira. O que significa que podemos usar os próximos dois dias para rever o que temos até agora. O que não impede o nosso Martinson aqui de dar uma passadinha em casa e ficar um pouco com a família. Desconfio de que a semana que vem vai ser mais agitada que de hábito. Mas vamos por partes. Acho melhor conferir tudo o que apuramos, desde o início, mais uma vez. Também gostaria de fazer uma pergunta a vocês dois.

Parou uns instantes, antes de prosseguir.

— Sei que isso foge aos procedimentos normais da polícia, mas durante toda esta investigação venho sentindo que tem alguma coisa estranha acontecendo. Não saberia ser mais preciso do que isso. O que eu quero saber é o seguinte: será que algum de vocês teve essa mesma impressão? Como se estivéssemos diante de um crime que não se encaixa nos padrões habituais?

Wallander esperava uma reação de surpresa, talvez até de ceticismo. Mas Martinson e Svedberg eram da mesma opinião.

— Nunca vi nada igual — disse Martinson. — Claro que não tenho tanta experiência quanto você, Kurt. Mas não estou entendendo patavina. Em princípio estamos tentando pegar um assassino cruel. Mas, quanto mais fundo a gente vai, mais difícil fica de entender por que ela foi assassinada. No fim, a impressão é de que esse homicídio foi só um incidente na periferia de alguma coisa bem diferente, de alguma coisa muito maior. Confesso que não dormi muito bem essa semana que passou. E isso não me acontece com muita freqüência.

Wallander concordou e olhou para Svedberg.

— O que mais eu posso dizer? — começou o outro, coçando a careca. — Martinson já disse tudo, bem melhor do que eu conseguiria. Quando cheguei em casa, ontem à noite, fiz uma lista: *mulher morta, poço, explosão de uma casa, transmissor de rádio, pistola, África do Sul.* Depois fiquei ali de olho esbugalhado em cima da lista, durante mais de uma hora, como se estivesse tentando decifrar um ideograma. Parece que não estamos conseguindo aceitar o fato de simplesmente não haver conexões e contextos nesta investigação. Acho que nunca me senti tão no escuro quanto agora.

— Era isso que eu queria saber — falou Wallander.

— Pelo visto todos nós estamos sentindo a mesma coisa, e acho que não devemos descartar de todo esse fato. De qualquer modo, vamos ver se conseguimos penetrar um pouco nesse seu escuro, Svedberg.

Repassaram todos os lances da investigação, desde o começo. Levaram quase três horas; no fim, acharam mais uma vez que não tinham cometido nenhum grande erro, apesar de tudo. Só que também não tinham encontrado qualquer nova pista.

— É tudo no mínimo muito obscuro — resumiu Wallander. — O único indício real que temos é um dedo negro. Também podemos deduzir com quase toda a certeza que o homem que perdeu esse dedo não estava sozinho, presumindo-se que tenha sido ele o autor do homicídio. A casa foi alugada para um africano. Isso nós sabemos. Mas não temos a menor idéia de quem seja esse tal de Nordström, o sujeito que pagou dez mil coroas de aluguel para Alfred Hanson. Assim como também não sabemos para que fins a casa foi usada. Na hora de estabelecer um elo dessa gente com Louise Åkerblom, ou com a explosão, ou com o transmissor de rádio e a pistola, só temos teorias vagas não confirmadas. Não tem nada mais perigoso do que uma investigação que incite suposições em vez de raciocínio lógico. A teoria que me parece a mais provável, por enquanto, apesar de tudo, é a de que Louise Åkerblom calhou de ver alguma coisa que não devia ter visto. Mas que tipo de gente é essa que faz disso motivo para executar alguém? É o que temos de descobrir.

Continuaram em volta da mesa, silenciosos, pensando no que o inspetor dissera. Uma faxineira abriu a porta e espiou.

— Agora não — disse Wallander.

Ela tornou a fechar a porta.

— Estou pensando em aproveitar o resto do dia para verificar as informações recebidas por telefone — disse Svedberg. — Se eu precisar de ajuda, dou um alô. Mas desconfio de que não vai sobrar tempo para mais nada.

— Também acho uma boa idéia eliminar o Stig Gustafson dessa história de uma vez por todas — falou Martinson. — Posso começar checando o álibi que ele deu, quer dizer, na medida em que isso for possível num dia como hoje. Se necessário, dou um pulo até Malmö. Mas antes vou tentar encontrar o tal do Forsgård, o cara das flores que ele diz ter encontrado no banheiro.

— Estamos investigando um homicídio — lembrou Wallander. — Encontre o paradeiro dessa gente, custe o que custar. Mesmo que estejam numa casa de campo, tentando ter um pouco de paz e sossego.

Concordaram em se reunir novamente às cinco da tarde, para ver até onde tinham chegado. Wallander pegou um café, foi para sua sala e ligou para a casa de Nyberg.

— Terá meu relatório na segunda-feira. Mas você já sabe do mais importante — disse o policial.

— Não, não sei. Continuo sem a mínima idéia de por que a casa pegou fogo. Não sei qual foi a causa do incêndio.

— Acho melhor você falar com o chefe do corpo de bombeiros sobre isso. Talvez ele tenha uma boa explicação. Nós ainda não estamos prontos.

— Pensei que trabalhássemos todos juntos — retrucou Wallander, irritado. — Nós e o corpo de bombeiros. Por acaso saíram novos regulamentos e eu não estou sabendo de nada?

— Nós não temos nenhuma explicação óbvia.

— Mas o que você acha? O que o corpo de bombeiros acha? O que Peter Edler acha?

— A explosão deve ter sido tão forte que não restou nada do detonador. Nós conversamos sobre a possibilidade de uma série de explosões.

— Não pode ser. Só teve uma explosão.

— Não é bem assim — corrigiu Nyberg, pacientemente. — Basta entender um pouco do assunto que você consegue planejar dez explosões com um segundo de diferença entre uma e outra. E aqui estamos falando de uma cadeia de explosões com um décimo de segundo de diferença entre cada uma. Isso aumenta o efeito que é uma beleza. Tem a ver com pressão modificada do ar.

Wallander pensou uns instantes.

— Quer dizer que não estamos falando de um bando de amadores, certo?

— De jeito nenhum.

— Poderia haver alguma outra explicação para o incêndio?

— Acho difícil.

Wallander deu uma espiada em suas anotações, antes de prosseguir.

— Pode me adiantar mais alguma coisa a respeito do transmissor de rádio? Correu um boato de que teria sido feito na Rússia.

— Não é só boato. Já tive a confirmação. O pessoal do exército me deu uma mãozinha.

— O que acha disso tudo?

— Não faço a menor idéia. O exército está muito interessado em saber como foi que esse rádio chegou até aqui. É tudo um mistério.

Wallander pressionou um pouco mais.

— A coronha da pistola?

— Nada de novo.

— Mais alguma coisa?

— Na verdade não. O relatório não vai revelar nada de surpreendente.

Wallander encerrou a ligação. Em seguida fez algo que já decidira fazer durante a reunião da manhã. Discou o número do QG da polícia na capital e pediu para falar com o inspetor Lovén. Wallander o conhecera no ano anterior, durante as investigações sobre um bote que aparecera na praia de Mossby com dois corpos dentro. Embora só tivessem trabalhado juntos uns poucos dias, Wallander percebera que era ótimo detetive.

— O inspetor Lovén não está no momento — responderam do quartel-general da polícia.

— Aqui é o inspetor Wallander, de Ystad. Tenho um

recado urgente. Relacionado com o policial morto em Estocolmo faz alguns dias.

— Vou ver se consigo localizá-lo.

— É urgente — repetiu Wallander.

Lovén levou exatamente doze minutos para ligar de volta.

— Wallander. Pensei em você, um dia desses. Quando li a respeito do assassinato daquela mulher. Como vai o caso?

— Lento. E o de vocês?

— Nós vamos pegá-lo. Sempre acabamos pegando os caras que matam um homem nosso. Mais cedo ou mais tarde a gente pega. Disseram que você tinha alguma coisa a esse respeito?

— Há uma possibilidade. É que a mulher assassinada aqui foi morta com um tiro na cabeça. Do mesmo jeito que o policial Tengblad. Talvez fosse conveniente fazer a comparação das balas assim que der.

— É, pode ser. Mas não esqueça que o cara atirou através do pára-brisa. Deve ter sido difícil ver um rosto do outro lado do vidro. E precisa ser muito bom de mira para acertar alguém bem no meio da testa dentro de um carro em movimento. Mas você tem razão, claro. Também acho que devemos verificar isso.

— Alguma descrição do indivíduo?

A resposta veio na hora.

— Ele roubou o carro de um casal de jovens, depois do homicídio. Infelizmente, os dois ficaram tão assustados que só conseguiram nos dar um relato muito confuso da aparência do sujeito.

— Por acaso ouviram a voz dele?

— Essa foi a única coisa com que os dois concordaram. O cara tinha um sotaque estrangeiro.

A comoção de Wallander era palpável. Contou então a Lovén a conversa que tivera com Alfred Hanson sobre um homem pagando dez mil coroas para alugar uma casa vazia no meio do mato.

— Obviamente teremos de verificar esse assunto — falou Lovén, quando Wallander terminou. — Mesmo que pareça muito estranho.

— A história toda é muito estranha. Estou pensando em ir a Estocolmo na segunda-feira. Desconfio de que é aí que está o meu africano.

— Vai ver ele estava metido no atentado com gás lacrimogêneo que houve numa discoteca de Söder, aqui em Estocolmo.

O inspetor lembrava-se muito vagamente de ter lido alguma coisa a respeito do assunto no *Ystads Allehanda* no dia anterior.

— Que atentado foi esse?

— Alguém atirou bombas de gás lacrimogêneo num clube noturno de Söder. Uma discoteca muito freqüentada pelos negros. Nunca tivemos problema ali. Mas agora temos. E houve alguns disparos também.

— Cuide bem dessas balas. Seria bom examiná-las.

— Você acha que só tem uma arma neste país?

— Não. Mas estou procurando elos. Elos inesperados.

— Vou botar as coisas em andamento por aqui. Obrigado por ter ligado. Vou informar o pessoal que está investigando o caso que você chega na segunda-feira.

Reuniram-se conforme o combinado às cinco horas, e a reunião foi curta. Martinson conseguira confirmar boa parte do álibi de Stig Gustafson, tanto assim que ele estava prestes a ser excluído da investigação. Mas Wallander ainda hesitava, sem saber exatamente por quê.

— Não vamos abrir mão dele inteiramente. Vamos primeiro rever todas as provas.

Martinson fitou-o com um olhar espantado.

— O que exatamente espera encontrar?

Wallander encolheu os ombros.

— Não sei ao certo. Só fico preocupado de deixá-lo ir assim tão cedo.

Martinson já ia protestar, mas se conteve. Tinha imenso respeito pela intuição e capacidade de julgamento do inspetor.

Svedberg tinha novamente verificado a pilha de informações telefônicas recebidas pela polícia. Não havia nada que pudesse lançar alguma luz nova sobre a morte de Louise Åkerblom ou sobre a casa que explodira.

— Provavelmente alguém teria reparado num africano sem um dedo — foi o comentário de Wallander.

— Talvez ele não exista — disse Martinson.

— Temos um dedo — insistiu o inspetor. — E não foi um fantasma que perdeu esse dedo.

Todos concordaram que ele deveria ir a Estocolmo. Talvez houvesse uma conexão qualquer, por mais improvável que pudesse parecer, entre os assassinatos de Louise Åkerblom e Tengblad.

Encerraram a reunião revendo a questão dos herdeiros da casa que explodira.

— Eles vão ter de esperar — concluiu Wallander, depois. — Além disso, aí não tem muita coisa que possa nos ajudar.

Mandou Svedberg e Martinson para casa e ficou ainda um pouco em sua sala. Ligou para a residência do promotor Per Åkeson e fez um breve resumo sobre o inquérito até o momento.

— Precisamos resolver esse crime o mais rápido possível.

Wallander concordou. Decidiram reunir-se bem cedo na segunda-feira, para rever o caso todo, passo a passo. O inspetor sabia que Åkeson receava ser acusado mais tarde de ter permitido o prosseguimento de uma investigação descuidada. Encerrou a conversa, desligou a lâmpada de mesa e saiu do distrito. Contornou toda a interminável colina e parou o carro no estacionamento do hospital.

Björk estava se sentindo melhor e esperava receber alta na segunda. Wallander fez um resumo da situação, e o chefe também foi da opinião de que deveria ir a Estocolmo.

— Isto aqui costumava ser uma região tão sossegada — falou ele na hora em que Wallander se despedia. — Não tínhamos nada que atraísse grandes atenções. Agora está tudo mudado.

— Não é só aqui. Esses tempos de calmaria pertencem a uma outra era.

— Acho que estou ficando velho — disse Björk, com um suspiro.

— Você não é o único.

Essas palavras ainda ecoavam em seus ouvidos quando deixou o hospital. Eram quase seis e meia da tarde e estava com fome. Não queria cozinhar em casa e decidiu comer fora. Foi até seu apartamento, tomou um banho e trocou de roupa. Depois tentou ligar para a filha em Estocolmo. Deixou o telefone tocar um bom tempo, mas Linda não atendeu. No fim acabou desistindo. Desceu até o porão do prédio e reservou uma hora para lavar suas roupas. Depois foi a pé até o centro. O vento tinha cessado, mas estava bem frio.

Ficando velho, pensou com seus botões. Só tenho quarenta e quatro anos, mas já estou me sentindo gasto.

Esse fluxo de pensamentos de repente o deixou bravo. Cabia a ele e a ninguém mais decidir se estava ficando velho antes do tempo. Não podia culpar o trabalho, nem o divórcio, que já tinha cinco anos. A única questão ali era saber se seria capaz de mudar o curso das coisas.

Chegou à praça e hesitou, sem saber onde comer. Num surto repentino de extravagância, decidiu-se pelo Continental. Desceu a Hamngatan, parou alguns momentos para olhar a vitrina da loja de luminárias, depois continuou até o hotel. Com um gesto, cumprimentou a moça na recepção, lembrando-se de que fora colega da filha.

O restaurante estava quase vazio. Por alguns segundos, pensou em ir embora. Sentar-se sozinho num salão deserto de restaurante parecia-lhe solidão demais. Mas sentou-se assim mesmo. Tomara uma decisão e não se sentia inclinado a começar tudo de novo.

Viro uma página nova amanhã, pensou, fazendo uma careta. Sempre acabava adiando as questões mais importantes referentes à própria vida. Quando estava no trabalho, por outro lado, insistia em exigir justamente a abordagem oposta. Era sempre preciso fazer o mais importante primeiro. Tinha dupla personalidade.

Sentou-se na ala do bar. Um garçom muito jovem aproximou-se da mesa e perguntou se queria tomar alguma coisa. O inspetor teve a impressão de tê-lo reconhecido, mas não conseguiu se lembrar de onde.

— Uísque — falou. — Sem gelo. Mas traga um copo de água também.

Esvaziou a dose assim que chegou e imediatamente pediu outra. Em geral não bebia para se embriagar. Mas aquela noite não ia se privar.

No terceiro uísque, lembrou-se de quem era o garçom. Alguns anos antes, Wallander o interrogara a respeito de uma série de roubos e furtos de carro. Mais tarde o rapaz fora preso e considerado culpado.

O que significa que pelo menos para ele as coisas acabaram dando certo, pensou. E não sou eu que vou lembrá-lo do passado. Talvez fosse até possível dizer que as coisas deram mais certo para ele do que para mim. Se levarmos em conta as circunstâncias.

Os efeitos da bebida começaram a ser sentidos quase que de imediato.

Logo depois, Wallander passou para o restaurante propriamente dito e pediu o jantar. Tomou uma garrafa de vinho com a comida e dois conhaques com o café.

Eram dez e meia da noite quando saiu do restaurante. A essa altura estava bem bêbado, mas não tinha a menor intenção de ir para casa dormir.

Atravessou a praça até o ponto que havia em frente ao terminal rodoviário e pegou um táxi para a única boate da cidade. Estava surpreendentemente cheia, e ele teve certa dificuldade para arrumar mesa perto do bar. Tomou um uísque e foi até a pista. Não era um mau dançarino e tinha certa autoconfiança nos movimentos. Mas as músicas da parada de sucessos sueca o deixavam piegas e choroso. Invariavelmente apaixonava-se por todas as mulheres com quem dançava. Sempre planejava levá-las de volta para casa, no fim da noite. Mas nessa ocasião a ilusão estilhaçou-se na hora em que tudo começou a girar. Mal conseguiu chegar até a porta antes de vomitar a alma. Não entrou novamente. Voltou cambaleante para o centro da cidade. Quando chegou ao apartamento, despiu-se e parou pelado diante do espelho do hall.

— Kurt Wallander — falou em voz alta. — Esta é sua vida.

Em seguida resolveu ligar para Baiba Liepa em Riga. Eram duas da madrugada e tinha plena consciência de que não devia fazer isso. Mas discou o número e deixou que tocasse até ela atender.

De repente, não sabia o que dizer. Não conseguiu achar as palavras certas em inglês para dizer o que queria. Ele a acordara, isso era certo. E ela se assustara com o telefone tocando no meio da noite.

Aí ele lhe disse que a amava. Ela não entendeu o que ele estava querendo dizer com isso, pelo menos não de início. Quando entendeu do que se tratava, também percebeu que ele estava embriagado. Wallander desculpou-se por tê-la incomodado, foi direto para a cozinha e tirou meia garrafa de vodca da geladeira. Embora ainda estivesse meio enjoado, forçou-se a engolir a bebida.

Acordou ao amanhecer no sofá da sala. Estava com uma ressaca do tamanho de um bonde. O maior arrependimento era ter ligado para Baiba Liepa.

Gemeu só de lembrar; saiu tropeçando para o quarto e afundou na cama. Depois obrigou-se a esvaziar a mente. A tarde já ia avançada quando levantou para fazer café. Sentou-se na frente da televisão e viu um programa atrás do outro. Não se preocupou em ligar para o pai nem tentou entrar em contato com a filha. Lá pelas sete horas, esquentou um peixe gratinado. Era tudo o que tinha no freezer. Depois voltou para a frente da televisão. Tentou não pensar no telefonema da noite anterior.

Às onze, tomou um comprimido para dormir e puxou as cobertas.

Tudo estará melhor amanhã, pensou. Vou ligar e explicar tudo para ela. Ou talvez escreva uma carta. Algo assim.

A segunda-feira, 4 de maio, acabou sendo muito diferente do que Wallander imaginara.

Tudo dava a impressão de estar acontecendo ao mesmo tempo.

Tinha acabado de chegar ao distrito, pouco depois das sete e meia, quando o telefone tocou. Era Lovén, ligando de Estocolmo.

— Tem uns boatos circulando pela cidade. Boatos de um africano jurado. Que pode ser identificado sobretudo por uma atadura na mão esquerda.

Wallander levou coisa de um segundo para atinar com o significado da palavra jurado.

— Merda.

— Tinha certeza de que você diria isso. Se souber a hora em que vai chegar, posso mandar um carro ir apanhá-lo.

— Ainda não sei. Mas só vou poder ir à tarde. Björk, não sei se você se lembra dele, está com uma crise hepática. Tenho de resolver as coisas aqui no distrito, antes. Mas ligo assim que souber.

— Estaremos esperando.

Mal o inspetor desligou, o telefone tocou de novo. Ao mesmo tempo, Martinson irrompeu na sala sacudindo uma folha de papel todo animado. Wallander apontou para uma cadeira e atendeu.

Era o patologista de Malmö, o doutor Högberg, com os resultados da autópsia preliminar no corpo de Louise

Åkerblom. Wallander já tivera ocasião de trabalhar com ele e sabia que era um legista meticuloso. Puxou o bloco de notas mais para perto e gesticulou para que Martinson lhe passasse uma caneta.

— Não há o menor sinal de que tenha sido estuprada — começou o doutor Högberg. — A menos que o estuprador tenha usado camisinha e que tudo tenha transcorrido de modo pacífico. O corpo também não apresenta nenhum sinal de ferimento que sugira ter havido algum outro tipo de violência. Apenas alguns raspões que ela pode perfeitamente ter sofrido no poço. Não encontrei nenhum sinal de que tenha sido algemada pelos pulsos ou tornozelos. Tudo o que aconteceu a ela é que foi baleada.

— Preciso da bala o quanto antes.

— Vai recebê-la ainda hoje. Mas o relatório completo ainda deve demorar uns dias, claro.

— Muito obrigado por tudo, por enquanto.

Desligou e virou-se para Martinson.

— Louise Åkerblom não foi estuprada. Podemos excluir todo e qualquer motivo sexual.

— Quer dizer que então agora sabemos ao certo. Além disso, também sabemos que o dedo negro é o dedo indicador da mão esquerda de um homem negro. Um homem de provavelmente uns trinta anos. Está tudo aqui no fax que acabou de chegar de Estocolmo. Como será que eles fazem, para ser tão exatos assim?

— Não faço idéia. Mas, quanto mais soubermos, melhor. Se o Svedberg já tiver chegado, acho melhor fazermos uma reunião agora mesmo. Vou para Estocolmo esta tarde. Também prometi falar com a imprensa às duas horas. O que significa que você e Svedberg terão de cuidar disso. Se acontecer mais alguma coisa importante, liguem para mim em Estocolmo.

— O Svedberg vai ficar felicíssimo com isso. Tem certeza que não pode ir um pouco mais tarde?

— Certeza absoluta — disse Wallander, pondo-se de pé.

— Eu soube que nossos colegas de Malmö levaram

Morell para depor — falou Martinson, quando já estavam no corredor.

Wallander olhou-o sem compreender.

— Quem?

— Morell. Aquele interceptador de Malmö. O cara das bombas d'água.

— Ah, ele — disse o inspetor, distraído. — Está falando dele.

Foi até a recepção e pediu a Ebba que fizesse uma reserva de vôo para as três da tarde, com destino a Estocolmo. Também pediu que reservasse um quarto no hotel Central, na Vasagatan, que não era muito caro. Voltou para sua sala e pegou o fone, com intenção de ligar para o pai. Mas pensou melhor sobre o assunto. Não queria correr o risco de ficar de mau humor. Precisaria de todo seu poder de concentração dali em diante. Depois teve uma idéia brilhante. Pediria a Martinson que ligasse para ele no meio da tarde, para lhe mandar lembranças e avisar que Wallander fora obrigado a viajar para Estocolmo de última hora. Quem sabe isso pudesse convencer o velho de que ele estava até o pescoço de coisas importantes para resolver.

Às cinco para as quatro da tarde Wallander pousou em Arlanda, onde garoava de leve. Atravessou o hangar do terminal e viu Lovén esperando do outro lado da porta de vaivém.

O inspetor deu-se conta de que estava com dor de cabeça. O dia fora intenso. Passara quase duas horas com o promotor. Per Åkeson fizera um monte de perguntas e várias observações críticas. Era difícil explicar a um promotor que a polícia de vez em quando é obrigada a se fiar nos instintos, quando há necessidade de estabelecer prioridades. Åkeson criticara os relatórios recebidos até o momento. Wallander defendera-se e até o final da reunião a atmosfera já estava um tanto tensa entre eles. Antes de

Peters levá-lo até o aeroporto de Sturup, passara pelo apartamento e jogara algumas roupas numa maleta. Só então conseguira falar com a filha por telefone. Pelo visto ela tinha ficado contente com a possibilidade de ver o pai. Combinaram que ele ligaria para ela à noite, independentemente da hora.

Só quando já estava em sua poltrona e o avião pronto para decolar é que reparara na fome. O sanduíche da SAS seria o primeiro alimento que ia pôr na boca nessa segunda-feira.

Enquanto se dirigiam para o distrito policial em Kungsholmen, Wallander foi inteirado de como andava a caça ao assassino do policial Tengblad. Não levou muito tempo para perceber que Lovén e os colegas não tinham pista nenhuma e que a busca estava marcada pela frustração. Lovén também teve tempo de lhe fazer um resumo do que acontecera na discoteca, de como o incidente com gás lacrimogêneo ocorrera. Tudo parecia apontar para uma brincadeira de péssimo gosto ou para um ato de vingança. Também nesse caso não havia nenhuma pista definitiva. No fim, Wallander perguntou a respeito do africano jurado de morte. Para ele, isso era uma coisa nova e assustadora. Algo que só muito recentemente entrara na composição dos delitos ocorridos em território sueco, e assim mesmo somente nas três maiores cidades do país. Mas não alimentava ilusões. Muito em breve, estaria acontecendo em sua cidade também. Gente contratando um assassino profissional para matar gente. Pagando alguém para matar alguém. Era tudo um negócio. Parecia a Wallander que essa era a prova que faltava de que a brutalização da sociedade chegara a níveis incompreensíveis.

— O pessoal está em campo, tentando descobrir o que houve de fato — falou Lovén, enquanto passavam diante do cemitério Norte, a caminho de Estocolmo. — Talvez a gente consiga descobrir alguma coisa com as balas.

Wallander bateu no bolso do paletó. Tinha levado a bala que matara Louise Åkerblom.

Entraram na garagem subterrânea do prédio e subiram de elevador até o QG da polícia sueca, onde a caçada ao assassino de Tengblad estava sendo organizada.

Ao entrar na sala, Wallander ficou espantado com o número de policiais presentes. Havia uns quinze ou mais olhando fixo para ele — tudo muito diferente de Ystad.

Lovén o apresentou a todos, e Wallander tomou o coro de resmungos por um cumprimento. Um homem baixinho, careca, na casa dos cinqüenta anos, apresentou-se como sendo Stenberg, o oficial encarregado da investigação.

De repente Wallander sentiu-se nervoso e mal preparado. Também estava um tanto preocupado que não fossem entender seu dialeto sulino. Mesmo assim, sentou-se e fez um relato de tudo o que acontecera. Teve de responder a várias perguntas e ficou muito claro que estava lidando ali com investigadores experientes, com gente que chegava rapidinho ao centro nevrálgico de uma investigação, que localizava os pontos fracos e formulava as perguntas corretas.

A reunião arrastou-se por mais de duas horas. No fim, quando estavam todos obviamente esgotados, Wallander tendo inclusive sido obrigado a pedir umas aspirinas, Stenberg fez um resumo.

— Precisamos de uma resposta rápida em relação à munição usada. Se pudermos estabelecer um elo de ligação entre as armas, bom, aí então ao menos teremos dado um jeito de enlamear ainda mais as águas.

Um ou dois policiais conseguiram esboçar um sorriso, mas a maioria continuou fitando o vazio.

Eram quase oito da noite quando Wallander saiu do distrito policial de Kungsholmen. Lovén deixou-o na porta do hotel, na Vasagatan.

— Precisa de alguma coisa? — perguntou, ao parar o carro.

— Minha filha mora aqui em Estocolmo. Por falar nisso, qual é o nome daquela discoteca onde jogaram gás lacrimogêneo?

— Aurora. Mas não creio que seja o melhor lugar para você.

— Tenho certeza de que não.

Lovén sacudiu a cabeça e partiu. Wallander pegou sua chave e resistiu à tentação de procurar um bar nas vizinhanças do hotel. A lembrança do sábado à noite em Ystad ainda continuava bem viva. Subiu de elevador até o quarto, tomou um banho e trocou de camisa. Depois de um cochilo, procurou o endereço do Aurora na lista. Saiu do hotel às quinze para as nove. Antes, hesitou um pouco, sem saber se devia ligar para a filha ou não. No fim, decidiu esperar. Não iria demorar muito tempo no Aurora. Além disso, Linda era ave noturna. Andou até a estação central, achou um táxi e deu ao motorista o endereço no bairro de Söder. Enquanto rodavam, Wallander espiava pensativo as luzes da cidade. Em algum lugar, no meio de tudo aquilo, estava sua filha Linda, e, num outro, sua irmã Kristina. Escondido entre todas aquelas casas e pessoas havia também, presumivelmente, um africano sem o dedo indicador da mão esquerda.

De repente o inspetor sentiu-se inquieto. Era como se esperasse alguma coisa a qualquer momento. Alguma coisa com a qual era melhor começar a se preocupar desde já.

O rosto sorridente de Louise Åkerblom lhe passou pela cabeça.

O que foi que ela viu? Será que percebeu que iria morrer?

Uma escada levava do nível da calçada até uma porta de ferro pintada de preto. Acima dela havia uma placa imunda de néon vermelho. Várias letras já tinham caído. Wallander começou a se perguntar por que decidira dar uma espiada num lugar onde alguém jogara umas bombas de gás lacrimogêneo alguns dias antes. Mas tateava numa escuridão tão completa que não podia se dar ao luxo de não aproveitar a mais insignificante das oportunidades de encontrar um negro com um dedo decepado. Desceu os degraus, abriu a porta e entrou numa sala escura onde teve muita dificuldade de enxergar qualquer coisa a princípio. Mal dava para ouvir a música que saía do alto-falante pendurado no teto. Estava tudo enfumaçado, e chegou inclusive a pensar que fosse o único freguês da casa. Aos poucos foi divisando sombras num canto, com o branco dos olhos luzindo, e um balcão ligeiramente mais iluminado que o restante. Assim que se acostumou à penumbra, foi até o bar e pediu uma cerveja. O barman tinha a cabeça raspada.

— A gente se vira sozinho, muito obrigado.

Wallander não entendeu.

— Podemos providenciar toda a segurança necessária nós mesmos — o sujeito completou.

— Como sabe que eu sou da polícia? — Mas arrependeu-se da pergunta antes mesmo de ter terminado a frase.

— Segredo do ramo.

Wallander percebeu que estava começando a se irritar. A arrogância e empáfia do sujeito o deixaram bravo.

— Tenho algumas perguntas. Já que sabe que sou da polícia, não preciso mostrar minha identidade.

— Só que eu não costumo responder a muitas.

— Mas dessa vez você vai. E ai de você se não.

O homem fitou Wallander com um olhar espantado.

— Talvez eu responda.

— Vocês têm um bocado de africanos por aqui.

— Eles adoram isto aqui.

— Estou procurando por um cara negro de uns trinta anos com algo muito especial.

— Por exemplo?

— Um dedo faltando. Na mão esquerda.

Wallander não esperava essa reação. O careca caiu na gargalhada.

— O que tem minha pergunta de tão engraçada?
— Você é o segundo.
— O segundo?
— Que pergunta. Ontem à noite também veio um cara aqui me perguntar se eu tinha visto um africano com a mão machucada.
Wallander pensou uns instantes antes de prosseguir.
— E o que você disse a ele?
— Que não.
— Que não?
— Que não, que eu não tinha visto ninguém com um dedo faltando.
— Tem certeza?
— Certeza.
— Quem foi que perguntou?
— Nunca vi mais gordo — disse o barman, enxugando um copo.
Wallander desconfiou que estivesse mentindo.
— Vou perguntar mais uma vez. Mas só mais uma vez.
— Não tenho mais nada a dizer.
— Quem foi que veio aqui fazer essas perguntas?
— Como eu falei, não faço idéia.
— Ele falava sueco?
— Mais ou menos.
— Como assim?
— Ele não falava como você ou eu.
Agora estamos chegando a algum lugar, pensou Wallander. Não posso deixar esse cara me enrolar.
— Que aparência tinha?
— Não me lembro.
— Você vai se meter numa bruta confusão se não me responder direito.
— Ele parecia um cara comum. Paletó preto. Cabelo loiro.
De repente o inspetor teve a impressão de que o barman estava assustado.

— Ninguém está escutando nossa conversa. Prometo que não conto a mais ninguém o que você me disser.

— O nome do cara pode ser que seja Konovalenko. A cerveja é por conta da casa se você der o fora agora.

— Konovalenko? Tem certeza?

— E como é que se pode ter certeza de alguma coisa neste mundo?

Wallander foi embora e conseguiu um táxi imediatamente. Afundou-se no banco traseiro e deu o nome do hotel.

No quarto, estendeu a mão e pegou o telefone. Estava prestes a ligar para a filha mas desistiu. Ligaria para ela pela manhã.

Continuou acordado ainda um bom tempo, estendido na cama.

Konovalenko, pensou. Um nome. Será que isso o poria na pista certa?

Pensou em tudo o que acontecera desde o dia em que Robert Åkerblom aparecera em sua sala.

Já começava a amanhecer quando finalmente pegou no sono.

16

Ao chegar à delegacia, na manhã seguinte, Wallander ficou sabendo que Lovén estava reunido com a equipe encarregada do homicídio de Tengblad. Achou melhor pegar um café, ir para a sala do inspetor e ligar para Ystad. Depois de uns instantes, Martinson atendeu.

— Alguma novidade?

— Estou me concentrando num cara que pode ser russo e cujo nome talvez seja Konovalenko.

— Espero de coração que você não tenha encontrado outro alemão do Báltico.

— Não sabemos nem sequer se o nome dele é Konovalenko mesmo. Nem se ele é russo. Pode muito bem ser sueco.

— Mas e aquela história do Alfred Hanson? Ele disse que o homem que alugou a casa falava com sotaque.

— Justamente. Mas desconfio de que não sejam a mesma pessoa.

— E por quê?

— É só um palpite. Essa investigação toda está cheia de palpites. E não gosto nem um pouco disso. Além do mais, Hanson disse que o cara que alugou a casa era gordo, muito gordo. E isso não se encaixa com o sujeito que baleou Tengblad. Quer dizer, supondo-se que sejam a mesma pessoa.

— E onde é que entra nessa história o africano que perdeu o dedo?

Wallander lhe fez um breve relato da visita ao Aurora, na noite anterior.

— Talvez você tenha encontrado uma pista. Vai continuar em Estocolmo?

— Vou. Tenho que ficar. Pelo menos mais um dia. E por aí, tudo tranqüilo?

— Robert Åkerblom mandou perguntar, pelo pastor Tureson, se pode enterrar a esposa.

— Não há nada que o impeça, há?

— O Björk mandou falar com você.

— Bom, agora já falou. Como está o tempo?

— Do jeito como deveria estar.

— O que significa isso?

— Estamos na primavera. O tempo muda toda hora. Mas não posso dizer que a gente esteja tendo uma onda de calor.

— Será que daria para você ligar para o meu pai e avisar que ainda estou em Estocolmo?

— Da última vez ele me convidou para ir visitá-lo. Mas não tive tempo.

— Dá para ligar?

— Agora mesmo.

Wallander desligou e em seguida telefonou para a filha. Percebeu que ela estava meio dormindo quando atendeu.

— Você ficou de ligar ontem à noite.

— Precisei trabalhar até tarde.

— Estou com tempo livre agora pela manhã.

— Receio que não vai ser possível. Tenho uma porção de coisas para fazer nas próximas horas.

— Talvez você não esteja com vontade de me ver.

— Você sabe que isso não é verdade. A gente se fala mais tarde.

Quando Lovén entrou na sala, Wallander desligou de imediato. Sabia que tinha magoado a filha. Por que não queria que o outro percebesse que estava falando com Linda? Nem ele sabia responder.

— Você está um bagaço — falou o colega. — Não dormiu bem essa noite?

— Talvez eu tenha dormido demais. — A resposta foi evasiva. — Isso às vezes é tão ruim quanto dormir de menos. Como vão as coisas?

— Sem novidades. Mas a gente chega lá.

— Tenho uma pergunta a fazer. — Wallander tomara a decisão de por enquanto não tocar no assunto da visita feita ao Aurora. — Eles receberam uma informação anônima em Ystad de que talvez um russo cujo nome pode ser Konovalenko esteja envolvido no assassinato do policial.

Lovén franziu o cenho.

— Algo que possamos levar a sério?

— Pode ser. O informante parecia saber sobre o que estava falando.

Lovén pensou uns momentos antes de responder.

— A verdade é que estamos tendo muitos problemas com certos elementos de origem russa que emigraram para cá. E sabemos também que essas encrencas só vão piorar nos próximos anos. Justamente por isso estamos de olho neles.

Revirou então algumas pastas guardadas numa estante até encontrar o que estava procurando.

— Temos um cara chamado Rykoff aqui na cidade. Vladimir Rykoff. Morando em Hallunda. Se existe alguém chamado Konovalenko na cidade, com certeza ele sabe.

— Por quê?

— Consta que é tremendamente bem informado e que sabe tudo o que se passa num certo círculo de imigrantes. Podíamos ir até lá dar um alô.

Lovén entregou a pasta a Wallander.

— Dê uma lida nisso. É muito interessante.

— Posso ir sozinho até lá. Não precisamos ir os dois.

Lovén encolheu os ombros.

— Por mim tudo bem. O fato é que estamos com um monte de pistas para examinar sobre a morte do Tengblad, mas ainda não conseguimos fazer nenhum avanço. Por falar nisso, a perícia acha que aquela sua mulher foi baleada pela mesma arma que matou nosso colega. Claro que eles não têm certeza absoluta ainda. Mas provavelmente foi a mesma arma. O que não sabemos é se estava sendo empunhada pela mesma pessoa.

* * *

Era quase uma hora da tarde quando Wallander chegou a Hallunda. Tinha parado para almoçar e aproveitado para ler o material que Lovén lhe fornecera sobre Vladimir Rykoff. Ao chegar finalmente ao local e descobrir o prédio, parou uns momentos e ficou observando o ambiente. O que mais lhe chamou a atenção foi o fato de pouquíssimas pessoas falarem sueco na área.

Eis o futuro, pensou. Um menino que esteja crescendo por aqui e que talvez um dia se torne policial terá experiências muito diferentes das minhas.

Entrou no saguão do prédio e encontrou o número do apartamento de Rykoff. Em seguida tomou o elevador.

Uma mulher abriu a porta. Wallander percebeu de imediato que estava de sobreaviso, apesar de ele ainda nem ter explicado que era policial. Mostrou-lhe sua identificação.

— Rykoff — disse o inspetor. — Tenho umas perguntinhas para fazer a ele.

— Sobre o quê?

Ela era estrangeira. Provavelmente nascida num dos países do bloco oriental.

— Isso é entre nós.

— Ele é meu marido.

— Ele está em casa?

— Vou chamá-lo.

Depois que a mulher desapareceu por uma porta — que ele presumia ser a de um quarto —, deu uma olhada em volta. A mobília era cara. Mas parecia que tudo ali era temporário. Como se os moradores estivessem sempre prontos para fazer as malas e partir.

A porta se abriu, e Vladimir Rykoff entrou na sala. Apareceu com um roupão que não custara barato, isso dava para ver. E o cabelo despenteado. O inspetor deduziu que o acordara.

Teve a nítida sensação de que também ele estava de sobreaviso.

De repente deu-se conta de estar chegando perto de alguma coisa. Havia algo prestes a levar adiante a investigação iniciada quase duas semanas antes, exatamente na hora em que Robert Åkerblom entrou em sua sala para registrar o desaparecimento da esposa. Uma investigação que até o momento ameaçava atolar mais e mais num labirinto de pistas confusas que se cruzavam sem fornecer um contexto coerente que se pudesse desembaraçar.

Já sentira coisa parecida em investigações anteriores. A impressão de estar à beira de um avanço significativo. Em geral acabava sendo verdade.

— Peço desculpas pelo incômodo — começou —, mas tenho algumas perguntas a lhe fazer.

— Sobre o quê?

Rykoff ainda não o convidara a sentar. O tom foi ríspido e desdenhoso. Wallander decidiu pegar o touro a unha. Sentou-se e fez um gesto para que Rykoff e a mulher o imitassem.

— De acordo com as informações, o senhor chegou ao país como refugiado iraniano. Recebeu cidadania sueca nos anos 70. O nome Vladimir Rykoff não me parece muito iraniano.

— Meu nome é problema meu.

Os olhos de Wallander estavam pregados no rosto de Rykoff.

— Claro, claro. Mas em alguns casos os motivos para a concessão de cidadania sueca podem ser revistos. Por exemplo quando há razão para acreditar que foi dada com base em informações falsas.

— O senhor está me ameaçando?

— De jeito nenhum. Qual é sua profissão?

— Dirijo uma agência de viagens.

— Chamada?

— Agência de Viagens Rykoff.

— Para que países organiza viagens?

— Varia.

— Pode me dar alguns exemplos?

— Polônia.

— Outro.

— Checoslováquia.

— Continue.

— Que diabos! Aonde está querendo chegar?

— Sua agência de viagens está registrada na prefeitura como sendo uma pequena empresa. Mas, segundo o pessoal da receita, o senhor não declarou imposto de renda nos últimos dois anos. Como naturalmente presumo que não esteja tentando sonegar, tenho de concluir que seu negócio não tem operado.

Rykoff o olhava aturdido.

— Estamos vivendo dos lucros que tivemos em anos anteriores, que foram muito bons — disse a mulher de repente. — Não há lei que nos obrigue a continuar trabalhando ano após ano.

— Claro — concordou Wallander. — Se bem que a maioria das pessoas o faça.

A mulher acendeu um cigarro. Wallander viu que estava nervosa. O marido a olhou com expressão de censura no rosto. Num gesto deliberado, ela se levantou e abriu uma janela. Estava emperrada, e Wallander já ia ajudá-la quando a madeira cedeu.

— Tenho um advogado que cuida de tudo o que se refere à agência de viagens — falou Rykoff, que começava a dar mostras de estar ficando agitado. Wallander se perguntava se seria por raiva ou medo.

— Vamos ser francos — disse o inspetor. — O senhor tem tantas raízes no Irã quanto eu. O senhor é russo. Provavelmente seria impossível retirar sua cidadania sueca. De todo modo, não é esse o motivo que me traz aqui. Mas o senhor é russo, quanto a isso não resta dúvida. E sabe o que anda se passando na comunidade russa imigrante. Inclusive sobre o que se passa com os conterrâneos que se encontram do lado errado da lei. Alguns dias atrás, um policial foi baleado e morto aqui em Estocolmo. Essa é a coisa mais imbecil que um cara pode fazer. Nós ficamos muito irritados quando isso acontece. Se é que me entende.

Rykoff parecia ter recobrado a compostura. Sua mulher, no entanto, continuava inquieta, dava para perceber, embora tentasse esconder o fato. Não tirava os olhos da parede atrás dele.

Antes de se sentar, Wallander reparara que havia um relógio nessa parede.

Alguma coisa está para acontecer, pensou. E eles não me querem aqui quando acontecer.

— Estou procurando um homem chamado Konovalenko. — Wallander parecia a imagem da calma. — Conhece alguém com esse nome?

— Não — disse Rykoff. — Não que eu me lembre.

Nesse instante, três coisas ficaram muito claras. Primeiro, Konovalenko existia. Segundo, Rykoff sabia perfeitamente quem ele era. Terceiro, não estava nem um pouco satisfeito com as perguntas.

Rykoff negou tudo. Mas Wallander dera umas olhadas para a mulher, enquanto fazia o questionário, sem dar na vista. O rosto dela, o súbito tremelique no olho, lhe forneceram a resposta que buscava.

— Tem certeza absoluta? Eu achava que Konovalenko era um nome muito comum.

— Não conheço ninguém com esse nome.

Depois Rykoff virou-se para a mulher.

— Não conhecemos ninguém com esse nome, não é mesmo?

Ela fez que não com a cabeça.

Conhecem sim, pensou Wallander. Vocês conhecem muito bem quem é esse Konovalenko. E nós vamos chegar até ele por meio de vocês.

— É uma pena.

Rykoff olhou-o surpreso.

— Era tudo o que o senhor queria saber?

— Por enquanto. Mas não tenha a menor dúvida de que voltará a ser procurado por nós. Não vamos desistir enquanto não pegarmos quem quer que seja que baleou nosso colega.

— Não sei nada a respeito desse assunto. Só acho o que todos acham, claro: que é muito triste quando um policial jovem morre no cumprimento do dever.

— Claro. — Wallander pôs-se de pé. — Só mais uma perguntinha. Talvez o senhor tenha lido nos jornais a respeito de uma mulher que foi assassinada no sul da Suécia, faz algumas semanas? Ou talvez tenha visto alguma coisa a respeito na televisão. Nós achamos que Konovalenko está envolvido nesse homicídio também.

Dessa vez foi Wallander quem reagiu com um enrijecimento do corpo.

Acabara de notar alguma coisa em Rykoff que até então passara despercebida.

E aí entendeu o que era. O homem não tinha expressão alguma no rosto.

Essa era a pergunta que ele estava esperando, pensou o inspetor, com o coração acelerado. Começou então a andar pela sala, para esconder a reação.

— Importa-se se eu der uma olhada no apartamento?

— Esteja à vontade. Tania, abra todas as portas para nossa visita.

Wallander deu uma espiada em todos os aposentos. Mas sua atenção estava voltada para as reações de Rykoff.

Lovén nem fazia idéia do quão acertado fora seu palpite, pensou ele. Nós temos uma boa pista neste apartamento de Hallunda.

Surpreendeu-se com a calma que o invadira. Devia ter saído do apartamento imediatamente, ligado para Lovén e pedido uma busca oficial. Rykoff seria submetido a interrogatório e a polícia não teria dado folga até ele ter admitido a existência de Konovalenko e, preferivelmente, revelado seu paradeiro.

Foi ao olhar no quarto menor, presumivelmente destinado a hóspedes, que alguma coisa lhe chamou a atenção, embora não conseguisse dizer o quê. Não havia nada de estranho no quarto. Uma cama, uma escrivaninha, uma poltrona estilo Windsor e cortinas azuis. Alguns bibelôs e livros enchiam uma estante na parede. Wallander tentou entender o que exatamente lhe chamara a atenção, sem que tivesse visto o que era. Decorou todos os detalhes, depois deu meia-volta.

— Agora vou deixá-los sossegados.

— Não temos nada a esconder da polícia — disse Rykoff.

— Então não têm nada a temer — respondeu o inspetor.

Voltou para o centro da cidade.

Agora nós damos o bote, pensou. Eu conto a Lovén e aos rapazes essa história incrível e nós fazemos Rykoff ou a esposa dizerem tudo o que sabem.

Agora nós os pegamos, pensou. Agora nós os pegamos.

Foi por um triz que Konovalenko não perdeu o sinal de Tania. Ao estacionar na frente do prédio, dera uma olhada para cima, como de hábito. Tinham combinado que Tania deixaria a janela aberta caso houvesse algum perigo para ele, por uma razão ou outra. A janela estava fechada. Quando ia em direção ao elevador, lembrou-se de que esquecera uma sacola com duas garrafas de vodca no carro. Voltou para pegá-las e, por puro hábito, olhou de novo lá para cima. Dessa vez, a janela estava aberta. Voltou para o carro, sentou-se ao volante e ficou esperando.

Quando Wallander apareceu na porta, percebeu imediatamente que era ele o motivo do aviso.

Tania confirmou suas suspeitas logo depois. O homem chamava-se Wallander e era inspetor da polícia. Também reparara, pela identificação mostrada, que trabalhava em Ystad.

— O que ele queria? — perguntou Konovalenko.

— Queria saber se eu conhecia alguém chamado Konovalenko — respondeu Rykoff.

— Ótimo.

Tanto Tania quanto Rykoff olharam-no sem entender.

— Claro que é ótimo. Quem poderia ter dito meu nome a eles? Se não foram vocês? Só existe uma possibilidade: Victor Mabasha. Nós podemos pegar Mabasha por intermédio da polícia.

Depois pediu a Tania que pegasse copos. Todos beberam vodca.

Sem dizer palavra, Konovalenko brindou o policial de Ystad. De repente, sentia-se muito satisfeito consigo mesmo.

Wallander voltou direto para o hotel, depois da ida a Hallunda. A primeira coisa que fez foi ligar para a filha.

— Que tal se a gente se encontrasse?

— Agora? Pensei que você estivesse trabalhando.

— Tenho algumas horas de folga. Se você tiver um tempo livre, a gente podia se ver.

— Onde quer se encontrar? Você não conhece nada em Estocolmo.

— Eu sei onde fica a estação central.

— Então por que a gente não se encontra lá? No meio do saguão? Daqui a quarenta e cinco minutos?

— Acho ótimo.

Desligaram. Wallander desceu e aproximou-se do balcão da recepção.

— Eu não estou para ninguém. Seja quem for que venha me procurar, ou que me telefone, o recado é o mesmo. Não estou para ninguém. Tenho um negócio importante para resolver e não posso ser contatado.

— Até quando? — perguntou o recepcionista.

— Até aviso em contrário.

Saiu do hotel, atravessou a avenida e foi a pé até a estação central. Quando Linda entrou no grande saguão, quase não a reconheceu. Tinha tingido e cortado o cabelo. Também estava muito maquiada. Vestia macacão preto e capa de chuva de um vermelho berrante. Botas de salto muito alto. Wallander viu vários homens virarem a cabeça para olhar para ela e de repente sentiu-se ao mesmo tempo com raiva e constrangido. Era sua filha. Mas a mulher que lhe surgiu pela frente era uma jovem cheia de confiança em si mesma. Nem sinal da timidez tão característica dos velhos tempos. Ele lhe deu um abraço, mas sentiu que alguma coisa ali não estava totalmente certa.

Linda se disse faminta. Começara a chover e correram até um café na Vasagatan, na frente do correio central.

Wallander ficou olhando enquanto a filha comia. Sacudiu a cabeça quando lhe perguntou se queria um pedaço.

— A mamãe esteve aqui na semana passada — disse entre uma mordida e outra. — Queria me mostrar o novo namorado. Você o conhece?

— Não falo com sua mãe faz mais de seis meses.

— Não sei se gostei muito do sujeito. Na verdade, fiquei com a impressão de que ele estava mais interessado em mim do que na mamãe.

— É mesmo?

— Ele importa peças de máquinas da França. Mas só falou em golfe, o tempo todo. Sabia que a mamãe agora joga golfe?

— Não. — Wallander estava surpreso. — Não sabia não.

Ela o olhou atentamente por alguns momentos, antes de prosseguir.

— Não acho certo você não saber o que ela anda fazendo. Quer dizer, ela é a mulher mais importante da sua vida, até o momento. Ela sabe tudo de você. Sabe daquela mulher na Letônia, por exemplo.

Wallander estava espantado. Nunca mencionara Baiba Liepa à ex-mulher.

— E como é que ela sabe disso?

— Alguém deve ter contado.

— Quem?

— E isso importa?

— Só estou curioso.

De repente, Linda mudou de assunto.

— O que veio fazer aqui em Estocolmo? Não pode ter sido só para me ver.

O inspetor contou então o que vinha fazendo. Retomou todos os acontecimentos das duas últimas semanas, até chegar ao dia em que o pai anunciara que iria se casar e que Robert Åkerblom aparecera na delegacia para registrar o sumiço da mulher. Linda ouvia com toda a atenção e, pela primeira vez, teve a impressão de que era adulta. Que sem a menor sombra de dúvida era uma pessoa muito mais experiente que ele em certos terrenos.

— Tenho sentido falta de ter com quem conversar — disse ao fim do relato. — Se ao menos Rydberg ainda estivesse vivo. Lembra-se dele?

— Era aquele que estava sempre com uma cara superinfeliz?

— Esse mesmo. Ou de alguém muito severo.

— Lembro, claro. Sempre torci para que você não ficasse como ele.

Agora era a vez de Wallander mudar de assunto.

— O que você sabe sobre a África do Sul?

— Pouca coisa. Além de saber que lá os negros são tratados como escravos. E eu sou contra isso, claro. Recebemos a visita de uma negra sul-africana, na faculdade. Foi quase impossível acreditar nas coisas que ela contou.

— De todo modo você sabe bem mais do que eu. Quando estive na Letônia, no ano passado, muitas vezes me peguei pensando como é que consegui passar dos quarenta anos sem ter a menor noção do que estava acontecendo no mundo.

— O problema é que você não se mantém a par das coisas. Lembro-me de quando eu tinha doze, treze anos e tentava lhe fazer perguntas. Nem você nem a mamãe tinham a menor idéia do que estava acontecendo no mundo. Tudo em que vocês estavam interessados era na casa, nos canteiros de flor e no trabalho. Nada mais. Foi por isso que vocês se divorciaram?

— Você acha?

— Vocês transformaram a vida numa questão de bulbos de tulipa e torneiras novas no banheiro. Era só sobre isso que vocês conversavam, isso quando conversavam.

— O que tem de errado em se conversar a respeito de flores?

— Os canteiros cresceram tanto que vocês não conseguiram mais enxergar o que estava acontecendo do outro lado.

Wallander decidiu pôr um ponto final na conversa.

— Quanto tempo mais você tem?

— Uma hora, no mínimo.

— Não dá para nada. Que tal se a gente voltasse a se ver hoje à noite, o que você acha?

Saíram do café quando a chuva parou.

— Não é meio difícil andar em cima desses saltos?

— Claro que é. Mas você acaba se acostumando. Quer tentar?

Wallander estava contente com o simples fato de Linda existir. Alguma coisa dentro dele relaxou. Ficou observando a filha andar até o metrô, acenando para ele.

Nesse exato momento, atinou com o que, exatamente, tinha visto no apartamento de Hallunda, um pouco mais cedo. O que lhe chamara a atenção, embora não soubesse dizer por quê.

Agora sabia.

Havia uma prateleira suspensa na parede e nela havia um cinzeiro. Já tinha visto um cinzeiro como aquele antes, em algum lugar. Podia ser pura coincidência. Mas ele achava que não.

Lembrava-se do jantar no hotel Continental de Ystad. Ele sentara primeiro na ala do bar. Na mesa ao lado da sua havia um cinzeiro de vidro. Exatamente igual ao que tinha visto no quarto de hóspedes de Tania e Vladimir.

Konovalenko, pensou ele.

Em algum momento, nesses últimos tempos, ele deve ter estado no hotel Continental. Pode inclusive ter se sentado na mesma mesa em que eu estivera. Não resistiu à tentação de levar para casa um daqueles cinzeiros pesados de vidro. Uma falha humana, uma das mais corriqueiras. Jamais poderia ter imaginado que um detetive da polícia de Ystad algum dia iria examinar o quartinho do apartamento em Hallunda onde de vez em quando passava umas noites.

Wallander voltou para seu hotel pensando que talvez não fosse um policial tão incompetente assim. Não fora completamente superado pelos tempos, pelo menos por enquanto. Talvez ainda fosse capaz de solucionar o assassinato brutal e sem sentido de uma mulher que calhara de virar numa esquina errada, nos arredores de Krageholm.

Fez então um resumo de tudo apurado até o momento. Louise Åkerblom e Klas Tengblad tinham sido baleados pela mesma arma. Tengblad por um branco com sotaque estrangeiro. O africano que estivera pela região de Krageholm na mesma época do homicídio de Louise Åkerblom estava sendo procurado por alguém que também tinha sotaque estrangeiro e que provavelmente se chamava Konovalenko. Esse Konovalenko era conhecido de Rykoff, embora Rykoff negasse o fato. A se julgar pelo tamanho do sujeito, Rykoff poderia perfeitamente ser o cara que alugara a casa de Alfred Hanson. E no apartamento de Rykoff havia um cinzeiro que provava que alguém estivera em Ystad. Não era um material de primeira, verdade, e, se não fossem as balas, a ligação entre uma coisa e outra seria no mínimo bem tênue. Mas havia também um ou outro palpite, e o inspetor sabia que convinha prestar a atenção neles. Uma busca no apartamento de Rykoff poderia fornecer à polícia algumas respostas muito desejadas.

Nessa noite, jantou com Linda num restaurante perto do hotel.

A essa altura já se sentia mais seguro na presença da filha. Ao se deitar, pouco antes da uma, ocorreu-lhe que fora a noite mais agradável que passara nos últimos tempos.

* * *

Wallander chegou ao distrito policial de Kungsholmen pouco antes das oito na manhã seguinte. Uma platéia de policiais ouviu com espanto o que ele descobrira em Hallunda e as conclusões que tirara. Enquanto falava, era quase palpável o ceticismo que o cercava. Mas o desejo de pegar o sujeito que acabara com a vida de um colega era intenso, e o inspetor sentiu a mudança gradativa do estado de espírito geral. No fim, ninguém contestou suas conclusões.

As coisas progrediram rapidamente pela manhã. O prédio de apartamentos de Hallunda foi posto sob observação, enquanto se faziam os preparativos para a busca. Um promotor jovem e bem-intencionado não hesitou em aprovar os planos para a detenção dos suspeitos.

A batida foi marcada para as duas da tarde. Wallander manteve-se discretamente nos bastidores, enquanto Lovén e os colegas repassavam nos mínimos detalhes o que iria acontecer. Lá pelas dez horas, bem no meio da fase mais caótica dos preparativos, foi até a sala de Lovén e fez uma ligação para Björk, em Ystad. Explicou o que fora planejado para a tarde e como talvez a morte de Louise Åkerblom estivesse em vias de ser solucionada.

— Isso tudo está me parecendo um tanto improvável — comentou Björk.

— Vivemos num mundo improvável.

— Aconteça o que acontecer, você fez um bom trabalho. Vou comunicar ao nosso pessoal todo o que está havendo por aí.

— Mas sem chamar a imprensa. E não mencionem nada a Robert Åkerblom, pelo menos por enquanto.

— Claro que não. Quando acha que vai voltar?

— Assim que der. Como está o tempo?

— Uma beleza. Parece que a primavera está chegando. O Svedberg está espirrando feito louco, pelo visto já é alergia ao pólen. Isso em geral é sinal garantido de primavera, você sabe.

Wallander sentiu uma ligeira saudade de casa, ao desligar. Mas sua emoção com a iminente batida era ainda mais forte.

Às onze, Lovén convocou uma reunião com todos os que iriam participar da diligência policial. Informações vindas do pessoal que vigiava o prédio levavam a crer que tanto Vladimir quanto Tania continuavam no apartamento. Não fora possível determinar se havia mais alguém lá dentro.

Wallander ouviu atentamente o resumo de Lovén. Era óbvio que uma batida em Estocolmo era algo muito diferente de tudo aquilo com que estava acostumado. Além disso, operações desse porte eram praticamente desconhecidas em Ystad. Wallander lembrava-se de um único incidente, um ano antes, quando um sujeito entupido de narcóticos se enfurnara numa casa de campo em Sandskogen.

Antes da reunião, Lovén perguntara se Wallander queria participar da ação ativamente.

— Claro que sim. Se Konovalenko estiver lá dentro, o cara é meu, até certo ponto. Pelo menos a metade. Além do mais, estou louco de vontade de ver a cara do Rykoff.

Lovén encerrou a reunião às onze e meia.

— Na verdade nós não temos a menor idéia do que vamos ter de enfrentar — disse ele. — Provavelmente apenas duas pessoas que vão se curvar ao inevitável. Mas as coisas podem acabar tomando outro rumo.

Wallander almoçou na cantina do distrito, junto com Lovén.

— Alguma vez já se pegou perguntando onde foi que acabou amarrando seu burro? — indagou Lovén de repente.

— Penso nisso todo santo dia. Não é assim com a maioria dos policiais?

— Isso eu não sei. Só sei o que eu penso. E as coisas que me passam pela cabeça me deixam deprimido. Estamos à beira de perder o controle, por aqui. Não sei como são as coisas num distrito menor, como Ystad, mas ser bandido em Estocolmo deve ser uma vida muito agradável. Pelo menos no que diz respeito às probabilidades de ser apanhado.

— Nós ainda estamos no controle, eu suponho. Mas desconfio que as diferenças entre os diversos distritos estejam diminuindo a cada dia que passa. O que acontece aqui acontece em Ystad também.

— Tem muito policial que não vê a hora de ser transferido para as províncias. Acham que por lá tudo será muito mais fácil.

— Mas também tem muita gente louca para ser transferida para cá — argumentou Wallander. — Eles acham que a vida é muito sossegada no interior, numa cidadeca qualquer.

— Eu não conseguiria me mudar daqui.

— Nem eu de lá. Sou um policial de Ystad e ponto final.

A conversa morreu por aí. Depois, Lovén foi acertar os detalhes finais.

Wallander encontrou um cantinho sossegado, com um sofá onde se esticar. Ocorreu-lhe que não tivera uma boa noite de sono desde o momento em que Robert Åkerblom lhe aparecera pela frente.

Cochilou alguns minutos e acordou assustado.

Mas continuou deitado um pouco mais, pensando em Baiba Liepa.

A batida ao apartamento de Hallunda ocorreu exatamente às duas da tarde. Wallander, Lovén e três outros policiais subiram pela escada. Depois de tocar a campainha duas vezes, sem resposta, arrombaram a porta com um pé-de-cabra. Homens especialmente treinados, munidos com armas automáticas, esperavam nos bastidores. Todos os policiais na escada portavam pistolas, exceto Wallander. Lovén lhe perguntara se queria uma. Dissera que não. Ao mesmo tempo não o desagradava a idéia de estar usando colete à prova de balas, como os outros.

Invadiram o apartamento, espalharam-se e antes mesmo de começar estava tudo terminado.

Não tinha ninguém no apartamento. Só restara a mobília.

Os policiais se entreolharam sem entender. Em seguida Lovén pegou o walkie-talkie e se comunicou com o oficial encarregado da vigilância lá embaixo.

— O apartamento está vazio. Não haverá nenhuma detenção. Pode mandar a unidade especial voltar. E mande os caras da perícia entrarem.

— Eles devem ter ido embora ontem à noite — disse Wallander. — Ou de manhã bem cedinho.

— Nós vamos pegá-los — repetiu Lovén. — Daqui a meia hora haverá um aviso de busca espalhado pelo país inteiro.

Entregou um par de luvas plásticas a Wallander.

— Quem sabe você quer dar uma fuçada por aí.

Enquanto pelo celular Lovén trocava informações com o quartel-general da polícia em Kungsholmen, Wallander foi até o pequeno quarto de hóspedes. Calçou as luvas e pegou o cinzeiro da prateleira com todo o cuidado. Seus olhos não o tinham enganado. Era uma cópia exata do cinzeiro que tivera diante de si umas duas ou três noites antes, no dia em que enchera a cara de uísque. Entregou o cinzeiro a um técnico.

— Aqui com certeza deve ter alguma impressão digital. É bem possível que não exista nada em nossos arquivos. Mas a Interpol talvez tenha alguma coisa.

Observou o perito colocar o cinzeiro num saco plástico.

Depois foi até a janela e contemplou distraído os prédios vizinhos e o céu cinzento. Lembrava-se vagamente de que aquela fora a janela que Tania abrira no dia anterior, para deixar escapar a fumaça que irritava Vladimir. Sem conseguir se decidir se estava deprimido ou aborrecido com o fracasso da batida, foi até o quarto maior. Examinou os armários. Boa parte das roupas continuava ali. Por outro lado, não havia sinal de malas. Sentou-se na beira de uma das camas e abriu casualmente a gaveta da mesinha-de-cabeceira. Estava vazia, exceto por um carretel de linha e um maço de cigarros pela metade. Ele reparara que Tania fumava Gitanes.

Depois curvou-se e olhou embaixo da cama. Nada além de um par de chinelos empoeirados. Deu a volta e abriu a gaveta da outra mesinha-de-cabeceira. Estava vazia. Sobre o tampo, havia um cinzeiro cheio e meia barra de chocolate.

Wallander notou que as bitucas tinham filtro. Apanhou uma delas e viu que era um Camel.

De repente, ficou pensativo.

Repassou o que acontecera no dia anterior. Tania acendera um cigarro. No mesmo instante Vladimir manifestara irritação com a fumaça e ela abrira uma janela que estava emperrada.

Não é comum que fumantes se queixem da fumaça de outro fumante. Sobretudo porque a sala não estava enfumaçada. Seria possível que Tania fumasse várias marcas? Muito improvável. Portanto, Vladimir também fumava.

Imerso em reflexões, voltou para a sala. Abriu a mesma janela que Tania abrira no dia anterior. Continuava emperrando. Experimentou as outras janelas e a porta de vidro que dava para a sacada. Todas abriram sem problema.

Parou no meio da sala, de cenho franzido. Por que ela optara por abrir uma janela que emperrava? E por que essa janela era tão difícil de abrir?

De repente, entendeu. Só havia uma resposta possível.

Tania abrira a janela que emperrava porque havia uma necessidade premente para que aquela determinada janela fosse aberta. E ela emperrava porque era muito pouco usada.

Voltou até a janela. Ocorreu-lhe que, se alguém estivesse num carro no estacionamento, aquela era a janela mais visível de todas. A outra era pegada à sacada e portanto ficava meio escondida. A porta que dava para a sacada permanecia totalmente invisível para quem estivesse no estacionamento.

Reviu mentalmente toda a seqüência uma vez mais.

Tudo ficou muito claro. Tania parecia nervosa. Não tirava os olhos do relógio de parede, atrás dele. Depois abrira uma janela usada exclusivamente para avisar alguém no estacionamento de que não era o momento de subir.

Konovalenko, pensou. Ele estivera pertíssimo.

Numa brecha entre dois telefonemas, contou a Lovén suas conclusões.

— Talvez você esteja certo. A menos que fosse uma outra pessoa.

— Claro. A menos que fosse uma outra pessoa.

Voltaram para o distrito em Kungsholmen e deixaram os peritos trabalhando no apartamento. Mal tinham entrado na sala de Lovén quando o telefone tocou. Os peritos que haviam ficado em Hallunda tinham descoberto uma lata contendo o mesmo tipo de gás lacrimogêneo que fora usado na semana anterior, na discoteca.

— Está tudo começando a se encaixar — disse Lovén. — A menos que esteja tudo ficando mais confuso ainda. Não entendo o que eles tinham contra aquela discoteca em especial. De qualquer modo, o país todo está procurando por eles. E vamos providenciar para que haja bastante cobertura tanto na televisão quanto nos jornais.

— O que significa que posso voltar amanhã mesmo para Ystad. Quando vocês pegarem esse tal de Konovalenko, será que dá para emprestarem para nós por uns tempos?

— É sempre muito chato quando uma batida sai errado. Onde será que eles se meteram?

A pergunta ficou sem resposta. Wallander voltou para

o hotel e decidiu fazer mais uma visitinha ao Aurora, à noite. Agora já podia fazer algumas perguntas novas para o careca que servia no bar.

A impressão era a de que as coisas estavam progredindo.

17

O homem esperava pelo presidente De Klerk havia já um bom tempo.

Era quase meia-noite e estava ali plantado desde as oito horas. Completamente sozinho na antecâmara quase às escuras. Um guarda de segurança de vez em quando dava uma espiada da porta e pedia desculpas por fazê-lo esperar. Era um senhor já de idade, de terno escuro. Fora ele que apagara todas as luzes, pouco depois das onze, deixando apenas uma única luminária acesa.

No entender de Georg Scheepers, o cara podia perfeitamente trabalhar numa funerária. A discrição e o comedimento com que se movia, o servilismo beirando a submissão, faziam-no lembrar do agente funerário que cuidara do enterro da mãe, alguns anos antes.

Eis aí uma comparação simbólica que pode até beirar a verdade, pensou Scheepers. E se no fundo, no fundo, o presidente De Klerk estiver encarregado mesmo é de lidar com os restos moribundos do império branco na África do Sul? E se esta for uma sala de espera de um homem que planeja um funeral e não o gabinete de alguém que conduz o país ao futuro?

O fato é que ele teve tempo de sobra para refletir, nas quatro horas que ficou esperando. De vez em quando o guarda de segurança abria a porta sem qualquer ruído e pedia desculpas: o presidente estava tratando de negócios urgentes. Às dez da noite, levou-lhe uma xícara de chá morno.

Georg Scheepers perguntava-se por que teria sido chamado ao palácio nessa quarta-feira, 7 de maio. No dia anterior, na hora do almoço, recebera um chamado do secretário de Henrik Wervey, o muito temido chefe do Ministério Público de Joanesburgo. Georg Scheepers era assistente de Wervey, mas não estava acostumado a vê-lo, a não ser no tribunal ou durante as reuniões regulares de sexta-feira. Atravessando apressado os corredores, ia se perguntando o que o promotor-chefe poderia querer com ele. Ao contrário do que acontecia nessa noite, fora recebido imediatamente. Wervey lhe indicara uma cadeira e continuara assinando vários documentos que um secretário aguardava para levar embora. Depois foram deixados a sós.

Seu chefe era um homem temido, e não só pelos criminosos. Tinha perto de sessenta anos, quase dois metros de altura e um porte imponente. Era fato sabido que de vez em quando gostava de exibir sua força enorme executando alguma façanha física. Anos antes, na época em que seu gabinete passava por uma reforma, carregara sozinho um armário que mais tarde precisou de quatro homens para ser posto no caminhão. Mas não era a força física que infundia receio. Durante seus muitos anos como promotor, sempre que via a menor possibilidade de consegui-la, pedia a pena de morte. Nessas ocasiões — e houve muitas delas —, quando o tribunal aceitava seu pedido e sentenciava alguém à forca, Wervey em geral assistia à execução como testemunha. Isso lhe dera a reputação de ser um homem cruel. Por outro lado, ninguém poderia acusá-lo de discriminação racial na aplicação de seus princípios. Um criminoso branco tinha tanto a temer quanto um negro.

Georg Scheepers sentou-se no lugar indicado, indagando-se se fizera alguma coisa passível de censura. Wervey era conhecido pelas críticas impiedosas que, quando julgava justificadas, fazia aos assistentes.

Entretanto a conversa acabou sendo totalmente diferente do que esperava. Wervey deixara a escrivaninha e sentara-se numa poltrona a seu lado.

— Ontem à noite, um homem foi assassinado num

leito de hospital numa clínica particular em Hillbrow — começou. — Seu nome era Pieter van Heerden e trabalhava para o BOSS. O departamento de homicídios acredita que tudo aponta para roubo seguido de violência. A carteira desapareceu. Ninguém viu quando o assassino entrou no quarto, ninguém viu quando saiu. Pelo que se sabe, agiu sozinho e há indícios de que se tenha feito passar por um mensageiro do laboratório que atende a clínica Brenthurst. Como nenhuma das enfermeiras da noite ouviu nada, deve ter usado um silenciador. A teoria da polícia de que o motivo foi roubo parece estar correta. Por outro lado, temos de levar em conta o fato de que Van Heerden trabalhava para o serviço secreto.

Wervey ergueu as sobrancelhas, e Georg Scheepers sabia que aguardava uma reação sua.

— Parece razoável. É preciso que haja uma investigação para ver se de fato foi um roubo oportunista.

— Há um outro aspecto que complica a questão. O que vou lhe contar agora é confidencial ao extremo. É preciso que isso fique bem claro desde já.

— Compreendo.

— Van Heerden era o homem responsável por manter o presidente De Klerk informado sobre toda e qualquer atividade do serviço secreto que fosse exercida fora dos canais rotineiros. Em outras palavras, ocupava um posto delicadíssimo.

Wervey calou-se. Tenso, Scheepers esperava que continuasse.

— O presidente me ligou faz umas horas. Queria que eu escolhesse um promotor para mantê-lo pessoalmente a par das investigações da polícia. Ele parece convencido de que o assassinato teve algo a ver com o trabalho que Van Heerden fazia no serviço secreto. Embora não tenha provas, rejeita totalmente toda e qualquer sugestão de que tenha sido um latrocínio comum.

Wervey olhou para Scheepers.

— Não podemos saber ao certo qual o teor das informações de Van Heerden ao presidente — falou pensativo.

Com a cabeça, Georg Scheepers assentiu. Ele compreendia.

— Escolhi você para ser o homem que vai manter De Klerk a par. De agora em diante, deixe todas as outras questões de lado e concentre-se inteiramente na investigação das circunstâncias que cercaram a morte de Van Heerden. Entendido?

Georg Scheepers assentiu de novo. Ainda estava tentando captar o alcance total do que o promotor-chefe acabara de lhe contar.

— Você vai se reunir regularmente com o presidente. Não deve guardar nenhum documento escrito sobre essas reuniões, apenas algumas notas que serão queimadas logo em seguida. Todas as informações deverão ser passadas para o presidente ou para mim, e ninguém mais. Se alguém de sua seção perguntar o que está fazendo, a explicação oficial é que foi encarregado de examinar as exigências de recrutamento para os concursos do Ministério Público dos próximos dez anos. Ficou claro?

— Sim senhor.

Wervey levantou-se, tirou uma carteira plástica da gaveta e entregou-a a Scheepers.

— Isso é tudo o que a polícia conseguiu até agora como prova. Van Heerden está morto há quase doze horas. A busca do assassino está sendo conduzida por um inspetor chamado Borstlap. Sugiro que vá até a clínica Brenthurst e fale com ele.

A reunião estava terminada.

— Faça um bom trabalho — concluiu Wervey. — Escolhi você porque tem se mostrado um bom promotor. Não gosto de sofrer decepções.

Georg Scheepers voltou a sua sala tentando manter a calma e entender o que estava sendo exigido dele. Depois pensou que devia comprar um terno novo. Nenhuma roupa sua seria adequada para um encontro com o presidente.

* * *

E foi assim que se viu na antecâmara quase às escuras, vestindo um terno azul-escuro que custara uma fortuna. A mulher quis saber o porquê da despesa. Ele falou que teria de tomar parte num inquérito presidido pelo ministro da Justiça. Ela aceitou a explicação sem mais perguntas.

Eram vinte para a uma da madrugada quando o discreto segurança abriu a porta e comunicou que o presidente estava pronto para recebê-lo. Georg Scheepers pulou da poltrona, ciente de que estava nervosíssimo. Seguiu o segurança, que marchou até uma porta de duas folhas, bateu e abriu-a para ele.

Sentado a uma escrivaninha iluminada por uma única lâmpada, estava o homem calvo com quem iria conversar. Scheepers continuou de pé, hesitando na soleira da porta, até que o homem à escrivaninha fez um gesto para que se aproximasse e indicou uma poltrona.

De Klerk parecia cansado. Georg Scheepers reparou que tinha duas grandes bolsas sob os olhos.

Mas foi direto ao ponto. A voz denotava um quê de impaciência, como se estivesse sempre tendo de falar com gente que não entendia nada.

— Estou convencido de que a morte de Pieter van Heerden não teve nada a ver com latrocínio — falou ele. — É tarefa sua garantir que os investigadores da polícia fiquem plenamente cientes de que por trás do homicídio está o trabalho que fazia no serviço secreto. Quero que todos os seus arquivos informatizados sejam investigados, todas as pastas e documentos que tinha no arquivo, tudo com o que ele andou trabalhando no último ano. Compreendeu?

— Sim senhor.

De Klerk inclinou-se para a frente, de tal modo que a lâmpada iluminou-lhe o rosto e deu-lhe uma aparência quase fantasmagórica.

— Van Heerden suspeitava de uma conspiração, de alguma coisa que estava sendo planejada e que seria uma grave ameaça à África do Sul inteira. Um complô que resultaria no caos total do país. A morte dele precisa ser vista nesse contexto. E nenhum outro.

Georg Scheepers balançou a cabeça.

— Você não precisa saber mais que isso — continuou o presidente, recostando-se de novo na cadeira. — O promotor-chefe escolheu você para me manter informado porque o tem na conta de uma pessoa inteiramente confiável e leal às autoridades constituídas. Mas quero enfatizar a natureza confidencial dessa sua missão. Revelar o que eu acabo de lhe dizer seria considerado crime de alta traição. Como é promotor, não preciso lhe dizer qual é a pena para esse crime em especial.

— Claro que não — respondeu Georg Scheepers, remexendo-se com certo desconforto na cadeira.

— Você deve entrar em contato direto comigo sempre que tiver alguma informação nova. Fale com um dos meus secretários e eles marcam uma hora. Obrigado por ter vindo.

A audiência terminara. De Klerk voltou para sua papelada.

Georg Scheepers se levantou, curvou-se e caminhou pelo grosso carpete até as portas duplas.

O segurança acompanhou-o até o fim da escada. Um guarda armado escoltou-o até o estacionamento, onde deixara o carro. As mãos estavam suadas quando pegou no volante.

Uma conspiração, pensou. Um complô? Que poderia ameaçar todo o país e levar ao caos? Por acaso já não estamos nele? Será possível que as coisas ainda possam ficar mais caóticas do que estão?

Deixou as perguntas sem resposta e ligou o motor. Depois abriu o porta-luvas, onde guardava uma pistola. Carregou-a, destravou-a e colocou-a no banco ao lado.

Georg Scheepers não gostava de dirigir à noite. Era

arriscado demais, perigoso demais. Os assaltos à mão armada eram muito freqüentes, e o nível de brutalidade piorava a cada dia.

Depois foi para casa em meio à noite sul-africana. Pretória dormia.

Tinha um bocado em que pensar.

18

Dias e noites fundiram-se formando um todo nebuloso cujas partes ele não era mais capaz de separar. Victor Mabasha não sabia quanto tempo fazia que deixara para trás, naquela casa remota rodeada de lama, o corpo morto de Konovalenko. O homem que de repente voltara à vida e atirara nele na discoteca empestada de gás lacrimogêneo. Para ele, fora um choque. Estava certo de que tinha dado cabo do russo com a garrafa. Mas, apesar do ardor nos olhos, lá estava ele, em meio aos rolos de fumaça. Victor Mabasha escapou por uma escada nos fundos, junto com gente aos berros e aos pontapés tentando deixar o local. Por alguns instantes, achou que estivesse de volta à África do Sul, onde ataques com bombas de gás lacrimogêneo contra distritos negros não eram nenhuma novidade. Mas ele estava em Estocolmo. Konovalenko surgira dos mortos e o perseguia com a intenção de matá-lo.

Chegara à cidade ao amanhecer e passara horas rodando de carro para lá e para cá, sem saber o que fazer. Estava cansado, tão cansado na verdade que não ousava se fiar no próprio bom senso. Isso o deixava com medo. Até então, sempre achara que seu bom senso, sua capacidade de raciocínio na hora de se safar de uma situação difícil sem perder a cabeça eram seu grande seguro de vida. Chegou a pensar em ir para um hotel qualquer. Mas não tinha passaporte, nenhum documento de identidade. Era um zé-ninguém entre todas aquelas pessoas, um homem armado, mas sem nome, só isso.

A dor na mão voltava a intervalos regulares. Em breve teria de passar por um médico. O sangue enegrecido encharcara as ataduras, e Victor não podia se dar ao luxo de sucumbir a uma infecção ou febre. Isso o deixaria totalmente indefeso. Mas o toco ensangüentado não o incomodava nem um pouco. O dedo podia nunca ter existido. Mentalmente, transformara-o num sonho. Nascera sem o dedo indicador da mão esquerda.

Descansou num cemitério num saco de dormir comprado para esse fim. Sentiu frio assim mesmo. Em sonhos, foi perseguido pelos cães cantores. Acordado, espiando as estrelas, pensou que talvez nunca mais voltasse a ver a terra natal. O chão seco, vermelho, poeirento nunca mais seria tocado pelas solas de seus pés. Essa idéia o encheu de uma tristeza súbita, tão intensa que não se lembrava de ter sentido nada parecido desde a morte do pai. Também lhe passou pela cabeça que na África do Sul, um país alicerçado numa grande mentira, era muito raro haver lugar para inverdades simples. Pensou na mentira que fora a espinha dorsal da própria vida.

As noites que passou no cemitério foram povoadas pelas palavras de sua *songoma*. Foi também durante essas noites, rodeado apenas por mortos que não conhecia, gente branca que nunca vira e que nunca veria até entrar no mundo dos espíritos, que se lembrou da infância. Viu o rosto do pai, o sorriso, ouviu sua voz. Ocorreu-lhe que o mundo dos espíritos talvez também fosse dividido, como a África do Sul. E se até o reino dos mortos fosse feito de um mundo negro de um lado e de um mundo branco do outro? Amargurou-se ao imaginar os antepassados tendo de morar em favelas enfumaçadas. Tentou fazer com que sua *songoma* lhe contasse como era. Mas tudo o que obteve foram os cães cantores e uivos que não conseguiu interpretar.

Ao alvorecer do segundo dia deixou o cemitério depois de esconder o saco de dormir num jazigo que abrira forçando as grades do respiradouro. Horas depois, roubou outro carro. Tudo aconteceu muito rápido: a oportunidade surgiu e ele a agarrou sem pestanejar. Uma vez mais, a capacidade de discernimento o ajudava. Virou numa rua onde um homem saíra do carro deixando o motor ligado para entrar em algum lugar. Não havia ninguém por perto. Reconheceu a marca, um Ford; já dirigira vários desses. Sentou-se atrás do volante, atirou fora a pasta que o homem largara no carro e foi embora. Acabou conseguindo encontrar um jeito de sair da cidade e procurou um lago onde pudesse ficar a sós com suas idéias.

Não encontrou nenhum lago, mas acabou alcançando o mar. Ou melhor dizendo, ele achava que só poderia ser o mar. Não sabia qual mar, nem como se chamava, mas quando experimentou a água viu que era salgada. Não tão salgada quanto a de seu país, das praias de Durban e Port Elizabeth. Mas era impossível que houvesse lagos salgados ali na Suécia, não é mesmo? Subiu numas pedras que avançavam para a água e imaginou-se olhando o infinito através de uma estreita brecha entre duas ilhas. Ventava e fazia frio. Mesmo assim, continuou de pé sobre a pedra, lá bem adiante, pensando que aquele era o local para onde a vida o levara. Bem longe de fato. Mas como seria o futuro?

Do mesmo jeito como fazia quando menino, agachou-se e construiu um labirinto espiralado com pedrinhas soltas. Ao mesmo tempo, tentou mergulhar no fundo de si mesmo para ver se ouvia a voz da *songoma*. Mas não conseguiu chegar assim tão longe. O barulho do mar era alto demais e sua concentração muito fraca. As pedras com as quais formara o labirinto também não ajudaram. Estava assustado. Se não conseguisse falar com os espíritos, ficaria tão fraco que talvez até morresse. Não teria mais resistência a doenças, os pensamentos todos iriam embora e o corpo acabaria uma mera concha capaz de rachar só de ser tocada.

Sentindo-se inquieto, forçou-se a largar o mar e voltar para o carro. Tentou se concentrar nas coisas mais importantes. Como fora possível Konovalenko achá-lo tão rápido na discoteca recomendada por alguns ugandenses com quem conversara numa lanchonete?

Essa era a primeira pergunta.

A segunda era como sair daquele país e voltar à África do Sul.

Percebeu que seria forçado a fazer o que menos queria na vida. Encontrar Konovalenko. Isso seria dificílimo. Seria tão duro seguir o rastro de Konovalenko quanto o de um antílope no infindável mato africano. Mas, de um jeito ou de outro, teria de provocar o russo. Era ele que estava com o passaporte, só ele poderia ser obrigado a ajudá-lo a sair do país. Não acreditava que pudesse haver qualquer outra alternativa.

Continuava torcendo para não ter de matar ninguém, a não ser Konovalenko.

Nessa noite, voltou à discoteca. Não havia muita gente e sentou-se num canto, tomando cerveja. Quando foi até o bar com o copo vazio, para pegar mais uma, o garçom careca falou com ele. De início Victor Mabasha não entendeu o que ele dizia. Depois percebeu que duas pessoas diferentes tinham estado lá no dia anterior, à procura dele. Dava para perceber pela descrição que um deles era Konovalenko. Mas e o outro? O homem atrás do balcão falou que era um policial. Um policial com um sotaque típico do sul do país.

— O que ele queria?

O careca fez um gesto para a atadura imunda.

— Estava procurando um negro com um dedo faltando.

Victor Mabasha desistiu da cerveja e saiu na hora.

Konovalenko podia voltar. Ainda não estava preparado para enfrentá-lo, embora a arma estivesse pronta, enfiada na cinta.

Quando pisou na calçada, sabia exatamente o que fazer. O policial iria ajudá-lo a encontrar Konovalenko.

Em algum lugar, havia uma investigação em andamento sobre o desaparecimento de uma mulher. Talvez já tivessem encontrado o corpo, onde quer que o russo o tivesse escondido. Se tinham conseguido saber dele, era muito possível que também soubessem a respeito de Konovalenko.

Eu deixei uma pista, pensou. Um dedo. Quem sabe Konovalenko também não deixou alguma coisa?

Passou o resto da noite perambulando pelas sombras que rodeavam a discoteca. Mas nem Konovalenko nem o policial apareceram. O sujeito careca lhe dera uma descrição. E Victor Mabasha achava que não seria muito difícil identificar um quarentão de pele branca naquele lugar.

Tarde da noite, voltou para sua tumba no cemitério. No dia seguinte roubou outro carro e, à noite, se pôs de novo a rondar as sombras, diante da discoteca.

Exatamente às nove horas, parou um táxi na entrada. Victor estava no banco dianteiro do carro roubado. Afundou-se até a cabeça ficar no nível do volante. O policial saltou e desapareceu no submundo. Assim que sumiu de vista, Victor aproximou o carro da entrada e saltou também. Recuou para o ponto mais escuro e esperou. Com a pistola no bolso do paletó, ao alcance fácil da mão.

O homem que saiu um quarto de hora mais tarde, olhando vagamente em volta, possivelmente imerso em pensamentos, não estava de sobreaviso. Dava a impressão de ser totalmente inofensivo, um ser noctívago solitário e desprotegido. Victor Mabasha sacou a pistola, deu alguns poucos passos rápidos e enfiou a arma no queixo dele.

— Nem um gesto — falou em inglês. — Não faça um movimento.

Ele levou um susto. Mas entendia inglês. Não se mexeu.

— Vá para o carro. Abra a porta e entre.

Fez o que lhe mandaram. Estava obviamente assustado.

Victor saltou rapidinho para dentro do carro e deu-lhe um murro no queixo. Com força suficiente para desacordá-lo, mas não o bastante para quebrar-lhe o maxilar. Victor Mabasha sabia a força que tinha, quando em controle da situação. Algo que não se aplicava àquela catastrófica última noite com Konovalenko.

Revistou os bolsos do tira. Curiosamente, não havia arma. Victor Mabasha convenceu-se um pouco mais de que estava num país muito estranho, onde a polícia andava desarmada. Em seguida amarrou-o com os braços em volta do peito e grudou uma fita adesiva na boca. Impossível evitar por completo um machucado qualquer. Pelo visto o sujeito mordera a própria língua.

Durante as três horas a sua disposição, aquela tarde, Victor Mabasha decorara o caminho que pretendia seguir. Sabia exatamente aonde estava indo e não queria arriscar virar a esquina errada. Quando parou no primeiro farol vermelho, pegou a carteira de seu acompanhante e viu que se chamava Kurt Wallander, de quarenta anos de idade.

O semáforo abriu e ele foi em frente. Sempre de olho no espelho retrovisor.

Depois do segundo semáforo, começou a achar que havia um carro em sua cola. Seria possível que o policial estivesse com reforço? Se fosse esse o caso, os problemas não tardariam. Quando atingiu uma avenida de várias pistas, acelerou. De repente achou que tinha imaginado coisas. Era bem possível que estivessem completamente sozinhos.

O homem no banco ao lado começou a gemer e se mexeu. Victor Mabasha viu que o atingira com o grau exato de força.

Virou na rua do cemitério e parou à sombra de uma construção verde onde funcionava uma barraca que vendia flores e coroas durante o dia. No momento estava fechada e às escuras. Desligou os faróis e ficou espiando os carros passarem. Nenhum deles parecia estar diminuindo de velocidade para entrar na ruela do cemitério.

Esperou outros dez minutos. Mas, fora o policial que voltara a si, não houve nenhum desdobramento.

— Nem um pio — falou Victor Mabasha, arrancando a fita adesiva.

Um tira sempre entende bem as coisas, pensou. Sabe quando um cara está falando sério. Depois se perguntou se a Suécia teria pena de enforcamento para quem seqüestra um policial.

Saltou, apurou os ouvidos e espiou em volta. Estava tudo quieto, exceto pelo barulho de trânsito na avenida. Deu a volta no carro, abriu a porta e fez um gesto para que o outro saísse. Depois levou-o até um dos portões de ferro e em instantes tinham desaparecido os dois em meio à escuridão que cobria as trilhas de cascalho e as sepulturas.

Victor Mabasha o havia conduzido até o jazigo cuja porta conseguira abrir sem a menor dificuldade. Lá dentro, no interior úmido, tudo cheirava a mofo, mas ele não tinha medo de cemitérios. Já se escondera várias outras vezes entre os mortos, no passado.

Comprara um lampião e um saco de dormir a mais. De início o policial se recusou a acompanhá-lo para dentro da tumba e demonstrou certa resistência.

— Eu não vou matar você. Também não vou machucá-lo. Mas você tem que entrar aí.

Enfiou o policial num dos sacos de dormir, acendeu o lampião e saiu para ver se a luz era visível. Mas continuava tudo às escuras.

Uma vez mais, parou bem quieto e apurou os ouvidos. Os muitos anos que passara em constante estado de alerta haviam aperfeiçoado sua audição. Alguma coisa se mexera numa das alamedas de cascalho. O reforço do policial, pensou. Ou algum animal noturno.

No fim, concluiu que não havia nenhuma ameaça. Voltou para dentro do jazigo e agachou-se diante de Kurt Wallander.

O receio que o inspetor sentira de início transformara-se decididamente em medo, talvez até terror.

— Se fizer o que eu mandar, não vai acontecer nada com você. Mas tem que responder às perguntas que eu vou fazer. E tem que dizer a verdade. Sei que é da polícia. Estou vendo que não tira o olho da minha mão esquerda e da atadura. O que significa que encontrou meu dedo. O dedo que Konovalenko cortou fora. Antes de mais nada, quero lhe dizer que foi ele quem matou a mulher. Cabe a você acreditar em mim ou não. Só vim para este país para ficar uns tempos e decidi que vou matar apenas uma pessoa: Konovalenko. Mas antes você vai me ajudar dizendo onde ele está. Assim que Konovalenko estiver morto, eu parto imediatamente.

Victor Mabasha esperou pela resposta. Depois lembrou-se de algo que ficara esquecido.

— Tem alguém seguindo você? Um carro?

Wallander sacudiu a cabeça.

— Está sozinho?

— Estou. — O inspetor fez uma careta de dor.

— Eu precisava me certificar de que você não ia reagir. Mas acho que o murro não causou muito estrago.

— Não. — De novo, uma careta de Wallander.

Victor Mabasha calou-se. Por enquanto, não havia pressa. O policial se sentiria mais calmo, se tudo estivesse silencioso.

Não o culpava por estar com medo. Sabia como um homem abandonado se sente quanto está aterrorizado.

— Konovalenko — disse em voz baixa. — Onde ele está?

— Eu não sei.

Victor Mabasha mediu-o de alto a baixo e percebeu que o policial sabia quem era Konovalenko, mas que não sabia onde estava. O que era uma pena. Isso tornaria as coisas mais difíceis, levaria mais tempo. Mas basicamente não mudava nada. Juntos, conseguiriam encontrar Konovalenko.

Devagar, contou tudo o que acontecera no dia em que a mulher fora assassinada. Mas não disse uma palavra sobre os motivos que o haviam trazido à Suécia.

— Quer dizer que foi ele quem explodiu a casa — comentou Wallander, depois de terminado o relato.

— Você já sabe o que aconteceu. Agora é sua vez de me pôr a par das coisas.

O inspetor de repente ficou mais calmo, ainda que estivesse incomodado de se ver num jazigo frio e úmido. Atrás deles, havia vários caixões empilhados uns sobre os outros.

— Tem algum nome?

— Me chame de Goli. Isso basta.

— E você é da África do Sul?

— Pode ser. Mas isso não importa.

— Importa para mim.

— A única coisa importante para nós dois é o paradeiro de Konovalenko.

Essa última frase saiu quase cuspida. O policial entendeu. E o medo voltou.

Nesse mesmo instante, Victor Mabasha enrijeceu todo. Não baixara a guarda um segundo, enquanto conversava com o inspetor. E seus ouvidos sensíveis tinham captado um rumor do lado de fora. Fez um gesto para que o policial ficasse quieto. Depois sacou a pistola e baixou a luz do lampião.

Havia alguém do lado de fora da tumba. E não era um animal. Os movimentos eram demasiadamente cautelosos.

Victor Mabasha debruçou-se rapidamente sobre o policial e agarrou-o pela garganta.

— Pela última vez — falou ele num cicio —, tem alguém seguindo você?

— Não. Ninguém. Eu juro.

Victor Mabasha soltou-o. Konovalenko, pensou, possesso de raiva. Não sei como é que você faz, mas agora sei por que Jan Kleyn o quer trabalhando na África do Sul.

Eles não podiam ficar lá dentro. Aí viu o lampião. Era a oportunidade que tinham.

— Quando eu abrir a porta, jogue o lampião para a esquerda — disse ele ao inspetor, desamarrando suas mãos ao mesmo tempo. Em seguida aumentou a chama até onde foi possível e entregou-lhe o objeto.

— Salte para a direita — cochichou. — Agache-se. Não fique na minha mira.

O inspetor quis protestar. Mas ele ergueu a mão e Wallander não disse nada. Depois empunhou a pistola e eles se aprontaram para agir.

— Vou contar até três — falou Victor Mabasha.

Abriu a porta de chofre e Wallander jogou o lampião para a esquerda. Victor Mabasha disparou no mesmo instante. O inspetor saiu cambaleando atrás dele e quase caiu. Escutou tiros de pelo menos duas armas diferentes. Victor Mabasha atirou-se para um lado e engatinhou para trás de um túmulo. O inspetor rastejou para a direção contrária. O lampião iluminou a tumba onde tinham estado. Victor Mabasha percebeu um movimento no canto e disparou. A bala bateu na porta de ferro e zumbiu para dentro da tumba. Um outro tiro arrebentou o lampião, e tudo escureceu. Alguém saiu correndo por uma das alamedas. Depois tudo silenciou de novo.

Kurt Wallander sentia o coração pulsar de encontro às costelas como se fosse um êmbolo. Parecia que não estava conseguindo respirar direito e achou que tivesse sido atingido. Mas não havia sangue e não sentia dor nenhuma, exceto na língua, que mordera um pouco antes. Com grande cuidado, arrastou-se para trás de um túmulo alto. Ficou ali deitado, absolutamente imóvel. O coração continuava disparado. Nem sinal de Victor Mabasha. Quando se certificou de que estava sozinho, começou a correr. Aos tropeções, avançou pelas alamedas do cemitério em direção às luzes da avenida principal e do barulho dos poucos carros que ainda estavam na rua. Correu até se ver do lado de fora da cerca do cemitério. Achou um ponto de ônibus, mas no fim conseguiu dar sinal para um táxi que voltava do aeroporto.

— Hotel Central — disse ofegante.

O motorista o mediu com uma certa suspeita.

— Não sei se eu o quero em meu táxi. Vai sujar tudo.

— Eu sou da polícia, caramba. Cale a boca e siga em frente!

O motorista obedeceu. Quando chegou ao hotel, pagou sem esperar pelo recibo ou o troco e apanhou a chave com o recepcionista, que olhava atônito para suas roupas imundas. Era meia-noite quando fechou a porta do quarto e desmontou em cima da cama.

Depois de se acalmar, ligou para Linda.

— Por que está ligando assim tão tarde? — ela perguntou.

— Estive ocupado até agora. Não deu para ligar antes.

— Por que está com essa voz estranha? Aconteceu alguma coisa?

Wallander estava com um bolo na garganta e prestes a cair no choro. Mas conseguiu se controlar.

— Não aconteceu nada.

— Tem certeza de que está bem?

— Está tudo ótimo. E por que não estaria?

— Você sabe melhor que eu.

— Não se lembra da época em que morava em casa, como eu vivia trabalhando em horários estranhos?

— Acho que sim. Tinha esquecido.

Wallander tomou a decisão no impulso.

— Eu vou dar uma passada por aí. Não me pergunte por quê. Eu explico depois.

Deixou o hotel e pegou um táxi até a casa da filha, em Bromma. Sentaram-se na cozinha, cada qual com uma cerveja, e ele lhe contou tudo o que tinha acontecido.

— Eles dizem que é bom que os filhos saibam o que

os pais fazem no trabalho — falou Linda, abanando a cabeça. — Você não ficou com medo?

— Claro que fiquei. Essa gente não tem o menor respeito pela vida humana.

— Por que você não põe a polícia atrás deles?

— Eu sou da polícia. E preciso de um tempo para pensar.

— Enquanto isso talvez eles matem mais uma ou duas pessoas.

O inspetor, com a cabeça, assentiu.

— Você tem razão. Vou dar uma passada na delegacia. Mas antes eu queria falar com você.

— Fico feliz que tenha vindo.

Linda acompanhou o pai até o hall.

— Por que você queria saber se eu estava em casa? — perguntou de repente, quando ele já estava para sair. — Por que não me falou que passou por aqui ontem?

Wallander não entendeu.

— Do que você está falando?

— Encontrei com a senhora Nilson quando cheguei em casa, a vizinha do lado. Ela me contou que você passou por aqui, perguntando se eu estava em casa. Você não tem a chave do apartamento?

— Eu não falei com senhora Nilson nenhuma.

— Então vai ver que eu entendi mal.

De repente, Wallander sentiu um calafrio na espinha.

— O que foi que ela disse?

E insistiu. — Repita. Você chegou em casa. Encontrou com a senhora Nilson. Ela disse que eu tinha passado por aqui perguntando de você.

— Exato.

— Repita o que ela falou. Palavra por palavra.

— Seu pai andou perguntando por você. Só.

Wallander sentiu medo.

— Eu nunca vi essa senhora Nilson. Como é que ela pode saber como eu sou? Como pode saber que eu sou eu?

Levou um tempo até Linda entender.

— Está querendo dizer que pode ter sido outra pessoa? Mas quem? Por quê? Quem iria querer fingir ser você?

Wallander olhou-a com toda a seriedade. Depois apagou a luz e foi com cautela até uma das janelas da sala.

A rua lá embaixo estava deserta.

Voltou até o hall.

— Eu não sei quem foi. Mas você vai voltar para Ystad comigo amanhã. Não quero que fique sozinha aqui no apartamento, por enquanto.

Dava para perceber que o pai estava falando a sério.

— Tudo bem. — Linda concordou sem dizer mais nada. — E preciso ficar com medo esta noite?

— Você não precisa ter medo em hora nenhuma. É só que não deve ficar sozinha aqui pelos próximos dias.

— Não diga mais nada — implorou ela. — Nesse momento, quero saber o menos possível.

Arrumou a cama para o pai.

Deitado num colchão no chão, Wallander ficou ouvindo a respiração da filha. Konovalenko, pensou ele.

Quando teve certeza de que ela dormia, levantou-se e foi até a janela.

A rua lá embaixo estava tão deserta quanto antes.

Wallander ligara para um serviço pré-gravado de informações e soubera que havia um trem para Malmö às sete e três. Eles deixaram o apartamento de Bromma logo depois das seis da manhã.

O inspetor tivera uma noite de sono agitada, cochilando e acordando assustado o tempo todo.

Queria passar algumas horas num trem. De avião chegaria rápido demais a Malmö. Precisava descansar e pensar.

O trem parou completamente antes de entrar em Mjölby, com problemas no motor, e os passageiros tiveram de esperar quase uma hora. Wallander estava agradecido. De vez em quando trocavam algumas palavras. Mas durante a maior parte do tempo a filha ficou com o nariz enterrado num livro, e ele, perdido em pensamentos.

Catorze dias, pensou, olhando um trator solitário arando o que lhe parecia uma gleba interminável. Tentou contar as gaivotas que seguiam o arado, mas não deu conta.

Catorze dias desde o desaparecimento de Louise Åkerblom. Sua imagem já devia estar começando a se dissolver na consciência das duas filhas pequenas. E será que Robert Åkerblom continuaria a se fiar em seu Deus? Que espécie de respostas poderia lhe dar o pastor Tureson?

Olhou para a filha, que pegara no sono com o rosto encostado no vidro da janela. Qual seria seu receio mais recôndito? Haveria uma paisagem onde os pensamentos abandonados e deserdados dos dois pudessem se encontrar, sem que tivessem conhecimento disso? No fundo não conhecemos ninguém, pensou. Muito menos nós mesmos.

Será que Robert Åkerblom conhecia sua mulher?

O trator sumiu numa depressão no terreno. Wallander imaginou-o afundando lentamente numa poça de lama sem fundo.

De repente, o trem sacolejou e se pôs em movimento. Linda acordou e olhou para ele.

— Chegamos? — perguntou, ainda zonza. — Quanto tempo eu dormi?

— Uns quinze minutos, quem sabe — respondeu-lhe o pai, sorrindo. — Ainda nem chegamos a Nässjö.

— Estou com vontade de tomar um café — disse ela, bocejando. — Você não?

Ficaram no vagão-restaurante até Hässleholm. Pela primeira vez, contou à filha a história completa de suas duas viagens a Riga, no ano anterior. Ela ouviu fascinada.

— Não parece você de jeito nenhum — comentou quando o pai terminou.

— É assim que eu me sinto também.

— Você podia ter morrido. Não pensou em mim e na mamãe?

— Pensei em você. Mas não na sua mãe.

Quando chegaram a Malmö, só precisaram esperar meia hora pelo trem para Ystad. Estavam de volta ao apartamento pouco depois das quatro da tarde. Wallander armou uma cama para a filha no quarto de hóspedes e, quando foi procurar lençóis limpos, deu-se conta de que tinha esquecido completamente do horário que reservara na lavanderia do prédio. Lá pelas sete, saíram para comer uma pizza na Hamngatan. Estavam ambos cansados e de volta antes das nove.

Linda ligou para o avô, e Wallander ficou do lado, escutando. Ela prometeu ir vê-lo no dia seguinte.

Ficou surpreso com a diferença de tom na voz do pai, quando falava com a neta.

Achou melhor dar uma ligada para Lovén. Mas adiou, já que ainda não tinha muita certeza de como explicar à polícia o motivo de não ter entrado em contato logo depois do incidente no cemitério. Nem ele próprio conseguia entender essa sua atitude. Estava cometendo uma infração, sem sombra de dúvida. Seria possível que estivesse começando a perder o bom senso? Ou será que ficara tão assustado que perdera a capacidade de agir?

Bem depois de a filha ter pegado no sono, Wallander continuou na janela, olhando para a rua deserta.

Alternadamente, passavam-lhe pela cabeça as imagens de Victor Mabasha e do homem chamado Konovalenko.

No mesmo momento em que o inspetor espiava pela janela do seu apartamento em Ystad, Vladimir Rykoff reparava que o interesse da polícia por seu apartamento em Estocolmo continuava inalterado. Estavam dois andares acima, no mesmo prédio. Fora Konovalenko quem sugerira ter uma rota de fuga, caso o apartamento de base não pudesse ou não devesse ser usado. Também fora ele quem explicara que o refúgio mais seguro nem sempre é o mais distante. O melhor plano é fazer o inesperado. De modo que Rykoff alugara um apartamento idêntico no nome de

Tania, dois andares acima. O que tornava bem mais fácil a remoção de roupas e outras bagagens.

No dia anterior, Konovalenko dissera que teriam de se mudar. Depois de várias perguntas a Vladimir e Tania, percebera que o tira de Ystad não era nenhum bobo. Não devia ser subestimado. Também não podiam excluir a possibilidade de que a polícia viesse dar busca no apartamento. Mas acima de tudo Konovalenko temia que Vladimir e Tania fossem submetidos a um interrogatório mais sério. Não tinha muita certeza se os dois seriam capazes de distinguir plenamente o que podia e o que não podia ser dito.

Em determinada altura chegou a se perguntar se a melhor saída não era liquidar de vez com eles. Mas acabou concluindo que não seria necessário. Ainda precisava dos serviços de Vladimir. Além disso, a polícia ficaria ainda mais alvoroçada.

Mudaram-se para o outro apartamento na mesma noite. Konovalenko proibiu o casal de sair de casa durante os dias seguintes.

Uma das primeiras lições recebidas na KGB, quando era ainda bem jovem, fora sobre uma série de pecados mortais que é preciso não cometer no obscuro mundo dos serviços secretos de inteligência. Tornar-se um criado a serviço do sigilo significa entre outras coisas unir-se a uma irmandade na qual as regras mais importantes são escritas com tinta invisível. O pior pecado de todos, claro, é ser um agente duplo. Trair a própria organização e, ao mesmo tempo, fazê-lo a serviço de uma potência inimiga. No místico inferno dos serviços secretos, o agente duplo é o que mais perto se acha da fogueira.

Havia outros pecados mortais. Um deles era chegar tarde demais.

Não apenas para um encontro, para esvaziar uma caixa postal secreta, para um seqüestro ou até mesmo para algo tão simples quanto uma viagem. Igualmente ruim é atrasar-se em relação a si mesmo, aos próprios planos, às próprias decisões.

No entanto, foi justamente isso que aconteceu com Konovalenko na manhã do dia 7 de maio. Ele cometeu o erro de pôr fé demasiada em seu BMW. No tempo em que servia como jovem oficial da KGB, seus superiores costumavam dizer que qualquer viagem deve ser planejada tendo por base duas possibilidades paralelas. Se um dos veículos não puder ser utilizado, sempre deve haver tempo suficiente para recorrer a uma alternativa planejada de antemão. Mas na sexta-feira de manhã, quando o BMW morreu de repente na Eriksbron e se recusou a pegar novamente, não havia alternativas. Claro, sempre poderia pegar um táxi ou o metrô. Mas, como não sabia ao certo se e quando o policial e a filha deixariam o apartamento em Bromma, não havia como saber se iria chegar atrasado ou não. Mesmo assim, depois ficou com a impressão de que o erro, a culpa toda, fora dele, não do carro. Passara quase vinte minutos tentando fazer o BMW pegar, como se estivesse tentando ressuscitá-lo. Mas o motor estava morto, não havia jeito.

No fim desistiu e chamou um táxi. Planejava estar na porta do prédio de tijolo aparente lá pelas sete da manhã, o mais tardar. Mas, com o enguiço do carro, ao chegar eram quase quinze para as oito.

Não fora difícil descobrir que Wallander tinha uma filha e que ela morava em Bromma. Ligara para a delegacia de polícia de Ystad e fora informado de que Wallander estava hospedado no Hotel Central, em Estocolmo. Tinha dito que era policial. Em seguida fora até o hotel fazendo-se passar por um agente de viagens e discutira os termos de reserva de quartos para um grande grupo que chegaria dali a uns meses à cidade. Num momento em que não estava sendo observado, dera um jeito de espiar um recado que fora deixado para Wallander e memorizara rapidamente o nome Linda e o número de um telefone. Saindo do hotel, conseguira ligar o número do telefone a um endereço no bairro de Bromma. Conversara com uma senhora na escada do prédio e ficara a par da situação toda.

Nessa manhã, esperou na rua, em frente ao apartamento, até as oito e meia. Aí apareceu uma senhora idosa saindo do prédio. Foi até ela e lhe disse bom-dia; ela reconheceu o sujeito agradável com quem já conversara.

— Eles partiram hoje de manhã — disse ela, respondendo à pergunta.

— Os dois?

— Os dois.

— Será que vão ficar fora muito tempo?

— Ela prometeu ligar.

— E ela não lhe disse para onde estavam indo?

— Estavam indo para o exterior, de férias. Não entendi direito onde.

Konovalenko percebeu que ela estava tentando se lembrar. Esperou.

— França, acho que é isso — acabou dizendo. — Mas não tenho muita certeza.

Konovalenko agradeceu pela ajuda e partiu. Mandaria Rykoff dar uma fuçada no apartamento, depois.

Como precisava de um tempo para pensar e não estava com pressa, caminhou até a Brommaplan, onde certamente acharia um táxi. O BMW cumprira sua função; Rykoff teria de encontrar um outro carro para ele até o fim do dia.

De imediato, descartou a possibilidade de que tivessem viajado para o exterior. O policial de Ystad era um sujeito frio, calculista. Já sabia que alguém estivera no prédio, fazendo perguntas à velha senhora. Alguém que sem dúvida voltaria e faria mais perguntas. De modo que deixara uma pista falsa, apontando para a França.

Para onde podem ter ido, Konovalenko se perguntava. É altamente provável que tenha levado a filha de volta para Ystad junto com ele. Mas também pode ter escolhido um outro lugar qualquer, que eu nunca vou conseguir encontrar.

Um recuo temporário, pensou. Vou lhe dar umas horas de vantagem, mas depois recupero meu tempo.

E tirou mais uma conclusão. O policial de Ystad estava preocupado. Por que outro motivo levaria a filha consigo?

Konovalenko deu um sorrisinho ao imaginar que estavam ambos seguindo pela mesma linha de raciocínio, ele e o inspetorzinho insignificante chamado Wallander. Lembrou-se de algo que um coronel da KGB tinha dito a seus novos recrutas, pouco depois de iniciado o longo período de treinamento. Um alto nível de instrução, uma longa linhagem, ou até mesmo uma inteligência incomum não garantem em hipótese alguma que a pessoa vá se tornar um grande enxadrista.

O mais importante no momento era encontrar Victor Mabasha. Matá-lo. Terminar o serviço que não conseguira fazer nem na discoteca nem no cemitério.

Com uma vaga sensação de desconforto, lembrou-se de seu último telefonema a Jan Kleyn.

Pouco depois da meia-noite ligara para a África do Sul, usando o número especial de emergência. Ensaiara com grande cuidado o que iria dizer. Não havia mais nenhuma desculpa que pudesse explicar a permanência de Victor Mabasha neste mundo. De modo que mentiu. Disse que Victor Mabasha fora morto uma noite antes. Uma granada de mão no tanque de gasolina. Com a corrosão da banda elástica que segura o pino detonador, o carro explodira. Victor Mabasha morrera na hora.

Ainda assim, Konovalenko pressentiu certa insatisfação da parte de Jan Kleyn. Uma crise de confiança entre ele e o serviço secreto sul-africano, crise que não deveria existir. Que podia pôr em risco todo seu futuro.

Konovalenko resolveu pisar fundo. Não havia mais tempo a perder. Victor Mabasha tinha de ser encontrado e morto dentro dos próximos cinco dias.

A longa tarde veio caindo. Mas Victor Mabasha mal se deu conta.

De vez em quando pensava no homem que iria matar. Jan Kleyn compreenderia. Permitiria que levasse adiante o serviço. Um dia desses, estaria com o presidente da África do Sul na mira. Não hesitaria, levaria a cabo a tarefa para a qual fora contratado.

Por acaso o presidente estaria consciente de que logo mais iria morrer? Será que os brancos têm suas próprias *songomas* para povoar-lhes os sonhos?

No fim, concluiu que deviam ter. Como é que alguém conseguiria sobreviver sem estar em contato com o mundo dos espíritos que controlavam nossas existências, que tinham poder de vida e morte sobre nós?

Nessa ocasião, os espíritos tinham sido bons para ele. Tinham lhe dito o que fazer.

Wallander acordou logo depois das seis da manhã. Pela primeira vez, desde que começara a busca pelo assassino de Louise Åkerblom, começava a se sentir propriamente descansado. Ouviu a filha ressonando pela porta entreaberta. Levantou-se e parou na soleira, observando. De repente foi tomado por um contentamento intenso e ocorreu-lhe então que o sentido da vida era pura e simplesmente tomar conta dos próprios filhos. Nada mais. Foi para o banheiro, tomou uma longa ducha e decidiu marcar uma hora com o médico da polícia. Deve haver um jeito de se prestar auxílio médico a um policial com sérias intenções de perder peso e entrar em forma.

Toda manhã lembrava-se do dia em que, um ano antes, acordara no meio da noite, suando frio e achando que estava tendo um ataque cardíaco. O médico dissera que fora um aviso. Um aviso de que havia algo completamente errado em sua vida. Agora, um ano depois, tinha de admitir que não fizera nada para mudar seu estilo de vida. Além disso, engordara pelo menos três quilos.

Tomou café na mesa da cozinha. Havia uma neblina densa pairando sobre a cidade inteira, nessa manhã. Mas logo mais a primavera chegaria de fato; resolveu falar com Björk logo na segunda-feira, a respeito das férias.

Saiu do apartamento às sete e quinze, depois de anotar o número direto do telefone de sua sala num pedaço de papel e deixá-lo sobre a mesa da cozinha.

Quando saiu à rua, foi envolto pela neblina. Estava tão densa que mal dava para ver o carro estacionado um pouco adiante do prédio. Pensou que talvez fosse melhor deixá-lo onde estava e ir a pé até o distrito.

De repente teve a sensação de ver algo se mexendo do outro lado da rua. Um poste que parecia ter se movimentado de leve.

Depois viu que havia um homem parado ali, envolto pela névoa assim como ele.

No momento seguinte reconheceu-o. Goli voltara a Ystad.

19

Jan Kleyn tinha uma fraqueza, um segredo muito bem guardado. Chamava-se Miranda e era tão negra quanto a sombra de um corvo.

Esse era o grande mistério e o contraponto crucial de sua vida. Todos os que o conheciam teriam considerado Miranda uma impossibilidade total. Os colegas do serviço secreto teriam descartado o menor rumor sobre sua existência como uma fantasia simplesmente ridícula. Jan Kleyn era tido como um daqueles raros exemplos de um sol sem manchas.

Mas havia uma, e seu nome era Miranda.

Tinham a mesma idade e sabiam da existência um do outro desde meninos. Mas não cresceram juntos. Viviam em dois mundos diversos. A mãe de Miranda, Matilda, trabalhava como criada no palacete branco dos pais de Jan Kleyn, no alto de uma colina nos arredores de Bloemfontein. Morava alguns quilômetros adiante, num aglomerado de barracos de zinco, junto com os outros africanos. Todo dia, com o sol ainda nascendo, subia aquela ladeira íngreme até a casa branca, onde sua primeira tarefa do dia era servir o café da manhã à família. Aquele morro era uma espécie de penitência que tinha de pagar pelo crime de ter nascido negra. Jan Kleyn, assim como os irmãos e as irmãs, tinha uma babá só para si. Mas corria para a barra da saia de Matilda por qualquer coisinha. Um dia, aos onze anos, sentiu curiosidade de saber de onde ela vinha todas as manhãs e para onde ela ia quando terminava o trabalho. Como parte de uma aventura proibida — não tinha permissão de sair dos limites murados de casa —, seguiu-a às escondidas. Era a primeira vez que via de perto o agrupamento de barracos de zinco onde as famílias africanas moravam. Claro que tinha conhecimento de que os negros viviam em condições muito diferentes das suas. Estava sempre ouvindo da boca dos pais que fazia parte da ordem natural das coisas o fato de brancos e negros viverem de modo muito diverso. Os brancos, feito Jan Kleyn, eram seres humanos. Os negros ainda não tinham chegado lá. Em algum momento, num futuro distante, quem sabe também pudessem atingir o mesmo nível dos brancos. A cor da pele iria clareando e seus poderes de compreensão aumentariam como resultado da paciente criação que os brancos estavam lhes dando. Mesmo assim, jamais imaginara que as casas fossem tão pavorosas quanto as que viu.

Mas havia uma outra coisa ali a lhe atrair a atenção. Matilda foi recebida por uma menina da idade dele, uma menina comprida e delgada. Devia ser a filha dela. Jamais lhe ocorrera que tivesse filhos. Agora, pela primeira vez, dava-se conta de que ela tinha uma família, uma vida separada do trabalho que fazia como empregada. Foi uma descoberta que o afetou sobremaneira. Sentiu raiva. Era como se Matilda o tivesse enganado. Ele sempre imaginara que ela estivesse ali apenas para ele.

Dois anos depois, Matilda morreu. Miranda nunca lhe explicou como, apenas que alguma coisa a roera por dentro até que a vida se foi. Seu lar e sua família se dissolveram. O marido levou dois filhos e uma filha consigo de volta para o lugar de onde viera, um território árido muito distante, na fronteira com o Lesoto. O plano era que Miranda ficasse com uma tia, irmã de Matilda. Mas a mãe de Jan Kleyn, num acesso de generosidade inesperada, decidiu assumir a guarda da menina. Ela moraria com o jardineiro, numa casinha situada em algum canto dos amplos terrenos da propriedade. Seria treinada para assumir os deveres da mãe. Dessa forma, o espírito de Matilda continuaria vivo dentro do palacete branco. A mãe de Jan Kleyn não era uma bôer por acaso. No que lhe dizia respeito, manter as tradições era uma garantia da continuação da família e da sociedade africânder. Ter empregados domésticos do mesmo sangue, geração após geração, ajudava a dar um senso de permanência e estabilidade.

Jan Kleyn e Miranda continuaram a crescer perto um do outro. Mas a distância entre os dois permaneceu inalterada. Mesmo que estivesse vendo com os próprios olhos que era lindíssima, não havia na verdade tal coisa: uma beleza negra. Isso pertencia ao que lhe haviam ensinado ser território proibido. Ouvia rapazes da sua idade contando histórias secretas de africânderes que viajavam até Moçambique, o país vizinho, nos fins de semana, para dormir com mulheres negras. Mas isso só fazia confirmar a verdade que aprendera a jamais questionar. E assim foi que continuou vendo Miranda sem no fundo querer descobri-la, quando ela lhe servia o café da manhã no terraço. Mas a moça começou a aparecer-lhe em sonhos. Os sonhos eram violentos e faziam seu coração disparar quando se lembrava deles, no dia seguinte. A realidade vinha transformada nos sonhos. Neles, não só reconhecia como também aceitava a beleza de Miranda. Em sonhos, era permitido amá-la, e as moças de famílias africânderes conhecidas sumiam quando comparadas à filha de Matilda.

O primeiro encontro de fato dos dois deu-se quando estavam com dezenove anos. Era um domingo de janeiro e todos, exceto Jan Kleyn, tinham ido a um jantar na casa de amigos, em Kimberley. Não pôde ir porque ainda estava se sentindo fraco e deprimido, depois de um longo acesso de malária. Estava sentado no terraço. Miranda era a única criada na casa. De repente levantou-se e foi ter com ela na cozinha. Mais tarde, muitas vezes se pegaria pensando que nunca mais a largara depois disso. Ele ficara lá na cozinha. Daquele momento em diante, ela o teve em seu poder. Nunca mais Jan Kleyn conseguira desvencilhar-se dela.

Dois anos depois, Miranda engravidou.

Na época ele estava fazendo faculdade em Joanesburgo, na Universidade Rand. Seu amor por Miranda era sua paixão e ao mesmo tempo seu horror. Sabia que estava traindo seu povo e suas tradições. Por várias vezes tentara romper com ela, abandonar aquele relacionamento proibido. Mas não podia. Encontravam-se em segredo, e os momentos que passavam juntos eram dominados pelo medo de serem descobertos. Quando ela lhe contou da gravidez, deu-lhe uma surra. No momento seguinte, percebeu que nunca seria capaz de viver sem ela, mesmo que nunca pudesse viver com ela abertamente. Miranda largou o emprego no palacete branco. Jan Kleyn arrumou-lhe um trabalho em Joanesburgo. Com a ajuda de alguns colegas de faculdade, de ascendência inglesa e com uma atitude muito diferente acerca de relacionamentos com mulheres negras, comprou uma casinha em Bezuidenhout Park, na zona leste de Joanesburgo. Deu um jeito de ela ficar morando lá, sob o pretexto de trabalhar para um inglês que passava boa parte do tempo em sua fazenda na Rodésia do Sul. Passaram a se encontrar em Bezuidenhout Park, e nessa casa nasceu a filha que, sem que o assunto precisasse ser discutido, foi batizada com o nome da avó Matilda. Continuaram a se ver, não tiveram mais filhos, e Jan Kleyn nunca se casou, para desgosto e às vezes até irritação dos pais. Um bôer que não constituía família com muitos filhos era uma pessoa esquisita, alguém que não estava à altura das tradições africânderes. Com o tempo, Jan Kleyn foi se tornando um grande mistério para os pais; obviamente jamais conseguiria explicar-lhes que era apaixonado pela filha de uma criada chamada Matilda.

Jan Kleyn estava deitado pensando em tudo isso, no sábado de manhã, 9 de maio. À tarde, iria visitar a casa de Bezuidenhout Park. Era um hábito para ele sacrossanto. A única coisa capaz de atrapalhar seus planos seria algo relacionado com seu trabalho no BOSS. Naquele sábado em especial, sabia que sua visita a Bezuidenhout se atrasaria. Tinha uma reunião importante com Franz Malan. Que não podia ser adiada.

Como de hábito, acordara cedo. Jan Kleyn ia para a cama tarde e levantava muito cedo. Disciplinara o corpo de tal forma que só precisava de cinco horas de sono. Mas naquela manhã permitiu-se ficar rolando na cama. Ouvindo os vagos ruídos que vinham da cozinha, onde seu empregado Moses preparava o café.

Pensava no telefonema que recebera pouco depois da meia-noite. Konovalenko finalmente lhe dera a notícia que estava esperando. Victor Mabasha estava morto. O que não significava apenas o desaparecimento de um problema. Significava também que as dúvidas dos últimos dias em relação ao russo tinham sido dissipadas.

Iria se encontrar com Franz Malan em Hammanskraal às dez horas. Chegara o momento de decidir quando e onde o assassinato ocorreria. O sucessor de Victor Mabasha já havia sido selecionado. Uma vez mais, não tinha a menor dúvida de que optara pela alternativa certa. Sikosi Tsiki faria o que era esperado dele. A escolha de Victor Mabasha não fora um erro de julgamento. Jan Kleyn sabia que existiam profundidades invisíveis em todo ser humano, até mesmo no mais intransigente. Por esse motivo decidira deixar que Konovalenko testasse o escolhido. Victor Mabasha fora pesado segundo a balança do ex-agente da KGB e deixara a desejar. Sikosi Tsiki passaria pelo mesmo teste. Jan Kleyn não achava possível que dois candidatos consecutivos se mostrassem fracos demais para o serviço.

Pouco depois das oito e meia saiu de casa e tomou o caminho de Hammanskraal. Uma fumaça escura pairava sobre a favela na beira da estrada. Tentou imaginar Miranda e Matilda tendo de viver ali, entre os barracões de zinco e os cães vadios, com o fogareiro a carvão fazendo lacrimejar os olhos o tempo todo. Miranda tivera sorte de escapar do inferno das favelas. A filha Matilda herdara sua boa estrela. Graças a Jan Kleyn e sua concessão a um amor proibido, as duas não precisavam partilhar aquela vida sem esperanças de seus irmãos e irmãs africanos.

Parecia a Jan Kleyn que a filha herdara a beleza da mãe. Mas havia uma diferença, um indício do futuro. A pele de Matilda era mais clara que a da mãe. Quando tivesse um filho com um branco, o processo continuaria. Em algum momento, muito depois de ele já ter morrido, seus descendentes dariam à luz crianças tão brancas que ninguém jamais suspeitaria do sangue negro que levavam nas veias.

Jan Kleyn gostava de pensar no futuro enquanto dirigia. Nunca fora capaz de entender os que dizem que é impossível prever o futuro. A seu ver, o futuro estava sendo moldado naquele mesmo instante.

Franz Malan esperava na varanda, quando Jan Kleyn entrou com o carro. Cumprimentaram-se com um aperto de mão e foram direto para onde a mesa coberta com um feltro verde já os aguardava.

— Victor Mabasha está morto — falou Jan Kleyn, assim que se sentaram.

Um sorriso largo iluminou o rosto de Franz Malan.

— Eu estava começando a me perguntar.

— Konovalenko o liquidou ontem à noite. Os suecos sempre foram muito bons na fabricação de granadas de mão.

— Temos algumas aqui na África do Sul. Não é muito fácil conseguir. Mas em geral nossos agentes conseguem dar um jeitinho.

— Suponho que essa seja a única coisa que temos para agradecer aos rodesianos.

Estava se lembrando das aulas que tivera sobre a antiga Rodésia do Sul. Como parte de seu treinamento no serviço secreto, ouvira de um velho oficial o relato de como os brancos de lá tinham conseguido driblar as sanções internacionais. A aula ensinou-o que todo político tem as mãos sujas. Quem entra na competição pelo poder formula e viola as regras de acordo com a situação do jogo. Apesar das sanções impostas por todas as nações do mundo, à exceção de Portugal, Taiwan, Israel e África do Sul, nunca houve falta de mercadorias importadas na Rodésia do Sul. Assim como as exportações do país também nunca sofreram nenhuma redução significativa. Graças, em grande parte, a políticos norte-americanos e soviéticos que chegavam discretamente a Salisbury oferecendo seus serviços. Os americanos, em geral senadores do Sul, consideravam importante apoiar a minoria branca do país. Usavam seus contatos — empresários gregos e italianos, companhias aéreas fundadas às pressas e uma rede engenhosa de intermediários — para contornar as sanções e entrar pela porta dos fundos. Os políticos russos, por seu lado, empregaram meios parecidos para ter acesso aos metais rodesianos necessários à indústria soviética. Em pouco tempo não restava mais do que um simples arremedo de isolamento. Ainda assim, os políticos do mundo todo continuaram pregando contra o regime branco racista e elogiando o sucesso das sanções.

Jan Kleyn perceberia depois que a África do Sul branca também tinha muitos amigos espalhados pelo mundo. O apoio era bem menos visível do que aquele que os negros estavam recebendo. Mas não tinha a menor dúvida de que o que ocorria em silêncio era no mínimo tão valioso quanto o que vivia sendo alardeado nas ruas e praças públicas. Era uma luta de vida ou morte e, em tais circunstâncias, tudo era permitido.

— Quem vai substituí-lo? — perguntou Franz Malan.

— Sikosi Tsiki. Era o número dois da minha lista. Ele tem vinte e oito anos e nasceu perto de East London. Já conseguiu ser expulso tanto do CNA quanto do Inkatha. Em ambos os casos por deslealdade e furto. Hoje em dia tem tanto ódio das duas organizações que eu diria que é um fanático.

— Ah, os fanáticos — repetiu Franz Malan. — Os fanáticos em geral têm sempre alguma coisa que não pode ser controlada de todo. Eles não têm o menor medo da morte. Mas nem sempre seguem os planos que foram traçados.

Jan Kleyn irritou-se com esse tom professoral. Mas conseguiu se controlar na hora de responder.

— Eu é que estou dizendo que ele é fanático. O que não significa que vai agir como um, na prática. Trata-se de um sujeito com tanto sangue-frio quanto você ou eu.

Franz Malan satisfez-se com a resposta. Como sempre, não tinha nenhum motivo para duvidar da palavra do outro.

— Falei com os nossos amigos do Comitê — continuou Jan Kleyn. — Pedi uma votação, já que estávamos falando sobre escolher um substituto. Ninguém discordou.

Não seria difícil imaginar a cena, pensou Franz Malan. Os integrantes do Comitê em volta da mesa oval de nogueira erguendo lentamente a mão, um depois do outro. Não havia votação secreta. Era necessário que todas as decisões fossem tomadas abertamente, para que nunca ninguém titubeasse em sua lealdade. Entretanto, fora a firme convicção de que era preciso usar métodos drásticos para garantir os direitos dos africânderes e, por extensão, os direitos de todos os brancos da África do Sul, eles tinham muito pouco ou nada em comum entre si. O líder fascista Terrace Blanche era visto por vários integrantes com um mal disfarçado desdém. Mas sua presença era uma necessidade. O representante da família De Beers, a dos diamantes, um senhor idoso que ninguém jamais vira dando uma risada, era tratado com o respeito dúbio que em geral a extrema riqueza provoca. O juiz Pelser, o representante da Broederbond, era um homem com um desprezo notório pela humanidade. Mas exercia grande influência e raras vezes era contrariado. E por fim havia o general Stroesser, do alto comando da Força Aérea, que não suportava a companhia de funcionários públicos nem de donos de minas.

Mas todos votaram a favor de Sikosi Tsiki. O que significava que Franz Malan e Jan Kleyn podiam prosseguir com os planos.

— Sikosi Tsiki partirá dentro de três dias — informou Jan Kleyn. — Konovalenko está pronto para recebê-lo. Ele vai para Copenhague via Amsterdã, com um passaporte zambiano. E chega à Suécia de barco.

Franz Malan aprovou com um gesto de cabeça. Agora era sua vez. Tirou algumas fotografias ampliadas, em preto-e-branco, da pasta. Tinha batido as fotos ele mesmo e revelado no laboratório que montara em casa. O mapa fora copiado no trabalho, num momento em que não havia ninguém olhando.

— Sexta-feira, 12 de junho. A polícia acredita que haverá no mínimo quarenta mil pessoas presentes. E existem várias razões para que essa seja considerada uma ocasião adequada para dar o bote. Para começar, há um morro, o Signal, bem ao sul do estádio. A distância dali até onde vai estar o palanque é de uns setecentos metros. Não há nada construído no topo. Mas existe uma estrada de acesso pelo lado sul. Sikosi Tsiki não teria o menor problema para chegar até lá, nem para escapar. Se necessário, pode inclusive ficar escondido lá em cima uns tempos, antes de descer e se misturar com os pretos que com certeza vão estar zanzando em meio ao caos que aquilo tudo vai virar.

Jan Kleyn examinou as fotos com cuidado. Esperava que Franz Malan continuasse.

— Meu outro argumento para esse local é que seria muito melhor se esse assassinato ocorresse no âmago do que nós chamamos de "parte inglesa" do país. Os africanos costumam reagir de modo primitivo. A primeira coisa que vão dizer é que alguém da Cidade do Cabo foi responsável pelo atentado. A raiva deles irá para cima das pessoas que moram lá. Todos esses ingleses liberais que tanto desejam o bem dos negros terão de encarar de frente o que realmente os espera caso algum dia os negros cheguem ao poder. Isso pode nos facilitar bastante, na hora de revidar.

Jan Kleyn balançava a cabeça. Andava pensando em linhas parecidas. Refletiu uns momentos sobre o que Franz

Malan dissera. Em sua experiência, todo plano tinha algum tipo de fraqueza.

— O que temos contra?

— Acho difícil encontrar qualquer coisa.

— Sempre há um ponto fraco. Não podemos tomar nenhuma decisão até atinarmos com ele.

— Só consigo imaginar uma coisa que pode dar errado — disse Franz Malan depois de alguns momentos de silêncio. — Sikosi Tsiki pode errar o alvo.

A expressão de Jan Kleyn foi de espanto.

— Ele não vai errar. Eu só escolho gente que acerta o alvo.

— Mesmo assim, setecentos metros é uma boa distância. Uma rajada súbita de vento. Um reflexo do sol que ninguém poderia ter previsto. A bala desvia um ou dois centímetros. Atinge uma outra pessoa.

— Isso simplesmente não pode acontecer.

Ocorreu a Franz Malan que, ainda que não estivessem conseguindo atinar com o ponto fraco do plano que estavam delineando, ele encontrara uma fraqueza em Jan Kleyn. Quando os argumentos racionais terminavam, ele recorria à fé. Algo simplesmente não pode acontecer.

Mas não disse nada.

Um criado trouxe-lhes chá. Repassaram o plano uma vez mais. Esmiuçaram os detalhes, anotaram perguntas que precisavam ser respondidas. Foi só lá pelas quatro da tarde que chegaram à conclusão de que tinham avançado o máximo possível.

— De amanhã até 12 de junho dá um mês exato — falou Jan Kleyn. — O que significa que não temos muito tempo de sobra para marcar a data. Precisamos decidir até sexta-feira que vem se vai ser na Cidade do Cabo ou não. Até lá temos de ter pesado todos os prós e os contras e respondido a todas as perguntas que ainda estão no ar. Vamos nos encontrar aqui de novo no dia 15 de maio, pela manhã. Depois eu reúno o Comitê ao meio-dia. Durante a próxima semana, nós dois vamos precisar rever os planos, cada um por si, à procura de possíveis defeitos e pontos fracos. Os fortes nós já sabemos quais são. Agora temos de descobrir quais são os argumentos contrários.

Franz Malan concordou. Não tinha objeções.

Cumprimentaram-se e saíram da casa em Hammanskraal com dez minutos de diferença.

Jan Kleyn foi direto para a casa de Bezuidenhout Park.

Miranda Nkoyi contemplava a filha. Ela estava sentada no chão, olhando para o espaço. Miranda sabia que aquele não era um olhar vago, e sim alerta. Às vezes, ao espiar a filha, sentia uma espécie de ataque repentino de tontura e parecia que estava vendo a mãe. Ela era jovem assim, mal completara dezessete anos, quando teve Miranda. Agora a filha tinha essa mesma idade.

Para onde será que ela está olhando? De vez em quando sentia um arrepio gelado lhe passar pela espinha, ao reconhecer na filha traços do pai. Sobretudo aquele olhar de intensa concentração, mesmo que estivesse olhando o espaço vazio. Aquela visão interna que ninguém mais podia entender.

— Matilda — falou com ternura, como se esperasse trazê-la de volta à terra, tratando-a com carinho.

A moça saiu de seu devaneio meio assustada e olhou-a de frente.

— Sei que meu pai vai chegar daqui a pouco. Como você não me permite odiá-lo quando ele está aqui, eu o faço enquanto espero. Você pode ditar os momentos. Mas não pode tirar esse ódio de mim.

Miranda quis gritar bem alto que compreendia seus sentimentos. Muitas vezes pensava a mesma coisa. Mas não podia. Era igual à mãe, a outra Matilda, que definhara com a humilhação incessante de não poder levar uma vida satisfatória em seu próprio país. Miranda sabia que amolecera, da mesma forma que a mãe, e continuou calada, num estado de impotência que só podia compensar traindo constantemente o homem que era o pai de sua filha.

Em breve, pensou. Em breve preciso contar a minha filha que sua mãe ainda tem um resto de força, apesar dos pesares. Vou ter de lhe contar, para poder tê-la de volta, mostrar a ela que a distância entre nós não é um abismo, no fim das contas.

Em segredo, Matilda afiliara-se à organização juvenil do Congresso Nacional Africano. Era membro ativo e já participara de várias missões sigilosas. Fora detida pela polícia em mais de uma ocasião. Miranda estava sempre temerosa de que se machucasse ou fosse morta. Toda vez que um caixão levando um negro morto passava oscilando em meio a multidões cantando, ela rezava a todos os deuses em quem acreditava para que a filha fosse poupada. Voltava-se para o deus cristão, para os espíritos de seus ancestrais, para a mãe falecida, para a *songoma* sobre quem o pai tanto falava. Mas nunca se convencia inteiramente de que eles a tinham escutado. As orações meramente a deixavam se sentindo melhor, pelo simples fato de cansá-la.

Miranda entendia o sentimento confuso de impotência da filha por ter um pai bôer, por saber que era fruto do inimigo. Era o mesmo que ter sido ferida mortalmente no instante do nascimento.

Contudo, sabia que uma mãe jamais poderia lamentar a existência de uma filha. Dezessete anos atrás, amava Jan Kleyn tão pouco quanto o amava nesse momento. Matilda fora concebida em medo e subserviência. Era como se a cama onde estavam deitados estivesse flutuando num universo remoto e sem ar. Depois, não teve forças para se desvencilhar da submissão. A criança nasceria, teria um pai e ele organizaria sua vida: uma casa em Bezuidenhout, dinheiro para viver. Desde o princípio, estava decidida a nunca mais ter outro filho com ele. Se necessário, Matilda seria sua única descendência, mesmo que seu coração africano se horrorizasse com essa idéia. Jan Kleyn jamais declarara abertamente querer outro filho; suas exigências no que dizia respeito ao amor eram sempre igualmente ocas. Miranda deixava que ele passasse as noites com ela e agüentava porque aprendera que, ao traí-lo, vingava-se.

Observou de novo a filha, que voltara a mergulhar num mundo ao qual não tinha acesso. Sabia que Matilda herdara sua beleza. A única diferença era a pele, um pouco mais clara. Às vezes se perguntava o que Jan Kleyn diria se soubesse que o que a filha mais queria na vida era ter uma pele bem escura.

Minha filha também o trai, pensou. Mas nossa traição não vem da malícia. Nossa traição é a corda à qual nos agarramos, enquanto a África do Sul queima. Toda a malícia vem dele. Um dia desses, ele acabará destruído pela malícia. A liberdade que porventura viermos a conseguir não virá das cédulas eleitorais, não em princípio, e sim do rompimento daquelas correntes interiores que nos têm mantido prisioneiros.

O carro parou na entrada da garagem.

Matilda levantou-se do chão e olhou para a mãe.

— Por que você nunca o matou?

O que Miranda ouviu na voz da filha foi a voz dele. Mas convencera-se já fazia um bom tempo de que o coração de Matilda não era igual ao de um africânder. Sua aparência, sua pele clara, essas eram coisas sobre as quais a menina nada poderia fazer. Mas preservara seu coração, quente e inesgotável. Era uma linha de defesa, ainda que a última, que Jan Kleyn jamais conseguiria derrubar.

A pena é que ele nunca parecia reparar em nada. Toda vez que aparecia em Bezuidenhout, vinha com o carro abarrotado de comida, para que ela lhe preparasse um *braai* igual ao que ele comia no palacete branco dos pais. Nunca se deu conta de que estava transformando Miranda numa nova Matilda, em outra criada escravizada. Nunca conseguiu ver que a estava forçando a desempenhar diferentes papéis: cozinheira, amante, empregada. Não notava o ódio resoluto que emanava da filha. Via apenas um mundo imutável, petrificado, algo que tinha de preservar a todo custo como missão principal na vida. Não enxergava a falsidade, a desonestidade, a artificialidade sem limites na qual o país todo se baseava.

— Tudo bem por aqui? — perguntou, enquanto colocava as sacolas de comida no hall de entrada.

— Tudo — respondeu Miranda. — Tudo ótimo.

Depois foi preparar o *braai* enquanto ele tentava conversar com a filha, que se escondia por trás do papel da mocinha tímida. Tentou acariciar seu cabelo, e Miranda viu, pela porta entreaberta da cozinha, a filha enrijecer. Comeram a refeição africânder, composta de lingüiças, grandes nacos de carne e salada de repolho. Miranda sabia que a filha iria para o banheiro e se forçaria a vomitar cada migalha, assim que acabasse. Depois ele quis conversar sobre coisas sem importância, casa, papel de parede, quintal. Matilda foi para o quarto, deixando Miranda a sós com Jan Kleyn. Ela lhe deu as respostas esperadas. Em seguida foram para a cama. O corpo dele era quente como só um objeto congelado consegue ser. O dia seguinte era um domingo. Como não podiam ser vistos juntos, deram seu passeio dominical dentro das quatro paredes da casa, andando de lá para cá em volta um do outro, comendo e sentando em silêncio. Matilda sempre saía assim que era possível e não voltava até ele ter ido embora. Só na segunda-feira é que tudo começaria a voltar ao normal.

Quando ele adormeceu e a respiração ficou calma e regular, ela se levantou cuidadosamente da cama. Tinha aprendido a se mexer no quarto em silêncio absoluto. Foi até a cozinha, deixando a porta aberta para poder ver caso ele acordasse. Se por acaso isso ocorresse, e ele perguntasse por que estava de pé, sua desculpa seria o copo de água que já deixara preparado.

Como sempre, dobrara as roupas dele numa cadeira da cozinha. Numa posição de onde não seriam vistas do quarto. Certa vez Jan Kleyn perguntara por que ela sempre pendurava suas roupas na cozinha e não no quarto; explicara que gostava de escovar tudo pela manhã, antes de ele se vestir.

Cautelosa, revistou todos os bolsos. Sabia que a carteira ficava no bolso esquerdo interno do paletó, e que as chaves ele guardava no bolso direito da calça. A pistola da qual não se separava ficava na mesa-de-cabeceira.

Em geral era tudo o que encontrava nos bolsos dele. Nessa noite, contudo, havia um pedacinho de papel com alguma coisa escrita numa letra que ela reconheceu ser a dele. Com um olho no quarto, decorou rapidamente o que dizia.

Cidade do Cabo, dizia o papel.

12 de junho.

Distância até o local? Direção do vento? Estradas?

Voltou a guardar o pedacinho de papel onde o encontrara, não sem antes se certificar de que fora dobrado exatamente como antes.

Não entendeu o significado daquelas palavras. Mas de qualquer maneira faria o que lhe haviam dito para fazer sempre que achasse algo nos bolsos dele. Contaria ao homem com quem se encontrava religiosamente no dia seguinte às visitas de Jan Kleyn. Junto com os amigos, eles tentariam decifrar o que queriam dizer as tais palavras.

Tomou a água e voltou para a cama.

Ele às vezes falava dormindo. Quando isso acontecia, em geral era durante a primeira hora depois de ter pegado no sono. Miranda também decorava as palavras que às vezes ele resmungava, às vezes berrava, e contava para o homem com quem se encontrava no dia seguinte. Ele anotava tudo que ela lembrava, bem como tudo o mais que tivesse acontecido durante a visita. Às vezes Jan Kleyn dizia de onde vinha vindo, e às vezes para onde estava indo também. Mas o mais freqüente era não dizer nada de nada. Jamais, conscientemente, revelara qualquer coisa de seu trabalho no serviço secreto.

Muito tempo atrás, tinha dito a ela que era alto funcionário do Ministério da Justiça, em Pretória.

Tempos depois, quando foi procurada pelo homem que queria informações e ficou sabendo que Jan Kleyn trabalhava para o BOSS, eles a avisaram para nunca deixar escapar que sabia qual era seu trabalho.

Jan Kleyn foi embora no domingo à noite. Miranda acenou um adeus, quando ele se afastou.

A última coisa que dissera é que estaria de volta na sexta-feira seguinte, no final da tarde.

Enquanto dirigia, Jan Kleyn chegou à conclusão de que estava ansioso para que a semana começasse. O plano começava a tomar forma. E estava com as rédeas de tudo.

O que não sabia, no entanto, é que Victor Mabasha continuava vivo.

Na noite de 12 de maio, exatamente um mês antes do atentado que cometeria contra Nelson Mandela, Sikosi Tsiki partiu de Joanesburgo num vôo regular da KLM com destino a Amsterdã. Assim como Victor Mabasha, Sikosi Tsiki passara um bom tempo tentando imaginar quem iria ser sua vítima. Ao contrário de Victor, porém, não concluíra que só poderia ser o presidente De Klerk. Deixou a questão em aberto.

Que o assassinato pudesse envolver Nelson Mandela nem sequer lhe passara pela cabeça.

Na quarta-feira, 13 de maio, pouco depois das seis da tarde, um barco pesqueiro atracou no porto de Limhamn.

Sikosi Tsiki desembarcou. O pesqueiro zarpou imediatamente com destino à Dinamarca.

Um homem inusitadamente gordo o aguardava nas sombras.

Nessa tarde em especial, uma forte ventania soprava sobre a região da Escânia, vinda do sudoeste. O vento só foi amainar bem mais tarde.

E aí veio o calor.

20

Passava um pouco das três da tarde do domingo. Peters e Norén rodavam pelas ruas centrais de Ystad esperando o fim do turno. O dia fora calmo, com um único incidente registrado. Lá pelo meio-dia, receberam aviso de que um homem nu em pêlo estava tentando demolir uma casa em Sandskogen. A queixa fora dada pela própria esposa. Ela explicara que o marido estava furioso porque tinha de gastar todo o tempo livre consertando o chalé de verão dos sogros. E que para garantir um mínimo de paz e sossego na vida, decidira demoli-lo. Segundo ela, o marido preferia passar os fins de semana sentado à beira de um lago, pescando.

— Acho melhor vocês irem lá acalmar o homem — falou o atendente do centro de emergência.

— Em que devemos enquadrá-lo? — perguntou Norén, que estava operando o rádio, enquanto Peters dirigia. — Comportamento licencioso?

— Isso não existe mais — disse o atendente. — Mas, se a casa pertence aos sogros, pode-se dizer que o sujeito resolveu legislar em causa própria. Além do mais, não interessa como vocês vão enquadrá-lo. Acalmem o cara e pronto. É isso que importa.

Os dois foram até Sandskogen, mas sem grande pressa.

— Acho que eu entendo esse cara — falou Peters. — Ter casa própria já é um pé no saco. Sempre aparece alguma coisa para ser feita. Mas nunca dá tempo, ou então é muito caro. Agora, ter que trabalhar na casa dos outros também, aí já é um pouco demais.

— Então quem sabe a gente dá uma mãozinha para ele — sugeriu o colega.

Conseguiram encontrar o endereço. E já havia uma bela multidão na rua, em frente ao muro. Norén e Peters saltaram da viatura e ficaram uns instantes observando o sujeito pelado zanzando pelo telhado, soltando as telhas com um pé-de-cabra. Bem nessa hora, a mulher apareceu esbaforida. Norén percebeu que andara chorando. Ouviram seu relato meio incoerente do que tinha acontecido. O principal é que obviamente ele não tinha permissão de fazer o que estava fazendo.

Os dois policiais aproximaram-se da casa e berraram para o sujeito, que estava montado a cavalo na beira do telhado. Sua concentração nas telhas era tamanha que nem reparou na radiopatrulha. Quando viu Norén e Peters ficou tão espantado que soltou o pé-de-cabra. O objeto escorregou telhado abaixo e Norén teve de saltar para o lado para não ser atingido.

— Cuidado aí! — berrou Peters. — E acho melhor descer. Você não tem permissão para demolir esta casa.

Para espanto dos dois, o homem obedeceu na hora. Repôs no chão a escada que tinha recolhido e desceu. A mulher aproximou-se correndo com um roupão e ele vestiu sem reclamar.

— Vão me prender?

— Não — disse Peters. — Mas acho melhor parar de tentar demolir a casa. Aliás, para ser sincero, acho que eles não vão mais lhe pedir para fazer nenhum conserto.

— Tudo o que eu quero é ir pescar.

Peters e Norén deram o caso por encerrado e fizeram o relatório por rádio à central.

Cruzaram Sandskogen e, quando estavam prestes a entrar na Österleden, aconteceu.

— Olha lá o Wallander — comentou Peters.

Norén ergueu a vista do bloco de anotações.

Quando o carro passou por eles, tiveram a impressão de que o inspetor não os vira. O que seria estranhíssimo, caso fosse verdade, já que estavam numa viatura pintada de azul e branco. O que mais chamou a atenção dos dois, no entanto, não foi o olhar aéreo de Wallander.

Foi o indivíduo sentado ao lado. Era um negro.

Peters e Norén se entreolharam.

— Não era um africano, aquele sujeito no carro? — perguntou Norén.

— É. Negro ele era.

Estavam ambos pensando no dedo decepado que tinham encontrado semanas antes e no negro que estava sendo procurado por todo o país.

— Wallander deve ter pego o sujeito — falou Norén, hesitante.

— Então por que estava indo na direção contrária? E por que não parou quando viu a gente?

— Foi como se ele não quisesse nos ver. Como fazem as crianças. Quando elas fecham os olhos, acham que ninguém pode vê-las.

Peters assentiu.

— Acha que ele se meteu em apuros?

— Não — disse Norén. — Mas onde será que ele foi descobrir aquele cara?

Mas aí foram interrompidos por um chamado de emergência envolvendo uma moto possivelmente roubada que fora encontrada abandonada em Bjäresjö. Ao fim do turno, voltaram para a delegacia. Para surpresa de ambos, quando perguntaram na cantina, descobriram que Wallander nem tinha aparecido. Peters estava para contar a todos o que tinham visto quando Norén lhe fez um sinal para ficar calado.

— Por que me impediu de contar o que nós vimos? — perguntou quando ficaram sozinhos no vestiário, trocando de roupa para ir para casa.

— Se o Wallander não apareceu, é porque tem um motivo. Que motivo, não é assunto nem meu nem seu. Além do mais, podia bem ser um outro africano qualquer. Martinson uma vez falou que a filha dele andava namorando um negro. Podia ser o namorado da filha.

— Continuo achando tudo muito esquisito — insistiu Peters.

E foi com essa sensação que chegou em casa, um sobrado geminado na estrada para Kristianstad. Depois de jantar e brincar um pouco com os filhos, saiu para dar uma volta com o cachorro. Martinson morava perto, de modo que decidiu passar na casa do colega para contar o que tinham visto. Não fazia muito tempo Martinson perguntara se podia entrar para a lista de espera dos filhotes de sua cadela labrador.

O próprio Martinson abriu a porta. E convidou Peters a entrar.

— Preciso voltar para casa daqui a pouco, obrigado. Mas aconteceu uma coisa que eu gostaria de lhe contar. Tem um tempinho?

Martinson entrara para o Partido Liberal e pensava em se candidatar a vereador num futuro próximo; quando Peters apareceu, estava lendo relatórios políticos muito enfadonhos, enviados pelo partido. Não hesitou em vestir o paletó e sair com o colega, que lhe contou então o que acontecera durante a tarde.

— Tem certeza? — perguntou Martinson, quando ele terminou.

— Não é possível que Norén e eu tenhamos tido alucinações idênticas.

— Estranho — comentou Martinson, pensativo. — Eu teria sabido imediatamente, se fosse o africano que perdeu o dedo.

— Vai ver era o namorado da filha.

— O Wallander me falou que eles tinham terminado o namoro.

Caminharam mais um pouco em silêncio, observando a cadela, que puxava a coleira.

— Foi como se ele não quisesse nos ver — disse Peters, medindo as palavras. — E isso só pode significar uma coisa. Ele não queria que soubéssemos o que estava fazendo.

— Ou pelo menos não queria que soubessem a respeito do africano no carro — completou Martinson, imerso em pensamentos.

— Provavelmente haverá uma explicação lógica para tudo isso. O que eu quero dizer é que nem me passa pela cabeça sugerir que o inspetor esteja metido em alguma coisa em que não deveria estar.

— Claro que não. Mas foi bom ter vindo me contar.

— Olha, não é que eu queira fazer fofoca.

— Isso não é fofoca.

— O Norén vai ficar uma fera comigo.

— Ele não precisa saber.

Separaram-se em frente à casa de Martinson. Peters prometeu vender um filhote a Martinson quando sua cadela desse cria.

Martinson perguntava-se se devia ligar para Wallander. Depois decidiu esperar e conversar com ele no dia seguinte. Com um suspiro, voltou aos intermináveis relatórios políticos.

Ao aparecer na delegacia na manhã seguinte, pouco antes das oito, Wallander tinha uma resposta preparada para a pergunta que fatalmente viria. No dia anterior, quando depois de muita hesitação decidira levar Victor Mabasha consigo no carro, achava que as chances de topar com um colega da polícia ou com qualquer conhecido eram pequenas. Pegaria estradas que as radiopatrulhas raramente usavam. Mas, desnecessário dizer, dera de cara com Peters e Norén. Reparara nos dois tão tarde que não houve tempo de mandar Victor Mabasha se agachar e sumir de vista. Tampouco fora possível desviar para uma outra direção qualquer. Pelo canto do olho, viu que Peters e Norén tinham notado o homem sentado a seu lado. Pediriam uma explicação no dia seguinte, quanto a isso não havia a menor dúvida.

Será que essa coisa não vai acabar nunca?, perguntou a si mesmo.

Depois, já mais calmo, apelou para a ajuda da filha uma vez mais.

— Herman Mboya vai ter de ser ressuscitado como seu namorado. Isso se alguém perguntar. O que eu acho muito improvável.

Ela o olhou espantada, depois caiu na risada, meio conformada.

— Não se lembra mais do que me disse quando eu era menina? Que uma mentira leva à outra? E que no fim você se emaranha tanto que ninguém mais sabe o que é verdade e o que não é?

— Também não estou gostando nem um pouco disso. Mas não vai demorar para terminar tudo. Ele vai sair do país em breve. E aí nós podemos esquecer que algum dia esteve aqui.

— Claro que eu digo que o Herman Mboya voltou. Para falar a verdade, às vezes eu bem que gostaria que isso fosse verdade.

De modo que, quando chegou ao distrito policial, na segunda de manhã, Wallander tinha uma desculpa prontinha para explicar por que havia um africano sentado a seu lado no carro, no domingo à tarde. Numa situação em que quase tudo era complicadíssimo, ameaçando fugir ao controle, esse lhe parecia o menor dos problemas. Ao ver Victor Mabasha surgindo da neblina, parecendo mais uma miragem do que realidade, seu primeiro instinto fora correr de volta para o apartamento e pedir auxílio aos colegas. Mas alguma coisa o deteve, alguma coisa que contrariava toda a lógica usual da polícia. Mesmo dentro daquele cemitério em Estocolmo, Wallander tivera a nítida impressão de que o negro dizia a verdade. Não fora ele o assassino de Louise Åkerblom. Estava no local, mas era inocente. O assassino era um outro sujeito, um sujeito chamado Konovalenko, que mais tarde tentara matar Victor Mabasha também. Havia uma possibilidade de que o negro do dedo decepado tivesse tentado impedir o que acontecera naquela casa deserta. Wallander não parara de pensar um minuto no que estava por trás de tudo. E foi com esse espírito que o acolheu em sua casa, plenamente consciente de que podia estar cometendo um erro. Em várias ocasiões, Wallander usara métodos no mínimo pouco convencionais para lidar com suspeitos ou condenados. Mais de uma vez Björk fora obrigado a lembrá-lo do código de procedimento da polícia. Mas pelo menos exigira que o sujeito entregasse qualquer arma que tivesse consigo ainda na rua. Pegara a pistola, depois fizera uma revista. O outro parecia curiosamente tranqüilo, como se não esperasse nada menos que um convite para ficar em sua casa. Só para provar ao sujeito que não era ingênuo de todo, o inspetor lhe perguntara como sabia onde morava.

— A caminho do cemitério. Revistei sua carteira. E decorei o endereço.

— Você me atacou. E agora vem atrás de mim, de Estocolmo até minha casa. Então acho melhor que tenha boas respostas para as perguntas que vou lhe fazer.

Sentaram-se na cozinha e Wallander fechou a porta, para não acordar Linda. Mais tarde, se lembraria daquelas três horas que passaram frente a frente, em volta da mesa, como a conversa mais extraordinária que já tivera na vida. Não era apenas uma questão de estar divisando pela primeira vez os contornos do estranho mundo que dera origem a Victor Mabasha e ao qual em breve ele retornaria. Também se viu forçado a perguntar a si mesmo como era possível a um ser humano ser composto de tantas partes incompatíveis. Como é que alguém podia ser um assassino frio que abordava suas vítimas como se elas fizessem parte de um dia normal de trabalho e, ao mesmo tempo, ser também um indivíduo racional e sensível, com opiniões políticas bem formadas? Não percebera que a conversa era um dos elementos da armadilha preparada para pegá-lo.

Victor Mabasha sabia para que lado sopravam os ventos. Sua capacidade de inspirar confiança poderia lhe garantir a liberdade para voltar à África do Sul. Os espíritos tinham lhe soprado na orelha que devia procurar o policial que estava atrás de Konovalenko e obter sua ajuda para escapar do país.

O que Wallander lembrava mais vivamente, em retrospecto, era uma planta que, segundo Victor Mabasha, crescia apenas no deserto da Namíbia. Uma planta capaz de viver até dois mil anos. Que dava folhas muito compridas, feito sombras protetoras, que preservavam as flores e o complicado sistema de raízes. Victor Mabasha tinha essa planta rara como o símbolo das forças em oposição em sua terra natal, e também das que se digladiavam pela supremacia dentro dele próprio.

— Ninguém abdica voluntariamente dos privilégios que tem. Os privilégios viram um hábito tão arraigado que acabam se tornando uma espécie de perna adicional. Mas seria errado atribuir tudo a um defeito da raça. Na minha terra, são os brancos que colhem os benefícios desse hábito. Mas, se as coisas tivessem sido diferentes, poderíamos perfeitamente ter sido nós. Não se pode nunca combater racismo com racismo. O importante agora em meu país, tão sofrido e maltratado durante tantos séculos, é que os hábitos de submissão sejam rompidos. Os brancos têm de entender que, se quiserem sobreviver ao futuro imediato, precisam descer do pedestal. Têm de distribuir terra para os negros miseráveis que foram expulsos de suas próprias terras há séculos. Têm de transferir boa parte de suas riquezas para aqueles que não têm nada; precisam aprender a tratar os negros como seres humanos. A barbárie sempre teve um rosto humano. Justamente o que a torna tão desumana. Os negros, acostumados à submissão, a se considerar um zé-ninguém numa comunidade de zé-ninguéns, também têm de mudar esse hábito. É bem possível que das falhas humanas a submissão seja a mais difícil de superar. É um hábito tão entranhado que deforma o ser inteiro, corrompe o corpo todo. Deixar de ser um zé-ninguém e avançar na direção de ser alguém é a viagem mais longa que um indivíduo pode empreender. Quando você aprende a conviver com a inferioridade, ela se torna um hábito de vida que domina tudo. Para mim, a solução pacífica é uma ilusão. Nosso sistema de segregação racial foi tão longe que já começou a ruir por ter se tornado impossível. Uma nova geração de negros rejeita a submissão. Uma geração impaciente que vê um colapso iminente. Mas tudo progride muito devagar. Além disso, existem muitos brancos pensando da mesma forma. Eles se recusam a aceitar privilégios que exigem que vivam como se todos os negros fossem invisíveis, como se existissem apenas para servir de criados, confinados em favelas distantes feito uma estranha espécie de animal. Em meu país, temos imensas reservas naturais onde os animais selvagens levam a vida sossegados. Ao mesmo tempo, temos imensas reservas humanas onde as pessoas vivem sendo achacadas. Na minha terra, os animais selvagens vivem melhor que os humanos.

Victor Mabasha calou-se e olhou para Wallander, como se esperasse alguma pergunta ou objeção. O inspetor teve a impressão de que para ele todos os brancos eram iguais, vivessem na África do Sul ou não.

— Meus irmãos e minhas irmãs, pelo menos uma parte deles, acha que essa sensação de inferioridade pode ser superada por seu oposto, a superioridade. Mas isso não está certo, claro. Isso só leva a antipatias e tensões entre grupos nos quais deveria haver cooperação. Pode inclusive dividir uma família ao meio. Fique sabendo, inspetor Wallander, que em meu país se a pessoa não tem família ela não é nada. Para um africano, a família é o começo e o fim de tudo.

— Pensei que isso fosse privilégio dos espíritos.

— Os espíritos fazem parte da família. Os espíritos são nossos antepassados que ficam cuidando de nós. São membros invisíveis de nossa família. Nunca nos esquecemos de sua existência. E é por esse motivo que os brancos cometeram um crime incompreensível ao nos expulsar da terra onde vivemos durante tantas gerações. Os espíritos não gostam de ser forçados a deixar a terra que um dia foi sua. Os espíritos odeiam as favelas onde os brancos nos obrigaram a viver. Odeiam mais ainda que nós, os vivos.

Parou de chofre, como se as palavras recém-pronunciadas tivessem lhe proporcionado uma visão tão terrível que era difícil acreditar nelas.

— Cresci numa família que foi dividida desde o início — falou após uma longa pausa. — Os brancos sabiam que podiam vencer nossa resistência separando as famílias. Vi quando meus irmãos e irmãs de sangue começaram a reagir cada vez mais como coelhos cegos. Correndo em círculos, sem parar e sem sair do lugar, como se não soubessem mais de onde tinham vindo e para onde estavam indo. Vi isso tudo e escolhi uma trilha diferente. Aprendi a odiar. Bebi das águas escuras que despertam o desejo de vingança. Mas, apesar da superioridade, da presunção arrogante de que essa supremacia é um dom divino, percebi que os brancos também têm seus pontos fracos. Estão assustados. Eles falavam em fazer da África do Sul uma obra de arte perfeita, um palácio branco no paraíso. Mas não conseguiram enxergar o quão impossível era esse sonho. Os que viram recusaram-se a admiti-lo. E assim foi que os próprios alicerces sobre os quais tudo foi construído tornaram-se uma mentira, e o medo tomou conta deles ao cair da noite. Encheram suas casas de armas. Mas o medo descobriu um jeito de entrar assim mesmo. A violência tornou-se uma parte do programa diário do medo. Eu percebi isso tudo e resolvi manter meus amigos por perto, mas meus inimigos mais perto ainda. Resolvi desempenhar o papel do negro que sabe o que o branco quer. Resolvi alimentar meu desprezo fazendo servicinhos para eles. Trabalhar em suas cozinhas e cuspir na sopa antes de levá-la para a mesa. E assim continuei sendo um ninguém que, em segredo, tinha se tornado alguém.

Victor Mabasha então se calou. Wallander achava que

o africano já tinha dito o que queria. Mas o quanto de tudo isso o inspetor compreendera de fato? Como isso poderia ajudá-lo a entender o que trouxera Victor Mabasha à Suécia? O que significava essa história toda? Sempre tivera uma noção muito vaga de que a África do Sul era um país em vias de ser destruído por um tenebroso sistema político alicerçado na discriminação racial, e agora tinha uma compreensão mais clara do que significava isso. Mas e o assassinato? Quem seria a vítima? Quem estava por trás de tudo? Uma organização?

— Tenho de saber mais. Você ainda não me contou quem está por trás de tudo. Quem pagou sua passagem para cá?

— Essas pessoas cruéis são sombras, apenas sombras. Os antepassados deles foram embora há muito tempo. Eles se reúnem em segredo para tramar a derrocada de nosso país.

— E você faz os serviços sujos para eles?

— Faço.

— Por quê?

— Por que não?

— Mas você mata gente.

— Mais cedo ou mais tarde eu também serei morto.

— O que quer dizer com isso?

— Sei que será assim.

— Mas não foi você quem matou Louise Åkerblom?

— Não.

— Foi o sujeito chamado Konovalenko?

— Foi.

— Por quê?

— Só ele poderia lhe dizer por quê.

— Um sujeito sai da África do Sul e vem para cá. Outro sai da Rússia e também vem para cá. Eles se encontram numa casa vazia numa área remota do sul da Suécia. Eles têm um transmissor de rádio potente lá dentro e armas também. Por quê?

— Foi o combinado.

— Por quem?

— Por aqueles que nos pediram para fazer a viagem.

Estamos girando em círculos, pensou Wallander. Não estou obtendo nenhuma resposta.

Mas insistiu, forçando-se a fazer uma última tentativa.

— Presumo que isso fosse algum tipo de preparação. Preparação para algum crime que seria cometido na sua terra. Um crime pelo qual o responsável seria você. Um assassinato, com certeza. Mas quem ia ser assassinado? E por quê?

— Já tentei lhe explicar como é meu país.

— Estou lhe fazendo perguntas simples e diretas. Quero respostas simples e diretas.

— Talvez as respostas precisem ser o que são.

— Não entendo você — falou Wallander, depois de um longo silêncio. — Você é um homem que não hesita em matar, e o faz sob encomenda, se entendi direito. Ao mesmo tempo, me dá a impressão de ser uma pessoa sensível que está sofrendo por causa da situação de seu país. As coisas não estão batendo.

— Nada bate para um negro sul-africano.

Aí então Victor Mabasha se pôs a explicar como eram as coisas em sua sofrida e judiada terra natal. Wallander teve dificuldade em acreditar nos próprios ouvidos. Quando o africano terminou o relato, parecia-lhe que tinha feito uma longa viagem. Uma excursão em que o guia lhe mostrara lugares de cuja existência jamais suspeitara.

Vivo num país onde fomos ensinados a acreditar que todas as verdades são simples, pensou. E também que a verdade é clara e inatacável. Todo nosso sistema jurídico se baseia nesse princípio. Agora estou começando a me dar conta de que é o oposto. Que a verdade é complicada, multiface, contraditória. Por sua vez, as mentiras vêm em preto-e-branco, nítidas e sem nuanças. Quando se vêem os seres humanos e a vida humana com desrespeito e desdém, a verdade assume um aspecto diferente daquele que possui quando a vida é considerada inviolável.

Contemplou Victor Mabasha, que o olhava de frente.

— Foi você que matou Louise Åkerblom? — Tinha a impressão de que seria a última vez que faria a pergunta.

— Não. Depois, perdi um dos meus dedos pela alma dela.

— Continua não querendo me dizer o que você terá de fazer quando voltar?

Antes que Victor Mabasha respondesse, Wallander sentiu que alguma coisa mudara. Alguma coisa no rosto daquele homem estava diferente. Mais tarde, lembrando-se do momento, achava que talvez tivesse visto ali um princípio de diluição da máscara inexpressiva.

— Ainda não posso dizer. Mas não vai acontecer.

— Acho que não estou entendendo — falou o inspetor, devagar.

— A morte não virá de minhas mãos. Mas não posso impedir que venha de alguma outra.

— Um assassinato?

— Que seria tarefa minha executar. Mas agora lavo minhas mãos desse assunto. Não vou pegar.

— Você está falando por charadas. O que você não vai pegar? Quero saber quem vai ser assassinado.

Mas Victor Mabasha não respondeu. Abanou a cabeça, e Wallander, ainda que com muita relutância, compreendeu que não arrancaria mais nada dele. Mais tarde, perceberia que ainda tinha um longo caminho pela frente até poder reconhecer a verdade em meio a circunstâncias tão distantes de suas próprias experiências. Para resumir, foi só bem mais tarde que se deu conta de que a última frase, dita ao mesmo tempo que caía a máscara, era inteiramente falsa. O africano não tinha a menor intenção de abandonar o serviço para o qual fora contratado. Por outro lado sabia que a mentira era necessária se quisesse receber ajuda para sair do país. Para que o inspetor acreditasse nele, foi obrigado a mentir — e fazê-lo com habilidade suficiente para ludibriar o policial sueco.

Wallander não tinha mais perguntas por enquanto.

Estava cansado. Ao mesmo tempo, parecia ter conseguido o que queria. O assassinato fora evitado, ou pelo menos a participação de Victor Mabasha. Presumindo-se que estivesse falando a verdade. Isso daria a seus desconhecidos colegas sul-africanos mais tempo para pôr a casa em ordem. E era inevitável imaginar que esse ato que Victor Mabasha não iria mais realizar fosse significar algo de positivo para os negros sul-africanos.

Por enquanto basta, pensou o inspetor. Entrarei em contato com a polícia de lá por intermédio da Interpol e direi a eles tudo o que sei. É o máximo que posso fazer. Agora temos que cuidar do nosso amigo Konovalenko. Se eu tentar convencer Per Åkeson a autorizar a detenção de Victor Mabasha, existe um enorme risco de que as coisas todas fiquem ainda mais confusas. Além do quê, as chances de Konovalenko sair do país só fariam aumentar. Não preciso saber mais do que já sei. Agora posso executar minha última ação ilegal no que se refere a Victor Mabasha.

Vou ajudá-lo a sair do país.

A filha esteve presente durante a última parte da conversa. Acordou, entrou na cozinha e levou um susto. Wallander explicou-lhe rapidamente quem era o homem.

— O cara que bateu em você?

— Esse mesmo.

— E agora ele está aqui tomando café com você?

— Exato.

— Até você deve achar isso meio estranho.

— A vida de um policial é estranha.

Linda não fez mais perguntas. Depois de se vestir, voltou e sentou-se em silêncio numa cadeira, ouvindo. Em seguida Wallander pediu-lhe que fosse até a farmácia comprar uma atadura para a mão do africano. Achou um vidro de penicilina no banheiro e deu a ele, perfeitamente ciente de que deveria ter chamado um médico. Depois, ainda que relutante, limpou a ferida em volta do dedo decepado e trocou a atadura.

Depois disso ligou para Lovén e foi atendido quase que instantaneamente. Pediu as últimas informações sobre Konovalenko e os outros dois que tinham desaparecido do prédio em Hallunda. Não mencionou o fato de que Victor Mabasha estava a seu lado, na cozinha.

— Já sabemos para onde eles foram, no dia em que demos a batida — falou Lovén. — Simplesmente mudaram-se para um apartamento dois andares acima, no mesmo prédio. Muito esperto, e conveniente também. Eles tinham outro imóvel alugado lá, no nome dela. Mas agora se foram.

— Então sabemos mais uma coisa. Que eles continuam no país. Presumivelmente em Estocolmo, onde é mais fácil uma pessoa se perder na multidão.

— Se for preciso, eu chuto pessoalmente a porta da frente de todos os apartamentos da cidade. Precisamos encontrar essa gente. E rápido.

— Concentre-se em Konovalenko — insistiu o inspetor. — Acho que o africano é menos importante.

— Se ao menos eu conseguisse entender qual é o elo entre eles.

— Eles estavam no mesmo lugar quando Louise Åkerblom foi assassinada. Depois Konovalenko assaltou um banco e matou um policial. O africano não estava junto, dessa vez.

— Mas o que significa isso tudo? — perguntou o policial de Estocolmo. — Não consigo ver nenhuma relação, apenas um elo muito vago que não faz o menor sentido.

— Mesmo assim já sabemos um bocado. Konovalenko parece obcecado com a idéia de matar o africano. A explicação mais provável é que tenham começado como amigos e que mais tarde brigaram por algum motivo.

— Mas onde é que entra a corretora de imóveis nessa história?

— Aí é que está. Ela não tem nada a ver com isso. Desconfio que tenha sido assassinada acidentalmente. Como você mesmo disse, esse Konovalenko é um sujeito brutal.

— A coisa toda se resume numa única pergunta — continuou Lovén. — Por quê?

— A única pessoa que pode responder é Konovalenko.

— Ou o africano. Você está se esquecendo dele, Kurt.

Depois da ligação para Lovén, Wallander tomou finalmente a decisão de tirar Victor Mabasha do país. Mas, antes de poder fazer qualquer coisa, precisava ter certeza absoluta de que não fora o africano quem matara Louise Åkerblom.

E como é que vou chegar a essa conclusão?, pensou consigo mesmo. Nunca encontrei ninguém com um rosto tão inexpressivo. Diante dele, não consigo decidir onde a verdade acaba e a mentira começa.

— A melhor coisa que você pode fazer é ficar aqui dentro — disse ele a Victor Mabasha. — Ainda tenho um monte de perguntas que quero respondidas. Acho melhor ir se acostumando com isso.

Fora a viagem de carro no domingo, não saíram de casa. Victor Mabasha estava exausto e dormiu o tempo quase todo. Wallander temia que a mão infeccionasse. Ao mesmo tempo, arrependia-se de tê-lo deixado entrar no apartamento. Como tantas outras vezes, seguira a intuição e não a razão. Agora não conseguia enxergar uma saída óbvia para o dilema.

No domingo à noite, levou Linda para ver o avô. Deixou-a na porta, para não ter de ouvir as reclamações do pai sobre não ter tempo nem para um café.

Por fim chegou a segunda-feira e ele foi trabalhar. Björk lhe deu as boas-vindas. Depois reuniram-se com Martinson e Svedberg na sala de conferência. Wallander fez um relatório seletivo do que acontecera em Estocolmo. As perguntas foram muitas. Mas, no fim, ninguém tinha grande coisa a dizer. A chave para essa história toda estava nas mãos de Konovalenko.

— Em outras palavras, teremos de esperar até pegá-lo — foi a conclusão de Björk. — O que nos dá um tempinho para pôr em ordem as pilhas de assuntos pendentes.

Selecionaram os casos que precisavam de atenção mais urgente. Wallander foi designado para descobrir o que acontecera com três cavalos de trote que haviam sido roubados de estábulos próximos a Skårby. Para espanto dos colegas, o inspetor caiu na gargalhada.

— É que é meio absurdo — disse ele em tom de desculpa. — Uma mulher desaparecida. E agora cavalos desaparecidos.

Mal tinha voltado para sua sala quando recebeu a visita que já estava esperando. A única coisa que não sabia ao certo é qual deles apareceria para fazer a pergunta. Poderia ser qualquer um dos colegas. Mas acabou sendo Martinson quem bateu e entrou.

— Tem um minuto? — perguntou.

Wallander fez que sim.

— Tem uma coisa que eu preciso lhe perguntar.

Wallander percebeu que o colega estava constrangido.

— Estou escutando.

— Você foi visto com um africano, ontem. No seu carro. Eu só achei que...

— Achou o quê?

— Não sei ao certo.

— Minha filha Linda voltou com o queniano.

— Achei mesmo que fosse isso.

— Mas você acabou de dizer que não sabia ao certo o que achava.

Martinson atirou os braços para o alto e fez uma careta. Depois saiu rapidinho da sala.

Wallander ignorou o caso dos cavalos sumidos, fechou a porta que Martinson deixara aberta e sentou-se para pensar. Quais eram mesmo as perguntas que queria fazer a

Victor Mabasha? E como poderia conferir a veracidade das respostas?

Nos últimos tempos o inspetor tivera ocasião de conhecer e interrogar vários cidadãos estrangeiros, na qualidade tanto de vítimas quanto de perpetradores. E parecia-lhe muitas vezes que as coisas que costumava considerar verdade absoluta, pertencentes ao campo do certo e errado, culpa e inocência, talvez não fossem mais aplicáveis. Ainda não percebera que o que era considerado delito sério ou de menor gravidade variava segundo a cultura de onde vinha a pessoa. Em geral sentia-se impotente nessas situações. Era como se simplesmente não tivesse as bases para fazer perguntas que pudessem levar à solução de um crime ou à libertação de um suspeito. No ano em que Rydberg, seu antigo colega e mentor, morrera, tinham passado um bom tempo falando sobre as mudanças monumentais que estavam ocorrendo no país e no mundo. A polícia se veria diante de exigências muito diferentes. Rydberg bebericava seu uísque e profetizava que nos dez anos seguintes a polícia sueca se veria forçada a lidar com mudanças muito maiores do que as experimentadas até então. Dessa vez, porém, não seria apenas uma questão de reformas fundamentais na organização. As mudanças afetariam o trabalho prático da polícia.

— Essa é uma coisa que eu não vou ter de enfrentar — Rydberg tinha dito uma noite em que estavam, como de hábito, sentados na pequena varanda de seu apartamento. — A morte chega para todos nós. Às vezes fico triste porque não vou estar por aqui para ver o que virá a seguir. Com certeza será difícil. Mas estimulante também. Você vai ver isso tudo. E vai ter de começar a raciocinar de maneira muito diferente.

— O que eu quero saber é se vou conseguir lidar com as mudanças. Cada vez mais me pergunto se existe vida para além da delegacia de polícia.

— Se está pensando em sair velejando rumo à Jamaica, certifique-se de que nunca mais vai voltar. — O tom de Rydberg foi irônico. — Gente que parte para algum lugar e depois volta em geral não lucra grande coisa com a aventura. Estão enganando a si próprios. Não chegaram a um acordo com a antiqüíssima verdade de que é impossível fugirmos de nós mesmos.

— Isso é algo que eu jamais farei. Não tenho espaço para planos assim grandiosos dentro de mim. O máximo que posso fazer é me perguntar se haveria algum outro emprego do qual pudesse gostar.

— Você será um policial enquanto viver. Você é como eu. Admita e pronto.

Wallander expulsou toda e qualquer lembrança de Rydberg da mente, pegou um novo bloco de notas e uma caneta.

Mas não se mexeu na cadeira. Perguntas e respostas, pensou. É por aí que provavelmente estou cometendo o primeiro erro. Muita gente, sobretudo quem vem de continentes distantes, precisa de espaço para contar sua história de um jeito próprio, só assim elas conseguem formular uma resposta. Isso é uma coisa que eu já devia ter aprendido a essa altura, considerando-se o número de africanos, árabes e latino-americanos que tenho encontrado pelo caminho. Em geral levam um susto com a pressa que parecemos ter o tempo todo e acham que isso é sinal de nosso desdém. Não ter tempo para uma pessoa, não ser capaz de sentar-se em silêncio junto com alguém, isso é o mesmo que rejeitar a pessoa, sentir desprezo por ela.

Contar a própria história, anotou ele no topo do bloco.

Achava que isso talvez o pusesse na trilha certa.

Contar a própria história, mais nada.

Afastou o bloquinho de notas para o lado e pôs os pés sobre a escrivaninha. Depois ligou para casa e foi informado de que estava tudo em paz. Prometeu estar de volta dentro de poucas horas.

Distraidamente, leu o boletim de ocorrência sobre os cavalos desaparecidos. O papel não dizia nada além de que três animais valiosos tinham desaparecido na noite de

5 de maio. Tinham sido levados ao estábulo para passar a noite. Na manhã seguinte, quando uma das moças da cavalariça foi abrir a porta das baias, lá pelas cinco e meia, estavam todas vazias.

Espiou o relógio e decidiu ir até lá. Depois de falar com três funcionárias do haras e com o secretário particular do dono, o inspetor sentiu-se inclinado a pensar que a coisa toda podia perfeitamente ser uma forma sofisticada de fraude contra o seguro. Fez algumas anotações e disse que voltaria.

A caminho de Ystad, parou para tomar um café.

Perguntava-se se haveria cavalos de corrida na África do Sul.

21

Sikosi Tsiki desembarcou na Suécia no final da tarde de quarta-feira, 13 de maio.

Nessa mesma noite, foi informado de que ficaria hospedado na região sul. Ali seria feito seu treinamento preparatório e dali mesmo deixaria o país. Quando soube por Jan Kleyn que o substituto de Victor Mabasha estava a caminho, Konovalenko chegara a cogitar a área em torno de Estocolmo como uma possível base de operações. Havia diversas alternativas, sobretudo nos arredores de Arlanda, onde o barulho dos aviões pousando e decolando abafaria praticamente todos os outros ruídos. Os treinos de tiro poderiam ser feitos lá. Sem contar que ainda não resolvera o problema do africano e do policial sueco, por quem desenvolvera um ódio mortal. Se os dois ainda não tivessem saído de Estocolmo, teria de permanecer na cidade até liquidá-los. Também não podia ignorar a probabilidade de que o nível geral de vigilância tivesse aumentado por todo o país, depois de ter matado aquele sujeito da polícia. Para se garantir, decidiu atuar em duas frentes ao mesmo tempo. Manteve Tania com ele em Estocolmo e mandou Rykoff para o sul, de novo com ordens de encontrar uma casa adequada numa área remota. Na verdade Rykoff chegara a apontar uma região do mapa, ao norte da Escânia, chamada Småland, dizendo que era muito mais fácil encontrar casas isoladas por lá. Mas Konovalenko queria ficar perto de Ystad. Se não pegasse o negro e o policial em Estocolmo, mais cedo ou mais tarde a dupla acabaria indo parar na cidade do inspetor. Tinha tanta certeza disso quanto de que surgira algum tipo de relacionamento inesperado entre os dois. Era meio difícil entender a situação. Mesmo assim estava cada vez mais convencido de que o policial e o negro não se achavam muito longe um do outro. Se conseguisse encontrar um, encontraria o outro.

Por meio de uma agência de viagens de Ystad, Rykoff alugou uma casa mais ao norte, no caminho para Tomelilla. O lugar não era uma maravilha, mas ao lado do imóvel havia uma pedreira abandonada que serviria para a prática de tiro. Como Konovalenko resolvera que Tania iria com eles, se por acaso se decidissem pela região da Escânia, Rykoff não precisou abastecer o freezer com comida. Em vez disso, e em cumprimento às ordens de Konovalenko, gastou seu tempo descobrindo o endereço de Wallander e mantendo o apartamento sob vigilância. Mas nada de o inspetor aparecer.

Na terça-feira, 12 de maio, um dia antes da chegada prevista de Sikosi Tsiki, Konovalenko tomou a decisão de permanecer em Estocolmo. Nenhum dos homens pagos para descobrir o paradeiro de Victor Mabasha fora capaz de adiantar qualquer coisa, mas assim mesmo tinha a nítida sensação de que o africano estava escondido em algum lugar da cidade. Também achava difícil de acreditar que um policial tão cuidadoso e organizado quanto Wallander regressasse tão rápido para uma casa que com toda certeza estaria sendo vigiada.

Mas foi ali que Rykoff finalmente o encontrou, pouco depois das cinco da tarde da terça-feira. A porta se abriu, e Wallander saiu para a rua. Sozinho. De dentro do carro, Rykoff percebeu na hora que estava de sobreaviso. Como o inspetor estivesse a pé, não dava para segui-lo; sabia que seria visto imediatamente se tentasse. Continuou parado na frente da casa e dali a pouco a porta da frente se abriu novamente. Rykoff enrijeceu. Dessa vez, duas pessoas saíram do prédio. A moça só podia ser a filha de Wallander, que ele não conhecia. Atrás dela vinha Victor Mabasha. Os dois atravessaram a rua, entraram num carro e partiram. Rykoff não se preocupou em segui-los. Ficou onde estava e discou o número do apartamento de Järfälla, onde Konovalenko se hospedara com Tania. Foi ela quem atendeu. Trocou umas poucas palavras com a mulher e pediu para falar com Konovalenko. Depois de ouvir o que Rykoff tinha a dizer, Konovalenko tomou imediatamente uma nova decisão. Ele e Tania partiriam para o sul da Suécia. Ficariam por ali até terem recebido Sikosi Tsiki e liquidado os dois, e a moça também, se necessário. Depois resolveriam o resto. Mas o apartamento de Järfälla continuaria sendo uma possibilidade.

Viajaram à noite e foram recebidos por Rykoff num estacionamento da zona oeste de Ystad. De lá, rumaram direto para a casa alugada. Na tarde desse mesmo dia Konovalenko fez uma visita a Mariagatan e passou um tempo observando o prédio onde o inspetor morava. No caminho de volta, parou uns instantes no alto do morro, em frente à delegacia de polícia.

A situação lhe parecia simplíssima. Não podia se dar ao luxo de fracassar de novo. Isso seria o fim de seus sonhos de um futuro na África do Sul. Já estava vivendo perigosamente e sabia disso. Não contara a verdade a Jan Kleyn, não admitira que Victor Mabasha continuava vivo. Havia o risco, ainda que mínimo, de que houvesse alguém passando informações a Jan Kleyn sem seu conhecimento. Na verdade já tinha tratado de colocar alguns capangas de ocasião para verificar se havia alguém na sua cola. Mas ninguém topara com nenhum tipo de vigilância que pudesse estar sendo realizada por ordem de Jan Kleyn.

Konovalenko e Rykoff passaram o dia decidindo os passos seguintes. Konovalenko queria uma ação rápida e impiedosa. Seria um ataque brutal e direto.

— Que tipo de armas temos?

— Praticamente tudo o que você quiser, à exceção de lança-foguete — falou Rykoff. — Temos explosivos, detonadores por controle remoto, granadas, rifles automáticos, espingardas, pistolas, equipamento de rádio.

Konovalenko tomou um copinho de vodca. Gostaria

mais do que tudo de pegar Wallander vivo. Havia algumas perguntas que queria ver respondidas antes de matá-lo. Mas afastou a idéia. Não podia se arriscar.

Depois chegou a uma conclusão.

— Amanhã de manhã, quando Wallander sair, Tania pode entrar no prédio e ver como são as coisas lá por dentro. Ela vai fingir que está entregando folhetos. Nós podemos arranjar alguns num supermercado qualquer. Depois o prédio tem de ficar sob observação constante. E se eles estiverem em casa amanhã à noite, se tivermos certeza disso, aí nós agimos. Vamos explodir a porta e entrar disparando. Se não acontecer nenhum imprevisto, matamos os dois e escapamos sem problemas.

— Mas eles são três — observou Rykoff.

— Dois ou três, tanto faz. Não podemos deixar ninguém vivo.

— E esse novo africano que eu vou pegar hoje, ele vai participar da coisa também?

— Não. Ele fica aqui esperando junto com a Tania.

Depois Konovalenko olhou-os com cara muito séria.

— A verdade é que esse Victor Mabasha já está morto há vários dias. Pelo menos é isso que Sikosi Tsiki pensa. Deu para entender?

Ambos fizeram que sim.

Konovalenko serviu mais uma dose de vodca para ele e para Tania. Rykoff recusou, já que tinha de preparar os explosivos e precisava estar absolutamente sóbrio. Além disso, teria de ir até Limhamn mais tarde, para apanhar Sikosi Tsiki.

— Vamos dar um jantar de boas-vindas para o sujeito — falou Konovalenko. — Nenhum de nós gosta de se sentar à mesa com um africano. Mas às vezes é preciso fazer alguns sacrifícios em nome do trabalho.

— O outro não gostava de comida russa — falou Tania.

Konovalenko refletiu uns instantes.

— Frango — acabou dizendo. — Todo africano gosta de frango.

* * *

Às seis da tarde, Rykoff pegou Sikosi Tsiki em Limhamn. Algumas horas depois, estavam todos sentados em volta da mesa. Konovalenko ergueu o copo.

— Você tem o dia de folga, amanhã. Nós começamos na sexta.

Sikosi Tsiki balançou a cabeça. O substituto era tão calado quanto o anterior.

Gente quieta, pensou Konovalenko. Implacáveis na hora agá. Tão implacáveis quanto eu.

Wallander dedicou boa parte dos primeiros dias de sua volta a Ystad ao planejamento de diversas formas de atividades criminosas. Com uma persistência obstinada, foi abrindo caminho para a fuga de Victor Mabasha. Depois de muito examinar a consciência, chegara à conclusão de que era a única forma de controlar a situação. Sentia uma culpa imensa e não conseguia parar de pensar que o que estava fazendo era totalmente repreensível. Mesmo que Victor Mabasha não tivesse assassinado Louise Åkerblom, estivera presente na hora do homicídio. Além do mais, roubara carros e assaltara uma loja. Como se não bastasse, estava em situação ilegal na Suécia e planejara cometer um crime gravíssimo em seu país. Mas Wallander convenceu-se de que, apesar de tudo, essa seria a única maneira de evitar o tal crime. Sem falar que dessa forma Konovalenko não conseguiria matar Victor Mabasha. E seria punido pelo assassinato de Louise Åkerblom, assim que fosse pego. O que pretendia fazer agora era enviar um aviso para seus colegas sul-africanos pela Interpol. Mas primeiro queria tirar Victor Mabasha do país. Para não chamar muito a atenção, entrara em contato com uma agência de viagens de Malmö para saber como obter um vôo para a Zâmbia. Victor Mabasha lhe dissera que sem um visto não poderia entrar na África do Sul. Mas com um passaporte sueco falso, não precisava de visto para entrar na Zâmbia. Ele ainda tinha dinheiro suficiente para as passagens e para a última etapa da viagem, da Zâmbia à África do Sul via Zimbábue e Botsuana. Quando chegasse lá, cruzaria a fronteira em algum ponto menos vigiado. A agência de Malmö fornecera diversas opções de roteiro. Acabaram decidindo que Victor Mabasha iria até Londres, de onde tomaria um avião da Zambia Airways até Lusaka. O que significava que Wallander teria de lhe arranjar um passaporte falso. Causa dos mais graves problemas práticos e dos piores sentimentos de culpa para ele. Arranjar um passaporte falso em seu próprio distrito policial era o mesmo que trair sua profissão. Não adiantava grande coisa ter conseguido a promessa de que o tal passaporte seria destruído assim que tivesse passado pelo controle de imigração da Zâmbia.

— No mesmo dia — Wallander insistira. — E ele tem de ser queimado.

Wallander comprou uma máquina barata e tirou umas fotos no tamanho-padrão de passaporte. O maior problema, que não poderia ser resolvido até o último instante, era como o africano passaria pelo controle sueco. Mesmo que tivesse um passaporte tecnicamente genuíno e que portanto não constaria da lista de suspeitos mantida pelos funcionários da alfândega, havia um grande risco de que alguma coisa desse errado. Depois de muito pensar, Wallander decidiu que Victor Mabasha sairia pelo terminal de hovercraft de Malmö. Compraria uma passagem de primeira classe para ele. Supunha que o cartão de embarque da primeira classe pudesse ajudar a garantir um certo desinteresse por parte dos funcionários. Linda faria o papel da namorada. Eles trocariam um beijo de despedida bem debaixo do nariz da imigração, e Wallander lhe ensinaria umas poucas frases em sueco perfeito.

Segundo as conexões que teria de fazer e as passagens já confirmadas, Victor Mabasha deixaria a Suécia na manhã do dia 15 de maio. Até lá, era preciso providenciar um passaporte falso para ele.

Na terça à tarde, Wallander preencheu um formulário de solicitação de passaporte para o pai e juntou duas fotos. Todo o procedimento para a concessão de passaportes fora revisto havia pouco tempo. O documento passara a sair na hora, enquanto o requerente esperava. Wallander ficou rodeando a sala, sapeando, à espera de que a mulher que lidava com os passaportes tivesse terminado de atender a última pessoa e estivesse prestes a fechar o guichê.

— Desculpe aparecer assim tão tarde. Mas é que meu pai vai viajar para a França, numa dessas excursões para a terceira idade. E não é que conseguiu queimar o passaporte, junto com uma papelada velha que estava pondo em ordem?

— Essas coisas acontecem — falou a mulher, cujo nome era Irma. — Ele precisa do passaporte hoje?

— Se possível. Desculpe vir assim tão tarde.

— E o homicídio daquela mulher, ainda não encontrou nenhuma pista do assassino? — retrucou ela, pegando as fotografias e o formulário preenchido.

Wallander espiou atentamente enquanto ela fazia o passaporte. Depois, quando já estava com o documento em mãos, sentiu-se confiante de poder repetir exatamente o mesmo procedimento.

— Impressionantemente simples.

— Mas chato — disse Irma. — Por que será que, quanto mais fácil, mais chato fica o serviço da gente?

— Entre para a polícia. O que nós fazemos nunca é chato.

— Mas eu sou da polícia. Além do mais, acho que não gostaria de trocar de lugar com você. Deve ser um horror ter que tirar um corpo de dentro de um poço. O que foi que sentiu na hora?

— Não sei dizer ao certo. Acho que é uma coisa tão pavorosa que você fica meio insensível e não sente nada de nada. Mas pode apostar que já deve existir alguma comissão do Ministério da Justiça estudando a reação de policiais que retiram mulheres mortas de dentro de um poço.

O inspetor continuou batendo papo enquanto ela fechava tudo. Todas as coisas necessárias para a produção de um passaporte ficavam trancadas num armário. Mas ele sabia onde as chaves eram guardadas.

Tinham decidido que Victor Mabasha deixaria o país na pele do cidadão sueco Jan Berg. Wallander tentara várias combinações de nomes para descobrir quais eram os mais fáceis para Victor Mabasha pronunciar. Ficaram com Jan Berg. Victor Mabasha tinha perguntado o que significava o nome. E satisfizera-se com a tradução dada. Wallander acabara percebendo, durante os papos dos últimos dias, que o sul-africano vivia em contato próximo com um mundo de espíritos que lhe era totalmente alheio. Nada podia ser fruto de coincidência, nem mesmo uma mudança fortuita de nome. Linda o ajudara um pouco, com algumas explicações sobre o porquê de Victor Mabasha pensar daquele modo. Mesmo assim, a impressão era a de estar diante de um mundo que não tinha a menor base para entender. Victor Mabasha falava dos antepassados como se estivessem vivos. Wallander às vezes não tinha certeza se os incidentes narrados haviam acontecido cem anos atrás ou no dia anterior. Não podia evitar se sentir fascinado. Ficava cada vez mais difícil aceitar que fosse um criminoso se preparando para cometer um assassinato gravíssimo em sua terra natal.

Wallander ficou em sua sala até tarde na noite de terça-feira. Para ajudar a passar o tempo, começou a escrever uma carta para Baiba Liepa, em Riga. Mas, quando releu, rasgou o papel na hora. Um dia desses escreveria uma carta e mandaria para ela. Mas isso levaria um certo tempo, sabia disso.

Lá pelas dez, somente os oficiais do plantão noturno continuavam no distrito. Ele receava acender a luz na sala onde os passaportes eram montados, de modo que comprara uma lanterna de luz azulada. Percorreu o corredor desejando estar em algum outro lugar, bem diferente daquele. Lembrou-se do mundo dos espíritos de Victor Mabasha e se pegou pensando se a polícia sueca teria algum santo padroeiro para zelar pela alma dos policiais que estivessem fazendo algo proibido.

A chave estava pendurada no gancho, no armário do arquivo. Parou uns instantes, olhando fixamente para a máquina que transformava as fotografias e os formulários preenchidos em passaportes.

Depois calçou luvas de borracha e começou a trabalhar. Num determinado momento pensou ter ouvido passos se aproximando. Enfiou-se embaixo da mesa e desligou a lanterna. Quando os passos se distanciaram, começou de novo. Sentia o suor escorrendo por baixo da camisa. No fim, porém, estava com o passaporte na mão. Desligou a máquina, devolveu a chave ao lugar de origem e trancou a porta. Mais cedo ou mais tarde, uma checagem qualquer de rotina revelaria o sumiço de um documento. Caso a conferência fosse por números, isso poderia vir à tona até mesmo no dia seguinte. O que causaria algumas noites de insônia para Björk. Mas nada que pudesse ser rastreado até Wallander.

Foi somente quando já estava de volta em sua sala, derreado na cadeira, que se lembrou do carimbo. Não tinha carimbado o passaporte. Soltou uma praga contra si mesmo e jogou o documento na mesa, com um gesto raivoso.

Nesse exato momento, a porta se abriu de chofre e Martinson entrou. Levou um susto quando viu Wallander sentado.

— Ah, desculpe. Não sabia que ainda estava por aqui. Vim só dar uma olhada para ver se encontro meu boné.

— Boné? Em pleno mês de maio?

— Estou sentindo que vou pegar um resfriado. Estava com ele, quando nos reunimos aqui ontem de manhã.

Wallander não se lembrava de ter visto Martinson de boné, no dia anterior, quando ele e Svedberg haviam estado em sua sala para repassar os últimos progressos da investigação e da até então infrutífera busca de Konovalenko.

— Olhe no chão, debaixo da cadeira.

Quando Martinson se curvou, o inspetor enfiou rapidamente o passaporte no bolso.

— Não está. Eu vivo perdendo meus bonés.

— Pergunte à faxineira — Wallander sugeriu.

Martinson estava prestes a sair quando se lembrou de algo.

— Lembra-se de Peter Hanson?

— Como poderia esquecê-lo?

— Svedberg ligou para ele alguns dias atrás para fazer algumas perguntas. Depois comentou a respeito do arrombamento em sua casa. Os ladrões em geral sabem o que está acontecendo no terreiro um do outro. Svedberg achou que talvez valesse a pena. Peter Hanson ligou ontem para dizer que talvez soubesse quem foi o autor.

— Puxa vida! Se ele conseguir dar um jeito de me devolver os discos e as fitas, eu esqueço o aparelho de som.

— Fale com o Svedberg amanhã. E veja se não passa a noite toda aqui.

— Eu já ia saindo — disse Wallander, pondo-se de pé.

Martinson parou na porta.

— Acha que vamos conseguir pegá-lo? — perguntou.

— Claro. Claro que vamos pegá-lo. Konovalenko não vai fugir de nós.

— Será que ele ainda está no país?

— Precisamos crer que sim.

— E aquele africano, sem um dedo?

— Não resta a menor dúvida de que o russo saberá explicar essa parte.

Martinson balançou a cabeça, duvidoso.

— Mais uma coisa. Amanhã é o enterro de Louise Åkerblom.

Wallander fitou-o. Mas não disse nada.

O enterro era às duas horas da tarde da quarta-feira. Wallander hesitou até o último instante sobre ir ou não ir.

Não tinha nenhuma ligação pessoal com a família Åkerblom. A mulher que estava sendo enterrada já estava morta quando ele a conheceu. Por outro lado, poderia haver alguma interpretação equivocada se alguém da polícia comparecesse. Sobretudo porque o assassino ainda não fora pego. Wallander não estava conseguindo entender por que cogitara em ir. Seria curiosidade? Ou consciência pesada? De um modo ou de outro, à uma hora envergou um terno escuro e passou um certo tempo procurando pela gravata branca. Victor Mabasha ficou espiando enquanto dava o nó diante do espelho do hall.

— Vou a um enterro. Da mulher que o Konovalenko matou.

Victor Mabasha fitou-o atônito.

— Só agora? — perguntou espantado. — Na África do Sul a gente enterra o morto o mais rápido possível. Para que não saia andando.

— Nós não acreditamos em fantasmas aqui.

— Os espíritos não são fantasmas. Às vezes me pergunto como é possível que os brancos saibam tão pouca coisa.

— Talvez você tenha razão. Ou talvez não. Pode ser justamente o contrário.

Em seguida saiu. Reparara que a pergunta de Victor Mabasha o irritara.

Por acaso esse negro filho da mãe acha que pode vir aqui e me dizer o que pensar?, pensou irreverentemente. Onde estaria esse cara, se não fosse a ajuda que estou lhe dando?

Estacionou o carro a uma certa distância da capela do crematório e esperou até que os sinos parassem de tocar e a congregação, toda vestida de preto, tivesse entrado. Somente quando um zelador começou a fechar a porta é que ele entrou, sentando-se num dos últimos bancos. Um homem algumas fileiras adiante virou-se para cumprimentá-lo. Era um jornalista do *Ystads Allehanda*.

Ao ouvir a música do órgão, sentiu um nó na garganta. Cerimônias fúnebres lhe eram sempre muito desagradáveis. Temia o dia em que teria de acompanhar o pai até o túmulo. O enterro da mãe, onze anos antes, ainda provocava lembranças incômodas. Na época, ficara de fazer um curto pronunciamento ao lado do caixão, mas na última hora desmoronou e precisou sair às pressas da igreja.

Tentou controlar as emoções vistoriando as pessoas presentes. Robert Åkerblom estava na primeira fileira, com as duas filhas, ambas de vestido branco. Ao lado deles estava o pastor Tureson, que estaria encarregado da cerimônia fúnebre.

De repente pegou-se pensando no par de algemas que encontrara numa gaveta de escrivaninha na casa dos Åkerblom. Fazia mais de uma semana que não se lembrava delas.

Refletiu que às vezes a curiosidade de um policial vai além do objeto imediato das investigações. Talvez fosse uma conseqüência inerente à profissão, uma espécie de efeito colateral provocado pelos muitos anos passados em mergulhos profundos nos setores mais íntimos da vida das pessoas. Sei que aquelas algemas podem ser excluídas das investigações do homicídio. Elas não têm a menor importância. Mesmo assim, estou disposto a gastar tempo e esforço tentando descobrir o que elas faziam naquela gaveta. Tentando descobrir o que significavam para Louise Åkerblom e, quem sabe, também para o marido.

Estremeceu diante das implicações desagradáveis de sua linha de pensamento e concentrou-se na cerimônia. A certa altura, durante a pregação do pastor Tureson, cruzou o olhar com Robert Åkerblom. Apesar da distância em que estavam um do outro, pôde ver a tristeza e a solidão do homem. Para recobrar o controle das emoções, pôs-se a pensar em Konovalenko. Assim como provavelmente a maioria da polícia sueca, lá com seus botões Wallander era a favor da pena de morte. Deixando-se de lado o escândalo que fora sua implementação durante a guerra, para a execução de traidores da pátria, ele não chegava a ver a pena de morte como uma reação intempestiva a certo tipo de crime. Não. O problema é que certos homicídios, certos ataques, certos delitos relacionados com drogas eram tão impressionantemente imorais, tão crassos no desrespeito à dignidade humana, que não conseguia evitar de achar que seus autores tinham abdicado de todo direito à vida. É lógico que percebia que seu raciocínio estava crivado de contradições e que as leis para introduzir a pena máxima seriam inconcebíveis e injustas. Isso era tão-somente a voz de sua experiência nua — sem o menor requinte, mas ainda assim penosa — falando. As coisas com que era forçado a se defrontar por ser da polícia. Coisas que provocavam reações, irracionais e dolorosas.

Depois do enterro, deu os pêsames a Robert Åkerblom e alguns familiares chegados. Evitou olhar para as duas filhas, com medo de cair no choro.

O pastor Tureson puxou-o para um lado, na frente da capela.

— Sua presença foi muito apreciada. Ninguém esperava que a polícia enviasse um representante ao funeral.

— Não vim representando ninguém além de mim mesmo.

— Melhor ainda. Continua procurando o responsável pela tragédia?

Wallander fez que sim.

— E vão conseguir pegá-lo?

Wallander assentiu de novo.

— Vamos. Mais cedo ou mais tarde. Como é que o marido está reagindo? E as filhas?

— O apoio que estão tendo de nossa igreja está sendo muito importante para eles, no momento. E, depois, ele tem seu Deus.

— Quer dizer que ele continua acreditando? — perguntou o inspetor, bem baixinho.

O pastor Tureson franziu o cenho.

— E por que ele haveria de abandonar seu Deus por algo que os seres humanos fizeram com sua família?

— De fato. Por que haveria de fazer uma coisa dessas?

— Vai haver uma reunião na igreja em uma hora. Você será muito bem-vindo.

— Obrigado. Mas preciso voltar ao trabalho.

Apertaram-se as mãos e Wallander voltou para o carro. De repente deu-se conta de que a primavera chegara de fato.

Espere só até Victor Mabasha ir embora, pensou. Espere só até eu pegar Konovalenko. Aí então eu me dedico à primavera.

Na quinta-feira pela manhã, Wallander levou a filha até a casa do avô, em Löderup. Ao chegarem, ela tomou a decisão repentina de passar a noite lá. Dera uma olhada nas plantas malcuidadas do quintal e resolvera ficar para botar uma certa ordem naquilo, antes de voltar para Ystad. Podar e arrancar o mato daqueles canteiros levaria no mínimo dois dias.

— Se mudar de idéia, me ligue — falou Wallander.

— Você devia me agradecer por ter feito uma faxina em seu apartamento. Estava um pavor.

— Eu sei. Obrigado.

— Quanto tempo mais você acha que vou ter de ficar? Tenho um monte de coisas para fazer em Estocolmo, sabia?

— Não muito tempo mais — disse Wallander, ciente de que as palavras não soavam lá muito convincentes. Mas, para seu espanto, Linda pareceu satisfeita com a resposta.

Depois disso, teve uma longa conversa com o promotor Åkeson. E aproveitou para juntar todo o material referente ao inquérito, com a ajuda de Martinson e Svedberg.

Lá pelas quatro da tarde, comprou comida para o jantar e foi para casa. Do lado de fora da porta do apartamento havia uma pilha maior do que de hábito de folhetos de uma loja qualquer. Sem nem olhar para ver o que eram, jogou tudo num saco de lixo. Depois fez o jantar e uma vez mais repassou com Victor Mabasha todos os detalhes práticos da viagem. As frases que o africano decorara soavam cada vez melhores.

Depois do jantar, tornaram a rever alguns detalhes mais específicos. Victor Mabasha usaria um casacão sobre o braço esquerdo, para esconder a atadura que ainda usava na mão ferida. O africano praticava pegar o passaporte no bolso interno do paletó sem tirar o sobretudo de cima do braço esquerdo. Wallander estava satisfeito. Ninguém veria a lesão.

— Você vai viajar para Londres por uma companhia aérea britânica. Pela SAS seria arriscado demais. As comissárias de bordo suecas com toda certeza terão lido os jornais e visto os noticiários na televisão. Reparariam na sua mão e dariam o alarme.

Um pouco mais tarde, quando não havia mais nenhum pormenor prático para ser discutido, fez-se um silêncio que nenhum dos dois pareceu inclinado a romper por um longo tempo. No fim, Victor Mabasha levantou-se e parou na frente de Wallander.

— Por que tem me ajudado?

— Eu não sei. Muitas vezes já me peguei pensando que devia é meter as algemas em você. E se foi você que matou Louise Åkerblom, no fim das contas? Você mesmo disse que todos se tornam excelentes mentirosos, no seu país. E se eu estiver deixando um assassino escapar?

— Mas ainda assim resolveu me ajudar?

— Ainda assim.

Victor Mabasha tirou um colar do pescoço e entregou-o a Wallander. O colar tinha o dente de algum animal selvagem pendurado.

— O leopardo é o caçador solitário — falou Victor Mabasha. — Ao contrário do leão, o leopardo segue seu próprio caminho e só atravessa as próprias trilhas. Durante o dia, quando o calor é demais, descansa nas árvores, junto com as águias. À noite, caça solitário. O leopardo é um caçador habilidoso. Mas é também o maior desafio para os outros caçadores. Este é um canino de um leopardo. Quero que fique com ele.

— Não sei se entendi direito o que quis dizer. Mas aceito de bom grado.

— Nem tudo é compreensível. Uma história é uma viagem sem um fim.

— Essa é provavelmente a diferença entre nós dois. Estou acostumado a histórias que têm um fim e espero esse fim. Aí vem você e me diz que uma boa história não tem um fim.

— Talvez seja assim. Pode ser muito bom saber que nunca mais vamos encontrar determinada pessoa. Isso significa que algo continuará vivo.

— Talvez. Mas eu duvido. Não sei se as coisas são bem assim.

Victor Mabasha não respondeu.

Uma hora depois, estava dormindo debaixo de um cobertor no sofá da sala, enquanto Wallander espiava o dente que ganhara.

De repente, sentiu um desconforto. Foi até a cozinha às escuras e espiou a rua pela janela. Estava tudo tranqüilo. Depois foi até o hall e verificou se a porta estava bem trancada. Sentou-se numa banqueta ao lado do telefone e achou que talvez fosse apenas cansaço. Mais doze horas e Victor Mabasha teria partido.

Examinou o dente uma vez mais.

Ninguém acreditaria em mim, pensou. O melhor que eu faço é ficar quieto e nunca contar a ninguém sobre os dias e as noites que passei com um negro que teve um dedo decepado numa casa isolada da Escânia.

Esse é um segredo que é melhor eu levar para o túmulo.

Quando Jan Kleyn e Franz Malan reuniram-se na casa de Hammanskraal, na manhã da sexta-feira, 15 de maio, não levaram muito tempo para concluir que nem um nem outro encontrara nos planos qualquer ponto fraco relevante.

O assassinato seria na Cidade do Cabo no dia 12 de junho, data em que Nelson Mandela faria um discurso num estádio esportivo. No topo do morro Signal, Sikosi Tsiki estaria na posição ideal para atirar com seu rifle de longa distância. Depois, poderia sumir sem ser notado.

Havia duas coisas, porém, que Jan Kleyn não dissera a Franz Malan ou a nenhum dos integrantes do Comitê. Na verdade, eram questões que não tinha a menor intenção de comentar com ninguém. A fim de garantir o domínio do regime branco na África do Sul, estava disposto a levar determinados segredos junto consigo para o túmulo. Certos acontecimentos e conexões envolvendo a história do país jamais seriam revelados.

Em primeiro lugar, não estava disposto a correr o risco de permitir que Sikosi Tsiki tivesse uma longa existência depois de conhecer a identidade de sua vítima. Não duvidava de que fosse capaz de se manter de bico calado. Mas, assim como faziam os antigos faraós, que matavam os construtores das câmaras secretas das pirâmides para garantir o sigilo eterno de sua existência, Sikosi Tsiki teria de ser sacrificado. Jan Kleyn daria cabo dele com as próprias mãos e providenciaria para que o corpo nunca mais fosse achado.

O outro segredo que guardaria consigo era o fato de Victor Mabasha ter permanecido vivo até a tarde anterior. Agora estava morto, não havia a menor dúvida. Mas era uma derrota pessoal sua que o negro tivesse conseguido sobreviver tanto tempo. Sentia-se pessoalmente responsável pelos erros de Konovalenko e por sua repetida inépcia em encerrar o capítulo Victor Mabasha. O homem da KGB exibira fraquezas inesperadas. E a tentativa de encobrir as próprias falhas com uma mentira fora a maior fraqueza de todas. Jan Kleyn sempre considerara uma afronta pessoal que alguém duvidasse de sua capacidade de obter as informações necessárias. Assim que Nelson Mandela tivesse sido morto, decidiria se estava pronto ou não para receber Konovalenko na África do Sul. Não duvidava da capacidade do russo de cuidar dos detalhes do treinamento preliminar de Sikosi Tsiki. Por outro lado, era muito provável que a derrocada do império soviético tivesse sido provocada, pelo menos em parte, por essa habilidade um tanto duvidosa que Konovalenko demonstrava. Jan Kleyn não excluía nem sequer a possibilidade de que até mesmo o russo tivesse de ser eliminado, juntamente com seus capangas, Vladimir e Tania. A operação toda precisava de uma boa faxina. Não tinha a menor intenção de delegar o serviço para outra pessoa.

Estavam sentados em volta da mesa coberta de feltro verde, repassando o plano mais uma vez. Na semana anterior Franz Malan estivera na Cidade do Cabo para examinar o estádio onde Nelson Mandela faria seu pronunciamento. Também passara uma tarde no local de onde Sikosi Tsiki realizaria o disparo. Fez uma gravação em vídeo do morro, a que eles assistiram três vezes, no videocassete da sala. A única coisa que ainda faltava era um relatório sobre as condições habituais dos ventos sobre a Cidade do Cabo. Fingindo representar um clube de iatismo, Franz Malan entrara em contato com o centro nacional de meteorologia, que prometera enviar-lhe as informações solicitadas. O nome e endereço fornecidos não poderiam ser rastreados jamais.

Jan Kleyn não tinha feito nada físico. Sua contribuição era de um outro tipo: era especialista em dissecar teoricamente o plano. Ele pensara em todos os possíveis desdobramentos inesperados, ensaiara todas as possibilidades e chegara à conclusão de que não havia perigo de surgir qualquer imprevisto.

Duas horas depois, tinham terminado.

— Tem só mais uma coisa — disse Jan Kleyn. — Precisamos saber antes do dia 12 de junho exatamente de que forma a polícia da Cidade do Cabo vai agir.

— Pode deixar que eu cuido disso. Podemos enviar

um memorando a todos os distritos policiais do país exigindo uma cópia dos planos de segurança de cada um deles, com a desculpa de que queremos ter tempo de fazer os devidos preparativos das providências necessárias sempre que são esperados grandes ajuntamentos públicos.

Saíram para a varanda, à espera dos demais integrantes do Comitê. Contemplavam a paisagem em silêncio. No horizonte distante, havia um grosso manto de fumaça pairando sobre uma favela.

— Vai ser um banho de sangue — disse Franz Malan. — Ainda acho difícil ter uma idéia clara do que vai acontecer.

— Veja as coisas como um processo de purificação. Soa bem melhor que banho de sangue. Além disso, é justamente o que estamos tentando conseguir.

— Mesmo assim. De vez em quando me pego inquieto. Será que seremos capazes de controlar o que vai acontecer?

— A resposta para isso é muito simples. Temos que ser.

De novo esse fatalismo, pensou Franz Malan. Olhou disfarçadamente para o homem parado a alguns metros de si. Será que Jan Kleyn era louco? Um psicopata que ocultava a violenta verdade a respeito de si mesmo por trás de uma máscara pública sempre sob controle?

Não gostou da idéia. Mas tudo o que podia fazer era guardá-la para si.

O Comitê todo reuniu-se às duas da tarde. Franz Malan e Jan Kleyn mostraram o vídeo e apresentaram seu resumo. Não houve muitas perguntas, e as objeções foram facilmente rechaçadas. A coisa toda durou menos de uma hora. Fizeram a votação pouco antes das três. A decisão estava tomada.

Vinte e oito dias depois, Nelson Mandela seria assassinado durante um pronunciamento feito num estádio nas proximidades da Cidade do Cabo.

Os integrantes do Comitê saíram da casa de Hammanskraal com diferença de alguns minutos entre si. Jan Kleyn foi o último.

Começara a contagem regressiva.

22

O ataque veio logo depois da meia-noite.

Victor Mabasha, no sofá, dormia enrolado num cobertor. Wallander estava de pé diante da janela da cozinha, tentando decidir se comia alguma coisa ou tomava só um chá. Ao mesmo tempo se perguntando se o pai e a filha ainda estariam acordados. Era provável que sim. Os dois sempre tinham assunto que não acabava mais.

Enquanto esperava a água ferver, ocorreu-lhe que fazia exatamente três semanas que tinham começado a procurar Louise Åkerblom. Três semanas depois, sabiam que fora assassinada por alguém chamado Konovalenko. O mesmo sujeito que com toda certeza também matara o policial de Estocolmo.

Dentro de mais algumas horas, depois que Victor Mabasha estivesse fora do país, poderia contar a todos o que acontecera. Mesmo sabendo que dificilmente alguém daria crédito à carta sem assinatura que pretendia enviar à polícia. No fim, tudo dependia do que conseguissem arrancar de Konovalenko, quando o prendessem. E era igualmente duvidoso que acreditassem na confissão do russo.

Wallander despejou água fervente no bule e deixou a infusão descansar. Puxou uma cadeira e se sentou.

Nesse exato momento, a porta do apartamento e o hall explodiram. O inspetor foi atirado para trás com o impacto e bateu a cabeça na geladeira. A cozinha começou rapidamente a se encher de fumaça e ele saiu tateando, em busca da porta do quarto. Assim que alcançou a cama, à procura da pistola na mesinha-de-cabeceira, escutou quatro disparos em rápida sucessão, atrás dele. Atirou-se no chão. Os tiros vinham da sala.

Konovalenko, pensou, meio desorientado. Agora ele veio atrás de mim.

Escorregou para debaixo da cama o mais rápido que pôde. Estava tão assustado que não tinha certeza se o coração suportaria. Revendo o episódio, depois, lembrou-se de haver pensado que seria extremamente degradante morrer debaixo da própria cama.

Escutou alguns baques e gemidos ofegantes vindos da sala. Alguém entrou no quarto, parou imóvel alguns instantes e voltou a sair. Wallander ouviu Victor Mabasha gritar qualquer coisa. De modo que ainda estava vivo. Depois os passos foram sumindo na escada. Ao mesmo tempo, alguém começou a berrar, embora não fosse possível dizer se os gritos vinham da rua ou de um dos apartamentos vizinhos.

Saiu de sob a cama e ergueu-se pela metade até poder espiar a rua pela janela. A fumaça era sufocante e estava difícil enxergar qualquer coisa. Mas conseguiu ver Victor Mabasha ser arrastado por dois homens. Um deles era Rykoff. Sem pensar, abriu a janela e disparou para o ar. Rykoff soltou Victor Mabasha e se virou. O inspetor mal teve tempo de se atirar de novo ao chão antes que uma descarga de arma automática estilhaçasse a vidraça. Ficou com o rosto coberto de cacos. Ouviu pessoas gritando e um carro dando a partida. Era um Audi preto, ao menos isso dera para registrar. Desceu correndo as escadas e reparou que na calçada já havia um ajuntamento de pessoas meio vestidas que, ao vê-lo com uma pistola na mão, saltaram para um lado, assustadas. Wallander abriu a porta do carro com dedos trêmulos, praguejou, a muito custo conseguiu enfiar a chave no contato e, depois de um certo tempo, saiu no encalço do Audi. Sirenes soavam a distância. Decidiu pegar a Österleden e teve sorte. De repente o Audi apareceu cantando pneus de uma esquina da Regementsgatan e virou na direção leste. Imaginou que talvez não percebessem que era ele no carro. O sujeito que entrara no quarto a sua procura só não olhara embaixo da cama porque ainda estava arrumada, indicação de que o inspetor não se achava em casa.

Em geral não se dava ao trabalho de arrumar a cama pela manhã, mas naquele dia a filha, incomodada com a bagunça, arrumara o apartamento todo e trocara os lençóis da cama.

Saíram da cidade em alta velocidade. Wallander mantinha distância, sentindo-se num pesadelo. Sem sombra de dúvida estava violando todas as normas para a detenção de criminosos de alta periculosidade. Chegou inclusive a brecar, com a intenção de parar e dar meia-volta. Depois mudou de idéia e foi em frente. Já tinham passado Sandskogen, com o campo de golfe à esquerda, e começou a se perguntar se o Audi iria virar à esquerda, na direção de Sandhammaren, ou continuar em frente, na direção de Simrishamn e Kristianstad.

De repente as luzes de freio do carro em frente se acenderam, bem próximas. Devia ter furado algum pneu. Wallander viu quando o carro derrapou para uma valeta. O inspetor parou de lado. Brecou em frente ao portão de uma casa na beira da estrada e entrou. Quando saltou, havia um sujeito parado na porta, com a luz acesa.

Wallander estava com a pistola na mão. Ao falar, fez um esforço enorme para que a voz saísse ao mesmo tempo amistosa e firme.

— Meu nome é Wallander e sou da polícia — disse, reparando o quanto estava ofegante. — Ligue para a delegacia e diga a eles que estou perseguindo um cara chamado Konovalenko. Explique onde mora e diga para começarem a dar busca na área de treino militar. Entendeu?

Ele assentiu, meneando a cabeça. Parecia estar na casa dos trinta.

— Eu sei quem você é. Já vi sua foto nos jornais.

— Ligue já para eles. Tem telefone?

— Claro que tenho. Será que não seria mais conveniente levar uma arma melhor que essa pistola?

— Seria. Mas não tenho tempo de arrumar outra, agora.

Em seguida correu de volta para a estrada.

Dava para ver o Audi a uma certa distância. Tentou se manter nas sombras, enquanto fazia uma aproximação cautelosa. Continuava se perguntando quanto tempo mais o coração agüentaria a tensão. De todo modo, estava contente de não ter morrido debaixo da cama. Agora parecia que o medo é que o impulsionava adiante. Parou atrás de uma placa para ver se escutava alguma coisa. Não havia mais ninguém no carro. Depois notou que alguém cortara um pedaço da cerca que fechava a área de treinos militares. Uma forte cerração vinda do mar começava a cobrir rapidamente todo o terreno, adensando-se sobre o campo de tiro. Um pouco adiante havia um grupo de ovelhas imóveis. De repente, escutou o balido de algum carneiro invisível na neblina e outro respondendo inquieto.

Aí está, pensou. As ovelhas vão me guiar. Abaixou-se e correu até o buraco na cerca, depois deitou no chão, tentando enxergar alguma coisa no nevoeiro. Não dava para ver nem ouvir nada. Um carro se aproximou, vindo da direção de Ystad, e parou. Um homem saltou. Wallander viu que era o mesmo indivíduo que prometera chamar a polícia. Trazia uma escopeta na mão. Atravessou de novo a cerca.

— Você vai esperar aqui mesmo. Dê uma ré de uns cem metros. Aguarde a polícia chegar. Mostre a eles este buraco na cerca. Diga que há pelo menos dois caras armados. Um deles com uma automática. Vai conseguir se lembrar de tudo?

Ele fez que sim.

— Eu lhe trouxe esta arma.

Wallander hesitou uns instantes.

— Mostre como funciona. Não conheço quase nada de espingardas.

O sujeito o olhou com ar de surpresa. Depois mostrou-lhe a trava de segurança e como carregar. Wallander viu que era um modelo pneumático. Pegou-a e enfiou um punhado de cartuchos no bolso.

O desconhecido voltou para o carro, e Wallander atravessou de novo a cerca. Uma ovelha baliu. O som veio da direita, de algum lugar entre algumas árvores e um barranco que dava no mar. Enfiou a pistola na cinta e começou a se aproximar do lugar de onde vinham os balidos inquietos.

A cerração já estava muito densa.

Martinson acordou com um chamado do centro de emergência da polícia. Disseram-lhe que tinha havido um tiroteio e um incêndio na Mariagatan e contaram do recado que Wallander tinha dado para um sujeito que morava nos arredores de Ystad. Imediatamente despertou por completo e começou a se vestir, enquanto discava o número da casa de Björk. A impressão de Martinson é que levou uma eternidade para a informação penetrar no cérebro sonolento do chefe, mas meia hora depois o maior esquadrão que a polícia de Ystad era capaz de juntar assim tão de última hora estava reunido diante da delegacia. Havia mais reforços a caminho, vindos de vários distritos vizinhos. Além disso, Björk achara tempo para ligar e acordar o comissário de polícia, que pedira para ser informado assim que a prisão de Konovalenko fosse iminente.

Martinson e Svedberg olharam aquela multidão de policiais com certo desespero. Ambos achavam que um grupo mais reduzido seria igualmente eficiente num tempo muito mais curto. Mas Björk estava seguindo à risca os regulamentos todos. Não queria se expor a possíveis críticas depois.

— Isto vai ser um desastre — comentou Svedberg. — Vamos ter de cuidar do assunto nós mesmos, você e eu. O Björk só embola o meio de campo. Se o Kurt está lá sozinho, e o tal Konovalenko for tão perigoso quanto achamos que é, vai precisar de nós e é já.

Martinson concordou e chegou perto de Björk.

— Enquanto você monta o esquadrão, o Svedberg e eu vamos na frente.

— Fora de cogitação. Precisamos seguir as regras.

— Faça isso você, porque nós dois vamos usar o bom senso. — Irado, Martinson saiu pisando duro. Björk berrou, mas Svedberg e ele saltaram para dentro de um dos carros e partiram. Também fizeram sinal para que Norén e Peters fossem atrás.

Saíram de Ystad em alta velocidade. Deixaram que a radiopatrulha passasse na frente e abrisse caminho com as luzes azuis piscando e a sirene ligada. Martinson dirigia. A seu lado, Svedberg mexia na pistola.

— O que temos até o momento? — perguntou Martinson. — Um campo de treinos militares antes da saída para Kåseberga. Dois homens armados. Um deles é Konovalenko.

— Não temos coisa alguma. E não vou dizer que esteja ansioso para enfrentar o que nos espera.

— Uma explosão seguida por tiroteio na Mariagatan. Como é que essas coisas todas se juntam?

— Tomara que o Björk consiga juntá-las com a ajuda de seu manual.

Em frente à delegacia de polícia de Ystad, a situação estava rapidamente ficando caótica. Choviam telefonemas de moradores da Mariagatan aterrorizados. O corpo de bombeiros estava tentando apagar o fogo. E cabia à polícia descobrir o que havia por trás do tiroteio. O chefe dos bombeiros, Peter Edler, avisou que a rua em frente ao prédio estava toda ensangüentada.

Björk estava sendo pressionado por todos os lados, mas acabou tomando a decisão de deixar a Mariagatan para depois. A prioridade era pegar Konovalenko e o outro sujeito, e dar alguma assistência a Wallander.

— Tem alguém aqui que conheça o tamanho do campo de treinos? — perguntou.

Ninguém fazia idéia do comprimento, mas Björk tinha certeza de que na largura ia da estrada até a praia. Percebeu que sabiam muito pouco para fazer qualquer outra coisa que não fosse tentar cercar a área toda.

A cada instante chegavam mais carros vindos dos distritos vizinhos. Como estavam atrás de alguém que matara um policial, até mesmo homens de folga apareceram para colaborar.

Depois de consultar um policial de Malmö, Björk decidiu que faria os planos finais para cercar a área depois de chegarem lá. Um carro fora enviado até o quartel do exército, para apanhar alguns mapas mais confiáveis.

A longa caravana de veículos saiu de Ystad logo depois da uma da manhã. Alguns poucos carros particulares que passavam por acaso no local juntaram-se à procissão, de pura curiosidade. A cerração estava começando a cobrir a região central da cidade.

Nas cercanias do campo de treinos, encontraram o homem que conversara primeiro com Wallander e depois com Martinson e Svedberg.

— Houve alguma coisa até agora? — perguntou Björk.

— Nada, nada.

Bem nesse momento, um tirou ressoou em algum lugar no meio do campo de treinamento. Seguido pouco depois por uma longa descarga de tiros. Depois tudo silenciou outra vez.

— Cadê o Martinson e o Svedberg? — A voz de Björk traía o medo que sentia.

— Eles entraram no campo de treinos.

— E o Wallander?

— Não o vi mais, desde que sumiu na cerração.

Do teto dos carros, holofotes de busca vasculhavam neblina e carneiros.

— Precisamos mostrar a eles que estamos aqui — disse Björk. — Vamos cercar tudo da melhor maneira que der.

Alguns minutos depois, a voz do chefe da polícia de Ystad ressoou pelo campo de treinos inteiro. O alto-falante fez um eco fantasmagórico. Em seguida os policiais se espalharam por todo o perímetro e começaram a espera.

* * *

Depois de ter entrado no campo de treinos, Wallander foi completamente engolfado pela cerração. Tudo aconteceu muito rápido. Caminhou na direção do balido das ovelhas. Mesmo agachado, movia-se com rapidez, já que tinha a nítida impressão de que corria o risco de chegar tarde demais. Diversas vezes, tropeçou em carneiros deitados, que saíam correndo aos gritos. Percebeu que os animais que estava usando de guia também serviam para trair sua presença.

De repente, topou com eles.

Estavam no extremo oposto do campo de tiro ao alvo, justamente onde o terreno começava a descer na direção do mar. Parecia foto promocional de filme. Victor Mabasha fora obrigado a ajoelhar-se. Konovalenko estava parado diante dele, pistola em punho; Rykoff alguns passos mais para o lado e mais gordo do que nunca. Wallander ouviu a mesma pergunta sendo repetida inúmeras vezes.

— Cadê o policial?

— Eu não sei.

A voz de Victor Mabasha parecia desafiar o russo. E isso deixou o inspetor ainda mais furioso. Odiava o sujeito que matara Louise Åkerblom, e Tengblad também, sem dúvida. Com a cabeça trabalhando a mil por hora, tentava decidir o que fazer. Se arriscasse se aproximar um pouco mais, eles o veriam na certa. Por outro lado duvidava que conseguisse atingi-los com a pistola, dada a distância. Estavam fora do alcance da mira da espingarda. Se tentasse pegá-los de surpresa, estaria pura e simplesmente assinando a própria sentença de morte. A pistola automática na mão de Rykoff acabaria com ele.

A única coisa que podia fazer era esperar e torcer para que os colegas aparecessem rápido. Mas, a julgar pelo tom de voz, era óbvio que Konovalenko estava ficando cada vez mais irritado. O inspetor receava que a polícia não chegasse a tempo.

Com a pistola pronta, tentou deitar-se no chão, para firmar melhor a mão. Mirava direto em Konovalenko.

Mas o fim veio logo. E veio rápido. Wallander não teve tempo de reagir, até ser tarde demais. Em retrospecto, perceberia mais claramente do que nunca a rapidez com que se desperdiça uma vida.

Konovalenko repetiu a pergunta uma última vez. Uma última vez Victor Mabasha deu sua resposta negativa e desafiadora. Em seguida o russo ergueu a pistola e baleou-o na cabeça. Do mesmo jeito como matara Louise Åkerblom três semanas antes.

Wallander soltou um berro e disparou. Mas estava tudo acabado. Victor Mabasha caíra para trás e continuava lá deitado, num ângulo estranho, sem se mexer. A bala de Wallander não acertara Konovalenko. E a grande ameaça passara a ser a pistola automática de Rykoff. Mirou no gordo e disparou várias vezes. Para sua surpresa, viu-o estremecer e desmoronar de repente. Quando o inspetor virou a arma para Konovalenko, o russo já tinha erguido o corpo de Victor Mabasha do chão para usá-lo como escudo, enquanto recuava de costas para a praia. Embora Wallander soubesse que Victor Mabasha estava morto, não teve coragem de atirar. Levantou-se e berrou para que Konovalenko largasse a arma e se entregasse. A resposta veio na forma de uma bala. O inspetor atirou-se para o lado. O corpo de Victor Mabasha impediu que fosse atingido. Nem mesmo Konovalenko conseguiria mirar com mão firme segurando um cadáver pesado de pé a sua frente. Ao longe, era possível ouvir uma única sirene se aproximando. A neblina estava ainda mais densa perto do mar, para onde o russo se encaminhava. Wallander seguiu-o, empunhando pistola e escopeta. De repente, Konovalenko soltou o corpo e sumiu pelo barranco. Nesse momento, Wallander escutou um carneiro balindo atrás dele. Virou-se com ambas as armas erguidas.

E viu Martinson e Svedberg surgirem da neblina. Trazendo estampado no rosto um ar de horror estupefato.

— Baixe essas armas! — gritou Martinson. — Somos nós, não está vendo?!

Wallander sabia que Konovalenko estava prestes a escapar mais uma vez. Não havia tempo para dar explicações.

— Fiquem onde estão — berrou. — Não me sigam!

E começou a recuar, andando de ré, com as armas ainda apontadas. Martinson e Svedberg não mexeram um músculo. E o inspetor desapareceu no meio da névoa.

Os dois policiais entreolharam-se horrorizados.

— Aquele era mesmo o Kurt? — perguntou Svedberg.

— Era. Mas parecia enlouquecido.

— Ele está vivo. Ainda está vivo, apesar de tudo.

Com muito cuidado, aproximaram-se do barranco onde Wallander desaparecera. Não conseguiam divisar nenhum movimento em meio ao denso nevoeiro, mas dava para ouvir as ondas quebrando na praia.

Martinson chamou Björk pelo rádio enquanto Svedberg examinava os dois homens caídos no chão. Deu a localização exata de onde estava e pediu para chamar ambulâncias.

— E o Wallander? — perguntou Björk.

— Está vivo. Mas não sei onde.

Em seguida desligou o walkie-talkie, antes que o chefe fizesse mais perguntas.

Aproximou-se de Svedberg e viu o homem que Wallander matara. Duas balas tinham entrado logo acima do umbigo de Rykoff.

— Temos de contar a Björk. O Kurt estava com cara de louco.

Svedberg assentiu com um gesto de cabeça. Sabia que eles não tinham escolha.

Aproximaram-se em seguida do outro corpo.

— O cara que perdeu um dedo — continuou Martinson. — Agora também ele está morto. — Curvou-se e apontou para o buraco de bala na testa.

Ambos estavam pensando a mesma coisa. Louise Åkerblom.

Aí chegaram os carros da polícia, seguidos por duas ambulâncias. Enquanto os peritos faziam o exame preliminar dos dois cadáveres, Svedberg e Martinson puxaram Björk de lado e levaram-no até uma das viaturas. Contaram-lhe o que tinham visto. Björk parecia duvidar.

— Tudo isso está me soando muito estranho. Mesmo que o Kurt de vez em quando pareça meio esquisito, acho difícil imaginar que tenha enlouquecido.

— Devia ter visto a cara dele — disse Svedberg. — Parecia à beira de um colapso nervoso. Apontou armas para nós. Tinha uma em cada mão.

Björk abanou a cabeça.

— E depois ele sumiu pela praia?

— Ele estava atrás do russo — disse Martinson.

— Na praia?

— Foi ali que ele desapareceu.

Björk não fez comentários e tentou absorver o significado do que ouvira.

— Acho melhor pedir cães farejadores — falou depois de alguns instantes. — Temos de montar barreiras nas estradas e solicitar helicópteros, assim que amanhecer e a cerração levantar.

Ao saírem do carro, um único tiro ecoou na neblina. Viera da praia, de algum ponto a leste de onde estavam. Depois tudo ficou muito quieto. Polícia, ambulância e cachorros, todos esperavam para ver o que aconteceria em seguida.

Por fim, uma ovelha baliu. Esse som desolado provocou um arrepio em Martinson.

— Temos que ajudar o Kurt — falou por fim. — Ele está sozinho aí no meio desse nevoeiro. Perseguindo um cara que não vai hesitar em matar. Temos que ajudar o Kurt. E agora, Otto.

Svedberg nunca ouvira Martinson chamar Björk pelo primeiro nome. Até o próprio Björk se espantou, como se não tivesse percebido a princípio a quem Martinson se referia.

— Policiais com cães e colete à prova de balas — falou.

Em pouquíssimo tempo, a caçada começou. Os cachorros pegaram o rastro na hora e começaram a repuxar as coleiras. Martinson e Svedberg seguiam logo atrás.

A cerca de duzentos metros do local das mortes, os cães descobriram uma poça de sangue na areia. Farejaram em volta, em círculos, sem encontrar mais nada. De repente, um deles disparou na direção norte. Estavam no limite do campo de treinos, seguindo a cerca. O rastro que encontraram levava até a estrada e dali na direção de Sandhammaren.

Depois de uns dois quilômetros, o rastro foi sumindo. E acabou como que desfeito no ar.

Os cães ganiram e começaram a voltar pelo mesmo caminho de onde tinham partido.

— O que houve? — Martinson perguntou a um dos policiais.

Ele abanou a cabeça.

— O rastro sumiu.

Martinson não parecia estar compreendendo.

— Mas o inspetor não pode ter virado fumaça!

— É o que parece — disse o policial.

Continuaram as buscas até o amanhecer. Foram montadas barreiras nas estradas. Toda a polícia do sul da Suécia estava envolvida de uma forma ou de outra na busca de Konovalenko e Wallander. Quando a neblina se dissipou, os helicópteros se juntaram aos trabalhos.

Mas ninguém encontrou nada. Os dois tinham desaparecido.

Por volta das nove horas, Svedberg e Martinson reuniram-se com Björk na sala de conferência. Estavam os três cansados e ensopados, por causa do nevoeiro. Martinson também exibia sinais de um resfriado a caminho.

— O que eu vou dizer para o comissário de polícia? — perguntou Björk.

— Às vezes o melhor é contar exatamente do jeito que foi — falou Martinson, baixinho.

Björk abanou a cabeça.

— Já estou até vendo as manchetes: "Tira louco é a arma secreta da polícia para caçar assassino de policial".

— Manchete tem que ser curta — objetou Svedberg.

Björk se levantou.

— Vão para casa comer alguma coisa — falou. — Trocar de roupa. Depois vamos ter de começar tudo de novo.

Martinson ergueu a mão, como se estivesse na sala de aula.

— Acho que vou dar um pulo até a casa do pai dele, em Löderup. A filha está lá. Talvez possa nos dar alguma informação útil.

— Faça isso — disse Björk. — Vá em frente.

Depois foi para sua sala e ligou para o comissário.

Quando conseguiu finalmente terminar a conversa, tinha o rosto rubro de raiva.

Recebera as críticas negativas que esperava.

Martinson estava sentado na cozinha. Enquanto conversavam, a filha de Wallander fazia café. Ao chegar, fora direto ao ateliê cumprimentar o pai do inspetor. Mas não dissera nada sobre o ocorrido na noite anterior. Queria falar com a filha primeiro.

Era perceptível que a moça estava chocada. Havia lágrimas em seus olhos.

— Na verdade eu também deveria estar dormindo no apartamento da Mariagatan, ontem à noite.

Serviu café para ele. As mãos tremiam.

— Não estou entendendo nada. Que ele esteja morto. Victor Mabasha. Simplesmente não consigo entender.

Martinson resmungou alguma coisa vaga em resposta. Desconfiava que ela seria capaz de lhe contar muito mais coisas sobre o que estava havendo entre o pai e o africano morto. Já tinha percebido que o homem dentro do carro de Wallander, dias antes, não era o namorado de Linda, o queniano. Mas por que a mentira?

— Vocês têm que encontrar meu pai antes que aconteça alguma coisa — disse ela, interrompendo sua linha de pensamento.

— Faremos o que for possível.

— Isso não basta.

Martinson balançou a cabeça.

— Claro. Faremos mais que o possível.

Meia hora depois, foi embora. Linda prometeu contar tudo ao avô. Martinson, por sua vez, prometeu mantê-la informada dos novos desdobramentos.

Depois do almoço, Björk tornou a se reunir com Svedberg e Martinson na sala de conferência do distrito policial de Ystad. E fez uma coisa muito rara. Trancou a porta.

— Não podemos ser perturbados de jeito nenhum. É essencial pôr um paradeiro nessa bagunça catastrófica antes que se perca o controle total da situação.

Martinson e Svedberg olhavam para a mesa. Não sabiam ao certo o que dizer.

— Algum de vocês dois notou qualquer sinal de que o Kurt estivesse perdendo o juízo? Vocês devem ter reparado em alguma coisa. Sempre achei que de vez em quando ele agia de modo meio estranho. Mas quem trabalha com ele todos os dias são vocês.

— Eu não acho que tenha perdido o juízo — disse Martinson, depois de uma pausa longa. — Talvez esteja trabalhando demais.

— Se isso fosse uma justificativa, todo policial neste país acabaria perdendo o juízo de vez em quando — falou Björk, descartando o argumento. — E em geral isso não acontece. Claro que ele perdeu o juízo. Ou que está mentalmente desequilibrado, se acham que assim soa melhor. Será que é coisa de família? Não foi o pai dele que encontraram vagando no meio do mato a altas horas da madrugada, faz uns dois anos?

— Ele estava embriagado — disse Martinson. — Ou sofrendo de um ataque passageiro de senilidade. O Kurt não está senil.

— Vocês acham possível que ele esteja com Alzheimer?

— Não faço idéia do que você está falando, Björk — interveio Svedberg. — Pelo amor de Deus, vamos nos ater aos fatos. Se o Kurt sofreu ou não algum colapso nervoso, só um médico será capaz de dizer. Nossa tarefa é encontrá-lo. Sabemos que esteve envolvido num tiroteio no qual duas pessoas morreram. Nós o vimos lá no campo de treinos. Ele apontou a arma para nós. Mas não nos ameaçou. Foi mais um gesto de desespero. Ou confusão. Não sei bem ao certo. Depois sumiu.

Martinson concordava com gestos lentos de cabeça.

— Ele não estava lá no local por acaso — falou pensativo. — O apartamento dele foi atacado. Tudo indica que o negro estava na casa dele. O que aconteceu depois, nós não sabemos. Mas o Kurt deve ter alguma pista, alguma coisa que não teve a oportunidade de nos contar. Ou quem sabe alguma coisa que preferiu não nos contar por enquanto. Sabemos que de vez em quando ele faz isso, e ficamos todos irritados. Mas no momento apenas uma coisa importa. Encontrá-lo.

Ninguém disse nada.

— Nunca pensei que fosse ter de fazer uma coisa dessas — Björk disse por fim.

Martinson e Svedberg sabiam o que o chefe estava querendo dizer.

— Mas é preciso — falou Svedberg. — Você precisa pôr toda a força policial atrás dele. Dê o alerta geral.

— Que horror — resmungou Björk. — Mas não tenho escolha.

Não havia mais nada a dizer.

Com o coração pesado, Björk voltou a sua sala para expedir o alerta geral de busca de seu colega e amigo, o inspetor-chefe Kurt Wallander.

Era 15 de maio de 1992. A primavera chegara à Escânia. O dia estava quentíssimo. Lá pelo fim da tarde, formou-se uma tempestade sobre Ystad.

A LEOA BRANCA

23

A leoa parecia inteiramente branca ao luar.

Sem despregar o olho, de pé na traseira do veículo de safári, Georg Scheepers mal respirava. Ela estava parada na beira do rio, a coisa de trinta metros de distância. Scheepers olhou de relance para Judith, sua mulher, ali do lado, que levantou os olhos. Dava para perceber que estava com medo. Ele abanou a cabeça, com cuidado.

— Ela não é perigosa. Não vai nos atacar.

Acreditava no que tinha dito. Mesmo assim, lá no fundo, não estava convencido de todo. Os animais do Parque Nacional Kruger estavam acostumados com aquilo, com gente a observá-los o tempo inteiro da traseira de veículos abertos, até mesmo à meia-noite, como no caso. Mas não convinha esquecer que a leoa era uma caçadora, um animal imprevisível, governado tão-somente pelo instinto e nada mais. Era jovem. Estava no ápice de sua força e velocidade. Levaria três segundos no máximo para sair desse torpor lânguido e saltar com imenso poder sobre o carro. O motorista negro não parecia especialmente atento. Nenhum deles portava arma. Se quisesse, poderia matá-los a todos em poucos segundos. Três mordidas daqueles maxilares possantes, no pescoço ou na espinha — não precisava mais que isso.

De repente, foi como se a leoa tivesse lido seus pensamentos. Ergueu a cabeça e fitou o carro. Judith apertou o braço do marido. O animal parecia estar olhando diretamente para eles. O luar se refletia em seus olhos, tornando-os luminosos. O coração de Georg Scheepers começou a bater mais depressa. Torcia para que o motorista ligasse o motor, mas o negro continuava imóvel atrás do volante. De repente, ficou apavorado com a idéia de que o sujeito tivesse ferrado no sono.

Justamente nesse momento a leoa levantou-se da areia. Nem por um instante tirou os olhos dos que estavam dentro do veículo. Georg Scheepers sabia que era perfeitamente possível uma pessoa ficar paralisada diante de uma situação dessas. Capaz de pensar no medo e na fuga mas sem forças para se mexer.

A leoa estava absolutamente imóvel, vigiando os humanos. Os músculos dianteiros ondulando sob a pele de modo bem visível. Pensou em como era bela. Sua força era sua beleza, sua imprevisibilidade, seu caráter.

Também pensou que, antes de tudo, ela era uma leoa. O fato de ser branca era apenas secundário. A idéia fixou-se rápido em sua mente. Uma espécie de aviso a si mesmo de qualquer coisa que fora esquecida por completo. Mas o quê? Não conseguia se lembrar.

— Por que o motorista não se afasta? — Judith cochichou a seu lado.

— Não tem perigo. Ela não virá até aqui.

A leoa continuava imóvel, vigiando os ocupantes da caminhonete parada na margem. A luz da lua estava muito forte. A noite clara e quente. De algum lugar do rio escuro vinham ruídos de hipopótamos se movendo.

Parecia a Georg Scheepers que a situação toda era um aviso. A sensação de perigo iminente, que podia se transformar em violência incontrolável a qualquer instante, era o estado normal do país. Todo mundo vivia à espera de que algo acontecesse. O animal caçador os estava espiando. O animal caçador que havia dentro deles. Dos negros impacientes com a lentidão dos avanços. Dos brancos temerosos de perder os privilégios, receosos do futuro. Era a mesma coisa que estar ali na beira do rio, com um leão pela frente.

Ela era albina. Lembrou-se de todos os mitos que cercavam pessoas e bichos albinos. Tinham força prodigiosa e jamais morriam.

De repente a leoa começou a se mexer, na direção deles. A concentração intensa do animal, os movimentos sorrateiros. Mais que depressa, o motorista ligou o motor e acendeu os faróis. A luz cegou-a. Ela parou instantaneamente, com uma das patas erguidas no ar. Georg Scheepers sentiu as unhas da mulher atravessando o pano da camisa.

Anda, pensou. Anda com esse carro antes que ela ataque.

O motorista engatou a ré. O motor falhou. Georg Scheepers teve a impressão de que o coração iria parar quando o carro afogou. Mas o motorista pisou fundo no acelerador, e o veículo começou a rodar de ré. A leoa virou a cabeça para não ser ofuscada pelos faróis.

Estava tudo terminado. As unhas de Judith não estavam mais cravadas em seu braço. Os dois agarraram-se às grades de proteção e voltaram aos trancos para o bangalô onde estavam hospedados. O passeio noturno logo estaria encerrado. Mas a lembrança da leoa e as idéias que a presença dela na margem do rio despertara ficariam com ele.

Foi o promotor quem sugeriu à mulher que seria bom passarem alguns dias no Kruger. Gastara mais de uma semana tentando decifrar e pôr em ordem a papelada que Van Heerden deixara para trás ao morrer. Precisava de tempo para pensar. Ficariam fora sexta e sábado, mas no domingo, 17 de maio, iria trabalhar nos arquivos informatizados do agente do BOSS. Queria fazer isso numa hora em que estivesse sozinho, quando não houvesse ninguém nos corredores do Ministério Público. Os investigadores da polícia haviam providenciado para que todo o material pertencente ao morto, todos seus disquetes, fosse posto numa caixa de papelão e enviado para o gabinete do promotor público. Wervey, seu chefe, expedira uma ordem para que o serviço de inteligência entregasse tudo. Oficialmente era

Wervey, com suas atribuições de promotor-chefe, quem deveria examinar a papelada que o BOSS classificara prontamente como ultra-secreta. Quando os superiores de Van Heerden se recusaram a liberar os documentos, alegando que primeiro teriam de ser examinados pelo próprio serviço secreto, Wervey ficara possesso. Na mesma hora entrara em contato com o ministro da Justiça. Horas depois, o BOSS voltava atrás. O material seria entregue ao gabinete do promotor. Ficaria sob a responsabilidade de Wervey. Mas na verdade quem iria examiná-los, em extremo sigilo, era Georg Scheepers. Era por isso que pretendia trabalhar no domingo, com o prédio deserto.

Saíram de Joanesburgo de manhã bem cedo na sexta-feira, 15 de maio. A rodovia N4 para Neslpruit os levaria rapidamente ao destino. A certa altura, pegaram uma estrada menor e entraram no Parque Nacional Kruger pelo portão Nambi. Judith ligara reservando um bangalô num dos acampamentos mais remotos, em Nwanetsi, pertinho da fronteira com Moçambique. Já tinham estado lá diversas vezes e gostavam do lugar. O acampamento possuía alguns poucos chalés, um restaurante e um escritório que organizava e fazia os passeios — bem ao gosto de quem estava atrás de paz e sossego, de quem ia para a cama cedo e se levantava ao amanhecer para poder ver os animais chegando à beira do rio para tomar água. A caminho de Nelspruit, Judith lhe perguntara da investigação que estava fazendo para o Ministério da Justiça. Ele disse que não sabia muita coisa a respeito ainda. Mas que precisava de tempo para encontrar a melhor forma de abordar a questão. Ela não fez mais perguntas — sabia que o marido não era de muito falar.

Durante os dois dias que passaram em Nwanetsi, saíram para ver os animais o tempo todo. Olharam os bichos, a paisagem, e deixaram Joanesburgo com seus problemas para trás. Depois das refeições, Judith enterrava a cara num livro, e Georg Scheepers repassava o que já sabia sobre Van Heerden e seu trabalho secreto.

Começou metodicamente, examinando todas as pastas do arquivo de aço, e não demorou a perceber que teria de aumentar bastante sua capacidade de ler nas entrelinhas. Entre memorandos e relatórios formalmente corretos, encontrou folhas soltas de papel com anotações rabiscadas às pressas. Ler esses bilhetes era trabalho lento e requeria uma boa dose de esforço; a letra difícil o fazia pensar num professor primário cheio de pedantismos. Pareciam-lhe esboços de poemas. Visões líricas, contornos de metáforas e figuras de linguagem. Foi então, quando tentava penetrar na parte informal do trabalho de Van Heerden, que teve a premonição de que alguma coisa iria acontecer. Os relatórios, memorandos e notas avulsas — *poemas divinatórios*, como passou a considerá-los — vinham de longa data. No começo eram observações e reflexões precisas, escritas num estilo frio e neutro. Mas, cerca de seis meses antes de sua morte, Van Heerden começou a ter outro estilo. Alguma coisa acontecera, essa foi a conclusão de Scheepers. Alguma coisa mudara de forma dramática, ou em seu trabalho ou em sua vida privada. Ele começara a ter idéias diferentes. O que antes era certeza de repente ficou incerto; a voz clara tornara-se hesitante, tênue. E parecia haver uma outra diferença também — pelo menos era o que achava. Antes, os papéis soltos não tinham nenhuma ordem. De certo ponto em diante, Van Heerden passou a anotar a data e às vezes inclusive a hora em que redigia os bilhetes. Scheepers teve a oportunidade de ver que Van Heerden muitas vezes trabalhava até tarde. A maioria das notas fora redigida depois da meia-noite. Aquilo tudo começou a dar a impressão de ser um diário expresso de forma poética. Tentou encontrar um tema básico e consistente como ponto de partida. Como Van Heerden jamais mencionasse sua vida privada, Scheepers presumia que estivesse escrevendo apenas sobre o que acontecia no trabalho. Mas não havia informações concretas que ajudassem. O diário era formulado a partir de sinônimos e metáforas. Era óbvio que *terra natal* significava África do Sul. Mas quem era *o Camaleão*? Quem eram *a Mãe e a Filha*? Van Heerden não era casado. Não tinha nenhuma ligação próxima, segundo as informações que o inspetor Borstlap da polícia de Joanesburgo enviara num memorando pessoal, atendendo ao pedido do promotor. Scheepers pusera os nomes no computador, tentando descobrir alguma conexão, mas em vão. A linguagem de Van Heerden era evasiva, como se preferisse não se associar ao que estava escrevendo. Várias e várias vezes Scheepers teve a sensação de que havia indícios de algum perigo ameaçador. Um vestígio de confissão. Ele descobrira algo significativo. Todo seu mundo parecia de repente estar sob alguma ameaça. Escrevera a respeito de um reino da morte, parecendo com isso querer dizer que todos o temos dentro de nós. Tinha visões de algo desmoronando. Ao mesmo tempo, o promotor parecia detectar sentimentos de culpa e dor nele, que foram ficando cada vez mais fortes durante as últimas semanas antes do fim.

Scheepers reparou que ele só escrevia sobre negros, brancos, bôeres, Deus e perdão. Mas em momento nenhum usou palavras como conspiração ou complô. Aquilo que supostamente estou encarregado de procurar, aquilo sobre o que Van Heerden informou o presidente De Klerk. *Por que não há nada sobre isso nos papéis?*

Na quinta-feira à tarde, um dia antes que partissem para Nwanetsi, ficou no escritório até tarde. Desligara todas as lâmpadas, exceto a da mesa. De vez em quando, escutava os guardas noturnos falando em frente à janela, que deixara entreaberta.

Pieter van Heerden fora o servidor ideal, um funcionário leal, ele achava. No decurso de seu trabalho para um serviço de inteligência cada vez mais rachado internamente, a agir com autonomia crescente, topara com algo importante. Uma conspiração contra o Estado. Uma conspiração que tinha por objetivo deflagrar de um modo ou de outro um golpe de Estado. Van Heerden não poupara esforços para tentar descobrir o centro dessa conspiração.

Havia muitas perguntas. E ele escrevera poesias sobre suas preocupações e sobre o reino da morte que descobrira dentro de si.

Scheepers ergueu os olhos para seu arquivo de metal. Ali trancara os disquetes cuja entrega Wervey exigira dos superiores de Van Heerden. E era ali que devia estar a solução. As ruminações cada vez mais confusas e introspectivas, conforme o que se lia naquelas folhas soltas de papel, só podiam fazer parte de um todo maior. A verdade deve estar nos disquetes.

Na manhã do domingo, 17 de maio, logo cedo, deixaram o parque Kruger e voltaram para Joanesburgo. Ele levou a mulher para casa e, depois de comer alguma coisa, foi direto para o lúgubre edifício no centro da cidade onde trabalhavam os promotores públicos. O centro estava deserto, como se tivesse sido repentinamente evacuado e as pessoas nunca mais fossem voltar. Os guardas armados lhe abriram a porta e ele cruzou o corredor cheio de ecos até sua sala.

Nem bem atravessara a porta e já sabia que alguém estivera por lá. Havia mudanças minúsculas, quase imperceptíveis, que traíam a visita de um estranho. Presumivelmente as faxineiras, pensou. Mas não podia ter certeza.

Estou começando a me deixar influenciar por esse serviço, disse com seus botões. A inquietação de Van Heerden, seu medo constante de estar sendo vigiado, ameaçado, começou a me afetar.

Desvencilhou-se da sensação de desconfiança, tirou o paletó e destrancou o arquivo. Depois colocou o primeiro disquete no computador.

Duas horas depois, o material estava todo organizado. Os arquivos informatizados de Van Heerden não revelaram nada de importante. O mais surpreendente era a maneira imaculada com que tudo estava ordenado.

Havia só mais um disquete para ser examinado.

Georg Scheepers não conseguiu abri-lo. A intuição lhe dizia que era ali que o testemunho secreto de Van Heerden seria encontrado. A mensagem que piscava sem parar na tela exigia uma senha, antes que o disquete pudesse abrir as portas de suas muitas câmaras secretas. Isto vai ser impossível, pensou. A senha é constituída de uma única palavra, mas pode ser qualquer palavra deste mundo. Eu poderia rodá-lo junto com um programa contendo um dicionário inteiro, suponho. Mas a senha estará em inglês ou africâner? De todo modo, não acreditava que a resposta pudesse ser encontrada trabalhando-se sistematicamente com um dicionário todo. Van Heerden não trancaria seu disquete mais importante com uma senha sem sentido. Escolheria algo significativo como chave secreta.

Scheepers arregaçou as mangas da camisa, encheu uma xícara com café de uma garrafa térmica que levara consigo de casa e começou a examinar os papéis soltos de novo. Começou a recear que Van Heerden tivesse programado o disquete de forma a apagar todo seu conteúdo por contra própria, depois de um determinado número de tentativas fracassadas de acertar a senha. Comparou a tarefa à tentativa de invasão de uma antiga fortaleza. A ponte levadiça está recolhida e o fosso se encontra cheio de água. Só há uma única outra entrada possível. Subir pelos muros. Em algum lugar deve haver degraus escavados na pedra. É isso que estou procurando. O primeiro degrau.

Às duas da tarde, continuava na mesma. O desânimo não estava muito longe, e um vago sentimento de raiva começava a dar seus sinais, dirigido sobretudo contra Van Heerden e contra aquela fechadura que não conseguia destrancar.

Umas duas horas depois, estava a ponto de desistir. Não tinha mais nenhuma idéia de como acessar o disquete. Receava também estar longe de descobrir a palavra certa. A escolha da senha ocupava um contexto, tinha um significado que ainda não conseguira captar. Sem esperar nenhuma contribuição muito especial, voltou-se para os memorandos e documentos que recebera do inspetor-chefe Borstlap. Quem sabe se ali não haveria alguma coisa capaz de lhe apontar a direção? Leu o relatório da autópsia com uma certa repulsa e fechou os olhos ao topar com fotos do morto. Perguntou-se se não seria tão-somente um latrocínio, no fim das contas. O prolixo relatório dos procedimentos do inquérito não lhe deu nenhuma pista. Passou então para os memorandos pessoais.

Bem no final da pasta enviada pela polícia, havia um inventário de tudo o que a polícia encontrara na sala de Van Heerden, no quartel-general do BOSS. O inspetor-chefe Borstlap fizera um comentário irônico, dizendo que naturalmente não havia como saber se os superiores de Van Heerden já não teriam removido papéis ou objetos considerados impróprios para cair nas mãos dos tiras. Folheou sem grande interesse a lista toda, cinzeiros, fotografias emolduradas dos pais, algumas litografias, um porta-canetas, diários, mata-borrão. Já ia colocá-la de lado quando parou de repente. Entre os itens enumerados por Borstlap havia uma pequena escultura de mármore de um antílope. *Muito valiosa, antiga*, escrevera Borstlap.

Largou o memorando e digitou a palavra *antílope* no teclado. O computador respondeu pedindo a senha correta. Pensou alguns instantes. Depois digitou cudo. A resposta do computador foi negativa. Passou a mão no telefone e ligou para Judith, sua mulher.

— Preciso que me ajude numa coisa. Dá para você espiar o verbete antílope na nossa enciclopédia de vida selvagem?

— Mas afinal o que você está fazendo? — ela perguntou espantada.

— Entre as coisas que eu tenho que fazer está a formulação de uma postura para o desenvolvimento e a conservação de nossas espécies de antílopes — mentiu. — Mas quero ter certeza de não esquecer nenhuma delas.

Ela pegou o livro e recitou as várias espécies de antílope para o marido.

— A que horas você volta? — perguntou, depois de terminar.

— Ou daqui a pouco ou muito tarde. Mas eu ligo para você.

Assim que desligou, percebeu de imediato qual devia ser a palavra, presumindo-se que a pequena escultura constante da lista fosse de fato o elo correto.

Springbok, pensou consigo mesmo. Nosso símbolo nacional. Será possível que seja assim tão fácil?

Digitou a palavra lentamente, parando uns instantes antes da última letra. O computador respondeu na hora. Negativo.

Uma outra possibilidade, pensou. Mesma palavra. Mas em africâner. Digitou então *spriengboek*.

A tela começou a se abrir instantaneamente. Com uma lista de conteúdos.

Decifrara o mistério. Encontrara um jeito de penetrar no mundo de Van Heerden.

Reparou que suava. A imensa satisfação de um criminoso que acaba de abrir o cofre de um banco, pensou.

Depois se endireitou para ler o que havia na tela. Quando terminou, sabia duas coisas. Primeira: Van Heerden fora assassinado por causa do trabalho que fazia. Segunda: que a premonição que tivera de algum perigo iminente era justificada.

Recostou-se na cadeira e se espreguiçou.

Depois estremeceu.

Van Heerden compilara as anotações registradas no disquete com uma precisão gelada. Tratava-se de um homem de personalidade dupla, profundamente dividido, quanto a isso não restava a menor dúvida. As descobertas que fizera da conspiração em andamento reforçavam a sensação anterior, de que sua vida como africânder baseava-se numa mentira. Quanto mais penetrava na realidade dos conspiradores, mais fundo mergulhava na sua. O mundo descrito nas folhas soltas de papel e a fria precisão do disquete coexistiam numa mesma pessoa.

Ocorreu-lhe que até certo ponto Van Heerden estivera próximo da própria destruição.

Levantou-se e foi até a janela. Em algum lugar distante, sirenes de polícia gemiam.

E no que exatamente nós acreditávamos?, perguntou a si mesmo. Que nossos sonhos de um mundo imutável eram de fato verdade? Que as pequenas concessões que fizemos aos negros seriam suficientes, embora não tivessem mudado coisa alguma?

Foi tomado por um sentimento de vergonha. Porque mesmo que fizesse parte dos novos africânderes, daqueles que não consideravam o presidente De Klerk um traidor, os muitos anos de passividade, da parte de Judith e da sua, haviam permitido a continuação das políticas racistas. Também ele possuía dentro de si o reino da morte sobre o qual Van Heerden escrevera.

No final das contas, era essa aceitação silenciosa que sustentava as intenções dos conspiradores. Eles contavam com essa passividade constante. Com sua aceitação silenciosa.

Sentou-se diante da tela uma vez mais.

Van Heerden fizera um bom trabalho. As conclusões que Scheepers pudera tirar — e que passaria ao presidente De Klerk no dia seguinte mesmo — eram irrefutáveis.

Nelson Mandela, o líder inconteste dos negros, ia ser assassinado. Em seus últimos dias de vida, Van Heerden trabalhara febrilmente para tentar decifrar as perguntas cruciais: onde e quando. Ainda não encontrara as respostas no dia em que desligou o computador pela última vez. Mas tudo levava a crer que não iria demorar muito tempo e que a data estava relacionada a um pronunciamento de Nelson Mandela num grande comício público. Van Heerden elaborara uma lista de locais possíveis para os três meses seguintes. Entre os quais Durban, Joanesburgo, Soweto, Bloemfontein, Cidade do Cabo e East London, com as respectivas datas. Em algum lugar no exterior, um matador profissional se preparava. Van Heerden conseguira descobrir que um antigo oficial da KGB fazia parte — ainda que de modo indistinto — dos bastidores do assassinato. Mas havia muitas outras coisas a serem esclarecidas.

Acima de tudo, havia a mais importante de todas as perguntas. Georg Scheepers releu de novo a parte em que Van Heerden analisava o caminho até o âmago da conspiração. Ele falava de um *Comitê*. Uma coletânea disparatada de pessoas representativas dos grupos dominantes de africânderes. Mas não tinha todos os nomes. Os únicos que conhecia eram Jan Kleyn e Franz Malan.

Scheepers estava agora convencido de que o camaleão era Jan Kleyn. Porém ainda não fora capaz de identificar o codinome de Franz Malan.

Percebera que Van Heerden considerava essa dupla os atores principais. Concentrando-se neles, esperava descobrir quem eram os outros integrantes do Comitê e o que exatamente estavam pretendendo.

Coup d'État, Van Heerden escrevera no fim do último texto, datado dois dias antes de ser assassinado. *Guerra civil? Caos?* Ele não respondera às perguntas. Simplesmente as fizera.

Havia entretanto uma última nota, escrita no mesmo dia, no domingo em que fora para o hospital.

Semana que vem, escrevera. *Leve adiante. Bezuidenhout. 559.*

Esse foi o recado que ele me mandou do túmulo, pensou Georg Scheepers. Era isso que ele teria feito. E agora cabe a mim fazer. Mas o quê? Bezuidenhout é um bairro afastado de Joanesburgo, e o número certamente é parte do endereço de uma casa.

De repente deu-se conta de que estava muito cansado e muito preocupado. A responsabilidade recebida era bem maior do que jamais poderia ter imaginado.

Desligou o computador e trancou os disquetes de volta no arquivo. Já eram quase nove da noite. Lá fora estava tudo escuro. Viaturas da polícia passavam soando as sirenes o tempo todo, feito hienas, vigiando o negrume da noite.

Saiu do prédio vazio e foi até o carro. Sem ter realmente se decidido a ir até lá, foi indo para a zona leste da cidade até sair em Bezuidenhout. Não demorou a encontrar o que estava procurando. O número 559 era uma casa vizinha ao parque que dava nome ao bairro de Bezuidenhout. Estacionou do outro lado da rua, desligou o motor e apagou os faróis. A casa era branca, de tijolos esmaltados. Havia uma luz acesa por trás das cortinas. E um carro na entrada.

Ainda se sentia muito cansado e preocupado para raciocinar sobre a melhor forma de agir em seguida. Antes de mais nada, tudo o que acontecera naquele longo dia teria de ser absorvido por sua consciência. Lembrou-se da leoa parada imóvel na beira do rio. De como se levantou e foi na direção deles. O animal selvagem está investindo contra nós, pensou.

De repente deu-se conta do mais importante de tudo.

O assassinato de Nelson Mandela seria a pior coisa que poderia acontecer ao país no momento. As conseqüências seriam tenebrosas. Tudo aquilo que estavam buscando alcançar — essa frágil tentativa de se atingir um acordo entre negros e brancos — seria demolido numa fração de segundo. Os diques se romperiam, e a enchente engoliria o país.

Havia gente que desejava essa enchente apocalíptica. Tinham formado um Comitê para abrir as comportas.

Seus pensamentos só foram até aí. Viu um homem saindo da casa e entrando no carro. Ao mesmo tempo, uma das cortinas foi puxada numa janela. Viu uma mulher negra e uma outra atrás dela, mais jovem. A mulher mais velha acenou, mas a que estava atrás não mexeu um músculo.

Não deu para ver o homem dentro do carro. Estava escuro demais. Mesmo assim, sabia que era Jan Kleyn. Abaixou-se no banco, quando o outro passou. Quando novamente endireitou o corpo, as cortinas já estavam de novo fechadas.

Franziu o cenho. Duas mulheres negras? Jan Kleyn tinha saído da casa delas. *O camaleão, mãe e filha?* Não conseguia ver ligação nenhuma. Mas também não via motivo para duvidar da palavra de Van Heerden. Se ele tinha escrito que isso era importante, era porque era importante.

Van Heerden topara com um segredo, pensou. E tenho de seguir pela mesma trilha.

No dia seguinte ligou para o gabinete do presidente e pediu para vê-lo com urgência. Foi informado de que De Klerk poderia recebê-lo às dez da noite. Passou o dia redigindo um relatório sobre as conclusões a que chegara. Estava visivelmente nervoso enquanto aguardava na antecâmara presidencial, tendo sido recebido pelo mesmo guarda de segurança sombrio de antes. Dessa vez, entretanto, não precisou esperar. Exatamente às dez da noite, o segurança anunciou que o presidente iria recebê-lo. Quando entrou na sala, Scheepers teve a mesma impressão de antes. De Klerk parecia muito cansado. Os olhos baços e o rosto pálido. As bolsas pronunciadas sob os olhos pareciam arrastá-lo para baixo.

Relatou então da forma mais rápida que conseguiu o que descobrira no dia anterior. Mas sem mencionar por enquanto a casa do parque Bezuidenhout.

O presidente escutou de olhos semicerrados. Depois que Scheepers terminou, continuou ali sentado sem se mexer. Por um rápido momento, o promotor chegou a pensar que o outro tivesse adormecido durante seu relatório. Mas De Klerk abriu os olhos e fitou-o de frente.

— Muitas vezes me pego perguntando como ainda continuo vivo — falou devagar. — Milhares de bôeres me consideram um traidor. Ainda assim, Nelson Mandela foi o alvo escolhido da tentativa de assassinato.

Em seguida calou-se. Scheepers sabia que estava refletindo sobre tudo que acabara de ouvir.

— Tem uma coisa nesse relatório que me preocupa

— falou por fim. — Vamos presumir que haja pistas falsas espalhadas nos lugares apropriados. Vamos imaginar dois conjuntos diferentes de circunstâncias. Um deles é que sou eu, o presidente, a vítima pretendida do atentado. Gostaria que tivesse isso sempre em mente, Scheepers. Também gostaria que levasse em conta a possibilidade de que essa gente pretende atacar tanto meu amigo Mandela quanto eu. O que não significa que eu esteja excluindo a possibilidade de que esses loucos desejem de fato acabar com Mandela. Quero apenas que pense com espírito crítico sobre o que está fazendo. Pieter van Heerden foi assassinado. O que significa que há olhos e ouvidos por toda parte. A experiência me ensinou que pistas falsas são uma parte fundamental de todo trabalho de inteligência. Está me acompanhando?

— Estou.

— Espero suas conclusões dentro dos próximos dois dias. Receio não poder lhe dar mais tempo que isso.

— Continuo acreditando que as conclusões de Pieter van Heerden apontam para Nelson Mandela. É a ele que pretendem matar.

— Acreditar? Pois eu acredito em Deus. Mas não sei se Ele existe. Assim como também não sei se existe mais de um.

Scheepers ficou atordoado com a resposta. Mas entendeu o que De Klerk quis dizer.

O presidente ergueu a mão, depois deixou-a cair sobre a escrivaninha.

— Um Comitê — falou pensativo. — Que quer frustrar tudo aquilo que conseguimos alcançar. Desmantelar políticas que não deram certo. Estão tentando abrir as comportas para inundar o país. Mas não vão conseguir fazer isso.

— Claro que não.

De Klerk de novo se perdeu em pensamentos. Scheepers esperou sem dizer palavra.

— Vivo diariamente na expectativa de que algum louco fanático me acerte — disse por fim, circunspecto. — Penso no que aconteceu a meu antecessor, Verwoerd. Apunhalado em pleno parlamento. Estou ciente de que pode me acontecer o mesmo. Isso não me assusta. O que me assusta, no entanto, é que não haja na verdade ninguém capacitado a assumir o poder depois de mim.

De Klerk fitou Scheepers, sorrindo de leve.

— Você ainda é muito jovem. Mas, neste momento, o futuro do país está nas mãos de dois velhos, Nelson Mandela e eu. E é por isso que seria desejável que ambos vivêssemos um pouquinho mais.

— O senhor não acha que Nelson Mandela deveria ter sua segurança reforçada, presidente?

— Nelson Mandela é um homem bastante especial. Não gosta muito de guarda-costas. Homens ilustres raramente gostam. Veja só De Gaulle. E é por isso que tudo terá de ser tratado com a maior discrição. Mas é claro que já providenciei para que sua guarda seja reforçada. Só que ele não precisa saber disso.

A audiência estava terminada.

— Dois dias — falou De Klerk. — Não mais que isso.

Scheepers levantou-se e curvou o corpo.

— Mais uma coisa. Não se esqueça do que aconteceu com Van Heerden. Tome cuidado.

Foi só depois de sair do palácio que entendeu de fato as palavras do presidente. Olhos invisíveis estavam em cima dele também. Suava frio ao entrar no carro para ir para casa.

De novo, lembrou-se da leoa que parecia quase branca ao luar.

24

Kurt Wallander sempre imaginara a morte negra.

Mas, naquela praia envolta em neblina, percebeu que não respeitava cores. Ali a morte era branca. A neblina o envolvia todo; achava que estava escutando as ondas quebrarem macias na areia, mas era a neblina que dominava, que reforçava sua impressão de não saber para que lado ir.

Quando estava lá em cima, no alto do barranco, rodeado por carneiros invisíveis, com tudo terminado, não lhe passara um único pensamento claro pela cabeça. Sabia que Victor Mabasha estava morto, que ele próprio matara um ser humano e que Konovalenko escapara de novo, engolido pela brancura em volta. Svedberg e Martinson tinham surgido em meio à cerração feito dois pálidos fantasmas de si mesmos. Enxergou, na expressão dos dois colegas, o próprio horror de se ver rodeado de cadáveres. Ao mesmo tempo, sentira um desejo intenso de fugir e não voltar nunca mais, e também de continuar a caçada. Mais tarde, lembraria o que lhe acontecera naqueles poucos minutos como algo alheio a si mesmo, visto a distância. Era um Wallander diferente quem estava parado ali em cima, brandindo armas para todos os lados. Não era ele, e sim algum outro que tomara posse dele temporariamente. Foi somente depois de ter gritado para que Martinson e Svedberg se mantivessem a distância, depois de ter descido derrapando o barranco, depois de se ver sozinho em pleno nevoeiro, que começou devagar a entender o que acontecera. Victor Mabasha estava morto, baleado na cabeça à queima-roupa, do mesmo jeito que Louise Åkerblom. O gordo tinha recuado e atirado os braços para o alto. Também ele estava morto, e fora Wallander quem o matara.

Soltou um grito, como se fosse uma sirene humana dando o alarme contra o nevoeiro. Não há mais como voltar atrás, disse consigo mesmo, desesperadamente. Vou desaparecer nesta neblina. Quando ela se dissipar, eu não existirei mais.

Tentou juntar os últimos vestígios de razão que ainda achava possuir. Volte, falou para si mesmo. Volte para onde estão os mortos. Seus colegas estão lá. Vocês podem continuar a busca de Konovalenko juntos.

Depois se afastou. Não podia retroceder. Se por acaso ainda lhe restava alguma missão, era a de encontrar Konovalenko, matá-lo se não pudesse evitar, mas preferivelmente pegá-lo e entregá-lo a Björk. Uma vez feito isso, poderia dormir. Quando acordasse outra vez, o pesadelo estaria terminado. Mas isso não era verdade. O pesadelo continuaria presente. Ao atirar em Rykoff, fizera algo do qual nunca mais poderia se livrar. De modo que podia muito bem continuar atrás de Konovalenko. Tinha uma sensação muito vaga de que já estava tentando encontrar uma forma de expiar a morte de Rykoff.

Konovalenko escondera-se em algum lugar no nevoeiro. Talvez muito próximo. Num gesto inútil, Wallander disparou um tiro contra toda a brancura, como se tentasse partir a névoa. Afastou o cabelo suado que grudara na testa. Depois viu que sangrava. Devia ter se cortado na hora em que Rykoff estilhaçara as vidraças da janela do apartamento. Olhou para as roupas e viu que estavam empapadas de sangue. A areia estava toda salpicada. Parou imóvel, esperando a respiração se estabilizar. Depois foi em frente. Podia seguir as pegadas de Konovalenko na areia. Enfiou a pistola na cinta. Mantinha a escopeta em posição na altura dos quadris, pronta para atirar. Parecia-lhe, a julgar pelas pegadas, que Konovalenko se movia rapidamente, que corria talvez. Acelerou o passo, seguindo o rastro feito um cão. De repente o nevoeiro espesso começou a lhe dar a impressão de que era ele que estava parado e que a areia é que se movia. Foi então que reparou que Konovalenko devia ter feito uma pausa, virado e saído correndo numa direção diferente. As pegadas levavam de volta para o topo do barranco. Wallander percebeu que desapareceriam assim que atingissem a grama. Subiu rápido e viu que estava na extremidade leste do campo de treinos. Parou e escutou. Bem ao longe, atrás dele, o som de uma sirene policial sumia aos poucos. Depois um carneiro baliu, ali muito perto. Em seguida silêncio outra vez. Seguiu a cerca, na direção norte. Era a única orientação que tinha. De certo modo esperava que Konovalenko despontasse do nevoeiro a qualquer instante. Tentou imaginar como seria ser baleado na cabeça à queima-roupa. Mas não conseguiu sentir nada. Todo o propósito de sua vida no momento era seguir a cerca que rodeava o perímetro do campo de treinos, nada mais. Konovalenko estava por ali em algum lugar, com a arma apontada, e Wallander iria encontrá-lo.

Quando saiu na estrada de Sandhammaren, não havia mais nada além da cerração. Pensou ter divisado o vulto meio apagado de um cavalo do outro lado, imóvel, orelhas viradas.

Aí parou no meio do asfalto e urinou. Era possível ouvir mais ao longe um carro trafegando pela estrada de Kristianstad.

Começou a caminhar na direção de Kåseberga. Konovalenko sumira. Conseguira escapar outra vez. Wallander andava sem rumo. Andar era mais fácil que ficar parado. Quem lhe dera que Baiba Liepa surgisse em meio àquele branco, caminhando em sua direção. Mas não havia nada ali. Só ele e o asfalto molhado.

De repente, surge uma bicicleta encostada no que sobrara de um antigo curral de ordenha. Não tinha cadeado, e a Wallander pareceu como se alguém a tivesse deixado ali para ele. Usou o porta-bagagem para pôr a espingarda e saiu pedalando. Assim que possível, largou o asfalto e virou numa das estradas de terra que cruzavam a planície. Até que chegou à casa do pai. Estava tudo às escuras, exceto por uma única lâmpada acesa diante da porta da frente. Wallander parou e escutou. Depois escondeu a bicicleta atrás do barracão. Cruzou o cascalho na ponta dos pés. Sabia que o pai guardava uma chave sobressalente debaixo de um vaso quebrado, na escada de fora que levava ao porão. Destrancou a porta do ateliê. Havia um quartinho ali, onde o pai guardava as tintas e as telas velhas. Fechou a porta e acendeu a luz. A luminosidade da lâmpada pegou-o de surpresa. Como se esperasse encontrar a neblina também ali dentro. Enfiou a cara embaixo da torneira de água fria e tentou tirar o sangue do rosto. Viu seu reflexo num espelho quebrado na parede. Não reconheceu os próprios olhos. Estavam esbugalhados, vermelhos, furtivos. Esquentou café na chapa elétrica imunda. Eram quatro da madrugada. Sabia que o pai em geral levantava às cinco e meia. Já teria ido embora até lá. No momento precisava de um esconderijo. Várias alternativas, todas elas impossíveis, lhe passaram pela cabeça. Mas no fim decidiu o que fazer. Tomou seu café, saiu do ateliê, atravessou o pátio e com todo o cuidado destrancou a porta da casa. Parou no hall e sentiu o cheiro acre de velhice nas narinas. Escutou. Nenhum ruído. Foi pé ante pé até a cozinha, onde ficava o telefone, fechando a porta atrás de si. Para seu próprio espanto, lembrava-se do número. Com a mão sobre o aparelho, pensou no que iria dizer. Depois discou.

Sten Widén atendeu quase na mesma hora. Pelo tom da voz, dava para perceber que estava completamente acordado. O pessoal que lida com cavalos pula cedo da cama, Wallander pensou.

— Sten? Aqui é o Kurt Wallander.

Num certo momento da vida tinham sido muito amigos. Wallander sabia que Sten raramente demonstrava surpresa.

— Eu sei. Está me ligando às quatro da madrugada?

— Preciso da sua ajuda.

Sten Widén não disse nada. Esperava para ouvir mais.

— Na estrada para Sandhammaren. Você vai ter que me pegar lá. Preciso me esconder na sua casa uns tempos. Algumas horas pelo menos.

— Onde? — perguntou Sten Widén.

Depois começou a tossir.

Ele continua fumando aqueles charutos, deduziu Wallander.

— Espero você na saída para Kåseberga. Que carro você tem?

— Um Duett velho.

— Quanto tempo vai levar?

— Tem muita neblina. Digamos quarenta e cinco minutos. Quem sabe um pouco menos.

— Estarei esperando. Obrigado pela ajuda.

Desligou e saiu da cozinha. Mas não resistiu à tentação. Cruzou a sala, onde ficava o antigo aparelho de televisão, e com todo o cuidado afastou a cortina do quarto de hóspedes, onde a filha dormia. Sob a luz fraca da lâmpada de fora, pôde ver o cabelo, a testa e uma parte do nariz de Linda. Estava dormindo a sono solto.

Depois foi apagar os vestígios de sua presença no quartinho do ateliê. Montou na bicicleta, percorreu um trecho da estrada principal e virou à direita. Ao chegar à altura da saída para Kåseberga, guardou a bicicleta atrás de um barracão da companhia telefônica, escondeu-se nas sombras e acomodou-se para esperar. A neblina continuava tão densa quanto antes. De repente, luzes de uma viatura de polícia passaram faiscando, a caminho de Sandhammaren. Wallander pensou ter reconhecido Peters atrás do volante.

Depois concentrou-se em Sten Widén. Não se viam havia mais de um ano. Devido a uma investigação criminal que fazia na época, resolvera procurar o antigo amigo em seus estábulos, próximos às ruínas do castelo de Stjärnsund. Era ali que ele treinava vários cavalos para o trote. Morava sozinho, provavelmente bebia demais, o tempo todo, e mantinha relacionamentos não muito claros com suas funcionárias. Muito tempo antes, haviam partilhado o mesmo sonho. Sten Widén tinha uma excelente voz de barítono. Iria ser cantor de ópera, e Wallander seria seu empresário. Mas o sonho murchou, a amizade fraquejou e no fim acabou.

Mesmo assim, ele é talvez o único amigo verdadeiro que já tive na vida, pensou Wallander, enquanto esperava na neblina. Tirando Rydberg. Mas aquilo fora diferente. Nunca teríamos nos aproximado um do outro se não fôssemos ambos da polícia.

Quarenta minutos depois, o Duett cor de vinho apareceu deslizando no nevoeiro. Wallander saiu de trás do barracão e entrou no carro. Sten Widén olhou para o rosto do amigo, sujo, manchado de sangue. Mas, como sempre, não demonstrou nenhuma surpresa.

— Eu explico depois — falou Wallander.

— Quando achar melhor — Sten levava um cigarro apagado na boca e cheirava a bebida.

Passaram pela área de treinos. Wallander abaixou-se e saiu do campo de visão. Havia vários carros da polícia parados no acostamento. Sten Widén diminuiu a velocidade mas não parou. A estrada estava livre, sem barreiras. Deu uma olhada para o lado de Wallander, que continuava tentando se esconder. Mas não disse nada. Cruzaram Ystad, Skurup, depois pegaram à direita, na direção de Stjärnsund. O nevoeiro estava mais denso do que nunca quando entraram na propriedade de Sten. Havia uma moça de uns dezessete anos parada na frente dos estábulos, fumando.

— Eu andei aparecendo nos jornais e na televisão — disse Wallander. — Prefiro ficar anônimo.

— Ulrika não lê jornal. E, quando liga a televisão, é para assistir a algum vídeo. Tenho outra moça trabalhando comigo, a Kristina. Ela também não vai dizer nada.

Entraram na casa desarrumada, caótica. Wallander teve a impressão de que nada mudara por ali, desde a última vez. Sten Widén perguntou-lhe se estava com fome.

Wallander fez que sim e os dois sentaram-se na cozinha. O inspetor comeu alguns sanduíches e tomou uma xícara de café. De vez em quando Sten Widén ia até o aposento vizinho. Sempre que voltava, exalava um cheiro ainda mais pronunciado de bebida.

— Obrigado por ter ido me buscar.

Sten Widén encolheu os ombros.

— Sem problemas.

— Preciso de algumas horas de sono. Depois eu lhe conto o que está havendo.

— E eu preciso cuidar dos cavalos. Você pode dormir aqui.

Levantou-se, e Wallander foi atrás. O cansaço finalmente o pegara. Sten Widén lhe mostrou um quartinho com um sofá.

— Duvido que haja algum lençol limpo na casa. Mas vou lhe dar um travesseiro e um cobertor.

— É mais do que o suficiente.

— Sabe onde fica o banheiro?

Wallander fez que sim. Lembrava-se.

Tirou os sapatos. Ouviu a areia estralando sob os pés. Pendurou o paletó no encosto de uma cadeira. Sten Widén ficou parado na porta, olhando.

— Como vão as coisas? — Wallander perguntou.

— Comecei a cantar de novo.

— Precisa me contar tudo.

Sten Widén saiu do quarto. Wallander escutou um cavalo relinchando no pátio. A última coisa em que pensou, antes de adormecer, foi que Sten Widén não mudara nem um pouquinho. O mesmo cabelo desgrenhado, o mesmo eczema ressequido no pescoço.

Ainda assim, havia alguma coisa de diferente.

Quando acordou, não tinha bem certeza de onde estava. Sentia dor de cabeça e o corpo todo dolorido. Pôs a mão na testa e viu que estava com febre. Continuou imóvel debaixo do cobertor, que cheirava a cavalo. Quis olhar as horas no relógio de pulso, mas descobriu que devia têlo deixado cair em algum momento durante a noite. Levantou-se e foi até a cozinha. Um relógio de parede marcava onze e meia. Dormira durante mais de quatro horas. Lá fora ainda havia neblina, se bem que mais fraca. Serviu-se de um café e sentou à mesa da cozinha. Depois tornou a levantar e abriu vários armários até achar um analgésico. Pouco depois, o telefone tocou. Wallander escutou Sten Widén entrar e atender. A ligação tinha alguma coisa a ver com feno. Estavam discutindo o preço de uma entrega. Depois de terminar de falar, ele entrou na cozinha.

— Acordado?

— Eu precisava dormir um pouco.

Depois contou ao amigo o que tinha acontecido. Sten Widén escutou em silêncio, sem mover nem um músculo do rosto. Wallander começou pelo sumiço de Louise Åkerblom. Falou sobre o homem que matara.

— Eu tinha de sair de lá — concluiu o inspetor. — Sei, claro, que meus colegas devem estar me procurando a essas alturas. Mas vou precisar mentir. Dizer que desmaiei e fiquei lá largado atrás de um arbusto. Mas, se você pudesse me fazer um favor, eu agradeceria muito. Ligar para a minha filha e dizer que estou bem. E também que ela deve ficar onde está.

— Quer que eu diga a ela onde você está?

— Não. Ainda não. Mas vai ter de convencê-la.

Sten Widén concordou. Wallander lhe deu o número. Mas ninguém atendeu.

— Continue tentando até conseguir falar com ela — insistiu Wallander.

Uma das cavalariças entrou na cozinha. Wallander cumprimentou-a com um gesto de cabeça e ela se apresentou. Era Kristina.

— Você podia ir buscar uma pizza — falou Sten Widén. — E compre alguns jornais também. Não tem nada para comer na casa.

Sten Widén deu algum dinheiro e ela saiu no Duett.

Wallander puxou conversa.

— Você disse que começou a cantar de novo.

Sten Widén sorriu pela primeira vez. Wallander lembrava-se daquele sorriso, mas fazia muitos anos que não o via.

— Entrei para o coro da igreja de Svedala. De vez em quando faço uns solos em enterros. Percebi que estava sentindo falta de cantar. Os cavalos não gostam quando eu canto nas cocheiras.

— Está precisando de um empresário? É difícil imaginar que eu vá continuar na polícia, depois do que houve.

— Você matou em legítima defesa. Eu teria feito o mesmo. Agradeça a sua boa estrela o fato de estar armado.

— Acho que não dá para ninguém entender qual é a sensação.

— Isso passa.

— Nunca.

— Tudo passa.

Sten Widén tentou ligar de novo. Ainda sem resposta. Wallander foi para o banheiro e tomou um banho. Pegou uma camisa emprestada de Sten Widén. Também ela cheirava a cavalo.

— Como vão indo as coisas? — perguntou.

— Que coisas?

— O negócio com os cavalos.

— Estou com uma égua excelente. E tem três outros que talvez venham a ser bons. Mas a Névoa tem talento. Vai dar dinheiro. Pode até ser que acabe sendo uma das possibilidades do *derby* este ano.

— Ela se chama Névoa mesmo?

— Chama. Por quê?

— Estava pensando, ontem à noite. Se eu tivesse um cavalo, talvez pudesse ter alcançado o russo.

— Não na Névoa. Ela derruba qualquer cavaleiro que não conheça. Cavalos talentosos são meio difíceis. Como as pessoas. Cheios de si, caprichosos. De vez em quando me pergunto se não seria melhor botar um espelho na baia dela. Mas ela sabe correr.

A moça chamada Kristina voltou com a pizza e alguns jornais. Depois tornou a sair.

— Ela não vai comer também? — perguntou Wallander.

— Os funcionários comem na cocheira. Temos uma pequena cozinha lá. — Sten Widén pegou o jornal de cima da pilha e folheou. Uma das páginas chamou sua atenção.

— É sobre você.

— Prefiro não saber. Não ainda.

— Como quiser.

Sten Widén obteve resposta na terceira tentativa. Foi Linda quem atendeu, não o avô. Wallander percebeu que ela estava insistindo em fazer um monte de perguntas. Mas Sten Widén disse apenas o que devia dizer.

— Ela ficou bem aliviada — falou quando a ligação terminou. — Prometeu ficar onde está.

Os dois comeram seus pedaços de pizza. Um gato saltou sobre a mesa. Wallander lhe deu um naco. Reparou que até o gato cheirava a cavalo.

— A neblina está indo embora — falou Sten Widén. — Já lhe contei que uma vez estive na África do Sul? A propósito do que você me contou há pouco.

— Não. — Wallander estava surpreso. — Não sabia disso.

— Quando o negócio de ópera não deu em nada, fui embora. Queria me afastar de tudo, não sei se você se lembra. Achei que podia me tornar um caçador. Ou garimpar diamantes em Kimberley. Deve ter sido por causa de alguma coisa que eu tinha lido. E acabei indo mesmo. Cheguei até a Cidade do Cabo. Fiquei três semanas e não agüentei mais. Saí correndo de lá. Voltei. E acabei ficando com os cavalos, quando meu pai morreu.

— Saiu correndo?

— O jeito como aqueles negros eram tratados. Fiquei com vergonha. Estavam no país deles, mas eram obrigados a andar de cabeça baixa, pedindo desculpas por existir. Nunca vi nada parecido. E nunca mais vou esquecer o que vi.

Sten limpou a boca e saiu. Wallander ficou refletindo sobre o que acabara de ouvir. Depois deu-se conta de que em breve teria de regressar ao distrito policial de Ystad.

Foi até a saleta onde ficava o telefone e encontrou o que procurava. Uma garrafa de uísque pela metade. Destampou-a, tomou um golaço, depois outro. Viu Sten Widén passando diante da janela, num cavalo castanho.

Primeiro sou assaltado. Depois eles explodem meu apartamento. O que virá agora?

Deitou-se de novo no sofá e puxou o cobertor para o queixo. A febre fora imaginária, e a dor de cabeça sumira. Teria de se levantar em breve de novo.

Victor Mabasha estava morto. Konovalenko atirara nele. As investigações em torno do desaparecimento e da morte de Louise Åkerblom estavam crivadas de cadáveres. Wallander não via nenhuma saída possível. Como é que eles iriam alcançar Konovalenko?

Depois de uns tempos, adormeceu. Só voltou a acordar umas quatro horas depois.

Sten Widén estava na cozinha, lendo o jornal vespertino.

— Você está sendo procurado.

Wallander olhou-o sem entender.

— Quem?

— Você — repetiu Sten Widén. — Você está sendo procurado. Eles puseram um alerta geral. E dá para perceber nas entrelinhas que estão achando que você perdeu temporariamente o juízo.

Wallander agarrou o jornal. Havia um retrato seu, e um de Björk.

Sten Widén falara a verdade. Era um homem procurado. Ele e Konovalenko. Também suspeitavam que não estivesse em condições de cuidar de si próprio.

Wallander olhou horrorizado para Sten Widén.

— Ligue para minha filha.

— Já liguei. E disse a ela que você continua com a cabeça intacta.

— E ela acreditou?

— Acreditou.

Wallander permaneceu imóvel. Depois tomou uma decisão. Faria o papel que lhe fora designado. Um detetive-chefe do distrito de Ystad, temporariamente enlouquecido, desaparecido e procurado. Isso lhe daria aquilo de que mais precisava no momento.

Tempo.

Quando avistou Wallander no meio do nevoeiro, naquele campo de treinos à beira-mar, junto com os carneiros, Konovalenko percebeu, espantado, que estava diante de um oponente de peso. Foi bem no momento em que Victor Mabasha caiu para trás, morto antes de chegar ao chão. Konovalenko ouvira um rugido vindo da névoa e virara o corpo, ao mesmo tempo que se agachava. E lá estava ele, o tira roliço de interior que já o desafiara diversas vezes. Deu-se conta de que o subestimara. Viu quando Rykoff foi atingido por duas balas que lhe rasgaram o tórax. Usando o africano morto como escudo, recuou de ré até a praia, sabendo que o detetive iria persegui-lo. Que não desistiria. Que era perigoso.

Konovalenko correu pela praia envolto no nevoeiro. Ao mesmo tempo ligou para Tania do celular. Chegou à cerca que delimitava o campo de treinos, atravessou para a estrada e viu uma placa indicando Kåseberga. Por telefone, deu instruções para que ela pudesse achar a saída de Ystad, falando sem parar e insistindo para que dirigisse com todo o cuidado. Não disse nada sobre a morte de Vladimir. Isso ficaria para depois. O tempo todo esteve de olho em tudo o que se passava atrás dele. Wallander não estava longe e era perigoso; era o primeiro sueco implacável com quem cruzava de perto. Não estava acreditando no que tinha acontecido. Wallander nada mais era do que um tira de interior, afinal de contas. Havia alguma coisa no comportamento dele que não se encaixava no panorama geral.

Tania chegou, Konovalenko assumiu o volante, e os dois voltaram para a casa nos arredores de Tomelilla.

— Cadê o Vladimir? — ela perguntou.

— Ele virá mais tarde. Fomos obrigados a nos separar. Eu vou buscá-lo depois.

— E o africano?

— Morto.

— O tira?

Não houve resposta. Tania percebeu que alguma coisa saíra errado. Konovalenko estava indo depressa demais. Alguma coisa o incomodava.

Ainda estavam no carro quando Tania entendeu que Vladimir fora morto. Mas não disse nada e conseguiu manter a fachada até entrarem na casa onde Sikosi Tsiki, sentado numa cadeira, os observava com o rosto desprovido de qualquer expressão. E aí então começou a gritar. Konovalenko esbofeteou-a, de início com o dorso da mão, depois com força cada vez maior. Mas Tania só parou de berrar quando ele conseguiu obrigá-la a engolir alguns sedativos — tantos na verdade que ela quase perdeu a consciência. Nesse tempo todo, Sikosi Tsiki permaneceu sentado, sem se mexer. Konovalenko tinha a impressão de estar atuando num palco, com Sikosi Tsiki de único espectador na platéia, ainda que muito atento. Quando Tania mergulhou naquele território fluido entre o sonho profundo e a inconsciência, Konovalenko trocou de roupa e serviu-se de uma dose de vodca. O fato de Victor Mabasha ter finalmente morrido não lhe deu a satisfação que esperava. Verdade que resolvia os problemas práticos imediatos, pelo menos seu precário relacionamento com Jan Kleyn. Mas sabia que Wallander viria atrás dele.

O tira não iria desistir. Encontraria uma nova pista.

Konovalenko tomou outra dose de vodca.

Esse africano no sofá é um animal idiota, pensou. Fica me vigiando o tempo todo, mas não de um jeito amistoso, nem tampouco hostil. Ele simplesmente vigia. Não diz nada, não pergunta nada. Provavelmente seria capaz de permanecer sentado num mesmo lugar dias a fio, se alguém mandasse.

Tampouco ele tinha algo para dizer ao africano. A cada minuto que passava, Wallander estaria um pouco mais perto. Precisava montar uma ofensiva. Os preparativos para o serviço em questão, o assassinato na África do Sul, teriam de esperar um pouco.

Conhecia o ponto fraco de Wallander. E era ali que iria atacar. Mas onde estava a filha? Num lugar não muito longe dali, com certeza. Presumivelmente em Ystad. Mas não no apartamento da Mariagatan.

Levou uma hora para encontrar a solução do problema. Era um plano bem arriscado. Mas já percebera que não haveria nenhuma estratégia isenta de riscos em relação àquele extraordinário tira chamado Wallander.

Uma vez que Tania era a chave do plano e que ainda iria dormir muitas horas, tudo que precisava fazer era esperar. Mas nem por um momento se esqueceu de que o policial estava lá fora na névoa e no escuro e que vinha chegando cada vez mais perto.

— Suponho que o grandalhão não vá mais voltar — falou Sikosi Tsiki de repente. A voz era rouca, o inglês cantado.

— Ele cometeu um erro. Foi muito lento. Talvez tenha pensado que havia um jeito de recuar. Mas nunca há.

Sikosi Tsiki não fez mais nenhum comentário. A certa altura, levantou-se do sofá e voltou para o quarto. Ocorreu a Konovalenko que, apesar de tudo, preferia o substituto que Jan Kleyn enviara. Era preciso não esquecer de salientar isso, quando ligasse para a África do Sul, na noite seguinte.

Só havia o russo acordado na casa. As cortinas estavam cuidadosamente fechadas e ele encheu de novo o copo com vodca.

Foi para a cama pouco antes das cinco da manhã.

* * *

Tania chegou à delegacia de Ystad pouco antes da uma da tarde do sábado, 16 de maio. Ainda estava um pouco zonza, em conseqüência do choque pela morte de Vladimir e também devido aos sedativos que Konovalenko lhe dera. Mas também estava decidida. Wallander era o cara que matara seu marido. O tira que os visitara em Hallunda. Konovalenko descrevera a morte de Vladimir de um jeito que guardava pouquíssima semelhança com o que acontecera de fato no meio do nevoeiro. No entender de Tania, Wallander era um monstro sádico de brutalidade incontrolável. Por Vladimir, ela faria o papel que Konovalenko lhe dera. Em algum momento, haveria uma oportunidade de matá-lo.

Entrou na área de recepção do distrito policial. Uma mulher atrás de um guichê de vidro sorriu-lhe.

— Pois não?

— Meu carro foi arrombado — disse Tania.

— Mas que coisa — falou a recepcionista. — Vou ver se tem alguém que possa atendê-la. Está tudo de pernas para o ar por aqui, hoje.

— Posso imaginar. Uma coisa horrível, o que aconteceu.

— Eu nunca pensei que chegaria a ver uma coisa dessas em Ystad. Mas a gente nunca sabe.

A moça tentou vários números. Por fim, alguém atendeu.

— É o Martinson que está falando? Tem um tempinho para cuidar de um furto num carro?

Tania escutou uma voz ríspida do outro lado da linha, ocupada, negando. Mas a moça não desistiu.

— Temos de tentar trabalhar normalmente, apesar de tudo. Não encontrei mais ninguém a não ser você. E não vai demorar muito.

O homem na outra ponta da linha cedeu.

— Você pode falar com o detetive Martinson. — E apontou. — Terceira porta à esquerda.

Tania bateu e entrou na sala, que estava uma bagunça. O homem atrás da escrivaninha parecia exausto e atormentado. A mesa forrada de papéis. Ele a olhou com irritação mal disfarçada, mas convidou-a a se sentar e começou a vasculhar numa gaveta, em busca de um formulário.

— Arrombamento de carro — falou Martinson.

— Exato. O ladrão levou o rádio.

— É o que em geral eles fazem.

— O senhor me desculpe, mas será que poderia me dar um copo de água? Estou com uma tossinha incômoda.

Martinson olhou-a surpreso.

— Mas claro. Claro que sim.

Levantou-se e saiu da sala.

Tania já tinha reparado na caderneta de endereços sobre a escrivaninha. Assim que Martinson saiu, apanhou-a e encontrou a letra W. O telefone da casa de Wallander, na Mariagatan, estava lá, assim como o número do telefone de seu pai. Tania anotou rapidamente num pedaço de papel que levava no bolso do casaco. Depois devolveu a caderneta ao mesmo lugar e olhou em volta da sala.

Martinson voltou com um copo de água para ela e um café para ele. O telefone começou a tocar, mas ele tirou o fone do gancho e deixou-o sobre a mesa. Depois lhe fez algumas perguntas, e Tania descreveu o arrombamento imaginário. Deu o número da placa de um carro que vira estacionado no centro da cidade. Eles tinham levado o rádio e uma sacola contendo bebida. Martinson anotou tudo e, quando terminou, pediu-lhe que relesse e assinasse. Ela assinou com o nome de Irma Alexanderson e deu um endereço na avenida Malmö. Depois devolveu o formulário ao detetive.

— Vocês devem estar muito preocupados com o colega de vocês — falou ela, em tom amistoso. — Como é mesmo o nome dele? Wallander?

— Pois é. Não é fácil.

— Eu sinto muito pela filha dele. Fui professora de

música dela, muito tempo atrás. Mas depois ela foi embora para Estocolmo.

Martinson olhou-a com um certo grau de interesse.

— Ela voltou para cá agora.

— É mesmo? Deve ter tido muita sorte, então, quando o apartamento pegou fogo.

— Ela está na casa do avô — disse Martinson, repondo o fone no gancho.

Tania levantou-se.

— Não vou mais atrapalhá-lo. Muito obrigada pela ajuda.

— Não há de quê.

Despediram-se com um aperto de mão.

Ela sabia que ele se esqueceria dela assim que saísse da sala. A peruca escura que usava para disfarçar seus cabelos loiros significava que jamais seria capaz de reconhecê-la.

Meneou a cabeça para a moça na recepção, passou por um bando de jornalistas, que esperavam o início de uma entrevista coletiva marcada para dali a poucos minutos, e saiu da delegacia.

Konovalenko esperava em seu carro, num posto de gasolina do morro que levava ao centro da cidade. Ela entrou no carro.

— A filha de Wallander está na casa do avô. Peguei o número do telefone dele.

Konovalenko olhou-a. Depois abriu um sorriso.

— Nós a pegamos — disse ele em voz baixa. — Nós a pegamos. E, se nós a pegamos, nós o pegamos também.

25

Wallander sonhou que estava andando sobre a água.

O mundo onde se viu de repente tinha um estranho tom azulado. O céu e as nuvens pontiagudas eram azuis, os contornos de uma floresta longínqua eram azuis, e o penhasco era cheio de pássaros azuis fazendo ninho. Sem falar no mar sobre o qual andava. Konovalenko estava presente no sonho, em algum lugar. Wallander seguia suas pegadas na areia. Mas de repente, em vez de virarem na direção do barranco por onde se saía da praia, elas foram direto para o mar. No sonho, ficava muito claro que devia seguir as pegadas. E foi assim que começou a andar sobre a água. Era a mesma coisa que andar sobre uma película muito fina de estilhaços de vidro. A superfície do mar era irregular, mas agüentava seu peso. Em algum ponto, para além da última ilhota azulada, perto do horizonte, estava Konovalenko.

Lembrou-se desse sonho ao acordar na manhãzinha do domingo, 17 de maio. Estava no sofá da casa de Sten Widén. Arrastou-se até a cozinha e viu que eram cinco e meia. Uma rápida olhada para o quarto do amigo revelou que ele já estava de pé, cuidando dos cavalos. Wallander serviu-se de um café e se sentou.

Na noite anterior, tentara começar a pensar de novo.

Até certo ponto, sua situação estava fácil de avaliar. Era um homem desaparecido e estava sendo procurado. Mas podia ter se ferido, podia inclusive ter morrido. Mais ainda, apontara armas para os colegas, demonstrando com isso que não estava em seu juízo perfeito. Para pegar Konovalenko, seria necessário descobrir também o paradeiro do inspetor Wallander, pertencente ao distrito policial de Ystad. Até aí, a situação toda era muito clara. No dia anterior, quando Sten Widén lhe contara o que diziam os jornais vespertinos, decidira desempenhar o papel que lhe fora atribuído. Isso lhe daria tempo. E precisava desse tempo para poder alcançar Konovalenko e, se necessário, matá-lo.

Percebeu que estava preparando a imolação do cordeiro. E o cordeiro era ele. Duvidava de que a polícia conseguisse prender o russo sem que outros tiras fossem feridos, quem sabe até mortos. Era por isso que resolvera se sacrificar. A simples idéia o deixava aterrorizado. Mas sentia que não poderia fugir. Tinha de conseguir aquilo a que se propusera, independentemente das conseqüências.

Tentou imaginar o que Konovalenko estaria pensando. Concluiu que seria impossível ao russo manter-se completamente indiferente a sua existência. Mesmo que não o considerasse um adversário de peso, no mínimo já devia ter percebido que Wallander seguia seus instintos e que não hesitava em usar uma arma, quando preciso. Pelo menos, devia estar sendo visto com uma certa dose de respeito por isso, ainda que no fundo Konovalenko soubesse que a presunção era falsa. Wallander era tanto covarde quanto cauteloso. Toda vez que reagia de modo primitivo era por já estar numa situação desesperadora. Mas não seja por isso. Que Konovalenko continue achando que não sou o homem que de fato sou, pensou.

Wallander também tinha tentado decifrar os planos de Konovalenko. Ele voltara para o sul da Suécia e conseguira matar Victor Mabasha. O inspetor achava difícil acreditar que estivesse agindo por conta própria. Trouxera Rykoff consigo, mas como é que conseguira escapar sem ajuda de fora? A mulher de Rykoff, Tania, devia estar metida na história, junto com algum outro capanga de cuja existência não sabia. Já tinham alugado uma casa sob nome falso antes. Talvez tivessem voltado a se esconder em alguma casa remota no meio do mato.

Tendo chegado até esse ponto, percebeu que havia outra questão importante esperando para ser solucionada.

O que acontece depois de Victor Mabasha? E o tal assassinato que era o ponto central de tudo? E a organização invisível que está dando todas as cartas, inclusive as de Konovalenko? Será que a coisa toda vai ser cancelada? Ou será que esses homens sem rosto vão continuar marchando rumo ao objetivo?

Terminou seu café e concluiu que só havia um caminho aberto para ele. Era preciso ter certeza absoluta de que Konovalenko conseguiria encontrá-lo. No ataque ao apartamento, estavam procurando por ele também. As últimas palavras de Victor Mabasha tinham sido para negar que sabia de seu paradeiro. E o autor da pergunta era Konovalenko.

Ouviu passos no hall. Sten Widén entrou. Estava usando um macacão sujo e botas enlameadas.

— Nós vamos correr no trote de Jägersro hoje. Quer vir com a gente?

Wallander sentiu-se tentado, só por instantes. Era bom poder pensar em alguma coisa diferente.

— A Névoa vai correr?

— Vai. E vai ganhar. Mas duvido que os apostadores botem muita fé nela. O que significa que você poderia ganhar algumas coroas.

— Como pode ter tanta certeza de que ela é a melhor?

— Ela é muito temperamental. Mas hoje está louca para correr. Está inquieta na baia. Ela pressentiu que chegou a hora. E os adversários não são lá muito brilhantes. Verdade que tem alguns cavalos da Noruega sobre os quais não sei grande coisa. Mas acho que ela vai se sair melhor do que eles.

— Quem é o dono da égua?

— Um negociante chamado Morell.

Wallander reconheceu o nome. Ouvira falar dele não fazia muito tempo, mas não conseguia se lembrar em que contexto.

— De Estocolmo?

— Não, daqui mesmo da Escânia.

Alguma coisa estalou na cabeça de Wallander. Peter Hanson e suas bombas d'água. Um receptador chamado Morell.

— E qual é o negócio desse Morell, exatamente?

— Para ser bem sincero, acho o sujeito meio suspeito. Pelo menos correm uns boatos nesse sentido. Mas ele me paga o treinamento em dia. Não é assunto meu de onde vem o dinheiro.

Wallander não tinha mais perguntas.

— Acho que não vou com você, não. Mas obrigado pelo convite.

— Ulrika comprou comida. Nós vamos levar os cavalos daqui a uma hora, mais ou menos. Vai ter de se virar sozinho.

— E o Duett? Vai deixá-lo aqui?

— Pode usar, se quiser. Mas não se esqueça de pôr gasolina. Eu vivo esquecendo.

Wallander espiou os animais sendo levados para o reboque. Pouco depois, também ele estava a caminho. Ao chegar a Ystad, arriscou-se a passar na Mariagatan. O apartamento estava uma desolação só. Um buraco enorme na parede, rodeado por tijolos imundos, indicava o lugar onde estivera a janela. Parou apenas alguns instantes e seguiu seu caminho pela cidade. Nas imediações do campo de treinamento militar, viu uma viatura estacionada longe da cerca. Sem o nevoeiro, as distâncias pareciam bem mais curtas. Continuou em frente e virou na altura do porto de Kåseberga. Sabia que corria o risco de ser identificado, mas a fotografia que os jornais haviam publicado não era lá grande coisa. O problema é que podia encontrar alguém conhecido. Foi até uma cabina telefônica e ligou para o pai. Como esperava, foi a filha quem atendeu.

— Onde você está? O que está aprontando?

— Escute, apenas. Tem alguém ouvindo você?

— De que jeito? O vovô está trabalhando.

— Não tem mais ninguém aí?

— Não tem ninguém mais. Já disse!

— A polícia ainda não botou alguém de prontidão? Não tem nenhuma viatura por aí?

— Só tem o trator do Nilson trabalhando aqui perto.

— Estarei aí em poucos minutos. Não diga nada a seu avô.

— Você viu o que os jornais disseram?

— A gente conversa sobre isso depois.

Repôs o fone no gancho. Ainda bem que por enquanto ninguém confirmara a autoria da morte de Rykoff. Mesmo que a polícia já soubesse, não liberaria essa informação até Wallander voltar. Tinha absoluta certeza disso, depois de tantos anos na força.

De Kåseberga foi direto para a casa do pai. Largou o carro na estrada e caminhou o último trecho, pegando uma trilha onde sabia que não seria visto.

Linda estava parada na porta, a sua espera. Quando entraram no hall, ela lhe deu um abraço. Ficaram ali parados em silêncio. Wallander não sabia o que a filha estava pensando. No que lhe dizia respeito, porém, era prova de que estavam a caminho de estabelecer um relacionamento tão próximo que as palavras às vezes se faziam desnecessárias.

Sentaram-se na cozinha, um diante do outro em volta da mesa.

— O vovô ainda vai demorar um tempo para aparecer. Eu podia aprender um bocado com a disciplina de trabalho dele.

— Ou teimosia.

Ambos caíram na risada ao mesmo tempo.

Depois Wallander ficou sério de novo. Contou à filha tudo o que tinha acontecido, bem devagar, e por que decidira aceitar o papel de homem procurado, de um tira meio transtornado e desaparecido.

— E o que exatamente espera conseguir com isso? Sozinho?

O inspetor não sabia dizer se por trás da pergunta havia medo ou ceticismo.

— Vou fazer com que ele saia da toca. Sei muito bem que não sou um exército. Mas, se quisermos resolver esse assunto, tenho de dar o primeiro passo.

Mais que depressa, como se em protesto contra o que o pai acabara de dizer, Linda mudou de assunto.

— Ele sofreu muito? Victor Mabasha?

— Não. Tudo terminou muito rápido. Acho que ele não tinha a menor idéia de que iria morrer.

— O que vai acontecer com ele, agora?

— Não sei. Provavelmente haverá uma autópsia. Depois é tudo uma questão de saber se a família vai querer enterrá-lo aqui ou na África do Sul. Presumindo-se que seja de lá que ele veio.

— Quem era ele, afinal?

— Eu não sei. Em certos momentos cheguei a pensar que tinha encontrado algum ponto de contato. Mas depois ele tornava a escapulir. Não posso dizer que eu soubesse o que estava pensando, no fundo. O Victor era um homem extraordinário, muito complicado. Mas se é assim que as pessoas ficam, quando moram na África do Sul, eu diria que ninguém deveria mandar nem seu pior inimigo para lá.

— Quero ajudar você.

— E pode. Quero que ligue para a delegacia e peça para falar com o Martinson.

— Não foi o que eu quis dizer. Gostaria de fazer algo que ninguém mais pode fazer.

— Esse não é o tipo de coisa que se possa planejar de antemão. Isso acontece. Quando acontece.

Linda ligou para a delegacia e pediu para falar com Martinson. Mas a operadora não conseguia encontrá-lo. Ela tapou o bocal do telefone e perguntou o que devia fazer. Wallander hesitou. Depois percebeu que não podia esperar, muito menos optar. Pediu para que a filha mandasse chamar Svedberg.

— Está numa reunião — disse ela. — Não pode atender.

— Diga a eles quem você é. Diga que é importante. Ele tem de interromper a reunião.

Levou alguns minutos até Svedberg atender. Linda entregou o fone para o pai.

— Sou eu. Kurt. Não diga nada. Onde você está?

— Na minha sala.

— A porta está fechada?

— Só um instante.

Wallander ouviu quando o detetive bateu a porta.

— Kurt? Onde você está?

— Estou num lugar onde vocês nunca conseguirão me achar.

— Porra, Kurt.

— Ouça apenas. Não me interrompa. Preciso me encontrar com você. Mas só se você me garantir que vai ficar de bico fechado. Sem contar para ninguém. Nem Björk, nem Martinson, nem ninguém. Se não puder me prometer isso, eu desligo.

— Estamos justamente tendo uma reunião na sala de conferência para discutir como acelerar as buscas. Estamos atrás de você e de Konovalenko. Vai ser absurdo não poder voltar lá para a sala e dizer que falei com você no telefone.

— Não há outro jeito. Acho que tenho um bom motivo para fazer o que estou fazendo. Pretendo tirar alguma vantagem do fato de estar sendo procurado.

— Como?

— Eu lhe digo quando nos encontrarmos. Decida-se!

Houve uma pausa longa. Wallander esperou. Não podia prever o que Svedberg iria resolver.

— Eu vou — o colega acabou dizendo.

— Tem certeza?

— Tenho.

Wallander explicou o caminho para Stjärnsund.

— Daqui a duas horas. Dá para você chegar?

— Vai ter de dar.

Wallander desligou.

— Preciso me certificar de que alguém saiba o que estou fazendo.

— Caso aconteça alguma coisa?

A pergunta da filha foi tão repentina que Wallander não teve tempo de pensar numa resposta evasiva.

— Exato. Caso aconteça alguma coisa.

Ficou para uma segunda xícara de café. Quando já estava se preparando para ir embora, de repente hesitou.

— Não quero deixá-la ainda mais preocupada do que você já está. Mas também não quero que saia desta casa pelos próximos dias. Nada vai lhe acontecer. Provavelmente é só para eu poder dormir mais tranqüilo.

Ela lhe deu um tapinha no rosto.

— Eu fico aqui. Não se preocupe.

— Só por mais alguns dias. Não vai demorar mais que isso. Em breve este pesadelo estará terminado. Aí então vou ter de me acostumar ao fato de ter matado uma pessoa.

Virou-se e saiu antes que ela pudesse dizer mais alguma coisa. Pelo espelho retrovisor, viu que a filha o seguira até a estrada e ficara lá, olhando.

Svedberg foi pontual.

Eram dez para as três quando entrou no pátio da propriedade de Sten.

Wallander vestiu o paletó e saiu para recebê-lo.

Svedberg olhou em volta e abanou a cabeça.

— O que deu em você?

— Deixe por minha conta. Mas obrigado por ter vindo.

Saíram andando até a ponte sobre o antigo fosso em volta das ruínas do castelo. Svedberg parou, debruçou-se na amurada e contemplou o limo esverdeado lá embaixo.

— É difícil entender como uma coisa dessas acontece.

— Já cheguei à conclusão de que quase sempre acabamos agindo contra tudo o que dita o bom senso. A gente acha que pode evitar que algo aconteça simplesmente ignorando que existe.

— Mas por que a Suécia? — Svedberg indagou, mais para si mesmo. — Por que escolher este país como ponto de partida?

— Victor Mabasha tinha uma explicação possível.

— Quem?

Wallander lembrou-se então de que Svedberg não sabia o nome do africano morto. Repetiu-o. Depois continuou.

— Em parte porque é aqui que Konovalenko montou sua base, claro. Por outro lado, também era muito importante erguer uma cortina de fumaça. O ponto crucial para o pessoal que está por trás disto é não deixar nenhuma pista. É muito fácil se perder na Suécia. É simples cruzar a fronteira sem ser notado e é muito fácil sumir. Ele tinha uma analogia para isso. Dizia que a África do Sul é um cuco que muitas vezes põe seus ovos no ninho dos outros.

Continuaram seguindo na direção do castelo que ruíra já fazia muito tempo. Svedberg olhou em volta.

— Nunca tinha estado aqui antes. Como será que era o trabalho da polícia, quando este lugar estava no auge?

Vagaram em silêncio em volta dos restos despedaçados do que um dia já fora uma muralha alta.

— Você nem imagina o quanto o Martinson e eu ficamos abalados. Você estava coberto de sangue, o cabelo arrepiado, sacudindo duas armas nas mãos.

— Sei, eu compreendo.

— Mas pisamos na bola quando dissemos ao Björk que você não parecia estar em seu juízo perfeito.

— De vez em quando me pergunto se estou.

— O que pretende fazer agora?

— Estou pensando em provocar Konovalenko a vir atrás de mim. Cheguei à conclusão de que é a única forma de forçá-lo a sair do esconderijo.

Svedberg fitou o inspetor com uma expressão séria.

— Isso é muito perigoso.

— Fica menos arriscado quando se pode antecipar o perigo — disse Wallander, sem saber ao certo o que significavam as palavras que acabara de dizer.

— Você tem que ter apoio — Svedberg insistiu.

— E aí ele não dá as caras. Não é apenas uma questão de achar que estou sozinho. O cara vai conferir tudo. Não vai dar o bote enquanto não tiver certeza absoluta.

— Bote?

Wallander encolheu os ombros.

— Ele vai tentar me matar. Mas vou fazer o possível para que não consiga.

— Como?

— Ainda não sei.

Svedberg o mirava aturdido. Mas não disse nada.

Tomaram o caminho de volta e pararam uma vez mais sobre a ponte.

— Tem uma coisa que eu queria lhe pedir — disse Wallander. — Estou preocupado com a minha filha. Esse Konovalenko é imprevisível. E por isso gostaria que pusessem alguém para vigiá-la.

— O Björk vai querer uma explicação.

— Eu sei. Justamente por isso é que estou pedindo para você e não para ele. Fale com o Martinson. O Björk não precisa saber.

— Vou tentar. Entendo a preocupação.

Recomeçaram a andar, deixaram a ponte e subiram o morro de novo, ofegantes.

— Por falar nisso, alguém que conhece sua filha foi falar com o Martinson, outro dia — disse Svedberg, tentando mudar o assunto para algo menos solene.

Wallander olhou-o espantado.

— Na casa dele?

— No serviço. Ela foi dar parte de um arrombamento de carro. Tinha sido professora da Linda, ou algo parecido. Não me lembro direito.

Wallander parou estatelado.

— Mais uma vez, do começo. O que foi mesmo que você disse?

Svedberg repetiu.

— Como é que ela chamava?

— Não faço a menor idéia.

— Que cara ela tinha?

— Seria melhor perguntar essas coisas ao Martinson.

— Tente se lembrar exatamente do que ele disse!

Svedberg pensou.

— Estávamos tomando um café. O Martinson estava se queixando das interrupções no trabalho. Disse que ia acabar tendo uma úlcera, se o volume de trabalho continuasse desse jeito. "Pelo menos eles podiam parar de arrombar carros por uns tempos. Acabo de atender uma mulher, por falar nisso. Alguém arrombou o carro dela. Ela me perguntou sobre a filha do Wallander. Se ainda morava em Estocolmo." Foi algo por aí.

— E o que foi que o Martinson disse a ela? Ele disse para essa mulher que minha filha está aqui?

— Eu não sei.

— Nós temos de ligar para ele. Já. — Wallander apressou o passo e logo mais estava correndo em disparada, com Svedberg atrás, na direção da casa.

— Ligue para o Martinson — repetiu o inspetor, assim que entraram. — Pergunte se contou para essa mulher onde minha filha está. Descubra como se chama. Se ele perguntar por quê, diga que explica depois.

Svedberg assentiu de cabeça.

— Então não acredita que o carro foi arrombado?

— Eu não sei. Mas não posso me arriscar.

Svedberg conseguiu localizar Martinson na hora. Anotou algumas coisas num pedaço de papel. Dava para perceber que Martinson estava perplexo com as perguntas.

Quando terminaram de falar, Svedberg partilhava a preocupação de Wallander.

— Ele disse que contou para ela.

— Contou o quê?

— Que a Linda estava na casa do avô.

— Por que ele fez uma coisa dessas?

— Ela perguntou.

Wallander espiou o relógio da cozinha.

— Acho melhor você ligar. É capaz de o meu pai atender. Ele provavelmente está comendo agora. Peça para falar com Linda. Depois eu pego.

Wallander lhe deu o número. O telefone tocou um tempão antes que alguém atendesse. Era o pai de Wallander. Svedberg pediu para falar com a moça. Ao ouvir a resposta, cortou na hora a conversa.

— Ela saiu de bicicleta e foi dar uma volta pela praia.

Wallander sentiu uma pontada no estômago.

— Eu disse para ela não sair de casa.

— Ela saiu faz uma meia hora.

Foram no carro de Svedberg e foram rápido. Wallander não abriu a boca. De vez em quando Svedberg lhe dava uma olhada. Mas também não disse nada.

Em pouco tempo estavam na saída para Kåseberga.

— Continue em frente — disse Wallander. — Na próxima você entra.

Estacionaram tão próximo da praia quanto lhes foi possível. Não havia nenhum outro carro. Wallander disparou em direção à areia, com Svedberg logo atrás. A praia estava deserta. O inspetor sentiu o pânico aumentar. Uma vez mais, o invisível Konovalenko estava bafejando em sua nuca.

— Ela pode estar atrás das dunas.

— Tem certeza de que ela veio para cá? — indagou Svedberg.

— Esta é a praia dela. Se ela saiu para dar uma volta na praia, veio para cá com certeza. Você vai por lá que eu vou por aqui.

Svedberg retrocedeu pela areia, na direção de Kåseberga, enquanto Wallander continuava em frente, no sentido do leste. Tentava convencer a si próprio que não havia motivo de preocupação. Não acontecera nada com a filha. Mas não conseguia entender por que motivo não ficara dentro de casa, como prometera. Seria realmente possível que não estivesse consciente da seriedade da situação? Apesar de tudo que acontecera?

De vez em quando virava a cabeça para dar uma olhada na direção que Svedberg tomara. Nada.

De repente, lembrou-se de Robert Åkerblom. Ele teria feito uma prece, numa situação dessas, disse consigo mesmo. Mas eu não tenho nenhum deus para quem rezar. Não tenho nem mesmo um espírito, como Victor Mabasha. Tenho apenas minhas próprias alegrias e mágoas, mais nada.

Tinha um cara passeando com um cachorro, no topo do penhasco. Olhando o mar. Wallander lhe perguntou se tinha visto uma moça sozinha andando pela praia. Mas o sujeito negou com a cabeça. Estava na praia havia uns vinte minutos, e o tempo todo não vira ninguém.

— E um homem, você viu? — Wallander deu então a descrição de Konovalenko.

O sujeito negou com a cabeça de novo.

Wallander seguiu adiante. Sentia frio, ainda que houvesse um vestígio de calor primaveril no vento. Começou a andar mais rápido. A praia parecia interminável. Virou a cabeça outra vez. Svedberg parecia muito, muito distante, mas Wallander divisou alguém parado ao lado. De repente, o colega começou a acenar.

Wallander correu o caminho todo. Quando alcançou Svedberg e a filha, estava um trapo. Olhou para Linda sem dizer nada, enquanto esperava para recuperar o fôlego.

— Você disse que não sairia de casa. Por que saiu?

— Não achei que uma volta pela praia fosse fazer mal. Não no claro. É à noite que as coisas acontecem, não é?

Svedberg foi dirigindo, e os dois sentaram-se no banco de trás.

— O que eu digo para o vovô?

— Nada. Eu falo com ele hoje à noite. Amanhã eu jogo uma partida com ele. Isso vai deixá-lo satisfeito.

Separaram-se na estrada, não muito longe da casa.

— Quero alguém vigiando a casa esta noite ainda — disse Wallander.

— Vou conversar com o Martinson agora mesmo. A gente se vira.

— Uma viatura da polícia parada bem na porta. Quero que fique bem óbvio que a casa está sendo vigiada.

Svedberg estava indo embora.

— Preciso de mais alguns dias. Até lá, vocês podem continuar procurando por mim. Mas gostaria que me ligasse de vez em quando.

— E o que eu digo ao Martinson?

— Diga que foi você mesmo que teve a idéia de vigiar a casa do meu pai. Você encontra um jeito de convencê-lo disso.

— Continua achando melhor eu não contar nada para ele?

— Basta um sabendo onde eu estou.

Svedberg se foi. Wallander entrou na cozinha e fritou dois ovos. Duas horas depois, os reboques voltaram com os cavalos.

— Ela venceu? — perguntou o inspetor assim que Sten Widén entrou na cozinha.

— Venceu. Mas foi por um triz.

Peters e Norén estavam dentro da viatura, tomando café.

Estavam ambos de mau humor. Tinham recebido ordens de Svedberg para vigiar a casa onde o pai de Wallander morava. Os turnos mais longos eram aqueles em que o carro ficava parado. Teriam de ficar sentados ali dentro até que chegasse uma outra viatura para substituí-los. E ainda faltavam muitas horas. Eram onze e quinze da noite. Escurecera.

— O que você acha que aconteceu com o Wallander?

— Não faço a mínima idéia — disse Norén. — Quantas vezes vou ter de repetir a mesma coisa? Eu não sei.

— É difícil não ficar pensando nisso — Peters insistiu. — Fico aqui sentado me perguntando se o inspetor não seria alcoólatra.

— E por que haveria de ser?

— Não se lembra daquela vez em que nós o pegamos dirigindo embriagado?

— Isso não significa que seja alcoólatra.

— Não. Mas assim mesmo.

A conversa morreu por aí. Norén saltou do carro e parou de pernas abertas, para urinar.

E foi aí que viu o fogo. De início pensou se tratar do reflexo dos faróis de algum carro. Depois reparou na fumaça subindo do local.

— Fogo! — gritou para Peters.

Peters saltou do carro.

— Será que é algum incêndio na mata? — perguntou Norén.

As chamas estavam localizadas perto de um arvoredo, do outro lado das glebas aradas. Difícil dizer qual era a origem do fogo, por causa da ondulação do terreno.

— Acho melhor irmos até lá dar uma espiada — disse Peters.

— O Svedberg disse que não era para nós abandonarmos o local. Acontecesse o que acontecesse.

— Vai levar no máximo dez minutos para irmos até lá. E temos obrigação de intervir sempre que há algum incêndio.

— Ligue antes para o Svedberg e peça permissão.

— Só vai levar dez minutos. Está com medo do quê?

— Não estou com medo de nada. Mas ordens são ordens — falou Norén.

Mesmo assim, fizeram como queria Peters. Encontraram um caminho até as chamas seguindo uma trilha lamacenta de trator. Quando chegaram ao local, descobriram um velho tambor de óleo. Alguém o enchera de papel e plástico para fazer uma bela fogueira. Até Peters e Norén chegarem, já estava quase apagada.

— Hora gozada de queimar lixo — disse Peters, olhando em volta.

Mas não havia nem sinal de gente por perto. O local estava deserto.

— Vamos voltar — disse Norén.

Nem vinte minutos depois, estavam de novo diante da casa que deveriam estar vigiando. Tudo parecia tranqüilo. As luzes continuavam apagadas. O pai e a filha de Wallander dormiam.

Muitas horas depois, foram substituídos pelo próprio Svedberg.

— Tudo calmo — disse Peters.

O policial não fez menção à excursão até o tambor de óleo incendiado.

Svedberg cochilava dentro do carro. Veio a alvorada e de repente já era manhã.

Lá pelas oito horas, começou a se perguntar por que ninguém acordara ainda. Sabia que o pai do inspetor pulava cedo da cama.

Às oito e meia, estava com a nítida impressão de que havia algo errado. Saltou do carro, atravessou o jardim até a porta da frente e experimentou a maçaneta.

A porta não estava trancada. Tocou a campainha e esperou. Ninguém foi abrir. Entrou no vestíbulo escuro e parou para escutar. Nem um ruído. Depois pensou ter ouvido um som arranhado em algum lugar. Parecia um camundongo tentando atravessar uma parede. Seguiu o barulho até se ver diante de uma porta fechada. Bateu. Por resposta, escutou um gemido abafado. Abriu na mesma hora a porta. O pai de Wallander estava deitado na cama. Amarrado e com uma fita adesiva negra sobre a boca.

Svedberg não disse uma palavra. Tirou cuidadosamente a fita adesiva e desamarrou as cordas. Depois deu uma busca na casa toda. O quarto onde presumia que a filha de Wallander estivesse dormindo estava vazio. Não havia mais ninguém na casa, exceto o pai do inspetor.

— A que horas foi? — perguntou.
— Ontem à noite. Pouco depois das onze.
— Quantos eram?
— Um.
— Um?
— Só um. Mas ele tinha uma arma.
Svedberg se levantou. Com um branco na cabeça. Depois saiu para ligar para Wallander.

26

Um cheiro acre de maçãs de inverno.

Essa foi a primeira coisa que notou ao voltar a si. Mas, quando abriu os olhos no escuro, não havia mais nada além de solidão e terror. Estava deitada sobre um chão de pedra e o cheiro era de terra úmida. Não se ouvia nem um ruído sequer, embora tivesse apurado os ouvidos. Com todo o cuidado, apalpou a superfície áspera com uma das mãos. Era um chão de lajotas. Percebeu que estava num porão. Na casa onde o avô morava, de onde fora brutalmente arrastada, seqüestrada por um desconhecido, havia um chão parecido no porão.

Depois que não restou mais nada para os sentidos captarem, sentiu tontura; a dor de cabeça aumentava gradativamente. Não sabia dizer quanto tempo fazia que estava ali no escuro e em silêncio; o relógio de pulso ficara na mesinha-de-cabeceira, ao lado da cama. Mesmo assim tinha a nítida impressão de que fazia muitas horas desde que fora acordada e levada da casa do avô.

Os braços pareciam estar livres. Mas havia uma corrente em volta dos tornozelos. Quando apalpou com os dedos, descobriu um cadeado. Gelou ao sentir-se confinada por um cadeado de ferro. Em geral as pessoas são amarradas com cordas. Eram mais macias, mais flexíveis, pensou. As correntes pertenciam ao passado, à escravidão, à caça às bruxas.

Mas o pior de tudo, durante esses primeiros momentos de consciência, foram as roupas. Sentira de imediato que não eram suas. Eram roupas desconhecidas: a forma, as cores que não podia ver, mas que tinha a impressão de sentir com a ponta dos dedos, e o cheiro muito forte de um sabão em pó. Não eram suas, as roupas; ela devia ter sido vestida por alguém. Alguém tirara sua camisola e a vestira de novo, inteirinha, desde as roupas de baixo até as meias e os sapatos. Isso era uma afronta. Sentiu ânsia de vômito e a tontura piorou na hora. Enterrou a cabeça entre as mãos e balançou-se para a frente e para trás. Não é verdade, pensou desesperada. Mas era. Podia inclusive lembrar-se de como tinha acontecido.

Estava sonhando com alguma coisa, mas não lembrava mais qual era o contexto. Fora acordada por um homem enfiando um lenço em seu rosto. Veio um cheiro pungente e, de repente, o corpo todo foi ficando dormente, os sentidos foram se apagando. A lâmpada acesa do lado de fora lançava uma luz tênue no quarto onde estava. Havia um homem diante dela. Curvado em cima dela. Agora, ao pensar nele, lembrava-se de ter sentido um cheiro forte de loção de barba, ainda que a barba estivesse crescida. O homem não disse uma palavra, mas mesmo com o quarto na penumbra pôde ver seus olhos e ainda teve tempo de pensar que nunca mais se esqueceria deles. Depois disso foi um branco, não se lembrava de mais nada, até acordar naquele chão úmido de pedra.

Claro que sabia o porquê de tudo aquilo. O cara que se debruçara para anestesiá-la devia ser o mesmo que estava procurando seu pai e sendo procurado por ele. Aqueles olhos eram os olhos de Konovalenko, exatamente como imaginara que fossem. Eram os olhos do homem que matara Victor Mabasha. Eram os olhos do homem que já dera cabo de um e que, tendo oportunidade, daria cabo de outro policial, seu próprio pai. Fora ele que entrara sorrateiro em seu quarto, trocara suas roupas e pusera correntes em volta de seus pés.

Quando o alçapão no teto do porão se abriu, Linda estava completamente despreparada. Ocorreu-lhe depois que o homem sem dúvida estivera parado ali do outro lado, escutando. A luz que passava pela abertura era muito forte, talvez planejada com o intuito específico de atordoá-la. Conseguiu ver alguém baixando uma escada de mão, depois um par de sapatos marrons, em seguida duas pernas de calça. E, por último, um rosto, o mesmo rosto e os mesmos olhos que a tinham fitado na hora em que estava perdendo a consciência. Desviou o olhar para não ser ofuscada pela luz e também porque o medo voltara e a estava deixando paralisada. Mas pôde reparar que o porão era maior do que pensara. No escuro, as paredes e o teto pareciam mais próximos. Talvez estivesse num porão que acompanhava todo o perímetro do térreo da casa.

O sujeito parou de forma a protegê-la da luz que jorrava lá de cima. Levava uma lanterna numa das mãos. Na outra segurava um objeto de metal que ela não conseguiu reconhecer de início.

Depois deu-se conta de que era uma tesoura.

Gritou. Um grito ardido, comprido. Pensou que ele tivesse descido a escada para matá-la, e que o faria com a tesoura. Agarrou as correntes em volta das pernas e começou a puxá-las, como se pudesse se soltar, como se fosse possível. Durante esse tempo todo, ele olhava bem fixo para ela, mas a cabeça não era mais que uma silhueta na forte luz que batia por trás.

De repente, o homem virou a lanterna para o próprio rosto. Segurou-a debaixo do queixo de tal modo que ficou parecendo uma caveira. Ela se calou. Os gritos só tinham conseguido aumentar ainda mais o medo. Ao mesmo tempo, sentia-se estranhamente exausta. Era tarde demais. Não adiantava resistir.

De repente a caveira se pôs a falar.

— Está perdendo seu tempo com esses gritos. Ninguém vai ouvi-la. Além do mais, você corre o risco de me aborrecer com isso. E aí eu posso machucá-la. Melhor ficar quietinha.

As últimas palavras de Konovalenko foram um mero sussurro.

Papai, pensou ela. Você tem de me ajudar.

Aí então tudo aconteceu ao mesmo tempo. Com a mesma mão com a qual segurava a lanterna, ele agarrou o cabelo dela, esticou-o e começou a cortá-lo. Ela deu um solavanco para trás, pela dor e pela surpresa. Mas ele a segurava tão firme que não conseguia se mexer. Mas ouvia claramente o tinido seco da tesoura afiada trabalhando em volta do pescoço, logo abaixo dos lóbulos da orelha. Foi tudo muito rápido. Depois ele a soltou. A sensação de querer vomitar voltou. O cabelo tosado era mais outra afronta, igual a ele tê-la vestido sem que estivesse consciente.

Konovalenko enrolou o cabelo cortado numa bola e guardou no bolso.

Ele é doente, pensou ela. Ele é maluco, um sádico, um louco que mata e não sente nada.

Seus pensamentos foram interrompidos por uma outra fala dele. O facho da lanterna focalizava seu pescoço e um colar. Era em forma de lira e ganhara dos pais ao completar quinze anos.

— O colar. Tire.

Ela fez o que ele mandou, tomando o maior cuidado para não tocar em sua mão ao entregar-lhe a jóia. Ele a deixou sem dizer mais nada, galgou a escada e devolveu-a à escuridão.

Linda arrastou-se de gatinhas mais para longe e encontrou uma parede. Continuou tateando ao longo dela até descobrir um canto. E ali tentou se esconder.

Na noite anterior, depois do seqüestro da filha do policial, Konovalenko mandou Tania e Sikosi Tsiki saírem da cozinha. Sentia uma necessidade tremenda de ficar sozinho, e a cozinha era o melhor lugar para isso, no momento. A casa, a última que Rykoff alugara na vida, fora planejada de modo a fazer da cozinha o maior aposento de todos. Era em estilo antigo, com vigas expostas, um forno grande e guarda-louças aberto. Numa das paredes, ficavam penduradas as panelas de cobre. Isso tudo o fazia se lembrar da infância em Kiev, da enorme cozinha do *kolkhoz* onde o pai fora superintendente político.

Percebeu, não sem uma certa surpresa, que sentia falta de Rykoff. Não se tratava apenas de uma questão de arcar com um volume maior de trabalho, sem ele. Havia também uma sensação que dificilmente poderia ser chamada de melancolia ou tristeza, mas que de todo modo de vez em quando o deixava um tanto deprimido. Durante seu longo serviço para a KGB, o valor da vida, a de todo mundo exceto a própria e a das duas filhas, fora reduzido aos poucos a recursos dignos de confiança ou, no pólo oposto, a elementos dispensáveis. Vivia o tempo todo rodeado de mortes súbitas, e todas suas reações emotivas desapareceram paulatinamente até sumirem por completo. Mas a morte de Rykoff o afetara, o que o fazia odiar ainda mais o tira que se atravessara em seu caminho. Agora estava com a filha dele nas mãos e sabia que ela seria a isca que o faria sair da toca. Mas a idéia de vingança não conseguiu liberá-lo por inteiro da depressão. Deixou-se ficar ali na cozinha, bebendo vodca, tomando cuidado para não se embebedar, e vez por outra olhando-se num espelho pendurado na parede. De repente passou-lhe pela cabeça que tinha um rosto feio. Estaria começando a envelhecer? Seria possível que o colapso do império soviético tivesse provocado certo abrandamento em sua rigidez e crueldade?

Às duas da madrugada, depois que Tania dormiu, ou pelo menos fingiu dormir, e que Sikosi Tsiki já se trancara num quarto, voltou até a cozinha onde ficava o telefone e ligou para Jan Kleyn. Tinha pensado cuidadosamente no que iria dizer. Decidiu que não havia motivo para ocultar o fato de que um de seus assistentes estava morto. Seria até bom que Jan Kleyn soubesse que seu trabalho não era inteiramente desprovido de riscos. Depois decidiu mentir para o sul-africano uma vez mais. Diria que o chato do tira fora liquidado. Tinha tanta certeza de pegá-lo, agora que estava com a filha dele trancada no porão, que ousava declará-lo morto de antemão.

Jan Kleyn escutou e não fez nenhum comentário especial. Konovalenko sabia que o silêncio do outro era a melhor aprovação que poderia ter para seu trabalho. Depois Jan Kleyn mencionou que Sikosi Tsiki deveria regressar logo mais para a África do Sul. Perguntou se havia alguma dúvida sobre sua capacidade, se tinha demonstrado algum sinal de fraqueza, como fizera Victor Mabasha. Konovalenko disse que não. O que também era uma afirmação feita de antemão. Até o momento, dedicara pouquíssimo tempo ao africano. Tinha impressão de que se tratava de um homem completamente desprovido de emoção. Não ria nunca, ou quase nunca, vestia-se de modo impecável e era controladíssimo. A intenção era lhe dar um treinamento intensivo durante alguns poucos dias, ensinar-lhe tudo o que precisava saber, depois que Wallander e a filha estivessem fora de circulação. Mas de todo modo falou que Sikosi Tsiki não deixaria ninguém na mão. Jan Kleyn pareceu satisfeito. Encerrou a conversa pedindo ao russo que ligasse dali a três dias. Aí então receberia instruções específicas para o retorno de Sikosi Tsiki à África do Sul.

O telefonema para Jan Kleyn serviu para restaurar parte da energia que pensava ter perdido com a depressão que viera depois da morte de Rykoff. Sentou-se à mesa da cozinha e chegou à conclusão de que o seqüestro da filha de Wallander fora facílimo, quase embaraçoso de tão fácil. Depois da visita que Tania fizera à delegacia de Ystad, levaram apenas umas poucas horas para localizar a casa do velho. Ele próprio tinha ligado para lá. Quem atendeu foi a empregada. Disse que era funcionário da companhia telefônica e que estava querendo saber se por acaso haveria alguma mudança de endereço antes da publicação da nova edição da lista. Com a ajuda de um bom mapa da região da Escânia, que Tania comprara na livraria do centro, localizaram rapidamente o endereço e mantiveram a casa sob vigilância. A empregada fora embora no fim da tarde e, algumas horas depois, uma única viatura policial estacionara na rua em frente. Depois de se certificar de que não havia mais nenhuma patrulha por perto, Konovalenko improvisara rapidamente uma forma de desviar a atenção da polícia. Voltando até a casa alugada em Tomelilla, preparara o tambor de óleo que estava largado no barracão de fora e dissera a Tania o que ela tinha de fazer. Depois alugaram um carro num posto de gasolina vizinho, voltaram até a casa do pai de Wallander em dois carros, encontraram o arvoredo, acertaram os relógios e puseram mãos à obra. Tania encarregara-se de botar fogo no tambor de forma a provocar o efeito desejado e deixara o local antes que os policiais aparecessem para ver o que era. Konovalenko sabia que não teria muito tempo, mas isso constituía tão-somente um desafio extra, mais nada. Arrombara a porta da casa, amarrara e silenciara o velho na cama e usara clorofórmio na neta, antes de carregá-la para o carro. A operação toda levara menos de dez minutos, e ele já estava longe dali quando a viatura voltou. Tania comprara umas roupas para a menina durante o dia e vestiu-a enquanto ainda estava inconsciente. Depois ele a arrastara até o porão e prendera suas pernas com corrente e cadeado. Fora tudo tão fácil que começara a se perguntar se as coisas continuariam se desenrolando de forma tão descomplicada quanto o seqüestro. Reparara no colar e concluíra que seria um bom objeto para identificá-la perante o pai. Mas a idéia era fornecer também uma imagem diferente da situação, alguma coisa ameaçadora que não deixasse a menor dúvida sobre o que estava plenamente disposto a fazer. Foi aí que resolvera cortar o cabelo dela e enviá-lo junto com o colar. Cabelo de mulher cortado cheira a morte e ruína, pensou. Ele é um tira, vai entender o recado.

Konovalenko tornou a encher o copinho de vodca e olhou pela janela. O dia estava raiando. Havia um certo calor no ar, o que o fez pensar que muito em breve estaria vivendo sob o sol constante, muito longe daquele clima, em que é impossível saber de um dia para o outro como será o tempo.

Deitou algumas horas. Ao acordar, espiou o relógio de pulso. Eram nove e quinze da manhã de segunda-feira, 18 de maio. A essa altura, Wallander já deve estar sabendo que a filha foi seqüestrada. Agora estará à espera de um contato.

Ele que espere mais um pouco, pensou. A cada hora que passa, o silêncio será mais insuportável e a preocupação muito maior do que sua capacidade de controlá-la.

O alçapão que dava para o cativeiro da filha de Wallander achava-se bem atrás de sua cadeira. De vez em quando, apurava o ouvido para ver se ouvia algum barulho, mas estava tudo quieto.

Konovalenko ficou ali na cozinha um pouco mais, olhando pensativo pela janela. Depois se levantou, pegou um envelope grande e enfiou o cabelo cortado e o colar dentro.

Em breve entraria em contato com Wallander.

A notícia do seqüestro de Linda atingiu o inspetor como um ataque de vertigem.

Ficou desesperado e furioso. Sten Widén calhou de estar na cozinha na hora em que o telefone tocou. Presenciou, meio aturdido, o momento em que Wallander arrancou o aparelho da parede e atirou-o pela porta aberta para dentro do seu escritório. Mas depois viu o quão assustado Wallander estava. Seu medo era manifesto, escancarado. Widén percebeu que alguma coisa de muito terrível devia ter acontecido. Sentimentos de simpatia em geral despertavam reações ambíguas nele, mas não dessa vez. A agonia de Wallander diante do que acontecera com a filha e o fato de que não havia nada que se pudesse fazer a respeito atingiram-no em cheio. Agachou-se ao lado do amigo e deu-lhe um tapinha no ombro.

Enquanto isso Svedberg trabalhava freneticamente, feito um louco. Assim que se certificou de que o pai do inspetor não estava ferido e não parecia especialmente chocado, ligou para a casa de Peters. A mulher atendeu e disse que o marido estava na cama, dormindo, depois do turno da noite. O berro de Svedberg não deixou a menor dúvida de que o marido deveria ser acordado imediatamente. Quando Peters atendeu o telefone, Svedberg lhe deu meia hora para pegar Norén e voltar à casa que eles deveriam ter vigiado. Peters conhecia Svedberg de sobra e percebeu que não o teria acordado se não tivesse ocorrido algo de muito sério. Não fez perguntas e prometeu andar rápido. Ligou para Norén e, quando chegaram à casa do avô de Linda, Svedberg colocou-os diante da brutalidade do ocorrido.

— Tudo o que podemos fazer é contar a verdade para você — falou Norén, que já desde a noite anterior ficara levemente cismado de que havia alguma coisa estranha no tambor de óleo que pegara fogo.

Svedberg ouviu o que Norén tinha a dizer. Na noite passada, fora Peters quem insistira para que investigassem o fogo, mas não tocou nesse assunto. Não botou a culpa no colega. No relato que fez, disse que a decisão fora conjunta.

— Tomara que não aconteça nada com a filha do Wallander, para seu próprio bem — disse Svedberg, depois.

— Seqüestrada? — perguntou Norén. — Por quem? E por quê?

Svedberg lhe deu uma olhada comprida e séria, antes de responder.

— Vocês dois vão ter que me prometer uma coisa. Se cumprirem a palavra, vou tentar esquecer que agiram em completo desrespeito a ordens muito explícitas ontem à noite. Se a menina escapar ilesa disto, ninguém ficará sabendo de nada. Está bem claro?

Ambos assentiram de cabeça.

— Vocês não ouviram nada e também não viram nada ontem à noite. E, mais importante ainda, a filha do inspetor não foi seqüestrada. Em outras palavras, não aconteceu nada.

Peters e Norén fitavam o detetive pasmados.

— Falo sério. Não aconteceu nada — repetiu Svedberg. — Não se esqueçam disso. Vocês têm de acreditar, quando digo que isso é de extrema importância.

— Alguma coisa que possamos fazer? — perguntou Peters.

— Sim. Vão para casa e durmam um pouco.

Em seguida Svedberg procurou em vão por alguma pista no pátio e dentro da casa. Revistou o arvoredo onde estava o tambor de óleo. Havia marcas de pneu até o local, mas nada além disso. Voltou até a casa e conversou de novo com o pai de Wallander. O velho estava na cozinha tomando café e muito assustado.

— O que foi que houve? — perguntou, preocupado. — O que houve com a minha neta?

— Eu não sei — foi a resposta sincera de Svedberg. — Mas vai dar tudo certo, fique tranqüilo.

— Acha mesmo? — A voz do pai de Wallander estava crivada de dúvidas. — Vi como o Kurt ficou, no telefone. Falando nisso, onde ele está? O que está havendo?

— Acho melhor ele mesmo explicar — falou Svedberg, levantando-se. — Vou dar um pulo para vê-lo.

— Mande um alô para ele. Diga que eu estou muito bem.

— Pode deixar.

Em seguida, Svedberg saiu.

Wallander estava descalço, andando sobre o cascalho diante da casa de Sten Widén, quando Svedberg estacionou. Eram quase onze horas da manhã. O detetive explicou em detalhes, ali no pátio mesmo, o que achava que tinha acontecido. Não se furtou de mencionar o quão facilmente Peters e Norén haviam sido afastados do local durante o pouco tempo necessário para seqüestrar sua filha. Por fim, transmitiu o recado mandado pelo pai.

Wallander ouviu atentamente o tempo todo. Mesmo

assim, Svedberg ficou com a impressão de que havia alguma coisa muito distante nele. Normalmente, olhava as pessoas direto no olho quando falava com elas, mas nesse momento seu olhar vagava furtivo, sem uma direção precisa. Svedberg sabia que, mentalmente, estava com a filha, onde quer que ela estivesse.

— Alguma pista? — perguntou Wallander.

— Nada.

O inspetor balançou a cabeça. Entraram na casa.

— Estive pensando — falou Wallander, depois de estarem os dois sentados. Svedberg viu que suas mãos tremiam.

— Isso foi obra do Konovalenko, claro. Bem como eu receava que fosse acontecer. A culpa é toda minha. Eu devia estar lá com ela. Tudo teria sido muito diferente. Agora ele resolveu usar a minha filha para me pegar. Evidentemente não tem nenhum capanga com ele. Está trabalhando sozinho.

— Tem que ter ao menos um — objetou Svedberg, com tato. — Se entendi corretamente o que Peters e Norén me disseram, ele não teria tido tempo de atear o fogo, amarrar seu pai e sair com sua filha.

Wallander refletiu uns instantes.

— Tania. Foi ela quem pôs fogo no tambor de óleo. A mulher de Rykoff. O que significa que são dois. Mas não sabemos onde estão. Presumivelmente numa casa qualquer aí pelo interior. Não muito longe de Ystad. Uma casa isolada, em algum lugar remoto. Uma casa que nós poderíamos ter encontrado se as circunstâncias fossem diferentes. Agora não dá mais.

Sten Widén entrou pé ante pé e serviu um café. Wallander olhou-o.

— Estou precisando de alguma coisa mais forte.

Sten Widén voltou com uma garrafa de uísque pela metade. Sem hesitar, Wallander tomou um gole direto do gargalo.

— Andei tentando imaginar o que vai acontecer daqui para a frente. Ele vai entrar em contato comigo. E para isso vai usar a casa de meu pai. É lá que vou ter de esperar até receber notícias dele. Não faço idéia do que ele vai propor. Na melhor das hipóteses, minha vida pela dela. Na pior, só Deus sabe.

Virou-se para Svedberg.

— É assim que eu vejo as coisas. Acha que estou enganado?

— É muito provável que você esteja certo. A questão agora é saber o que vamos fazer a respeito.

— Ninguém vai fazer nada. Não quero nenhum tira perto da casa, nada. O russo com certeza será capaz de farejar o mais leve bafo de perigo. Vou ter que ficar sozinho na casa, junto com o meu pai. Sua tarefa será garantir que ninguém se aproxime de lá.

— Mas você não vai conseguir lidar com isso sozinho. Precisa deixar que a gente ajude.

— Não quero que minha filha morra — disse o inspetor, muito simplesmente. — Tenho que resolver sozinho.

Svedberg percebeu que a conversa estava encerrada. Wallander já decidira o que fazer.

— Eu levo você até Löderup, Kurt.

— Não será preciso. Você pode ficar com o Duett — disse Sten Widén.

Wallander meneou a cabeça.

Quase caiu ao se erguer da cadeira. Agarrou a borda da mesa.

— Tudo bem.

Svedberg e Widén ficaram no pátio, vendo o inspetor sair no Duett.

— Como é que isso tudo vai terminar? — perguntou Svedberg.

Sten Widén não respondeu.

Ao chegar a Löderup, Wallander encontrou o pai pintando como sempre.

Mas viu que pela primeira vez na vida abandonara seu eterno tema, uma paisagem ao entardecer, com ou sem um galo silvestre num canto, em primeiro plano. Dessa vez pintava uma paisagem diferente, mais escura, mais caótica. As imagens não se encaixavam. O bosque saía direto do lago, e as montanhas ao fundo intimidavam o espectador.

Abandonou os pincéis depois de o filho ter espiado alguns minutos pelas costas. Quando se virou, Wallander viu o medo no rosto do pai.

— Vamos entrar — disse ele. — Eu mandei a Gertrud para casa.

O velho colocou a mão no ombro de Wallander. Ele não se lembrava da última vez em que o pai fizera esse mesmo gesto.

Uma vez dentro da casa, o inspetor contou-lhe tudo o que tinha acontecido. Percebia que o pai era incapaz de separar o emaranhado de incidentes. Mesmo assim, queria lhe dar uma idéia do que andara acontecendo nas últimas três semanas. Não queria esconder o fato de que matara outro ser humano, nem que sua filha corria grande perigo. O homem que a seqüestrara, e que o largara amarrado na cama, era absolutamente impiedoso.

Encerrado o relato, o pai permaneceu onde estava, olhando para as mãos.

— Eu posso cuidar disso. Sou um bom policial. Vou ficar aqui até ele entrar em contato. Agora isso deve acontecer a qualquer momento. Ou talvez ele espere até amanhã.

A tarde estava começando a cair, e nenhuma palavra de Konovalenko. Svedberg ligara duas vezes, mas Wallander não teve nada a acrescentar. Mandou o pai voltar para o ateliê. Não suportava vê-lo sentado na cozinha, de olhos postos nas mãos. O velho normalmente teria ficado furioso à mera idéia de fazer o que o filho mandara, mas nessa ocasião simplesmente levantou-se e foi. Wallander andava de um lado para o outro, sentava alguns instantes, levantava e começava a andar outra vez. De vez em quando dava uma saída até o pátio e ficava olhando os campos. Depois tornava a entrar e a andar para lá e para cá. Tentou comer duas vezes, mas o estômago não aceitou. A angústia, a preocupação e a impotência impossibilitavam-no de pensar direito. Por diversas vezes lembrou-se de Robert Åkerblom. E a cada uma delas afastara a lembrança correndo, com medo de que a simples menção desse nome pudesse ser um mau presságio para a filha.

Começou a entardecer, e Konovalenko ainda não tinha dado sinal. Svedberg ligou para dizer que estaria em casa dali para a frente. Wallander ligou para Sten Widén, mas na verdade não tinha nada para dizer. Às dez horas, mandou o pai dormir. Era primavera e ainda estava claro lá fora. Sentou-se nos degraus em frente à porta da cozinha por uns tempos. Quando teve certeza de que o pai dormia, ligou para Baiba Liepa em Riga. De início não obteve resposta. Mas ela já tinha chegado em casa, quando ele ligou meia hora depois. Com uma calma gelada, contou-lhe que a filha fora seqüestrada por um homem perigosíssimo. Falou que não tinha com quem conversar e, nesse momento, percebeu que estava falando a mais pura verdade. Depois pediu desculpas mais uma vez pela noite em que, bêbado, ligara para ela tão tarde. Tentou explicar o que sentia por ela, mas em vão. Não tinha as palavras certas em inglês para dizer o que queria. Antes de desligar, prometeu que voltaria a ligar. Ela ouviu tudo o que ele disse, mas quase não falou, do começo ao fim. Mais tarde, chegou a se perguntar se realmente falara com ela ou se fora tudo fruto de sua imaginação.

Passou a noite em claro. Vez por outra, caía derreado numa das velhas poltronas do pai e fechava os olhos. Mas sempre que estava prestes a cochilar, acordava de novo assustado. Aí recomeçava a andar pela casa e era como se estivesse revivendo toda sua vida. Já perto do amanhecer, ficou olhando uma lebre solitária sentada imóvel no pátio.

Era terça-feira, 19 de maio.

Pouco depois das cinco da manhã, começou a chover.

O recado chegou pouco antes das oito.

Um táxi de Simrishamn entrou no pátio. Wallander escutou o carro chegando de longe e abriu a porta assim que ele parou. O motorista saltou e entregou-lhe um gordo envelope.

A carta estava endereçada ao pai.

— É para o meu pai. De onde veio?

— Uma senhora entregou o pacote num ponto de táxi em Simrishamn. — O motorista estava com pressa e não queria se molhar. — Ela pagou pela entrega. Está tudo certo. Não preciso de recibo.

Wallander balançou a cabeça. Tania, pensou. Agora é ela que faz as vezes de menino de recado, no lugar do marido.

O táxi desapareceu. Wallander estava sozinho na casa. O pai já tinha começado a trabalhar no ateliê.

Era um desses envelopes acolchoados. Examinou-o com atenção antes de começar a abri-lo por um dos lados mais curtos. De início não dava para ver o que havia dentro. Depois viu o cabelo de Linda e o colar que lhe dera anos antes.

Sentou-se rígido feito uma estátua, olhando fixamente para o cabelo cortado espalhado sobre a mesa a sua frente. Depois começou a chorar. A dor ultrapassara um novo limite e Wallander não podia mais lutar contra ela. O que Konovalenko fizera com Linda? Era tudo culpa sua, tê-la envolvido desse jeito.

Depois forçou-se a ler a carta que viera junto.

Konovalenko entraria em contato de novo dali a exatamente doze horas. Precisavam se encontrar para resolver alguns problemas, escrevera ele. Wallander teria de esperar até lá. Qualquer informação passada à polícia poria a vida da filha em perigo.

A carta não estava assinada.

Olhou de novo para o cabelo da filha. O mundo todo ficava impotente diante de um mal tamanho. Como poderia dar cabo de Konovalenko?

Imaginava que esses eram exatamente os pensamentos que o russo queria que tivesse. Tinha doze horas pela frente sem a menor esperança de poder fazer qualquer outra coisa que não fosse aquilo que Konovalenko lhe mandara fazer.

Continuava imobilizado, grudado na cadeira.

Não fazia idéia de como agir.

27

Muitos anos antes, Karl Evert Svedberg decidira seguir a carreira de policial por um único motivo — um motivo que tentava a todo custo manter em segredo.

Svedberg tinha pavor do escuro.

Quando menino, dormia sempre com uma luz acesa na mesinha-de-cabeceira. E, diferentemente da maioria das pessoas, esse medo do escuro não desaparecera com a idade. Ao contrário, piorara ainda mais na adolescência. Assim como aumentara a vergonha que sentia por um defeito que dificilmente poderia ser qualificado de outra forma que não covardia. O pai era padeiro, um homem que pulava da cama todos os dias às duas e meia da madrugada — e que naturalmente queria que o filho o seguisse no negócio. Como teria de dormir durante a tarde, o problema se resolveria sozinho. Já a mãe, que era chapeleira e tida entre um círculo cada vez mais reduzido de clientes como muito habilidosa na criação de modelos exclusivos e expressivos de chapéus femininos, considerava o problema bem mais sério. Levara o filho a um psicólogo infantil, que estava convencido de que aquilo desapareceria com o tempo. Mas ocorreu o oposto. Svedberg foi ficando cada vez com mais medo do escuro. Só que nunca conseguiu descobrir a causa desse terror. No fim, decidiu se tornar tira. Achava que seu medo do escuro poderia ser combatido com uma ênfase maior em sua coragem pessoal. Mas no dia 19 de maio, uma terça-feira de primavera, acordou com a luz da cabeceira acesa. Além disso, costumava dormir com a porta do quarto trancada. Morava sozinho num apartamento no centro de Ystad. Nascera na cidade e não gostava de sair de lá — nem mesmo por curtos períodos.

Apagou a luz, espreguiçou-se e levantou. Não dormira muito bem. Estava se sentindo inquieto e temeroso com os acontecimentos em torno de Kurt Wallander. Sabia que tinha de ajudar o inspetor. Durante a noite, passara um tempão tentando imaginar o que seria possível fazer sem violar o voto de silêncio que Wallander lhe impusera. No fim, pouco antes de amanhecer, chegara a uma conclusão. Tentaria encontrar a casa onde Konovalenko estava escondido. Era altamente provável que o cativeiro da filha de Wallander fosse no mesmo local.

Chegou à delegacia pouco antes das oito. O único ponto de partida que tinha era o tiroteio havido no campo de treinos. Martinson ficara encarregado de examinar os poucos pertences achados nos bolsos dos dois mortos. Não encontrara nada de extraordinário. Mesmo assim, a primeira coisa que fez pela manhã foi examinar o material novamente. Dirigiu-se à sala onde ficavam guardados os objetos e as provas referentes aos diversos inquéritos em andamento e localizou os sacos plásticos em questão. Martinson não encontrara absolutamente nada nos bolsos do africano, o que em si mesmo parecia ser significativo. Svedberg tornou a guardar o invólucro plástico dentro do qual não havia mais do que alguns grãos de poeira. Em seguida despejou cuidadosamente o conteúdo do outro saquinho sobre a mesa. Martinson encontrara cigarros, um isqueiro, fiapos de tabaco, pedacinhos não identificáveis de poeira e um ou outro badulaque no bolso do gordo; nada que fosse inusitado. Svedberg contemplou os objetos sobre a mesa a sua frente. Interessou-se de imediato pelo isqueiro, com uma propaganda já quase apagada. O policial levantou-o em direção à luz, tentando decifrar o que dizia o anúncio. Pôs o saco plástico de volta no lugar e levou o isqueiro consigo para sua sala. Às dez e meia teriam uma reunião para ver como estavam andando as buscas de Konovalenko e Wallander. E ele queria o tempo que restava até lá só para si. Pegou na gaveta uma lente de aumento, puxou a lâmpada de mesa mais para perto e começou a estudar o objeto. Cerca de um minuto depois, seu coração já batia mais rápido. Tinha conseguido decifrar o texto, e os dizeres indicavam uma pista. Se essa pista levaria a alguma solução, ainda era cedo para dizer, claro. Mas o isqueiro estampava uma publicidade das lojas ICA de Tomelilla. Não que isso fosse uma prova conclusiva, por si só. Rykoff poderia ter pego o isqueiro em algum outro lugar. Mas, se tivesse de fato estado na loja ICA de Tomelilla, não era impossível que algum caixa ainda se lembrasse de um homem que falava mal o sueco e que, ainda por cima, era extraordinariamente gordo. Colocou o isqueiro no bolso e saiu da delegacia sem dizer para onde ia.

Foi até Tomelilla, entrou na loja ICA, mostrou a carteirinha da polícia e pediu para falar com o gerente. Era um rapaz chamado Sven Persson. Svedberg lhe mostrou o isqueiro e explicou o que estava querendo saber. O gerente pensou uns instantes, depois abanou a cabeça. Não se lembrava de nenhum gordo que tivesse estado na loja nos últimos tempos.

— Mas dê uma palavrinha com a Britta. Ela fica no caixa. Só que não tem uma memória lá essas coisas. É meio desligada.

— A loja tem só um caixa?

— Temos mais uma moça, que trabalha apenas aos sábados. Hoje ela não vem.

— Ligue para ela. Peça para vir imediatamente.

— É assunto importante?

— É. Imediatamente.

O gerente desapareceu e foi fazer o telefonema. Svedberg não deixara nenhuma dúvida quanto ao que queria. Depois esperou até que Britta, uma mulher de uns cinqüenta anos, terminasse de atender o freguês que passava pelo caixa e que tirara do bolso uma bolada de cupons variados de descontos e ofertas especiais. Svedberg identificou-se.

— Quero saber se houve algum freguês gordo, bem gordo mesmo, fazendo compras aqui recentemente.

— Aqui vem um monte de gordos fazer compras — falou Britta, sem grande simpatia pelo policial.

Svedberg reformulou a pergunta.

— Não simplesmente gordo. Decididamente obeso. Um sujeito enorme. Além disso falando mal o sueco. Alguém que corresponde a essa descrição esteve aqui na loja?

A mulher tentou se lembrar. Ao mesmo tempo, Svedberg percebeu que a curiosidade cada vez maior estava afetando a concentração dela.

— Ele não fez nada de emocionante. Eu só estou querendo saber se ele esteve aqui.

— Não. Se era assim tão gordo, eu teria notado. Eu estou fazendo dieta. Por isso olho as pessoas.

— Por acaso ausentou-se do caixa em algum momento, nos últimos dias?

— Não.

— Nem mesmo durante uma hora?

— Bom, às vezes eu tenho que fazer algum serviço fora.

— E nessas horas quem é que fica no caixa?

— O Sven.

Svedberg sentiu o pouco de esperança que lhe restava ir sumindo. Agradeceu pela ajuda e vagou pela loja, enquanto esperava a funcionária do sábado. Ao mesmo tempo que perambulava por ali, sua cabeça fazia hora extra, tentando resolver qual o próximo passo, caso a inscrição no isqueiro não levasse a nada. Onde conseguiria encontrar outro ponto de partida?

A moça que trabalhava aos sábados era jovem, não devia ter mais de dezessete anos. Mas era um mulherão, e Svedberg tremeu só de pensar em falar de gente gorda com ela. O gerente apresentou-a; chamava-se Annika Hagström. Svedberg não sabia como começar. O gerente se retirara discretamente. Estavam os dois parados ao lado de algumas prateleiras forradas com comida para cães e gatos.

— Pelo que me disseram você trabalha aqui aos sábados — começou o detetive, hesitando.

— Estou desempregada. Não tem emprego nenhum. Ficar aqui sentada aos sábados é tudo o que eu faço.

— É, as coisas não estão muito boas, no momento. — Svedberg estava tentando parecer compreensivo.

— Na verdade, já cheguei a pensar em entrar para a polícia.

Svedberg olhou-a surpreso.

— Mas não sei muito bem se eu seria do tipo para usar farda. Por que você não está de farda?

— Nem sempre é preciso.

— Então quem sabe eu volte a pensar no assunto. Mas agora me diga: o que foi que eu fiz?

— Nada. Só queria lhe perguntar se por acaso viu um indivíduo na loja com um aspecto meio incomum.

Grunhiu interiormente com o desajeitamento da pergunta.

— Como assim, meio incomum?

— Um sujeito gordíssimo falando mal o sueco.

— Ah, ele — respondeu a moça na hora.

Svedberg ficou olhando para ela.

— Ele esteve aqui no sábado passado.

Svedberg puxou um bloco de notas do bolso.

— A que horas?

— Pouco depois das nove.

— E estava sozinho?

— Estava.

— Lembra o que ele comprou?

— Um monte de coisas. Vários pacotes de chá, por exemplo. Encheu quatro sacolas.

É ele, pensou Svedberg. Os russos bebem chá do mesmo jeito como nós tomamos café.

— Como ele pagou?

— Com dinheiro vivo.

— Que impressão teve dele? Ele lhe pareceu nervoso? Ou o quê?

As respostas de Annika eram sempre imediatas e específicas.

— Estava com pressa. Enfiou as coisas nas sacolas de qualquer jeito.

— Falou alguma coisa com você?

— Não.

— Então como sabe que ele tinha sotaque estrangeiro?

— Ele disse olá e obrigado. Deu para perceber na hora.

Svedberg balançou a cabeça. Tinha só mais uma pergunta.

— Por acaso você não saberia onde ele mora?

Ela franziu a testa e pensou a respeito.

Não é possível que ela tenha uma resposta para essa pergunta também, pensou.

— Ele mora em algum lugar na direção da pedreira.

— Pedreira?

— Sabe onde fica a faculdade?

Svedberg fez que sim. Sabia.

— Passando a faculdade, à esquerda. Depois à esquerda de novo.

— Como sabe que ele mora por lá?

— O cara seguinte da fila era um velho chamado Holgerson. Ele sempre faz umas fofocas enquanto paga. Disse que nunca tinha visto um sujeito tão gordo na vida. Depois falou que tinha visto o gordo na frente de uma casa perto da pedreira. Tem um monte de casas vazias por lá. Holgerson sabe de tudo o que se passa em Tomelilla.

Svedberg guardou o bloco de notas. Estava com uma pressa doida, agora.

— Vou lhe dizer uma coisa. Acho mesmo que você deveria entrar para a polícia.

— O que foi que ele fez?

— Nada. Se por acaso ele voltar, é muito importante que você não mencione que tem gente perguntando por ele. Muito menos um tira.

— Pode deixar comigo. Será que daria para eu ir vêlo na delegacia, um dia desses?

— Basta ligar e pedir para falar comigo. Peça para falar com Svedberg. Que sou eu. Eu lhe mostro como são as coisas por lá.

O rosto da moça se iluminou.

— Vou ligar sim.

— Mas não nos próximos dias. Espere algumas semanas. No momento, estamos ocupados demais.

Saiu da loja e seguiu as indicações que a moça lhe dera. Quando chegou à rua que dava na pedreira, parou o carro e saiu. Estava com os binóculos no porta-luvas. Caminhou até a pedreira e trepou num triturador abandonado.

Havia duas casas do outro lado, a uma boa distância uma da outra. Uma delas estava em péssimo estado, mas a outra parecia em melhores condições. Não viu nenhum carro parado na frente, e a residência parecia deserta. Mesmo assim, tinha a sensação de que encontrara o lugar. Era remoto. Não havia avenidas por perto. Ninguém pegaria aquele beco sem saída a menos que tivesse algum negócio a tratar naquela casa.

Esperou, os binóculos prontos para entrar em ação. Começara a chuviscar.

Depois de quase meia hora, a porta se abriu de repente. E uma mulher saiu à rua. Tania, pensou. Ela ficou parada muito quieta, fumando. Svedberg não via direito seu rosto, porque ela estava meio escondida por uma árvore.

Largou os binóculos. Esse deve ser o lugar, pensou. A moça da loja tinha bons olhos e bons ouvidos, e uma excelente memória também. Svedberg desceu do triturador e voltou para o carro. Já eram mais de dez horas. Decidiu ligar para a delegacia para dizer que estava doente e que não iria trabalhar. Não tinha tempo a perder com reuniões.

Agora precisava falar com Wallander.

Tania atirou fora o cigarro e apagou-o com o salto do sapato. Estava parada na entrada da casa, debaixo da garoa. O tempo combinava com seu estado de espírito. Konovalenko reunira-se com o novo africano, e ela não tinha o menor interesse na conversa que estavam tendo. Quando vivo, Vladimir lhe passava todas as informações. Sabia que algum político importante da África do Sul ia ser assassinado. Mas não tinha idéia de quem nem do porquê. Sem dúvida Vladimir lhe dissera, mas devia ter esquecido.

Saíra para poder ficar alguns minutos sozinha. Ainda não tivera tempo de pensar nas implicações da morte de Vladimir. Também estava surpresa com a dor e tristeza que sentia. O casamento dos dois nunca fora mais que um arranjo prático que convinha a ambos. Quando fugiram da União Soviética, que então entrava em colapso, tiveram a oportunidade de se ajudar mutuamente. Depois, já estabelecidos na Suécia, ela pôde dar algum propósito à própria vida ajudando Vladimir em suas muitas tarefas. Tudo isso mudou no momento em que Konovalenko entrou em cena, de repente. De início, sentiu uma grande atração por ele. Seus modos decididos, sua autoconfiança, faziam um nítido contraste com a personalidade de Vladimir; não hesitou nem disse não quando ele demonstrou interesse por ela. Só que não levou muito tempo para perceber que estava apenas sendo usada. Sua falta de emoção, seu intenso desprezo pelos outros a horrorizavam. Konovalenko acabou por dominar a vida dos dois por inteiro. De vez em quando, tarde da noite, ela e Vladimir conversavam sobre dar o fora, começar tudo de novo, bem longe da influência dele. Mas essas conversas não tinham dado em nada, e agora Vladimir estava morto. Estava parada na frente da casa, pensando em quanta falta sentia dele. Não fazia idéia do que aconteceria em seguida. Konovalenko estava obcecado, queria varrer do mapa o policial que matara Vladimir e que lhe causara tantos problemas. Desconfiava de que todas as decisões sobre o futuro teriam de esperar até essa parte terminar, até o tira ser morto e o africano voltar para a África do Sul para executar sua missão. Percebeu que ficara dependente de Konovalenko, gostasse ou não da situação. Era uma exilada e não havia como retroceder. Muito de vez em quando, e com freqüência cada vez menor, pensava vagamente em Kiev, sua cidade natal, sua e de Vladimir. O que doía não eram todas as lembranças, e sim a convicção de que jamais voltaria a ver o lugar e as pessoas que haviam sido o alicerce de sua vida. A porta se fechara inexoravelmente para ela. Estava trancada e a chave fora atirada fora. O pouco que restara tinha ido embora junto com Vladimir.

Pensou na moça mantida prisioneira no porão. Era a única coisa sobre a qual perguntara a Konovalenko, nos últimos dias. O que aconteceria com ela? Ele tinha dito que seria libertada assim que tivessem capturado o pai dela. Mas não acreditava que estivesse falando a verdade. Estremeceu ao pensar que a moça também pudesse ser morta.

Na verdade, Tania estava tendo uma certa dificuldade para pôr as idéias em ordem. Sentia um ódio mortal do pai da menina, que matara seu marido, e, ainda por cima, de modo bárbaro — se bem que Konovalenko nunca havia explicado satisfatoriamente o que queria dizer com isso. Mas sacrificar a filha também já era ir longe demais, pensou. Ao mesmo tempo, sabia que não poderia fazer nada para impedir que isso acabasse acontecendo. O menor sinal de resistência de sua parte serviria apenas para que Konovalenko voltasse suas atenções contra ela própria.

Tremia sob a chuva, que aumentara de intensidade, e resolveu entrar de novo. O som abafado da voz de Konovalenko era ouvido por trás da porta fechada. Foi até a cozinha e espiou o alçapão no chão. O relógio na parede indicava que estava na hora de dar alguma coisa para a moça comer e beber. Já tinha preparado um saco plástico com uma garrafa térmica e alguns sanduíches. Até o momento, a moça no porão não tocara em nada que ela levara. Toda vez que Tania subia de volta para a cozinha, trazia ainda intacto tudo o que levara da última vez. Acendeu a luz que Konovalenko instalara. Numa das mãos, levava uma lanterna.

Linda estava enfiada num canto. Deitada encolhida, como se estivesse com dor de barriga. Tania virou a lanterna para o penico que eles tinham deixado no chão de pedra. Não fora usado. Sentia grande dó da moça. A princípio havia estado tão preocupada com a tristeza da morte de Vladimir que não houvera espaço para mais nada. Mas agora, ao ver a moça toda enrolada em si mesma, paralisada de medo, compreendeu que não havia limite para a crueldade de Konovalenko. Não havia motivo algum para mantê-la ali num porão escuro. E com correntes nas pernas. Poderia perfeitamente ter sido mantida trancada num dos quartos de cima, amarrada para não escapulir da casa.

A moça não se mexeu, mas seguiu com os olhos todos seus movimentos. Aquele cabelo mal cortado incomodava Tania. Agachou-se ao lado da moça imóvel.

— Isso tudo vai acabar logo.

A moça não respondeu. Fitava Tania direto nos olhos.

— Precisa tentar comer alguma coisa. Isso tudo vai acabar logo.

O medo já começou a consumi-la, Tania pensou. O medo a está roendo de dentro para fora.

De repente, soube que teria de ajudar Linda. O que poderia lhe custar a vida. Mas não tinha escolha. A maldade de Konovalenko era grande demais, nem ela própria suportava mais.

— Isso tudo vai acabar logo — sussurrou de novo, colocando o saco com comida ao lado do rosto da moça e subindo a escada. Fechou o alçapão e se virou.

Konovalenko estava parado no meio da cozinha. Ela levou um susto e soltou um grito abafado. Ele possuía um jeito todo especial de aparecer sem fazer ruído. Às vezes tinha a impressão de que sua audição era extraordinariamente apurada. Feito um animal noturno, ela pensou. Ele escuta o que as outras pessoas não conseguem.

— Ela está dormindo — falou Tania.

Konovalenko olhou-a com severidade. Depois sorriu de repente e saiu da cozinha sem dizer palavra.

Tania jogou-se numa cadeira e acendeu um cigarro. Reparou que as mãos tremiam. Mas agora sabia que a decisão que se formara dentro dela era irreversível.

Logo depois da uma da tarde, Svedberg ligou para Wallander.

O inspetor apanhou o fone depois do primeiro toque. Svedberg se fechara em casa um bom tempo, tentando imaginar uma forma de convencer Wallander a não desafiar Konovalenko sozinho de novo. Sabia que o colega não estava mais agindo racionalmente. Atingira um ponto em que os impulsos emocionais são tão fortes quanto a razão na hora de agir. A única coisa que podia fazer era insistir para que não enfrentasse Konovalenko sem nenhuma ajuda. De certa forma, ele não é mais responsável pelo que faz, raciocinou Svedberg. Está sendo levado pelo medo do que possa acontecer à filha. Não dá para prever o que pode fazer.

O detetive foi direto ao ponto.

— Encontrei a casa de Konovalenko.

Teve a impressão de que Wallander se retesara inteiro do outro lado da linha.

— Encontrei uma pista entre as coisas que o Rykoff tinha no bolso — continuou. — Não vou entrar em detalhes, mas ela me levou a uma loja ICA em Tomelilla. Uma moça, de memória fenomenal, que trabalha no caixa me apontou a direção correta. A casa fica bem a leste da cidade. Perto de uma pedreira que não parece estar funcionando mais. Numa antiga fazenda.

— Espero que ninguém tenha visto você.

Dava para perceber o quão tenso e exausto estava o inspetor.

— Ninguém. Não precisa se preocupar.

— Como é que eu vou deixar de me preocupar?

Svedberg não respondeu.

— Acho que eu sei onde fica essa pedreira. Se o que estiver me dizendo for verdade, isso me dá uma vantagem sobre Konovalenko.

— Teve mais alguma notícia dele?

— Doze horas significa oito horas da noite, hoje. Ele não vai se atrasar. E eu não vou fazer nada até ele entrar em contato.

— Vai ser uma catástrofe se você tentar enfrentá-lo sozinho. Não quero nem pensar no que pode acontecer.

— Você sabe perfeitamente bem que não há opção, Svedberg. E eu não vou lhe dizer onde vou me encontrar com ele. Sei que está tentando fazer o melhor possível. Mas não posso correr risco nenhum. Obrigado por ter descoberto onde fica a casa. Não vou me esquecer disso.

E desligou.

Svedberg ficou ali sentado, com o fone na mão.

O que ele poderia fazer para ajudar? Jamais lhe passara pela cabeça que Wallander pudesse pura e simplesmente omitir informações vitais.

Repôs o fone no gancho. Com a certeza de uma coisa: Wallander podia achar que não precisava de ajuda, mas precisava, e muito. O único problema era saber quem conseguiria arrumar para ir junto.

Foi até a janela e espiou a torre da igreja, meio escondida entre os telhados. Quando Wallander fugira, depois dos incidentes no campo de treinamento militar, optara por entrar em contato com Sten Widén, pensou. Até então, Svedberg não tinha conhecimento de sua existência. Nunca nem sequer ouvira menção do nome. Mesmo assim, eram obviamente amigos chegados, que se conheciam de longa data. Fora a ele que Wallander recorrera na hora do aperto. E Svedberg decidira fazer a mesma coisa. Saiu do apartamento, entrou no carro e partiu. A chuva aumentara e o vento estava mais forte. Seguiu pela estrada litorânea, pensando que tudo quanto vinha acontecendo nos últimos tempos teria de terminar em breve. Era coisa demais para uma pequena delegacia de polícia como a de Ystad.

Encontrou Sten Widén no estábulo. Parado diante de uma baia provida de barras de proteção, dentro da qual um cavalo andava de um lado a outro, muito inquieto, de vez em quando desferindo um coice raivoso na madeira. Svedberg cumprimentou-o e ficou ali olhando. O irrequieto cavalo era muito alto e esbelto. Svedberg jamais montara num cavalo em toda sua vida. Tinha um grande receio deles e não conseguia entender como é que alguém, voluntariamente, podia passar a vida toda a treiná-los e a cuidar deles.

— Ela está doente — disse Sten Widén de repente. — Mas eu não sei qual é o problema.

— Ela está me parecendo meio inquieta mesmo — concordou Svedberg, cauteloso.

— É por causa da dor.

Em seguida removeu a barra de proteção e entrou na baia. Pegou no cabresto, e a égua acalmou quase que no mesmo instante. Depois curvou-se e examinou a perna dianteira esquerda. Svedberg abaixou-se com grande cuidado para dentro da baia para olhar.

— Está inchada. Está vendo?

Svedberg não viu nada. Mas resmungou qualquer coisa, concordando. Sten Widén agradou a égua um pouco, depois saiu da baia.

— Preciso falar com você — disse Svedberg.

— Vamos entrar.

Quando entraram na casa, o detetive viu uma senhora idosa sentada num sofá na sala de estar em completa desordem. Ela parecia destoar do ambiente. Estava vestida com grande apuro, muito maquiada, e usava jóias caras. Sten Widén reparou que o policial tinha visto a mulher.

— Ela está esperando o motorista vir buscá-la. É dona de dois cavalos que estou treinando.

— Então é isso.

— Viúva de um construtor de Trelleborg. Daqui a pouco vai para casa. De vez em quando ela aparece e fica ali sentada. Acho que é muito sozinha.

Sten Widén pronunciou as últimas palavras com um grau de compreensão que surpreendeu Svedberg.

Sentaram-se na cozinha.

— Não sei dizer ao certo por que estou aqui — falou Svedberg. — Ou melhor dizendo, eu sei, claro. O que não sei é quais serão exatamente as conseqüências se eu pedir a você que me ajude.

Explicou então sobre a casa que descobrira próximo à pedreira nos arredores de Tomelilla. Sten Widén levantou-se e vasculhou uma gaveta entupida de papéis e programas de corrida. No fim, acabou encontrando um mapa encardido, todo rasgado. Desdobrou-o sobre a mesa, e Svedberg usou um lápis quase sem ponta para mostrar onde ficava a tal casa.

— Não faço a menor idéia do que Wallander pretende fazer. Só sei que ele tem a intenção de enfrentar Konovalenko sozinho. Não pode assumir nenhum risco, por causa da filha. Dá para entender, lógico. O problema é que ele não tem a mínima chance de prender Konovalenko sem ajuda.

— E você pretende ajudá-lo?

Svedberg assentiu.

— Mas também não posso fazer isso sozinho. Não consegui pensar em mais ninguém, a não ser você. É absolutamente impossível apelar para outro policial. Foi por isso que vim até aqui. Você o conhece, é amigo dele.

— Talvez.

— Talvez? — repetiu Svedberg, espantado.

— É verdade que nós fomos bastante chegados, durante muito tempo. Mas perdemos contato, isso já tem mais de dez anos.

— Não sabia disso. Pensei que as coisas fossem diferentes.

Um carro entrou no pátio. Sten Widén levantou-se e foi até a viúva do construtor. Svedberg receava ter cometido um engano. Sten Widén não era tão amigo de Wallander quanto imaginara.

— No que exatamente está pensando? — perguntou o treinador de cavalos ao voltar para a cozinha.

Svedberg lhe contou. Em algum momento, após as oito da noite, ligaria para Wallander. Não poderia saber o quê, precisamente, Konovalenko dissera. Mesmo assim, esperava conseguir convencer o inspetor a lhe contar a hora do encontro previsto, pelo menos isso. Assim que soubesse a hora em que se daria o encontro, ele e preferivelmente alguém mais iriam até a casa de Tomelilla e ficariam vigiando, invisíveis mas prontos para a eventualidade de Wallander precisar de ajuda.

Sten Widén escutou de rosto impassível. Depois que Svedberg terminou, levantou-se e saiu da cozinha. Svedberg ficou se perguntando se teria ido ao banheiro. Mas, quando voltou, trazia um rifle na mão.

— Acho melhor tentarmos ajudar — falou de chofre.

Sentou-se para examinar a arma. Svedberg pôs sua pistola sobre a mesa para mostrar que também estava preparado. Sten Widén fez uma careta.

— Não é lá grande coisa para sair caçando um louco desesperado.

— Pode deixar os cavalos sozinhos?

— A Ulrika dorme aqui. Uma das moças que me ajudam.

Svedberg sentia-se um pouco inseguro na presença de Sten Widén. Era difícil relaxar diante da personalidade taciturna e esquisita daquele homem. Mas deu-se por satisfeito pela ajuda prometida.

Svedberg foi para casa às três da tarde. Combinaram que ele ligaria assim que tivesse falado com Wallander. A caminho de Ystad, comprou os jornais vespertinos que tinham acabado de chegar. Sentou-se no carro e folheou-os. Konovalenko e Wallander ainda continuavam sendo notícia, mas já relegados às páginas do meio.

A atenção de Svedberg foi subitamente atraída por algumas das manchetes. As manchetes que temia ver publicadas, mais do que quaisquer outras.

E, junto delas, uma foto da filha de Kurt Wallander.

Ligou para o inspetor às oito e vinte.

Konovalenko fizera contato.

— Sei que não vai querer me contar o que planejou — disse Svedberg. — Mas ao menos me diga a que horas.

Wallander hesitou antes de responder.

— Às sete horas, amanhã de manhã.

— Mas não na casa de Tomelilla.

— Não. Num outro lugar. Mas não me pergunte mais nada.

— O que vai acontecer?

— Ele prometeu libertar minha filha. É tudo o que eu sei.

Você sabe bem mais do que isso, pensou Svedberg. Sabe por exemplo que Konovalenko vai tentar matá-lo.

— Tenha cuidado, Kurt.

— Claro. — E o inspetor desligou.

Svedberg tinha agora certeza de que o encontro seria na casa perto da pedreira. A resposta de Wallander viera um tanto prontamente demais. Ficou uns momentos imóvel.

Em seguida ligou para Sten Widén. Concordaram em se encontrar na casa de Svedberg à meia-noite e de lá seguir para Tomelilla.

Tomaram um café na cozinha de Svedberg.

Continuava chovendo.

Partiram às quinze para as duas da madrugada.

28

O sujeito que vinha rondando sua casa voltara. Pela terceira manhã seguida, Miranda o via parado do outro lado da rua, como se esperando alguma coisa. Ela espiava por trás das cortinas leves da janela da sala. Era branco, estava de terno e gravata e parecia uma alma perdida naquele seu mundo. Reparara nele logo cedo, pouco depois de Matilda ter saído para a escola. A reação fora imediata porque a rua tinha pouquíssimo movimento. Todo dia de manhã, os homens de Bezuidenhout saíam cada qual em seu carro rumo ao centro de Joanesburgo. Mais tarde era a vez das mulheres, que também saíam cada qual num carro para fazer compras, ir ao cabeleireiro ou simplesmente escapar durante umas horas. Bezuidenhout era o refúgio da classe média branca frustrada e desassossegada. Dos que não tinham exatamente conseguido galgar até o topo dos altos escalões reservados aos brancos. Miranda sabia que uma boa parte daquela gente contemplava a possibilidade de emigrar. A certa altura pensara que mais outra verdade fundamental estava inevitavelmente fadada a se revelar. Para aquela gente, a África do Sul não era a pátria onde terra e sangue estão para sempre ligados, correndo juntos pelas mesmas veias e pelos mesmos sulcos. Mesmo tendo nascido no país, não hesitaram em começar a pensar numa fuga tão logo o presidente De Klerk fez seu discurso à nação, no começo do ano. Nelson Mandela fora libertado da prisão e uma nova era despontava. Uma nova era que podia inclusive, quem sabe, ver outros negros além de Miranda morando em Bezuidenhout.

Mas o homem parado do outro lado da rua era um

desconhecido. Não pertencia ao bairro, e Miranda se perguntava o que poderia querer. Qualquer pessoa parada imóvel numa rua, logo de manhã cedo, devia estar querendo alguma coisa, alguma coisa perdida ou sonhada. Permanecera atrás das cortinas finas por um bom tempo, olhando para ele; no fim, chegara à conclusão de que era sua casa que ele mantinha sob vigilância. De início se assustou. Será que estava ali representando alguma autoridade desconhecida, uma daquelas organizações incompreensíveis de supervisão que continuavam a governar inteiramente a vida dos negros sul-africanos? A princípio achara que fosse se fazer anunciar, tocar a campainha. Mas quanto mais tempo ele ficava parado do outro lado da rua, imóvel, mais ela duvidava de que fosse esse o caso. Além do mais, não levava nenhuma pasta. Miranda acostumara-se a ver os brancos lidarem com os negros sempre por intermédio de cães, camburões, cassetetes, carros blindados ou então documentos. Mas ele não estava carregando nenhuma pasta, tinha as mãos vazias.

No primeiro dia, Miranda ia toda hora até a janela espiar, para ver se ele continuava vigiando. Pensava no indivíduo como uma espécie de estátua que ninguém soubesse direito onde colocar, ou então que ninguém quisesse. Pouco depois das nove, a rua ficou vazia. Mas no dia seguinte lá estava ele de novo, no mesmo lugar, fitando direto a janela da sala. Teve uma suspeita incômoda de que estivesse ali por causa de Matilda. Podia ser da polícia secreta; mais afastadas, invisíveis a seus olhos, haveria viaturas esperando, cheias de homens fardados. Mas alguma coisa no comportamento dele a fez hesitar. Foi quando teve pela primeira vez a idéia de que talvez estivesse parado ali justamente para que o visse e percebesse que não era uma pessoa perigosa. Não era uma ameaça, mas estava lhe dando tempo para se acostumar.

Era a terceira manhã, quarta-feira, 20 de maio, e lá estava ele de novo. De repente o indivíduo olhou em volta, atravessou a rua, abriu o portão da casa e foi até a porta da frente. Miranda ainda estava atrás das cortinas quando a campainha tocou. Nesse dia Matilda não tinha ido à escola. Acordara com dor de cabeça e febre, possivelmente um ataque de malária, e agora dormia. Miranda fechou cuidadosamente a porta do quarto antes de atender a campainha. Ele tocara uma única vez. Sabia que havia gente em casa e parecia igualmente certo de que alguém atenderia.

Ele é jovem, pensou Miranda, quando o viu na soleira.

A voz era clara, quando falou.

— Miranda Nkoyi? Será que eu poderia entrar uns instantes? Prometo não perturbá-la por muito tempo.

Sinetas de alarme soaram dentro dela. Mas deixou-o entrar assim mesmo, indicou-lhe a sala de estar e convidou-o a sentar.

Como sempre, Georg Scheepers sentiu-se inseguro ao se pegar sozinho com uma mulher negra. Não era uma coisa que acontecesse com muita freqüência em sua vida. Seu contato com mulheres negras limitava-se quase que apenas às jovens secretárias que tinham começado a aparecer no Ministério Público depois do abrandamento de algumas leis. Na verdade aquela era a primeira vez que se sentava com uma negra na própria casa dela.

Não conseguia se livrar da sensação de que os negros o desprezavam. Estava sempre à procura de vestígios de inimizade. Esse seu vago sentimento de culpa era sempre mais nítido quando se pegava a sós com algum negro. E, agora que estava sentado diante de uma mulher negra, sentia a impressão de impotência crescer. Talvez fosse diferente com um homem. Como branco, sempre estaria em posição de dar as cartas. Mas com ela perdera essa vantagem, e a poltrona foi se afundando sob seu peso até que lhe pareceu estar sentado no chão.

Passara os últimos dias e o fim de semana anterior tentando mergulhar o mais fundo possível no segredo de Jan Kleyn. Sabia agora que visitava sempre aquela casa em Bezuidenhout. Era algo que vinha ocorrendo havia muitos anos, desde quando se mudara para Joanesburgo, depois de formado. Com a ajuda de Wervey e de alguns contatos próprios, também conseguira contornar as leis de sigilo bancário e estava ciente de que o agente do BOSS depositava um bom dinheiro na conta de Miranda Nkoyi todo mês.

O segredo se abrira inteiro diante dele. Um dos funcionários mais respeitados do serviço secreto sul-africano, um africânder que ostentava sua situação social com imenso orgulho, vivia em segredo com uma mulher negra. Pelo bem dela, estava disposto a correr o maior de todos os riscos. Se o presidente De Klerk era considerado um traidor, o que dizer de Jan Kleyn?

Mas Scheepers tinha a impressão de estar apenas arranhando o verniz desse segredo. Decidiu ir ver a mulher. Não iria explicar quem era e podia ser que ela resolvesse não abrir a boca sobre a visita quando o amante fosse vê-la de novo. Mas, se resolvesse contar, não demoraria muito tempo para que sua identidade viesse à tona. Mesmo nesse caso, Jan Kleyn continuaria sem saber o motivo exato; ficaria com medo de que seu segredo tivesse sido descoberto e de que dali em diante fosse ficar nas mãos do promotor. Claro, havia ainda o risco de que decidisse matá-lo. Mas Scheepers acreditava ter encontrado uma fórmula de se garantir contra essa possibilidade. Não sairia de lá enquanto Miranda não entendesse perfeitamente que várias outras pessoas alheias ao mundo do serviço de inteligência estavam a par da vida secreta de Jan Kleyn.

Ela olhava para ele, olhava através dele. Era lindíssima. Sua beleza sobrevivera; e sobreviveria a tudo, à subjugação, à compulsão, à dor, enquanto o espírito de resistência continuasse presente. A feiúra, o crescimento abortado, a degeneração, tudo isso vinha na esteira da resignação.

Forçou-se a dizer a ela em que pé estavam as coisas. Que o homem que lhe fazia visitas, que pagava pela casa onde morava, e que presumivelmente era seu amante, era um homem sob graves suspeitas de conspiração contra o Estado e contra as vidas de indivíduos. Enquanto falava, teve a impressão de que ela sabia uma parte da história, mas que outras lhe eram completamente novas. Ao mesmo tempo, tinha a estranha sensação de que Miranda estava até certo ponto aliviada, como se esperasse, ou até mesmo receasse, algo diferente. Na mesma hora começou a se perguntar o quê, exatamente, seria isso. Suspeitava de que tivesse alguma coisa a ver com o segredo, com a fugidia impressão de que havia ainda uma outra porta secreta à espera de ser aberta.

— Eu preciso saber — falou ele. — Na verdade não tenho nenhuma pergunta para lhe fazer. E a senhora também não deve pensar que vou convocá-la para depor contra seu próprio marido. Mas há algo muito importante em jogo. Uma ameaça a todo o país. Algo tão grave que não posso nem sequer lhe dizer quem eu sou.

— Mas é um inimigo dele. Quando a manada pressente perigo, alguns animais fogem por conta própria. E estão condenados. Não é assim?

— Talvez. Talvez seja.

Estava sentado de costas para a janela. Justamente quando Miranda falava sobre os animais e a manada, detectou um movimento mínimo na porta bem atrás dela. Era como se alguém tivesse começado a girar a maçaneta e depois mudado de idéia. Lembrou-se então de que não tinha visto a jovem sair de casa, pela manhã. A jovem que devia ser filha de Miranda.

Essa era uma das circunstâncias curiosas que descobrira nos últimos dias, durante suas pesquisas. Miranda Nkoyi estava registrada como única empregada de um homem chamado Sidney Houston, que passava boa parte do tempo em sua fazenda de gado, a muitos quilômetros dali, nas planícies a leste de Harare. Scheepers não teve a menor dificuldade em enxergar a verdade por trás dessa história de fazendeiro ausente, sobretudo quando descobriu que Jan Kleyn e Houston tinham sido colegas de faculdade. Mas e a outra mulher, a filha de Miranda? Ela não existia. E agora lá estava ela, parada atrás de uma porta, escutando a conversa deles.

Ficou aturdido com a idéia. Mais tarde, perceberia que seus preconceitos, que as invisíveis barreiras raciais que organizavam sua vida, o haviam posto na trilha errada. De repente deu-se conta de quem era a moça que escutava atrás da porta. O grande e bem guardado segredo de Jan Kleyn fora descoberto. Era como se uma fortaleza tivesse finalmente cedido ao cerco. O único motivo de ter sido possível ocultar a verdade durante tanto tempo fora o fato de ser pura e simplesmente impensável. Jan Kleyn, a estrela do serviço secreto, o impiedoso africânder lutando por seus direitos, tinha uma filha com uma negra. Uma filha que presumivelmente ele amava acima de todas as coisas. Talvez imaginasse que Nelson Mandela teria de morrer para que sua filha pudesse continuar a viver e a ser refinada pela proximidade com os brancos do país. No entender de Scheepers, essa hipocrisia não merecia nada além do desprezo. Sentia que toda e qualquer resistência dentro dele desmoronara. Ao mesmo tempo, achava que compreendia a enormidade da tarefa que o presidente De Klerk e Nelson Mandela tinham assumido. Como criar uma sensação de afinidade entre as pessoas, se todos viam todos como traidores?

Miranda não tirava os olhos de cima dele. Scheepers não imaginava nem de longe no que estaria pensando, mas pôde ver que estava perturbada.

Deixou que o olhar vagasse, primeiro pela fisionomia dela, depois pela fotografia de uma menina, em cima do console da lareira.

— Sua filha. A filha de Jan Kleyn.

— Matilda.

Scheepers ainda se lembrava do que tinha lido sobre o passado de Miranda.

— Como sua mãe.

— Como minha mãe.

— Ama seu marido?

— Ele não é meu marido. É pai dela.

— E ela?

— Ela o odeia.

— Neste exato momento ela está atrás da porta, ouvindo nossa conversa.

— Ela está doente. Está com febre.

— Mas está escutando mesmo assim.

— E por que não haveria de escutar?

Scheepers fez que sim. Ele entendia.

— Eu preciso saber. Pense com cuidado. Uma coisa qualquer, por menor que seja, pode nos ajudar a descobrir quem são os homens que estão tramando para jogar o país no caos. Antes que seja tarde demais.

Parecia a Miranda que o momento pelo qual esperara a vida inteira tinha finalmente chegado. Até então, sempre imaginara que não haveria mais ninguém presente quando confessasse a maneira como vasculhava todos os bolsos de Jan Kleyn à noite e anotava tudo o que ele dizia dormindo. Haveria apenas elas duas, nesse instante, ela e a filha. Mas agora percebia que as coisas seriam diferentes. Ela se perguntava por quê, mesmo sem nem saber como ele se chamava, confiava tão implicitamente naquele homem. Seria a vulnerabilidade dele? A falta de segurança que demonstrava em sua presença? Será que a fraqueza era a única coisa em que ousava confiar?

A satisfação da liberação, pensou. É isso que estou sentindo agora. Como sair de dentro do mar me sentindo limpa.

— Durante muito tempo pensei que ele fosse um funcionário público comum — começou ela. — Não sabia coisa alguma a respeito de seus crimes. Mas aí fiquei sabendo de tudo.

— Por intermédio de quem?

— Talvez eu lhe conte. Mas não ainda. Só se deve dizer as coisas quando chega o momento oportuno.

O promotor arrependeu-se de tê-la interrompido.

— Mas ele não sabe que eu sei. E essa tem sido minha vantagem. Talvez até agora tenha sido minha salvação, talvez venha a ser minha morte. Mas, toda vez que ele vem nos visitar, eu me levanto durante a noite e esvazio todos seus bolsos. Copio até mesmo o que estiver escrito num pedacinho de papel. Ouço as palavras desconexas que ele resmunga dormindo. E passo adiante.

— Para quem?

— Para os que tomam conta de nós.

— Eu tomo conta de você.

— Não sei nem mesmo seu nome.

— Isso não tem importância.

— Falo com homens negros que levam vidas tão secretas quanto a de Jan Kleyn.

Scheepers tinha ouvido rumores. Mas nunca ninguém conseguiu provar nada. Sabia que os serviços de inteligência, tanto o civil quanto o militar, viviam correndo atrás da própria sombra. Havia um boato insistente de que os negros tinham seu próprio serviço de inteligência. Talvez ligado diretamente ao Congresso Nacional Africano, talvez uma organização independente. Encarregada de investigar o que os investigadores estavam investigando. Suas estratégias e identidades. Percebeu que aquela mulher, Miranda, estava confirmando a existência dessas pessoas.

Jan Kleyn é um homem morto, pensou ele. Sem saber, seus bolsos têm sido revistados por pessoas que considera inimigas.

— Nestes últimos meses — falou. — Esqueça o que achou antes disso. Diga apenas o que encontrou recentemente.

— Já passei adiante e me esqueci. Por que haveria de forçar a cabeça para me lembrar?

Scheepers percebeu que ela dizia a verdade. Tentou lhe fazer um novo apelo. Tinha de conversar com um dos homens cuja função era interpretar aquilo que ela encontrava nos bolsos de Jan Kleyn. Ou o que ela o ouvira resmungar em sonhos.

— E por que haveria de confiar no senhor?

— Não precisa confiar. Não existem garantias nesta vida. Existem tão-somente riscos.

Ela permaneceu silenciosa, com ar de quem estava pensando.

— Ele já matou muita gente? — Miranda falava em voz muito alta, e ele presumiu que a intenção era fazer com que a filha escutasse.

— Já. Já matou muita gente.

— Negros?

— Negros.

— Que eram criminosos?

— Alguns sim. Outros não.

— Por que ele os matou?

— Eram pessoas que preferiam não abrir a boca. Gente que se rebelou. Causadores de instabilidades.

— Como minha filha.

— Eu não conheço sua filha.

— Mas eu sim.

Ela se levantou de súbito.

— Volte amanhã. Talvez haja alguém aqui que queira conversar com o senhor. Agora vá.

Scheepers deixou a casa. Quando chegou ao carro, estacionado numa rua lateral, suava. Partiu, pensando na própria fraqueza. E na força de Miranda. Haveria a possibilidade de um futuro em que se unissem e se reconciliassem?

Matilda não saiu do quarto quando ele se foi. Miranda deixou-a em paz. Mas à noite ficou um bom tempo sentada na beira de sua cama.

A febre ia e vinha, em ciclos.

— Você ficou chateada? — Miranda perguntou.

— Não. Eu o odeio ainda mais, agora.

Mais tarde Scheepers iria se lembrar da visita a Kliptown como a descida aos infernos que até então tinha conseguido evitar. Ao seguir rigidamente os caminhos traçados para os africânderes, caminhos que os conduziam do berço ao túmulo, palmilhara a trilha do caolho. Agora estava sendo forçado a seguir outra vereda, a vereda negra, e o que viu, achava que nunca mais poderia esquecer. Comoveu-se, tinha de se comover, porque a vida de vinte milhões de pessoas fora afetada. Pessoas que não tinham permissão de viver de maneira normal, que morriam cedo, depois de uma vida artificialmente restrita, sem jamais uma oportunidade de desabrochar.

Voltou à casa de Bezuidenhout às dez da manhã do dia seguinte. Miranda abriu a porta, mas era Matilda que o levaria até o homem que manifestara disposição de falar com ele. Matilda era tão bela quanto a mãe. A pele tinha um tom mais claro, mas os olhos eram os mesmos. Foi difícil divisar qualquer traço do pai naquele rosto. Talvez o mantivesse a tamanha distância que simplesmente impedia a si mesma de começar a ficar parecida com ele. A moça cumprimentou-o com muita timidez, limitando-se a balançar a cabeça quando ele lhe estendeu a mão. Uma vez mais, Scheepers sentiu-se inseguro, também na presença da filha, embora fosse apenas uma adolescente. Começava a se sentir inquieto diante da situação em que se metera. E se por acaso a influência de Jan Kleyn sobre aquela casa fosse totalmente diferente daquilo que fora levado a crer? Só que era tarde demais para recuar. Havia um velho carro todo enferrujado, com o cano de escapamento solto arrastando no chão e os pára-lamas amassados, estacionado na frente da casa. Sem dizer nem uma palavra, Matilda abriu a porta e virou-se para ele.

— Pensei que ele fosse vir até aqui — falou Scheepers, duvidoso.

— Nós vamos visitar um outro mundo — disse Matilda.

Ele entrou no banco traseiro e foi atingido em cheio por um cheiro que só mais tarde viria a reconhecer como vagamente parecido ao galinheiro de sua infância. O homem atrás do volante levava um boné de beisebol na cabeça, enterrado até os olhos. Virou-se e olhou para ele sem dizer palavra. Depois partiram. O motorista e Matilda começaram a conversar numa língua que Scheepers não compreendia mas que reconhecia como sendo xosa. Pegaram a direção sudoeste e, aos olhos do promotor, o homem estava dirigindo depressa demais. Em pouco tempo deixaram a região central de Joanesburgo para trás e chegaram a uma intrincada rede de auto-estradas com saídas apontando para todas as direções. Soweto, pensou ele. Será que é para lá que estão me levando?

Mas eles não estavam indo para Soweto. Passaram por Meadowland, onde um manto denso de fumaça encobria todo o campo poeirento. Não muito longe do aglomerado de barracos dilapidados, cães, crianças, galinhas e carrocerias carbonizadas de carros abandonados, o motorista foi reduzindo a velocidade e parou. Matilda saltou e foi se sentar no banco de trás, a seu lado. Levava um capuz negro na mão.

— Não tem permissão de ver mais nada, daqui para a frente — ela disse.

Scheepers protestou e empurrou a mão da moça.

— Está com medo de quê? Vamos, decida-se.

Ele pegou o capuz.

— Por quê? — perguntou.

— Há mil olhos espiando. Você não deve ver nada. E ninguém irá vê-lo tampouco.

— Isso não é uma resposta. É uma charada.

— Não é, não para mim. Vamos logo. Decida-se!

Scheepers pôs o capuz na cabeça. E eles partiram de novo. A estrada foi ficando cada vez pior. Mas o motorista não reduziu a velocidade. O promotor ia aos trambolhões, tentando se proteger. Mesmo assim, bateu a cabeça no teto do carro várias vezes. Perdeu a noção do tempo. O capuz irritava sua pele, e o rosto começou a coçar.

O carro foi diminuindo a velocidade e acabou parando. Em algum lugar, um cachorro latia furiosamente. Música de um rádio qualquer ia e vinha em ondas. Apesar do capuz, sentiu cheiro de lenha queimando. Matilda o ajudou a sair do carro. Depois retirou seu capuz. O sol bateu direto nos olhos desprotegidos, cegando-o. Quando voltou a se acostumar com a luz, viu que estavam no meio de um aglomerado de barracos feitos de zinco, papelão, sacos velhos de estopa, pedaços de plástico e persianas. Havia alguns em que a carroceria de um carro fazia as vezes de mais outro cômodo. Um fedor de lixo exalava de toda parte e um cachorro magricela, sarnento, cheirava uma de suas pernas. Observou então as pessoas que viviam suas vidas nessa desolação destituída de tudo. Nenhum deles pareceu reparar em sua presença. Não havia ameaça, não havia curiosidade, apenas indiferença. Para aquela gente, ele não existia.

— Bem-vindo a Kliptown — disse Matilda. — Talvez seja Kliptown, talvez seja alguma outra favela. Você nunca mais vai conseguir voltar aqui, de todo modo. A miséria é igual em todas elas, os cheiros são os mesmos, os moradores são parecidos.

Ela o levou por entre o amontoado de barracos. Era como entrar num labirinto que logo o engoliu e roubou-lhe todo o passado. Alguns passos mais e perdeu o senso de direção. Pensou em quão absurdo era ter a filha de Jan Kleyn a seu lado. Mas o absurdo era a herança de todos, e pela primeira vez esse absurdo estava prestes a levar um tranco e ruir.

— O que está vendo? — Matilda perguntou.

— O mesmo que você.

— Não! — A voz era severa. — Está chocado?

— Claro.

— Eu não. O choque é uma escada. Há vários degraus. Nós não estamos parados no mesmo.

— Quer dizer então que está lá em cima?

— Quase.

— E a vista é diferente?

— Você enxerga mais longe. Vê as zebras pastando

em manadas, em estado de alerta. Os antílopes saltando e deixando a gravidade de lado. Uma cobra que se escondeu num formigueiro abandonado. Uma mulher carregando água.

Ela parou e se virou para olhá-lo.

— Vejo meu próprio ódio nos olhos deles. Mas os seus não enxergam isso.

— O que quer que eu diga? Acho diabólico ter de viver assim. A questão é: será culpa minha?

— Pode ser que seja. Isso depende.

Avançaram ainda mais para o fundo do labirinto. Scheepers jamais conseguiria achar a saída sozinho. Preciso dela, pensou. Assim como sempre precisamos dos negros. E ela sabe disso.

Matilda parou diante de um barraco ligeiramente maior que os outros, ainda que fosse feito dos mesmos materiais. Agachou-se diante da porta, grosseiramente improvisada com uma folha de papelão.

— Pode entrar. Eu espero aqui.

Scheepers entrou. De início teve dificuldade para distinguir o que quer que fosse na escuridão. Aos poucos, divisou uma mesa simples de madeira, umas poucas cadeiras e uma lamparina a querosene fumarenta. Havia um homem se destacando nas sombras. Olhando para ele com um vestígio de sorriso. Scheepers achou que deviam ter a mesma idade, os dois. Mas o homem que o encarava era mais corpulento, tinha barba e irradiava o mesmo tipo de dignidade que encontrara tanto em Miranda quanto em Matilda.

— Georg Scheepers — disse o indivíduo, caindo na gargalhada. Depois apontou uma cadeira.

— O que tem de tão engraçado? — Estava muito difícil disfarçar a inquietação crescente.

— Nada. Pode me chamar de Steve.

— Você sabe por que eu quis vê-lo.

— Você não quis me ver — corrigiu o homem que se dizia Steve. — Você queria ver alguém que pudesse lhe contar coisas sobre Jan Kleyn que ainda não soubesse. E esse alguém calhou de ser eu. Mas podia perfeitamente ter sido um outro qualquer.

— Será que podemos ir direto ao ponto em questão? — falou Scheepers, que já estava começando a se impacientar.

— Os brancos estão sempre com pressa. Nunca consegui entender por quê.

— Jan Kleyn.

— Um homem perigoso. Inimigo de todos, não só nosso. Mas os corvos crocitam à noite. Nós analisamos, interpretamos e achamos que vai acontecer alguma coisa, alguma coisa que pode provocar o caos. E nós não queremos isso. Nem o CNA nem De Klerk. E é por isso que terá de nos contar primeiro o que sabe. Depois, talvez, possamos combinar nossos conhecimentos para iluminar alguns dos cantos mais obscuros.

Scheepers não lhe disse tudo. Mas divulgou os pontos mais importantes, e mesmo assim com um alto risco. Não sabia com quem estava falando. De todo modo, não tinha escolha. Steve ouviu, afagando o queixo lentamente o tempo todo.

— Quer dizer então que chegou a esse ponto — disse ele, quando Scheepers terminou. — Estávamos esperando isso. Mas no fundo achávamos que primeiro algum bôer ensandecido fosse cortar a garganta desse traidor do De Klerk.

— Um matador profissional. Sem rosto, sem nome. Mas talvez já tenha feito algum trabalho antes. Inclusive a mando de Jan Kleyn. Esses corvos que você mencionou há pouco podiam apurar os ouvidos. O sujeito pode ser branco, ou pode ser negro. Encontrei indícios de que vai receber muito dinheiro. Um milhão de rands, talvez até mais.

— Temos como identificá-lo. Jan Kleyn só escolhe os melhores. Se ele for sul-africano, branco ou negro, nós vamos achá-lo.

— Vocês precisam achá-lo e detê-lo. Matá-lo. Temos de trabalhar juntos.

— Não. Estamos nos encontrando agora. Mas essa será a única vez. Estamos partindo de duas direções muito diferentes, tanto nesta quanto em ocasiões futuras. Nada mais é viável.

— Por que não?

— Não partilhamos os mesmos segredos. Está tudo muito incerto ainda, muito inseguro. Evitamos todos os pactos e acordos, a menos que sejam absolutamente essenciais. Não se esqueça de que somos inimigos. E de que a guerra em nosso país existe já há um bocado de tempo. Embora vocês não queiram admitir o fato.

— Nós enxergamos as coisas de um jeito diferente.

— Exato. De um jeito diferente.

A conversa durara apenas uns poucos minutos. Assim mesmo, Steve se levantou, e Scheepers presumiu que estava tudo terminado.

— Temos Miranda — falou Steve. — Você poderá entrar em contato com o meu mundo por intermédio dela.

— Exato. Temos Miranda. E temos de impedir esse assassinato.

— Certo. Mas desconfio que esse serviço terá de ser feito por vocês. Vocês continuam tendo todos os recursos. Eu não tenho nada. Exceto um barracão de zinco. E Miranda. E Matilda. Imagine só o que não acontecerá se esse assassinato for cometido.

— Prefiro não pensar na hipótese.

Steve olhou-o uns instantes em silêncio. Depois desapareceu por uma porta sem se despedir. Scheepers o seguiu e de repente estava em plena luz do dia. Matilda o levou de volta ao carro sem abrir a boca. Uma vez mais, sentou-se no banco de trás com o capuz na cabeça. No escuro, já preparava o que iria dizer ao presidente De Klerk.

De Klerk tinha um sonho recorrente com cupins.

Estava numa casa onde todos os andares, todas as paredes, todos os móveis tinham sido atacados por insetos famintos. O que fora fazer nessa casa, não fazia a menor idéia. O capim crescia entre as frestas do assoalho, as vidraças estavam todas estilhaçadas e a mastigação furiosa dos cupins era igual a uma coceira no próprio corpo. No sonho, tinha pouquíssimo tempo para redigir um importante discurso. Sua taquígrafa habitual desaparecera e ele tinha de fazer o trabalho ele mesmo. Mas, quando começava a escrever, os cupins jorravam da caneta.

Nessa altura, em geral acordava. Continuava deitado no escuro, pensando em como o sonho talvez estivesse antecipando a realidade. E se já fosse tarde demais? Seu objetivo, salvar a África do Sul da desintegração e ao mesmo tempo preservar ao máximo a influência e a condição especial dos brancos, isso tudo podia já estar em descompasso total com a impaciência dos negros. Somente Nelson Mandela poderia convencê-lo de que não havia nenhum outro caminho possível. De Klerk sabia que ambos tinham o mesmo receio. Violência generalizada, um colapso caótico que ninguém seria capaz de controlar, o terreno prontinho para um golpe militar brutal sedento de vingança, ou então vários agrupamentos étnicos a se trucidar mutuamente até que não restasse mais nada.

Eram dez horas da noite da quinta-feira, 21 de maio. O presidente sabia que o jovem promotor já estava esperando na ante-sala. Mas não se achava pronto para recebê-lo, não ainda. Sentia-se exausto, a cabeça explodindo com todos os problemas que era constantemente forçado a tentar resolver. Levantou-se da escrivaninha e foi até uma das janelas altas. Às vezes ficava petrificado com as responsabilidades que lhe pesavam nos ombros. Achava que era coisa demais para um único homem agüentar. Vez por outra sentia uma necessidade instintiva de fugir, de se tornar invisível, de ir direto para o meio do mato e simplesmente desaparecer, derreter numa miragem. Mas sabia que não faria uma coisa dessas. O Deus com quem achava cada vez mais complicado falar e em quem estava ficando cada vez mais difícil acreditar talvez ainda o estivesse protegendo, no fim das contas. Perguntava-se quanto tempo mais de vida teria. Seu estado de espírito mudava o tempo todo. Da convicção de já estar vivendo horas que não lhe pertenciam passava a acreditar que ainda tinha outros cinco anos pela frente. E era de tempo que mais precisava. Seu grande projeto — adiar a transição para um novo tipo de sociedade tanto quanto lhe fosse possível e enquanto isso atrair um vasto número de eleitores negros para seu próprio partido — precisava de tempo. Entretanto sabia também que Nelson Mandela se recusaria a lhe dar qualquer segundo que não fosse ser usado para pavimentar o caminho da transição.

Parecia-lhe haver um elemento artificial em tudo quanto fazia. Também eu não passo de um defensor do sonho impossível, o sonho de que meu país não mudará jamais. A diferença entre mim e um louco fanático querendo defender o sonho impossível com violência declarada é muito pequena.

O tempo para a África do Sul estava se esgotando, a seu ver. O que está acontecendo agora já deveria ter acontecido muitos anos antes. Mas a história não segue diretrizes invisíveis.

Voltou à escrivaninha e tocou a sineta. Pouco depois, Scheepers entrou. O presidente aprendera a apreciar sua energia e meticulosidade. Desconsiderava os laivos de inocência ingênua que também detectara no jovem advogado. Até mesmo esse rapaz africânder teria de aprender que há pedras pontiagudas debaixo da areia fofa.

Ouviu o relatório de Scheepers de olhos semicerrados. As palavras que lhe entraram pelos ouvidos empilharam-se em sua consciência. Depois que o promotor terminou, De Klerk olhou-o curioso.

— Presumo que tudo o que agora acabei de ouvir seja verdade.

— É. Não resta a menor dúvida.

— Nenhuma?

— Não.

De Klerk refletiu uns instantes antes de continuar.

— Quer dizer então que eles vão matar Nelson Mandela. Um desgraçado de um matador profissional escolhido e pago pelo braço executivo desse comitê secreto. O assassinato ocorrerá num futuro próximo, numa ocasião em que Mandela estiver fazendo uma de suas muitas aparições públicas. A conseqüência será o caos, um banho de sangue, o colapso total. Um grupo de bôeres influentes está esperando nos bastidores para assumir o governo do país. A constituição e a ordem social serão abolidas. Será imposto um regime corporativo, composto em partes iguais pelos militares, pela polícia e por grupos civis. O futuro será um longo e arrastado estado de emergência. É isso?

— Exato. Se me permite dar um palpite, acho que a tentativa de assassinato será no dia 12 de junho.

— Por quê?

— Nelson Mandela deverá fazer um discurso na Cidade do Cabo. Sei que o gabinete de informações do exército tem demonstrado um interesse inusitado nos planos sendo elaborados pela polícia local para essa ocasião. Existem também outros indícios que apontam para essa possibilidade. Estou perfeitamente ciente de que se trata apenas de um palpite. Mas estou convencido de que é um palpite bem fundamentado.

— Três semanas — disse De Klerk. — Três semanas para impedirmos a ação desses loucos.

— Se a data for mesmo essa. Não podemos ignorar a possibilidade de que o 12 de junho e a Cidade do Cabo sirvam apenas para despistar. As pessoas envolvidas nisso são espertíssimas. A tentativa de assassinato pode perfeitamente ocorrer amanhã.

— Em outras palavras, a qualquer momento. Em qualquer lugar. E não há nada que possamos fazer a respeito.

O presidente se calou. Scheepers esperou.

— Preciso falar com Nelson Mandela — disse De Klerk depois de um tempo. — Ele tem de saber o que está havendo.

Depois se virou para o promotor.

— Temos de impedir essa gente o mais rápido possível.

— Mas nós não sabemos quem são elas — objetou Scheepers. — Como impedir uma coisa sobre a qual nada sabemos?

— E quanto ao sujeito que eles contrataram?

— Também não sabemos quem é.

De Klerk olhou-o pensativo.

— Você tem um plano. Estou vendo pela sua cara.

Scheepers sentiu que enrubescia.

— Senhor presidente. Acho que a chave disto tudo é Jan Kleyn. O homem do serviço de inteligência. Ele precisa ser detido imediatamente. Claro que existe o risco de ele não falar nada. Ou talvez prefira cometer suicídio. Mas não vejo outra alternativa senão interrogá-lo.

De Klerk assentiu com um movimento de cabeça.

— Vamos detê-lo, então. Na verdade, temos um punhado de interrogadores muito habilidosos que em geral conseguem arrancar a verdade de qualquer pessoa.

Dos negros, pensou Scheepers. Que depois morrem em circunstâncias misteriosas.

— Acho que seria melhor se eu mesmo pudesse conduzir o interrogatório. Eu sei quase tudo sobre o caso, afinal.

— Acha que consegue lidar com ele?

— Acho.

O presidente se levantou. A audiência estava encerrada.

— Jan Kleyn será detido amanhã — falou De Klerk. — E quero relatórios constantes daqui para a frente. Todos os dias.

Trocaram um aperto de mão.

Scheepers saiu, balançando a cabeça para o velho guarda de segurança que esperava na ante-sala. Depois foi para casa no meio da noite, com a pistola no banco ao lado.

De Klerk ficou parado na janela por um longo tempo, imerso em reflexões.

Depois trabalhou mais algumas horas em seu gabinete.

Do lado de fora, na ante-sala, o velho guarda perambulava para lá e para cá, endireitando dobras no tapete e alisando as almofadas das poltronas. O tempo todo pensando sobre o que escutara com a orelha grudada na porta do gabinete privado do presidente. Percebia que a situação era extremamente séria. Foi até a sala que lhe servia de modesto escritório. Tirou o telefone da tomada que ligava o aparelho ao PBX. Atrás de um painel solto de madeira havia outra tomada da qual só ele tinha conhecimento. Ergueu o fone e obteve uma linha direta para fora. Depois discou um número.

A resposta foi quase instantânea. Jan Kleyn ainda não tinha ido dormir.

Depois da conversa com o guarda do gabinete privado do presidente, percebeu que passaria a noite acordado.

RUMO AO NADA

29

À noitinha, o africano matou um rato com um golpe certeiro de faca. Àquela altura, Tania já fora para o quarto. Konovalenko esperava o momento de ligar para a África do Sul e receber as instruções finais de Jan Kleyn para a viagem de volta de Sikosi Tsiki. Pretendia também tocar no assunto do próprio futuro e na sua emigração para o país. Do porão, não vinha nem um ruído sequer. Tania descera para dar uma espiada na moça e tinha dito que ela dormia. Pela primeira vez em muito tempo, sentia-se totalmente satisfeito. Fizera contato com Wallander. Exigira uma carta de salvo-conduto para si próprio, sem assinatura, em troca da devolução da filha sã e salva. Wallander lhe daria uma semana de vantagem e garantiria, pessoalmente, o fornecimento de pistas falsas para a polícia. Como pretendia voltar para Estocolmo imediatamente, o tira teria de dar um jeito para que as buscas se concentrassem no sul da Suécia.

Mas nada disso era verdade, claro. Konovalenko tinha a intenção de matar tanto o policial quanto a filha. Sentia até uma certa curiosidade em saber se Wallander acreditara de fato naquilo tudo. Caso tivesse engolido a história, voltaria a ser o tipo de tira que a princípio achara que era, um pé-de-boi provinciano e ingênuo. Mas não estava inclinado a cometer o erro de subestimá-lo de novo.

Durante o dia, dedicara várias horas a Sikosi Tsiki. Da mesma forma como fizera com Victor Mabasha, apresentara ao africano diversas hipóteses relacionadas com a tentativa de assassinato. Ficara com a impressão de que aquele era mais rápido e esperto que o outro. Além do mais, parecia completamente alheio aos sucintos mas inequívocos comentários racistas que Konovalenko não conseguia se refrear de fazer. Tencionava provocá-lo ainda mais nos poucos dias que tinham pela frente, para ver se conseguia chegar aos limites do autocontrole do negro.

Havia no entanto uma característica comum entre Sikosi Tsiki e Victor Mabasha. Konovalenko desconfiava inclusive de que fosse um traço típico do temperamento dos negros. Estava pensando na introversão, na tarefa quase impossível de tentar descobrir o que realmente passava pela cabeça deles. Isso o irritava. Estava acostumado a enxergar as pessoas por dentro, a ler seus pensamentos e, com isso, a ter uma oportunidade de antecipar as possíveis reações que obteria.

Espiava o indivíduo que acabara de atravessar um camundongo acuado num canto da sala com uma faca estranhamente recurva. Ele fará um bom serviço, pensou. Mais alguns dias de planejamento e treinamento e estará pronto para ir para casa. Ele será meu visto de entrada para a África do Sul.

Sikosi Tsiki se levantou e recuperou a faca com o camundongo espetado na ponta. Foi até a cozinha e retirou a vítima. Jogou-a numa lata de lixo e enxaguou a lâmina. Konovalenko continuou a observá-lo, tomando de vez em quando um gole de vodca.

— Uma faca com uma lâmina curva. Eu nunca tinha visto uma igual antes.

— Meus ancestrais já faziam essas facas mil anos atrás.

— Mas a lâmina recurva. Para quê?

— Ninguém sabe. Continua sendo um segredo. No dia em que o segredo for revelado, a faca perde o poder.

Logo depois, o africano se retirou. Konovalenko não gostou da resposta misteriosa. Ouviu Sikosi Tsiki trancando a porta do quarto.

Agora estava sozinho. Deu a volta no aposento, desligando todas as luzes, exceto a luminária próxima da mesa onde estava o telefone. Conferiu as horas. Meia-noite e meia. Logo mais ligaria para Jan Kleyn. Deu uma escutada no porão, curvando-se para o alçapão. Nem um ruído. Serviu-se de outro copo de vodca. Guardaria para depois da conversa com Jan Kleyn.

A ligação para a África do Sul foi rápida.

Jan Kleyn ouviu as garantias de Konovalenko de que Sikosi Tsiki não causaria nenhum problema. Não havia a menor dúvida quanto a sua estabilidade mental. E então Jan Kleyn anunciara seu veredicto. Queria Sikosi Tsiki de volta à África do Sul em uma semana no máximo. Sua tarefa seria providenciar a saída imediata do africano, além de reservar e confirmar a passagem de volta a Joanesburgo. Konovalenko ficou com a impressão de que Jan Kleyn estava com pressa, que estava sob algum tipo de pressão. Naturalmente, não tinha como confirmar o palpite. Mas foi o suficiente para fazê-lo se desviar da rota quando chegou a hora de falar sobre sua própria viagem à África do Sul. O telefonema terminou sem que tivesse dito qualquer palavra sobre o futuro. Desligou meio irritado consigo mesmo. Esvaziou o copo de vodca, depois saiu na varanda para urinar. Chovia. Espiou a névoa e decidiu que devia se sentir contente consigo mesmo. Mais algumas horas e todos seus problemas estariam terminados, pelo menos quanto ao caso em questão. Sua missão estava quase no fim. Depois teria tempo de sobra para se dedicar ao futuro. E se decidir, entre outras coisas significativas, sobre se deveria levar Tania junto ou se fazer o que fizera com a mulher e deixá-la para trás.

Trancou a porta da casa, foi para o quarto e se deitou. Não tirou a roupa, apenas puxou um cobertor por cima do corpo. Tania podia dormir sozinha essa noite. Ele precisava de repouso.

Tania estava acordada em seu quarto e ouviu quando ele fechou a porta e deitou-se na cama. Continuou muito quieta, ouvindo. Estava com medo. Lá no fundo, tinha o pressentimento de que seria impossível tirar a moça do porão e depois da casa sem que Konovalenko escutasse. Trancar a porta do quarto dele sem fazer barulho não dava. Tentara isso mais cedo, quando ele e o africano treinavam com as armas na pedreira. Sem falar que ele poderia perfeitamente pular pela janela do quarto, mesmo que a porta estivesse trancada. Quem lhe dera ter umas pílulas para dormir. Poderia tê-las dissolvido numa garrafa de vodca. Mas tudo o que possuía era ela mesma e sabia que precisava tentar. Durante a tarde, preparara uma maleta com algum dinheiro e roupas. Escondera no barracão do quintal. Também deixara a capa de chuva ali, e um par de botas.

Conferiu as horas. Uma e quinze. Sabia que o encontro com o policial estava marcado para o amanhecer. Ela e a moça teriam de estar bem longe dali, até lá. Assim que ouvisse os primeiros roncos de Konovalenko, levantaria da cama. Sabia também que ele tinha o sono levíssimo e que acordava toda hora, mas raramente durante a primeira meia hora depois de ter adormecido.

Ainda não atinara com o motivo exato de estar agindo dessa forma. Estava plenamente consciente de que arriscava a vida com isso. Mas não sentia necessidade nenhuma de justificar seus atos perante si mesma. Havia coisas que eram ditadas pela própria vida.

Konovalenko se virou na cama e tossiu. Uma e vinte e cinco. Algumas noites, optava por não dormir e apenas se deixava ficar na cama deitado, descansando. Nesse caso, não haveria nada que pudesse fazer para ajudar a moça. E essa hipótese deixou-a com mais medo ainda. Era uma ameaça que lhe parecia ainda maior do que qualquer perigo que pudesse correr ela mesma.

Às vinte para as duas ouviu finalmente os primeiros roncos. Continuou na escuta cerca de meio minuto. Depois saiu cautelosamente da cama. Estava vestida dos pés à cabeça. O tempo todo agarrada à chave do cadeado que fechava a corrente em volta dos tornozelos da moça. Com todo o cuidado abriu a porta do quarto e evitou as tábuas do assoalho que rangiam. Esgueirou-se até a cozinha, acendeu a lanterna e começou a levantar o alçapão. O momento seria crítico: a moça poderia começar a gritar. Isso ainda não tinha ocorrido. Mas podia acontecer, e ela sabia disso. Konovalenko roncava. Escutou mais um pouco. Depois desceu devagar a escada. A moça estava toda encolhida num canto. De olhos abertos. Tania se agachou a seu lado e sussurrou enquanto acariciava os cabelos cortados. Disse que elas iriam fugir, mas que teria de ser muito, muito silenciosa. A moça não reagiu. Os olhos não tinham expressão nenhuma. Tania de repente teve medo de que não fosse ser capaz de se mexer. E se por acaso estivesse paralisada de medo? Foi obrigada a virá-la de lado para alcançar o cadeado. De repente ela começou a chutar e esmurrar. Tania conseguiu tapar sua boca com a mão uma fração de segundo antes que começasse a berrar. Ela era forte, e apertou o quanto pôde. Um único gemido, por abafado que fosse, bastaria para acordá-lo. Estremeceu à idéia. Ele seria bem capaz de fechar o alçapão com pregos e deixar as duas lá embaixo, no escuro. Tania tentou cochichar algumas coisas para a moça, ainda tapando sua boca. Aos poucos o olhar voltou à vida, e Tania torceu para que a moça tivesse começado a entender. Devagar tirou a mão, destrancou o cadeado e retirou as correntes, com cuidado.

Ao mesmo tempo, percebeu que Konovalenko não estava roncando. Parou tudo, apavorada. Ele recomeçou a roncar. Mais que depressa, levantou-se, foi até o alçapão e fechou-o. A moça tinha entendido. Sentara-se e estava quieta. Mas os olhos tinham voltado à vida.

De repente, Tania sentiu que o coração ia parar de bater. Ouvira passos lá em cima, na cozinha. Havia alguém andando. Os passos pararam. Agora ele vai abrir o alçapão, pensou, fechando os olhos. Ele escutou tudo.

Depois veio o alívio sob a forma de um tilintar de garrafa. Konovalenko se levantara para tomar mais uma dose. Os passos retrocederam de novo. Tania virou a lanterna para o rosto e tentou sorrir. Em seguida pegou na mão da moça e segurou-a enquanto esperavam. Depois de dez minutos, abriu novamente o alçapão com muita cautela. Konovalenko voltara a roncar. Ela então explicou o que iria acontecer. Iriam se aproximar da porta da frente o mais silenciosamente que conseguissem. Tania pusera óleo na fechadura, mais cedo. Achava que seria possível abri-la sem um estalido. Se tudo corresse bem, sairiam juntas da casa o mais rápido possível. Mas, se acontecesse alguma coisa, se ele acordasse, Tania simplesmente abriria a porta e elas correriam cada qual para um lado. Estava bem claro? Correriam, correriam como nunca na vida. Havia uma garoa fina lá fora, e talvez isso ajudasse, ficaria mais difícil vê-las. Mas o importante é que continuasse correndo, sem olhar para trás. Quando topasse com alguma casa, ou visse um carro na estrada, deveria se entregar. Mas o principal era que corresse para salvar a própria pele.

Será que ela entendera? Tania achava que sim. O olhar da moça estava animado e ela podia mover as pernas, ainda que estivesse fraca e vacilante. Tania escutou uma vez mais. Depois fez um gesto de cabeça. Chegara a hora de agir. Subiu na frente, parou de novo para ver se escutava alguma coisa, depois estendeu a mão para ajudar Linda. Dali em diante, rapidez era tudo. Tania obrigou-se a ir mais devagar, para que a escada não estralasse. Linda saiu na cozinha. Franziu os olhos, ainda que a luz fosse bem fraca. Ela está praticamente cega, pensou Tania. Segurou-a firmemente pelo braço. Konovalenko roncava. Em seguida começaram a andar na direção do hall e da porta da frente, um passo por vez, penosamente lentas as duas. Havia uma cortina diante da porta. Tania teve imenso cuidado ao puxá-la para o lado, com a moça pendurada em seu braço. E ali estava: a porta. Tania estava encharcada de suor. As mãos tremiam quando pegou a chave. Nessa altura, quase ousou acreditar que daria tudo certo. Virou a chave. Havia um ponto, uma certa resistência; daria um estalo se fosse virada rápido demais. Tania sentiu a resistência e continuou girando a chave com a maior atenção possível. Passara o ponto crítico. Não escutara nem um ruído sequer. Balançou a cabeça para a moça e abriu a porta.

Ao fazê-lo, alguma coisa atrás dela caiu com enorme estardalhaço. Levou um susto e se virou. Linda tropeçara no porta-chapéus da entrada. O móvel caíra no chão. Não precisou escutar para saber o que já estava acontecendo. Abriu de vez a porta, empurrou a moça para o meio da chuva e da neblina e mandou-a correr. De início Linda parecia petrificada. Mas Tania empurrou-a e ela começou a andar. Em poucos segundos, desaparecera em meio ao cinza.

Tania sabia que, para ela, já era tarde demais. Mas tentaria assim mesmo. Mais do que tudo, não queria se virar. Correu na direção contrária, numa tentativa de distrair Konovalenko, deixá-lo inseguro, durante mais alguns preciosos segundos, sobre onde estava a moça.

Chegou até a metade do pátio antes que Konovalenko a alcançasse.

— O que está fazendo? Está doente?

Foi então que percebeu que ele ainda não sabia que o alçapão estava aberto. Não entenderia o que tinha acontecido até voltarem para dentro da casa. A vantagem de Linda seria suficiente. Konovalenko jamais seria capaz de encontrá-la de novo.

De repente, Tania sentiu-se muito cansada.

Mas sabia que fizera a coisa certa.

— Não me sinto muito bem — falou, fingindo-se zonza.

— Vamos lá para dentro.

— Só mais um minutinho. Preciso de um pouco de ar.

Farei o melhor que puder por ela, pensou. Cada respirada que eu der lhe dará uma vantagem maior. Para mim, o jogo acabou.

Linda corria noite adentro. Chovia. Não fazia idéia de onde estava, apenas corria. A toda hora caía, mas simplesmente voltava a se pôr de pé e continuava correndo. De repente, deu num campo arado. À volta toda, lebres assustadas saíram saltando para todas as direções. Sentia-se uma delas, um animal caçado. A lama grudava nas solas. A certa altura tirou os sapatos e passou a correr só de meias. A gleba parecia não ter mais fim. Estava tudo envolto em neblina. Apenas ela e as lebres existiam. No fim, acabou saindo numa estrada e faltaram-lhe forças para continuar correndo. Começou a seguir pelo cascalho. As bordas pontiagudas das pedrinhas machucavam seus pés. Depois o cascalho terminou, e ela se viu numa estrada asfaltada. Dava para ver a faixa branca no meio. Não fazia idéia de que rumo tomar. Mas continuou andando assim mesmo. Ainda não ousava pensar sobre o que acontecera. Sentia uma vaga sensação de estar sendo seguida por algo maligno. Nada que fosse humano ou animal, mais como uma espécie de brisa gelada; mas estava ali o tempo todo, forçando-a a seguir em frente.

Em determinado momento viu um par de faróis se aproximando. Era um rapaz que estivera visitando a namorada. Durante a noite, haviam começado a brigar por um motivo ou outro. Ele decidira ir para casa. Agora estava atrás do volante, pensando que, se ao menos tivesse um dinheiro sobrando, iria embora dali. Qualquer lugar servia, qualquer lugar longe o bastante. Os limpadores do pára-brisa rangiam e a visibilidade era pouca. De repente, viu uma coisa na frente do carro. Primeiro achou que fosse um animal e pisou no breque. Depois parou por completo. Era um ser humano, não restava dúvida. Mal podia acreditar nos próprios olhos. Uma moça jovem, descalça, coberta de lama, descabelada, com um corte pavoroso de cabelo. Pensou que talvez tivesse havido algum acidente de carro. Depois viu-a se sentar no meio da estrada. Saltou devagarinho do carro e foi até ela.

— O que houve?

Ela não respondeu.

Não viu nenhum sangue. Também não havia nem sinal de algum carro caído no barranco. Ajudou-a a se erguer do chão e levou-a até seu carro. Ela mal parava em pé.

— O que houve? — perguntou mais uma vez.

Mas não obteve resposta.

Sten Widén e Svedberg saíram do apartamento às quinze para as duas. Estava chovendo quando entraram no carro de Svedberg. Três quilômetros adiante, Svedberg achou que estava com um dos pneus traseiros furados. Parou no acostamento, preocupado com a possibilidade de que o estepe também não estivesse bom. Mas não apresentou maiores problemas, quando colocado. O incidente atrapalhara os horários planejados. Svedberg presumia que Wallander se aproximaria da casa antes de amanhecer por completo. O que significava que teriam de chegar bem cedo para não cruzar com ele. Eram quase três da manhã, no entanto, quando estacionaram o carro atrás de umas moitas, a mais de quilômetro e meio de distância da pedreira e da casa. Estavam com pressa e se moviam com rapidez pela cerração. Passaram por uma gleba arada do lado norte da pedreira. Svedberg sugerira que ficassem posicionados o mais próximo possível da casa. Mas, como não sabiam de que direção Wallander viria, teriam de ficar de olho nos dois lados, para não serem descobertos. Até tentaram adivinhar qual a direção que o inspetor escolheria. E acabaram concordando que o mais provável seria que chegasse pelo oeste. Desse lado o terreno era ligeiramente ondulado. E havia moitas altas e densas quase até a propriedade. Baseados nisso, decidiram-se por uma aproximação pelo leste. Svedberg reparara num monte de feno que havia numa faixa estreita de terra, entre duas glebas. Se fosse preciso, poderiam se enfiar dentro do feno. Às três e meia, já estavam a postos. Ambos com as armas prontas e carregadas.

A casa tremeluzia à frente deles, em meio ao nevoeiro. Estava tudo parado. Sem saber direito por quê, Svedberg tinha a impressão de que havia alguma coisa errada em algum lugar. Pegou os binóculos, limpou as lentes e esquadrinhou a casa toda, parede por parede. Havia luz numa janela, provavelmente a da cozinha. Não enxergou nada de extraordinário. Achava difícil imaginar que Konovalenko estivesse dormindo. Não. Estaria ali dentro, esperando em silêncio. Podia inclusive estar do lado de fora da casa.

Os dois aguardavam aflitíssimos, cada qual perdido nos próprios pensamentos.

Foi Sten Widén quem primeiro avistou o inspetor Wallander. Eram cinco da manhã. Como imaginaram, ele surgiu pelo lado oeste da casa. Widén tinha uma vista boa e achou de início que era uma lebre ou um veado se movendo entre os arbustos. Mas depois começou a ter dúvidas, cutucou o braço de Svedberg delicadamente e apontou. Svedberg pegou os binóculos de novo. Dava para distinguir, mal e mal, o rosto do inspetor entre as touceiras.

Nenhum deles sabia o que iria acontecer. Será que Wallander estava agindo segundo instruções recebidas diretamente de Konovalenko? Ou teria decidido tentar pegá-lo de surpresa? E onde estava Konovalenko? E a filha de Wallander?

Esperaram. Estava tudo quieto em volta da casa. Sten Widén e Svedberg revezavam-se na observação do rosto impassível de Wallander. De novo, Svedberg teve a impressão de que havia algo errado. Olhou o relógio. Dali a pouco faria uma hora que Wallander estava metido no meio daqueles arbustos. E nem sinal de movimento na casa.

De repente, Sten Widén entregou os binóculos para Svedberg. Wallander começara a se movimentar. Com muita rapidez, esgueirara-se até a casa e depois parara, com o corpo grudado numa parede. Estava armado com uma pistola. Quer dizer então que ele decidiu enfrentar Konovalenko, pensou Svedberg, com um nó no estômago. Não havia nada que pudessem fazer a não ser ficar vigiando. Sten Widén fazia mira com o rifle apontado para a porta da frente. Wallander agachou-se ao passar diante das janelas e correu o mais rápido que pôde até a porta. Svedberg viu que estava à escuta. Depois, cauteloso, tentou a maçaneta. A porta estava destrancada. Sem hesitar, abriu-a de uma só vez e entrou. Ao mesmo tempo, Sten Widén e Svedberg saíram de trás do monte de feno.

Não tinham combinado o que fazer em seguida; mas sabiam que teriam de seguir Wallander. Correram até uma das quinas da casa e buscaram uma cobertura. Tudo continuava num silêncio mortal lá dentro. De repente Svedberg deu-se conta do motivo de sua inquietude.

A casa estava deserta. Não havia ninguém lá dentro. Virou-se então para Sten Widén.

— Eles se foram. Não tem mais ninguém aqui.

Sten Widén fitou-o pasmado.

— Como é que você sabe?

— Sabendo — falou Svedberg, desencostando-se da parede que servia de cobertura.

Em seguida gritou o nome de Wallander.

O inspetor apareceu na porta. Não parecia surpreso de vê-los.

— Ela não está aqui.

Eles viram que Wallander estava muito cansado. Era provável que já tivesse passado o limite da exaustão e que fosse desmaiar a qualquer momento.

Entraram os três e tentaram interpretar as pistas.

Sten Widén ficou montando guarda enquanto Svedberg e Wallander revistavam a casa. O inspetor não comentou o fato de eles o terem seguido até lá. Svedberg suspeitava que no fundo ele soubesse que não iriam abandoná-lo. Talvez estivesse até mesmo agradecido, quem sabe?

Foi Svedberg quem encontrou Tania. Abriu a porta de um dos quartos e viu a cama desfeita. Sem saber direito por quê, abaixou-se e olhou embaixo da cama. Lá estava ela. Por um breve e pavoroso instante, pensou que fosse a filha de Wallander. Depois viu que era a outra. Antes de contar aos companheiros o que achara, revistou rapidamente debaixo das outras camas. Olhou a geladeira e todos os armários. Somente depois de ter certeza de que a filha de Wallander não estava morta, escondida em algum canto, foi que chamou a atenção dos dois. Eles puxaram a cama para um lado. Wallander ficou mais atrás. Quando viu a cabeça dela, deu meia-volta, saiu correndo da casa e vomitou.

Não havia mais rosto. Apenas uma massa sangrenta onde não era possível distinguir as feições. Svedberg pegou uma toalha e pôs sobre o rosto da morta. Depois examinou o corpo. Havia cinco ferimentos a bala. E eles seguiam um padrão, o que o fez se sentir ainda pior do que já estava. Ela fora baleada em ambos os pés, depois nas mãos e por fim no coração.

Deixaram o corpo e continuaram revistando a casa em silêncio. Ninguém dizia uma palavra. Abriram o alçapão do porão e desceram. Svedberg deu um jeito de esconder a corrente que ele presumia ter sido usada para prender a filha de Wallander. Mas o inspetor sabia que ela fora mantida lá embaixo no escuro. Svedberg viu que ele mordia os lábios. Perguntou-se quanto tempo mais o inspetor agüentaria aquilo. Voltaram para a cozinha. Svedberg descobriu um caldeirão cheio de água ensangüentada. Quando enfiou o dedo lá dentro, ainda estava meio quente. Aos poucos, começava a entender o que tinha acontecido. Revistou a casa uma vez mais, devagar, tentando seguir as várias pistas, obrigá-las a lhe revelar o que ocorrera ali.

No fim, sugeriu que todos se sentassem. Wallander estava quase apático, a essas alturas. Svedberg pensou um bocado. Ousaria? A responsabilidade era enorme. Mas no fim resolveu ir em frente.

— Eu não sei onde está sua filha. Mas ela continua viva. Tenho certeza disso.

Wallander olhou-o sem dizer nada.

— Acho que o que aconteceu foi o seguinte — continuou Svedberg. — Não posso ter certeza absoluta, claro. Mas estou tentando interpretar as pistas, juntá-las todas para ver que tipo de história elas me contam. Acho que a morta tentou ajudar sua filha a escapar. Não sei se ela conseguiu ou não. Pode ser que sim, pode ser que Konovalenko tenha descoberto antes. Há sinais apontando para ambas as possibilidades. Ele matou essa mulher Tania com tamanha fúria sádica que podemos até pensar que sua filha escapou. Mas também pode ter sido uma reação ao fato de ela simplesmente ter tentado ajudar Linda. Tania o traiu, e isso foi suficiente para desencadear todas as tendências malignas desse homem, que parecem não ter limites. Ele escaldou o rosto dela com água fervente. Depois baleou-a nos pés, acho que pela tentativa de escapar, depois nas mãos e por fim no coração. Prefiro não pensar nem tentar imaginar como terá sido essa sua última hora na Terra. Depois disso, ele partiu. Esse é outro indício de que sua filha pode ter escapado. Se ela conseguiu de fato fugir, Konovalenko deixou de considerar esta casa um refúgio seguro. Mas também pode ter sido por medo de que alguém tenha ouvido os disparos. Isso é o que eu acho que aconteceu. Mas claro que pode ter sido tudo bem diferente.

Eram sete horas da manhã. Ninguém disse nada.

Svedberg levantou-se e foi para o telefone. Ligou para Martinson e teve de esperar, já que o colega estava no banheiro.

— Quero que me faça um favor — disse ele. — Vá para a estação ferroviária de Tomelilla e me encontre lá em uma hora. E não mencione isso a ninguém.

— Você também está perdendo o juízo?

— Ao contrário. É importante.

Desligou e olhou para Wallander.

— Por enquanto não há nada que você possa fazer, a não ser tentar dormir um pouco. Vá para casa com o Sten. Ou então nós podemos levá-lo para a casa de seu pai.

— E como é que você acha que eu vou conseguir dormir? — perguntou Wallander, como se devaneasse.

— Deitando-se numa cama. Acho melhor fazer o que estou lhe dizendo. Se quer estar em condições de poder ajudar sua filha, precisa dormir um pouco. No estado em que está agora, só vai atrapalhar.

Wallander balançou a cabeça.

— Acho melhor ir para a casa do meu pai.

— Onde você deixou o carro? — perguntou Sten Widén.

— Eu vou buscar — falou o inspetor. — Estou precisando de ar fresco.

Saiu. Svedberg e Sten Widén olhavam um para o outro, cansados e aturdidos demais para falar.

— Ainda bem que eu não entrei para a polícia — comentou Sten Widén, fazendo um gesto de cabeça para o quarto onde estava Tania, quando o Duett entrou no pátio da frente.

— Obrigado pela ajuda — disse Svedberg.

O detetive ficou observando a partida dos dois.

Perguntava-se quando o pesadelo terminaria.

Sten Widén parou o carro para deixar Wallander. Não tinham trocado uma palavra durante o trajeto.

— Eu ligo antes do final da tarde.

E ficou vendo o amigo caminhar lentamente na direção da casa.

Pobre-diabo, pensou. Quanto tempo mais vai conseguir agüentar?

O pai de Wallander estava sentado à mesa da cozinha. A barba por fazer, exalando um cheiro de quem precisava de um banho. O inspetor se sentou diante do pai.

Nenhum dos dois falou por um bom tempo.

— Ela está dormindo — disse o velho por fim.

Wallander mal escutou o que ele dissera.

— Está dormindo calmamente — repetiu o pai.

As palavras penetraram lentamente no cérebro confuso de Wallander.

— Quem? — A voz era a de um homem exausto.

— Estou falando da minha neta.

Wallander olhou-o fixamente. Por um longo tempo. Depois se levantou bem devagar e foi até o quarto. Lentamente, abriu a porta.

Linda estava na cama, dormindo. Com o cabelo tosado de um dos lados. Mas era ela mesma, não havia dúvida. Wallander parou imóvel na soleira. Depois foi até a cama e se agachou. Não fez nada, ficou apenas olhando. Não queria saber o que acontecera, não queria saber como tudo tinha ocorrido, nem como ela chegara em casa. Só queria olhar para ela. Em alguma parte do cérebro, estava ciente de que Konovalenko continuava à solta. Mas, naquele exato momento, estava pouco ligando para o russo. Naquele momento, ela era a única pessoa no mundo para ele.

Deitou-se no chão, ao lado da cama. Aninhou-se para dormir. O pai pôs um cobertor em cima dele e fechou a porta. Depois foi para o ateliê e continuou pintando. Mas voltara ao tema de sempre. Estava pondo os retoques finais num galo silvestre.

Martinson chegou à estação ferroviária de Tomelilla logo depois das oito. Saltou do carro e cumprimentou Svedberg.

— O que é assim tão importante, me diga? — perguntou, sem se incomodar em esconder a irritação.

— Você vai ver. Mas já vou avisando que não é uma cena muito bonita.

Martinson franziu a testa.

— O que foi que houve?

— O Konovalenko. Ele matou mais uma. Temos outro corpo nas mãos. Mais uma mulher.

— Deus meu!

— Venha atrás de mim. Temos muita coisa para conversar.

— O Wallander por acaso está metido nisso?

Svedberg não ouviu a pergunta. Já estava indo para o carro.

Martinson só foi descobrir um pouco depois o que tinha acontecido.

30

No final da tarde da quarta-feira, Linda cortou o cabelo.

Era desse modo que esperava apagar as lembranças desagradáveis.

Só depois começou a falar no assunto. Wallander tentou convencê-la a ir ao médico. Mas ela se recusou.

— Meu cabelo vai crescer de novo. No ritmo dele. Médico nenhum pode fazê-lo crescer mais rápido do que isso.

O que Wallander temia era o depois. O que o deixava assustado era a possibilidade de que ela viesse a culpá-lo pelo que acontecera. Seria difícil se defender. Era culpa sua. Tinha sido ele que arrastara a filha para o meio daquilo tudo. Não fora nem mesmo um acidente. Mas Linda enfiara na cabeça que não queria ir ao médico, e o pai não tentou mais convencê-la do contrário.

Só uma vez, no decorrer do dia, ameaçou chorar. Aconteceu de modo inesperado, bem na hora em que iam se sentar para comer. Ela olhou para ele e perguntou o que tinha acontecido com Tania. O pai lhe disse a verdade, que ela estava morta. Mas evitou contar que fora torturada por Konovalenko. Torcia para que os jornais deixassem de lado os detalhes. E também lhe contou que Konovalenko continuava à solta.

— Mas está fugindo. É um homem procurado; não pode mais atacar quando lhe der vontade.

No fundo, porém, desconfiava de que suas palavras não fossem a pura expressão da verdade. O mais provável é que Konovalenko continuasse tão perigoso quanto antes. A única certeza é que ele, Wallander, iria atrás do russo. Só que não ainda, não naquela quarta-feira em que a filha voltara para ele, vinda da escuridão, do silêncio e do medo.

Num determinado momento, no finalzinho da tarde da quarta-feira, falou com Svedberg por telefone. Acima de tudo, pedia a chegada da noite para poder dormir um pouco e pensar. Voltaria a se apresentar na quinta-feira. Svedberg lhe contou que as buscas continuavam a pleno vapor. Não havia nem sinal de Konovalenko.

— Mas ele não está sozinho — disse. — Tinha mais alguém naquela casa. Rykoff está morto. Tania também. O sujeito chamado Victor Mabasha morreu faz dias. Konovalenko deveria estar sozinho. Mas não está. Tinha mais alguém com ele naquela casa. A pergunta agora é: quem?

— Eu não tenho idéia — disse Wallander. — Um novo capanga desconhecido?

Logo depois de Svedberg ter desligado, Sten Widén ligou. Wallander presumia que o antigo amigo e o colega tivessem estado em contato. Sten Widén pediu notícias de Linda, e o inspetor disse que sem dúvida a filha iria se recuperar.

— Estou pensando naquela mulher, Kurt. Tentando entender como é que alguém pode fazer uma coisa dessas com um ser humano.

— Existem pessoas assim. Infelizmente mais do que imaginamos.

Depois que Linda adormeceu, Wallander foi até o ateliê onde o pai pintava. Embora desconfiado de que fosse apenas uma mudança temporária de atitude, sentia que ambos estavam tendo mais facilidade para conversar naqueles últimos dias. Também sentia uma certa curiosidade em saber o quanto o pai de fato entendera da situação toda.

— Continua decidido a se casar? — perguntou, sentando-se numa banqueta.

— Você não devia brincar com assuntos sérios. Nós vamos nos casar em junho.

— Minha filha já foi convidada. Mas eu não.

— Você será.

— E onde vai se casar?

— Aqui mesmo.

— Aqui? No ateliê?

— Por que não? Vou pintar uma grande tela para servir como pano de fundo.

— E o que acha que a Gertrud vai dizer disso?

— Foi idéia dela.

O pai se virou e sorriu para o filho. Wallander caiu na risada. Não se lembrava da última vez em que dera uma boa risada.

— A Gertrud é uma mulher muito rara.

— Só pode ser — concordou o inspetor.

Na quinta pela manhã, Wallander acordou se sentindo bem melhor. A alegria de ver a filha sair ilesa do seqüestro o deixara cheio de energia. Mas Konovalenko continuava uma presença constante. E ele sentia uma vez mais que estava pronto para sair no seu encalço.

Pouco antes das oito horas, ligou para Björk. Preparara suas desculpas meticulosamente.

— Kurt — falou Björk. — Santo Deus! Onde você está? O que foi que houve?

— Acho que tive uma depressão nervosa. — Wallander falava manso e devagar, na tentativa de soar convincente. — Mas já estou bem melhor. Eu só precisava de alguns dias de paz e sossego.

— Você precisa tirar uma licença médica, claro — falou o chefe, com firmeza. — Não sei se você sabe, mas tivemos de dar um alerta geral de busca, para achá-lo. Tudo muito desagradável. Mas necessário. Vou cancelar a busca agora mesmo. E distribuir uma declaração à imprensa. O inspetor-chefe sumido retornou após uma breve indisposição. Onde você está, por falar nisso?

— Em Copenhague — mentiu Wallander.

— Fazendo o que por aí?

— Estou num hotelzinho, descansando um pouco.

— E claro que não vai me dizer o nome desse hotelzinho. Nem onde fica.

— Acho melhor não.

— Precisamos de você o mais rápido possível. Mas em bom estado. Aconteceram umas coisas horrorosas por aqui. O Martinson, o Svedberg e o resto da turma estão meio perdidos sem você. Estamos pedindo reforço de Estocolmo.

— Estarei de volta na sexta-feira. E não preciso de nenhuma licença médica.

— Você nem sabe o quão aliviado eu me sinto. Estávamos preocupadíssimos. O que foi que aconteceu de fato naquele dia do nevoeiro?

— Eu vou fazer um relatório. Estarei aí na sexta.

Desligou e começou a pensar no que Svedberg lhe dissera. Quem seria o sujeito desconhecido? Quem seria a pessoa que Konovalenko levava a tiracolo agora? Deitou-se de costas na cama, fitando o teto. Lentamente, repassou tudo o que tinha acontecido desde o dia em que Robert Åkerblom aparecera em sua sala. Lembrou-se de todos os resumos que tentara redigir e procurou um caminho através do labirinto de pistas confusas. A sensação de estar preso a uma investigação para sempre inconclusa voltou outra vez. Ainda não tinha conseguido *penetrar* no cerne do caso, pelo visto. Não tinha conseguido descobrir o ponto de partida para tudo quanto acontecera. Ainda não sabia a causa real de tudo aquilo.

Ligou para Svedberg no final da tarde.

— Não encontramos nada que possa sugerir que rumo eles tomaram — foi a resposta do colega a sua pergunta. — É tudo um grande mistério. Por outro lado, acho que aquela minha teoria sobre o que teria ocorrido durante a noite está certa. Não há nenhuma outra explicação plausível.

— Preciso de sua ajuda — disse Wallander. — Preciso ir até aquela casa de novo esta noite.

— Não vá me dizer que está pensando em sair atrás

de Konovalenko sozinho outra vez? — perguntou Svedberg, horrorizado.

— De jeito nenhum. É que a minha filha perdeu uma jóia de estimação lá, enquanto estava presa. Presumo que vocês não tenham encontrado nada, não é mesmo?

— Não que eu saiba.

— Quem vai ficar montando guarda, esta noite?

— Acredito que vai haver apenas uma viatura passando na frente de vez em quando.

— Será que dá para manter essa viatura longe do local entre as nove e as onze de hoje? Oficialmente ainda estou em Copenhague, como já deve ter sabido pelo Björk.

— Já.

— Como é que eu entro na casa?

— Encontramos uma chave sobressalente na calha da direita, quer dizer, de quem olha de frente. Continua lá.

Depois Wallander se perguntaria se Svedberg tinha de fato acreditado na história. Ir procurar uma jóia perdida era uma desculpa um tanto fraca. Se a jóia estivesse na casa, claro que a polícia teria encontrado. Por outro lado, não fazia a menor idéia do que pensava poder descobrir. Durante os últimos doze meses, Svedberg demonstrara ser um investigador de muita habilidade. O inspetor desconfiava até que talvez um dia chegasse ao nível de Rydberg. Se houvesse alguma coisa de significativo no local, Svedberg já teria achado. Mas quem sabe Wallander pudesse topar com algum novo elo.

De uma forma ou de outra, tinha de começar por lá. O mais provável, claro, é que Konovalenko e seu companheiro tivessem voltado para Estocolmo. Mas nada era certeza absoluta.

Saiu rumo a Tomelilla às oito e meia. O tempo estava quente. Wallander dirigia com a janela do carro aberta. Ocorreu-lhe que ainda não conversara com Björk sobre as férias.

Estacionou na frente da casa e achou a chave. Ao entrar, acendeu todas as luzes. Olhou em volta e de repente viu que não sabia ao certo por onde começar a procurar. Vagou pelos aposentos todos, tentando decifrar o que fora procurar ali. Uma pista que levasse até Konovalenko. Um destino. Uma indicação sobre a identidade do comparsa desconhecido. Alguma coisa que revelasse ao menos o que havia por trás de tudo. Sentou-se numa poltrona e voltou o pensamento para o momento em que revistara pela primeira vez a casa. Ao mesmo tempo, deixou o olhar vagar sem propósito. Não viu nada que parecesse estranho ou de alguma forma digno de nota. Aqui não tem nada, pensou. Mesmo que Konovalenko tenha saído correndo, deve ter apagado todos os rastros. O cinzeiro em Estocolmo fora uma exceção. Um golpe de sorte.

Levantou-se da poltrona e percorreu toda a casa de novo, mais devagar dessa vez, e com mais cuidado. De vez em quando parava, erguia uma toalha de mesa, folheava alguma revista, apalpava por baixo do assento das poltronas. Nada. Foi de quarto em quarto, deixando por último aquele onde o corpo de Tania fora encontrado. Ainda nada. Na lata de lixo, que sem dúvida nenhuma já fora revistada por Svedberg, encontrou um rato morto. Wallander cutucou-o com um garfo e viu que não morrera em ratoeira. Fora apunhalado. Uma faca, pensou. Lembrava-se de que Victor Mabasha possuía uma faca. Mas Victor Mabasha estava morto, estava no necrotério. Wallander saiu da cozinha e foi até o banheiro. Konovalenko não deixara nada para trás. Voltou à sala e se sentou de novo. Numa poltrona diferente dessa vez, para poder ver o aposento de outro ângulo. Sempre tem alguma coisa, pensou. É tudo uma questão de descobrir. Resolveu dar mais uma busca pela casa. Nada. Até se sentar de novo, já eram dez e quinze. Logo mais teria de ir embora. O tempo estava se esgotando.

A pessoa que morara naquela casa era muito organizada. Havia um plano lógico para cada objeto, cada peça da mobília, cada bocal de luz. O inspetor olhava tudo, tentando ver se encontrava alguma coisa fora do lugar. Depois de um tempo, os olhos assentaram numa estante encostada na parede. Todos os livros estavam guardados num mesmo nível. Exceto na prateleira de baixo. O dorso de um dos livros estava meio para fora. Levantou-se e pegou-o. Era um atlas rodoviário da Suécia. Reparou que um pedacinho da capa fora rasgado e enfiado entre as páginas para servir de marcador. Abriu no lugar indicado e se viu diante de um mapa da região leste da Suécia, inclusive trechos de Småland, do condado de Kalmar e da ilha de Öland. Examinou-o. Depois se sentou junto a uma mesa e ajustou a luminária. Dava para ver pequenos riscos feitos a lápis em alguns lugares. Como se alguém estivesse seguindo uma rota com o lápis e de vez em quando o encostasse sem querer no papel. O mapa apresentava uma marca pálida no começo da ponte de Öland, do lado de Kalmar. Bem no pé da página, mais ou menos no mesmo nível de Blekinge, encontrou outro traço de lápis. Pensou alguns momentos. Depois foi conferir o mapa da região da Escânia. Não havia marca nenhuma ali. Recuou para a página anterior. As tênues marcas a lápis seguiam a estrada litorânea, na direção de Kalmar. Largou o atlas. Depois foi até a cozinha e ligou para a casa de Svedberg.

— Se eu mencionar Öland, o que isso lhe diz?

Svedberg pensou um pouco.

— Nada.

— Não encontrou nenhum bloco de notas quando revistou a casa? Nenhuma agenda telefônica?

— Tania tinha uma caderneta de endereços pequena na bolsa. Mas não havia nada escrito.

— Nenhum papel solto?

— Se você olhar na estufa, verá que alguém andou queimando papéis. Nós reviramos as cinzas. Mas não encontramos nada. Por que você mencionou Öland?

— Encontrei um mapa. Mas não creio que signifique alguma coisa de especial.

— Konovalenko deve ter voltado para Estocolmo, Kurt. Acho que se encheu daqui do sul da Suécia.

— Você provavelmente tem razão. Desculpe incomodá-lo. Vou sair daqui a pouco.

— Não teve problemas com a chave?

— Ela estava onde você disse que estaria.

Wallander devolveu o atlas à estante. Svedberg sem dúvida estava com a razão. Konovalenko fora para Estocolmo.

Voltou até a cozinha e pegou um copo de água. Reparara que o telefone estava em cima de uma lista telefônica. Pegou-a e abriu.

Alguém anotara um endereço na contracapa: Hemmansvägen, 14. Estava escrito a lápis. Raciocinou uns momentos. Depois ligou para o serviço de auxílio à lista. Quando atenderam, pediu o número de um assinante chamado Wallander, que morava na Hemmansvägen, número 14, em Kalmar.

— Não há ninguém chamado Wallander no endereço que nos forneceu — disse a telefonista.

— Talvez o telefone esteja no nome do chefe dele. Só que não lembro qual é.

— Seria Edelman, talvez? — perguntou a telefonista.

— Justamente.

Anotou o número fornecido, agradeceu à moça e desligou. Depois parou totalmente imóvel. Seria possível? Será que Konovalenko tinha um outro esconderijo, dessa vez na ilha de Öland?

Apagou as luzes todas, trancou a porta e tornou a pôr a chave na calha. Havia uma brisa forte soprando. Estava quente e havia uma sugestão de verão precoce no ar. A decisão já havia sido tomada. Entrou no carro e pegou o caminho de Öland.

Parou em Brösarp e ligou para a casa do pai. O velho atendeu.

— Ela está dormindo. Estávamos jogando cartas.

— Eu não vou dormir aí hoje. Mas não se preocupe. É que preciso pôr em dia uma pilha de coisas. Ela sabe que eu gosto de trabalhar à noite. Torno a ligar amanhã de manhã.

— Venha quando puder — disse o pai.

Wallander pôs o fone no gancho. O relacionamento dos dois talvez estivesse melhorando, no fim das contas. Havia um tom diferente entre eles. Tomara que dure, pensou. Talvez ainda saia alguma coisa boa desse pesadelo todo, quem sabe.

O inspetor chegou à ponte de Öland às quatro da manhã. Tinha parado duas vezes no caminho, uma para encher o tanque, outra para tirar um cochilo. Agora que estava ali, não se sentia mais cansado. Contemplou a ponte imponente surgindo mais adiante e a água que reluzia à luz da manhã. No estacionamento onde parou havia um telefone público com uma lista em frangalhos. A Hemmansvägen ficava obviamente do outro lado da ponte. Tirou a arma do porta-luvas e conferiu para ver se estava carregada. De repente se lembrou da ocasião, muitos e muitos anos antes, em que visitara a ilha de Öland com a irmã Kristina e os pais. Na época não havia ponte. Recordava-se vagamente da pequena balsa em que fizeram a travessia do canal. Tinham passado uma semana acampando. Lembrava-se daqueles sete dias, uma única experiência feliz, mais do que uma série de incidentes isolados. Por instantes, foi invadido por uma sensação imprecisa de algo para sempre perdido. Em seguida voltou a se preocupar com Konovalenko. Tentava se convencer de que certamente estaria enganado. As marcas de lápis no atlas e o endereço na lista telefônica não precisavam necessariamente ser do russo. Dali a pouco estaria de volta à Escânia.

Parou assim que chegou ao outro lado da ponte, já na ilha de Öland. Havia um grande mapa rodoviário nessa ponta; Wallander saltou do carro para examiná-lo. A Hemmansvägen era uma rua lateral pouco antes da entrada do zoológico. Voltou para o carro e virou à direita. O trânsito ainda era pouco, àquela hora. Alguns minutos depois, encontrou a rua certa. Deixou o carro num pequeno estacionamento ali perto. A Hemmansvägen era composta por uma mistura de casas antigas e novas, todas elas com quintais grandes. Começou a andar. A primeira casa tinha o número três pintado na cerca. Um cachorro olhou-o desconfiado. Continuou andando, já adivinhando qual seria a de número catorze. Reparou que fazia parte do lote de casas antigas, com janelas abauladas e estuque trabalhado. Em seguida recuou. Queria tentar se aproximar da casa pelos fundos. Não podia se dar ao luxo de correr nenhum risco. Afinal de contas, Konovalenko e o comparsa desconhecido podiam estar lá dentro.

Havia um campo de esportes fazendo divisa com o quintal das casas. Wallander pulou a cerca que protegia o local e, nisso, rasgou uma das pernas da calça até quase a virilha. Aproximou-se do imóvel protegido por uma arquibancada de madeira pintada de amarelo, com dois patamares e uma torre no canto. Perto da cerca da casa, tinha uma barraca de cachorro-quente fechada com tapumes. Agachado, abandonou a arquibancada e correu. Chegando lá, tirou a pistola do bolso e continuou imóvel outros cinco minutos, vigiando. Estava tudo na mais absoluta calma. Havia um barracão num dos cantos do quintal. Decidiu se esconder ali. Examinou mais uma vez o imóvel. Depois se curvou e, com todo o cuidado, avançou de quatro até a cerca, bem atrás do barracão. Era uma cerca mambembe, difícil de pular. Quase caiu para trás, mas conseguiu se reequilibrar e saltou para o vão estreito ao lado da cerca. Reparou que ofegava bastante. Isso é por causa de toda esta maldade, pensou. Com cautela, espichou o pescoço e contemplou a casa de sua nova posição. Continuava tudo muito quieto. O quintal estava cheio de mato, muito malcuidado. A seu lado havia um carrinho de mão ainda repleto com as folhas do último outono. Começou a se perguntar se o imóvel não estaria vazio. Depois de um tempo, ficou mais ou menos convencido de que sim. Deixou a proteção do barracão e correu até a casa. Foi seguindo a parede pela direita, a fim de dar a volta até o outro lado, onde presumivelmente ficava a porta da frente. Levou um grande susto ao tropeçar num porco-espinho. O animal silvou e eriçou os espinhos. Wallander tinha guardado a pistola no bolso. Nesse momento, sem ter certeza direito por quê, tirou-a do bolso de novo. O apito de uma sirene marítima chegou abafado do canal. Continuou pé ante pé dando a volta na casa até alcançar a parede lateral oposta. O que estou fazendo aqui?, perguntava-se. Se houver alguém aí dentro, com certeza será um casal de velhinhos que acabaram de acordar depois de uma noite bem dormida. E que diabos vão dizer ao encontrar um inspetor fugitivo fuçando no quintal deles? Continuou contornando o imóvel. Depois deu uma olhada.

Konovalenko estava parado no pátio de cascalho, ao lado do mastro para bandeiras, urinando. Estava descalço, de calça e camisa aberta. Wallander não se mexeu. Mesmo assim, alguma coisa alarmou o outro, possivelmente seu instinto para o perigo, sempre em estado de alerta. Virou-se. Wallander empunhava a pistola. Por uma fração de segundo, ambos avaliaram a situação. O inspetor deu-se conta de que Konovalenko cometera o erro de sair desarmado. Por seu lado Konovalenko sabia que Wallander tanto podia matá-lo quanto imobilizá-lo antes que conseguisse alcançar a porta da frente. Estava numa situação que não lhe dava escolha. Atirou-se para um lado com tamanha força que por alguns momentos o inspetor perdeu-o de vista. Depois correu o mais rápido que pôde, esquivando-se de um lado para o outro,. e saltou a mureta. Já estava na rua quando Wallander percebeu a situação e começou a persegui-lo. Tudo aconteceu rapidíssimo. E foi por isso que o inspetor não viu Sikosi Tsiki parado numa janela, observando os acontecimentos.

Sikosi Tsiki sabia que alguma coisa muito preocupante tinha acontecido. Não sabia o quê. Mas percebeu que as instruções que Konovalenko lhe dera um dia antes teriam de ser seguidas.

— Se acontecer alguma coisa — avisara o russo, entregando-lhe um envelope —, siga as instruções que estão aí dentro. Dessa forma, poderá voltar à África do Sul. Entre em contato com o homem que você já conhece, o que lhe deu o dinheiro e as instruções anteriores.

Esperou parado na janela por alguns momentos.

Depois se sentou a uma mesa e abriu o envelope.

Uma hora mais tarde, deixou a casa e se pôs a caminho.

Konovalenko estava com cerca de cinqüenta metros de vantagem. Wallander se perguntava como o russo conseguia correr assim tão rápido. Estavam indo na direção de onde Wallander deixara o carro. Konovalenko estava com o carro parado no mesmo lugar! Wallander xingou e correu ainda mais depressa. Mas a distância entre eles não diminuiu. E ele estava certo. Konovalenko foi até um Mercedes, deu um safanão para abrir a porta — que por sinal ficara destrancada — e deu a partida. Foi tudo tão instantâneo que até a chave devia estar na ignição. Konovalenko continuava preparado, ainda que tivesse cometido o erro de sair da casa sem uma arma. Bem nesse momento, o inspetor percebeu um clarão. Por instinto, jogou o corpo para o lado. A bala passou uivando e bateu no asfalto. Wallander se escondeu atrás de um abrigo para bicicletas e torceu para ficar invisível. Depois escutou o carro sair com os pneus guinchando.

Correu até o carro, procurando as chaves e achando que sem dúvida alguma já tinha perdido Konovalenko de vista. Por outro lado, estava convencido de que o outro tentaria sair da ilha o mais rápido possível. Se ficasse em Öland, mais cedo ou mais tarde acabaria sendo apanhado. Wallander pisou fundo no acelerador. Avistou o Mercedes na rotatória, pouco antes da ponte. Ultrapassou em alta velocidade um caminhão mais lerdo e quase perdeu o controle do carro ao subir no canteiro de flores no meio do trevo. Depois saiu a toda pela ponte. O Mercedes ia na sua frente. Tinha de pensar em alguma coisa. Não teria a mínima condição de pegá-lo, numa perseguição de carro.

A coisa chegou ao fim na parte mais alta da ponte.

Konovalenko ia em alta velocidade, mas Wallander conseguira mantê-lo na mira. Quando teve certeza de que não atingiria nenhum carro vindo na direção contrária, tirou a pistola para fora da janela e atirou. O objetivo era apenas pegar o carro. O primeiro tiro não acertou. Mas o segundo foi acurado e, por um desses golpes de sorte incríveis, conseguiu furar um dos pneus traseiros. O Mercedes derrapou na hora e Konovalenko não teve como controlá-lo. Wallander pisou no breque e ficou vendo o carro desgovernado ir raspando na barreira de concreto que delimitava a ponte. A batida foi monumental. Não dava para ver o que acontecera com o russo, atrás do volante. Mas, sem pensar duas vezes, Wallander engatou uma primeira e entrou na traseira do carro acidentado. Sentiu uma pontada tremenda quando o cinto de segurança travou em seu peito. Batalhou com a alavanca do câmbio para achar a ré. Com os pneus cantando, recuou e preparou-se para uma nova colisão. E repetiu então a manobra uma vez mais. O carro a sua frente foi atirado alguns metros mais adiante. Wallander deu ré de novo, abriu a porta e buscou cobertura. Outros carros já estavam se enfileirando atrás dele. Quando brandiu a pistola e berrou para que os motoristas mantivessem distância, vários saltaram na hora do carro e saíram correndo. Havia uma fila igualmente longa de carros se formando do outro lado da ponte. Ainda nem sinal de Konovalenko. Mesmo assim disparou um novo tiro contra a carroceria amassada.

Depois da segunda bala, o tanque de combustível explodiu. Wallander nunca soube ao certo se foi a bala que provocou o incêndio ou se a gasolina pegara fogo por algum outro motivo. O carro foi instantaneamente engolfado pelas labaredas e por uma fumaça densa. Wallander aproximou-se com grande cautela.

Konovalenko estava em chamas.

Estava preso nos destroços, com a parte de cima do corpo saindo pelo pára-brisas. Mais tarde, Wallander iria se lembrar do olhar fixo do russo, de sua expressão de incredulidade diante do que estava acontecendo. Depois o cabelo começou a pegar fogo e alguns segundos mais tarde ficou óbvio que estava morto. As sirenes já gemiam ao longe. O inspetor voltou devagar para o próprio carro e encostou na porta.

Olhava para o canal de Kalmar. A água cintilava. Havia um cheiro de mar. Nem um único pensamento lhe passava pela cabeça; simplesmente não conseguia pensar. Alguma coisa chegara ao fim e ele se sentia entorpecido. Depois ouviu uma voz falando por um megafone e mandando alguém largar as armas. Levou um tempo até perceber que a voz estava falando com ele. Virou-se e viu carros do corpo de bombeiros e viaturas da polícia vindo de Kalmar. O carro de Konovalenko continuava em chamas. Wallander olhou para sua pistola. Em seguida atirou-a no chão. Policiais armados marchavam na sua direção. O inspetor agitou sua carteira.

— Inspetor Wallander — berrou. — Eu sou da polícia!

Logo mais estava cercado por colegas desconfiados.

— Sou da polícia e me chamo Wallander — repetiu. — Talvez tenham lido a meu respeito nos jornais. Eles estavam procurando por mim desde a semana passada.

— Estou reconhecendo você — falou um dos tiras, com um forte sotaque local.

— O cara pegando fogo dentro do carro é o russo Konovalenko. Foi ele que matou nosso colega de Estocolmo. E mais algumas outras pessoas também.

Wallander olhou em volta.

Alguma coisa que talvez pudesse ser alegria, ou quem sabe alívio, estava começando a surgir dentro dele.

— Que tal irmos andando? Eu bem que gostaria de um café agora. Por aqui, já está tudo acabado.

31

Jan Kleyn foi preso em sua sala, na sede do BOSS, por volta do meio-dia da sexta-feira, 22 de maio. Eram oito e pouco da manhã quando o promotor-chefe Wervey ouviu o que Scheepers tinha a dizer e ficou sabendo da decisão tomada pelo presidente Frederik de Klerk na noite anterior. Em seguida, sem fazer comentários, assinou um mandado de prisão e autorizou uma busca na casa de Jan Kleyn. Scheepers pediu para que o inspetor Borstlap, que havia criado uma boa impressão no caso Van Heerden, ficasse encarregado. Depois de deixar o preso numa sala de interrogatório, Borstlap foi até a saleta contígua, onde Scheepers esperava. Fez então um relatório, informando que a prisão se dera sem maiores problemas. Mas que observara algo que lhe parecia importante e, possivelmente, preocupante. O inspetor recebera pouquíssimos detalhes sobre os motivos pelos quais alguém do serviço de inteligência estava sendo detido para interrogatório. Scheepers enfatizara muito a questão do sigilo que cercava os problemas de segurança nacional. Mesmo assim, fora informado de que o presidente vinha acompanhando passo a passo todos os desdobramentos. De modo que sentia instintivamente que devia relatar o que vira.

Jan Kleyn não se surpreendera com a prisão. E Borstlap enxergara suas manifestações de indignação pelo que eram de fato: uma encenação barata. Com certeza fora avisado de que seria detido. Como o inspetor sabia que a decisão de deter Jan Kleyn para interrogatório fora tomada de última hora, concluíra que das duas uma: ou Jan Kleyn tinha algum bom amigo entre o círculo mais íntimo do presidente ou contava com algum informante plantado no gabinete do promotor público. Scheepers escutou o inspetor. Fazia menos de doze horas que o presidente De Klerk tomara a decisão. Além dele, apenas Wervey e Borstlap tinham conhecimento de que Jan Kleyn seria detido. Obviamente, era preciso informá-lo o quanto antes da possibilidade de que seus gabinetes estivessem grampeados. Pediu ao policial que esperasse do lado de fora da saleta enquanto dava um telefonema importante. Mas não conseguiu falar com De Klerk. Seu secretário disse que ele estava em reunião e que só poderia ser encontrado no final da tarde.

Scheepers saiu da sala e foi ter com Borstlap. Tomara a decisão de fazer Jan Kleyn esperar. Não porque imaginasse que isso o deixaria preocupado, uma vez que ainda não fora informado sobre o motivo da detenção. Era mais em benefício próprio. Scheepers sentia um certo desconforto com o confronto iminente.

Promotor e inspetor voltaram de carro até a casa de Jan Kleyn, nos arredores de Pretória. Borstlap dirigia, e Scheepers estava derreado no banco traseiro. De repente começou a pensar na leoa branca que ele e a mulher tinham visto. Era um símbolo da África, pensou. O animal em descanso, a calma antes de se pôr de pé e preparar-se para o ataque. O animal selvagem que ninguém pode apenas ferir, que precisa ser abatido se por acaso resolve arremeter.

Scheepers olhou pela janela do carro, incerto sobre o rumo que sua vida estava tomando. Perguntava-se se o grande plano que o presidente De Klerk e Nelson Mandela preparavam, envolvendo um recuo por parte dos brancos, daria certo no fim das contas. Ou se levaria ao caos, à violência descontrolada, a uma guerra civil ensandecida em que posições e alianças estariam sendo constantemente realinhadas e para a qual seria impossível prever o resultado. O apocalipse, pensou. O dia do juízo final que sempre tentamos conter como se fosse um gênio mau dentro da garrafa. Será possível que o gênio resolva se vingar quando a garrafa se espatifar?

Pararam diante do portão da casa. Jan Kleyn já tinha sido informado de que sua mansão seria revistada e já entregara as chaves. Claro que desempenhara corretamente o papel de ofendido, recusando-se a entregá-las. Mas o inspetor Borstlap ameaçara arrombar a porta da frente. E no fim obtivera as chaves. Havia um segurança postado na frente e um jardineiro. Scheepers apresentou-se. Depois olhou em volta, para os jardins murados. Um jardim projetado em linhas retas simétricas. E tão bem cuidado que perdera todo e qualquer sinal de vida. Assim deve ser a vida de Jan Kleyn, pensou consigo mesmo. Uma rede de ideologias em linha reta. Não há espaço para divergências, na vida dele, nem nos pensamentos, nem nas emoções e muito menos no jardim. A exceção é seu segredo: Miranda e Matilda.

Entraram na casa. Um criado negro fitou-os aturdido. Scheepers pediu-lhe que esperasse do lado de fora enquanto revistavam o interior. Pediu também que dissesse ao jardineiro e ao segurança para não se afastarem sem permissão.

A mobília era pouca mas muito cara. Dava para perceber que Jan Kleyn tinha preferência por mármores, aço e madeiras boas em suas peças. Algumas litografias adornavam as paredes aqui e ali. Todas com temas tirados da história da África do Sul. Havia também algumas espadas de esgrima, pistolas antigas e alforjes de caça. Além de um troféu de caça sobre a lareira, um cudo empalhado com uma galhada imponente, recurva. Enquanto Borstlap revistava a casa toda, Scheepers trancou-se no escritório de Jan Kleyn. A escrivaninha estava vazia. Havia um arquivo de aço numa parede. O promotor procurou por um cofre, mas não encontrou nada. Desceu até o térreo e foi até a sala, onde Borstlap examinava uma estante de livros.

— Tem que haver um cofre — falou o promotor.

Borstlap apanhou as chaves de Jan Kleyn e mostrou-as.

— Mas chave não tem.

— Pode estar certo de que ele escolheu um lugar

onde acha que nós jamais iríamos procurar por um cofre. De modo que é justamente por aí que nós vamos começar. Onde seria o último lugar em que pensaríamos procurar?

— Bem na nossa frente. O melhor esconderijo é quase sempre o mais óbvio. É o que temos mais dificuldade de enxergar.

— Concentre-se em achar o cofre. Não tem nada aí nessas estantes.

Borstlap assentiu com um movimento de cabeça e repôs no lugar o livro que tinha nas mãos. Scheepers voltou para o escritório. Sentou-se à escrivaninha e começou a abrir as gavetas, uma por uma.

Duas horas depois, ainda não tinha encontrado nada de significativo para a investigação. Os papéis de Jan Kleyn diziam respeito sobretudo a sua vida privada e não continham nada de extraordinário. Ou então referiam-se a sua coleção de moedas. Para grande espanto seu, Scheepers descobriu que Jan Kleyn era presidente da Sociedade Numismática Sul-Africana e que fazia um excelente trabalho em prol dos colecionadores de moeda do país. Mais uma peculiaridade, pensou. Mas que dificilmente contribui para minha investigação.

Borstlap dera duas buscas completas na casa sem conseguir encontrar o cofre.

— Tem que haver um — insistiu Scheepers.

Borstlap chamou o criado e perguntou-lhe onde ficava o cofre. O homem fitou-o sem compreender.

— Um armário secreto. Escondido, sempre trancado?

— Não tem.

O inspetor dispensou-o de novo, irritado. Em seguida recomeçaram a busca. Scheepers tentou ver se havia alguma irregularidade na arquitetura da casa. Não era incomum que os sul-africanos tivessem câmaras secretas em suas residências. Não encontrou nada. Enquanto Borstlap vasculhava com uma lanterna de mão um sótão atulhado de coisas, o promotor saiu para o pátio. Para observar a casa dos fundos. A solução lhe veio quase no mesmo instante. A casa não tinha chaminé. Voltou lá para dentro e agachou-se diante da lareira. Com a sua lanterna, iluminou o local onde deveria haver uma chaminé. O cofre estava recortado na parede. Quando experimentou a maçaneta, percebeu surpreso que não estava trancado. Bem nessa hora, Borstlap apareceu.

— Um esconderijo bem bolado — falou Scheepers.

Borstlap concordou. Estava irritado por não ter conseguido ele mesmo achá-lo.

Scheepers sentou-se à mesa de mármore, diante de um enorme sofá de couro. Borstlap saíra para fumar um cigarro. Examinou os papéis encontrados no cofre. Havia apólices de seguro, alguns envelopes contendo moedas antigas, a escritura da casa, cerca de vinte certificados de ações e alguns títulos de crédito do governo. Empurrou tudo isso para um lado e concentrou-se numa pequena caderneta de capa preta. Folheou as páginas. Estavam cheias de anotações indecifráveis, uma mistura de nomes, lugares e combinações de números. Scheepers decidiu levar o caderninho consigo. Tornou a guardar os documentos no cofre e saiu para ir ter com Borstlap.

De repente, teve uma idéia. Chamou os três homens que aguardavam atentos, agachados no chão.

— Houve alguma visita ontem à noite?

O jardineiro respondeu.

— Só o Mofolo, o guarda-noturno, pode lhe responder isso.

— E ele não está aqui, claro.

— Ele só vem às sete.

Scheepers fez um gesto de assentimento. Voltaria mais tarde para falar com ele.

No caminho para Joanesburgo pararam para um almoço tardio. Separaram-se às quatro e quinze na frente da delegacia. Scheepers não poderia adiar mais. Teria de começar o interrogatório de Jan Kleyn. Mas primeiro faria mais uma tentativa para falar com o presidente.

* * *

Quando o segurança do gabinete particular do presidente Frederik de Klerk ligou, perto da meia-noite, Jan Kleyn se surpreendera. Sabia, é claro, que um jovem promotor chamado Scheepers tinha recebido a incumbência de tentar esclarecer as suspeitas de uma conspiração em andamento. Mas em momento algum duvidou de que estivesse suficientemente à frente do homem que procurava sua identidade. Na hora em que o telefone tocou, entretanto, percebeu que Scheepers se achava mais perto do que imaginara. Levantou-se, pôs uma roupa e se preparou para passar a noite em claro. Supunha que tivesse até pelo menos as dez horas da manhã seguinte. Scheepers levaria uma hora ou duas para reunir a papelada necessária. Até lá, precisava distribuir todas as instruções para que a operação não empacasse. Foi até a cozinha e fez um chá. Depois se sentou para redigir um resumo. Era um bocado de coisas que precisava ter em mente. Mas daria um jeito.

Ser detido vinha a ser uma complicação inesperada. Mas já tinha levado em conta essa possibilidade. A situação era chata, mas não impossível de resolver. Como não podia ter certeza de quanto tempo Scheepers pretendia mantê-lo preso, precisava elaborar os planos pressupondo um período mais longo, possivelmente até depois do assassinato de Nelson Mandela.

Essa foi sua primeira tarefa da noite. Transformar em vantagem própria tudo o que iria acontecer no dia seguinte. Enquanto estivesse detido, ninguém poderia acusá-lo de envolvimento nessa ou naquela atividade. Pensou cuidadosamente no que iria acontecer. Era uma da madrugada quando ligou para Franz Malan.

— Ponha uma roupa e dê um pulo aqui.

Franz Malan estava ainda meio dormindo e confuso. Jan Kleyn não o chamou pelo nome.

— Ponha uma roupa e dê um pulo aqui — repetiu.

Ele não fez perguntas.

Mais ou menos uma hora depois, lá pelas duas e pouco, entrava na sala de Jan Kleyn. As cortinas estavam fechadas. O vigia noturno que lhe abrira o portão fora ameaçado de demissão sumária se algum dia revelasse o nome das visitas que apareciam por lá ao entardecer ou durante a noite. Jan Kleyn lhe pagava um alto salário em troca do silêncio.

Franz Malan estava nervoso. Sabia que Jan Kleyn jamais o teria mandado chamar a menos que tivesse acontecido algo de muito importante.

E, de fato, mal permitiu que Franz Malan se sentasse e já foi explicando o que acontecera, o que ocorreria pela manhã e o que precisava ser resolvido aquela noite. O que ouviu aumentou ainda mais seu nervosismo. Sabia que dali em diante suas responsabilidades estariam muito além daquilo com que estava disposto a arcar.

— Não sabemos o quanto Scheepers conseguiu descobrir até o momento — disse Jan Kleyn. — Mas temos de tomar certas precauções. A mais importante delas é dissolver o Comitê e desviar as atenções da Cidade do Cabo e do dia 12.

Franz Malan o olhava boquiaberto, incapaz de dizer qualquer coisa. Seria possível que estivesse falando a sério? Que toda a responsabilidade pela execução do atentado fosse ficar com ele?

Jan Kleyn percebeu o nervosismo.

— Eu saio logo. E aí reassumo as responsabilidades.

— Tomara. Mas dissolver o Comitê?

— É preciso. Scheepers pode ter ido mais longe do que imaginamos.

— Mas como é que ele conseguiu isso?

Jan Kleyn encolheu os ombros, irritado.

— E nós, fazemos o quê? Usamos todas nossas habilidades, todos nossos contatos. Subornamos, ameaçamos e mentimos até chegar à informação que queremos. Não existem limites para o que podemos fazer. Da mesma forma como não existem limites para os que vigiam nossas atividades. O Comitê não deve se reunir nunca mais. Terá de ser extinto. O que significa que oficialmente nunca existiu. Vamos entrar em contato com todos os afiliados ainda hoje. Mas, antes disso, há outras coisas que fazer.

— Se esse Scheepers sabe que estamos planejando alguma coisa para o dia 12 de junho, vamos ter de adiar — falou Franz Malan. — O risco é muito grande.

— Não temos mais tempo. Além disso, ele não pode ter certeza absoluta. Uma pista bem assentada numa outra direção pode convencê-lo de que Cidade do Cabo e 12 de junho são apenas uma tentativa de confundir as coisas. Vamos inverter o jogo.

— Como?

— Durante o interrogatório que ele vai me fazer, vou ter muitas oportunidades de levá-lo a pensar numa outra possibilidade qualquer.

— Mas isso só não basta.

— Claro que não.

Jan Kleyn pegou a cadernetinha de notas. Quando ele a abriu, Franz Malan viu que todas as páginas estavam em branco.

— Vou encher isto aqui de bobagens sem nexo. Mas de vez em quando haverá um lugar e uma data. Todas, exceto uma, estarão riscadas. E não vai ser a Cidade do Cabo, nem o dia 12 de junho. Vou deixar a caderneta no cofre. E vou deixar o cofre destrancado, como se estivesse com uma pressa danada, tentando queimar papéis importantes.

Franz Malan concordou sem dizer nada. Estava começando a achar que Jan Kleyn tinha razão. Seria perfeitamente possível espalhar pistas falsas.

— Sikosi Tsiki está voltando — prosseguiu Jan Kleyn, entregando um envelope a Franz Malan. — Você fica encarregado de recebê-lo, levá-lo até Hammanskraal e também de lhe dar as instruções finais um dia antes da data marcada. Está tudo anotado aí dentro. Leia e veja se tem alguma dúvida. Depois começamos a fazer nossos telefonemas.

Enquanto Franz Malan lia as instruções, Jan Kleyn tratou de encher o caderninho com uma combinação inócua de números e palavras. Usou diversas canetas, para dar a impressão de que as anotações vinham sendo feitas já havia um bom tempo. Pensou uns instantes antes de se decidir por Durban, 3 de julho. Sabia que o Congresso Nacional Africano faria um importante comício na cidade, nesse dia. Seria sua pista falsa e estava torcendo para que Scheepers a engolisse.

Franz Malan largou os papéis.

— Aqui não diz nada sobre a arma que vai ser usada.

— Ele foi treinado para usar um rifle de longo alcance. Tem um igualzinho no depósito subterrâneo da casa de Hammanskraal.

Franz Malan assentiu de cabeça.

— Mais alguma pergunta?

— Não.

E então começaram a dar os telefonemas. Jan Kleyn tinha três linhas de telefone. Ligaram para o país inteiro. Homens semi-adormecidos tatearam em busca do aparelho e se viram imediatamente despertos. Alguns ficaram preocupados com as notícias, outros simplesmente observaram que as coisas mudariam de figura dali em diante. Alguns dos que tinham sido acordados no meio da noite tiveram dificuldade em pegar no sono de novo, ao passo que outros simplesmente viraram para o lado e recomeçaram a roncar.

O Comitê estava dissolvido. Jamais existira, pois desaparecera sem deixar rastros. Tudo o que restava eram boatos sobre sua existência. Mas poderia ser recriado em dois tempos. No momento, não era mais necessário e, de fato, poderia ser um perigo. Mas o estado de prontidão para obter o que seus afiliados consideravam a única solução possível ao futuro da África do Sul continuava, e em nível máximo como sempre. Eram todos homens impiedosos que não descansavam nunca. A crueldade deles era real, mas suas idéias estavam baseadas num misto de ilusões, mentiras e desespero fanático. Para alguns, era uma questão de puro ódio.

Quando Franz Malan voltou para casa ainda estava escuro.

Jan Kleyn pôs tudo em ordem e deixou a porta do cofre destrancada. Às quatro e meia da manhã, foi para a cama e preparou-se para umas poucas horas de sono. Perguntava-se quem teria fornecido a Scheepers todas as informações. Não conseguia se libertar da sensação de haver algo que não compreendia.

Alguém o traíra.

Só que ele não fazia a menor idéia de quem pudesse ter sido.

Scheepers abriu a porta da sala de interrogatórios.

Jan Kleyn estava sentado numa cadeira encostada na parede, sorrindo para ele. O promotor tinha decidido tratá-lo de maneira amistosa e correta. Gastara uma hora examinando a caderneta preta. Continuava duvidando de que o atentado contra Nelson Mandela tivesse sido transferido para Durban. Pesara os prós e os contras sem chegar a uma conclusão definitiva. E não via absolutamente nenhuma possibilidade de que Jan Kleyn fosse lhe contar a verdade. Talvez conseguisse arrancar alguns fiapos de informação que poderiam quem sabe mostrar, ainda que de forma indireta, o pé em que estavam as coisas.

Scheepers sentou-se na frente de Jan Kleyn e se deu conta de repente de que estava diante do pai de Matilda. Conhecia o segredo mas sabia também que nunca poderia fazer uso dele. Seria um risco grande demais para as duas mulheres. Jan Kleyn não ficaria detido indefinidamente. Aliás já estava com cara de alguém pronto para sair da sala de interrogatórios a qualquer momento.

Entrou uma secretária e ocupou uma mesinha lateral.

— Jan Kleyn. O senhor está detido por existirem fortes indícios de que esteja envolvido em atividades subversivas e que seja até mesmo o responsável por planos de um possível assassinato. O que me diz sobre isso?

Jan Kleyn continuou sorrindo, enquanto respondia.

— Minha resposta é a de que não vou abrir a boca até que meu advogado esteja presente.

Por alguns momentos Scheepers perdeu o rebolado. O procedimento normal para qualquer pessoa detida era poder contatar um advogado logo no início do inquérito.

— Tudo transcorreu de acordo com os regulamentos — falou Jan Kleyn, como se estivesse enxergando toda a hesitação do promotor. — Mas meu advogado não chegou ainda.

— Então podemos começar pelos dados pessoais. Não precisa de um advogado para isso.

— Claro que não.

Scheepers saiu da sala logo depois de ter registrado os detalhes todos. Deixou instruções para que o chamassem assim que o advogado aparecesse. Ao chegar ao banheiro dos promotores, estava coberto de suor. A fleuma e os ares de superioridade do outro o perturbavam. Como é que ele podia manter tamanha indiferença diante de acusações que, caso fossem provadas, resultariam numa sentença de morte?

Começou a duvidar de sua capacidade para lidar com aquele homem. Talvez fosse melhor conversar com Wervey e sugerir a convocação de um interrogador mais experiente. Ao mesmo tempo, sabia que Wervey esperava que desse cabo da tarefa que lhe fora conferida. O promotor-chefe nunca oferecia o mesmo desafio duas vezes. Toda sua carreira estaria ameaçada se não correspondesse às expectativas. Tirou o paletó e lavou o rosto debaixo da torneira de água fria. Depois repassou mentalmente as perguntas que tencionava fazer.

Conseguiu também falar com o presidente De Klerk. Assim que pôde, transmitiu suas suspeitas de que o gabinete presidencial estava grampeado. De Klerk ouviu-o sem interrupções.

— Vou verificar o assunto — falou depois que Scheepers terminou. Foi o fim da conversa.

Eram seis horas da tarde quando foi informado de que o advogado aparecera. Voltou à sala de interrogatório imediatamente. O advogado que acompanhava Jan Kleyn tinha uns quarenta anos e chamava-se Kritzinger. Cumprimentaram-se friamente com um aperto de mão. Scheepers viu na hora que os dois eram velhos conhecidos. Era muito possível que Kritzinger tivesse postergado sua chegada para poder dar a Jan Kleyn tempo de respirar e ao mesmo tempo enervar o interrogador. Mas o atraso exerceu efeito contrário. Scheepers estava calmíssimo. Todas as dúvidas que tivera nas últimas horas tinham desaparecido.

— Examinei a ordem de detenção — disse Kritzinger. — São acusações muito graves.

— É um crime muito sério solapar a segurança nacional — Scheepers respondeu.

— Meu cliente rejeita peremptoriamente todas as acusações. Exijo que seja libertado imediatamente. Por acaso faz sentido deter pessoas cuja tarefa diária é cuidar justamente da segurança nacional a que o senhor se refere?

— Por enquanto, quem faz as perguntas sou eu. E quem deve responder é seu cliente, não eu.

Scheepers deu uma espiada nos papéis que levara.

— Conhece Franz Malan?

— Conheço — disse Jan Kleyn, sem hesitar. — Ele trabalha no setor militar que lida com medidas ultra-secretas de segurança.

— Quando foi a última vez em que o viu?

— Por ocasião do ataque terrorista contra o restaurante nas proximidades de Durban. Fomos ambos convocados a ajudar na investigação.

— Tem conhecimento de um grupo secreto de bôeres que se denominam simplesmente Comitê?

— Não.

— Tem certeza?

— Meu cliente já respondeu à pergunta — protestou Kritzinger.

— Não há nada que me impeça de fazer a mesma pergunta duas vezes. — Scheepers estava irritado.

— Não tenho conhecimento de Comitê nenhum.

— Temos razões para acreditar que esse mesmo Comitê esteja planejando o assassinato de um dos líderes nacionalistas negros. Vários lugares e datas foram mencionados. Sabe alguma coisa a respeito?

— Não.

Scheepers mostrou a caderneta preta.

— Quando sua casa foi revistada, encontramos esta caderneta. Reconhece?

— Claro que sim. É minha.

— Há várias anotações aqui, mencionando datas e lugares. Pode me dizer o que significam?

— O que vem a ser isto tudo? — falou Jan Kleyn, virando-se para seu advogado. — São anotações particulares sobre aniversários e encontros com amigos meus.

— O que tem em mente para a Cidade do Cabo no dia 12 de junho?

A expressão de Jan Kleyn não mudou em nada quando respondeu.

— Não tenho coisa alguma planejada. Tinha pensado em dar um pulo até lá para uma reunião com alguns numismatas. Mas o encontro foi cancelado.

Scheepers percebeu que Jan Kleyn continuava absolutamente impassível.

— O que tem a me dizer sobre Durban no dia 3 de julho?

— Nada.

— Não tem nada a dizer?

Jan Kleyn virou-se para o advogado e sussurrou alguma coisa.

— Meu cliente se recusa a responder a essa pergunta por motivos pessoais.

— Motivos pessoais ou não, quero uma resposta.

— Mas isto não tem o menor cabimento — falou Jan Kleyn, com um gesto de resignação.

Scheepers de repente reparou que ele suava. Além disso, uma das mãos, pousada sobre a mesa, tinha começado a tremer.

— Todas as suas perguntas até agora não têm a menor substância — falou Kritzinger. — Vou providenciar para que seja posto um ponto final neste assunto e insistir que meu cliente seja liberado imediatamente.

— Quando se trata de investigações que envolvem ameaças à segurança nacional, a polícia e o Ministério Público têm amplos poderes. Agora, por favor, responda a minha pergunta.

— Estou tendo um caso com uma mulher em Durban. Como ela é casada, temos que nos encontrar com a máxima discrição.

— O senhor a vê regularmente?

— Vejo.

— Qual é o nome dela?

Jan Kleyn e Kritzinger protestaram em uníssono.

— Certo, vamos deixar o nome dessa senhora de lado, por enquanto — concordou Scheepers. — Voltarei à questão. Mas se é verdade que a vê com certa regularidade e, mais ainda, anota vários encontros e reuniões nesta caderneta, não é um pouco estranho que só haja uma referência a Durban?

— Eu encho pelo menos umas dez cadernetas dessa por ano. Jogo fora quando não tem mais espaço. Ou queimo.

— Onde o senhor as queima?

Jan Kleyn parecia ter recuperado a compostura.

— Na pia da cozinha. Ou na privada. Como o senhor sem dúvida já percebeu, minha lareira não tem chaminé. Foi fechada pelos proprietários anteriores. Nunca tive tempo de mandar abrir de novo.

O interrogatório continuou. Scheepers voltou a fazer

perguntas sobre o Comitê secreto, mas as respostas eram sempre as mesmas. Kritzinger protestava a intervalos regulares. Depois de três horas de perguntas, Scheepers decidiu encerrar a sessão. Levantou-se e avisou sem rodeios que Jan Kleyn continuaria detido. Kritzinger ficou uma fúria. Mas Scheepers não se deu por achado. A lei lhe permitiria manter Jan Kleyn sob custódia por pelo menos mais vinte e quatro horas.

Já era noite fechada quando foi até a sala de Wervey fazer o relatório. O promotor-chefe prometera esperá-lo. Os corredores estavam todos desertos. A porta se achava entreaberta. Wervey dormia sentado na cadeira. Scheepers bateu e entrou. Wervey abriu os olhos e fitou-o. Scheepers sentou.

— Jan Kleyn não admite ter qualquer conhecimento sobre uma conspiração ou uma tentativa de assassinato. Na verdade não creio que vá admitir nada do gênero. Além disso, não temos provas que possam ligá-lo a essas acusações. Quando fizemos a batida na casa dele, encontramos um único item de interesse. Havia uma caderneta no cofre, com referências a vários locais e datas. Estavam todas riscadas, exceto uma. Durban, 3 de julho. Sabemos que Nelson Mandela fará um discurso nesse dia. Nossa suspeita inicial, sobre a Cidade do Cabo no dia 12 de junho, está riscada.

Wervey ajustou rapidamente a poltrona para a posição vertical e pediu para ver a caderneta. Scheepers estava com ela na pasta. O promotor-chefe folheou-a lentamente, à luz de sua luminária de mesa.

— Que explicação ele deu? — perguntou, quando chegou ao fim.

— Reuniões diversas. No que se refere a Durban, ele diz que está tendo um caso com uma mulher casada que mora lá.

— Comece a investigar isso amanhã.

— Ele se recusa a me dizer quem é ela.

— Diga-lhe que não será liberado enquanto não disser.

Scheepers olhou-o surpreso.

— E podemos fazer uma coisa dessas?

— Meu rapaz. Pode-se fazer qualquer coisa quando se é promotor-chefe e se tem a minha idade. Não se esqueça de que um homem como Jan Kleyn sabe como eliminar todo e qualquer traço de onde tenha estado. Ele tem de ser vencido no campo de batalha. Mesmo que seja preciso recorrer a métodos não muito ortodoxos.

— Seja como for, às vezes tenho a impressão de que ele estava meio inseguro — disse Scheepers, hesitante.

— Ele sabe que estamos lhe mordendo os calcanhares. Amanhã, não dê moleza. Faça as mesmas perguntas várias e várias vezes. De ângulos diferentes. Mas com o mesmo ímpeto, o mesmo ímpeto sempre.

Scheepers assentiu de cabeça.

— Só mais uma coisa. Quem fez a prisão na verdade foi o inspetor Borstlap, e ele ficou com a nítida impressão de que Jan Kleyn já estava avisado. Ainda que pouquíssimas pessoas estivessem sabendo da prisão e assim mesmo poucas horas antes de ser efetuada.

Wervey olhou-o um longo tempo, antes de responder.

— Nosso país está em guerra. Os ouvidos estão por toda a parte, humanos e eletrônicos. Penetrar nos segredos muitas vezes é a melhor arma de todas. Não se esqueça disso.

A conversa tinha terminado.

Scheepers deixou o prédio e parou na escadaria, aspirando um pouco de ar fresco. Sentia-se cansadíssimo. Depois foi para o carro. Iria para casa. Bem na hora em que estava para abrir a porta, um dos garagistas surgiu das sombras.

— Um homem deixou isso para o senhor — disse ele, entregando-lhe um envelope.

— Quem?

— Um cara negro. Não disse o nome. Só que era importante.

Scheepers manuseou a carta com todo o cuidado. Era

fininha e portanto não seria possível que contivesse uma bomba. Fez um gesto de cabeça para o garagista, destrancou o carro e entrou. Depois abriu o envelope e leu o que dizia o bilhete sob a luzinha interna do carro.

Assassino provavelmente um negro chamado Victor Mabasha.

O bilhete estava assinado com o nome de Steve.

Scheepers sentiu o coração acelerar.

Finalmente, pensou.

Depois foi direto para casa. Judith esperava por ele com o jantar. Mas, antes de se sentar para comer, ligou para a casa do inspetor Borstlap.

— Victor Mabasha. Esse nome lhe diz alguma coisa?

Borstlap pensou antes de responder.

— Não.

— Amanhã de manhã, examine todas as pastas e tudo o que tem no computador. Victor Mabasha é negro e provavelmente é o assassino que estamos procurando.

— Você conseguiu fazer o Jan Kleyn falar? — perguntou o inspetor, surpreso.

— Não. Como eu obtive essa informação não vêm ao caso por enquanto.

Ponto final.

Victor Mabasha, pensou ele de novo, enquanto se sentava à mesa.

Se você for o tal, nós lhe daremos um fim antes que seja tarde demais.

32

Foi em Kalmar que Kurt Wallander começou a perceber o quanto estava deprimido. Mais tarde, depois que o assassinato de Louise Åkerblom e o puro pesadelo subseqüente já se haviam transformado numa série de acontecimentos quase irreais, num enigma desolado de uma paisagem longínqua, o inspetor insistiria teimosamente que só se dera conta da intensidade da perturbação interior ao topar com Konovalenko na ponte de Öland, de olho esbugalhado e o cabelo em fogo. Esse fora o momento da percepção, e o inspetor não arredaria pé disso, ainda que as lembranças e todas as experiências dolorosas fossem e voltassem como as formas cambiantes de um caleidoscópio. Fora em Kalmar que perdera o controle sobre si mesmo! Para a filha, disse que foi como se tivesse começado uma contagem regressiva, uma contagem rumo ao nada. O médico de Ystad, que começara a tratá-lo em meados de junho e que estava tentando encontrar uma solução para sua melancolia crescente, escreveu em seu diário que, *segundo o paciente, a depressão teve início quando tomava uma xícara de café na delegacia de polícia de Kalmar, enquanto um homem morria queimado dentro de um carro numa ponte.*

Lá estava ele, sentado na delegacia de Kalmar, tomando café, sentindo-se muito cansado, abatido mesmo. Todos os que o viram encurvado na mesa durante aquela meia hora tiveram a impressão de que o inspetor estava imerso em si mesmo, completamente distanciado de tudo. Ou estaria apenas pensativo? De todo modo, ninguém lhe fez companhia nem lhe perguntou como estava se sentindo.

O estranho tira de Ystad foi rodeado por um misto de respeito e hesitação. Foi simplesmente deixado em paz enquanto todos cuidavam do caos instaurado na ponte e lidavam com a interminável enxurrada de telefonemas de jornais, rádio e televisão. Meia hora depois, Wallander levantou-se de um salto e exigiu ser levado até a casa amarela na Hemmansvägen. Quando passaram pelo lugar na ponte onde o carro de Konovalenko virara uma carcaça retorcida de metal carbonizado, nem sequer se virou para olhar. Ao chegar à casa, assumiu imediatamente o comando, esquecendo-se por completo de que a investigação estava na verdade sendo conduzida por um detetive de Kalmar chamado Blomstrand. Mas os policiais lhe deram precedência, e Wallander trabalhou com uma energia formidável durante as horas seguintes. Aparentemente, parecia ter tirado Konovalenko da cabeça. Havia duas coisas que o interessavam acima de tudo. Queria saber quem era o dono da casa. E insistia em afirmar que Konovalenko não estava sozinho. Expediu ordens para que fosse feita uma diligência imediata de porta em porta em todas as outras casas da rua; queria que todos os motoristas de táxi e de ônibus fossem contatados. Konovalenko não estava sozinho, ele repetia sem parar. Quem seria o homem ou a mulher que estava com ele, e que tinha desaparecido sem deixar rastros? Nenhuma de suas perguntas pôde ser respondida na hora. O cartório local de registro de imóveis e os vizinhos interrogados deram respostas totalmente contraditórias sobre quem na verdade seria o dono da casa amarela. Cerca de dez anos antes, o dono, um viúvo chamado Hjalmarson, que trabalhava numa repartição pública, morrera. O filho morava no Brasil. Segundo alguns vizinhos, era representante de alguma empresa sueca; para outros, o filho vendia armas. Voltara a Öland para o enterro. Esse fora um período de enorme preocupação para a Hemmansvägen inteira, segundo o diretor aposentado de uma repartição municipal que acabou virando o porta-voz da vizinhança. De modo que houve um suspiro invisível mas geral de alívio quando viram a placa de "Vende-se" ser retirada e um caminhão de mudanças encostar na calçada, trazendo todos os pertences de um oficial da reserva. O homem fora do batalhão de hussardos ou algo igualmente antiquado, uma extraordinária relíquia de uma outra era. Chamava-se Gustav Jernberg e anunciava sua presença ao mundo circundante com berros amistosos. As preocupações voltaram, no entanto, quando se tornou evidente que Jernberg passava a maior parte do tempo na Espanha, por causa do reumatismo. Quando estava fora, a casa era ocupada pelo neto, um homem de trinta e poucos anos, arrogante, rude, que não prestava atenção às convenções costumeiras. Chamava-se Hans Jernberg, e tudo o que as pessoas puderam adiantar é que ele era um comerciante disso ou daquilo que aparecia muito de vez em quando, em geral acompanhado por gente estranha que ninguém sabia quem era.

A polícia começou imediatamente a procurar Hans Jernberg. Foi localizado lá pelas duas da tarde, num escritório em Göteborg. Wallander conversou com ele por telefone. De início o sujeito declarou que não fazia idéia de nada. Acontece que nesse dia o inspetor não estava nem um pouco disposto a massagear o ego de quem quer que fosse para saber da verdade e ameaçou entregá-lo à polícia de Göteborg além de dar a entender que seria impossível manter a imprensa afastada do caso. Lá pela metade do telefonema, um dos policiais de Kalmar enfiou um bilhete na frente do inspetor. Tinham dado uma busca nos arquivos, à procura da ficha de Hans Hernberg, e descobriram que o sujeito tinha fortes ligações com os movimentos neonazistas suecos. Wallander olhou o bilhete alguns momentos, até lhe ocorrer a pergunta óbvia a fazer ao indivíduo na outra ponta da linha.

— Pode me dizer qual é sua opinião sobre a África do Sul?

— Não vejo o que isso tenha a ver com este assunto — disse Hans Jernberg.

— Responda. — A voz de Wallander saiu impaciente. — Caso contrário, vou ter que apelar para meus colegas de Göteborg.

A resposta veio depois de um silêncio breve.

— Considero a África do Sul um dos países mais bem organizados do mundo. Considero meu dever fazer o que estiver ao alcance para apoiar os brancos que moram lá.

— E faz isso alugando sua casa para bandidos russos que servem de office-boy dos sul-africanos, é isso?

Dessa vez Hans Jernberg surpreendeu-se de verdade.

— Não faço a menor idéia do que está falando.

— Faz sim, claro que faz. Mas então pode me responder uma outra coisa. Qual dos seus amigos teve acesso à casa nesta última semana? Pense com muito cuidado antes de responder. Se houver o menor sinal de que esteja evitando me dar uma resposta clara, eu peço um mandado a um dos promotores de Göteborg para prendê-lo. Pode ter certeza.

— Ove Westerberg. É um velho amigo meu que tem uma construtora aqui na cidade.

— Endereço? — Wallander exigiu e foi atendido.

Era tudo muito confuso. Mas um pouco de trabalho eficiente por parte do DIC de Göteborg lançou alguma luz sobre o que tinha acontecido na casa amarela nos últimos tempos. Ove Westerberg pelo visto era tão amigo da África do Sul quanto Hans Jernberg. A partir de uma série de contatos cujas identidades pareciam envoltas num véu de mistério, recebera uma solicitação semanas antes para colocar a casa à disposição de alguns convidados sul-africanos que pagaram um bom dinheiro por ela. Como Hans Jernberg estivesse no exterior, naquele momento, Ove Westerberg não comunicara nada ao amigo. Wallander desconfiava de que o dinheiro também não fora repassado. Mas Westerberg não tinha a menor idéia de quem fossem esses convidados da África do Sul. Nem sequer sabia se eles tinham estado na casa ou não. Wallander não pôde ir mais adiante. Ficaria a cargo da polícia de Kalmar aprofundar-se na questão dos contatos entre os neonazistas suecos e os representantes do apartheid na África do Sul. Por enquanto continuava sem saber quem estivera na casa amarela junto com Konovalenko. Enquanto vizinhos, motoristas de táxi e de ônibus eram interrogados, fez uma busca completa na residência. Constatou que dois dos quartos tinham sido usados recentemente e que o imóvel fora abandonado às pressas. Sua impressão era a de que dessa vez Konovalenko devia ter deixado alguma coisa para trás. Ele saíra dali para nunca mais voltar. Era possível, claro, que a outra pessoa tivesse levado os pertences do russo consigo. Também era possível que não houvesse limites para sua cautela. Konovalenko podia, toda noite, perfeitamente antecipar a possibilidade de um assalto e esconder seus pertences todo santo dia, antes de ir dormir. Wallander convocou Blomstrand, que estava entretido vasculhando o barracão no quintal. Queria todos os policiais disponíveis procurando uma sacola. Não sabia dizer que cara tinha nem o tamanho.

— Uma sacola com alguma coisa dentro. Tem que haver uma em algum lugar.

— Com que tipo de coisa dentro? — perguntou Blomstrand.

— Eu não sei. Papéis, dinheiro, roupas. Talvez uma arma. Eu simplesmente não sei.

A busca começou. Várias sacolas e caixas foram levadas até onde Wallander estava, no térreo. O inspetor soprou a poeira de uma pasta de couro contendo velhas fotos e cartas, a maioria delas começando com frases como *Querido Gunvor* ou *Meu querido Herbert*. Uma outra, tão empoeirada quanto a primeira, encontrada no sótão, estava recheada de exóticas estrelas-do-mar e de conchinhas. Mas ele esperava com toda a paciência. Sabia que haveria rastros de Konovalenko em algum lugar e, portanto, de seu companheiro desconhecido. Enquanto aguardava, falou com a filha e com Björk. As notícias do que ocorrera pela manhã tinham se espalhado por todo o país. Wallander disse à filha que estava se sentindo bem e que tudo terminara. Voltaria para casa mais tarde e eles poderiam pegar o carro e passar alguns dias em Copenhague. Deu para perceber, pela voz de Linda, que ela não se convencera de que o pai estava bem, nem que tudo acabara. Mais tarde, Wallander se pegaria pensando que sua filha era capaz de lê-lo como um livro aberto. A conversa com Björk terminou quando perdeu a paciência e bateu o telefone. Isso nunca acontecera antes, em todos os anos que trabalhara com Björk. Mas o chefe começara a duvidar de seu bom senso porque, sem dizer a ninguém, partira atrás de Konovalenko sozinho. Claro que o inspetor sabia que havia um fundo de razão nas palavras do chefe. Mas o que o deixou irritado foi o fato de Björk ter começado a se queixar disso justamente no meio de uma fase crítica das investigações. Björk por sua vez viu a explosão furibunda do inspetor como mais um triste sinal de instabilidade mental.

— Temos que ficar de olho no Kurt — disse ele para Martinson e Svedberg.

Foi o próprio Blomstrand quem finalmente encontrou a sacola certa. Konovalenko a escondera atrás de um monte de botas, num armário do corredor entre a cozinha e a sala de jantar. Era uma mala de couro, com um fecho de combinação. Wallander receava que o cadeado estivesse armado com algum tipo de bomba. O que aconteceria se arrombasse a maleta? Blomstrand deu um pulo rápido ao aeroporto de Kalmar e passou-a por uma máquina de raio X. Não havia indicação de que pudesse explodir ao ser aberta. Wallander pegou uma chave de fenda e arrombou o fecho. Havia vários papéis, passagens aéreas, diversos passaportes e uma grande quantia em dinheiro lá dentro. Além de uma pistola pequena, uma Beretta. Todos os passaportes pertenciam a Konovalenko e tinham sido expedidos na Suécia, Finlândia e Polônia. Em cada um, havia um nome diferente. No finlandês, o russo chamava-se Konovalenko Mäkelä; no polonês tinha um nome que soava alemão, Hausmann. Havia quarenta e sete mil coroas suecas e onze mil dólares norte-americanos na maleta. Mas o que mais interessava Wallander era saber se os outros documentos poderiam dar uma indicação de quem seria o companheiro desconhecido de viagem de Konovalenko. Para sua grande decepção e irritação, quase todas as anotações estavam escritas numa outra língua, que ele achava ser russo. Não dava para entender uma vírgula. Pareciam ser memorandos consecutivos, já que havia datas na margem.

Wallander recorreu a Blomstrand.

— Precisamos de alguém que fale russo. Alguém capaz de traduzir na hora.

— Podíamos tentar minha mulher.

O inspetor olhou-o surpreso.

— Ela estudou russo. E se interessa muito pela cultura russa. Sobretudo pelos escritores do século XIX.

Wallander fechou a maleta e enfiou-a debaixo do braço.

— Vamos falar com ela. Acho melhor do que trazê-la até este circo.

Blomstrand morava numa casa geminada ao norte de Kalmar. A esposa era uma mulher inteligente e pragmática de quem Wallander gostou na hora. Enquanto tomavam café e comiam sanduíches na cozinha, ela levou os papéis para seu escritório e consultou algumas palavras no dicionário. Precisou de quase uma hora para traduzir o texto por escrito. Mas finalmente ficou pronto, e o inspetor pôde ler os memorandos de Konovalenko. Era o mesmo que ler as próprias experiências, ainda que de um ângulo diferente. Muitos dos detalhes do que ocorrera ficaram então bem mais claros. Mas o principal era que a identidade de seu último e desconhecido companheiro, do indivíduo que conseguira escapar da casa amarela sem ser visto, era muito diferente de tudo o que o inspetor esperava. A África do Sul enviara um substituto para Victor Mabasha. Um africano chamado Sikosi Tsiki. Que entrara na Suécia pela Dinamarca. "O treinamento dele não é perfeito", escrevera Konovalenko, "mas é suficiente. E sua crueldade e falta de escrúpulos são maiores que as de Victor Mabasha." Havia também menções a alguém na África do Sul chamado Jan Kleyn. Wallander presumia que fosse um intermediário importante. Não havia a menor pista sobre a organização que — Wallander agora tinha certeza absoluta — estaria por trás de tudo e, portanto, no centro de tudo. Contou a Blomstrand o que descobrira.

— Há um africano prestes a deixar a Suécia. Ele estava na casa amarela hoje de manhã. Alguém deve ter visto esse homem, alguém deve tê-lo deixado em algum lugar. Ele não pode ter atravessado a ponte a pé. Também podemos eliminar a possibilidade de que ainda esteja em Öland. Podemos pressupor que estivesse de carro. Mas o mais importante é que deve estar tentando sair da Suécia. Por onde, não sabemos; só sabemos que está. E temos de impedi-lo.

— O que não será fácil.

— Difícil, reconheço, mas não impossível. Afinal de contas, não devem ser muitos os negros que passam diariamente pelas fronteiras suecas.

Wallander agradeceu à mulher de Blomstrand. Depois voltaram para a delegacia. Uma hora depois, o mandado de busca do africano desconhecido já fora expedido. A polícia também conseguira encontrar um motorista de táxi que apanhara um africano pela manhã num estacionamento no final da Hemmansvägen. Fora depois do incêndio do carro e do bloqueio da ponte. Wallander deduziu que o africano ficara escondido fora da casa durante uma ou duas horas. O motorista levou-o até o centro de Kalmar. Ele pagou, saltou e sumiu. Não saberia dar uma descrição do sujeito. Era um cara alto, musculoso, de calça clara, camisa branca e paletó escuro. Era praticamente tudo o que poderia dizer. Falou em inglês com ele.

A essa altura, a tarde já ia avançada. Não havia mais nada que Wallander pudesse fazer em Kalmar. Assim que pegassem o africano fugitivo, a última peça do quebra-cabeças se encaixaria às demais.

Ofereceram-se para levá-lo de volta a Ystad, mas recusou. Queria ficar sozinho. Logo depois das cinco da tarde, despediu-se de Blomstrand, desculpou-se por ter assumido tão descaradamente o comando durante algumas horas e partiu.

Tinha examinado o mapa e chegado à conclusão de que o caminho mais curto para casa seria por Växjö. A floresta parecia infindável. Por toda parte, imperava o mesmo espírito de distanciamento silencioso que experimentava por dentro. Parou em Nybro para comer alguma coisa. Ainda que preferisse esquecer tudo o que lhe acontecera, forçou-se a ligar para Kalmar para ver se já tinham alguma pista do africano. A resposta foi negativa. Voltou para o carro e continuou cruzando a floresta interminável. Chegou a Växjö e hesitou uns instantes, sem saber se pegava o caminho de Älmhult ou ia por Tingsryd. No fim, optou por Tingsryd porque por essa rota poderia se pôr a caminho do sul imediatamente.

Foi na hora em que passou por Tingsryd e virou na direção de Ronneby que um alce lhe apareceu pela frente, na estrada. Não reparara nele no lusco-fusco. Durante um instante desesperado, com os freios guinchando em seus ouvidos, convenceu-se de que era tarde demais. Entraria direto no macho enorme e nem estava com o cinto afivelado. Mas de repente o alce se virou e, sem saber direito como, Wallander passou direto e nem sequer tocou no animal.

Parou no acostamento e não se mexeu. O coração estava aos pulos, a respiração ofegante, o estômago enjoado. Depois de se acalmar um pouco, saiu do carro e parou imóvel diante da floresta silenciosa. Uma vez mais, fora por um triz. Quase tinha morrido e não devia ter mais nenhum curinga sobrando. O curioso é que não se sentisse feliz por ter milagrosamente escapado de morrer triturado por um alce. O que sentia era mais como uma vaga consciência pesada. A depressão profunda que se apossara dele pela manhã, quando tomava café, voltou. O que mais queria era largar o carro onde estava, entrar na mata e desaparecer sem deixar rastros. Não para sempre, mas por tempo suficiente até recuperar o equilíbrio e poder combater a sensação de tontura que o acometera depois dos acontecimentos da semana anterior. Mas voltou para o carro e continuou indo para o sul, já agora com o cinto afivelado. Chegou à estrada principal para Kristianstad e virou para oeste. Lá pelas nove, parou num restaurante aberto a noite toda e tomou um café. Havia alguns motoristas de caminhão sentados em silêncio em volta de uma mesa, e um grupo de jovens fazia algazarra numa máquina de jogos eletrônicos. Wallander só tocou no café depois que já estava gelado. Mas acabou tomando e voltou para o carro.

Pouco antes da meia-noite, estava entrando no pátio da casa do pai. A filha saiu para recebê-lo. Wallander sorriu um sorriso cansado e disse que estava tudo bem. Depois perguntou se tinha havido algum telefonema de Kalmar. Linda negou com a cabeça. As únicas ligações tinham sido de jornalistas que descobriram o número do telefone.

— Seu apartamento já foi consertado — ela disse. — Pode voltar para lá.

— Ótimo.

Estava em dúvida sobre se devia ou não ligar para Kalmar. Mas o cansaço venceu. Deixou para o dia seguinte.

Ficaram conversando até tarde, nessa noite. Wallander no entanto não disse nada sobre a sensação de melancolia que o invadira. Por enquanto, essa era uma coisa que queria guardar consigo.

Sikosi Tsiki pegou o ônibus expresso de Kalmar para Estocolmo. Seguiu as instruções de emergência de Konovalenko e chegou à capital pouco depois das quatro da tarde. O vôo para Londres partiria às sete da noite. Perdeu-se e não conseguiu achar o terminal do ônibus para o aeroporto, de modo que tomou um táxi até Arlanda. O motorista não confiava muito em estrangeiros e pediu que a corrida fosse paga adiantadamente. Ele entregou uma nota de mil coroas e depois acomodou-se num canto do banco traseiro. Sikosi Tsiki não fazia a menor idéia de que todos os controladores de passaporte da Suécia estavam procurando por ele. Tudo o que sabia é que devia deixar o país como cidadão sueco, Leif Larson, nome que aprendera a pronunciar muito depressa. Estava totalmente calmo, já que confiava em Konovalenko. Ao passar pela ponte, vira do táxi que alguma coisa tinha acontecido. Mas em instante nenhum duvidou da capacidade de Konovalenko de dar um jeito no desconhecido que aparecera no quintal pela manhã.

Sikosi Tsiki pegou o troco quando chegaram ao aeroporto de Arlanda e negou com a cabeça quando o motorista lhe perguntou se precisava de recibo. Foi para a ala de embarque, fez o *check-in* e parou numa banca de jornais a caminho do controle de passaportes para comprar alguns jornais em inglês.

Se não tivesse parado no jornaleiro, teria sido detido no guichê de controle. Mas durante esses poucos minutos que levou escolhendo e pagando os jornais, os funcionários mudaram de turno. Um dos recém-chegados foi até o banheiro. Uma outra funcionária, uma moça chamada Kerstin Anderson, nesse dia chegara atrasadíssima ao trabalho. Houve algum problema com o carro e ela só apareceu no último minuto no aeroporto de Arlanda. Era uma pessoa conscienciosa, ambiciosa, e normalmente teria chegado com tempo suficiente para ler todos os avisos do dia, a lista de pessoas sob alguma suspeita, bem como as listas ainda vigentes dos dias anteriores. No entanto, nesse dia não teve tempo para nada, de modo que Sikosi Tsiki passou pelo controle com passaporte sueco, um sorriso na cara e nenhum problema. A porta se fechou atrás dele bem no momento em que o colega de Kerstin Anderson voltou do banheiro.

— Alguém em especial hoje, para ficarmos de olho? — perguntou a moça.

— Um negro sul-africano — respondeu o colega.

Kerstin se lembrou do negro que acabara de passar. Mas ele era sueco. Só lá pelas dez horas é que o oficial supervisor apareceu para ver se estava tudo em ordem.

— Não se esqueçam do africano — falou. — Não temos idéia de como se chama nem de com que passaporte ele está viajando.

A funcionária sentiu um aperto repentino na boca do estômago.

— Mas ele é sul-africano, correto? — perguntou.

— Presumivelmente — disse o supervisor. — O que não indica necessariamente a nacionalidade que ele vai assumir quando tentar sair da Suécia.

Imediatamente a moça relatou o que tinha acontecido algumas horas antes. Depois de uma atividade frenética, conseguiram descobrir que o homem com passaporte sueco tomara um avião da British Airways com destino a Londres às sete horas.

O avião decolara sem atraso. Já tinha descido em Londres, e os passageiros também já tinham passado pelo controle de imigração. Sikosi Tsiki aproveitara as horas de espera em Londres para rasgar o passaporte sueco e jogá-lo descarga abaixo. Dali em diante seria um cidadão de Zâmbia chamado Richard Motombwane. Como estava em trânsito, não passara pelo controle, nem com o passaporte sueco nem com o passaporte zambiano. Além do mais, tinha dois bilhetes aéreos distintos. Como não viajara com bagagem, a moça no guichê sueco só vira o bilhete para Londres. No balcão para passageiros em trânsito de Heathrow, ele mostrou o outro bilhete, o que ia até Lusaka. Jogara o bilhete anterior na privada, junto com os restos do passaporte sueco.

Às onze e meia da noite o DC-10 da Air Zambia decolou rumo a Lusaka. Tsiki chegou lá às seis e meia da manhã do sábado. Pegou um táxi até a cidade e comprou um bilhete da South African Airways para o vôo da tarde com destino a Joanesburgo. Já estava reservado havia um certo tempo. Dessa vez, usou o próprio nome. Voltou ao aeroporto de Lusaka, fez o *check-in* e almoçou no restaurante da ala de embarques. Tomou o avião às quinze horas, e pouco depois das cinco o aparelho aterrissava no aeroporto Jan Smuts, nos arredores de Joanesburgo. Foi recebido por Malan, que o levou direto para Hammanskraal e lhe entregou o canhoto do depósito no valor de meio milhão de rands, a última parte do pagamento. Depois deixou-o a sós, dizendo que voltaria no dia seguinte. Nesse meio tempo, Tsiki não deveria sair do perímetro da casa. Ao ficar sozinho, Sikosi Tsiki tomou um banho. Estava cansado, mas contente. A viagem transcorrera sem nenhum percalço. A única coisa que o preocupava é o que teria acontecido com Konovalenko. Por outro lado, não estava especialmente curioso em saber por que motivo estava sendo tão regiamente pago para atirar. Seria possível que alguém valesse tanto dinheiro? Fez a pergunta, mas não se preocupou em responder. Antes que desse meia-noite, já estava aninhado entre lençóis frescos, dormindo a sono solto.

Na manhã do sábado, 23 de maio, duas coisas aconteceram mais ou menos ao mesmo tempo. Jan Kleyn foi libertado em Joanesburgo. Mesmo assim, Scheepers informou-o de que poderia voltar a ser chamado para interrogatório a qualquer momento.

Depois ficou na janela, vendo Jan Kleyn e o advogado Kritzinger caminharem até os respectivos carros. Scheepers solicitara que fosse vigiado vinte e quatro horas por dia. Tinha certeza de que Jan Kleyn já esperava por isso, mas achava que pelo menos a campana o forçaria a ser passivo.

Não conseguira arrancar nenhuma informação que pudesse esclarecer as circunstâncias que envolviam o Comitê. Por outro lado, agora tinha praticamente certeza de que o palco para o pretendido assassinato seria a cidade de Durban no dia 3 de julho e não mais a Cidade do Cabo em 12 de junho. Toda vez que voltava ao assunto da caderneta, Jan Kleyn exibia sinais de nervosismo e, na opinião do promotor, ninguém neste mundo conseguiria fingir reações como suor e tremor nas mãos.

Bocejou. Ergueria as mãos para o céu quando tudo aquilo estivesse encerrado. Ao mesmo tempo, via aumentarem as possibilidades de Wervey ficar satisfeito com seu trabalho.

De repente se lembrou de novo da leoa branca deitada na beira do rio, ao luar.

Em breve voltaria a visitá-la.

Quase na mesma hora em que Jan Kleyn estava sendo liberado no hemisfério sul, Kurt Wallander voltava a sua sala na delegacia de Ystad. Recebera parabéns e votos de boas-vindas dos colegas que já estavam no batente no início da manhã do sábado. Sorriu seu sorriso de esguelha e resmungou qualquer coisa ininteligível em resposta. Ao chegar à sala, fechou a porta e tirou o telefone do gancho. O corpo todo reagia como se tivesse tomado o maior porre na noite anterior, embora não houvesse tocado em bebida. A sensação era de remorso. As mãos tremiam. Ele suava. Levou cerca de dez minutos para juntar forças suficientes para ligar para a delegacia de Kalmar. Foi Blomstrand quem atendeu e passou a notícia frustrante de que com toda a certeza o africano procurado saíra do país na noite anterior, pelo aeroporto de Arlanda.

— Como isso é possível? — Wallander estava indignado.

— Falta de atenção e um pouco de azar — disse Blomstrand, explicando o que acontecera.

— Para que a gente se esforça tanto? — perguntou o inspetor, depois que Blomstrand terminou.

Encerrada a conversa, tornou a deixar o fone fora do gancho. Abriu a janela e ficou ali parado, escutando um passarinho cantando numa árvore. O dia ia ser quente. Logo estariam em 1º de junho. O mês inteiro de maio passara sem que tivesse se dado conta de fato de que as árvores tinham enfolhado, que as flores começavam a desabrochar e que os aromas do início do verão estavam pelo ar.

Voltou para a escrivaninha. Havia uma coisa que não poderia adiar até a semana seguinte. Pôs uma folha de papel na máquina de escrever, pegou o dicionário de inglês e começou, lentamente, a redigir um breve relatório a seus desconhecidos colegas da África do Sul. Relatou tudo o que sabia sobre o planejado assassinato e descreveu com detalhes o que acontecera. Ao chegar quase ao fim da vida de Victor Mabasha, pôs outra folha na máquina. Continuou redigindo seu relatório por mais uma hora e terminou com a informação mais importante de todas: a de que um homem chamado Sikosi Tsiki era o substituto de Mabasha. Infelizmente conseguira escapar da Suécia. A dedução óbvia é que estaria indo para a África do Sul. Por último identificou-se, pôs o número do telex da seção sueca da Interpol e disse que poderiam entrar em contato com ele se precisassem de maiores informações. Quando terminou de bater o relatório, deu instruções à secretária para enviá-lo com urgência à África do Sul.

Em seguida foi para casa. Era a primeira vez que entrava ali depois da explosão.

Sentia-se um estranho no próprio apartamento. A mobília que fora danificada pela fumaça estava empilhada num canto, coberta por um plástico. Puxou uma cadeira e sentou.

A atmosfera estava sufocante.

Perguntou-se como iria superar tudo o que acontecera.

Por volta dessa hora sua mensagem de telex chegou a Estocolmo. Um funcionário temporário não totalmente familiarizado com os procedimentos recebeu instruções de enviar a mensagem para a África do Sul. Devido a problemas técnicos e a uma certa falta de cuidado na hora de conferir, a segunda página do relatório de Wallander nunca foi enviada. De modo que a polícia sul-africana foi informada na noite de sábado, 23 de maio, que um atirador profissional chamado Victor Mabasha estava planejando matar alguém na África do Sul. A polícia da seção de Joanesburgo da Interpol ficou intrigada com a estranha mensagem. Não estava assinada e terminava de maneira abrupta. Fosse como fosse, o inspetor Borstlap deixara instruções para que lhe enviassem prontamente qualquer mensagem de telex vinda da Suécia. Como o telex chegou a Joanesburgo no sábado à noite, Borstlap só foi recebê-lo na segunda-feira. E no mesmo instante ligou para Scheepers.

Agora eles tinham a confirmação do que estava escrito na carta assinada pelo misterioso Steve.

O homem que estavam procurando chamava-se Victor Mabasha.

Scheepers também achou o telex curiosamente abrupto e ficou preocupado com a falta de assinatura. Mas como era apenas a confirmação de algo que já sabiam, deixou as dúvidas de lado.

Dali em diante, todos os recursos seriam concentrados na caça a Victor Mabasha. Todos os postos de fronteira estavam de sobreaviso. Todos prontos.

33

Assim que foi solto por Georg Scheepers, Jan Kleyn ligou para Franz Malan de sua casa em Pretória. Tinha certeza absoluta de que seus telefones estavam todos grampeados. Só que possuía uma outra linha conhecida apenas de alguns agentes especiais do BOSS operantes nos centros de comunicação envolvidos com a segurança nacional. Havia muitas linhas telefônicas na África do Sul que não existiam oficialmente.

Franz Malan ficou surpreso. Não sabia que Jan Kleyn já fora liberado. Como havia motivos de sobra para desconfiar de que o telefone de Malan também estivesse grampeado, Kleyn usou um código previamente combinado para impedir o colega de dizer qualquer coisa que não pudesse ser mencionada ao telefone. A coisa toda foi camuflada como tendo sido um engano. Jan Kleyn pediu para falar com Horst, depois se desculpou e desligou. Franz Malan consultou a lista de códigos especiais para conferir o significado. Duas horas depois da ligação, devia fazer contato de um determinado telefone público para outro.

Jan Kleyn queria tomar conhecimento o mais rápido possível de tudo o que acontecera durante sua detenção. Também queria deixar bem claro quem era o responsável absoluto pelo plano. Sabia que poderia se livrar de quem quer que fosse que estivesse em sua cola. Mas mesmo assim seria arriscado demais estabelecer um contato pessoal com Malan, ou ir até Hammanskraal; Sikosi Tsiki presumivelmente já estaria instalado lá ou prestes a chegar.

Ao sair de casa, Jan Kleyn não demorou mais que alguns minutos para localizar o carro que o seguia. Tinha certeza de que haveria um outro na frente, mas não era isso que o preocupava no momento. Os policiais ficariam curiosos, claro, quando parasse para dar um telefonema. O fato seria registrado. Mas eles nunca descobririam o que fora dito.

Ficou sabendo que Sikosi Tsiki já havia chegado. Só não entendeu por que ainda não tinham tido notícias de Konovalenko. No plano mestre, ficara combinado que o russo seria notificado da chegada de Sikosi Tsiki ao país. As informações deveriam ser trocadas até no máximo três horas após a hora prevista do pouso. Jan Kleyn deu algumas instruções breves a Franz Malan. Combinaram também de voltar a se falar de duas outras cabinas telefônicas no dia seguinte. Jan Kleyn tentou descobrir algum indício de que Malan estivesse apreensivo. Mas não detectou nada além do jeito meio nervoso de sempre do outro se expressar.

Terminada a ligação, foi almoçar num dos restaurantes mais caros de Pretória. Sentiu uma certa satisfação ao imaginar a reação horrorizada do promotor quando recebesse a lista dos recibos de despesas do pessoal que fazia a campana. Estava vendo o sujeito numa mesa na outra ponta do restaurante. Na verdade já chegara à conclusão de que Scheepers não era digno de continuar vivendo numa África do Sul que, dentro de um ano e pouco, estaria mais bem organizada do que nunca, cumprindo ainda mais fielmente as diretrizes dos velhos ideais gerados e defendidos com unhas e dentes por uma comunidade fechada de bôeres.

Havia momentos, porém, em que se pegava pensando na horrenda possibilidade de o plano todo estar condenado ao fracasso. E aí não haveria como voltar atrás. Os bôeres, tendo perdido, veriam seus antigos territórios sendo governados por negros que não iriam mais permitir que os brancos levassem as vidas privilegiadas de antes. Era uma espécie de visão negativa que tinha dificuldade em afastar. Mas logo em seguida recobrava o autocontrole. Eram apenas momentos brevíssimos de fraqueza, dizia a si mesmo. Acabei me deixando influenciar pela visão sempre negativa que os sul-africanos de origem britânica têm de nós, os bôeres. Eles sabem que a verdadeira alma do país está em nós. Somos o povo escolhido por Deus e pela História, não eles, e por isso acalentam essa inveja insana da qual não conseguem se desvencilhar.

Pagou pelo almoço, sorriu ao passar pela mesa onde estava o policial, um sujeito baixinho, muito acima do peso ideal, suando por todos os poros, e foi para casa. Pelo espelho retrovisor, viu que tinha nova companhia. Depois de guardar o carro na garagem, continuou sua análise metódica de quem poderia tê-lo traído e fornecido informações a Scheepers.

Serviu-se de um cálice de porto e sentou-se na sala. Fechou as cortinas e apagou todas as lâmpadas, exceto uma luminária discreta focada sobre um quadro. Sempre conseguia pensar melhor na penumbra.

Os dias passados com Scheepers o fizeram odiar ainda mais o atual regime. Não conseguia deixar de sentir a humilhação de ele, um alto funcionário público de lealdade inquestionável, um homem de confiança do serviço de inteligência, ter sido detido sob suspeita de exercer atividades subversivas. Era justamente o oposto. Se não fosse pelo que ele e o Comitê estavam fazendo, o risco de um colapso nacional seria real, não imaginário. Enquanto bebericava o porto, convenceu-se ainda mais de que Nelson Mandela tinha de morrer. Não considerava mais o assunto como um assassinato, e sim como uma execução, segundo a constituição não escrita que representava.

Havia um outro elemento de preocupação vindo se somar a sua irritabilidade. Obviamente — e isso ficara bem claro a partir do momento em que recebera a ligação do segurança pessoal de De Klerk, do fiel informante da causa — alguém andava fornecendo ao promotor informações que na verdade deveriam ser impossíveis de obter. Alguém muito próximo simplesmente o traíra. Era preciso descobrir quem, e rápido. O que o deixava ainda mais preocupado é que Franz Malan não podia ser excluído por completo. Nem ele nem qualquer outro membro do Comitê. Além desses homens, haveria quem sabe dois, no máximo três colegas do BOSS que poderiam ter decidido, por motivos desconhecidos, entregar o ouro todo.

No escuro, pensava em cada um desses homens, vasculhando a memória em busca de alguma pista; mas não encontrou nenhuma.

Trabalhava com um misto de intuição, fatos e eliminações. Perguntou-se quem teria algo a ganhar com a delação, quem o detestava tanto que valesse a pena correr o risco de ser descoberto. Reduziu as possibilidades de dezesseis para oito pessoas. Depois recomeçou de novo e a cada vez sobravam ainda menos candidatos a traidor.

No fim, não restou ninguém. Sua pergunta continuava sem resposta.

Foi então que pensou pela primeira vez na possibilidade de que fosse Miranda. Somente quando não restou mais ninguém possível é que foi forçado a aceitar que também ela era uma probabilidade. Só de pensar, sentiu-se preocupadíssimo. Era algo proibido, impossível. Mesmo assim, a suspeita existia, e ele não tinha escolha senão confrontar Miranda com ela. No fundo, achava que a desconfiança era injustificada. Como tinha certeza de que ela não poderia mentir para ele sem que notasse, tudo se resolveria assim que lhe falasse. Em algum momento, precisaria se livrar dos policiais que o vigiavam dia e noite para poder ir visitar Miranda e a filha em Bezuidenhout. A resposta tinha de estar entre as pessoas da lista que acabara de fazer. O problema é que ainda não achara uma resposta. Afastou tanto os papéis quanto as idéias da cabeça e concentrou-se em sua coleção de moedas. Observar a beleza das várias moedas e imaginar seu valor sempre o enchiam de calma. Apanhou uma velha moeda brilhante de ouro. Era um rand antigo do Kruger e tinha a mesma durabilidade atemporal das tradições africânderes. Segurou-a diante da luz e viu que estava com uma pequena mancha, quase invisível. Pegou a flanela de polir, tão cuidadosamente dobrada, e com ela esfregou a moeda de ouro até que começasse a brilhar de novo.

Três dias depois, no final da tarde da quarta-feira, foi visitar Miranda e Matilda em Bezuidenhout. Como não queria ser seguido nem mesmo até Joanesburgo, resolveu despistar sua cola já na região central de Pretória. Algumas poucas manobras simples foram suficientes para eliminar os homens de Scheepers. Mesmo tendo se livrado da campana, não tirava os olhos do retrovisor, na estrada para Joanesburgo. Chegando à cidade, rodou mais um pouco no centro comercial, só para ter certeza de que não estava enganado. Somente depois de eliminar toda e qualquer dúvida tomou o caminho que o levaria a Bezuidenhout. Era muito raro que fosse visitá-las no meio da semana, sobretudo sem avisar. Seria uma surpresa para as duas. Pouco antes de chegar, parou num supermercado e comprou comida para um jantar a três. Eram cerca de cinco e meia da tarde quando entrou na rua onde ficava a casa.

De início pensou que seus olhos o enganavam.

Depois deu-se conta de que o homem que acabara de pisar na calçada tinha saído do portão de Miranda.

Um negro.

Parou no meio-fio e viu o homem andando em sua direção, só que do outro lado da rua. Baixou o pára-sol de ambos os lados do vidro para não ser visto. E ficou observando.

De repente, reconheceu-o. Era o mesmo homem que vinham mantendo sob vigilância havia muito tempo. Embora nunca tivessem conseguido provar nada, os agentes do BOSS não tinham a menor dúvida de que pertencia a uma das facções mais radicais do CNA e que inclusive estaria por trás de uma série de atentados a bomba contra lojas e restaurantes. Conhecido como Martin, Steve ou Richard.

Jan Kleyn viu o homem passando pelo carro e sumindo em seguida.

Ficou petrificado. Com a cabeça em rebuliço, levou algum tempo para se recuperar. Mas não havia como reverter a questão: as suspeitas que se recusara a levar a sério tinham se tornado reais. Na hora em que eliminou os suspeitos, um atrás do outro, e acabou sem nenhum, estava na pista certa. A única outra possibilidade era Miranda. Era algo ao mesmo tempo verdadeiro e inconcebível. Durante alguns momentos sentiu-se esmagado pela dor. Depois voltou à costumeira frieza de gelo. A temperatura dentro dele diminuía na mesma proporção em que crescia sua fúria, ou ao menos era assim que lhe parecia. Num piscar de olhos, o amor virara ódio. Voltado contra Miranda, não contra Matilda: ele considerava a filha uma inocente, mais uma vítima da perfídia da mãe. Agarrou o volante com toda a firmeza. Controlou o impulso de ir até a casa, derrubar a porta e olhar Miranda nos olhos uma última vez. Não chegaria perto de lá até estar totalmente calmo. Ira descontrolada era sinal de fraqueza. E isso era uma coisa que não tinha a menor vontade de exibir na frente de Miranda ou da filha.

Jan Kleyn não conseguia entender. O que entendia o deixava irado. Dedicara a vida a combater a desordem. Para ele, a desordem incluía tudo o que não fosse claro. Tudo o que não compreendia devia ser combatido, da mesma forma como era preciso combater todas as outras causas da crescente confusão e decadência da sociedade.

Continuou sentado dentro do carro um tempão. A noite veio. Só depois que se sentiu totalmente calmo é que estacionou na porta da casa. Reparou num movimento muito ligeiro por trás das cortinas da janelona da sala. Apanhou as sacolas de comida e abriu o portão.

Sorriu para ela, quando a porta se abriu. Houve um momento, tão curto que mal conseguiu notá-lo, em que desejou que fosse tudo imaginação sua. Mas não. Agora sabia a verdade, e queria ver o que havia por trás dela.

Na penumbra da sala era difícil distinguir as feições escuras.

— Vim visitar vocês. Resolvi fazer uma surpresa.

— Você nunca fez isso antes.

De repente teve a impressão de que nunca ouvira essa voz rouca e estranha. Bem que gostaria de vê-la um pouco mais claramente. Será que já desconfiara de que ele tinha visto o homem saindo da casa?

Nesse momento, Matilda apareceu, vinda do quarto. Olhou para ele sem dizer uma palavra. Ela sabe, pensou Jan Kleyn. Ela sabe que a mãe me traiu. Mas de que outro jeito poderá protegê-la, a não ser permanecendo calada?

Pôs as sacolas no chão e tirou o paletó.

— Quero que saia daqui — Miranda falou.

De início pensou ter entendido mal. Virou-se, com o paletó ainda na mão.

— Está me pedindo para que saia?

— Estou.

Jan Kleyn contemplou o paletó alguns momentos, antes de deixá-lo cair no chão. Depois deu uma bofetada na mulher, com toda a força. Miranda perdeu o equilíbrio, mas não a consciência. Antes que pudesse se pôr de pé, ele a agarrou pela blusa e levantou-a.

— Você está me pedindo para sair. — Jan Kleyn estava ofegante. — Mas se alguém aqui vai sair é você. Só que não vai a parte alguma.

Arrastou-a então até a sala e jogou-a sobre o sofá. Matilda adiantou-se para ajudá-la, mas Miranda gritou para que ficasse longe.

Jan Kleyn sentou-se numa cadeira, na frente dela. A escuridão da sala de repente o deixou furioso. Levantou-se de um tranco e acendeu todas as luzes que encontrou. E então viu que ela sangrava, pelo nariz e pela boca. Sentou-se de novo e ficou olhando para ela.

— Um homem saiu desta casa. Um negro. O que ele estava fazendo aqui?

Miranda não respondeu. Não estava nem mesmo olhando para ele. Nem prestando atenção ao sangue que pingava do rosto.

A ele, parecia tudo uma grande perda de tempo. Não importava o que lhe dissesse, o fato é que o traíra. Era o fim da linha. Não havia mais por onde seguir adiante. Não sabia o que faria com ela. Não conseguia imaginar uma forma de vingança que fosse suficientemente cruel. Olhou para Matilda. Ela ainda não se mexera. No rosto, trazia uma expressão que nunca vira antes. Não sabia dizer o que era. E isso o deixou inseguro. Viu que Miranda o olhava.

— Quero que vá embora agora. E não quero que volte para me ver, nunca mais. Esta casa é sua. Pode ficar com ela. Nós vamos mudar.

Ela está me desafiando, pensou. Como ousa? Sentiu a raiva crescendo de novo. Teve de se segurar para não bater nela outra vez.

— Ninguém vai sair daqui. Só quero que me diga o que está havendo.

— O que você quer saber?

— Com quem andou falando. A meu respeito. O que disse. E por quê.

Ela o olhou bem dentro dos olhos. O sangue sob o nariz e no queixo já coagulara.

— Contei a eles o que encontrei nos seus bolsos enquanto você dormia aqui. Ouvi o que dizia dormindo e anotei. Talvez não tenha o menor valor. Mas tomara que seja sua ruína.

Ela falava numa voz estranha, rouca. Agora percebia que essa era sua voz normal, e não a que usara durante tantos anos, uma voz postiça. Tudo era postiço. Não conseguia enxergar mais substância nenhuma em seu relacionamento com ela.

— E onde você estaria sem minha ajuda?

— Quem sabe morta. Mas talvez fosse feliz.

— Estaria vivendo numa favela.

— Talvez nós tivéssemos ajudado a derrubá-la.

— Deixe minha filha fora disso.

— Você é pai de uma criança, Jan Kleyn. Mas você não tem uma filha. Você não tem coisa alguma, exceto sua própria ruína.

Havia um cinzeiro na mesinha de centro, entre eles. Agora que as palavras lhe fugiam, agarrou o objeto e jogou-o com toda a força em cima da cabeça dela. Miranda conseguiu se esquivar. O cinzeiro caiu do lado, no sofá. Ele saltou da cadeira, atirou a mesa para um canto, agarrou o cinzeiro e segurou-o sobre a cabeça de Miranda. Ao mesmo tempo, ouviu um silvo, como se viesse de um animal. Olhou para Matilda, que se aproximara. Ela silvava por entre os dentes cerrados. Não conseguiu entender o que dizia, mas viu perfeitamente que ela tinha uma arma na mão.

E então Matilda disparou. Atingiu-o no peito e ele viveu mais um minuto antes de desabar no chão. As duas ficaram olhando para ele — Jan Kleyn pôde perceber ao menos isso, ainda que a visão estivesse sumindo. Tentou dizer alguma coisa, tentou se agarrar à vida que lhe escapava. Mas não havia nada em que se agarrar. Não havia nada.

Miranda não sentiu alívio, mas também não sentiu medo algum. Olhou para a filha, que virara as costas ao cadáver. Depois foi ligar para o homem que viera vê-las, o que se chamava Scheepers. Tinha procurado o número do telefone dele, um pouco antes, e anotado num pedaço de papel, ao lado do telefone. Agora percebia por que fizera isso.

Atendeu uma mulher, dizendo se chamar Judith. Ela chamou o marido, que atendeu na hora. Scheepers prometeu ir a Bezuidenhout imediatamente e pediu-lhe para não fazer coisa alguma até ele chegar.

Explicou à mulher que o jantar teria de ficar para depois. Mas não contou por quê, e ela reprimiu o desejo de perguntar. Sua missão especial estaria terminada em breve, ele explicara no dia anterior. Aí então tudo voltaria ao normal e eles poderiam ir ao Kruger de novo, para ver se a leoa branca continuava por lá e se eles ainda sentiriam medo dela. Ligou para Borstlap, depois de tentar uma série de números. Deu-lhe o endereço, mas pediu que não entrasse até ele próprio chegar.

Quando parou em Bezuidenhout, Borstlap estava encostado no carro, esperando. Miranda abriu a porta. Eles entraram na sala. Scheepers pôs a mão no ombro de Borstlap.

— O morto que está aí no chão é Jan Kleyn.

Borstlap olhou-o espantado.

Jan Kleyn estava morto. Era surpreendente a palidez do homem, e o quão magro era seu rosto, quase uma caveira. Scheepers tentou se decidir se o que estava vendo era o fim de uma história maligna ou trágica. Ainda não sabia a resposta.

— Ele me bateu. Eu o matei — falou Miranda.

Quando disse isso, Scheepers calhou de ter Matilda em seu campo de visão. Deu para perceber que a moça se surpreendera com as palavras da mãe. O promotor entendeu que fora ela que matara Jan Kleyn, fora ela que matara o pai. Que Miranda tinha apanhado, dava para ver pela cara ensangüentada. Será que Jan Kleyn teve tempo de atinar com o que estava acontecendo? Que iria morrer e que era sua filha quem segurava a última arma que lhe seria apontada?

Não disse nada, mas fez um sinal para que Borstlap o acompanhasse até a cozinha. Depois fechou a porta.

— Pouco me importa como você vai fazer isso, mas quero que tire este corpo daqui e dê um jeito para que pareça suicídio. Jan Kleyn foi detido e interrogado. Isso feriu seu amor-próprio. Defendeu a honra cometendo suicídio. Acho que o motivo dá para o gasto. Acobertar incidentes envolvendo gente do serviço de inteligência não é das coisas mais complicadas. Gostaria que se encarregasse disso agora mesmo, ou pelo menos antes de amanhã de manhã.

— Estou arriscando meu emprego com isso.

— Dou-lhe minha palavra de que você não estará arriscando nada.

Borstlap olhou-o pelo que pareceu uma eternidade.

— Quem são essas mulheres?

— Pessoas que você nunca viu.

— Claro, tudo tem a ver com a segurança do país — falou Borstlap, e Scheepers gostou da ironia cansada.

— Justamente. Com a segurança do país.

— Mais uma mentira. Este país é uma linha de montagem de mentiras, vinte e quatro horas por dia. O que vai acontecer quando a coisa toda vier abaixo?

— Por que nós estamos tentando evitar um assassinato? — foi a resposta de Scheepers.

O inspetor balançou a cabeça, devagar.

— Certo. Eu cuido disso.

— Sozinho.

— Ninguém vai me ver. Vou largar o corpo em algum lugar no meio do mato. E vou dar um jeito para ficar encarregado das investigações.

— Vou dizer a elas. Elas abrirão a porta para você quando voltar.

Borstlap deixou a casa.

Miranda tinha posto um cobertor sobre o corpo de Jan Kleyn. De repente o promotor se sentiu cansado de todas as mentiras que o rodeavam, mentiras que em parte levava dentro de si também.

— Sei que foi sua filha que atirou nele. Mas isso não tem a menor importância. Não no que me diz respeito, pelo menos. Se importa para vocês, receio que seja uma coisa com a qual terão de lidar sozinhas. O corpo vai desaparecer ainda hoje, logo mais. O policial que veio comigo vem apanhá-lo. E vai dar o caso como tendo sido suicídio. Ninguém saberá o que aconteceu aqui. Eu garanto a vocês.

Scheepers teve a impressão de ter visto um brilho de gratidão nos olhos de Miranda.

— De certa forma, talvez tenha sido suicídio. Um homem que viveu como ele viveu talvez não pudesse esperar outra coisa.

— Não consigo nem mesmo chorar por ele. Não sinto nada.

— Eu o odiava — Matilda falou de repente.

Scheepers reparou que ela chorava.

Matar um ser humano, pensou. Por mais que você odeie uma pessoa, por mais desesperado que esteja, fica sempre uma ferida na alma que não sara jamais. Ele era pai dela, afinal de contas, o pai que ela não escolheu, mas do qual não podia se livrar.

Não ficou muito tempo, já que percebeu que as duas precisavam uma da outra mais do que qualquer outra coisa. Mas, quando Miranda lhe pediu para voltar, ele prometeu que o faria.

— Vamos ter que nos mudar.

— Para onde?

Ela apontou os braços para o alto.

— Isso é uma coisa que eu não posso decidir sozinha. Talvez seja melhor que Matilda decida.

Scheepers voltou para casa e para seu jantar. Estava pensativo e distante. Quando Judith perguntou quanto tempo mais duraria sua missão especial, sentiu-se culpado.

— Vai terminar logo.

Borstlap ligou pouco antes da meia-noite.

— Achei melhor avisá-lo de que Jan Kleyn se suicidou. Vão encontrá-lo amanhã de manhã num estacionamento, entre Joanesburgo e Pretória.

Quem será o homem forte, agora? Quem irá dirigir o Comitê de agora em diante? Scheepers gostaria de saber.

Borstlap morava no bairro de Kensington, um dos mais antigos de Joanesburgo. A mulher trabalhava à noite, era enfermeira no grande quartel militar da cidade. Como os três filhos já tivessem largado o ninho, o inspetor passava a maior parte das noites de segunda à sexta sozinho. Em geral se sentia tão exausto ao chegar do trabalho que não tinha forças para mais nada a não ser assistir à televisão.

De vez em quando descia até uma pequena oficina que construíra para si, no porão. E ali recortava silhuetas. Era uma arte que aprendera com o pai, embora nunca tivesse conseguido ser tão habilidoso quanto o velho. Mas era um passatempo repousante, recortar, com o maior cuidado e tremenda ousadia, perfis em papel negro. Naquela noite em especial, depois de ter levado Jan Kleyn até o estacionamento mal iluminado que calhara de ter conhecido algum tempo antes, por causa de um homicídio havido no local, teve muita dificuldade para relaxar. Resolveu então recortar silhuetas dos filhos e ao mesmo tempo refletir um pouco melhor sobre o trabalho que vinha fazendo nos últimos dias ao lado de Scheepers. A primeira reação era a de que estava gostando de trabalhar com o jovem promotor. Scheepers era inteligente, animado e com imaginação de sobra. Escutava o que os outros tinham a dizer e não hesitava em admitir seus erros, quando necessário. Mas Borstlap se perguntava qual seria de fato sua missão. Percebia se tratar de algo muito sério, de uma conspiração, de uma ameaça de assassinar Nelson Mandela que precisava ser impedida. Mas, fora isso, seu conhecimento da questão era parco. Desconfiava de que houvesse um complô monstruoso, mas o único envolvido que conhecia era Jan Kleyn. Às vezes tinha a impressão de que estava participando de uma investigação com uma venda nos olhos. Contara isso para Scheepers, um dia, e ele respondera dizendo que compreendia a sensação. Mas que não havia nada que pudesse fazer para ajudar. Estava de mãos atadas pelo nível de sigilo com que tinha de trabalhar.

Naquela segunda-feira de manhã em que a estranha mensagem de telex vinda da Suécia aterrissara em sua mesa, Scheepers pusera mãos à obra sem perda de tempo. Depois de umas duas horas de pesquisa, tinham conseguido encontrar a ficha de Victor Mabasha, e a tensão aumentara ainda mais quando descobriram que o sujeito estivera inúmeras vezes sob a suspeita de ser um matador profissional envolvido em crimes encomendados. Nunca fora condenado. Lendo-se nas entrelinhas dos casos, era óbvio que se tratava de alguém muito inteligente que trabalhava sempre cercado por excelente camuflagem e boas medidas de segurança. Seu mais recente endereço conhecido era o distrito negro de Ntibane, nos arredores de Umtata, não muito longe de Durban. O que aumentou imediatamente a possibilidade de que o atentado fosse ser em Durban no dia 3 de julho. Borstlap entrara em contato na mesma hora com seus colegas de Umtata, que confirmaram estar de olho em Victor Mabasha havia tempos. Nessa mesma tarde, Scheepers e Borstlap tinham ido até lá. Juntaram-se aos detetives locais e deram uma busca no barraco de Victor Mabasha ao amanhecer. Estava vazio. Scheepers teve dificuldade em disfarçar a frustração, e Borstlap se perguntava o que poderiam fazer agora. Voltaram para Joanesburgo e mobilizaram todos os recursos disponíveis para encontrar o suspeito. E combinaram que a desculpa oficial, por enquanto, seria a de que Victor Mabasha estava sendo procurado por ataques violentos contra mulheres brancas na província de Transkei.

Ao mesmo tempo foram distribuídos avisos severos para que a história de Victor Mabasha não chegasse aos meios de comunicação. Estavam todos trabalhando vinte e quatro horas por dia. Mesmo assim não conseguiram encontrar a menor pista do homem que estavam procurando. E agora Jan Kleyn estava morto.

Borstlap bocejou, largou a tesoura e espreguiçou.

No dia seguinte, teria de começar tudo de novo, pensou. Mas ainda havia tempo, fosse a data crucial o 12 de junho ou o 3 de julho.

Borstlap não estava tão convicto quanto Scheepers de que as provas indicando a Cidade do Cabo fossem uma pista falsa. Parecia-lhe que era sua obrigação servir de advogado do diabo para as conclusões do promotor e ficar de olho nos indícios que conduziam à Cidade do Cabo.

Na quinta-feira, 28 de maio, Borstlap encontrou-se com Scheepers às oito da manhã.

— Jan Kleyn foi encontrado pouco depois das seis horas de hoje — disse o inspetor. — Por um motorista que parou para dar uma urinada. O cara informou a polícia na hora. Falei com a primeira viatura que chegou ao local. Eles disseram que foi obviamente um suicídio.

Scheepers assentiu. Era evidente que fizera uma ótima escolha ao pedir o inspetor Borstlap como assistente.

— Temos ainda duas semanas antes do 12 de junho. E pouco mais de um mês até 3 de julho. Em outras palavras, ainda temos tempo para encontrar o paradeiro de Victor Mabasha. Não sou tira, mas acho que temos tempo de sobra.

— Depende muito. Esse Victor Mabasha é um criminoso experiente. Pode ficar escondido por longos períodos. Pode desaparecer num aldeamento negro ou noutro, e aí nunca o encontraremos.

— Mas precisamos encontrá-lo. Não esqueça que, com a autoridade que me deram, posso exigir recursos praticamente ilimitados.

— Essa não é a maneira correta para achá-lo. Você pode mandar o exército cercar Soweto e depois soltar os batalhões de pára-quedistas em cima que não vai achá-lo. Por outro lado, com toda a certeza terá uma revolta para aplacar.

— Então o que você acha?

— Anuncie discretamente que há uma recompensa de cinqüenta mil rands. E um recado igualmente discreto para o submundo de que estamos dispostos a pagar por qualquer informação que nos permita localizar o paradeiro de Victor Mabasha. Isso nos dará uma chance bem melhor de encontrá-lo.

Scheepers o olhou meio duvidoso.

— É assim que a polícia lida com os crimes?

— Nem sempre. Mas de vez em quando acontece.

Scheepers encolheu os ombros.

— Você é quem entende desses assuntos. Eu cuido do dinheiro.

— O aviso já estará circulando esta noite.

Scheepers voltou suas atenções para Durban. Tão logo quanto possível, deveriam dar uma espiada no estádio onde Nelson Mandela faria seu discurso a uma grande multidão. Precisavam descobrir quais eram as medidas de segurança que a polícia local pretendia tomar. Precisavam de uma estratégia para o caso de não conseguirem encontrar Victor Mabasha. Por sua vez, Borstlap estava preocupado de ver que o promotor não levava a alternativa da Cidade do Cabo tão a sério quanto Durban. Não disse nada, mas decidiu entrar em contato com um colega de lá e pedir-lhe que fizesse algumas investigações sobre o assunto.

Nessa mesma noite, Borstlap procurou alguns informantes da polícia de quem regularmente recebia boatos mais ou menos úteis.

Cinqüenta mil rands era um bocado de grana.

O inspetor sabia que a caçada a Victor Mabasha acabara de começar para valer.

34

Na manhã de quarta-feira, 10 de junho, Kurt Wallander recebeu licença médica vigente a partir dali. Segundo o médico, que o achava um homem taciturno e fechado, o inspetor fora muito vago, sem saber ao certo o que o estava incomodando. Falava de pesadelos, insônia, dores no estômago, ataques noturnos de pânico, momentos em que achava que o coração ia parar de bater — em outras palavras, de todos os conhecidos sintomas de estresse que poderiam facilmente levar a um colapso nervoso. Naquela altura, Wallander já estava indo ver o médico dia sim, dia não. Os sintomas variavam, e a cada visita tinha uma opinião diferente sobre qual deles seria o pior. Também começara a ter crises repentinas de choro convulsivo. O médico, que acabou lhe concedendo uma licença devido a uma depressão aguda, e que também lhe receitou antidepressivos, não tinha motivo algum para duvidar da seriedade da situação. Num curto espaço de tempo, Kurt Wallander matara um ser humano e contribuíra ativamente para que outro morresse queimado. Também não poderia lavar as mãos de toda a responsabilidade pela mulher que morrera ajudando sua filha a fugir. Mas, acima de tudo, o inspetor se sentia culpado pela morte de Victor Mabasha. Era natural que as reações tivessem começado a se manifestar depois da morte de Konovalenko. Não havia mais ninguém para perseguir e ninguém o perseguindo. Paradoxalmente, o surgimento da depressão indicava que a pressão sobre ele tinha diminuído. Agora teria tempo de pôr a própria casa em ordem, e foi aí que a melancolia rompeu todas as barreiras que conseguira erguer até então.

Depois de alguns meses, muitos colegas começaram a duvidar de que o inspetor voltasse. Às vezes, quando chegavam notícias à delegacia de suas viagens curiosas a lugares próximos e distantes, até a Dinamarca ou as ilhas do Caribe, houve inclusive quem achasse que Wallander deveria receber aposentadoria precoce. Só de concebê-la, essa idéia causava muita tristeza. Mas, na verdade, não foi o que aconteceu. O inspetor acabou voltando, mesmo que tenha levado um tempo enorme para fazê-lo.

Seja como for, no dia seguinte ao do recebimento da licença por motivos de saúde, fez um dia quente e sem vento, típico do verão da Escânia, e Wallander estava em sua sala. Ainda precisava resolver uns assuntos e limpar a escrivaninha da papelada toda, antes de poder partir em busca da cura para sua depressão. Sentia uma sensação incômoda de incerteza e se perguntava quando estaria apto a voltar ao trabalho.

Tinha chegado à delegacia às seis da manhã, depois de uma noite de insônia no apartamento. Durante as horas silenciosas do começo do dia, conseguira pelo menos completar seu extenso relatório sobre a morte de Louise Åkerblom e tudo o mais que viera em seguida. Releu o que escrevera e foi como descer uma vez mais aos infernos, repetindo a viagem que desejaria jamais ter precisado fazer. Além disso, estava prestes a entregar um relatório que não era inteiramente verídico, sob certos aspectos. Continuava sendo um mistério para ele o porquê de alguns trechos de seu estranho sumiço e de sua colaboração secreta com Victor Mabasha ainda não terem sido desvendados. As explicações extremamente frágeis e por vezes contraditórias que fornecera de algumas partes de seu comportamento extraordinário não tinham, como já esperava, despertado grande ceticismo. Só podia imaginar que isso vinha de estar rodeado de simpatia, misturada a um sentimento um tanto vago de *esprit de corps*, porque matara um homem.

Colocou o gordo relatório sobre a escrivaninha e aproximou-se da janela. Em algum lugar, havia uma criança rindo.

E quanto a meu próprio resumo? Eu me peguei numa situação em que não tive mais controle dos acontecimentos, pensou. Cometi todos os erros que um policial pode cometer e o pior de tudo foi que pus a vida de minha própria filha em perigo. Ela me garantiu que não me culpa por aqueles dias tenebrosos em que ficou acorrentada num porão. Mas será que tenho de fato algum direito de acreditar nela? E se por acaso tiver lhe causado um sofrimento que talvez só venha à tona em algum momento no futuro, sob a forma de angústia, pesadelos, uma vida arruinada? É por aí que o meu relatório tem de começar, esse que eu jamais vou escrever. Esse que termina hoje, comigo tão arrebentado que um médico me deu até licença médica por tempo indeterminado.

Voltou à escrivaninha e despencou na cadeira. Não pregara o olho a noite inteira, era verdade, mas o cansaço vinha de algum outro lugar, das profundezas de sua depressão. Seria possível que a fadiga fosse na verdade depressão? Pensou no que iria lhe acontecer dali em diante. O médico sugerira que confrontasse imediatamente as próprias experiências com a ajuda de um psicólogo. Wallander interpretara a sugestão como uma ordem a que precisava obedecer. Mas o que poderia dizer, na verdade?

A sua frente, tinha o convite para o casamento do pai. Não sabia quantas vezes já lera aquilo desde que chegara pelo correio, alguns dias antes. O pai iria se casar com sua auxiliar doméstica um dia antes da véspera do feriado de solstício de verão. Dali a dez dias. Conversara várias vezes com sua irmã Kristina, que fora até lá visitar o pai algumas semanas antes, quando o caos estava no auge, e ele ainda achava que ela conseguiria pôr um ponto final nessa idéia maluca. Mas não. E agora já não tinha mais dúvidas sobre o que iria acontecer. Também não podia negar que o pai estava passando por uma fase de bom humor inigualável, um bom humor como nunca vira antes. Pintara uma tela enorme que serviria de pano de fundo para a cerimônia, no ateliê mesmo. Inacreditável, mas tinha exatamente o mesmo tema das telas que pintara a vida toda — a paisagem estática e romântica de um bosque. A única diferença é que dessa vez a cena fora retratada em proporções gigantescas. Wallander também conversara com Gertrud, a mulher com quem o pai ia se casar. Na verdade fora ela que pedira para falar com ele, e Wallander percebeu que havia afeto verdadeiro de sua parte. Sentiu-se bastante comovido e disse que estava feliz com o casamento dos dois.

A filha fora para Estocolmo uma semana antes. Voltaria para o casamento e depois iria direto para a Itália. O que lhe trouxe à mente a assustadora lembrança da própria solidão. Para onde quer que se virasse, as coisas pareciam igualmente áridas. Uma noite depois da morte de Konovalenko, fora visitar Sten Widén e tomara quase todo seu estoque de uísque. Acabara muito bêbado e começara a falar da sensação de desesperança que o estava afundando. Achava que Sten Widén entenderia, mesmo que o amigo de outrora tivesse suas cavalariças para levar para a cama de vez em quando; achava que pudesse surgir um lampejo superficial de algo que talvez desse para ser chamado de companheirismo. Wallander torcia para que o reencontro com Sten Widén fosse duradouro. Não alimentava nenhuma ilusão de que fossem retomar a velha amizade de juventude. Isso se fora para sempre e não poderia ser ressuscitado.

Teve os pensamentos interrompidos por uma batida à porta. Levou um susto. Já reparara, na semana anterior, na própria delegacia, que sentia receio de estar com as pessoas. A porta abriu-se e Svedberg espiou para dentro, dizendo que não queria perturbá-lo.

— Fiquei sabendo que vai se afastar por uns tempos.

Wallander sentiu um nó na garganta na mesma hora.

— Parece que é preciso — falou, assoando o nariz.

Svedberg percebeu que o inspetor estava emocionado. Mudou de assunto imediatamente.

— Lembra-se daquelas algemas que encontrou numa

gaveta da casa de Louise Åkerblom? Você mencionou o assunto muito de leve, uma vez. Está lembrado?

Wallander fez que sim. Para ele, as algemas tinham representado o lado misterioso da personalidade de cada um. Um dia antes, inclusive, estivera se perguntando quais seriam suas próprias algemas invisíveis.

— Eu estava limpando um armário em casa, ontem — continuou Svedberg. — Havia um monte de revistas velhas que eu queria jogar fora. Mas sabe como é. Acabei me sentando e folheando a pilha toda. E aí vi um artigo sobre uns velhos artistas de variedades. Trazia uma foto de um desses sujeitos que se amarram inteiros e depois dão um jeito de escapar. O cara costumava se apresentar com o nome artístico de O Filho de Houdini, mas na verdade chamava-se Davidsson e um dia parou de fazer malabarismos para se soltar de correntes e cadeados. E sabe por que ele parou?

Wallander abanou a cabeça.

— Ele viu a luz. Tornou-se evangélico. E adivinhe em que congregação ele foi parar?

— A metodista — falou Wallander, pensativo.

— Justamente. Li o artigo todo. No fim, dizia que estava muito bem casado e tinha vários filhos. Entre os quais uma filha chamada Louise. Nascida Davidsson, posteriormente casada com um cara chamado Åkerblom.

— As algemas.

— Uma lembrança do pai. Era simples assim. Não sei o que você achou. Confesso que tive algumas idéias que não daria para repetir na frente das crianças.

— Eu também.

Svedberg se levantou. Parou na soleira e virou.

— Tem só mais uma coisinha. Lembra-se de Peter Hanson?

— O ladrão?

— Esse mesmo. Não sei se você se lembra que pedi a ele para ficar de olho, porque as coisas que foram furtadas do seu apartamento de repente podiam aparecer no mercado. Ele me ligou ontem. Boa parte das suas coisas sem dúvida nenhuma já foi vendida, eu acho. Nunca mais vai recuperá-las. Mas, curiosamente, o cara conseguiu encontrar um CD que ele jura ser seu.

— Ele disse qual?

— Eu anotei.

Svedberg vasculhou os bolsos e no fim acabou encontrando um pedaço amassado de papel.

— *Rigoletto* — leu o policial. — Verdi.

Wallander sorriu.

— Estava sentindo falta desse. Mande lembranças a Peter Hanson e agradeça em meu nome.

— Ele é um ladrão. Não se diz obrigado a um cara desses.

Svedberg saiu da sala rindo. Wallander começou a lidar com as pilhas restantes de papéis. Eram já quase onze horas, e esperava ter terminado de limpar a mesa até o meio-dia.

O telefone tocou. De início pensou em não tomar conhecimento. Depois atendeu.

— Tem um sujeito aqui que quer conversar com o inspetor Wallander — falou uma voz feminina que ele não reconheceu. Presumia que fosse a substituta de Ebba, que estava de férias.

— Transfira para uma outra pessoa qualquer. Não estou recebendo visitas.

— Ele insistiu muito. Diz que só fala com o inspetor-chefe. Diz que tem uma informação importante. É dinamarquês.

— Dinamarquês? Informação sobre o quê?

— Diz que tem a ver com um africano.

Wallander refletiu uns instantes.

— Mande entrar.

O homem que entrou na sala de Wallander apresentou-se como Paul Jørgensen, pescador de Dragør. Era altíssimo e muito forte. Quando Wallander estendeu a mão, foi como ter sido apanhado por uma garra de ferro. O inspetor apontou uma cadeira. Jørgensen sentou-se e acendeu um charuto. Wallander ficou feliz de a janela estar aberta. Tateou em volta das gavetas, em busca de um cinzeiro.

— Tenho uma coisa para lhe contar. Só que ainda não decidi se vou contar ou não.

Wallander arqueou as sobrancelhas.

— Devia ter chegado a uma conclusão antes de entrar aqui.

Em circunstâncias normais, provavelmente teria ficado irritado. Mas percebia que agora sua voz estava longe de soar convincente.

— Tudo depende de saber se o senhor poderá fazer vistas grossas a uma pequena infração da lei.

Wallander começou a se perguntar se o sujeito o estaria fazendo de bobo. Se fosse esse o caso, escolhera uma hora assaz infeliz. Percebeu então que seria melhor recuperar as rédeas de uma conversa que parecia estar saindo da raia antes mesmo de começar.

— Fui informado de que o senhor tinha algo de importante para me dizer a respeito de um africano. Se for realmente importante, talvez eu possa fazer vistas grossas a uma infração de pequena monta. Mas não lhe prometo nada. Resolva por si mesmo. Porém sou obrigado a lhe pedir que o faça imediatamente.

Jørgensen franziu o cenho e fitou o inspetor por trás de uma nuvem de fumaça.

— Vou arriscar.

— Sou todo ouvidos.

— Sou pescador em Dragør. Ganho apenas o suficiente para pagar o barco, a casa e uma cervejinha no fim do dia. Mas ninguém recusa uma chance de ganhar uns cobres a mais, quando surge a oportunidade. Levo turistas para passear no meu barco, de vez em quando, e isso rende um extra. Às vezes me pedem para trazer alguém até aqui a Suécia. Isso não acontece com muita freqüência, só uma ou duas vezes por ano. Podem ser passageiros que perderam a hora da balsa, por exemplo. Algumas semanas atrás, fiz uma viagem até Limhamn, uma tarde. Com um único passageiro a bordo.

O dinamarquês parou de repente, como se esperasse alguma reação da parte de Wallander. Mas o inspetor não tinha nada a dizer. Limitou-se a fazer um sinal de cabeça para que Jørgensen continuasse.

— Era um cara negro. Só falava inglês. Muito educado. Viajou comigo na casa do leme o tempo todo. Talvez eu devesse mencionar que havia algo de especial nessa viagem. Eles fizeram uma reserva com antecedência. Um inglês que falava dinamarquês apareceu um dia de manhã no porto e perguntou se eu podia fazer uma travessia do canal levando um passageiro. Achei um pouco suspeito, de modo que dei um preço bem alto, para me livrar do cara. Pedi cinco mil coroas. O gozado é que ele tirou o dinheiro do bolso na hora e pagou adiantado.

Wallander ficou interessadíssimo na história. Por alguns instantes, esqueceu-se completamente de si mesmo e se concentrou no que Jørgensen tinha a dizer. Fez um gesto para que prosseguisse.

— Comecei a trabalhar na marinha mercante ainda jovem. E aprendi um bocado de inglês. Perguntei a esse cara o que ele estava indo fazer na Suécia. Disse que estava indo visitar uns amigos. Perguntei quanto tempo iria ficar e ele me disse que provavelmente voltaria para a África em um mês, no máximo. Desconfiei que ali havia coisa. Provavelmente o africano estava tentando entrar ilegalmente aqui. Como não é possível provar coisa alguma, agora que já faz um bom tempo, resolvi correr o risco de lhe contar.

Wallander ergueu a mão.

— Vamos nos aprofundar um pouco. Quando foi isso?

Jørgensen debruçou-se para a frente e examinou o diário de mesa do inspetor.

— Na quarta-feira, 13 de maio. Lá pelas seis da tarde.

Isso talvez se encaixe, pensou Wallander. O africano podia ser o substituto de Victor Mabasha.

— E ele falou que ia ficar no máximo um mês.

— Acho que sim.

— Acha?

— Tenho certeza.

— Continue — falou Wallander. — Não deixe nenhum detalhe de fora.

— Conversamos sobre uma coisa e outra. Ele era simpático, aberto. Mas fiquei com a impressão de que não baixou a guarda nem um momento. Só não sei explicar melhor. Ele estava de sobreaviso. Chegamos a Limhamn. Atraquei o barco e ele desembarcou. Como eu já tinha sido pago, saí imediatamente do porto. E nunca mais teria pensado no assunto se não tivesse visto um velho jornal sueco outro dia. Havia uma foto na primeira página de um sujeito que eu achava que reconhecia. Um cara que foi morto num tiroteio com a polícia.

O pescador dinamarquês parou de falar uns instantes.

— Junto com o senhor. Havia uma foto sua também no jornal.

— De quando era o jornal? — perguntou Wallander, embora já soubesse a resposta.

— Acho que era um jornal de quinta-feira. — Jørgensen estava hesitante. — Ou pode ter sido o do dia seguinte, 14 de maio.

— Continue. Podemos conferir as datas depois, se for importante.

— Eu reconheci a foto. Mas não estava conseguindo me lembrar de onde. Não atinei com a identidade do cara até anteontem. Quando deixei o africano em Limhamn, havia um sujeito imenso esperando por ele no porto. Ficou meio que afastado, como se não quisesse ser visto. Mas eu tenho vista boa. Era ele. Aí então comecei a pensar a respeito de tudo. Achei que podia ser importante. De modo que tirei o dia de folga e vim até aqui.

— Fez a coisa certa. Eu não vou levar adiante o fato de estar envolvido no transporte de imigrantes ilegais para cá. O que implica dizer, é claro, que o senhor não está mais metido nisso.

— Já larguei.
— Esse africano. Como era ele?
— Cerca de trinta anos. Musculoso, forte e ágil.
— Mais alguma coisa?
— Não que eu me lembre.
Wallander largou a caneta.
— Fez a coisa acertada, vindo até aqui.
— Talvez não seja importante.
— É extremamente importante.
— Então tudo bem. — E Jørgensen se foi.

Wallander procurou a cópia que guardara da carta enviada à Interpol sul-africana por telex. Refletiu uns instantes. Depois ligou para a Interpol sueca em Estocolmo.

— Inspetor-chefe Wallander de Ystad — falou quando atenderam. — Eu mandei um telex para a Interpol sul-africana no sábado, 23 de maio. Gostaria de saber se houve resposta.

— Se tivesse havido, teria sido informado imediatamente.

— Dê uma conferida, sim, só para termos certeza absoluta — Wallander pediu.

Obteve resposta alguns minutos depois.

— Um telex de uma página foi enviado a Interpol em Joanesburgo na noite do dia 23 de maio. Não houve resposta além da confirmação do recebimento.

Wallander franziu a testa.

— *Uma* página? — indagou. — Mas eu mandei duas.

— Estou com a cópia aqui comigo. De fato a coisa parece parar de repente, no meio.

Wallander espiou a cópia que tinha consigo, sobre a escrivaninha.

Se apenas a primeira página tivesse sido enviada, a polícia sul-africana não teria como saber que Victor Mabasha estava morto e que com quase toda a certeza haveria um substituto.

Além disso, era perfeitamente razoável presumir que a tentativa de assassinato seria por volta do dia 12 de junho, já que Sikosi Tsiki dissera a Jørgensen que essa seria a data máxima para seu regresso à África.

Wallander percebeu as implicações disso na hora.

A polícia sul-africana passara duas semanas procurando um homem que já estava morto.

Era quinta-feira já, 11 de junho. A tentativa de assassinato ocorreria provavelmente no dia 12.

No dia seguinte.

— Pode me explicar como uma coisa dessas é possível? — ele rugiu ao telefone. — Como é que vocês podem ter enviado apenas metade do meu telex?

— Eu não faço idéia — foi a resposta que recebeu. — Acho melhor falar diretamente com a pessoa encarregada.

— Uma outra hora. Vou enviar um outro telex daqui a pouco. E esse precisa ser mandado para a África do Sul imediatamente.

Wallander bateu o fone. Não conseguia entender como era possível haver tamanha incompetência.

Não se deu ao trabalho de tentar inventar algum tipo de resposta. Em vez disso enfiou uma folha de papel em branco na máquina de escrever e redigiu um recado curto. *Victor Mabasha não tem mais importância. Procurem no lugar dele um sujeito chamado Sikosi Tsiki. De uns trinta anos, de corpo bem-feito* (procurou no dicionário e rejeitou a palavra "musculoso"), *nenhuma outra peculiaridade óbvia. Este bilhete substitui todos os anteriores. Repito que Victor Mabasha não tem mais importância. Sikosi Tsiki ao que tudo indica é seu substituto. Não temos fotos. As impressões digitais serão investigadas.*

Assinou o bilhete e levou-o até a recepção.

— Isto aqui precisa ir para a Interpol em Estocolmo imediatamente — disse ele, sem reconhecer a recepcionista.

Parou ao lado dela e ficou vendo enquanto a mensagem era transmitida por fax. Depois voltou para sua sala. Pensou que talvez já fosse tarde demais.

Se não tivesse sido afastado por motivos de saúde,

exigiria uma investigação imediata para descobrir o responsável por ter mandado apenas metade do telex. Mas do jeito como estavam as coisas, não queria mais nenhuma amolação.

Continuou pondo em ordem as pilhas de papel que havia em cima da mesa. Era quase uma da tarde quando terminou. Tinha limpado a escrivaninha. Sem mais um único olhar para trás, saiu da sala e fechou a porta. Não encontrou com ninguém no corredor e conseguiu sair da delegacia sem ser visto por ninguém, exceto pela recepcionista.

Havia apenas mais uma coisa que precisava fazer. Assim que isso tivesse sido feito, estaria terminado.

Desceu o morro a pé, passou em frente ao hospital e virou à esquerda. O tempo todo, achava que as pessoas com quem encontrava o olhavam embasbacadas. Tentou fazer-se o mais invisível que podia. Quando chegou à praça, parou na ótica e comprou um par de óculos escuros. Depois continuou pela Hamngatan, atravessou a Österleden e de repente estava na região portuária. Havia um café ali que abria no verão. Cerca de um ano antes, sentara-se naquele mesmo estabelecimento para escrever uma carta a Baiba Liepa, em Riga. Mas nunca chegou a mandar tal carta. Caminhara até a ponta do píer, rasgara o papel em pedacinhos e ficara assistindo à dança dos retalhos pelo porto. Agora pretendia fazer uma nova tentativa de escrever para ela, e dessa vez iria mandar a carta. Sentouse a uma mesa num cantinho protegido, pediu um café e voltou a se lembrar do que ocorrera um ano antes. Também na época estava se sentindo muito melancólico. Mas nada que se comparasse ao que estava sentindo no momento. Começou a escrever tudo o que lhe vinha na cabeça. Descreveu o café onde estava, o tempo, o barquinho pesqueiro branco com suas redes verde-claras atracado ali perto. Tinha certa dificuldade em encontrar as palavras certas em inglês, mas se empenhou. Contou que estava de licença por motivos de saúde por um período indeterminado e que não tinha certeza se algum dia voltaria a ocupar seu antigo posto. *Posso muito bem ter concluído meu último caso. E eu o solucionei muito mal, ou, melhor dizendo, não solucionei nada. Estou começando a achar que não sirvo para a profissão que escolhi. Durante muito tempo, pensei que o contrário era verdade. Agora já não estou mais tão certo.*

Releu o que escrevera e chegou à conclusão de que não estava a fim de reescrever tudo, ainda que não estivesse contente com seu estilo, que a ele parecia um tanto vago e confuso. Dobrou a folha de papel, fechou o envelope e pediu a conta. Havia uma caixa de correio na marina ali perto. Caminhou até lá e postou a carta. Depois continuou a caminhar pelo quebra-mar e acabou se sentando numa mureta de pedra. Uma balsa vinda da Polônia estava entrando no porto. O mar ora era cor de aço, ora azul, ora verde. De repente lembrou-se da bicicleta que encontrara na noite do nevoeiro. Continuava escondida atrás do barracão, na casa do pai. Decidiu devolvê-la ainda naquele mesmo dia.

Depois de uma meia hora, levantou-se e atravessou a cidade a pé, até a Mariagatan. Abriu a porta e ficou olhando espantado.

No meio da sala havia um aparelho de som novo em folha. Com um cartão em cima.

Fique bom depressa e volte logo. Seus colegas.

Lembrou que Svedberg ainda estava com uma chave do apartamento. Ficara com ela para providenciar os consertos, depois da explosão. Sentou-se no chão e ficou estatelado diante do equipamento. Estava comovido e teve dificuldade para se controlar. Mas não achava que merecia.

Nesse mesmo dia, quinta-feira, 11 de junho, houve um problema com as linhas de telex entre a Suécia e a África, do meio-dia às dez da noite. O recado de Wallander, portanto, se atrasou. Eram dez e meia quando o operador da noite transmitiu a mensagem para a África do Sul.

Ela foi recebida, registrada e colocada num cesto de mensagens a serem distribuídas no dia seguinte. Mas alguém se lembrou de um memorando enviado por um promotor chamado Scheepers pedindo para que lhe fosse enviada prontamente uma cópia de qualquer telex vindo da Suécia. O policial na sala do telex só não se lembrava do que deveriam fazer se os recados chegassem fora do expediente. Também não conseguiram encontrar o memorando de Scheepers, ainda que em princípio devesse estar guardado na pasta de instruções vigentes. Um dos plantonistas achava que poderia esperar até o dia seguinte, mas o outro ficou irritado por não ter encontrado o memorando. Ainda que apenas para se manter acordado, começou a procurá-lo. Meia hora depois, encontrou o papel que, é claro, fora arquivado no lugar errado. O memorando de Scheepers declarava de modo muito claro e categórico que mensagens que chegassem fora do horário do expediente deveriam ser passadas para ele imediatamente por telefone, não obstante a hora do dia. Até essa altura, já era quase meia-noite. A soma de todos esses acidentes e atrasos, boa parte deles devida a erro humano ou pura incompetência, foi que Scheepers só veio a ser procurado à meia-noite e três minutos da sexta-feira, 12 de junho. Ainda que tivesse chegado à conclusão de que a tentativa de assassinato seria em Durban, não conseguia pegar no sono. A mulher Judith já dormia, mas ele continuava acordado, virando para lá e para cá na cama. Pensando que fora uma pena não ter levado Borstlap até a Cidade do Cabo, no fim das contas. No mínimo, teria sido uma experiência edificante. Estava preocupado com o fato de até o próprio Borstlap estar achando estranho não terem recebido uma única pista do paradeiro de Victor Mabasha, apesar da enorme recompensa para quem fornecesse informações. Por diversas vezes, Borstlap dissera haver qualquer coisa de suspeito sobre esse sumiço total de Victor Mabasha. Sempre que Scheepers tentava fazê-lo ser um pouco mais preciso, o inspetor dizia que era apenas um palpite, nada que fosse baseado em fatos. A mulher gemeu na hora em que o telefone do quarto começou a tocar. Scheepers agarrou o fone como se tivesse estado à espera daquele chamado o tempo todo. Ouviu o que o oficial de plantão da Interpol leu para ele. Pegou uma caneta da mesinha-de-cabeceira, pediu para escutar a mensagem de novo, depois anotou duas palavras no dorso da mão esquerda.

Sikosi Tsiki.

Desligou e ficou ali parado, imobilizado. Judith estava acordada e perguntou se tinha acontecido alguma coisa.

— Nada que nos ponha em perigo. Mas que pode ser perigoso para outras pessoas.

Discou o número de Borstlap.

— Um novo telex da Suécia. Não é o Victor Mabasha e sim um sujeito chamado Sikosi Tsiki. A tentativa de assassinato provavelmente será amanhã.

— Droga! — exclamou Borstlap.

Combinaram de se encontrar no escritório de Scheepers o mais rápido possível.

Judith percebeu que o marido estava assustado.

— O que aconteceu? — perguntou de novo.

— O pior que poderia ter acontecido.

Depois saiu para o negror da noite.

Era meia-noite e dezenove.

35

A sexta-feira, 12 de junho, amanheceu bonita mas friorenta na Cidade do Cabo. Logo no começo do dia, a baía Three Anchor estivera coberta por um nevoeiro vindo do mar, mas a neblina já tinha se dissipado. O frio estava chegando ao hemisfério sul. E já era possível ver vários africanos a caminho do trabalho com bonés de lã e paletós pesados.

Nelson Mandela chegara à cidade na noite anterior. Quando acordou, ao amanhecer, pensou no dia que teria pela frente. Era um hábito adquirido durante os muitos anos passados como prisioneiro na ilha Robben. Estava imerso em pensamentos silenciosos. Tantas lembranças, tantos momentos amargos, mas tamanho triunfo, no fim.

Estava velho, tinha mais de setenta anos de idade. Seu tempo era limitado: não era diferente de ninguém e não viveria para sempre. Mas era preciso viver mais alguns anos, pelo menos. Junto com o presidente De Klerk, precisava guiar o país pelo espinhoso, penoso, mas ao mesmo tempo maravilhoso caminho que acabaria livrando a África do Sul para sempre do sistema de apartheid. O último bastião do colonialismo no continente negro viria finalmente abaixo. Depois que tivessem atingido o objetivo, poderiam se retirar para os bastidores; inclusive morrer, se preciso fosse. Mas ele ainda tinha grande sede de vida. Queria ver tudo aquilo acabado e gozar do espetáculo de uma população negra se libertando dos vários séculos de jugo e humilhação. Seria um caminho difícil, tinha plena consciência disso. As raízes da opressão estavam profundamente arraigadas no solo africano.

Nelson Mandela sabia que seria o primeiro presidente negro eleito da África do Sul. Não que estivesse se esforçando para conseguir isso. Mas não teria como recusar.

O caminho é longo, pensou consigo mesmo. Um longo caminho a percorrer, para um homem que passou quase metade de sua vida adulta na prisão.

Sorriu consigo mesmo com a lembrança. Mas depois ficou sério de novo. Pensou no que De Klerk tinha lhe dito quando se viram pela última vez, uma semana antes. Um grupo de bôeres de grande peso planejava matá-lo e com isso criar o caos e levar o país à beira da guerra civil.

Seria possível, uma coisa dessas? Mandela sabia da existência de bôeres fanáticos. De gente que odiava todos os negros, que os considerava animais sem alma. Mas seria possível que achassem de fato que poderiam impedir o que estava ocorrendo no país com alguma conspiração desesperada? Poderiam estar assim tão cegos pelo ódio — ou seria medo, quem sabe — que achavam possível regredir, restaurar a velha África do Sul? Não viam que eram agora uma minoria minguada? É certo que com grande influência, ainda. Mas mesmo assim. Estariam realmente dispostos a sacrificar o futuro num altar de sangue?

Nelson Mandela sacudiu a cabeça. Tinha muita dificuldade em acreditar nisso. De Klerk devia estar exagerando ou interpretara mal as informações recebidas. Nelson Mandela não tinha medo, não achava que fosse lhe acontecer alguma coisa.

Sikosi Tsiki também chegara à Cidade do Cabo na quinta-feira à noite. Mas, ao contrário de Nelson Mandela, totalmente despercebido. Viera de ônibus direto de Joanesburgo e saltara sem ser notado quando pararam na Cidade do Cabo. Pegara a mala e fora engolido pelas trevas.

Passara a noite ao relento. Dormira num canto escondido do parque Trafalgar. Ao raiar do dia, mais ou menos na mesma hora em que Nelson Mandela acordava e ia até a janela, subiu o morro até o ponto certo e instalou-se ali. Estava tudo de acordo com o mapa e com as instruções que recebera de Franz Malan em Hammanskraal. Era muito bom que estivesse tendo o apoio de organizadores tão meticulosos. Não havia ninguém em volta; o enorme e inóspito barranco não servia para piqueniques. O caminho até o topo, a trezentos e cinqüenta metros de altura, serpenteava pelo lado de trás do morro. Sikosi Tsiki nunca fizera uso de um carro para escapar. Sentia-se mais livre movimentando-se a pé. Quando estivesse tudo terminado, desceria rapidamente e se misturaria à multidão furiosa exigindo vingança pela morte de Nelson Mandela. Depois partiria da Cidade do Cabo.

Agora já sabia que era Mandela que teria de matar. Percebera tudo no dia em que Franz Malan lhe contara quando e onde o assassinato ocorreria. Tinha lido nos jornais que Nelson Mandela iria fazer um comício no estádio Green Point na tarde do dia 12 de junho. Contemplou a arena oval esparramada a sua frente, a uns setecentos metros de distância. Não era a distância que o preocupava. A mira telescópica e o rifle de longo alcance satisfaziam todas suas exigências de precisão e potência.

Sikosi Tsiki não tivera nenhuma reação ao saber que o alvo seria Nelson Mandela. A primeira coisa a lhe passar pela cabeça fora que deveria ter sido capaz de entender logo quem era o alvo. Se aqueles bôeres malucos queriam uma oportunidade de criar o caos no país, teriam de se livrar primeiro de Nelson Mandela. Enquanto ele continuasse capaz de se pôr diante de multidões e falar, o povo negro também seria capaz de manter o autocontrole. Sem ele, era tudo bem mais incerto. Mandela não tinha nenhum sucessor óbvio.

No que dizia respeito a Sikosi Tsiki, seria uma oportunidade de acertar uma conta pessoal. Na verdade não fora Nelson Mandela em pessoa que o botara para fora do CNA. Mas, como era o líder absoluto, podia ser considerado o responsável.

Sikosi Tsiki olhou o relógio.

Tudo o que precisava fazer agora era esperar.

Georg Scheepers e o inspetor Borstlap pousaram no aeroporto Malan, nos arredores da Cidade do Cabo, pouco depois das dez da manhã da sexta-feira. Estavam cansados e esgotados, depois de trabalhar sem parar desde a uma da manhã, tentando descobrir alguma coisa a respeito de Sikosi Tsiki. Detetives semi-adormecidos tinham sido arrancados da cama, operadores de sistema dos vários cadastros policiais apareceram de casaco por cima do pijama para trabalhar nos computadores, depois de serem apanhados em casa por viaturas da polícia. Mas, quando chegou a hora de ir para o aeroporto, o resultado era deprimente. Sikosi Tsiki não constava de nenhum dos cadastros. Ninguém nunca ouvira falar no homem. Era totalmente desconhecido de todos. Lá pelas sete e meia, puseram-se a caminho do aeroporto Jan Smuts, pertinho de Joanesburgo. Durante o vôo, tentaram com desespero crescente formular uma estratégia. Sabiam que as possibilidades de impedir esse sujeito, esse Sikosi Tsiki, de cometer o atentado eram extremamente limitadas, praticamente nulas. Não faziam idéia de como era ele, não sabiam nada de nada a seu respeito. Assim que aterrissaram na Cidade do Cabo, Scheepers foi ligar para o presidente De Klerk para lhe dizer que, se possível, precisava tentar convencer Nelson Mandela a cancelar o comício da tarde. Somente depois que perdeu as estribeiras e ameaçou mandar prender todos os oficiais da polícia do aeroporto é que conseguiu convencê-los de sua identidade e eles o deixaram sozinho numa saleta. Levou quase um quarto de hora até conseguir entrar em contato com o presidente. Georg Scheepers lhe contou o mais brevemente possível o que tinha acontecido durante a noite. Mas De Klerk reagiu muito friamente a sua sugestão, dizendo que seria inútil. Mandela jamais concordaria em cancelar seus compromissos. Além disso, já tinha havido outros enganos quanto à data e o lugar, antes. Podia acontecer de novo. Mandela concordara em aumentar seu número de guarda-costas. Não havia mais nada que o presidente da República pudesse fazer no momento. Terminada a conversa, Scheepers mais uma vez teve a desconfortável impressão de que De Klerk não estava disposto a fazer muita coisa para proteger a vida de Nelson Mandela. Seria possível uma coisa dessas?, indagou com seus botões, indignado. Será que interpretei mal a posição dele? No entanto não tinha tempo de continuar pensando no presidente. Foi ao encontro de Borstlap, que nesse meio tempo pegara o carro já reservado de antemão pela polícia de Joanesburgo.

— Três horas não é lá muita coisa — falou o inspetor. — O que acha que teremos tempo de fazer?

— Impedi-lo. Mais nada. Temos de impedir esse sujeito.

— Ou impedir Mandela de comparecer. Não vejo outra saída.

— Isso é simplesmente inviável. Ele estará no estádio às duas da tarde. De Klerk recusou-se a falar com ele.

Mostraram a identidade e puderam entrar no estádio. A tribuna já estava armada. Havia bandeiras do CNA e faixas coloridas por toda a parte. Músicos e dançarinos se aprontavam, fazendo os últimos ensaios. Em breve começariam a chegar os espectadores, vindos dos vários distritos negros em volta — Langa, Guguletu e Nyanga. Seriam recebidos com música. Para eles, os comícios políticos eram também uma festa.

Scheepers e Borstlap pararam na tribuna e olharam em volta.

— Há uma pergunta crucial que precisamos ter em mente — falou o inspetor. — Nós estamos lidando aqui com um suicida ou com alguém que vai tentar fugir depois?

— Com alguém que vai tentar fugir. Quanto a isso não resta a menor dúvida. Um assassino disposto a sacrificar a própria vida é perigoso por ser imprevisível. Mas há também um risco enorme de que não acerte o alvo. Estamos lidando com um homem que espera escapar depois de ter atirado em Mandela.

— Como é que você sabe que ele vai usar uma arma de fogo?

Scheepers olhou-o com um misto de surpresa e irritação.

— E o que mais ele poderia fazer? Usando uma faca ele seria apanhado e linchado.

Borstlap assentiu com a cabeça, a fisionomia fechada.

— Então ele tem uma série de possibilidades. Olhe só em volta. Ele pode usar o telhado, ou uma cabina de rádio deserta. Ou pode optar por algum lugar fora do estádio.

Borstlap apontou para o morro Signal, destacando-se com nitidez a cerca de meio quilômetro do estádio.

— Ele tem uma série de possibilidades — repetiu o inspetor. — Até demais.

— Assim mesmo, temos de impedi-lo.

Podiam ambos ver o que isso implicava. Seriam forçados a escolher, a assumir riscos. Era simplesmente impossível investigar todas as probabilidades. Scheepers desconfiava de que teriam tempo de conferir cerca de uma entre dez; Borstlap achava que seria um pouco mais.

— Temos duas horas e trinta e cinco minutos — falou o promotor. — Se Mandela não se atrasar, esse será o momento em que vai começar a discursar. Presumo que o assassino não vá prolongar as coisas mais do que o necessário.

Scheepers requisitara dez policiais experientes para ajudá-lo. Estavam todos sob o comando de um jovem sargento.

— Nossa tarefa é muito simples — disse Scheepers. — Temos duas horas e pouco para virar este estádio do avesso. Estamos em busca de um homem armado. Ele é negro e perigoso. Tem de ser neutralizado. Se possível, devemos pegá-lo vivo. Se não houver escolha, terá de ser morto.

— Só isso? — perguntou o jovem sargento um tanto espantado, quando o promotor terminou. — Não temos nem uma descrição do elemento?

— Não temos tempo para entrar nisso agora — interveio Borstlap. — Prendam qualquer um que estiver agindo de modo meio estranho, ou que dê essa impressão. Ou que esteja em algum lugar em que não deveria estar. Depois a gente vê se pegou o cara certo ou não.

— Mas tem de haver algum tipo de descrição — insistiu o sargento, apoiado por murmúrios de assentimento de seus dez homens.

— Não tem de haver coisa nenhuma — falou Scheepers, que estava começando a ficar irritado. — Vamos dividir o estádio em setores e começar imediatamente.

Vasculharam em armários de faxineiros e almoxarifados abandonados, engatinharam pelo telhado e subiram em vigas. Scheepers saiu do estádio, atravessou a avenida, a larga High Level, e começou a subir o morro. Parou cerca de duzentos metros adiante. Parecia-lhe que a distância era muita. Um assassino em potencial não teria a mínima chance se optasse por algum lugar fora do estádio. Voltou para o Green Point encharcado de suor e sem fôlego.

Sikosi Tsiki o vira de onde estava escondido, atrás de uns arbustos, e achou que fosse alguém da segurança vistoriando a região em volta do estádio. Não se surpreendeu; já esperava alguma coisa do gênero. Mas o cara subindo a ladeira estava sozinho. Sikosi Tsiki agachou-se bem, a pistola com o silenciador pronta para entrar em ação. Quando o homem fez meia-volta sem nem sequer ir até o topo, sabia que as coisas não podiam dar errado. Nelson Mandela tinha poucas horas de vida.

As pessoas já estavam começando a chegar ao estádio. Scheepers e Borstlap lutavam para abrir passagem entre a massa densa de gente. À volta toda, os tambores soavam, as pessoas cantavam e dançavam. Scheepers estava apavorado com a possibilidade de falharem. Simplesmente tinham de encontrar o sujeito que Jan Kleyn contratara para matar Nelson Mandela.

Uma hora depois, trinta minutos antes do início previsto do comício, com a chegada de Mandela ao estádio, Scheepers estava em pânico. Borstlap tentou acalmá-lo.

— Nós não encontramos o cara — disse. — E agora resta muito pouco tempo para procurar. Temos de nos perguntar o que podemos ter esquecido de levar em conta.

Olhou em volta. Seus olhos enfocaram o morro nos arredores do estádio.

— Já estive lá — disse Scheepers.

— E o que foi que viu?

— Nada.

Borstlap assentiu, pensativo. Estava começando a achar que não iriam achar o assassino até já ser tarde demais.

Os dois eram empurrados para cima e para baixo, pela imensa multidão.

— Eu não entendo — falou Borstlap.

— É muito longe — disse Scheepers.

Borstlap olhou para o promotor, sem compreender direito.

— Como assim? Muito longe?

— Ninguém conseguiria atingir um alvo dessa distância. — Scheepers estava bravo.

Levou um tempo até Borstlap perceber que Scheepers continuava falando sobre o morro do lado de fora do estádio. De repente, sua fisionomia se fechou.

— Me diga exatamente o que você fez — falou, apontando para o morro.

— Subi até um certo ponto. Depois voltei.

— Quer dizer que não chegou até o topo do Signal?

— É uma distância muito grande, eu já disse!

— A distância não é muito grande coisa nenhuma. Existem rifles com alcance de mais de um quilômetro. E que acertam o alvo. E o morro fica a uns oitocentos metros, no máximo.

Scheepers olhou-o espantado. Bem nesse momento, um tremendo brado partiu da multidão que dançava, seguido por um batuque intenso. Nelson Mandela chegara ao estádio. Scheepers ainda viu um lampejo do cabelo grisalho, do rosto sorridente e da mão que acenava.

— Vamos rápido! — berrou Borstlap. — Se ele estiver mesmo aqui hoje, é lá no morro que está.

Através de sua poderosa mira telescópica, Sikosi Tsiki via o rosto de Nelson Mandela em primeiro plano. Tinha retirado a mira do rifle e o vinha seguindo desde o momento em que saltara do carro, na entrada do estádio. Já percebera que estava acompanhado de muito poucos guarda-costas. Não parecia haver nenhum alerta especial nem nenhuma inquietude maior em volta do velho grisalho.

Tornou a montar a mira no rifle, conferiu o mecanismo de disparo e sentou-se na posição que escolhera com todo o cuidado. Já tinha montado um tripé feito de metal leve. Era uma invenção sua, que lhe daria o apoio necessário aos braços.

Deu uma espiada no céu. O sol não iria lhe causar nenhum problema inesperado. Nenhuma sombra, nenhum reflexo, nenhum clarão. O morro estava deserto. Sikosi Tsiki estava totalmente sozinho com sua arma e alguns poucos pássaros saracoteando no chão.

Ainda cinco minutos de espera. Os aplausos e gritos vindos do estádio o atingiram com todo seu volume, ainda que estivesse a mais de meio quilômetro de distância.

Ninguém iria escutar o tiro, pensou.

Estava com dois cartuchos de reserva. Dentro de um lenço, a sua frente. Mas não contava usá-los. Guardaria de lembrança. Quem sabe um dia os transformaria num amuleto? Isso lhe traria boa sorte para o resto da vida.

Evitava pensar no dinheiro que o esperava. Era preciso primeiro cumprir sua missão.

Ergueu o rifle, encostou o olho na mira telescópica e ficou vendo Nelson Mandela aproximar-se da tribuna. Já decidira atirar na primeira oportunidade. Não havia por que adiar. Largou a arma e tentou relaxar os ombros, respirando bem fundo ao mesmo tempo. Tomou o pulso. Estava normal. Estava tudo normal. Depois ergueu o rifle de novo, colocou a coronha de encontro à face direita e fechou o olho esquerdo. Nelson Mandela estava parado logo abaixo da tribuna. Parcialmente oculto por outras pessoas. Depois desvencilhou-se do grupo e caminhou rumo ao microfone. Ergueu os braços acima da cabeça, como um vencedor. De sorriso aberto.

Sikosi Tsiki apertou o gatilho.

Mas uma fração de segundo antes que a bala disparasse pelo cano do rifle a uma velocidade estupenda, sentiu um baque no ombro. Não conseguiu deter o dedo no gatilho. O tiro saiu. Mas o impacto o desviara uns cinco centímetros se tanto da posição inicial. O que significou que a bala não chegou nem mesmo a atingir o estádio; bateu num carro estacionado numa rua muito longe dali.

Sikosi Tsiki se virou.

Havia dois homens respirando com dificuldade e olhando para ele.

Ambos com pistolas na mão.

— Abaixe a arma — disse Borstlap. — Devagar, com cuidado.

Sikosi Tsiki fez o que lhe mandaram. Não tinha escolha. Os dois homens brancos não hesitariam em atirar, dava para perceber.

O que teria saído errado? Quem eram eles?

— Ponha as mãos na cabeça — disse Borstlap, entregando a Scheepers um par de algemas. O promotor avançou e fechou-as em volta dos pulsos de Sikosi Tsiki.

— Levante-se — disse Scheepers.

Sikosi Tsiki se levantou.

— Leve-o para o carro — falou. — Eu desço daqui a pouco.

Borstlap levou Sikosi Tsiki embora.

E Scheepers ficou ali uns instantes, escutando os aplausos que subiam do estádio. Ouviu a voz inconfundível de Nelson Mandela pelos alto-falantes. O som parecia estar vindo de uma grande distância.

Estava empapado de suor. Ainda sentia vestígios do horror que experimentara quando parecia que não conseguiriam achar o homem que procuravam. Ainda não fora tomado pela sensação de alívio.

Passou-lhe pela cabeça que o que acabara de ocorrer era um momento histórico. Mas era um momento histórico sobre o qual ninguém ficaria sabendo. Se não tivessem conseguido subir o morro a tempo, se a pedra que atirara em desespero de causa, como último recurso, não tivesse atingido o alvo, um outro momento histórico teria se desenrolado. Algo que teria sido bem mais que uma mera nota de rodapé nas páginas da História. Que poderia ter desencadeado um banho de sangue.

Eu também sou um africânder, pensou. Eu devia ser capaz de entender esses loucos. Mesmo contra a minha vontade, hoje eles são meus inimigos. Talvez ainda não tenham entendido, lá no fundo de si mesmos, que o futuro da África do Sul os forçará a reavaliar tudo aquilo a que estiveram acostumados até agora. Muitos jamais conseguirão fazer isso. Preferem ver o país destruído numa explosão de sangue e fogo. Mas não vão conseguir.

Espiou então o mar. Ao fazê-lo, perguntou-se o que diria ao presidente De Klerk. Henrik Wervey também aguardava um relatório. Além disso, tinha uma importante visita a fazer em Bezuidenhout. Queria muito ver as duas mulheres de novo.

O que aconteceria com Sikosi Tsiki, não fazia a menor idéia. Esse era um problema para o inspetor Borstlap. Guardou o rifle e os cartuchos no estojo. Largou a estrutura de metal ali mesmo, onde estava.

* * *

De repente, pensou na leoa branca deitada na beira do rio, sob o luar.

Iria sugerir a Judith que fizessem outra visita ao parque de safári em breve.

Talvez a leoa continuasse por lá.

Estava imerso em pensamentos ao descer o morro.

Percebera uma coisa que até então nunca estivera muito clara para ele. Finalmente entendia o que a leoa branca ao luar significava.

Primeiro e antes de tudo, ele não era um africânder, um homem branco.

Ele era um africano.

EPÍLOGO

Uma parte desta história se passa na África do Sul, um país que há muito se encontra à beira do caos. A revolta social pronta para eclodir a qualquer momento e o trauma interno de seus habitantes chegaram a tal ponto que muitos não conseguem mais enxergar outra saída possível além de uma inevitável catástrofe apocalíptica. Por outro lado, não se pode negar a existência de sinais de esperança: o império sul-africano dos racistas cairá por terra num futuro não muito distante. No momento em que escrevo, junho de 1993, já foi estabelecida uma data preliminar para as primeiras eleições livres do país: 27 de abril de 1994. Nas palavras de Nelson Mandela: "chegamos finalmente a um divisor de águas. A longo prazo, o resultado já pode ser previsto, ainda que com as reservas habituais que devem ser aplicadas a toda e qualquer profecia política: o estabelecimento de uma sociedade democrática, baseada no regime da lei".

A curto prazo, o resultado é um pouco menos certo. A compreensível impaciência da maioria negra e a resistência ativa da minoria branca estão levando a uma violência crescente. Ninguém pode afirmar com certeza absoluta que a guerra civil seja inevitável. Assim como ninguém pode afirmar que possa ser evitada. Talvez a incerteza seja a única certeza.

Muitos indivíduos contribuíram — por vezes sem o perceber — para a parte sul-africana deste romance. Não fosse pelo trabalho fundamental de Iwor Wilkins e Hans Strydom, que expôs as realidades existentes por trás da sociedade secreta africânder conhecida pelo nome de Broederbond, seus segredos teriam ficado enterrados também para mim. Ler os escritos de Graham Leach sobre a cultura bôer também foi uma verdadeira aventura. E, para arredondar tudo, as histórias de Thomas Mofololo lançaram luz sobre os costumes africanos, sobretudo no que diz respeito ao mundo dos espíritos.

Há muitos outros cujo testemunho e cujas experiências pessoais foram significativos. Agradeço a todos, sem citar ninguém em particular.

Isto é um romance. O que significa que o nome das personagens e dos lugares, bem como as datas, nem sempre são verídicos.

As conclusões, e na verdade a história como um todo, são de inteira responsabilidade minha. Ninguém, além de mim mesmo, citado ou não, deve ser culpado por quaisquer defeitos que ela apresente.

Maputo, Moçambique, junho de 1993
Henning Mankell

ESTA OBRA FOI COMPOSTA PELO GRUPO DE CRIAÇÃO EM GARAMOND, TEVE SEUS FILMES GERADOS PELO BUREAU 34 E FOI IMPRESSA PELA GEOGRÁFICA EM OFF-SET SOBRE PAPEL PRINT-MAX DA VOTORANTIM PARA A EDITORA SCHWARCZ EM MAIO DE 2002